LE PASSAGER

Né en 1961 à Paris, Jean-Christophe Grangé découvre le monde en devenant journaliste. C'est lors d'un reportage sur les oiseaux migrateurs que naît l'idée de son premier roman, *Le Vol des cigognes*. Son deuxième thriller, *Les Rivières pourpres*, est adapté à l'écran par Mathieu Kassovitz ; le film, comme le roman, connaît un immense succès en France mais aussi dans le reste du monde. Devenue culte, l'œuvre de Grangé est traduite en plus de trente langues… La plupart de ses thrillers ont été adaptés ou sont en cours d'adaptation au cinéma.

Paru dans Le Livre de Poche :

LE CONCILE DE PIERRE
L'EMPIRE DES LOUPS
LA FORÊT DES MÂNES
LA LIGNE NOIRE
MISERERE
LES RIVIÈRES POURPRES
LE SERMENT DES LIMBES
LE VOL DES CIGOGNES

JEAN-CHRISTOPHE GRANGÉ

Le Passager

ROMAN

ALBIN MICHEL

ISBN : 978-2-253-17573-5 – 1re publication LGF

Pour Michèle Roca-Phelippot

I

MATHIAS FREIRE

La sonnerie pénétra sa conscience comme une aiguille brûlante.

Il rêvait d'un mur éclaboussé de soleil. Il marchait en suivant son ombre le long de la paroi blanche. Le mur n'avait ni début ni fin. Le mur était l'univers. Lisse, éblouissant, indifférent…

La sonnerie, à nouveau.

Il ouvrit les yeux. Découvrit les chiffres luminescents du réveil à quartz posé près de lui. 4 : 02. Il se leva sur un coude. Chercha à tâtons le combiné. Sa main ne rencontra que le vide. Il se souvint qu'il était dans la salle de repos. Il palpa les poches de sa blouse, trouva son portable. Regarda l'écran. Il ne connaissait pas le numéro. Il décrocha sans répondre.

Une voix coula dans la pièce obscure :

— Docteur Freire ?

Il ne répondit pas.

— Vous êtes le docteur Mathias Freire, le psychiatre de garde ?

La voix lui paraissait lointaine. Le rêve encore. Le mur, la lumière blanche, l'ombre…

— C'est moi, dit-il enfin.

— Je suis le docteur Fillon. Je suis de garde dans le quartier Saint-Jean Belcier.

— Pourquoi vous m'appelez à ce numéro ?

— C'est celui qu'on m'a donné. Ça ne vous dérange pas ?

Ses yeux s'habituaient aux ténèbres. Le négatoscope. Le bureau de métal. L'armoire à médicaments, fermée à double tour. La salle de repos n'était qu'un cabinet de consultation dont on avait éteint la lumière. Il dormait sur la table d'examen.

— Qu'est-ce qui se passe ? grommela-t-il en se redressant.

— Une histoire bizarre à la gare Saint-Jean. Les vigiles ont surpris un homme aux environs de minuit. Un vagabond caché dans un poste de graissage, sur les voies ferrées.

Le médecin avait l'air tendu. Freire fixa encore le réveil : 4 : 05.

— Ils l'ont emmené à l'infirmerie puis ils ont contacté le commissariat des Capucins. Les flics l'ont embarqué et m'ont appelé. Je l'ai examiné là-bas.

— Il est blessé ?

— Non. Mais il a complètement perdu la mémoire. C'est impressionnant.

Freire bâilla :

— Il ne simule pas ?

— C'est vous le spécialiste. Mais je ne crois pas, non. Il a l'air totalement… ailleurs. Ou plutôt nulle part.

— Les flics vont m'appeler ?

— Non. Une patrouille de la BAC vous amène le gars.

— Merci, fit-il sur un ton ironique.

— Je ne plaisante pas. Vous pouvez l'aider. J'en suis sûr.

— Vous avez rédigé un certificat médical ?

— Il l'apporte avec lui. Bonne chance.

L'homme raccrocha, pressé d'en finir. Mathias Freire demeura immobile. La tonalité vrillait son tympan dans l'obscurité. Décidément, ce n'était pas sa nuit. Les festivités avaient commencé à 21 heures. Au pavillon des HO, les Hospitalisés d'Office, un entrant avait chié dans sa chambre et bouffé ses excréments avant de briser le poignet d'un infirmier. Trente minutes plus tard, une schizophrène s'était ouvert les veines avec des fragments de linoléum dans l'unité Ouest. Freire avait supervisé les premiers soins puis l'avait transférée au CHU Pellegrin.

Il s'était recouché à minuit. Une heure plus tard, un autre patient déambulait à poil sur le campus, armé d'une trompette en plastique. On avait dû lui injecter trois ampoules de sédatif pour l'endormir puis calmer tous ceux qu'il avait réveillés avec son récital. Au même moment, un gars de l'unité d'addictologie avait fait une crise d'épilepsie. Quand Freire était arrivé, le type s'était déjà mordu la langue. Sa bouche bouillonnait de sang. Ils avaient dû se mettre à quatre pour maîtriser ses convulsions. Dans la mêlée, l'homme avait volé le portable de Freire. Le psychiatre avait dû attendre qu'il soit inconscient pour desserrer ses doigts et récupérer l'appareil poisseux de sang.

À 3 h 30 enfin, il s'était recouché. La trêve n'avait duré qu'une demi-heure, interrompue par ce coup de fil sans queue ni tête. *Merde.*

Il ne bougeait pas, assis dans le noir. La tonalité résonnait toujours, sonde fantomatique dans la pièce sans contour.

Il fourra son mobile dans sa poche et se leva. Dans le mouvement, le mur blanc du rêve réapparut. Une voix de femme murmurait : «*feliz…*» Le mot signifiait « heureux » en espagnol. Pourquoi de l'espagnol ? Pourquoi une femme ? Il sentit la douleur lancinante, familière, au fond de son œil gauche, qui accompagnait chacun de ses réveils. Il se massa les paupières puis but au robinet de l'évier.

Toujours à tâtons, il déverrouilla la porte à l'aide de son passe.

Il s'était enfermé dans la salle – l'armoire à médicaments était le Graal de l'unité.

Cinq minutes plus tard, il posait le pied sur la chaussée luisante du campus. Depuis la veille, le brouillard enveloppait Bordeaux. Un brouillard épais, blanchâtre, inexplicable. Il releva le col de l'imperméable qu'il avait enfilé sur sa blouse. L'odeur de la brume, chargée d'effluves marins, lui crispa les narines.

Il remonta l'allée centrale. On n'y voyait pas à trois mètres mais il connaissait le décor par cœur. Pavillons de crépi gris, toits bombés, pelouses carrées. Il aurait pu envoyer un infirmier chercher le nouveau venu mais il tenait à accueillir en personne ses « clients »…

Il traversa le patio central, cadré par quelques palmiers. D'ordinaire, ces arbres, souvenirs des Antilles, lui procuraient une bouffée d'optimisme. Pas cette nuit. La chape de froid et d'humidité était la plus forte. Il parvint au portail d'entrée, esquissa un signe vers le gardien et franchit le seuil de l'enceinte. Les flics arrivaient. Le gyrophare tournait lentement, en silence, tel un fanal aux confins du monde.

Freire ferma les yeux. La douleur battait sous sa paupière. Il n'accordait aucune importance à cette sensation, purement psychosomatique. Toute la journée, il soignait des souffrances mentales qui se répercutaient à travers le corps. Pourquoi pas dans son propre organisme ?

Il rouvrit les yeux. Un premier agent sortait de la voiture, accompagné d'un homme en civil. Il comprit pourquoi le toubib au téléphone avait l'air effrayé. L'amnésique était un colosse. Il devait mesurer près de deux mètres, pour plus de 130 kilos. Il portait un chapeau – un vrai Stetson de Texan – et des Santiags en lézard. Sa carrure était à l'étroit dans un manteau gris sombre. Il tenait dans ses mains un sac en plastique G20 et une enveloppe Kraft gonflée de documents administratifs.

Le flic s'avança mais Freire lui fit signe de rester où il était. Il s'approcha du cow-boy. À chaque pas, la douleur devenait plus franche, plus précise. Un muscle commençait à se contracter au coin de son œil.

— Bonsoir, fit-il quand il fut à quelques mètres de l'homme.

Pas de réponse. La silhouette ne bougeait pas, se détachant sur le halo vaporeux d'un réverbère. Freire s'adressa au flic qui se tenait en retrait, mains sur la hanche, prêt à intervenir.

— C'est bon. Vous pouvez nous laisser.

— Vous ne voulez pas qu'on vous rende compte ?

— Envoyez-moi le PV demain matin.

L'agent s'inclina, recula, puis disparut dans la voiture qui à son tour se fondit dans la brume.

Les deux hommes restèrent face à face, séparés seulement par quelques lambeaux de vapeur.

— Je suis le docteur Mathias Freire, dit-il enfin. Je suis responsable des urgences de l'hôpital.

— Vous allez vous occuper de moi ?

La voix grave était éteinte. Freire ne distinguait pas nettement les traits que dissimulait l'ombre du Stetson. L'homme paraissait avoir la tête d'un géant de dessins animés. Nez en trompette, bouche d'ogre, menton lourd.

— Comment vous vous sentez ?

— Il faut s'occuper de moi.

— Vous voulez bien me suivre ?

Il ne bougea pas.

— Suivez-moi, fit Freire en tendant le bras. On va vous aider.

Le visiteur recula par réflexe. Un rayon de lumière le toucha. Freire eut confirmation de ce qu'il avait entrevu. Un visage à la fois enfantin et disproportionné. Le gars devait avoir la cinquantaine. Des touffes de cheveux argentés sortaient de son chapeau.

— Venez. Tout va bien se passer.

Freire avait pris son ton le plus convaincant. Les malades mentaux possèdent une hyperacuité affective. Ils sentent tout de suite si on les manipule. Pas question de jouer au plus fin avec eux. Tout se passe *cartes sur table*.

L'amnésique se décida à avancer. Freire pivota, mains dans les poches, l'air détaché, et reprit le chemin de l'hôpital. Il s'efforçait de ne pas regarder derrière lui – façon de montrer qu'il avait confiance.

Ils marchèrent jusqu'au portail. Mathias respirait par la bouche, avalant l'air froid et détrempé comme on suce des glaçons. Il éprouvait une fatigue immense. Le manque de sommeil, le brouillard, mais surtout ce sentiment d'impuissance, récurrent, face à la folie qui tous les jours multipliait ses visages…

Que lui réservait ce nouvel arrivant ? Que pourrait-il faire pour lui ? Freire se dit qu'il n'avait qu'une faible chance d'en savoir plus sur son passé. Et une chance plus faible encore de le guérir…

Être psychiatre, c'était ça.

Écoper une barque qui coule avec un dé à coudre.

Il était 9 heures du matin quand il monta dans sa voiture – un break Volvo déglingué qu'il avait acheté d'occasion à son arrivée à Bordeaux, un mois et demi plus tôt. Il aurait pu rentrer chez lui à pied – il habitait à moins d'un kilomètre – mais il avait pris l'habitude de se laisser rouler, au volant de sa guimbarde.

Le Centre hospitalier spécialisé Pierre-Janet était situé au sud-ouest de la ville, non loin du groupe hospitalier Pellegrin. Freire habitait le quartier Fleming, entre Pellegrin et la cité universitaire, à l'exacte frontière de Bordeaux, Pessac et Talence. Son quartier était une zone anonyme de maisons roses aux toits de tuiles, toutes identiques, avec haies taillées et petits jardins pour le côté « propriété privée ». Un bonheur à taille humaine, qui se répétait au fil des allées, comme des jouets désuets sur une chaîne industrielle.

Freire roulait au pas, franchissant la brume qui refusait toujours de se lever. Il ne voyait pas grand-chose mais cette ville ne l'intéressait pas. On lui avait dit : « Vous verrez, c'est un petit Paris. » Ou : « C'est une ville de prestige. » Ou encore : « C'est l'Olympe des vins ! » On lui avait dit beaucoup de choses. Il n'avait rien vu. Il percevait vaguement Bordeaux comme une cité bourgeoise, hautaine – et mortifère. Une agglomération plate et froide qui dégageait, à chaque coin de rue, l'atmosphère compassée d'un hôtel particulier de province.

Il n'avait pas non plus été confronté à l'autre visage de Bordeaux – sa célèbre bourgeoisie. Ses collègues psychiatres étaient plutôt de vieux gauchistes en lutte contre cette tradition. Des râleurs qui constituaient, sans s'en apercevoir, un des versants obligés de cette classe qu'ils critiquaient. Il avait limité ses liens avec eux aux conversations du déjeuner : histoires drôles de fous qui avalent des fourchettes, tirades contre le système psychiatrique français, projets de vacances et points de retraite.

Il aurait voulu pénétrer la société bordelaise qu'il aurait échoué. Freire souffrait d'un handicap majeur : il ne buvait pas de vin. Ce qui revenait en Aquitaine à être aveugle, sourd ou paraplégique. On ne lui avait jamais fait de reproches mais le silence qui l'entourait était éloquent. À Bordeaux, pas de vin, pas d'amis. C'était aussi simple que ça. Il ne recevait jamais de coups de fil, ni de mails, ni de SMS. Aucune communication autre que professionnelle – sur le réseau intranet de l'hôpital.

Il était parvenu dans son quartier.

Ici, chaque pavillon portait le nom d'une gemme. Topaze. Diamant. Turquoise... C'était la seule manière de distinguer les maisons entre elles. Freire habitait « Opale ». À son arrivée à Bordeaux, il avait cru choisir cette baraque en raison de sa proximité avec l'hôpital. Il se trompait. Il s'était décidé pour ce quartier parce qu'il était neutre et impersonnel. Un lieu idéal pour s'enfouir. Se camoufler. Se fondre dans la masse. Il était venu ici pour tirer un trait sur son passé parisien. Un trait sur l'homme qu'il avait été jadis : praticien reconnu, distingué, courtisé dans son milieu.

Il se gara à quelques mètres de son pavillon. Le brouillard était si épais que la municipalité avait laissé les réverbères allumés.

Il n'utilisait jamais son garage. Dès qu'il fut sorti de sa voiture, il eut l'impression de plonger dans une piscine d'eau laiteuse. Des milliards de gouttelettes en suspens matérialisaient l'atmosphère, comme une toile pointilliste.

Il accéléra le pas, fourrant les mains dans les poches de son imper. Relevant une fois de plus son col, il sentit le picotement glacé de la brume dans son cou. Il se faisait penser à un détective privé, dans un vieux film hollywoodien, héros solitaire en quête de lumière.

Il ouvrit la barrière du jardin, traversa les quelques mètres de pelouse luisante d'humidité, tourna sa clé dans la serrure.

À l'intérieur, le pavillon reproduisait la banalité du dehors. Dix fois, cent fois, se répétait dans le quartier la même disposition : vestibule, salon, cuisine, chambres au premier étage… Avec les mêmes matériaux. Parquet flottant. Murs de crépi blanc. Portes en contre-plaqué. Les habitants exprimaient leur personnalité par leur mobilier.

Il ôta son imper et s'orienta vers la cuisine sans allumer. L'originalité chez Freire, c'était qu'il n'avait pas de meubles, ou presque. Ses cartons de déménagement, toujours fermés, étaient entreposés le long des murs, en guise de décor. Il vivait dans un appartement-témoin, mais le témoin n'avait rien à dire.

À la lueur des réverbères, il se prépara un thé. En évaluant ses chances de trouver le sommeil pour quelques heures. Nulles. Il reprenait sa permanence à 13 heures : autant bosser jusque-là sur ses dossiers. Sa nouvelle journée finirait à 22 heures. Il s'écroulerait alors, sans dîner, regardant vaguement une émission de variétés à la télévision. Puis il remettrait ça le lendemain, dimanche, jusqu'au soir. Enfin, après une solide nuit de sommeil, il réattaquerait son lundi selon des horaires plus ou moins normaux.

En observant les feuilles qui infusaient au fond de la théière, il se dit qu'il devait réagir. Ne plus collectionner les permanences. S'imposer une hygiène de vie. Faire du sport. Manger à heures fixes... mais ce genre de réflexions faisaient *aussi* partie de son quotidien confus, répétitif, sans but.

Debout dans la cuisine, il souleva la passoire remplie de thé et contempla la couleur brune qui s'intensifiait. Reflet exact de son cerveau qui sombrait dans les idées noires. Oui, se dit-il en replongeant les feuilles, il avait voulu s'enfouir ici dans la folie des autres. Pour mieux oublier *la sienne*.

Deux ans auparavant, à 43 ans, Mathias Freire avait commis la pire faute déontologique à l'hôpital spécialisé de Villejuif : il avait couché avec une patiente. Anne-Marie Straub. Schizophrène. Maniaco-dépressive. Une chronique destinée à vivre et à mourir en institut. Quand il songeait à son erreur, Freire n'y croyait toujours pas. Il avait transgressé le tabou des tabous.

Pourtant, rien de malsain ni de pervers dans son histoire. S'il avait connu Anne-Marie hors des murs de l'hôpital, il en serait instantanément tombé amoureux. Il aurait éprouvé pour elle le même désir, violent, irraisonné, que celui qui l'avait saisi au premier regard, dans son bureau. Ni les cellules d'isolement, ni les médicaments, ni les cris des autres malades n'avaient pu freiner sa passion. Un coup de foudre, tout simplement.

À Villejuif, Freire vivait sur le campus, dans un bâtiment excentré. Chaque nuit, il gagnait le pavillon d'Anne-Marie. Il revoyait tout. Le couloir tapissé de linoléum. Les portes percées de hublots. Son trousseau qui lui permettait d'accéder à chaque espace. Ombre dans l'ombre, Mathias était guidé – propulsé plutôt – par son désir. Chaque nuit, il traversait la salle d'arthérapie. Chaque fois, il baissait les yeux pour ne pas voir les tableaux d'Anne-Marie aux murs. Elle peignait des plaies noires, tordues, obscènes, sur fond rouge. Parfois, elle coupait même la toile à la spatule, comme Lucio Fontana. Quand il contemplait ses œuvres à la lumière du jour, Mathias se disait qu'Anne-Marie était une des patientes les plus dangereuses de l'hôpital. La nuit, il détournait le regard et filait vers sa cellule.

Ces nuits l'avaient brûlé pour toujours. Étreintes passionnées dans la chambre verrouillée. Caresses mystérieuses, inspirées, envoûtantes. Discours délirants, chuchotés à son oreille. « Ne les regarde pas, mon chéri… Ils ne sont pas méchants… » Elle parlait des esprits qui, selon elle, les entouraient dans les ténèbres. Mathias ne répondait pas, les yeux ouverts dans l'obscurité. *Droit dans le mur*, se répétait-il. *Je vais droit dans le mur.*

22

Après l'amour, il s'était endormi. Une heure. Peut-être moins. Quand il s'était réveillé – il devait être trois heures du matin –, le corps nu d'Anne-Marie se balançait au-dessus du lit. Elle s'était pendue. Avec sa ceinture *à lui*.

Durant une seconde, il n'avait pas compris. Il croyait encore rêver. Il avait même admiré cette silhouette aux seins lourds qui l'excitait déjà à nouveau. Puis la panique avait explosé dans ses veines. Il avait enfin saisi que tout était fini. Pour elle. *Pour lui*. Il s'était rhabillé en abandonnant le corps, sa ceinture fixée à la crémone de la fenêtre. Il avait fui à travers les couloirs, évité les infirmiers, rejoint son pavillon comme un nuisible son terrier.

Hors d'haleine, l'esprit chaviré, il s'était injecté une dose de sédatif dans le pli du coude et s'était roulé en boule dans son lit, drap sur la tête.

Quand il s'était réveillé, douze heures plus tard, la nouvelle était connue de tous. Personne n'était étonné – Anne-Marie avait plusieurs fois tenté d'en finir. Une enquête avait été ordonnée pour connaître l'origine de cette ceinture d'homme. On n'avait jamais pu déterminer sa provenance. Mathias Freire n'avait pas été inquiété. Pas même interrogé. Depuis près d'un an, Anne-Marie Straub n'était plus sa patiente. La suicidée n'avait aucune famille proche. Aucune plainte n'avait été déposée. Affaire classée.

À compter de ce jour, Freire avait assuré son boulot en pilotage automatique, alternant antidépresseurs et anxiolytiques. Pour une fois, le cordonnier était bien chaussé. Aucun souvenir de cette période. Consultations au radar. Diagnostics confus. Nuits sans rêve.

Jusqu'à ce que l'opportunité de Bordeaux se présente. Il s'était jeté dessus. Il s'était sevré. Avait fait ses valises et pris le TGV sans se retourner.

Depuis son installation au CHS, il avait opté pour une nouvelle attitude professionnelle. Il évitait toute implication dans son travail. Ses patients n'étaient plus des cas mais des cases à remplir : schizophrénie, dépression, hystérie, TOC, paranoïa, autisme... Il cochait, désignait le traitement adéquat – et restait à distance. On le disait froid, désincarné, robotisé. Tant mieux. Jamais plus il n'approcherait un patient. Jamais plus il ne s'impliquerait dans son boulot.

Lentement, il revint à la réalité présente. Il se tenait toujours devant la fenêtre de la cuisine, face à la rue déserte, noyée de brume. Son thé était noir comme du café. Le jour était à peine levé. Derrière les haies, les mêmes maisons. Derrière les fenêtres, les mêmes existences, encore endormies. On était samedi matin et la grasse matinée était de rigueur.

Mais un détail ne cadrait pas.

Un 4 × 4 noir était stationné le long du trottoir, à une cinquantaine de mètres, les phares allumés.

Freire essuya la buée sur la vitre. À cet instant, deux hommes en manteau noir sortirent de la voiture. Freire plissa les yeux. Il les distinguait mal mais leurs silhouettes rappelaient celles des officiers du FBI dans les films. Ou encore les deux personnages parodiques de *Men in Black*. Que foutaient-ils ici ?

Freire se demanda s'il ne s'agissait pas de membres d'une milice privée, engagés par les habitants du quartier, mais ni la voiture, ni l'élégance des rôdeurs ne correspondaient à ce profil. Ils se tenaient maintenant appuyés sur le capot du 4 × 4, insensibles à la bruine. Ils fixaient un point précis. Mathias sentit de nouveau sa douleur derrière l'œil.

Ce que ces types trempés fixaient à travers le brouillard, c'était son propre pavillon. Et plus certainement encore sa silhouette à contre-jour dans la cuisine.

Freire retourna au CHS à 13 heures après avoir sommeillé sur son canapé, avec plusieurs dossiers en guise de couverture. Pas un chat aux urgences. Ni malades en détresse, ni clodos ivres morts, ni forcenés ramassés sur la voie publique. Un vrai coup de chance. Il salua les infirmières qui lui donnèrent son courrier et les dossiers tapés la veille. Il fila dans son bureau de permanence qui n'était autre que son cabinet d'examen-salle de repos.

Parmi les documents, il ouvrit en priorité le PV de constatation concernant l'amnésique de la gare Saint-Jean. Le document était rédigé par un certain Nicolas Pailhas, capitaine au poste de la place des Capucins. La veille, Freire n'avait pas tenté d'interroger le cow-boy ni essayé de comprendre quoi que ce soit. Il l'avait expédié au lit après l'avoir ausculté et lui avoir prescrit un analgésique. On verrait demain.

Dès les premières lignes du PV, Freire fut captivé.

L'inconnu avait été découvert aux environs de minuit par des cheminots dans un poste de graissage situé le long de la voie 1. L'homme avait forcé la serrure et s'était planqué dans le cabanon. Quand les techniciens lui avaient demandé ce qu'il faisait là, il avait été incapable de répondre, n'avait pas su non plus donner son nom. Hormis son Stetson et ses bottes en lézard, l'intrus était vêtu d'un manteau de laine grise, d'une veste de velours usé, d'un sweat-shirt marqué du logo CHAMPION et d'un jean troué. Il ne portait aucun document officiel ni quoi que ce soit qui permette de l'identifier. Le mec avait l'air en état de choc. Il éprouvait des difficultés à parler. Parfois même à saisir les questions qu'on lui posait.

Plus inquiétant, il tenait deux objets qu'il refusait de lâcher. Une clé à molette énorme, le modèle 450 mm, et un annuaire d'Aquitaine daté de 1996 – un de ces pavés de plusieurs milliers de pages en papier bible. La clé et l'annuaire étaient tachés de sang. Le Texan ne pouvait expliquer la présence de ces objets entre ses mains. Ni celle du sang.

Les agents de la SNCF l'avaient emmené à l'infirmerie de la gare, pensant qu'il était blessé. L'examen n'avait révélé aucune plaie. Le sang sur la clé et l'annuaire appartenait donc à *quelqu'un d'autre*. Le chef d'escale avait prévenu les flics. Pailhas et ses hommes étaient arrivés quinze minutes plus tard. Ils avaient embarqué l'inconnu et appelé le médecin de garde du quartier, celui qui avait contacté Freire.

L'interrogatoire au poste n'avait rien donné de plus. On avait pris l'homme en photo. On avait relevé ses empreintes. Des techniciens de l'IJ avaient collecté des particules de sa salive, des cheveux, pour confronter son ADN au FNAEG, le Fichier national automatisé des empreintes génétiques. Ils avaient aussi relevé des grains de poussière sur ses mains et sous ses ongles. On attendait le résultat des analyses. Bien sûr, ils avaient embarqué la clé à molette et l'annuaire. *Pièces à conviction.* Mais conviction de quoi ?

Son bipeur sonna. Freire regarda sa montre – 15 heures. La parade commençait. Entre les malades venus de l'extérieur et les patients de l'intérieur, il n'y avait jamais de quoi chômer. Il lut son écran : un problème dans la cellule d'isolement du pavillon Ouest. Il partit au pas de course, sacoche à la main, et remonta l'allée centrale, toujours noyée de brouillard. L'hôpital regroupait une douzaine de pavillons dévolus chacun à une zone d'Aquitaine ou à une pathologie particulière : addictologie, délinquance sexuelle, autisme…

Le pavillon Ouest était le troisième sur la gauche. Freire plongea dans le couloir principal. Murs blancs, linoléum beige, tuyaux apparents : le même décor pour chaque bâtiment. Rien d'étonnant à ce que les patients se trompent quand ils rentraient au bercail.

— Qu'est-ce qui se passe ?

L'interne eut un mouvement d'humeur :

— Putain, vous voyez pas ce qui se passe ?

Freire ne releva pas l'agressivité du gars. Il lança un coup d'œil à travers la lucarne de la cellule. Une femme nue, corps blanc maculé de merde et d'urine, était terrée dans un angle de la pièce. Accroupie, les doigts en sang, elle avait réussi à arracher des écailles de peinture qu'elle mastiquait avec vigueur.

— Faites-lui une injection, dit-il d'une voix neutre. Trois unités de Loxapac.

Il la reconnaissait mais ne se souvenait plus de son nom. Une habituée. Sans doute admise dans la matinée. Elle avait une peau d'aspirine. Ses traits étaient ravagés par l'angoisse. Son corps, squelettique, hérissé

28

d'angles et de saillies. Elle enfournait les écailles dans sa bouche, à pleines mains, comme des corn-flakes. Il y avait du sang sur ses doigts. Sur les fragments. Sur ses lèvres.

— Quatre unités, se ravisa-t-il. Faites-lui quatre unités.

Depuis longtemps, Freire avait renoncé à méditer sur l'impuissance des psychiatres. Face aux chroniques, il n'y avait qu'une solution : les assommer à coups de calmants en attendant que l'orage passe. C'était peu, mais déjà pas si mal.

Sur le chemin du retour, il fit un crochet par son unité, Henri-Ey. Le pavillon abritait vingt-huit patients, provenant tous de l'est de la région. Schizophrènes. Dépressifs. Paranoïaques… Et d'autres cas moins clairs.

Il passa à l'accueil et récupéra le compte rendu de la matinée. Une crise de larmes. Du grabuge en cuisine. Un toxico qui avait trouvé, on ne sait comment, une ficelle et s'était fabriqué un garrot autour de la verge. La routine.

Freire traversa le réfectoire et ses odeurs de tabac froid – on tolérait encore qu'on fume chez les fous. Il déverrouilla une nouvelle porte. Les effluves d'alcool à 90° annonçaient l'infirmerie. Il salua au passage quelques familiers. Un gros homme en costume blanc qui pensait être le directeur de l'institut. Un autre, d'origine africaine, qui creusait le sol du couloir à force d'arpenter toujours le même parcours. Un autre encore qui oscillait sur ses pieds comme un culbuto, et dont les yeux paraissaient enfouis au plus profond du front.

À l'infirmerie, il demanda des nouvelles de l'amnésique. L'interne feuilleta le registre. Nuit calme. Matinée normale. À 10 heures, le cow-boy avait été transféré à Pellegrin pour un bilan neurobiologique mais il avait refusé d'effectuer des radiographies ou le moindre cliché médical. A priori, les médecins qui l'avaient vu n'avaient relevé aucun signe de lésion physique. Ils penchaient plutôt pour une amnésie dissociative, résultant d'un traumatisme émotionnel. Ce qui signifiait que le Texan avait vécu, ou simplement vu, quelque chose qui lui avait fait perdre la mémoire. *Quoi ?*

— Où est-il maintenant ? Dans sa chambre ?

— Non. Dans la salle Camille-Claudel.

Un des tics de la psychiatrie moderne est d'utiliser les noms de malades célèbres pour baptiser ses pavillons, ses allées, ses services. Même la démence a ses champions. La salle Claudel était l'unité d'arthérapie. Freire prit un nouveau couloir et fit jouer, sur sa droite, un verrou. Il rejoignit la pièce où les patients pouvaient peindre, sculpter, fabriquer des objets en osier ou en papier.

Il longea les tables « glaise » et « peinture » pour atteindre celle de la vannerie. Les pensionnaires bricolaient des paniers, des ronds de serviette, des dessus-de-table, l'air concentré. Les brins flexibles vibraient dans l'air alors que les visages étaient contractés, pétrifiés. Ici, le végétal vivait et l'humain prenait racine.

Le cow-boy se tenait au bout de la table. Même assis, il dépassait les autres de vingt bons centimètres. Peau burinée, rides en pagaille, il portait toujours son chapeau absurde. Ses grands yeux bleus éclairaient son visage cuirassé.

Freire s'approcha. L'ogre était en pleine confection d'un panier en forme de chaloupe. Il avait des mains calleuses. *Un ouvrier, un paysan…* pensa le psychiatre.

— Bonjour.

L'homme leva les yeux. Il ne cessait de ciller, mais avec lenteur. Ses iris, chaque fois qu'ils réapparaissaient sous les paupières, révélaient une clarté liquide et nacrée.

— Salut, fit-il en retour, relevant son chapeau d'un coup d'index, comme l'aurait fait un champion de rodéo.

— Qu'est-ce que vous fabriquez ? Un bateau ? Un gant de pelote basque ?

— Sais pas encore.

— Vous connaissez le Pays basque ?

— Sais pas.

Freire attrapa une chaise et s'assit de trois quarts.

Les yeux clairs revinrent se poser sur lui.

— T'es un spycatre ?

Il nota l'inversion. *Peut-être dyslexique.* Il remarqua aussi l'usage du tutoiement. Plutôt bon signe. Mathias se décida lui aussi à passer au « tu ».

— Je suis Mathias Freire. Le directeur de cette unité. Hier soir, c'est moi qui ai signé ton admission. Tu as bien dormi ?

— J'fais toujours le même rêve.

L'inconnu tressait ses liens d'osier. Une odeur de marécage, de roseaux humides planait dans la salle. Outre son chapeau énorme, le colosse portait un tee-shirt et un pantalon de toile prêtés par l'unité. Il avait des bras énormes, musclés, couverts de poils roux-gris.

— Quel rêve ?

— D'abord, y a la chaleur. Puis la blancheur…

— Quelle blancheur ?

— Le soleil… Le soleil, il est féroce, tu sais… Il écrase tout.

— Ce rêve, il se passe où ?

Le cow-boy haussa les épaules, sans lâcher son ouvrage. Il avait l'air de faire du tricot. La vision était plutôt comique.

— Je marche dans un village aux murs tout blancs. Un village espagnol. Ou grec… j'sais pas. J'vois mon ombre. Elle marche devant moi. Sur les murs. Le sol. Elle est à pic, presque verticale. Y doit être midi.

Freire éprouva un malaise. Il avait fait le même songe, juste avant de rencontrer l'amnésique. Un signe prémonitoire ? Il n'y croyait pas mais il aimait la théorie de Carl Jung sur la synchronicité. L'exemple célèbre du scarabée d'or dont lui parlait une patiente alors même qu'une cétoine dorée cognait à la vitre du cabinet.

— Ensuite ? relança-t-il. Qu'est-ce qui se passe ?

— Y a un flash encore plus blanc. Une explosion, mais qui fait pas de bruit. Je vois plus rien. J'suis complètement ébloui.

Un ricanement retentit sur la droite. Freire sursauta. Un petit homme, un nain à tête de gargouille, accroupi au pied d'une table, les observait. *Antoine, dit Toto.* Inoffensif.

— Essaie de te souvenir.

— Je me sauve. Je cours dans les rues blanches.

— C'est tout ?

— Ouais. Non. Quand je pars, mon ombre, elle bouge plus. Elle reste fixée sur le mur. Comme à Hiroshima.

32

— Hiroshima ?

— Après la bombe, les ombres des victimes sont restées plaquées sur la pierre. Tu le savais ?

— Oui, fit Freire, se souvenant vaguement du phénomène.

Le silence s'imposa. L'amnésique fit passer plusieurs brins d'osier l'un sur l'autre. Soudain, il releva la tête. Ses pupilles étincelaient dans l'ombre du Stetson.

— Qu'est-ce que t'en penses, doc ? Ça veut dire quoi ?

— C'est sans doute une version symbolique de ton accident, improvisa Freire. Ce flash blanc est une métaphore de ta perte de mémoire. Au fond, le choc que tu as subi a plaqué sur ton esprit une grande page blanche.

Du pur bullshit de psy, qui sonnait bien mais ne reposait sur rien. Un cerveau endommagé se moque des belles phrases et des constructions logiques.

— Y a qu'un problème, murmura l'inconnu. Ce rêve, j'le fais depuis longtemps.

— C'est ton impression, répliqua Freire. Il serait étonnant que tu te souviennes de tes rêves d'avant l'accident. Ces éléments appartiennent à ta mémoire intime. Personnelle. Celle qui a été touchée, tu comprends ?

— On a plusieurs mémoires ?

— Disons qu'on possède une mémoire culturelle, d'ordre général – comme tes souvenirs sur Hiroshima – et une mémoire autobiographique qui concerne ton vécu spécifique. Ton nom. Ta famille. Ton métier. Et tes rêves…

Le géant secoua lentement la tête :

— Je sais pas c'que j'vais devenir... J'ai la tête complètement vide.

— Ne t'en fais pas. Tout est encore imprimé. Ces pertes sont souvent de courte durée. Si ça continue, on a des moyens pour stimuler ta mémoire. Des tests, des exercices. On réveillera ton esprit.

L'inconnu le fixa avec ses grands yeux qui viraient au gris.

— Ce matin, pourquoi tu n'as pas voulu faire des radios à l'hôpital ?

— J'aime pas ça.

— Tu en as déjà fait ?

Pas de réponse. Freire n'insista pas.

— Sur la nuit dernière, reprit-il, rien ne t'est revenu aujourd'hui ?

— Tu veux dire : pourquoi j'étais dans la cabane ?

— Par exemple.

— Non.

— Et la clé à molette ? L'annuaire ?

L'homme fronça les sourcils.

— Y avait du sang dessus, non ?

— Du sang, oui. D'où vient-il ?

Freire avait parlé avec autorité. Les traits du géant se figèrent, puis exprimèrent la détresse.

— Je... J'en sais rien...

— Et ton nom ? Ton prénom ? Ton origine ?

Freire regretta cette rafale. Trop sèche. Trop rapide. La panique de l'homme parut s'accentuer. Ses lèvres tremblaient.

— Tu serais d'accord pour tenter une séance d'hypnose ? demanda-t-il plus doucement.

— Maintenant ?

— Demain. Il faut d'abord te reposer.

— Ça peut m'aider ?

— Il n'y a aucune certitude. Mais la suggestion nous permettra de…

Son bipeur sonna à sa ceinture. Il jeta un coup d'œil sur l'écran et se leva dans le même mouvement :

— Je dois y aller. Une urgence. Réfléchis à ma proposition.

Avec lenteur, le cow-boy déplia son mètre quatre-vingt-dix et tendit sa main ouverte. Le geste était amical mais le déplacement d'air effrayant.

— Pas la peine, doc. Je marche. Je te fais confiance. À demain.

Un type s'était enfermé dans les toilettes qui jouxtaient le hall des urgences. Depuis une demi-heure, il refusait d'en sortir. Freire se tenait maintenant devant la cabine, accompagné d'un technicien et sa boîte à outils. Après plusieurs appels – des sommations –, il fit ouvrir la porte. L'homme était assis par terre, près de la cuvette, genoux groupés, tête entre ses bras repliés. L'espace était plongé dans la pénombre – et une puanteur asphyxiante.

— Je suis psychiatre, fit Freire en refermant la porte avec l'épaule. Vous avez besoin d'aide ?

— Cassez-vous.

Il mit un genou au sol, évitant les flaques d'urine.

— Comment vous vous appelez ?

Pas de réponse. L'homme avait toujours la tête enfouie entre ses bras.

— Venez dans mon bureau, fit-il en posant une main sur son épaule.

— Je vous dis de vous tirer !

L'homme avait un défaut d'élocution. Il donnait l'impression de sucer les syllabes, en salivant abondamment. Surpris par le contact, il avait relevé la tête. Dans l'obscurité, Freire aperçut son visage difforme.

À la fois creusé et tuméfié, asymétrique, comme déchiré en plusieurs morceaux.

— Levez-vous, ordonna-t-il.

Le gars tendit le cou. Le tableau se précisa. Un amalgame de chairs froissées, de peaux étirées, de stries luisantes. Un pur dessin de terreur.

— Vous pouvez avoir confiance en moi, fit Freire, maîtrisant sa répulsion.

Plutôt qu'à des brûlures, il songea aux ravages d'une lèpre. Un mal dévorant qui détruisait progressivement ce faciès. Mais il plissa les yeux dans le demi-jour et comprit que la vérité était différente : ces cicatrices étaient fausses. L'homme s'était collé la peau en plis, replis et boursouflures, sans doute avec de la colle de synthèse. Il s'était infligé ces déformations pour faire croire à son statut de défiguré et bénéficier d'une prise en charge. *Syndrome de Münchhausen*, pensa le psychiatre en répétant :

— Venez.

Le gars se leva enfin. Freire ouvrit la porte, retrouvant le jour et une atmosphère respirable avec soulagement. Ils marchèrent jusqu'au seuil des toilettes. Il sortait du cloaque mais pas du cauchemar. Pendant une heure, il s'entretint avec l'homme-glu et vit son diagnostic se confirmer. Le visiteur était prêt à tout pour être interné et soigné. Pour l'heure, Freire le transféra au CHU Pellegrin pour faire soigner son visage – la colle commençait à brûler les tissus.

17 h 30.

Freire se fit remplacer aux urgences et retourna à son unité. Il s'installa dans son PC, le Point consultations où se trouvaient son bureau et son secrétariat.

Tout était désert. Il avala un sandwich en se remettant lentement de ce nouveau délire. À la fac, on l'avait rassuré : On s'habitue à tout. Mais ça n'avait pas marché avec lui. Il ne s'y faisait pas. C'était même de mal en pis. Sa sensibilité face à la folie était devenue une membrane à vif, constamment irritée, peut-être même infectée...

18 heures.

Retour aux urgences.

Plus calmes. Seulement des candidats pour une HL, une Hospitalisation libre. Il les connaissait. En un mois et demi d'activité, il avait déjà eu le temps de repérer les malades à portes tournantes. L'interné suit un traitement à l'hôpital. Il récupère son autonomie, rentre chez lui, cesse de prendre ses neuroleptiques et rechute aussi sec. Alors, c'est « bonjour docteur ».

19 heures.

Plus que quelques heures à tirer. La fatigue lui martelait l'intérieur des orbites, à lui fermer les paupières de force. Il songea à l'amnésique. Toute la journée, il y était revenu par la pensée. Ce cas l'intriguait. Il s'isola dans son cabinet de consultation et chercha le numéro du poste de la place des Capucins. Il demanda à parler à Nicolas Pailhas, l'OPJ qui avait rédigé le PV de constatation. Le flic ne travaillait pas ce samedi. Faisant valoir sa position, Freire obtint son numéro de portable.

Pailhas répondit à la deuxième sonnerie. Mathias se présenta.

— Et alors ? fit l'autre d'un ton exaspéré.

Il n'aimait pas qu'on le dérange en plein week-end.

— Je voulais savoir si vous aviez progressé dans votre enquête.

— Je suis chez moi, là. Avec mes enfants.

— Mais vous avez lancé des pistes. Vous devez avoir des retours, non ?

— Je ne vois pas en quoi ça vous regarde.

Freire s'efforça au calme :

— Ce patient est sous ma responsabilité. Mon boulot est de le soigner. Ce qui signifie, entre autres, que je dois l'identifier et l'aider à retrouver la mémoire. Nous sommes partenaires dans cette affaire, vous comprenez ?

— Non.

Freire changea de cap :

— Dans la région, aucune disparition n'a été signalée ?

— Non.

— Vous avez contacté les associations qui s'occupent des SDF ?

— C'est en cours.

— Vous avez pensé aux gares qui se trouvent à proximité de Bordeaux ? Pas de témoins dans les trains de cette nuit-là ?

— On attend des réponses.

— Vous avez lancé un avis de recherche ? Un site internet avec un numéro vert ? Vous…

— Quand on sera en panne d'idées, on vous appellera.

Il ignora le sarcasme et changea encore de direction :

— Et les analyses du sang sur la clé et l'annuaire ?

— Du O +. Il pourrait appartenir à la moitié de la population française.

— Aucun acte de violence n'a été signalé cette nuit ?

— Non.

— Et l'annuaire ? Vous avez noté si une page, un nom était marqué ?

— J'ai l'impression que vous vous prenez pour un sacré flic.

Mathias serra les dents :

— Je cherche simplement à identifier cet homme. Encore une fois, nous poursuivons le même objectif. Je vais tenter demain une séance d'hypnose. Si vous avez le moindre indice, la moindre information qui puisse orienter mes questions, c'est le moment de me les donner.

— Je n'ai rien, grogna le flic. Je dois vous le chanter ?

— J'ai appelé votre commissariat. J'ai eu l'impression que personne ne bosse aujourd'hui sur cette affaire.

— Je reprends le boulot demain, fit le flic avec mauvaise humeur. Ce dossier est ma priorité.

— Qu'avez-vous fait de la clé et de l'annuaire ?

— Nous avons diligenté une procédure judiciaire et procédé à la saisie afférente.

— Ce qui veut dire en français ?

Le policier ricana, de l'humeur, il passait à l'humour :

— Tout est dans les mains de l'IJ. On aura les résultats lundi. Ça vous va comme ça ?

— À la moindre info, je peux compter sur vous ?

— OK, fit Pailhas sur un ton plus conciliant. Mais ça marche dans les deux sens. Si vous apprenez quoi que ce soit avec vos histoires d'hypnose, vous me contactez.

Après un temps, l'homme ajouta :

— C'est dans votre intérêt.

Mathias sourit. Le réflexe de la menace. Il faudrait psychanalyser chaque flic pour découvrir les raisons qui lui ont fait choisir ce métier. Freire promit et donna en retour ses coordonnées. Ni l'un ni l'autre n'y croyaient. Chacun pour soi et que le meilleur gagne.

Freire retourna aux urgences. Encore deux heures à tenir. La bonne nouvelle, c'était qu'il partirait avant le grand chaos. Celui du samedi soir. Il enchaîna plusieurs cas, prescrivant antidépresseurs, anxyolitiques, et renvoyant chacun chez soi.

22 heures.

Mathias salua son successeur qui arrivait et regagna son bureau. Le brouillard ne cédait toujours pas un pouce de terrain. Il paraissait même avoir redoublé avec la nuit. Freire réalisa que ces nuées avaient contaminé toute sa journée. Comme si, à travers ces vapeurs, rien n'était réel.

Il ôta sa blouse. Réunit ses affaires. Enfila son imper. Avant de partir, il se décida pour une dernière visite à l'homme au Stetson. Il rejoignit son unité et monta au premier étage. Des remugles de bouffe flottaient encore dans le couloir, mêlés aux habituelles odeurs d'urine, d'éther et de médicaments. On percevait, çà et là, le glissement feutré des chaussons sur le lino, la rumeur des télévisions, le bruit caractéristique d'un cendrier sur pied, manipulé par un chasseur de mégots.

Soudain, une femme bondit sur Freire. Malgré lui, il sursauta puis la reconnut. Mistinguett. Tout le monde l'appelait ainsi. Il avait oublié son véritable état civil. 60 ans, dont 40 à l'ouest. Pas méchante, mais son physique ne jouait pas en sa faveur. Des cheveux blancs en bataille. Des traits avachis et gris. Des yeux en noyaux de fièvre, voilés, brillants, cruels. La femme s'accrochait aux revers du trench-coat.

— Calmez-vous, Mistinguett, fit-il en se libérant des mains griffues. Il faut aller se coucher.

Un rire jaillit de sa bouche comme le sang d'une plaie. Le ricanement se transforma en sifflement de haine, puis en souffle désespéré.

Freire la prit fermement par le bras – la femme puait le liniment et la pisse rance.

— Vous avez pris vos cachets ?

Combien de fois par jour répétait-il ces mots ? Ce n'était plus une question. Une prière, une litanie, une conjuration. Il parvint à ramener Mistinguett dans sa chambre. Avant qu'elle ait pu dire quoi que ce soit, il referma la porte.

Il s'aperçut qu'il avait attrapé, par réflexe, son passe magnétique pour donner l'alerte. Un simple effleurement à son extrémité sur un radiateur ou une canalisation, et les infirmiers accouraient. Il frémit et fourra l'objet dans sa poche. Quelle différence entre son boulot et celui d'un maton ?

Il parvint à la chambre du cow-boy. Il frappa en douceur. Pas de réponse. Il tourna la poignée et pénétra dans la pièce obscure. Le colosse était allongé sur sa couchette, immobile, énorme. Son Stetson et ses bottes étaient postés près du lit. Comme des animaux familiers.

Freire s'approcha à pas silencieux, pour ne pas effrayer le géant.

— Je m'appelle Michel, murmura l'homme.

Ce fut Freire qui fit un bond en arrière.

— Je m'appelle Michel, répéta-t-il. J'ai dormi qu'une heure ou deux et voilà le boulot. (Il tourna la tête vers le psychiatre.) Pas mal, non ?

Mathias ouvrit son cartable. Attrapa carnet et stylo. Ses yeux s'habituaient à la pénombre.

— C'est ton prénom ?

— Non. Mon nom de famille.

— Comment ça s'écrit ?

— M.I.S.C.H.E.L.L.

Freire nota sans trop y croire. Ce souvenir était trop rapide. Sans doute un élément déformé. Ou carrément une invention.

— Dans ton sommeil, il t'est revenu autre chose ?

— Non.

— Tu as rêvé ?

— Je crois.

— De quoi ?

— Toujours le même truc, doc. Le village blanc. L'explosion. Mon ombre qui reste collée au mur…

Il parlait d'une voix lente, épaisse, hésitant entre veille et sommeil. Mathias écrivait toujours. *Consulter mes bouquins sur les rêves. Effectuer des recherches à propos des légendes autour des ombres.* Il savait comment il allait occuper sa soirée. Il leva la tête de son carnet. La respiration de l'homme était devenue régulière. Il s'était rendormi. Freire recula. Tout de même un signe encourageant. Demain, la séance d'hypnose serait peut-être fertile.

Il remonta vers le couloir et gagna la sortie. Les plafonniers étaient éteints. L'heure du coucher avait sonné.

Dehors, le brouillard enveloppait les palmiers et les réverbères de la cour comme les grandes voiles d'un vaisseau fantôme. Freire songea à l'artiste Christo qui jadis emballait le Pont-Neuf ou le Reichstag. Il lui vint

43

une idée plus étrange. C'était l'esprit vaporeux de l'amnésique, le brouillard de sa mémoire, qui enveloppait le CHS et toute la ville… Bordeaux était sous la coupe de ce passager des brumes…

Se dirigeant vers le parking, Freire se ravisa.

Il n'avait ni faim ni envie de rentrer.

Autant vérifier tout de suite ce début d'information.

Il retourna au PC, s'enferma dans son bureau et s'installa derrière son ordinateur, manteau sur le dos. Il se connecta directement au PMSI, le Programme de médicalisation des systèmes d'information, qui conservait la trace de toute admission médicale, de tous soins dispensés sur le territoire français.

Pas de Mischell.

Freire n'utilisait jamais ce programme. Peut-être existait-il des restrictions, concernant la confidentialité de certaines données. Après tout, l'atteinte à la vie privée en France est imprescriptible.

Ce premier échec lui donna envie de creuser. Quand on l'avait trouvé, l'homme à la clé n'avait pas de document d'identité. Ses vêtements étaient usagés. Par ailleurs, il multipliait les signes de vie au grand air : la peau tannée, les mains cuites de soleil. Un SDF ?

Mathias décrocha son téléphone et appela le CCAS, le Centre communal d'action sociale, où une permanence était assurée. Il soumit le nom : pas de Mischell parmi les sans-abri référencés en Aquitaine. Il contacta l'ASAIS, l'Aide à l'insertion sociale, puis le Samu social. Ces organismes possédaient tous une permanence, mais ils n'avaient aucune trace d'un Mischell dans leurs archives.

Freire ralluma son ordinateur. Se connecta à Internet. Aucun abonné téléphonique à ce nom dans les départements d'Aquitaine ou du Midi-Pyrénées. Il n'était pas étonné. Comme il l'avait prévu, l'inconnu déformait sans doute involontairement son patronyme. Ses brefs retours de mémoire ne pouvaient être pour l'instant qu'imparfaits.

Mathias eut une autre idée. Selon le rapport de police, l'annuaire que tenait l'amnésique datait de 1996.

À force de recherches, il finit par dénicher sur le Net un programme permettant de consulter des anciens annuaires. Il choisit l'année 1996 et chercha un Mischell. En vain. Aucun des cinq départements de la région administrative de l'Aquitaine ne possédait trace de ce nom cette année-là. Venait-il de plus loin ?

Freire revint sur Google et tapa simplement : MISCHELL. Il n'en obtint pas davantage. Un profil MySpace.com, comprenant un montage vidéo mettant en scène Mulder et Scully, les héros de *X-Files*, signé par un dénommé Mischell. Des extraits musicaux d'une chanteuse, Tommi Mischell. Un site consacré à une certaine Patricia Mischell, voyante domiciliée dans le Missouri, États-Unis. Le moteur de recherche lui suggérait surtout d'essayer l'orthographe « Mitchell ».

Minuit. Cette fois, il était vraiment temps de rentrer. Mathias éteignit son ordinateur et regroupa ses affaires. En approchant du portail, il se dit qu'il devrait soumettre une photographie du cow-boy aux différents centres d'accueil pour SDF de Bordeaux et des alentours. Aux CMP, les Centres médico-psychologiques, et aux CATTP, les Centres d'accueil thérapeutique à temps partiel. Il les connaissait tous. Il les visiterait en personne, sûr ou presque que son inconnu avait déjà souffert de troubles mentaux.

Le brouillard l'obligea à rouler au pas. Il mit près d'un quart d'heure pour atteindre son quartier. Le long des jardins, un nombre anormal de véhicules étaient stationnés : les dîners du samedi soir. Pas moyen de se garer. Il laissa sa voiture à cent mètres de chez lui et marcha dans le grand blanc. La rue n'avait plus de contours. Les réverbères lévitaient, en suspens. Tout paraissait léger, immatériel. Le temps qu'il prenne conscience de ce sentiment, il s'aperçut qu'il s'était perdu. Longeant les haies constellées de gouttelettes, dépassant les berlines stationnées, il avança en aveugle, se haussant sur la pointe des pieds pour lire le nom de chaque maison.

Enfin, il aperçut les lettres familières : OPALE.

À tâtons, il ouvrit la barrière. Six pas. Tour de clé. Il referma la porte et pénétra dans son vestibule, vaguement soulagé. Il lâcha sa sacoche, déposa son imperméable sur l'un des cartons de l'entrée, et se dirigea vers la cuisine, sans allumer. Au plan standard de sa baraque, répondaient les gestes standard de sa solitude.

Quelques minutes plus tard, il infusait son thé devant la fenêtre. Dans le silence de son pavillon, il entendait encore la rumeur des patients. Tous les psychiatres connaissent cette sensation. Ils appellent ça « la musique des fous ». Leur élocution déformée. Leurs pas traînants. Leurs délires. Sa tête résonnait de ces murmures comme un coquillage bruisse de l'écho de la mer. Les cinglés ne le quittaient jamais vraiment. Ou plutôt, c'était lui qui ne quittait jamais l'unité Henri-Ey.

Ses pensées s'arrêtèrent net.

Le 4 × 4 noir de la veille venait de surgir du brouillard.

Lentement, très lentement, le véhicule se coula dans la rue et stoppa devant son pavillon. Freire sentit son cœur s'accélérer. Les deux hommes en noir sortirent d'un même mouvement et s'immobilisèrent devant ses fenêtres.

Freire tenta de déglutir. Pas moyen. Il les observa sans essayer de se cacher. Ils mesuraient au moins 1,80 mètre et portaient, sous leurs manteaux, des costumes sombres boutonnés haut, dont le tissu luisait sous la lumière du réverbère. Chemise blanche et cravate noire. Ces gars-là avaient des allures d'énarques, stricts, ambitieux – mais aussi quelque chose de violent, de clandestin.

Mathias restait pétrifié. Il s'attendait à ce qu'ils franchissent la barrière de son jardin et sonnent à sa porte. Mais non. Ils ne bougeaient pas. Ils se tenaient au pied du réverbère, sans chercher à se cacher. Leurs visages étaient en accord avec le reste. Le premier : front haut et lunettes en écaille, sous une chevelure argentée coiffée en arrière. L'autre l'air plus farouche. Cheveux longs et châtains, déjà clairsemés. Sourcils touffus, expression tracassée.

Deux gueules aux traits réguliers.

Deux play-boys à l'aise dans leur costard italien et leur quarantaine.

Qui étaient-ils ? Que lui voulaient-ils ?

Sa douleur au fond de l'œil gauche revint. Il ferma les yeux et se massa doucement les paupières. Quand il les rouvrit, les deux fantômes avaient disparu.

Anaïs Chatelet n'y croyait pas.

Vraiment un putain de coup de chance.

Une permanence du samedi soir qui s'ouvrait sur un cadavre. Un vrai meurtre, dans les règles de l'art, avec rituel et mutilations. Dès qu'elle avait reçu l'appel, elle avait pris sa voiture personnelle et s'était dirigée vers le lieu de la découverte : la gare Saint-Jean. En route, elle se répétait les informations qu'on lui avait données. Un jeune homme nu. Plaies multiples. Mise en scène aberrante. Rien de précis, mais quelque chose qui sentait bon la folie, la cruauté, les ténèbres… Pas une minable bagarre qui avait mal tourné, ni un vol crapuleux. *Du sérieux.*

Quand elle aperçut les fourgons stationnés devant la gare, les gyrophares tournoyant dans le brouillard, les flics en cirés de pluie qui passaient comme des spectres brillants, elle comprit que tout était vrai. Son premier meurtre en tant que capitaine. Elle allait constituer un groupe d'enquête. Profiter du délai de flagrance pour mener l'affaire jusqu'au bout. Débusquer le coupable et faire la une des journaux. À 29 ans !

Elle sortit de la voiture et respira l'odeur lacustre de l'atmosphère. Depuis trente-six heures, Bordeaux baignait dans ce jus blanchâtre. On avait l'impression qu'un marécage avait glissé jusqu'ici, avec ses brumes, ses reptiles, ses humeurs aqueuses. De quoi ajouter une dimension supplémentaire à l'événement : un homicide surgi du brouillard. Elle frissonna d'excitation. Un flic du poste de la place des Capucins l'aperçut et vint à elle.

L'homme qui avait découvert le corps était un jockey – un conducteur assurant les manœuvres des trains entre le Technicentre et la gare proprement dite. Prenant son service à 23 heures, il s'était garé dans le parking destiné aux agents SNCF au sud de la halle. Il avait rejoint les voies ferrées par un passage latéral et remarqué le cadavre au fond d'une fosse de maintenance abandonnée, entre la voie n° 1 et les anciens ateliers de réparation. Il avait prévenu le cadre de permanence qui avait aussitôt appelé les hommes de la SUGE, la police ferroviaire, et les vigiles de la SPS, la Société de protection privée qui assurait la sécurité de Saint-Jean. On avait ensuite averti le commissariat le plus proche, place des Capucins.

La suite, Anaïs la connaissait. Le procureur de la République avait été joint à 1 heure du matin. Il avait contacté à son tour l'hôtel de police principal de Bordeaux, rue François-de-Sourdis, et saisi l'OPJ de permanence disponible. *Elle*. Les autres étaient déjà partis sur des plans foireux liés au brouillard. Accidents de voiture, pillages, disparitions… Ainsi, qu'on le veuille ou non, c'était elle, Anaïs Chatelet, avec son grade de capitaine tout neuf et ses deux années en poste à Bordeaux, qui écopait du meilleur coup de la nuit.

Ils traversèrent le hall de la gare alors qu'un agent de la SNCF leur donnait des chasubles orange fluorescent à endosser. Bouclant les velcros de sa blouse, Anaïs prit une seconde pour admirer les structures d'acier hautes de près de trente mètres qui se perdaient dans le brouillard. Ils remontèrent le quai jusqu'aux voies extérieures. Le type de la SNCF n'arrêtait pas de parler. On n'avait jamais vu ça. Le trafic ferroviaire était bloqué, sur ordre du procureur, pour deux heures. Le mort, dans sa fosse, était une vraie monstruosité. Tout le monde était en état de choc…

Anaïs n'écoutait pas. Elle sentait la flotte lui poisser la peau, le froid pénétrer ses os. À travers les vapeurs, les feux de la gare – tous rouges – formaient une constellation sanglante et filandreuse. Les câbles suspendus ruisselaient. Les voies ferrées, perlées de condensation, brillaient puis s'évanouissaient sous les nuées basses.

Anaïs se tordait les chevilles sur les traverses et le ballast.

— Vous pouvez éclairer le sol ?

Le cheminot baissa sa lampe et reprit son discours. Elle attrapa au passage quelques infos techniques. Les voies portant un numéro pair montaient à Paris. Les voies impaires descendaient vers le Sud. On appelait les câbles électriques au-dessus des voies des « caténaires » et les structures métalliques sur le toit des trains des « pantographes ». Tout ça ne lui servait à rien pour l'instant mais lui donnait l'impression confuse de se familiariser avec le crime lui-même.

— On arrive.

Les projecteurs de l'IJ dessinaient des lunes froides et lointaines dans la nuit. Les faisceaux des torches découpaient des rubans de gaze blanchâtre à travers l'obscurité. Plus loin, on apercevait le Technicentre, avec ses TGV, ses TER, ses autorails, ses automotrices, couverts d'une patine argentée. Il y avait aussi des wagons de marchandises, des voitures appelées « Y », l'équivalent des remorqueurs dans les ports, chargées de tirer les trains jusqu'en gare. Des engins puissants et noirs, qui évoquaient des titans taciturnes.

Ils passèrent sous les rubans de non-franchissement. POLICE ZONE INTERDITE. La scène de crime se précisait. La fosse de maintenance. Les pieds chromés des projecteurs. Les techniciens en combinaison blanche surlignée de bleu. Anaïs s'étonnait de leur présence si rapide : le premier laboratoire scientifique de la région se situait à Toulouse.

— Vous voulez voir le corps ?

Un officier de la BAC se tenait devant elle, engoncé dans un ciré de pluie, sur lequel il avait enfilé la chasuble de sécurité. Elle prit une expression de circonstance et acquiesça d'un signe de tête. Elle luttait contre le brouillard, contre son impatience, son excitation. Un jour, à la fac, un prof de droit lui avait soufflé dans un couloir : « Vous êtes l'Alice de Lewis Carroll. L'enjeu, pour vous, ce sera de trouver un monde à votre hauteur ! » Huit ans plus tard, elle marchait entre des voies ferrées en quête d'un cadavre. *Un monde à votre hauteur…*

Au fond de la fosse, qui mesurait cinq mètres de longueur sur deux de largeur, régnait l'agitation habituelle d'une scène de crime, version compressée. Les techniciens jouaient des coudes, se bousculaient, prenaient des photographies, observant chaque millimètre du sol avec des lampes spéciales – éclairages monochromatiques, allant de l'infrarouge à l'ultraviolet –, prélevant des fragments qu'ils plaçaient sous scellés.

Dans la mêlée, Anaïs parvint à apercevoir le cadavre. Un homme d'une vingtaine d'années. Nu. Famélique. Couvert de tatouages. Ses os semblaient prêts à crever la peau. La blancheur de son épiderme paraissait phosphorescente. Les deux rails au-dessus de la fosse le cernaient comme le cadre d'un tableau. Anaïs songea à une toile de la Renaissance. Un martyr aux chairs livides, cambré dans une position douloureuse au fond d'une église.

Mais le vrai choc provenait de la tête.

Pas une tête d'homme mais de taureau.

Une puissante gueule noire de bovin, tranchée à la base du cou, qui devait peser dans les cinquante kilos.

Anaïs prit enfin la mesure de ce qu'elle voyait. Tout ça était *réel*. Elle sentit ses genoux se dérober. Elle se pencha pourtant et se concentra, s'accrochant à ses premières constatations pour ne pas flancher. Deux solutions. Soit le meurtrier avait décapité sa victime et posé sur ses épaules la tête de l'animal, soit il avait enfoncé son trophée sur le crâne de l'homme.

Dans les deux cas, le symbole était évident : on avait tué le Minotaure. Un Minotaure des temps modernes, perdu dans un dédale de voies ferrées. *Le labyrinthe.*

— Je peux descendre ?

On lui passa des surchaussures et une charlotte de papier. Elle emprunta l'escalier de fer qui permettait de plonger dans la fosse. Les techniciens de l'Identité judiciaire s'écartèrent. Elle s'accroupit, examina la zone qui l'intéressait : cette tête monstrueuse d'animal enchâssée sur un corps d'homme.

La deuxième option était la bonne. La tête avait été enfoncée à pleines forces sur celle de la victime. Au-dessous, le crâne devait être en bouillie.

— À mon avis, il a creusé l'intérieur du cou de la bête.

Anaïs se retourna vers celui qui venait de parler. Michel Longo, le médecin légiste. Déguisé comme les autres en fantôme à capuche, elle ne l'avait pas reconnu.

— Depuis quand est-il mort ? demanda-t-elle en se relevant.

— Trop tôt pour le dire avec précision. Au moins vingt-quatre heures. Mais le froid et le brouillard ont compliqué les choses.

— Il est là depuis tout ce temps ?

Le médecin ouvrit ses mains gantées. Il portait des lunettes Persol sous sa capuche plissée.

— Ou le tueur l'a déposé ce soir. Impossible de savoir.

Anaïs pensa au brouillard qui engluait la ville depuis la veille. Avec cette purée de pois, le meurtrier avait pu agir n'importe quand.

— Salut.

Elle leva les yeux, la main en visière. Debout au bord de la fosse, la silhouette d'une femme se découpait sur le halo blanc des projecteurs. Même à contre-jour, elle la reconnut. Véronique Roy, substitute du procureur. Une sorte de double d'Anaïs. Bordelaise, fille de la haute bourgeoisie, âgée de la trentaine, elle avait suivi le même cursus, ou presque. Toutes deux s'étaient croisées d'abord dans les écoles privées les plus huppées, sur les bancs de l'université Montesquieu puis dans les toilettes des boîtes branchées de la ville. Elles n'avaient jamais été amies. Ni ennemies. Elles continuaient à se croiser maintenant dans le cadre du boulot. Un pendu. Une femme au visage arraché par un micro-ondes lancé violemment par le mari. Une adolescente à la gorge tranchée. Pas vraiment de quoi copiner.

— Salut, grommela Anaïs.

La substitute rayonnait dans la lumière, les dominant au bord de la fosse. Elle portait un blouson de cuir Zadig & Voltaire qu'Anaïs avait repéré depuis longtemps dans une vitrine, près du cours Georges-Clemenceau.

— C'est l'hallu, murmura la magistrate, le regard rivé sur le corps.

Anaïs lui fut reconnaissante pour cette phrase débile qui résumait bien la situation. Elle était certaine que Véronique éprouvait les mêmes sentiments qu'elle. Terreur et excitation à la fois. Il leur arrivait ce qu'elles avaient toujours espéré, l'une comme l'autre, tout en le redoutant. L'enquête meurtrière unique. Le tueur délirant. Toutes les filles de leur âge, dans ce boulot, avaient été nourries au *Silence des agneaux*, rêvant de devenir Clarice Starling.

— T'as une idée de la cause de la mort ? demanda Anaïs au légiste.

Longo eut un geste vague :

— Aucune blessure apparente. Il a peut-être été étouffé par la tête du taureau. Ou égorgé. Ou empoisonné. Faut attendre l'autopsie et les résultats de toxico. Je n'exclus pas l'overdose.

— Pourquoi ?

Il se baissa et attrapa le bras gauche de la victime. Les veines du pli du coude semblaient dures comme du bois, marquées de cicatrices, de boules de chair, d'œdèmes bleuâtres.

— Défoncé jusqu'à l'os. D'une façon générale, le gars était en très mauvais état. Je veux dire : de son vivant. Crado. Sous-alimenté. Il porte les marques de vieilles blessures non soignées. Je dirais qu'on a affaire à un tox d'une vingtaine d'années. Un SDF. Un zonard. Quelque chose comme ça.

Anaïs leva le regard vers le flic de la BAC, debout près de la substitute :

— On a retrouvé les vêtements ?

— Ni vêtements, ni document d'identité.

L'homme avait été tué ailleurs et balancé ici. Planqué ? Ou au contraire *exposé* ? Une certitude. Cette fosse jouait un rôle dans le rituel du meurtrier.

Elle remonta les marches, jetant un dernier coup d'œil au corps. Couvert de paillettes de glace, il ressemblait à une sculpture d'acier. La fosse avec ses odeurs de graisse et de métal constituait une sépulture parfaite pour cette créature.

Revenue à la surface, elle ôta sa charlotte et ses surchaussures. Véronique Roy se lança dans les formules d'usage :

— Je te saisis officiellement de…

— Tu m'enverras la paperasse au bureau.

Vexée, la substitute interrogea Anaïs sur les pistes qu'elle allait suivre. Elle répondit d'un ton mécanique, énumérant les opérations de routine. Dans le même temps, elle essayait d'imaginer le profil du tueur. Il connaissait les lieux. Et sans doute l'horaire des manœuvres des trains. Peut-être un gars de la SNCF. Ou un type qui avait soigneusement préparé son coup.

Soudain, une vision lui coupa le souffle. L'assassin portait sur son dos le corps dans une housse brune et plastifiée. Il marchait, arc-bouté dans les vapeurs. Elle se fit cette réflexion technique : le corps ajouté à la tête constituait un fardeau de plus de cent kilos. Le meurtrier était donc un colosse. Ou bien avait-il enfoncé la tête du taureau une fois sur place ? Ce qui signifierait deux voyages – de sa voiture à la fosse de maintenance. Où s'était-il garé ? sur le parking ?

— Quoi ?

— Je te demandais si tu avais constitué ton groupe d'enquête, répéta Véronique Roy.

— Mon groupe, le voilà…

Le Coz arrivait d'un pas maladroit, se cassant les chevilles sur le ballast, affublé du gilet fluo réglementaire. La substitute parut étonnée. Elle avait des yeux clairs, sous des sourcils en coups de fouet. Anaïs devait l'admettre : plutôt jolie.

— Je déconne, sourit-elle. Je te présente le lieutenant Hervé Le Coz, mon deuxième de groupe. Il était le seul de permanence avec moi cette nuit. L'équipe sera constituée dans une heure.

Sous sa chasuble, Le Coz portait un manteau de cachemire noir. Ses cheveux gominés, très noirs eux aussi, scintillaient de gouttes de condensation. Ses lèvres sensuelles exhalaient des panaches de buée. Tout son être distillait une séduction raffinée qui parut provoquer chez Véronique Roy une sorte de raidissement imperceptible, un réflexe de défense. Anaïs sourit. La substitute était sans doute célibataire, comme elle. Un malade sait reconnaître les signes de sa maladie chez les autres.

Elle résuma la situation à l'attention de Le Coz puis attaqua d'un ton de commandement. Cette fois, elle ne bluffait pas :

— En priorité, il faut identifier la victime. Puis creuser son réseau de relations.

— Tu penses que le tueur et le gars se connaissaient ? intervint Véronique Roy.

— Je ne pense rien. Faut d'abord savoir qui est mort. Ensuite, on procédera par cercles successifs. Des connaissances les plus proches aux plus éloignées. Les amis de toujours. Les rencontres d'un soir.

Anaïs revint au lieutenant :

— Appelle les autres. Il faut visionner toutes les bandes de la gare. Et pas seulement celles des dernières 24 heures.

Elle tendit le bras vers le parking :

— Notre client n'est certainement pas passé par la gare et ses guichets. Il s'est introduit sur les voies par le parking du personnel. Concentre-toi sur ces vidéos. Relève toutes les plaques des voitures stationnées là ces derniers jours. Tu retrouves les mecs et tu les interroges. Tu vois les cadres, les agents, les techniciens de la gare. Qu'ils se creusent les méninges pour se souvenir du moindre truc suspect.

— On commence quand ?

— C'est déjà commencé.

— Il est trois heures du matin.

— Tu sors tout le monde du lit. Fouillez les anciens ateliers. Y a toujours des SDF dans ces squats. Peut-être ont-ils vu quelque chose. Quant au jockey…

— Le jockey ?

— Le conducteur de trains qui a découvert le corps. Je veux son PV d'audition sur mon bureau demain matin. Je veux aussi un maximum de monde dans les heures qui viennent, ici, à la gare. On quadrille tout le périmètre. On interroge tous les usagers, tous les habitués.

— On est dimanche.

— Tu veux attendre lundi ? Fais-toi aider par la BAC et les municipaux.

Le Coz prit des notes sans répondre. Son carnet était trempé par le brouillard.

— Je veux aussi un gars sur l'aspect animal de l'enquête.

Le flic leva les yeux. Il ne comprenait pas.

— Cette tête de taureau provient bien de quelque part. Contacte les gendarmes d'Aquitaine, des Landes et du Pays basque.

— Pourquoi si loin ?

— Parce qu'il s'agit d'un taureau de combat. Un toro bravo.

— Comment tu le sais ?

— Je le sais, c'est tout. Les premiers élevages se trouvent aux environs de Mont-de-Marsan. Ensuite, tu descends vers Dax.

Le Coz écrivait toujours, rageant contre la flotte qui faisait baver ses lignes.

— Bien sûr, je ne veux pas voir un journaliste sur ce coup.

— Comment tu veux les éviter ? demanda la substitute.

En tant que magistrate, elle avait un devoir de communication envers les médias. Elle devait déjà avoir planifié sa conférence de presse, et même réfléchi à ce qu'elle porterait à ce moment-là. Anaïs lui coupait l'herbe sous le pied.

— On attend. On ne dit rien. Avec un peu de chance, ce type est *vraiment* un SDF.

— Je pige pas.

— Personne ne le cherche. On peut donc traîner pour annoncer sa mort. Disons vingt-quatre heures. Même à ce moment-là, on oubliera de parler de la tête de taureau. On évoquera un sans-abri, sans doute mort de froid. Point barre.

— Et si ce n'est pas un zonard ?

— Il nous faut ce délai, de toutes façons. Qu'on puisse bosser en toute discrétion.

Le Coz salua les filles d'un signe de tête et disparut dans les brumes. En d'autres lieux, d'autres temps, il aurait attaqué son numéro de charme auprès des deux jeunes femmes mais il avait déjà pigé l'urgence. Les heures à venir se passeraient de sommeil, de nourriture, de famille, de quoi que ce soit qui ne serait pas l'enquête.

Anaïs s'adressa au gars de la BAC, qui restait en retrait mais n'en perdait pas une miette :

— Trouvez-moi le coordinateur de l'IJ.

— Tu penses que c'est le début d'une série ? demanda la substitute à voix basse.

Son timbre trahissait encore la même émotion ambivalente. Mi-désir, mi-répulsion. Anaïs sourit.

— Trop tôt pour le dire, ma belle. On doit attendre le rapport du légiste. Le modus operandi nous en dira plus long sur le profil du gars. Je dois aussi vérifier s'il n'y a pas un fêlé qui est sorti récemment de Cadillac.

Tout le monde connaissait ce nom dans la région. L'Unité pour malades difficiles. L'antre des fous violents et criminels. Presque une curiosité locale, entre grands crus et dune du Pilat.

— Je vais éplucher les fichiers à l'échelle nationale, continua-t-elle. Pour voir s'il y a déjà eu un meurtre de ce genre en Aquitaine ou ailleurs.

Anaïs racontait n'importe quoi pour épater sa rivale. Le seul fichier national qui concernait les criminels en France était un programme constamment actualisé par des flics ou des gendarmes qui répondaient à des questionnaires mais n'en avaient rien à foutre.

Soudain, le brouillard se déchira. La faille révéla un des cosmonautes de l'Identité judiciaire :

— Abdellatif Dimoun, fit l'apparition en abaissant sa capuche. Je suis le coordinateur de la PTS sur cette enquête.

— Vous êtes de Toulouse ?

— Du LPS 31, ouais.

— Comment vous avez déboulé si vite ?

— Un coup de chance, si je peux dire.

L'homme eut un large sourire. Il avait des dents éclatantes qui tranchaient sur sa peau mate. Âgé d'une trentaine d'années, il avait l'air sauvage et sexy.

— On est à Bordeaux pour un autre truc. La contamination du site industriel de Lormont.

Anaïs en avait entendu parler. On soupçonnait un ancien salarié de la boîte – une unité de production chimique – d'avoir saboté des procédés techniques par vengeance. La capitaine et la substitute se présentèrent. Le technicien ôta ses gants et leur serra la main.

— La pêche a été bonne ? demanda Anaïs d'un ton qui se voulait neutre.

— Non. Tout est trempé. Y a au moins dix heures que le corps baigne dans son jus. A priori, impossible de relever la moindre marque papillaire.

— La moindre quoi ?

Anaïs se tourna vers la substitute, trop contente d'étaler sa science :

— Les empreintes digitales.

Véronique Roy se renfrogna.

— On n'a pas trouvé non plus de fragments organiques ni de liquides biologiques, continua Dimoun. Ni sang, ni sperme, ni rien. Mais encore une fois, avec cette flotte… On n'a qu'une certitude : ce n'est pas une scène de crime mais une scène d'infraction. Le tueur a simplement jeté le corps ici. Il a tué *ailleurs*.

— Vous nous envoyez le rapport et les analyses le plus vite possible ?

— Bien sûr. On va bosser sur place, dans un labo privé.

— En cas de question, je vous appellerai.

— Aucun problème.

L'homme écrivit ses coordonnées de mobile au dos d'une carte de visite.

— Je vous donne le mien, fit-elle en traçant les chiffres sur une page de son bloc. Vous pouvez me contacter à n'importe quelle heure. Je vis seule.

Le technicien haussa les sourcils, surpris par cette brutale confidence. Anaïs se sentit rougir. Véronique Roy l'observait d'un air narquois. Le flic de la BAC vint lui sauver la mise.

— J'peux vous voir une seconde ? C'est le chef d'escale… Il a un truc important à vous dire.

— Quoi ?

— Je sais pas au juste. Il paraît qu'on a retrouvé hier ici un type bizarre. Un amnésique. J'étais pas là.

— Où ça s'est passé ?

— Ils l'ont découvert sur les voies. Pas loin de la fosse de maintenance.

Elle salua Roy et Dimoun, en fourrant dans la paume de l'homme ses coordonnées. Elle suivit le flic à travers les rails, tout en remarquant trois types en blouse blanche qui arrivaient en direction du parking, entre les bâtiments abandonnés. Les hommes chargés du transfert à la morgue. Un Fenwick ronronnait dans leur sillage. Sans aucun doute pour soulever le corps et sa tête démesurée.

Toujours sur les pas de son guide, elle jeta un coup d'œil par-dessus son épaule. La substitute et le technicien de l'IJ bavardaient en toute complicité, à l'écart du périmètre de sécurité. Ils avaient même allumé une cigarette. Véronique Roy gloussait comme une poule. Anaïs serra avec colère le keffieh palestinien qu'elle portait en guise d'écharpe. Ça confirmait ce qu'elle avait toujours pensé. Avec ou sans cadavre, solidaires ou non, c'était toujours la même rengaine : *que la meilleure gagne.*

Le brouillard se renforçait dans le centre-ville. Des volutes blanches s'échappaient du bitume, des murs, des bouches d'égout. On ne voyait pas à cinq mètres. Aucun problème. Anaïs aurait pu rentrer au poste les yeux fermés. Après les explications plutôt confuses du cadre de surveillance – un cow-boy amnésique avait été retrouvé la nuit précédente, dans la même zone du réseau ferroviaire –, elle avait encore donné quelques consignes puis repris sa voiture.

Des quais, elle emprunta le cours Victor-Hugo en direction de la cathédrale Saint-André. Après l'excitation, elle subissait maintenant une baisse de régime. Serait-elle à la hauteur ? Allait-on même lui laisser le dossier ? Dans quelques heures, la nouvelle se répandrait dans les hautes sphères de la ville. Le préfet, le maire, les députés appelleraient le commissaire principal, Jean-Pierre Deversat. Un cadavre à tête de taureau, dans la cité des vins, ça faisait désordre. Ils seraient tous d'accord : l'enquête devait être bouclée le plus rapidement possible. Ils s'interrogeraient alors sur l'OPJ saisi. Son âge. Son expérience. Son sexe. Et surtout son nom. Le scandale lié à son père. Cette histoire était devenue comme une tache de naissance – indélébile.

Deversat la couvrirait-il ? Non. Il la connaissait à peine. Il savait sur elle ce que tout le monde savait : une fliquette surdiplômée, brillante, qui en voulait. Mais une enquête policière n'avait rien à faire de ces qualités. Rien ne remplaçait l'expérience d'un vieux briscard. Elle se réconforta en se disant que le délai de flagrance la protégeait. C'était elle qui avait été saisie et personne d'autre.

Elle avait huit jours pour agir, sans juge ni commission rogatoire. Interroger qui elle voudrait. Fouiner là où ça lui plairait. Réquisitionner les partenaires ou le matériel dont elle aurait besoin. En réalité, une telle perspective lui filait la frousse. Saurait-elle utiliser un tel pouvoir ?

Elle rétrograda avant de braquer à droite, sur le cours Pasteur. L'image du coordinateur de la PTS vint brouiller ses pensées. L'Arabe au sourire enjôleur. Elle repensa à sa gaffe et son acharnement à lui filer son numéro de portable. Quelle conne. Avait-elle été ridicule ? En réponse, elle entendit le gloussement de Véronique Roy alors qu'elle s'en allait.

Elle ralentit au feu rouge, qui brillait comme une boule de feu dans la trame moirée, puis franchit la voie sans attendre le vert. Elle avait placé sur son toit son gyrophare, en mode silencieux. Un fanal bleu dans le limon des ténèbres.

Elle tenta de revenir à son enquête mais n'y parvint pas. La colère montait en elle. Une colère dirigée contre elle-même. Pourquoi se jetait-elle à la tête de tous les mecs ? Toujours en manque, toujours inquiète de susciter le désir… Comment pouvait-elle être aussi accro à l'amour ? Sa solitude était devenue une maladie. Une hypersensibilité à tout ce qui touchait au sentiment.

Elle croisait des amoureux dans la rue, sa gorge se serrait. Des amants s'embrassaient dans un film, les larmes montaient. Une connaissance se mariait, elle s'enfilait un Lexomil. Elle ne supportait plus de voir les autres s'aimer. Son cœur était devenu un abcès, qui réagissait au moindre stimulus. Elle connaissait le nom de cette maladie. Névrose. Et le spécialiste qu'il lui fallait : un psy. Mais des psys, elle en avait consulté des légions depuis son adolescence. Sans le moindre résultat.

Elle gara sa Golf au pied de la cathédrale et éclata en sanglots, bras croisés sur son volant. Pendant plusieurs minutes, elle laissa s'écouler le trop-plein lacrymal, avec un soulagement douloureux. Elle s'essuya les yeux, se moucha, reprit ses esprits. Pas question d'arriver au poste dans cet état. On attendait un chef. Pas une pisseuse.

Elle coupa sa radio et avala un Lexomil. Elle attrapa son Ipod et enfonça les écouteurs dans ses oreilles. Un peu de musique en attendant que l'anxiolytique fasse son effet. « Rise » de Gabrielle. Une chanson mélancolique des années 2000, fondée sur un sample de Bob Dylan. Ses souvenirs se mirent à flotter dans sa tête alors que la molécule gagnait son combat contre l'angoisse.

Elle n'avait pas toujours été comme ça. Nerveuse. Instable. Dépressive. Jadis, elle était une jeune fille modèle, attirante, déterminée. Sûre de sa position, de sa séduction, de son avenir. Un père œnologue, sollicité par les plus grands Châteaux. Un hôtel particulier dans le Médoc. Une scolarité sans fausse note au lycée Tivoli. Bac à 17 ans. Fac de droit à 18. Le projet : maîtrise de droit puis faculté d'œnologie, comme papa, pour se spécialiser dans le droit du patrimoine et des vins. Imparable.

Jusqu'à 20 ans, Anaïs n'avait jamais failli à la règle. Même si cette règle impliquait quelques écarts. Il fallait que *jeunesse se passe*... Aux rallyes guindés, où fils et filles des grandes familles bordelaises se rencontraient, s'ajoutaient les soirées plus corsées, avec les mêmes, où on se bourrait la gueule avec les vins les plus prestigieux – il suffisait de descendre à la cave familiale. Elle avait aussi brûlé pas mal de nuits dans les boîtes de la région, carré VIP, s'il vous plaît, à la table des footballeurs girondins.

Ce n'était pas une génération passionnante. Tout ce qui n'était pas bourré était défoncé à la coke et vice versa. Avec des valeurs et des espérances aussi plates qu'un dance-floor. Aucun de ces fils à papa n'avait même l'ambition de gagner de l'argent puisque tout le monde en avait déjà. Parfois, elle se disait qu'elle aurait préféré être une pauvre, une garce, une pute, qui aurait arraché à ces gosses de riches leur fric sans le moindre remords. Pour l'heure, elle était comme eux. Et elle suivait la ligne – celle de son père.

La mère d'Anaïs, Chilienne pur jus, avait perdu la raison quelques mois après son accouchement, à Santiago, alors que Jean-Claude Chatelet travaillait au développement du Carménère, un cépage devenu rare en France mais florissant au pied des Andes. Pour soigner son épouse, l'œnologue avait décidé de rentrer en Gironde, sa région d'origine, où il pouvait facilement trouver du travail.

Dans le tableau, la seule fissure était cette mère cinglée et la visite hebdomadaire à l'institut de Tauriac où on la soignait. Anaïs n'en gardait qu'un souvenir vague – elle cueillait des boutons-d'or dans le parc pendant que papa marchait avec une femme silencieuse qui ne l'avait jamais reconnue. La femme était morte quand elle avait huit ans, sans jamais avoir retrouvé la moindre lucidité.

Après ça, l'harmonie n'avait plus connu de fausse note. Parallèlement à son activité professionnelle, son père se consacrait à l'éducation de sa fille adorée et elle se consacrait en retour à satisfaire toutes ses attentes. D'une certaine manière, ils vivaient en couple mais elle ne conservait pas de cette période le moindre souvenir frustrant, malsain ou étouffant. Papa ne voulait que son bonheur et elle n'aspirait qu'à un bonheur dans les normes. Première en classe et championne d'équitation.

2002 fut l'année du scandale.

Elle avait 21 ans. D'un coup, le monde se transforma autour d'elle. Les journaux. Les rumeurs. Les regards. On l'observait. On lui posait des questions. Elle ne pouvait pas répondre. *Physiquement*, cela lui était impossible. Elle avait perdu sa voix. Pendant près de trois mois, elle ne put prononcer un mot. Phénomène purement psychosomatique, selon les médecins.

Sa priorité fut de quitter l'hôtel particulier de son père. Elle brûla ses robes. Dit adieu à son cheval, cadeau de papa – si cela avait été possible, elle l'aurait abattu d'un coup de fusil. Elle tourna le dos à ses amis. Fit un doigt d'honneur à sa jeunesse dorée. Plus question de respecter les convenances. Plus question, surtout, du moindre contact avec son père.

2003.

Elle acheva sa maîtrise de droit. Elle se mit aux sports de combat, krav-maga et kick-boxing. Elle s'initia au tir sportif. Elle voulait désormais être flic. Se consacrer à la vérité. Laver ces années de mensonge qui avaient souillé sa vie, son âme, son sang, depuis sa naissance.

2004.

ENSOP (École nationale supérieure des officiers de police), Cannes-Écluse. Dix-huit mois de formation. Procédures. Méthodes d'investigation. Connaissances sociales… Major de sa promotion, Anaïs put choisir en priorité son affectation. Elle se décida pour un CIAT standard, à Orléans, histoire de tâter du trottoir. Puis elle demanda Bordeaux. La ville où le scandale avait éclaté. Où son nom avait été traîné dans la fange. Personne ne comprit ce choix.

C'était pourtant simple.

Elle voulait leur montrer qu'elle ne les craignait pas.

Et lui montrer, *à lui*, qu'elle était désormais du côté de la justice et de la vérité.

Physiquement, Anaïs n'était plus la même. Elle s'était coupé les cheveux. Elle ne portait plus que des jeans, des pantalons de treillis, des blousons de cuir et des Rangers. Son corps était celui d'une athlète, de petit gabarit, mais musclé et rapide. Sa façon de parler, ses mots, son ton, s'étaient durcis. Pourtant, malgré ses efforts, elle demeurait une jeune fille cristalline, à la peau très blanche, aux grands yeux étonnés, qui avait toujours l'air de sortir d'un conte de fées.

Tant mieux.

Qui se méfierait d'une OPJ aux allures de poupée ?

Côté mecs, dès son retour à Bordeaux, Anaïs s'était lancée dans une quête en forme d'impasse. Malgré ses airs de petite frappe, elle cherchait une épaule solide pour la soutenir. Un corps musclé pour lui tenir chaud. Deux ans plus tard, elle n'avait toujours pas trouvé. Elle qui avait été une froide séductrice à l'époque des soirées chic, la « jewish princess » inaccessible n'attirait plus maintenant le moindre mâle. Et si jamais un candidat s'aventurait dans ses filets, elle ne parvenait pas à le garder.

Était-ce à cause de son allure ? de ses névroses qui suintaient à travers son élocution, ses gestes trop nerveux, ses coups d'œil en déclics ? son métier qui faisait peur à tout le monde ? Quand elle se posait la question, elle répondait d'un haussement d'épaules. Trop tard pour changer, de toute façon. Elle avait perdu sa féminité comme on perd sa virginité. Sans espoir de retour.

Aujourd'hui, elle en était à sa période Meetic.

Trois mois de rencontres merdiques, de bavardages stériles, de connards avérés. Pour des résultats nuls et toujours humiliants. Elle sortait de chaque histoire un peu plus usée, un peu plus accablée par la cruauté masculine. Elle cherchait des compagnons, elle récoltait des ennemis. Elle visait *N'oublie jamais*. On lui servait *Les douze salopards*.

Elle leva les yeux. Ses larmes avaient séché. Elle écoutait maintenant « Right where it belongs » de Nine Inch Nails. À travers les brumes, les gargouilles de la cathédrale l'observaient. Ces monstres de pierre lui rappelaient tous ces hommes dissimulés derrière leurs écrans, qui la guettaient, la séduisaient avec des mensonges. Des étudiants en médecine en réalité livreurs de pizzas. Des créateurs d'entreprise qui touchaient le RSA. Des célibataires en quête de l'âme sœur dont l'épouse attendait un troisième enfant.

Des gargouilles.

Des diables.

Des traîtres…

Elle tourna la clé de contact. Le Lexomil avait fait son effet. Mais surtout, sa colère revenait, et avec elle, sa haine. Des sentiments qui la stimulaient plus sûrement que n'importe quelle drogue.

En démarrant, elle se souvint de l'événement majeur de la nuit. Un homme dans sa ville avait tué un innocent et lui avait enfoncé une tête de taureau sur le crâne. Elle se sentit ridicule avec ses préoccupations de midinette. Et cinglée d'y penser alors qu'un tueur courait dans les rues de Bordeaux.

Les dents serrées, elle prit la direction de la rue François-de-Sourdis. Pour une fois, elle n'avait pas perdu sa nuit.

Elle tenait un cadavre.

C'était toujours mieux qu'un connard vivant.

— Hier, tu m'as dit que tu t'appelais Mischell.

— C'est vrai. Pascal Mischell.

Freire nota le prénom. Vrai ou faux, un nouvel élément. Il n'avait eu aucune difficulté à plonger le cowboy en état d'hypnose. Son amnésie le prédisposait à se déconnecter du monde extérieur. Un autre facteur jouait : la confiance qu'il accordait au psychiatre. Sans confiance, pas de décontraction. Sans décontraction, pas d'hypnose.

— Tu sais où tu habites ?

— Non.

— Réfléchis.

Le colosse se tenait droit sur sa chaise, les mains sur les cuisses, portant son inévitable chapeau. Freire avait voulu mener la séance dans son bureau, au Point consultations. Un dimanche, c'était le lieu idéal pour ne pas être dérangé. Il avait tiré les stores et verrouillé la porte. Pénombre et tranquillité.

Il était 9 heures du matin.

— Je crois… Oui, le nom de la ville, c'est Audenge.

— Où est-ce ?

— Dans le bassin d'Arcachon.

Freire nota.

— Quel est ton métier ?

Mischell ne répondit pas tout de suite. Des plis sur son front, juste sous le bord du Stetson, dessinaient des lignes de réflexion.

— Je vois des briques.

— Des briques de construction ?

— Oui. Je les tiens. Je les pose.

L'homme mimait les gestes, paupières closes, comme un aveugle. Freire songea aux particules découvertes sur ses mains et sous ses ongles. *De la poussière de brique.*

— Tu travailles dans le bâtiment ?

— Je suis maçon.

— Où travailles-tu ?

— Je suis… Je crois… En ce moment, j'bosse sur un chantier au Cap-Ferret.

Freire écrivait toujours. Il ne prenait pas ces données pour argent comptant. La mémoire de Mischell pouvait déformer la vérité. Ou créer des éléments de pure fiction. Ces informations étaient plutôt des indices. Elles marquaient une orientation de recherche. *Tout vérifier.*

Il leva son stylo et attendit. *Ne pas multiplier les questions. Laisser agir l'atmosphère du bureau.* Lui-même se sentait gagné par le sommeil. Le géant ne parlait plus.

— Le nom de ton patron, reprit enfin Mathias, tu t'en souviens ?

— Thibaudier.

— Tu peux m'épeler ?

Mischell n'eut aucune hésitation.

— Tu ne te rappelles rien d'autre ?

Silence, puis :

— La dune. Du chantier, on voit la dune du Pilat...

Chaque réponse était comme un coup de crayon complétant l'esquisse.

— Tu es marié ?

Nouvelle pause.

— Pas marié, non... J'ai une amie.

— Comment s'appelle-t-elle ?

— Hélène. Hélène Auffert.

Après lui avoir fait épeler ce nouveau nom, Freire passa la vitesse supérieure :

— Que fait-elle dans la vie ?

— Assistante à la mairie.

— La mairie de votre village ? La mairie d'Audenge ?

Mischell se passa la main sur le visage. Elle tremblait.

— Je... Je sais plus...

Freire préféra stopper la séance. Il organiserait une autre session le lendemain. Il fallait respecter le rythme de la mémoire qui se frayait un chemin vers la lumière.

En quelques mots, il sortit Mischell de son état de suggestion puis releva les stores. L'éclat du soleil l'éblouit et relança la douleur au fond de son orbite. Il n'était plus question de brouillard sur Bordeaux. Un soleil d'hiver régnait sur la ville. Blanc et froid comme une boule de neige. Freire y vit un bon présage pour son travail sur l'amnésique.

— Comment tu te sens ?

Le cow-boy ne bougeait pas. Il portait une veste de toile, de même couleur que son pantalon, alloués par le CHS. Mi-pyjama, mi-costume de détenu. Freire secoua la tête. Il était opposé à l'idée d'un uniforme pour les patients.

— Bien, fit Mischell.

— Tu te souviens de notre conversation ?

— Vaguement. J'ai dit des trucs importants ?

Le psychiatre répondit avec prudence, utilisant les formules d'usage mais ne répétant pas à voix haute les renseignements. Il devait d'abord les vérifier, l'un après l'autre. Il s'assit derrière son bureau et regarda Mischell droit dans les yeux. Après quelques paroles d'apaisement, il l'interrogea sur son sommeil.

— J'ai encore fait le même rêve.

— Le soleil ?

— Le soleil, oui. Et l'ombre.

De quoi avait-il rêvé, lui ? Après l'épisode des hommes en noir, il était tombé dans l'inconscience comme une pierre dans un gouffre. Il avait dormi tout habillé sur le canapé du salon. Il devenait le clochard de sa propre existence.

Il se leva et fit le tour du géant, toujours assis :

— Tu as essayé de te souvenir de… ta nuit dans la gare ?

— Bien sûr. Rien me revient.

Freire marchait maintenant dans son dos. Il avait conscience que ses pas avaient quelque chose de menaçant, d'oppressant – un flic interrogeant son prisonnier. Il se rapprocha, sur sa droite :

— Pas même un détail ?

— Rien.

— La clé ? L'annuaire ?

Mischell cilla plusieurs fois. Des tics nerveux apparurent sur son visage.

— Rien. Je sais rien.

Le psychiatre revint derrière son bureau. Il sentait cette fois une résistance chez l'homme. Il avait peur.

Peur de se souvenir. Freire lui adressa un sourire amical. Un vrai signe de conclusion, et d'apaisement. Il ne prenait pas assez de précautions avec ce patient. Sa mémoire était comme une feuille de papier froissée, qui pouvait se déchirer à mesure qu'on la dépliait.

— On va s'arrêter là pour aujourd'hui.

— Non. Je veux te parler de mon père.

La machine de la mémoire était enclenchée. Avec ou sans hypnose. Freire reprit son bloc.

— Je t'écoute.

— Il est mort. Y a deux ans. Un maçon. Comme moi. J't'ai dit que je faisais ce métier ?

— Oui.

— Je l'aimais beaucoup.

— Où vivait-il ?

— Marsac. Un village dans le bassin d'Arcachon.

— Et ta mère ?

Il ne répondit pas tout de suite et tourna la tête. Ses yeux semblaient chercher la réponse au fond de la lumière glacée de la fenêtre.

— Elle tenait un bar-tabac, fit-il enfin, dans la rue principale de Marsac. Elle est morte elle aussi, l'année dernière. Juste après mon père.

— Tu te souviens dans quelles circonstances ?

— Non.

— Tu as des frères et sœurs ?

— Je… (Mischell hésita.) Je sais plus.

Freire se leva. Il était temps cette fois de clore le rendez-vous. Il appela un infirmier et prescrivit un sédatif à Mischell. *Du repos avant tout*.

Une fois seul, il regarda sa montre. Près de 10 heures. Sa permanence aux urgences recommençait à

13 heures. Il avait le temps de retourner chez lui mais à quoi bon ? Il préférait effectuer une visite de son unité. Ensuite, il reviendrait ici et vérifierait les nouvelles données sur Pascal Mischell.

En sortant dans le couloir, une vérité souterraine lui apparut.

Il cherchait à vivre ici, au CHS. En sécurité. Comme ses patients.

— J'ai fait ce que j'ai pu pour lui bricoler une tête potable.

— Je vois ça.

10 heures du matin. Anaïs Chatelet n'avait dormi que deux heures, sur le canapé de son bureau. Son téléphone coincé dans le creux de l'épaule, elle contemplait sur son écran les restes du visage de la victime de la gare Saint-Jean. Nez broyé. Arcades fracassées. Œil droit enfoncé, désaxé de quelques centimètres par rapport au gauche. Les lèvres tuméfiées laissaient entrevoir les dents brisées. Un masque couturé, rafistolé, asymétrique.

Longo, le légiste, venait de lui envoyer la photographie – en vue d'une identification – et l'avait appelée dans la foulée.

— A priori, toutes les fractures du visage ont été provoquées par la tête de taureau. Le tueur a creusé l'intérieur du cou de l'animal. Il l'a évidée jusqu'au cerveau puis il a enfoncé ce truc immonde sur le crâne de l'homme, comme une cagoule. Les vertèbres de la bête et ce qui restait de muscles et de tissus ont écrabouillé le visage du gamin.

Le gamin. C'était le mot. Il devait avoir une vingtaine d'années. Des cheveux teints, tendance corbeau, coupés à la diable. Sans doute un Gothique. On avait soumis ses empreintes digitales au fichier national : aucun résultat. Le type n'avait jamais fait de taule, ni même de garde à vue. Quant au FNAEG, le Fichier national automatisé des empreintes génétiques, la vérification prenait plus de temps.

— C'est ça qui l'a tué ?

— Non. Il était déjà mort.

— De quoi ?

— Mon feeling était le bon. Overdose. J'ai reçu ce matin, première heure, les analyses toxico. Le sang de notre client contenait près de deux grammes d'héroïne.

— T'es certain qu'il est mort de ça ?

— Personne ne peut encaisser une telle dose. Je te parle d'une héroïne presque pure. Et il n'y a pas trace d'autre blessure.

Anaïs s'arrêta d'écrire :

— Qu'est-ce que t'appelles « presque pure » ?

— Disons à 80 %.

Elle connaissait le monde de la drogue. Elle avait tout appris à Orléans, plaque tournante de la défonce pour l'Ile-de-France. Elle savait qu'une telle héroïne n'existe nulle part sur le marché de la came. Et surtout pas à Bordeaux.

— Les analyses toxico ne nous disent rien d'autre sur le produit ?

— Le nom et l'adresse du dealer par exemple ?

Anaïs ne répondit pas à la vanne.

— Une chose est sûre, reprit Longo. Notre victime était un tox. Je t'ai montré son bras. Ses mains portent aussi des traces de piqûres. J'ai pas pu vérifier ses cloisons nasales vu l'état des os et des cartilages mais je n'ai pas besoin de confirmation. Notre client était un familier de l'héro. Il ne se serait jamais shooté à un produit pareil s'il avait connu sa composition.

Les overdoses sont toujours des accidents. Les drogués flirtent en permanence avec la ligne rouge mais leur instinct de survie les empêche de la franchir consciemment. On avait donc vendu – ou donné – à la victime un poison sans en préciser les risques.

— Le mec s'est asphyxié, continua le légiste. Tous les signes sont là. Un bel OAP.

— Un quoi ?

— Œdème aigu pulmonaire. Les pupilles sont rétrécies par l'héroïne et par l'anoxie cérébrale. J'ai retrouvé aussi de l'écume rosâtre au fond de la bouche. Du plasma recraché quand il était en train d'étouffer. Quant au cœur, il était prêt à éclater.

— T'as pu évaluer le moment du décès ?

— Il n'est pas mort la nuit dernière mais celle d'avant. Je ne peux pas me prononcer sur l'heure précise.

— Pourquoi la nuit ?

— Tu as une autre idée ?

Anaïs songea au brouillard qui avait commencé vingt-quatre heures plus tôt et persisté toute la journée. Le tueur pouvait avoir manœuvré à n'importe quel moment, mais agir de nuit, pour le transfert, était plus prudent. *Nuit et brouillard*, songea-t-elle. *Nacht und Nebel*. Elle pensa au film d'Alain Resnais. Le documentaire le plus terrifiant jamais réalisé sur les camps de concentration allemands : « Ces porches destinés à n'être franchis qu'une seule fois. » Chaque fois qu'elle regardait ce film, c'est-à-dire souvent, elle se rappelait son père.

— Y a un autre truc bizarre, ajouta Longo.

— Quoi ?

— J'ai l'impression qu'il lui manque du sang. Le corps est anormalement pâle. J'ai vérifié d'autres détails. Les muqueuses des paupières, les lèvres, les ongles : on retrouve partout la même pâleur exsangue.

— Tu m'as dit qu'il n'y avait pas de trace de blessures.

— Justement. Je pense que le tueur lui a prélevé un ou deux litres de sang frais. Parmi les cicatrices récentes de shoot, plusieurs pourraient être la trace de l'injection mortelle mais aussi d'une prise de sang effectuée dans les règles.

— Elle aurait été faite de son vivant ?

— Bien sûr. Après la mort, impossible de prélever du sang.

Anaïs nota le détail. *Un vampire ?*

— Rien d'autre sur le corps ?

— Des plaies anciennes. Pour la plupart des blessures mal cicatrisées. J'ai même découvert avec les radios des traces de fractures qui datent de l'enfance. Je te l'ai déjà dit : pour moi, ce type est un SDF. Un gosse battu qui a mal tourné.

Anaïs revit le corps trop maigre, couvert de tatouages. Elle était d'accord. Un autre fait corroborait cette hypothèse : aucun avis de recherche ne circulait à propos d'un homme répondant à ce signalement. Soit le gars venait d'ailleurs, soit il ne manquait à personne…

— T'as trouvé d'autres indices qui vont dans ce sens ?

— Plusieurs. D'abord, le corps était très sale.

— Tu me l'as déjà dit sur place.

— Je te parle d'une crasse chronique. Pour laver la peau, on a dû y aller à la Javel. Les mains aussi étaient abîmées. La peau du visage, rougie, trahit la vie au grand air. J'ai noté également des traces de morsures de puces. Sans compter les morpions et les poux. À la morgue, le cadavre bougeait encore.

Anaïs n'était pas certaine d'apprécier l'humour de Longo. Elle l'imaginait dans sa salle d'autopsie, sous les lampes scialytiques, tournant autour du corps avec son dictaphone à la main. C'était un quinquagénaire gris, neutre, indéchiffrable.

— À l'intérieur, continua-t-il, c'est le même esprit. Le foie était au bord de la cirrhose. Désespérant pour un mec aussi jeune.

— Il était alcoolo aussi ?

— À mon avis, plutôt atteint d'une hépatite C. La suite des analyses nous le dira. Dans tous les cas, on trouvera d'autres affections. Ce gars-là n'aurait pas dépassé 40 ans.

Anaïs tirait déjà des conclusions indirectes sur l'assassin. *Un tueur de clochards.* Un meurtrier au rituel délirant, qui s'en prenait aux laissés-pour-compte. Elle se sentit des fourmis dans les membres. Elle allait trop vite en besogne. Rien ne disait que le meurtrier était multirécidiviste. Pourtant, elle en était certaine : si le Minotaure était sa première victime, elle ne serait pas la dernière.

— Pas de rapports sexuels ? Il n'a pas été violé ?

— Rien. Aucune trace de sperme. Aucune lésion anale.

— Sur les dernières heures de son existence, avant le meurtre, t'as quelque chose ?

— On sait ce qu'il a mangé. Des bâtons de surimi au crabe. Des nems au poulet. Des fragments de MacDo. En gros, n'importe quoi. Le gars se servait sans doute dans les poubelles. Une chose est sûre, son dernier repas a vraiment été arrosé. 2,4 : c'était son taux d'alcoolémie dans le sang. Complètement bourré avant de se faire le shoot fatal.

Anaïs tenta d'envisager un repas à deux, victime et tueur, arrosé à la bière, puis le passage aux choses sérieuses – l'injection. *Non.* Elle imagina autre chose. L'assassin avait cueilli le jeune homme *après* son festin. Il l'avait alors persuadé de s'envoyer en l'air avec la « meilleure héroïne du monde »…

— Sur le tueur, enchaîna-t-elle, qu'est-ce que tu peux me dire ?

— Pas grand-chose. Il n'a pratiqué aucune mutilation. Il s'est contenté de lui enfoncer cette énorme tête sur le crâne. À mon avis, c'est un esprit glacé. Méthodique. Il se consacre avec application et rigueur à son délire.

— Pourquoi « méthodique » ?

— J'ai noté un détail. Des cicatrices de trous minuscules sur les ailes du nez, aux commissures des lèvres, au-dessus de la clavicule droite et de part et d'autre du nombril.

— Qu'est-ce que c'est ?

— Des marques de piercings. Le meurtrier les a retirés. Je ne sais pas ce que ça veut dire mais il ne voulait pas de métal sur sa proie. Je répète : un psychopathe. Froid comme un serpent.

— À ton avis, ça s'est passé comment ?

— Tu connais la règle : *le légiste n'a pas droit aux hypothèses.*

Elle soupira : elle savait que Longo brûlait de s'exprimer.

— Ne joue pas ta diva.

Le toubib inspira à fond et attaqua :

— Je dirais que tout s'est passé avant-hier. Le meurtrier a approché son lascar dans la soirée. Soit il savait où le trouver, soit il a fait son choix sur le moment – dans un troquet, une fête, un squat, ou simplement dans la rue. Dans tous les cas, il savait que sa victime était un tox. Il a dû lui faire miroiter un shoot d'enfer. Il l'a emmené dans un coin tranquille et lui a préparé l'injection létale. Avant ou après, il lui a piqué du sang. À la réflexion, il a dû lui faire avant, pour que l'hémoglobine ne soit pas saturée d'héroïne. Mais tant qu'on ne saura pas ce qu'il en a fait…

Anaïs ajouta mentalement une circonstance. La victime connaissait son assassin. Même un drogué en manque ne se laisserait pas offrir un shoot par un inconnu. Le Minotaure avait confiance dans son bourreau. *Chercher parmi ses dealers. Ou ses compagnons des derniers jours*.

Autre conviction : on lui avait offert la dope. La victime n'avait pas les moyens de se payer une héroïne à plus de 150 euros le gramme.

— Merci Michel. Le rapport, je le reçois quand ?

— Demain matin.

— Quoi ?

— On est dimanche. J'ai passé la nuit sur ce macchab' et si t'y vois pas d'inconvénient, j'aimerais bien apporter des croissants à mes gamins.

Anaïs contemplait le visage couturé de la victime. Elle allait passer, elle, son dimanche avec cette gueule de film d'épouvante, à interroger des clodos et des dealers. Les larmes lui montèrent aux yeux. *Raccroche.*

— Envoie-moi déjà les photos du cadavre.

— Et la tête, qu'est-ce que j'en fais ?

— La tête ?

— Celle du taureau. À qui je l'envoie ?

— Rédige un premier rapport. Une note sur la façon dont le tueur l'a coupée et creusée.

— Les animaux, c'est pas mon rayon, fit Longo avec mépris. Faut appeler un véto. Ou l'école de la boucherie, à Paris.

— Trouve toi-même le véto, cingla-t-elle. Cette tête fait partie de ton cadavre, c'est-à-dire de ton dossier.

— Un dimanche ? Ça va me prendre des heures !

Elle répondit avec une nuance de cruauté, imaginant le petit déjeuner familial du médecin voler en éclats :

— Démerde-toi. On est tous dans la même galère.

Anaïs convoqua Le Coz et les autres gars de son équipe dans son bureau. En les attendant, elle laissa son regard se promener sur le décor qui l'entourait. Son antre, relativement spacieux, se situait au premier étage du commissariat. Une baie vitrée s'ouvrait sur la rue François-de-Sourdis. Une autre sur le couloir. Cette fenêtre intérieure était dotée d'un store pour se protéger des regards indiscrets. Anaïs ne le baissait jamais. Elle voulait toujours être intégrée à l'agitation du poste.

Pour le moment, il régnait un silence inhabituel. Un silence de dimanche matin. Anaïs percevait seulement la rumeur vague du rez-de-chaussée. On renvoyait chez eux les occupants des cellules de dégrisement. Le Parquet autorisait les libérations des gardés à vue de la nuit : chauffards sans permis, gamins surpris en possession de quelques grammes de shit ou de coke, bagarreurs de discothèques. La moisson du samedi soir, agglutinée dans l'aquarium.

Elle vérifia ses mails. Longo avait déjà envoyé ses photos en format pdf. Elle lança l'impression puis alla se chercher un café dans le couloir. Quand elle revint, une série de clichés macabres l'attendait.

Elle observa avec plus d'attention les tatouages de la victime. Une croix celte, une fresque maorie, un serpent entouré d'une couronne de roses : le gars avait des goûts éclectiques. Elle passa au dernier tirage : la tête de taureau posée sur la table d'autopsie comme sur l'étal d'un boucher. Il ne lui manquait plus que le persil dans les naseaux. Elle ne savait pas si Longo avait voulu faire un trait d'humour. Ou un acte de provocation. Mais elle était satisfaite de voir cette image – le signe fort de la démence du tueur. Une sorte d'incarnation animale de sa folie, de sa violence.

Naseaux larges, encornement ample, peau noire, comme charbonnée par le feu des gènes. Les yeux, gros calots de laque sombre, brillaient encore, malgré la mort, malgré le froid, malgré les heures passées au fond de la fosse de maintenance.

Toujours debout, elle posa les clichés et but quelques gorgées de café. Son ventre gargouillait. Elle n'avait rien mangé depuis des heures. Peut-être des jours. Elle avait passé le reste de la nuit à appeler les prisons et les instituts psychiatriques, en quête d'un fêlé de mythologie grecque ou de mutilations animales qui aurait été récemment libéré. Elle n'avait parlé qu'à des gardiens ensommeillés. Il faudrait réessayer plus tard.

Elle avait aussi contacté le fort de Rosny, les locaux du Service technique de recherches judiciaires et de documentation de la gendarmerie où tous les crimes commis en France sont recensés. Sans plus de résultat. Un dimanche, à cinq heures du matin, il n'y avait *vraiment* personne à qui parler.

Elle avait ensuite étudié le mythe du Minotaure sur Internet. Comme tout le monde, elle en connaissait les grandes lignes. Pour les détails, elle avait eu besoin de se rafraîchir la mémoire.

Tout commençait par l'histoire du père du monstre, Minos. Fils d'Europe, une Terrienne, et de Zeus, souverain des dieux, Minos avait été adopté par le roi de Crète puis était lui-même devenu le monarque de l'île. Pour prouver ses liens privilégiés avec les dieux, Minos avait demandé à Poséidon, dieu de la Mer, de faire jaillir des flots un magnifique taureau. Poséidon accepta, à condition que Minos sacrifie ensuite la bête en son nom. Minos ne tint pas sa promesse. Frappé par la beauté du bovidé, il l'épargna et le plaça parmi ses troupeaux. Furieux, Poséidon inspira à la femme de Minos, Pasiphaé, une folle passion pour l'animal. Elle s'unit à lui et donna naissance à un monstre à tête de taureau et à corps d'homme : le Minotaure. Pour cacher ce fruit illégitime, Minos demanda à son architecte, Dédale, de construire un labyrinthe dans lequel il enferma le monstre.

Plus tard, le souverain gagna la guerre contre Athènes et obligea son souverain à envoyer chaque année un groupe de sept jeunes hommes et de sept jeunes filles pour servir de pâture au Minotaure. Le Roi s'acquitta de ce terrible tribut jusqu'au jour où Thésée, son fils, décida de se joindre au convoi pour en finir avec le monstre. Grâce à la complicité d'une des filles de Minos, Ariane, il parvint à tuer le Minotaure puis à retrouver le chemin du retour dans le labyrinthe.

Anaïs éprouvait une intuition : la victime évoquait à la fois le monstre mythologique et ses victimes – les jeunes gens sacrifiés. Cet homme au visage démoli par la tête du taureau avait été tué, symboliquement, par le Minotaure.

Elle se rassit derrière son bureau et s'étira. Mentalement, elle lâcha la mythologie – la théorie – pour revenir au concret. *Une héroïne pure à 80 %.* C'était une sacrée piste. Les souvenirs prirent le pas sur ses réflexions. Quand elle avait intégré le SRPJ d'Orléans et compris que le sujet central de ses enquêtes serait la dope, elle avait décidé de suivre un petit stage personnel. Prenant une semaine de vacances, elle avait enfermé sa carte de police et son calibre dans un tiroir puis était partie aux Pays-Bas.

Elle avait rencontré des dealers dans la banlieue d'Amsterdam. Des mecs qui louaient des appartements vides comportant, pour tout mobilier, une table basse vitrée, plus pratique pour se faire un rail. Elle s'était pris des traits devant eux. Complètement stone, elle leur avait demandé d'empaqueter serré, sous plastique, les cent grammes d'héroïne qu'elle achetait. Puis elle était partie aux chiottes et s'était enfoncé le boudin dans l'anus. Comme ils le faisaient tous avant de prendre la route du retour.

Elle avait voyagé ainsi, sentant le poison dans son fondement. Elle avait alors éprouvé le sentiment de faire corps, vraiment, avec son métier. Elle n'infiltrait pas le milieu, c'était le milieu qui l'infiltrait… Elle n'avait arrêté personne, elle n'avait aucune compétence sur ces territoires. Elle avait simplement vécu *comme eux*. Et pris cette décision. Désormais, elle exercerait son métier de cette manière. Impliquée jusqu'à l'os. Sans autre vie que celle-là.

On frappa à sa porte.

La minute suivante, quatre lascars déboulaient dans son bureau. Le Coz, tiré à quatre épingles, en cravate, comme s'il était en route pour la messe. Amar, surnommé Jaffar, représentant la tendance inverse : pas rasé, hirsute, chiffonné comme un clochard. Conante, caban et calvitie naissante, au physique tellement banal que ça en devenait un don. Zakraoui, dit « Zak », un look de clown triste avec son petit chapeau sur la tête mais portant une cicatrice à la commissure des lèvres – le fameux sourire tunisien – plutôt effrayante. Les quatre mousquetaires. *Un pour tous, tous pour elle...*

Elle distribua le portrait qu'elle avait dupliqué et attendit qu'il fasse son effet. Le Coz grimaça. Jaffar sourit. Conante hocha la tête d'un air stupide. Zak tripota le bord étroit de son galure, avec méfiance. Anaïs expliqua sa stratégie. À défaut d'identifier le tueur, on allait identifier le mort.

— Avec ça ? demanda Jaffar en brandissant le cliché.

Elle résuma sa conversation avec le légiste. Le shoot meurtrier. L'exceptionnelle qualité de la drogue. Le fait qu'a priori, la victime était un sans-abri. Tout ça resserrait considérablement le faisceau des pistes à creuser.

— Jaffar, tu t'occupes des clodos. On connaît les quartiers, non ?

— Y en a plusieurs.

— Vu sa coupe et son âge, notre client était plutôt un zonard qu'un grand marginal. Un teufeur qui devait suivre les raves et les festivals de musique.

— Alors, c'est le cours Victor-Hugo, la rue Sainte-Catherine, la place du général Sarrail, la place Gambetta, la place Saint-Projet.

— Tu n'oublies pas la gare. À visiter en priorité.

Jaffar acquiesça.

— Quand tu auras écumé tous ces coins, passe en revue les églises, les DAB, les squats. Tu montres ton portrait à tous les mancheurs, les punks, les clodos que tu peux trouver. Visite aussi les foyers d'accueil, les hostos, le Samu social. Toutes les assoces.

Jaffar se grattait la barbe en regardant le visage brisé de la photo. Le flic, âgé de 40 ans, était lui-même à la limite du statut de SDF. Divorcé, il refusait obstinément de payer sa pension alimentaire. Il avait un juge aux affaires familiales aux trousses et vivait de petit hôtel en petit hôtel. Buvait. Se défonçait. Jouait aux courses et au poker. On disait même qu'il arrondissait ses fins de mois grâce à une fille de la rue des Étables. Vraiment une bonne fréquentation. Mais incontournable pour écumer les basses-fosses de la ville.

— Toi, dit-elle à Le Coz, tu fais la tournée des dealers.

— Où ça ?

— Demande à Zac. Si de l'héroïne blanche est apparue sur le marché, c'est pas passé inaperçu.

— C'est pas toujours blanc, l'héroïne ?

Le Coz, incollable en matière de procédure, manquait d'expérience de terrain.

— L'héroïne n'est jamais blanche. Elle est brune. Les drogués consomment du brown, sous forme de poudre ou de caillou. Ce type de produit ne contient que 10 à 30 % d'héroïne. La dope qui a tué notre client en contenait 80 %. Vraiment pas un truc standard.

Le Coz prenait des notes dans son carnet, comme à l'école.

— Appelle aussi les gendarmes du Groupement interrégional de Bordeaux-Aquitaine. Ils ont des fichiers sur le sujet. Des noms et des adresses.

— Ça va être chaud.

— La guerre des polices, c'est fini. Tu leur expliques l'affaire : ils t'aideront. Contacte aussi la prison de Bordeaux. Ratisse tous les mecs impliqués dans la dope.

— Si les gars sont en prison…

— Ils seront au courant, ne t'en fais pas. À chaque fois, tu montres ton portrait.

Le Coz écrivait toujours, avec son Montblanc étincelant. Il avait le teint mat, des cils retroussés de femme, un cou très fin et des cheveux luisants de gel. À le voir ainsi, laqué comme un acteur de cinéma muet, Anaïs se demanda si c'était une bonne idée de l'envoyer au casse-pipe.

— Vois aussi les pharmaciens, suggéra-t-elle. Les tox sont leurs meilleurs clients.

— On est dimanche.

— Tu commences par ceux de garde. Tu trouves les adresses personnelles des autres.

Anaïs se tourna vers Conante : les yeux rouges, il avait passé la nuit à visionner les vidéos de la gare.

— T'as remarqué quelque chose ?

— Que dalle. En plus, la fosse de maintenance est dans un angle mort.

— Le parking ?

— Rien de spécial. J'ai tiré du lit deux stagiaires pour relever les numéros de plaques et convoquer aujourd'hui tous les conducteurs des dernières quarante-huit heures.

— Et le porte-à-porte ? Le personnel de la gare ? Les squatters des bâtiments abandonnés ?

— On est sur le coup avec les gars de la BAC. Pour l'instant, personne n'a rien vu.

93

Anaïs ne s'attendait pas à des miracles :

— Tu y retournes avec ton portrait. Tu le montres aux gars de la sécurité, à la police de la gare, aux clodos du coin. Notre mec zonait peut-être dans les environs.

Conante hocha la tête au fond de son col de caban. Anaïs se tourna vers Zak. Un pur voyou, ancien junk, ancien voleur de voitures, qui était entré dans la police comme on entre dans la Légion étrangère. On efface tout et on recommence. Elle l'avait chargé de retrouver la trace du taureau mutilé.

Adossé au mur, mains dans les poches, il débita d'un ton monocorde :

— J'ai commencé à réveiller les éleveurs. Rien que dans la Grande Lande, au Pays basque et en Gascogne, on en compte une dizaine. Si on englobe la Camargue et les Alpilles, le chiffre monte à 40. Pour l'instant, j'ai rien.

— Tu as appelé les vétos ?

Zakraoui lui fit un clin d'œil – elle ne se formalisa pas pour ce trait familier :

— Au saut du lit, chef.

— Et les abattoirs, les boucheries industrielles ?

— C'est en route.

Il se décolla du mur :

— Une question, chef. Simple curiosité.

— Je t'écoute.

— Comment tu sais que cette tête, elle appartient à un taureau de combat ?

— Mon père était un passionné de corrida. J'ai passé mon enfance dans les arènes. L'encornement des toros bravos n'a rien à voir avec celui des autres bêtes.

Il y a d'autres différences mais je ne vais pas te faire un cours.

Au passage, Anaïs éprouva une satisfaction. Elle avait évoqué son père sans trahir la moindre émotion. Sa voix n'avait pas déraillé, ni tremblé. Elle ne se faisait pas d'illusions. C'était simplement l'adrénaline et l'excitation qui la rendaient plus forte ce matin.

— On a parlé de la victime, fit Jaffar. Mais le tueur ? Qui on cherche au juste ?

— Un être froid, cruel, manipulateur.

— J'espère que mon ex a un alibi, fit-il en secouant la tête.

Les autres ricanèrent.

— Arrêtez de déconner, fit Anaïs. Compte tenu de la mise en scène, on doit exclure un meurtre impulsif, passionnel et sans préméditation. Le gars a préparé son coup. Dans les détails. Y a peu de chances aussi que ce soit une vengeance. Il reste la folie pure. Une folie glacée, rigoureuse, marquée par la mythologie grecque.

En signe de conclusion, Anaïs se leva. Claire invitation à se mettre au boulot. Les quatre OPJ prirent le chemin de la porte.

Sur le seuil, Le Coz s'arrêta et lança par-dessus son épaule :

— J'allais oublier. On a retrouvé l'amnésique de la gare.

— Où ça ?

— Pas loin. Institut Pierre-Janet. Chez les mabouls.

À midi, après avoir visité son service et géré les urgences, Mathias Freire était de nouveau installé face à son ordinateur pour vérifier les informations livrées par Pascal Mischell.

Il chercha d'abord dans l'annuaire, comme la veille. Pas de Pascal Mischell à Audenge, dans le bassin d'Arcachon. Il consulta à nouveau le PMSI. Aucune trace d'actes médicaux à ce nom dans les départements d'Aquitaine, ni ailleurs en France. Il appela le bureau administratif de l'hôpital et lança une recherche avec l'agent de permanence. Pas de Pascal Mischell affilié à la Sécurité sociale.

Freire raccrocha. Dehors, un tournoi de pétanque battait son plein. Il entendait les boules claquer et les patients ricaner. Rien qu'aux voix, il savait qui participait au match.

Le psychiatre décrocha à nouveau son téléphone et appela la mairie d'Audenge. Pas de réponse. On était dimanche. Il contacta le poste de gendarmerie. Il expliqua son cas et n'eut aucun mal à prouver sa bonne foi – la voix, l'assurance, les termes médicaux. Audenge était une petite ville. On connaissait tout le monde à la mairie : aucune Hélène Auffert n'y travaillait.

Freire remercia les gendarmes. Son intuition était la bonne. Inconsciemment, le cow-boy déformait ses souvenirs, ou les inventait de toutes pièces. Son diagnostic se précisait.

Il passa sur Internet et consulta le cadastre du Cap-Ferret. Un service donnait l'actualité des chantiers en cours dans la ville et sa région. Mathias nota chaque nom de société puis chercha, toujours sur Internet, le nom des patrons et des chefs de chantier de ces entreprises. Pas une seule fois, il ne croisa un Thibaudier.

Les boules claquaient toujours dehors, ponctuées de cris, de plaintes, de rires incontrôlés. Pour la forme, Freire vérifia les dernières révélations de Mischell. Son père né à Marsac, un « village dans le bassin d'Arcachon », sa mère tenant le bar-tabac de la rue principale. Sur son écran, il examina en détail une carte de la région. Il ne trouva même pas le village.

Freire considéra encore les tracés, les noms : la mer intérieure du bassin, l'île aux Oiseaux, la pointe du Cap-Ferret, la dune du Pilat… L'inconnu avait menti mais c'était dans cette zone que se trouvait la clé du mystère.

Son téléphone sonna. L'infirmière du service des urgences.

— Je m'excuse de vous déranger, docteur. On a appelé votre portable mais…

Freire lança un coup d'œil à sa montre : 12 h 15.

— Ma permanence commence à 13 heures.

— Oui, mais vous avez de la visite.

— Où ?

— Ici. Aux urgences.

— Qui ?

L'infirmière hésita un bref instant :

— La police.

L'officier de police judiciaire faisait les cent pas dans le hall des urgences. De petite taille, elle portait des cheveux courts et un blouson de cuir, une paire de jeans et des bottes de moto, comme dans la chanson. Un vrai garçon manqué. Mais son visage était saisissant de beauté et ses mèches noires dessinaient sur ses joues des dessins d'algues humides. Il lui vint à l'esprit un mot démodé : « accroche-cœurs ».

Freire se présenta. La femme lui répondit sur un ton enjoué :

— Bonjour. Je suis le capitaine Anaïs Chatelet.

Mathias avait du mal à dissimuler sa surprise. Cette fille possédait une espèce de magnétisme irrésistible. Une présence d'une intensité très particulière. C'était elle qui imposait son empreinte au monde et non l'inverse. Freire la détailla en quelques secondes.

Son visage était celui d'une poupée d'un autre siècle. Large, rond, aussi blanc qu'un découpage de papier, avec des traits dessinés d'un seul geste, sans la moindre hésitation. Sa petite bouche rouge évoquait un fruit dans une coupe de sucre. Il songea encore à deux mots, qui n'avaient rien à faire ensemble. « Cri » et « lait ».

— Allons dans mon bureau, dit-il sur le mode séducteur. C'est dans le bâtiment voisin. On sera plus tranquilles.

La femme passa devant lui sans répondre. Le cuir de ses épaules couina. Il aperçut la crosse quadrillée de son arme. Il comprit qu'il se trompait d'attitude. Son numéro de velours s'adressait à la jeune femme. C'était le capitaine de police qui lui rendait visite.

Ils se dirigèrent vers l'unité Henri-Ey. L'OPJ lança un bref regard aux joueurs de pétanque. Le psychiatre décela chez elle une nervosité, un trouble caché. Elle n'était pourtant pas du genre à s'effrayer de la proximité de malades mentaux. Peut-être le lieu lui rappelait-il de mauvais souvenirs…

Ils pénétrèrent dans l'édifice, traversèrent l'accueil du PC, puis entrèrent dans le bureau. Freire referma la porte et proposa :

— Vous voulez un café ? Un thé ?

— Rien. Ça ira.

— Je peux faire chauffer de l'eau.

— C'est bon, je vous dis.

— Asseyez-vous.

— Asseyez-vous, vous. Moi, je reste debout.

Il sourit encore. Mains dans les poches, elle avait l'allure touchante d'une gamine qui en rajoute dans le genre viril. Il contourna son bureau et s'installa. Elle se tenait toujours immobile. L'autre trait étonnant était sa jeunesse : elle paraissait avoir à peine 20 ans. Sans doute était-elle plus âgée mais son allure évoquait une étudiante, à peine sortie de fac. Le cri. Le lait. Ces mots flottaient toujours dans son esprit.

— Qu'est-ce que je peux faire pour vous ?

— Avant-hier, dans la nuit du 12 au 13 février, vous avez accueilli un amnésique dans votre service. Un type découvert en gare Saint-Jean, sur les voies ferrées.

— Exact.

— Vous a-t-il parlé ? Sa mémoire est-elle revenue depuis ?

— Pas vraiment.

La femme esquissa quelques pas :

— Hier, vous avez contacté le lieutenant Pailhas sur son portable. Vous lui avez parlé d'une séance d'hypnose… Vous avez tenté le coup ?

— Ce matin, oui.

— Ça n'a rien donné ?

— L'homme s'est souvenu d'éléments mais j'ai vérifié : tout est faux. Je…

Il s'arrêta et noua ses deux mains sur son bureau, en signe de détermination :

— Je ne comprends pas, capitaine. Pourquoi ces questions ? Le lieutenant Pailhas m'a dit qu'il reprenait l'enquête aujourd'hui. Vous travaillez avec lui ? Il y a des éléments nouveaux ?

Elle ignora carrément la question.

— Selon vous, il ne simule pas ? Son amnésie est réelle ?

— On ne peut jamais être catégorique à 100 %. Mais je pense qu'il est sincère.

— Il a subi une lésion ? Il a une maladie ?

— Il refuse de passer une radio ou un scanner, mais tout porte à croire que son syndrome est plutôt le contrecoup d'une forte émotion.

— Quel genre, l'émotion ?

— Aucune idée.

— Les infos qu'il vous a données, c'était sur quoi ?

— Je vous le répète : tout est faux.

— Nous avons d'autres moyens pour vérifier ces renseignements.

— Il dit qu'il s'appelle Pascal Mischell. M.I.S.C. H.E.L.L.

Elle sortit un feutre et un calepin. Un carnet à couverture de moleskine. La réédition du célèbre carnet d'Hemingway et de Van Gogh. Peut-être un cadeau de son fiancé… Elle écrivait avec application, sortant discrètement, au coin de sa bouche, une langue de chat. Elle ne portait pas d'alliance.

— Quoi d'autre ?

— Il dit qu'il est maçon. Originaire d'Audenge. Qu'il travaille en ce moment sur un chantier au Cap-Ferret. Encore une fois, j'ai vérifié et…

— Continuez.

— Il m'a aussi raconté que ses parents avaient vécu dans un bled du bassin d'Arcachon mais la ville n'existe pas.

— Quel nom, la ville ?

Freire inspira avec lassitude :

— Marsac.

— Et sur son traumatisme ?

— Pas un mot. Pas le moindre souvenir.

— La nuit à la gare ?

— Rien. Il est incapable de se rappeler quoi que ce soit.

Elle conservait les yeux rivés sur son carnet mais il sentait qu'elle l'observait aussi, furtivement, à travers ses paupières baissées.

— Il y a une chance pour que quelque chose lui revienne rapidement à ce sujet ?

— C'est sans doute ce qui reviendra le plus tard. Le choc, quel qu'il soit, a tendance à occulter en priorité la mémoire à court terme. De toute façon, je pense qu'il invente tout le reste. Son nom. Son origine. Son métier. Que cherchez-vous au juste ?

— Désolée. Je ne peux rien vous dire.

Mathias Freire croisa les bras avec humeur :

— Vous n'êtes décidément pas très coopératifs chez les flics. Si vous avez des informations nouvelles, je pourrais en profiter pour orienter mes propres recherches et…

Il s'arrêta : Anaïs Chatelet venait d'éclater de rire, debout face à la fenêtre. Elle se tourna vers lui, riant toujours. Ce visage recélait un autre secret. L'émail pur de ses petites dents d'animal farouche.

— Qu'est-ce qui vous fait rire ?

— Les mecs qui jouent aux boules en bas. Quand c'est au tour d'un des gars, tous les autres se planquent derrière les arbres.

— C'est Stan. Un schizophrène. Il confond pétanque et bowling.

Anaïs Chatelet hocha la tête et revint vers lui :

— Je ne sais pas comment vous faites.

— Pour quoi ?

— Pour tenir le coup avec tous ces… givrés.

— Comme vous sans doute. Je m'adapte.

L'officier marchait de nouveau dans la pièce, tapotant de son feutre la couverture de son carnet. Tout son être trahissait un effort pour se donner l'air d'un gars coriace mais cette volonté produisait l'effet inverse : une impression de féminité extrême.

— Soit vous me dites ce qui se passe, soit je ne réponds plus à vos questions.

La femme s'arrêta net. Elle planta son regard dans celui de Freire. Elle avait des grands yeux sombres, au fond desquels passait un éclat mordoré.

— On a retrouvé un cadavre cette nuit, fit-elle d'une voix neutre. Gare Saint-Jean. À deux cents mètres de la cabine de graissage où les cheminots ont découvert votre amnésique. Ça fait de lui un suspect idéal.

Freire se leva. Il devait maintenant combattre à armes égales.

— La nuit dernière, il dormait tranquillement dans mon unité. Je peux en témoigner.

— La victime a été tuée la nuit précédente. Personne n'a remarqué le corps dans la journée à cause du brouillard. À ce moment-là, votre mec était encore en circulation. Il était même sur place.

— Où était le corps exactement ? Sur les rails ?

Elle eut un sourire, un déclic sucré-salé.

— Dans une fosse de maintenance. Le long des anciens ateliers de réparation.

Il y eut un silence. Freire était étonné par son propre état d'esprit. Il n'éprouvait ni choc ni curiosité à l'égard de l'assassinat. Il admirait plutôt le teint de l'OPJ. Il songeait maintenant à une cloison de papier de riz, derrière laquelle se serait déplacée une mystérieuse lumière, une Japonaise peut-être, tenant une lanterne, marchant sans bruit, à pas serrés, en chaussettes blanches.

Il se secoua. Debout devant le bureau de Freire, Anaïs Chatelet se laissait observer. Comme une femme qui profite de la caresse du soleil.

Soudain, elle parut elle aussi sortir de cette parenthèse :

— La victime est morte d'une overdose d'héroïne.

— Ce n'est pas un meurtre ?

— C'est un meurtre par héroïne. Vous en avez ici ?

— Pas du tout. Nous avons des opiacés. De la morphine. Beaucoup de drogues chimiques. Mais pas d'héroïne. C'est un produit qui ne possède aucune vertu thérapeutique. Et c'est illégal, non ?

Anaïs fit un geste vague qui pouvait passer pour une réponse.

— La victime, demanda-t-il, vous l'avez identifiée ?

— Non.

— C'est une femme ?

— Un homme. Plutôt jeune.

— Il y avait des détails… particuliers sur les lieux ? Je veux dire : dans la fosse ?

— La victime était nue. Le tueur lui a enfoncé sur le crâne une tête de taureau.

Cette fois, Mathias réagit. D'un coup, il voyait tout. Les rails. Les brumes. Le corps nu au fond de la fosse. Et la gueule noire du taureau. *Le Minotaure*. Anaïs l'observait en retour du coin de l'œil, décryptant sans doute la moindre de ses réactions.

Pour dissimuler son malaise, Freire monta le ton :

— Que voulez-vous de moi au juste ?

— Votre avis sur votre… pensionnaire.

Il revit le colosse sans mémoire. Son chapeau de cow-boy. Ses Santiags. Son allure d'ogre de dessin animé.

— Il est absolument inoffensif. Je vous le certifie.

— Quand on l'a trouvé, il tenait dans ses mains des objets ensanglantés.

— Votre victime n'a pas été mutilée à coups de clé à molette ni d'annuaire, non ?

— Le sang sur ces objets correspond à celui de la victime.

— O +. C'est un groupe très répandu et…

Freire s'arrêta : il devinait le jeu de la jeune femme.

— Vous me faites marcher, reprit-il. Vous savez qu'il n'est pas l'assassin. Qu'est-ce qui vous intéresse chez lui ?

— Je ne sais rien du tout. Mais il y a une autre possibilité. Il était sur les lieux au moment où le tueur a déposé le cadavre dans la fosse. Il pourrait avoir vu quelque chose. (Elle s'arrêta un instant, puis reprit :) Le choc qui a provoqué son amnésie pourrait bien être dû à ce qu'il a vu cette nuit-là.

Mathias comprit – en réalité, il le sentait depuis la première seconde – qu'il avait affaire à une policière brillante, très au-dessus de la moyenne.

— Je pourrais le voir ? continua-t-elle.

— C'est prématuré. Il est encore très fatigué.

Elle lui balança un clin d'œil par-dessus son épaule. On ne savait jamais sur quel pied danser avec cette fille. Parfois brutale, parfois mutine.

— Et si vous, vous me disiez la vérité ?

Freire fronça les sourcils :

— Comment ça ?

— Vous avez un diagnostic précis sur cet homme.
— Comment le savez-vous ?
— L'instinct du chasseur.

Il éclata de rire :

— Très bien. Venez avec moi.

Le centre de documentation était à six blocs de l'unité Henri-Ey. Ils traversèrent le campus dans l'air ensoleillé et glacé. Les allées grises. Les pavillons aux toits bombés. Les palmiers. On était dimanche et, ce jour-là, même par ce froid, des familles se promenaient, entourant toujours un personnage au comportement décalé. Anaïs Chatelet observait sans gêne visiteurs et visités. Il y avait aussi des cas isolés. Une vieille femme qui jouait à la poupée avec une bouteille de Soupline. Un jeune gars aux doigts griffus qui fumait en parlant tout seul. Un vieillard qui priait au pied d'un arbre, se lissant la barbe à deux mains.

— Des sacrés numéros que vous avez là…

La capitaine ne prenait pas de gants pour évoquer les patients, et cela lui plut. En général, les visiteurs affectent des mines de circonstance. Pour mieux masquer leur peur, leur malaise. Anaïs avait peur, elle aussi, mais sa façon de réagir était l'attaque frontale.

— Aucun malade ne s'échappe ?

— Aujourd'hui, on les appelle des usagers.

— Comme dans le bus ?

— C'est ça, sourit-il. Sauf qu'ici, on ne va nulle part.

— Il y a des évasions ou non ?

— Jamais. Les hôpitaux spécialisés sont fondés sur le principe inverse.

— Comprends pas.

Freire désigna une nouvelle allée. Ils poursuivirent leur marche. Le soleil était haut et la clarté éblouissante n'autorisait pas les idées noires.

— Depuis plus de cinquante ans, la ligne de la psychiatrie mondiale, c'est « Ouvrez les portes ! ». Grâce aux neuroleptiques, la plupart des patients deviennent *presque* comme les autres. Ils peuvent en tout cas retourner dans leur famille ou vivre dans des appartements thérapeutiques. Pourtant, beaucoup d'entre eux préfèrent rester ici où ils se sentent en sécurité. Ils ont peur du monde extérieur.

— Ceux qui restent sont des incurables ?

— Des chroniques, oui.

— Pas moyen de les guérir ?

— On utilise rarement ce terme en psychiatrie. Disons qu'il y a parfois quelques cas d'amélioration, chez les schizophrènes par exemple. Pour les autres, on doit traiter, accompagner, cadrer, stabiliser...

— Droguer, quoi.

Ils étaient parvenus au Centre de documentation. Un bâtiment de briques, surmonté d'une cheminée, qui aurait pu tout aussi bien abriter la chaudière ou des outils de jardinage. Freire chercha ses clés. Cette conversation l'amusait.

— Tout le monde regarde ces traitements d'un mauvais œil. La fameuse camisole chimique. Mais les premiers soulagés, ce sont les patients eux-mêmes. Quand vous êtes persuadé que des rats vous dévorent le cerveau ou que des voix vous assaillent jour et nuit, croyez-moi, il vaut mieux être un peu amorphe.

Il déverrouilla la porte. Glissa la main à l'intérieur pour allumer. Il se sentait excité de pénétrer ici, un dimanche, avec cette fliquette ravissante. Un gamin qui fait visiter sa cabane au fond du jardin.

Anaïs Chatelet observa le décor en silence. Depuis des années, la chef-documentaliste menait une lutte souterraine contre le PVC, les néons, la moquette. Elle avait récupéré tous les meubles en bois de l'hôpital – armoires, bibliothèques, casiers à tiroirs… Le résultat était un décor chaleureux, distillant une atmosphère propice à la méditation, chargée d'un parfum compassé.

— Attendez-moi ici.

Ils se trouvaient dans la salle de lecture, occupée par des pupitres d'écolier et des chaises tendance Jean Prouvé. Freire passa dans la bibliothèque proprement dite : des allées de rayonnages supportant un siècle d'ouvrages spécialisés, de monographies, de thèses, de journaux médicaux. Mathias savait où dénicher les livres dont il avait besoin pour sa démonstration.

Quand il revint dans la salle, Anaïs s'était assise derrière une table. Il savoura le spectacle : la silhouette de motarde, cuir et jeans, contrastant avec le confort mordoré de la pièce. Il attrapa une chaise et s'assit de l'autre côté du pupitre, sa documentation posée devant lui.

— Je pense que Mischell, celui qui prétend s'appeler ainsi, est en pleine fugue psychique.

Anaïs ouvrit ses grands yeux noirs.

— J'ai d'abord cru qu'il souffrait d'un syndrome amnésique rétrograde. Une perte de mémoire classique, touchant sa mémoire personnelle. Dès le lendemain de son admission, ses souvenirs ont commencé à revenir. Son passé refaisait surface. En réalité, c'était le contraire qui se produisait.

— Le contraire ?

— Notre cow-boy ne se souvenait pas, il inventait. Il se créait une nouvelle identité. C'est ce qu'on appelle une « fugue psychique », ou « fugue dissociative ». Dans le jargon de la psychiatrie, on parle aussi du syndrome du « voyageur sans bagage ». Une pathologie très rare, connue depuis le XIXᵉ siècle.

— Expliquez-vous.

Freire ouvrit un premier livre – écrit en anglais – et s'arrêta à un chapitre. Puis il retourna l'ouvrage afin qu'Anaïs puisse le parcourir. *The Personality Labyrinth*, d'un dénommé Mc Feld, de l'université de Charlotte, Caroline du Nord.

— Il arrive qu'un homme, sous la pression d'un fort stress ou d'un choc, tourne le coin de la rue et perde la mémoire. Plus tard, quand il croit se souvenir, il s'invente une nouvelle identité, un nouveau passé, pour échapper à sa propre vie. C'est une sorte de fuite, mais à l'intérieur de soi.

— Le gars a conscience de ce qu'il fait ?

— Non. Mischell, par exemple, croit vraiment qu'il est en train de se souvenir. En fait, il est en train de changer de peau.

Anaïs feuilletait les pages mais ne lisait pas. Elle *réfléchissait*. Mathias l'observait. Sa bouche s'était crispée. Ses yeux cillaient rapidement. Il pouvait le sentir : elle était familière des troubles psychologiques. Elle leva les yeux d'un coup et Freire sursauta.

— On étudie ces cas depuis combien de temps ?

— Les premières fugues psychogènes ont été découvertes au XIXᵉ siècle, aux États-Unis. En général, elles sont dues à des conditions de vie insupportables : dettes, crises conjugales, boulot de cauchemar. Le fugueur part faire une course et ne revient jamais. Entre-temps, il a tout oublié. Quand il se souvient, il est un autre.

Freire saisit un autre ouvrage et le soumit, à la bonne page, à la fliquette :

— Le cas le plus fameux est celui d'Ansel Bourne, un prêcheur évangélique qui s'est installé en Pennsylvanie sous le nom d'AJ Brown et a ouvert une papeterie.

— Bourne, comme Jason Bourne ?

— Robert Ludlum s'est inspiré de ce nom pour son personnage d'amnésique. Aux États-Unis, c'est une référence très connue.

— Ça s'apparente à ce qu'on appelle une personnalité multiple ?

— Non. Ceux qui souffrent de ce syndrome abritent à l'intérieur d'eux-mêmes plusieurs personnages, simultanément. Dans les cas dont je parle, l'amnésique efface au contraire sa personnalité précédente et devient quelqu'un d'autre. Il n'y a pas de cohabitation.

Anaïs parcourait les ouvrages, les articles consacrés au phénomène. Encore une fois, elle ne lisait pas. Ce qu'elle voulait, c'était une explication de vive voix.

— Pour vous, Mischell est un de ces cas ?

— J'en suis sûr.

— Pourquoi ?

— D'abord, ses souvenirs sont faux. Vous vérifierez par vous-même. Ensuite, ces renseignements sentent le bricolage... inconscient.

— Donnez-moi un exemple.

Mathias se leva et passa derrière le comptoir de chêne massif qui servait de QG à la chef-documentaliste. Dans un tiroir, il trouva ce qu'il cherchait et revint s'installer en face d'Anaïs, une boîte de Scrabble dans les mains.

— Notre inconnu dit s'appeler « Mischell ».

Il écrivit avec les lettres de plastique : MISCHELL.

— Souvent, un nom inventé par l'inconscient est une anagramme.

Il bouscula l'ordre des lettres et rédigea : SCHLE-MIL.

— Qu'est-ce que ça veut dire ?

— Vous ne connaissez pas Peter Schlemihl ?

— Non, fit-elle sur un ton buté.

— C'est le héros d'un roman du XIXᵉ siècle écrit par Adelbert von Chamisso. L'homme qui a perdu son ombre. Notre amnésique, au moment de créer sa nouvelle identité, s'est souvenu de ce livre…

— Il y a un lien avec son histoire ?

— La perte de l'ombre, c'est peut-être la perte de son ancienne identité. Depuis qu'il est ici, Mischell fait le même rêve. Il marche sous le soleil dans un village désert. Soudain, une explosion blanche et silencieuse survient. Il s'enfuit mais son ombre reste collée sur un mur. Mischell a laissé son double derrière lui.

En répétant son analyse devant l'OPJ, elle lui parut sonner plus juste que la veille. Ce songe était bien la traduction symbolique de sa fugue.

— Revenons à mon affaire, dit Anaïs en se levant (elle n'avait pas ôté son blouson). Cette crise pourrait avoir été provoquée par un choc, non ? Quelque chose qu'il aurait vu ?

— Comme un meurtre ou un cadavre ? sourit Freire. Vous avez de la suite dans les idées. C'est possible, oui.

Anaïs s'approcha du pupitre. Mathias était toujours assis. Le rapport de forces était revenu à son point de départ.

— Quelles sont vos chances de lui faire retrouver sa véritable mémoire ?

— Pour l'instant, elles sont minces. Il faudrait que je découvre qui il est vraiment pour le remettre, en douceur, sur la voie de lui-même. Alors seulement, il pourrait se souvenir.

La jeune femme se recula et planta ses talons dans le sol :

— On va s'y mettre ensemble. Les renseignements qu'il vous livre sont utilisables ?

— Pas vraiment. Il construit sa nouvelle identité avec des fragments de l'ancienne. Ce sont des éléments déformés, elliptiques, parfois inversés.

— Vous pourriez me donner vos notes ?

— Pas question.

Freire se leva à son tour et s'inclina pour atténuer la violence de sa réaction.

— Je suis désolé mais c'est impossible. Secret médical.

— Il s'agit d'un meurtre, fit-elle d'un ton soudain autoritaire. Je peux vous convoquer comme témoin direct.

Il contourna le pupitre et se retrouva face à Anaïs. Il la dépassait d'une tête, mais la jeune femme ne paraissait pas impressionnée.

— Convoquez-moi si vous voulez. Pour m'interroger, vous devrez d'abord solliciter une autorisation du Conseil de l'ordre. Qu'on vous refusera. Vous le savez comme moi.

— Vous avez tort de réagir comme ça, fit-elle en reprenant ses cent pas. Nous aurions pu unir nos efforts… Il est impossible que les deux affaires ne soient pas liées. Vous n'êtes pas prêt à tout faire pour découvrir la vérité ?

— Jusqu'à un certain point. Je veux guérir mon patient. Pas le placer en garde à vue.

— Vous n'empêcherez rien. N'oubliez pas qu'il reste mon suspect principal.

— C'est une menace ?

Elle s'approcha, mains dans les poches, sans répondre. Elle avait retrouvé son attitude du début. Prête à affronter le monde. Il fourra à son tour ses mains dans ses poches. Blouson de cuir contre blouse blanche.

Le silence s'éternisait. D'un coup, ce petit jeu le fatigua.

— On a fini, là ?

— Pas tout à fait, non.

— Quoi ?

— Je veux voir la bête.

Une heure plus tard, sur le parking du CHS Pierre-Janet, Anaïs consulta ses messages. Le Coz avait appelé trois fois. Elle le rappela aussitôt.

— On a identifié le client.

— Son nom ?

— Duruy. Philippe. 24 ans. Sans boulot. Sans domicile fixe. Un crevard.

Elle attrapa son carnet et nota à la va-vite les infos.

— On est sûrs de ça ?

— Certains. J'ai fait chou blanc avec plusieurs dealers mais j'ai interrogé quatre pharmaciens jusqu'à tomber sur Sylvie Gentille, domiciliée au 74, rue Camille-Pelletan à Talence. Elle tient la pharmacie de la place de la Victoire.

— Je connais. Continue.

— Je lui ai envoyé la photo sur son portable. Elle a formellement identifié le mec, malgré les bosses et les coutures. Depuis trois mois, il vient chercher chez elle son stock mensuel de Subutex.

— Bravo.

— C'est pas tout. J'ai appelé Jaffar. Les zonards de Victor-Hugo ont aussi reconnu le bonhomme. Ils l'appellent Fifi mais c'est bien le même gus. Un

115

Gothique qui allait et venait. Il pouvait disparaître des semaines entières. Selon eux, les derniers temps, Duruy vivait dans un squat pas loin de la rue des Vignes.

Elle déverrouilla sa portière et se glissa dans l'habitacle :

— Quand l'ont-ils vu pour la dernière fois ?

— Trois semaines pour ma pharmacienne. Quelques jours pour les zonards. Personne ne sait ce qu'il a foutu les jours qui ont précédé sa mort.

— Il n'avait pas de potes ? Des proches qui pourraient nous en dire plus ?

— Non. Duruy était un solitaire. Quand il disparaissait, personne ne savait où il allait.

— Pas de chien ?

— Si. Un molosse. Introuvable. Le tueur a dû lui faire sa fête.

— Vérifie tout de même les refuges animaliers.

Anaïs songea aux caméras de sécurité. Il fallait élargir les visionnages. Ratisser toute la ville. Philippe Duruy serait sur une des bandes. Avec le tueur-dealer ? On pouvait toujours rêver.

— Et son paquetage ?

— Sans doute enterré avec le clebs.

Elle se repassa, encore une fois, le film du meurtre, en le précisant. Le tueur n'était ni un zonard ni même une connaissance de Duruy. Il avait repéré sa victime plusieurs jours avant de frapper. Il l'avait amadoué. Il avait gagné sa confiance. Il savait que le Gothique était un tox. Il savait que c'était un solitaire – plus facile à éliminer en toute discrétion. Il savait qu'il avait un chien – il avait un plan pour s'en débarrasser.

116

Les détails. Vendredi 12 février. Disons 20 heures. La nuit tombe sur Bordeaux. La nuit et le brouillard. Soit le tueur choisit ce soir-là à cause des brumes. Soit il a planifié son agression à cette date et la météo est un bonus. Il sait où trouver Philippe Duruy. Il lui propose un shoot d'enfer et l'emmène dans un coin tranquille, à l'abri des regards, où tout est déjà préparé. Notamment la destruction rapide de toutes traces. Chien, paquetage, vêtements. Un tueur organisé. Des nerfs de glace. *Un pro dans son domaine.*

— Tu as pris le nom du médecin traitant ? reprit-elle.

— Merde. J'ai oublié. J'étais trop content de…

— Laisse tomber. Envoie-moi par SMS le numéro de la pharmacienne. Je m'en occupe.

— Qu'est-ce que je fais, moi ?

— Maintenant que tu as son état civil, tu retraces les faits et gestes de Duruy à Bordeaux. Et ailleurs.

— Ça va être coton. Ces mecs-là…

Anaïs voyait ce qu'il voulait dire. Les SDF sont les derniers hommes libres de la société moderne. Pas de carte bleue. Pas de chéquier. Pas de véhicule. Pas de téléphone portable… Dans un monde où chaque connexion, chaque appel, chaque mouvement est mémorisé, ils sont les seuls à ne pas laisser de traces.

— Si c'est un défoncé, essaie déjà le FNAILS.

Le Fichier National Automatisé des Interpellations pour Usage de Stupéfiants au niveau de l'Individu relève à l'échelle nationale toutes les arrestations liées à la drogue. L'intitulé ne colle pas avec les initiales mais Anaïs avait renoncé depuis longtemps à comprendre les acronymes de la Police nationale.

— Ses empreintes digitales n'ont donné aucun résultat, rétorqua le Coz.

— Ça prouve que la technologie, c'est pas une science exacte. Je suis sûre que Duruy a déjà été arrêté. Vérifie encore une fois. Vois aussi du côté Sécu. Duruy a dû être hospitalisé, au moins une fois, pour la dope et le reste. Peut-être touchait-il le RSA. Tu me fais la totale.

— Et les dealers ?

Elle ne croyait plus à cette piste. Les revendeurs ne diraient rien, et de toute façon, ce n'étaient pas eux qui avaient vendu l'héroïne blanche au tueur – *il avait sa propre filière.*

— Oublie. Concentre-toi sur l'administratif. Je veux aussi la bio complète de Duruy. Appelle Jaffar. Qu'il secoue le réseau social. Les foyers. Les assoces. Qu'il retourne dans les coins à clodos et dans les squats. Vois aussi avec Conante. Qu'il continue à mater les CD de vidéo-surveillance. Il faut loger Duruy sur ces images. Je veux son emploi du temps des derniers jours jusqu'à la dernière seconde. Priorité absolue.

Anaïs raccrocha et démarra. Elle avait hâte de quitter ces lieux d'emprisonnement et de folie. Elle roula pendant plusieurs minutes jusqu'à la cité universitaire située aux abords de Talence. Nouveau parking. Nouveau stop. Elle consulta ses SMS. Le Coz lui avait envoyé les coordonnées de la pharmacienne. Elle rappela aussi sec Sylvie Gentille. La femme n'avait pas son registre avec elle – elle passait son dimanche en famille – mais se souvenait du médecin traitant de Philippe Duruy. David Thiaux. Un toubib du quartier.

Nouveau coup de fil. Anaïs tomba sur l'épouse du praticien. Comme tous les dimanches, Thiaux faisait son 18 trous au golf de Laige. Anaïs connaissait. Elle tourna sa clé de contact et prit la direction de Caychac, où se trouvait le parcours.

Au volant, elle réfléchit à son entrevue avec l'amnésique. Impossible de se faire une idée. Physiquement, l'homme était impressionnant. Pour le reste, il avait l'air d'un simple d'esprit. A priori, incapable de faire le moindre mal à une mouche, mais elle était payée pour ne pas se fier aux a priori. Une seule certitude : le géant n'avait ni le profil d'un tueur organisé, ni celui d'un dealer de haut vol.

14 h 30. Anaïs filait sur la route du Médoc. Elle passa à sa rencontre avec le toubib. *Le meilleur pour la fin.*

Mathias Freire représentait l'archétype du beau ténébreux. Des traits réguliers, mais tourmentés par une agitation intérieure. Des yeux sombres, intenses, refusant de livrer leur secret. Une chevelure plus noire encore, ondulée, romantique en diable. Quant aux frusques, elles trahissaient une indifférence totale pour l'apparence extérieure. Dans sa blouse chiffonnée, Freire ressemblait à un lit défait. Elle l'avait trouvé encore plus sexy...

Calme-toi, Anaïs. Elle avait déjà confondu boulot et sentiments, et cela avait toujours abouti à des catastrophes. Dans tous les cas, la position du psy n'arrangeait pas ses affaires. Il privilégierait toujours son patient contre l'enquête et ne se jetterait pas sur son téléphone s'il découvrait quelque chose...

Elle aperçut le panneau du golf de Laige. Au fond, elle était heureuse de bosser un dimanche. Au moins, elle ne passerait pas son après-midi à rêvasser sur son canapé, en écoutant « Wild Horses » des Stones ou « Perfect Day » de Lou Reed. Le boulot était la dernière bouée des naufragés du cœur.

De longs bâtiments de bois cendré, dans le style Bahamas, ouvraient le terrain de golf. Structures en mélèze, bardage et toiture en Red Cedar. Les vallons verdoyants enveloppaient ces lignes grises comme un complément de programme.

Anaïs se gara sur le parking, glissant sa Golf entre les 4 × 4 Porsche Cayenne et les Aston Martin. Sortant de sa caisse, elle eut envie de cracher sur ces carrosseries lustrées ou de péter un ou deux rétroviseurs. Elle haïssait le golf. Elle haïssait la bourgeoisie. Elle haïssait Bordeaux. À se demander pourquoi elle était revenue. Mais c'est toujours bon d'alimenter sa haine. De la nourrir comme on nourrit un fauve. Cette énergie négative la maintenait debout.

Elle marcha jusqu'au Club-House. En franchissant le seuil, elle imagina soudain tomber nez à nez avec son père. Elle appréhendait toujours cette éventualité. Encore une raison qui aurait dû l'éloigner de cette ville.

Elle lança un coup d'œil dans les salons et la boutique d'équipement. Pas de visage familier. Elle craignait aussi, dans ces milieux privilégiés, d'être reconnue comme la fille Chatelet. Personne dans les hautes sphères de Bordeaux n'avait oublié le scandale associé à ce nom.

Elle rejoignit le bar. Elle était étonnée, avec ses jeans et ses bottes à bouts ferrés, que personne ne l'ait encore foutue dehors. Les golfeurs – des hommes pour la plupart – étaient accoudés au comptoir de bois verni. Ils portaient tous l'uniforme réglementaire. Pantalons à carreaux. Polos de mailles serrées. Chaussures à clous. Les marques s'affichaient avec obscénité. Ralph Lauren. Hermès. Louis Vuitton…

Elle se présenta au barman, montrant discrètement sa carte, et expliqua ce qui l'amenait. L'homme appela le chef des caddies. Un dénommé Nicolas selon le badge épinglé sur son pull vert. Le Dr David Thiaux était en plein parcours. Anaïs sortit avec le caddie. Elle s'apprêtait à prendre une mini-voiture quand on leur signala que le toubib venait de rentrer au vestiaire. Anaïs se fit guider.

— C'est là, fit Nicolas en stoppant devant une villa en bois, posée au pied d'un tertre. Mais c'est réservé aux hommes.

— Accompagnez-moi.

Ils entrèrent dans le repaire des mâles. Crépitements de douche, brouhaha de voix graves, effluves de sueur et de parfum. Des hommes se rhabillaient, debout devant leur casier à porte en bois. D'autres sortaient de la douche, ruisselants, bite en berne. D'autres encore se recoiffaient ou s'enduisaient de gel hydratant.

Anaïs eut l'impression de pénétrer, physiquement, dans l'antre de la toute-puissance masculine. On devait parler ici fric, pouvoir, politique, victoires sportives. Et bien sûr sexe. Chacun devait évoquer ses maîtresses, ses prouesses, ses satisfactions, au même titre que ses scores sur le green. Pour l'instant, personne ne faisait attention à elle.

Elle s'adressa à Nicolas :

— Où est Thiaux ?

Le caddie désigna un homme qui achevait de boucler sa ceinture. Grand, massif, la cinquantaine grisonnante. Anaïs s'approcha et sentit un nouveau trouble l'envahir. Le mec ressemblait à son père. Même visage large, bronzé, magnifique. Même gueule de propriétaire foncier, qui aime sentir ses terres sous ses pieds.

— Docteur Thiaux ?

L'homme sourit à Anaïs. Son malaise s'approfondit. Les mêmes yeux d'iceberg, qui n'offrent leur transparence que pour mieux vous couler.

— C'est moi.

— Anaïs Chatelet. Capitaine de police à Bordeaux. Je voudrais vous parler de Philippe Duruy.

— Philippe, oui, je vois très bien.

Il cala son talon sur le banc pour lacer sa chaussure. Il paraissait indifférent au raffut et à l'agitation autour de lui. Anaïs laissa filer quelques secondes.

L'homme passa à la deuxième chaussure :

— Il a des ennuis ?

— Il est mort.

— Overdose ?

— Exactement.

Thiaux se redressa et hocha la tête avec lenteur, d'un air fataliste.

— La nouvelle n'a pas l'air de vous surprendre.

— Avec ce qu'il s'envoyait dans les veines, il n'y a pas de quoi s'étonner.

— Vous lui prescriviez du Subutex. Il essayait d'arrêter ?

— Il avait ses périodes. Lors de sa dernière visite, il en était à 4 milligrammes de Sub. Il semblait en bonne voie mais je n'avais pas trop d'espoir. La preuve…

Le médecin enfila son loden.

— Quand avez-vous vu Philippe pour la dernière fois ?

— Il faudrait que je consulte mon agenda. Il y a deux semaines environ.

— Que savez-vous sur lui ?

— Pas grand-chose. Il venait au dispensaire pour sa prescription mensuelle. Il laissait son chien dehors et ne racontait pas sa vie.

— Le dispensaire ? Vous ne le receviez pas à votre cabinet ?

Il ferma ses boutons de bois et boucla son sac de sport.

— Non. Je tiens une permanence tous les jeudis, dans le quartier Saint-Michel. Un CMP. Centre médico-psychologique.

Anaïs avait déjà du mal à imaginer ce bourgeois accueillir dans son cabinet un zonard crasseux comme Philippe Duruy. Elle éprouvait plus de difficulté encore à le visualiser dans une salle en PVC, à attendre les grands marginaux du quartier.

Il parut lire dans ses pensées :

— Ça vous étonne, hein, qu'un médecin comme moi assure une permanence dans un dispensaire. C'est sans doute pour me racheter une conscience.

Il avait dit cela sur un ton ironique. Anaïs était de plus en plus irritée par ce personnage. Le brouhaha autour d'elle aggravait la situation. Ces ondes funestes de mâles triomphants, heureux d'être ensemble, savourant leur force et leur fortune, lui bourdonnaient aux oreilles.

Thiaux enfonça le clou :

— Pour vous, flics de gauche, nous sommes la source de tous les maux. Quoi qu'on fasse, on a toujours tort. Nous agissons toujours par intérêt ou par hypocrisie bourgeoise.

Il se dirigea vers la sortie, adressant quelques signes de salut au passage. Anaïs le rattrapa :

— Philippe Duruy, il ne vous a jamais parlé de sa famille ?

— Je ne pense pas qu'il avait de la famille. En tout cas, il n'a jamais dit un mot là-dessus.

— Ses amis ?

— Non plus. C'était un nomade. Un solitaire. Il cultivait ce style. Le genre silencieux et fermé. Qui voyage en quête de musique et de défonce.

Thiaux franchit le seuil. Anaïs lui emboîta le pas. Il était à peine 16 heures et la nuit tombait déjà. Le cri d'un corbeau succéda aux voix des hommes. Elle frissonna dans son blouson.

— Mais il était basé à Bordeaux, non ?

— Basé, c'est un grand mot. Disons que, chaque mois, il revenait me voir. C'est donc qu'il était dans le coin, oui.

Le toubib rejoignit le parking et sortit ses clés de voiture. Le message était clair : il n'avait pas l'intention de s'éterniser auprès d'Anaïs.

Elle le rattrapa encore :

— Il ne vous a jamais parlé de son passé ? De ses origines ?

— Vous n'avez pas une idée très claire des échanges entre un médecin de dispensaire et un toxico comme Duruy. C'est bonjour-bonsoir et basta. J'effectue un bilan de santé, je signe l'ordonnance, le gars disparaît. Je ne suis pas un psy.

— Il en voyait un au CPM ?

— Je ne crois pas, non. Philippe ne cherchait aucune aide. La rue, c'était son choix.

— Il avait des problèmes de santé, à part la drogue ?

— Il avait contracté une hépatite C il y a quelques années. Il ne suivait aucun traitement, aucun régime. Du pur suicide.

— Vous savez comment il a plongé dans l'héroïne ?

— Parcours classique, je pense. Cannabis. Raves. Ecstasy. On commence à prendre de l'héroïne pour éviter les mauvaises descentes d'ecsta, le dimanche matin, et on se réveille accro le lundi. Toujours le même gâchis.

Le médecin était arrivé devant une Mercedes noire classe S. Pour la première fois, il parut frappé de lassitude. Durant quelques secondes, il baissa la garde. Immobile devant sa voiture, clés en main. La seconde suivante, il avait retrouvé son maintien et appuyait sur la télécommande.

— Je ne comprends pas vos questions. Si Philippe est mort d'une OD, où est le problème judiciaire ?

— Duruy est mort d'une overdose mais c'est un meurtre. On lui a injecté une dose létale d'héroïne. Une héroïne très pure. Puis on lui a écrasé le visage avec une tête de taureau qu'on lui a enfoncée jusqu'aux épaules.

Thiaux venait d'ouvrir son coffre. Il devint tout pâle. Anaïs savourait le spectacle. La belle assurance du toubib fondait dans la pénombre.

— C'est quoi ? Un tueur en série ?

De nos jours, tout le monde a ces mots à la bouche. Comme s'il s'agissait d'un phénomène social bien connu, entre chômage et suicide professionnel.

— Si c'est une série, elle vient de commencer. Il vous parlait de ses dealers ?

Il fourra son sac dans le coffre et le referma d'un coup sec.

— Jamais.

— La dernière fois que vous l'avez vu, vous a-t-il parlé d'un dealer différent ? D'une héroïne d'une exceptionnelle qualité ?

— Non. Au contraire, il paraissait plus que jamais décidé à arrêter la dope.

— Vous ne l'avez pas revu depuis ? Dans un autre contexte ?

Thiaux ouvrit sa portière.

— Pas du tout.

— On vérifiera, fit-elle en carrant ses mains dans les poches.

Elle regretta aussitôt ces derniers mots. Des paroles de flic. Des paroles de con. Le toubib n'était pas suspect. Cette phrase visait seulement à l'inquiéter. Tous les flics connaissent cette démangeaison du pouvoir.

Le médecin s'appuya sur l'encadrement de sa portière :

— Vous faites tout pour être désagréable, mademoiselle, mais vous m'êtes tout de même sympathique. Vous êtes une gamine qui en veut au monde entier, comme tous ceux que je vois chaque semaine au dispensaire.

Anaïs croisa les bras. Le ton compatissant, elle aimait moins encore.

— Je vais vous confier un secret, dit-il en se penchant vers elle. Savez-vous pourquoi j'assure cette permanence au dispensaire alors que je reçois dans mon cabinet la clientèle la plus huppée de Bordeaux ?

Anaïs restait immobile, tapant du pied, se mordant la lèvre. Parfaite dans sa posture de petit animal revêche.

— Mon fils est mort d'une overdose à l'âge de 17 ans. Je n'avais même jamais soupçonné qu'il puisse fumer un joint. Ça vous suffit comme raison ? Je ne peux rien rattraper ni rien effacer. Mais je peux aider quelques mômes en souffrance et c'est toujours ça de gagné.

La portière claqua. Anaïs regarda la Mercedes disparaître sous la masse des arbres et se fondre dans la nuit. Un souvenir lui revint. La voix de Coluche. Son sketch à propos des flics : « Oui, je sais, j'ai l'air un peu con. » La phrase lui fit l'effet d'une sentence personnelle.

21 heures.

Enfin, sa garde était terminée. Mathias Freire rentrait chez lui en pensant à l'homme au Stetson et au Minotaure. Depuis la visite d'Anaïs Chatelet, il ne cessait de réfléchir au lien qui unissait peut-être les deux affaires. Tout l'après-midi, il avait assuré ses consultations sans lâcher ces questions. Quel était le rapport entre Mischell et le meurtre ? Qu'avait vu au juste l'amnésique ? Il regrettait de ne pas avoir accepté la proposition de la flic. Il ne voyait plus comment avancer sur le cas du cow-boy.

En tournant la clé dans la serrure de son pavillon, il lui vint une idée. Un coup de bluff. Il alluma la lampe du salon puis se connecta sur Internet. Il trouva, le plus simplement du monde, les coordonnées du laboratoire de police scientifique le plus proche de Bordeaux, le LPS 31, situé à Toulouse. Il se demanda si c'était l'une de ses équipes qui avait bossé sur l'affaire de l'amnésique et avait effectué les prélèvements sur les mains de Mischell. Si c'était le cas, les mêmes gars bossaient sur l'affaire du Minotaure.

La meilleure façon d'en savoir plus, c'était d'appeler.

Il obtint une permanence. Il se présenta comme l'expert psychiatrique du suspect dans l'affaire du cadavre de la gare Saint-Jean. Le type au bout du fil en avait entendu parler – du matériel supplémentaire avait été envoyé le matin même pour effectuer des analyses.

Freire avait vu juste. La même équipe avait procédé aux relevés sur l'inconnu, la nuit du 13 février, puis sur la scène de crime le lendemain soir. Une simple coïncidence : les techniciens étaient déjà à Bordeaux pour une autre affaire.

— Pourrais-je avoir le numéro de mobile du chef d'équipe ?

— Vous voulez dire le coordinateur ?

— Le coordinateur, c'est ça.

— Ce n'est pas la procédure. Pourquoi ce n'est pas l'OPJ saisi du dossier qui appelle ?

— Anaïs Chatelet ? C'est elle qui m'a dit de vous contacter.

Le nom fit mouche. Dictant le numéro, le gars ajouta :

— Il s'appelle Abdellatif Dimoun. Il est encore chez vous, à Bordeaux. Il bosse avec un labo privé. Il voulait être sur place quand les résultats tomberaient.

Freire remercia, raccrocha, composa les huit chiffres.

— Allô ?

Le psychiatre remit ça avec son bobard d'expert psychiatrique. Mais le dénommé Abdellatif Dimoun n'était pas né de la dernière pluie.

— Je ne donnerai mes résultats qu'au capitaine en charge de l'enquête ainsi qu'une copie au juge dès qu'il sera saisi.

— Mon client est amnésique, répliqua Freire. Je tente de lui faire retrouver la mémoire. Le moindre détail, le moindre signe peut m'être utile.

— Je comprends, mais vous passerez par Anaïs Chatelet.

Freire fit mine de ne pas avoir entendu :

— D'après le rapport, vous avez relevé des particules de poussière sur...

— Vous êtes bouché mon vieux. J'envoie mon rapport à Chatelet demain matin. Voyez ça avec elle.

— Nous pouvons gagner du temps. J'attaque une séance d'hypnose à la première heure demain matin avec mon patient. Un mot par téléphone et vous me faites gagner une journée !

Le technicien ne répondit pas. Il hésitait. La paperasserie pesait à tout le monde. Freire poussa son avantage.

— Résumez-moi vos résultats. D'après mon patient – il commence à récupérer la mémoire –, les particules sous ses ongles pourraient être de la poussière de brique.

— Pas du tout.

— Qu'est-ce que c'est ?

— Une espèce phytoplanctonique.

— Quoi ?

— Du plancton marin. Un micro-organisme qu'on trouve sur le littoral atlantique français, plutôt au sud. Sur la Côte basque.

Freire songea aux affabulations de Mischell, à propos d'Audenge, du Cap-Ferret, de Marsac, village imaginaire près de l'île aux Oiseaux. Des déformations, des décalages par rapport à sa véritable origine : *le Pays basque.*

— Ce plancton, vous l'avez identifié ?

— Nous avons dû appeler des spécialistes de l'Ifre-mer et du Conservatoire du littoral. Le plancton fait partie des Dinoflagellés, le *Mesodinium harum*. Selon les types à qui on a parlé, ce phytoplancton est rare. Il appartient à la flore sous-marine de la Corniche basque.

Mathias nota sur un bloc puis reprit aussitôt – le fer était brûlant :

— Vous avez trouvé autre chose ?

Le scientifique hésita puis admit :

— Ce qui va intéresser les flics, c'est qu'on a retrouvé ailleurs ce plancton.

— Où ?

— Sur la scène d'infraction. Au fond de la fosse de maintenance. Nos programmes ont établi une corres-pondance entre les échantillons du gars et ceux de la fosse.

Freire digéra la nouvelle en silence. Anaïs Chatelet avait raison : l'amnésique avait vu le corps. Peut-être même plus…

— Merci, conclut-il. Pour l'instant, je ne tiendrai pas compte de ce fait durant ma séance d'hypnose. L'enquête criminelle concerne la police.

— Bien sûr, fit le technicien d'un ton compréhensif. Bonne chance.

Mathias raccrocha. D'une écriture nerveuse, il résuma les éléments de la conversation. Le plancton marin désignait la Côte basque. Peut-être aussi un métier de la mer. Jusqu'ici, il était convaincu que Mischell exer-çait un job manuel, à ciel ouvert. *Pêcheur ?* Il souligna le mot plusieurs fois.

Mais le plancton tendait aussi un lien direct entre Mischell et le cadavre. Freire releva son stylo : il eut soudain l'impression que ce lien était la corde qui allait se resserrer sur le cou de son patient...

En même temps, il ne pouvait se défaire de sa conviction de médecin : le cow-boy était innocent. Peut-être avait-il surpris le tueur. Peut-être s'était-il battu avec lui, au fond de la cavité, armé de son annuaire et de sa clé à molette. Après tout, le sang pouvait être celui du meurtrier...

Comme si cette conclusion appelait une autre idée, Freire se leva et se dirigea vers la cuisine. Sans allumer, il se plaça devant la fenêtre et observa la rue obscure.

Les hommes en noir n'étaient pas là.

— Le Château-Lesage est un cru bourgeois supérieur, qui est à Listrac-Médoc, une des six appellations communales du Médoc…

Anaïs avait froid. La salle des cuves, hauts silos chromés alignés comme des sarcophages, était un château des courants d'air. Elle se félicitait d'avoir gardé son blouson pour la visite. Elle était aussi heureuse, comme toujours, d'avoir l'air d'une racaille parmi les autres membres du club.

— Notre vignoble a une longue histoire puisque nos cépages existaient déjà ici au XVe siècle…

Le groupe avançait lentement dans la salle, au fil du discours du propriétaire, se reflétant contre les parois argentées des cuves. Chaque dimanche soir, Anaïs visitait un nouveau vignoble – elle appartenait à un club de dégustation qui sillonnait les châteaux du Bordelais.

Chaque fois, elle se demandait pourquoi elle s'était inscrite et pourquoi, irrésistiblement, elle se rendait à ces soirées lugubres. N'aurait-elle pas préféré se faire un plateau-repas devant une des séries TV dont elle raffolait ? Ou n'aurait-elle pas dû, ce soir, étudier encore les ressorts symboliques du mythe du Minotaure ? ou les filières de l'héroïne à travers l'Europe ?

Elle ne s'était posé aucune question. À 20 heures, comme chaque dimanche, elle avait pris la direction du clos. Côté enquête, la fin de journée n'avait rien donné. Jaffar avait écumé le milieu des sans-abri, sans résultat. Le Coz travaillait à une bio circonstanciée de Philippe Duruy mais il était impossible de vraiment avancer un dimanche. Conante avait fini de mater les vidéo-surveillances de la gare, sans trouver la moindre trace du client, puis commencé à exploiter les bandes des quartiers hantés par les zonards. Elle n'avait pas eu de nouvelles de Zak. L'homme semblait s'être perdu sur la piste des éleveurs de taureaux.

De son côté, elle avait rappelé le fort de Rosny. Elle était cette fois tombée sur un spécialiste des archives – une mémoire vive du crime. Aucun souvenir d'un meurtre mythologique. Aucun exemple de mise en scène aussi macabre. Ni en France, ni en Europe. Après un point téléphonique avec chacun de ses gars, elle avait libéré ses troupes et leur avait donné rendez-vous le lendemain, première heure, au bureau.

Alors qu'elle sortait de l'hôtel de police, Deversat, le commissaire principal, l'avait coincée sur le seuil et lui avait parlé *claro*. Ils allaient étouffer l'affaire auprès des médias. Le Parquet ne saisirait pas de magistrat avant six jours. Elle avait les mains libres pour mener l'enquête comme elle l'entendait. Mais attention : tout ce que comptait la Gironde de politiques, de puissants et d'élus l'avait dans le collimateur. Anaïs le remercia pour sa confiance et partit l'air dégagé – en réalité, le stress commençait à lui serrer l'estomac comme une éponge.

— En novembre, nous descendons les vins en barrique. Nous faisons alors un peu de fermentation malolactique. L'élevage en barrique dure environ 12 à 13 mois…

Anaïs frissonna encore. Cette sensation lui fit penser à ses bras – et à ses cicatrices. Elle avait toujours l'impression qu'ils étaient nus, exhibés, grelottants. Aucun tissu, aucune matière ne pouvait atténuer ce froid-là. Il venait *de l'intérieur*.

— Nous ne cherchons pas ici à faire des vins surboisés. Notre objectif, c'est un vin bien équilibré, entre le fruité, l'acidité et l'alcool. Ce sont des vins ronds, agréables, et qui surtout possèdent de la fraîcheur…

Anaïs n'était plus là. Elle était au fond de son corps. Au fond de sa souffrance. Malgré elle, elle se tenait les bras et pensait déjà au pire. *Je ne tiendrai jamais…* Ses jambes tremblaient. Son corps vibrait. En même temps, elle se sentait pétrifiée. Durant ses crises d'angoisse, elle pouvait s'écrouler par terre ou sur un banc et ne plus bouger durant des heures. C'était une paralysie. Un étau de terreur qui la maintenait dans un bain de glace.

— Nous allons déguster aujourd'hui notre millésime 2005, une grande année en Médoc. Nous n'aurons aujourd'hui qu'un aperçu de ce que sera, dans quelques années, ce millésime. Pour tout dire, cette dégustation est prématurée. Nous avons fait un prélèvement sur barrique et…

Le groupe plongeait maintenant dans les caves du château. Face à l'escalier, elle hésita puis se décida à suivre le mouvement. Avec effort, elle réussit à descendre les marches. Odeurs de moisissure. Travail intime de la fermentation. Anaïs aimait le vin, mais le vin lui faisait toujours penser à son père. Dans ce domaine, il lui avait tout appris. À goûter. À déguster. À collectionner. Quand le voile s'était déchiré, elle aurait dû renoncer à tout ce qui touchait, de près ou de loin, à son mentor. Mais justement, non. Il lui avait tout volé. Il ne lui volerait pas ça.

— Encore une fois, il est un peu tôt pour déguster…

Soudain, Anaïs tourna les talons et abandonna le cortège. Elle remonta l'escalier, trébuchant plusieurs fois. Se frottant toujours les bras, elle courut à travers la salle des cuves. Sortir. Respirer. Hurler. Son reflet passait sur les parois bombées, difforme, horrible. Elle sentait monter les souvenirs. Le raz de marée d'atrocités qui allait exploser au fond de sa tête. Comme chaque fois.

Il fallait qu'elle atteigne la cour, la nuit, le ciel.

Le parvis du château était désert. Ralentissant le pas, elle dépassa les bâtiments des chais et s'orienta vers les vignobles. Tout était bleu. La terre et le ciel avaient pris des couleurs lunaires. Les graves ressemblaient à des allées de cendre, sur lesquelles se crispaient les pieds de vigne.

LE VIN…

LE PÈRE…

Ses lèvres crachaient de la vapeur, fusionnant avec la gaze argentée qui montait de la terre. Les coteaux ici descendaient vers l'estuaire de la Gironde. Elle suivit la pente. Elle sentait les cailloux rouler sous ses bottes. Les branches et les tuteurs lui griffer les jeans, comme s'ils lui voulaient du mal.

LE VIN…

LE PÈRE…

Elle s'enfonça encore parmi les plants et lâcha, enfin, la bride aux souvenirs. Jusqu'à la fin de son adolescence, elle n'avait eu qu'un seul homme dans sa vie. Son père. Ce qui était normal pour une gosse qui avait perdu sa mère à huit ans. Ce qui l'était moins, c'était que son père lui-même n'avait qu'une femme – sa fille. Ils formaient à eux deux un couple parfait, platonique, fusionnel.

Le père modèle. C'était lui qui lui faisait répéter ses devoirs. Lui qui allait la chercher au centre équestre. Lui qui l'emmenait à la plage de Soulac-sur-Mer. Lui qui lui parlait de sa mère chilienne, éteinte dans sa clinique comme une fleur étouffée dans une serre. Il était toujours là. Toujours présent. Toujours parfait…

Parfois, Anaïs éprouvait un malaise. Inexplicable. Des crises d'angoisse la submergeaient. Des vagues de terreur la saisissaient alors qu'elle se trouvait auprès de son père. Comme si son corps savait quelque chose qui échappait à sa conscience. Quoi ?

Elle eut la réponse le 22 mai 2002.

En première page de *Sud-Ouest*.

L'article s'intitulait : « Un tortionnaire dans nos cépages ». Curieusement, il avait été rédigé par un journaliste TV. L'homme venait de visionner un documentaire programmé sur Arte, portant sur le rôle des militaires français dans les dictatures sud-américaines des années 70. Parmi ces formateurs, il y avait eu aussi des activistes d'extrême droite, des anciens de l'OAS, des ex-barbouzes du SAC. D'autres Français avaient participé directement à la répression. Au Chili, un œnologue réputé avait joué un rôle prépondérant dans les activités des escadrons de la mort. L'homme ne s'était jamais caché. Jean-Claude Chatelet, originaire d'Aquitaine. Spécialiste du vin le jour. Spécialiste du sang la nuit.

Dès la parution de l'article, le téléphone de la maison n'avait plus arrêté de sonner. La nouvelle s'était répandue comme une flaque d'essence embrasée. À la fac, on murmurait sur son passage. Dans les rues, on la suivait du regard. Le documentaire était passé sur Arte. La vérité avait explosé. Le film montrait un portrait de son père, plus jeune, moins beau que celui qu'elle connaissait. « Un personnage clé dans la pratique de la torture à Santiago ». Des témoins évoquaient sa silhouette svelte, ses cheveux déjà argentés, ses yeux clairs – et sa fameuse claudication, reconnaissable entre toutes. Jean-Claude Chatelet avait toujours boité, reliquat d'un accident équestre dans son enfance.

Les torturés évoquaient sa voix douce – et ses pratiques terrifiantes. Décharges électriques, mutilations, énucléations, injections d'huile de camphre... « Le Boiteux » (« *El Cojo* »), c'était son surnom, était connu pour une spécialité : il éliminait les prisonniers inutiles en leur enfonçant un serpent vivant dans la gorge. D'autres témoins, des militaires, expliquaient comment Chatelet, jeune disciple du général Aussaresses, en poste en Argentine, avait beaucoup fait pour la formation des équipes...

Anaïs avait regardé l'émission chez une amie. Abasourdie. Elle avait perdu sa voix ce soir-là. Les jours suivants, les articles s'étaient multipliés dans la presse locale. Face aux attaques, son père s'était réfugié dans le silence et l'eau bénite – il avait toujours été catholique pratiquant. Anaïs, en état de choc, avait fait ses valises. Elle avait 21 ans et disposait d'un capital hérité de sa mère – des terres vendues au Chili dont les bénéfices placés lui revenaient exclusivement.

Elle s'était installée dans un deux-pièces de la rue Fondaudège, artère commerçante du centre-ville, et n'avait jamais revu son père. Elle ne cessait de penser aux paroles des témoins qui décrivaient le Boiteux. Ses mots. Ses gestes. Ses mains.

Ces mains qui avaient appliqué la pointe électrique de la *picana*. Qui avaient coupé, sectionné, mutilé des chairs. C'étaient ces mains-là qui l'avaient lavée lorsqu'elle était bébé. Qui l'avaient guidée jusqu'à l'école. Qui l'avaient protégée envers et contre tout.

Au fond, elle l'avait toujours pressenti. Comme si sa propre mère, murée dans sa folie, lui avait chuchoté mentalement son secret : elle avait épousé le diable. Et maintenant, Anaïs était la fille de ce diable. Son sang était maudit.

Peu à peu, elle avait récupéré sa voix – et retrouvé une vie normale. Fac de droit. Licence. ENSOP. À la sortie de l'École des officiers de police, Anaïs avait demandé un mois de disponibilité. Elle était partie au Chili. Elle parlait couramment espagnol, cela aussi, ça coulait dans ses veines. Pour trouver les traces de son père, elle n'avait pas eu à courir beaucoup. Le Serpent était une célébrité à Santiago. En un mois, elle avait bouclé son enquête. Elle avait regroupé les pièces, les témoignages, les photos. De quoi faire extrader son père de la France au Chili. Ou au moins enrichir les plaintes des exilés chiliens en France.

Mais elle n'avait contacté ni les juges, ni les avocats, ni les plaignants. Elle était rentrée à Bordeaux. Elle avait ouvert un coffre à la banque et y avait planqué son dossier. En fermant la boîte métallique, elle avait mesuré l'ironie de la situation : avec cette première enquête criminelle, elle avait gagné son baptême de flic. Mais elle avait tout perdu. Son enfance. Ses origines. Son identité. Son avenir était désormais une page blanche à écrire.

Anaïs se releva parmi les plants de vigne. La crise était passée. Comme toujours, elle en venait à la même conclusion. Elle devait se trouver un mec. C'était ce dont elle avait le plus besoin. Un homme entre les bras de qui ses souvenirs, ses traumatismes, ses angoisses ne pèseraient plus rien. Elle essuya ses larmes, épousseta ses genoux, remonta la pente des cépages. *Un homme dans sa vie.* Elle ne pensait pas au coordinateur de la PTS, l'Arabe enchanteur, ni aux zombies qui l'attendaient sur le Net.

Elle songeait au psychiatre.

L'intellectuel passionné, dans sa bibliothèque de bois verni.

Elle voulut se laisser aller à ses rêves mais le souvenir de Freire la ramena plutôt au meurtre. Elle jeta un coup d'œil à son portable. Pas de message. Dormir quelques heures. Reprendre l'enquête dès l'aube. Pour elle, le compte à rebours avait commencé.

Elle retrouva sa voiture. Elle ne sentait plus le froid. Seulement la brûlure de ses yeux qui avaient trop pleuré. Et le goût d'eau de mer au fond de sa gorge.

Elle déverrouillait la portière quand son portable sonna.

— Allô ?

— C'est Zak.

— Où t'étais, bon Dieu ?

— Dans le Sud. J'ai retrouvé ton taureau.

— Vous êtes sûr ?

— Aucun doute. C'est Patrick. Patrick Bonfils.

L'infirmière se tenait face à son bureau, debout, les mains sur les hanches. Myriam Ferrari. 35 ans. 1,70 mètre 80 kilos. Freire la connaissait bien. Aussi solide que ses collègues masculins, avec des airs de nounou plutôt bienvenus. Elle était encore vêtue de son manteau, portant son sac en bandoulière. À la première heure en ce lundi, elle avait demandé à voir Mathias Freire.

Elle venait de reconnaître le cow-boy amnésique dans les couloirs de l'unité.

Le psychiatre ne pouvait admettre une telle coïncidence.

— Je suis basque, docteur. Ma famille vit à Guéthary, un village sur la côte, près de Biarritz. Tous les week-ends, j'y retourne. Mon beau-frère tient un magasin d'alimentation près du fronton et...

— Donc ?

— Donc, quand je suis arrivée ce matin, j'l'ai tout de suite reconnu. J'me suis dit : c'est Patrick ! Patrick Bonfils. Un pêcheur bien connu par chez nous. Son bateau mouille à l'embarcadère.

— Vous lui avez parlé ?

— Bien sûr. J'lui ai dit : « Salut Patrick, qu'est-ce que tu fais là ? »

— Qu'est-ce qu'il vous a répondu ?

— Rien. En un sens, c'était une réponse.

Freire, les yeux baissés, observait les objets sur son bureau. Son bloc. Son stylo. Son Vidal – le lexique français des médicaments. Son DSM (Diagnostic and Statistical Manual) – l'ouvrage américain de référence qui classifie les troubles mentaux. Ces objets lui renvoyaient l'image de son mince savoir. Sa propre impuissance.

Sans l'aide du hasard, aurait-il jamais réussi à identifier cet homme ?

— Dites-m'en plus, ordonna-t-il à l'infirmière.

— Je sais pas quoi vous dire.

— Il a une femme ? des enfants ?

— Une femme, oui. Enfin, une copine. Ils sont pas mariés.

— Vous connaissez son nom ?

— Sylvie. Ou Sophie. Je sais plus. Elle travaille dans le café qui fait le coin avec le port. En saison haute. En ce moment, elle aide Patrick à réparer ses filets, ce genre de trucs…

Freire prenait des notes. Il songea au plancton sous les ongles de l'amnésique. Guéthary appartenait à la zone où vivait cette algue. *Patrick Bonfils*. Il souligna le patronyme.

— Ils sont installés à Guéthary depuis combien de temps ?

— Je sais pas. Je les ai toujours connus. Enfin, nous, on est sur Guéthary depuis quatre ans.

S'il tenait l'identité de l'homme, il pourrait le ramener, en douceur, à sa personnalité d'origine. Ensuite,
il pourrait se concentrer sur son traumatisme. *Ce qu'il
avait vu à la gare.*

— Je vous remercie, Myriam, fit-il en se levant. Ces
faits nouveaux vont nous être très utiles pour soigner… Patrick.

— Si je peux me permettre, faites gaffe… Il a l'air
plutôt… secoué.

— Ne vous inquiétez pas. Nous allons travailler par
étapes.

L'infirmière disparut.

Toujours debout, Freire relut ses notes et se dit
qu'au contraire, il n'y avait pas de temps à perdre. Il
verrouilla sa porte et décrocha son téléphone. Un coup
de fil aux renseignements et il obtint le numéro de
Patrick Bonfils, à Guéthary.

Après trois sonneries, une voix de femme répondit.

Le psychiatre n'y alla pas par quatre chemins :

— Sylvie Bonfils ?

— Je m'appelle pas Bonfils. Je m'appelle Sylvie
Robin.

— Mais vous êtes la compagne de Patrick Bonfils ?

— Qui vous êtes ?

La voix oscillait entre espoir et inquiétude.

— Je suis le docteur Mathias Freire, psychiatre au
CHS Pierre-Janet, à Bordeaux. J'ai recueilli Patrick
Bonfils dans mon unité, il y a maintenant trois jours.

— Seigneur…

Sa voix s'étrangla. Mathias perçut un léger sifflement. La femme pleurait, d'une manière étrange,
aiguë, continue.

— Madame…

— J'étais si inquiète, sanglota-t-elle… J'avais aucune nouvelle.

— Depuis quand a-t-il disparu ?

— Six jours, maintenant.

— Vous n'avez pas lancé un avis de recherche ?

Pas de réponse. Le sifflement, à nouveau.

Il préféra repartir à zéro :

— Vous êtes bien la compagne de Patrick Bonfils, pêcheur à Guéthary ?

— Oui.

— Dans quelles conditions a-t-il disparu ?

— Mercredi dernier. Il est parti à la banque.

— À Guéthary ?

Elle eut un bref rire entre ses larmes :

— Guéthary, c'est un village. Il est parti à Biarritz, avec notre voiture.

— Quel modèle ?

— Une Renault. Un vieux modèle.

— À partir de quand vous êtes-vous inquiétée ?

— Mais… tout de suite. D'abord, je voulais savoir ce qui s'était passé à la banque. On a des ennuis. Des ennuis graves…

— Des dettes ?

— Un emprunt. Pour le bateau. On est… Enfin, vous voyez, quoi… La pêche, c'est devenu de plus en plus difficile. On est couverts de taxes. Les règles arrêtent pas de changer. Et pis y a les Espagnols qui nous piquent tout. Vous regardez pas les nouvelles ?

Mathias notait d'une main nerveuse sur son bloc.

— Que s'est-il passé ?

— Rien. Il est pas rentré de la journée. J'ai appelé la banque. Ils l'avaient pas vu. J'suis allée au port. Dans les cafés où il a l'habitude d'aller.

— Patrick boit ?

Sylvie ne répondit pas. Une forme de confirmation. Freire écrivait toujours. Patrick Bonfils était un cas d'école. Sous la pression des soucis d'argent, l'homme s'était délesté de son identité comme d'un manteau trop lourd. Puis il était monté dans un train, direction Bordeaux. Mais quel rôle jouait alors le traumatisme de la gare ? Avait-il seulement existé ? D'où provenaient l'annuaire et la clé ?

— Ensuite ?

— Le soir, je suis allé à la gendarmerie. Ils ont lancé un avis de recherche.

Les gendarmes n'avaient pas dû se précipiter sur les traces d'un pêcheur alcoolique. Dans tous les cas, l'avis de recherche n'était pas arrivé jusqu'en Gironde.

— C'est la première fois qu'il disparaît comme ça ?

— Bah… oui. Patrick, il est toujours en retard. Toujours la tête en l'air. Mais il m'avait jamais fait un coup comme ça.

— Depuis combien de temps vivez-vous ensemble ?

— Trois ans.

Il y eut un silence. Sylvie demanda timidement :

— Comment il va ?

— Bien. Il a simplement un problème de mémoire. Je crois que, sous la pression de vos problèmes actuels, son esprit a… court-circuité. Patrick a brutalement sombré dans l'amnésie. Son inconscient a tenté d'effacer son passé pour mieux repartir.

— Mieux repartir ? Comment ça ?

Sylvie paraissait effarée. Freire s'exprimait avec la légèreté d'un tank.

— Il n'a pas voulu vous fuir, atténua-t-il. Ce sont ses dettes, les difficultés de son métier, qui l'ont forcé à s'échapper de lui-même...

Silence à l'autre bout de la connexion. Freire n'insista pas. De plus, ce n'était peut-être pas la vérité. Il y avait une autre option. Patrick était parti à la banque. Il avait traîné. Il avait bu. Il avait pris le train pour Bordeaux... Puis il avait vu *quelque chose*. Ce choc avait anéanti sa mémoire. Le cow-boy s'était réfugié dans la cabine de graissage, l'esprit vidé.

— Je peux venir le voir ?

— Bien sûr, mais laissez-moi d'abord vous rappeler dans la matinée.

Freire salua la femme. Il était 9 h 30. Les dossiers des entrants, qu'il étudiait chaque matin, attendraient. Il ferma son bureau, prévint sa secrétaire qu'il s'absentait puis prit le chemin de la salle d'arthérapie. Il était sûr d'y trouver l'homme au Stetson.

Mathias joua de son trousseau et traversa l'unité. Pressé, il distribua quelques saluts sans s'arrêter. Comme prévu, Bonfils était là. Il avait opté aujourd'hui pour l'atelier sculpture. Il travaillait à une sorte de masque primitif en glaise.

— Salut.

Son visage s'éclaira d'un sourire, découvrant ses larges gencives.

— Comment ça va aujourd'hui ?

— Très bien.

Freire s'assit et attaqua en douceur :

— Tu as réfléchi à ce que tu m'as raconté hier ?

— Tu veux dire… mes souvenirs ? Je suis plus si sûr. Une bonne femme est venue me voir ce matin. Elle m'a appelé Patrick, je…

Il s'arrêta, sans quitter des yeux sa sculpture. Il avait la tête d'un évadé de retour en taule. Il ne cessait de déglutir. Sa glotte tremblait.

Mathias opta pour la manière forte :

— J'ai parlé à Sylvie.

— Sylvie ?

Le géant le fixa. Ses pupilles se dilatèrent comme celles d'un animal nocturne. Dans la nuit de son esprit, il voyait maintenant clair. Freire avait prévu une séance progressive où il guiderait l'amnésique jusqu'à bon port. Il comprit, à le voir, que le mécanisme de la mémoire était déjà enclenché – Patrick Bonfils redevenait lui-même. Autant accélérer le mouvement.

— Je vais te ramener chez toi, Patrick.

— Quand ?

— Cet après-midi.

Le cow-boy hocha lentement la tête. Il lâcha la glaise et observa son œuvre inachevée. Son billet était imprimé. Plus moyen d'y échapper. D'un point de vue psychiatrique, Freire mettait tous ses espoirs dans ce retour au Pays basque. Bonfils, soutenu par sa femme et son environnement, retrouverait son moi.

Maintenant, Mathias avait une autre inquiétude. Quand il recouvre la mémoire, le fugueur oublie souvent la personnalité qu'il a inventée. Freire craignait que Patrick efface aussi, dans le même mouvement, ce qu'il avait vu à la gare. Mais pas question de lui reparler de Pascal Mischell.

Freire se leva et posa une main amicale sur son épaule :

— Repose-toi. Je viens te chercher après le déjeuner.

L'homme au Stetson acquiesça. Impossible de dire s'il se réjouissait de cette perspective ou si elle l'accablait. Freire retourna au pas de course dans son bureau. Des portes. Des clés. Des tables et des lits solidarisés au sol. Toujours ce sentiment d'être un geôlier des âmes.

Il demanda à sa secrétaire d'aller acheter les journaux du lundi, puis rappela Sylvie, lui annonçant leur retour. La femme paraissait abasourdie.

Il conclut avec grandiloquence :

— Le plus court chemin pour que Patrick redevienne lui-même, c'est vous.

Il lui donna rendez-vous aux environs de 15 heures au port de Guéthary puis raccrocha. Il avançait à l'aveugle. Jamais il n'avait été confronté à une telle situation. Un bref instant, il fut tenté de téléphoner au capitaine Chatelet pour lui annoncer la nouvelle. Puis il se souvint qu'ils s'étaient quittés en mauvais termes. Il se rappela surtout qu'il avait menti au technicien de l'Identité judiciaire. Était-ce passible d'une condamnation ?

Il y avait un autre problème. Anaïs allait recevoir les résultats d'analyses qu'il avait obtenus en avant-première, cette nuit. La présence du plancton sur les mains du cow-boy et dans la fosse renforçait son profil de suspect. Allait-elle le placer en garde à vue ? Mieux valait ramener Patrick en vitesse. En mettant les choses au pire, il faudrait retourner le chercher à Guéthary. Entre-temps, Patrick bénéficierait d'un jour ou deux pour se refamiliariser avec son moi d'origine…

Sa secrétaire frappa puis pénétra dans son bureau avec les éditions régionales : *Sud-Ouest. La Nouvelle République des Pyrénées, La Dépêche, Le Journal du Médoc…* Mathias parcourut les unes. Les gros titres étaient consacrés à la vague de brouillard qui s'était abattue sur la Gironde ce week-end. La liste des accidents liés au phénomène prenait la moitié de la page.

On évoquait aussi, en mode mineur, la « découverte d'un SDF décédé à la gare Saint-Jean, mort de froid ». Freire appréciait la prouesse. Il ne savait comment les flics avaient arrangé leur coup mais ils avaient réussi à désamorcer ce crime spectaculaire. C'était sans doute reculer pour mieux sauter, mais autant de gagné pour la discrétion de l'enquête.

Quant à Bonfils, il n'avait les honneurs que des pages centrales – consacrées à Bordeaux et son actualité locale. On parlait d'un homme souffrant de troubles mentaux, découvert à la gare dans la nuit du 12 au 13 février, aussitôt transféré au CHS Pierre-Janet.

Freire replia les journaux. Avec un peu de chance, il ne recevrait même pas un coup de fil des médias à propos de son nouveau pensionnaire. Il regarda sa montre. 10 heures. Il saisit la pile de dossiers des entrants du lundi. Il avait la matinée pour gérer ces cas, effectuer la visite quotidienne de son unité et recevoir ses consultations. Après ça, il partirait pour le Pays basque, en compagnie de Patrick Bonfils et de ses vérités immergées.

Toute la nuit, elle avait rêvé d'abattoirs.

Des halles sombres, ouvertes, surplombées de structures de zinc et de plomb. Là-dessous, les carcasses fumaient. Des hachoirs s'abattaient sur le dos des bœufs. Les flots noirs coulaient dans les tranchées d'épandage. Les têtes blanches s'empilaient. Les peaux écorchées flottaient comme des pèlerines. Les hommes à casquette œuvraient avec acharnement. Noyés d'ombre, ils coupaient, taillaient, saignaient. Toute la nuit, ils avaient scandé son sommeil.

Elle s'était réveillée avec la surprise de ne pas être couverte de sang.

Elle avait pris une douche. Préparé du café. S'était installée à son bureau et avait relu ses notes de la nuit.

Le corps décapité d'un taureau avait été découvert au matin du 13 février dans les pâturages de la *ganadería* de Gelda, un élevage de taureaux de combat près de Villeneuve-de-Marsan. Anaïs avait félicité Zakraoui et lui avait dit d'aller se coucher. Elle irait elle-même interroger le propriétaire. Le flic avait eu l'air déçu mais n'avait pas insisté : comme les autres, il n'avait pas dormi depuis vingt-quatre heures.

Anaïs était rentrée chez elle. Elle avait appelé l'éleveur pour le prévenir qu'elle arriverait le lendemain à la première heure. Ensuite, elle avait recensé sur Internet les principaux cas de mutilations d'animaux des dernières années. Le dossier majeur était une série d'actes criminels perpétrés contre des chevaux en Allemagne, dans les années 90. Oreilles coupées, organes génitaux tranchés, exécutions au couteau. Selon les articles, plusieurs suspects avaient été arrêtés mais les agressions avaient continué. D'autres cas étaient survenus en Grande-Bretagne, aux Pays-Bas durant la même décennie. Anaïs les avait examinés : aucun rapport avec son meurtre, et rien qui puisse l'aider dans son enquête.

L'autre grande affaire était celle de la chirurgie furtive. Dans les années 80, des bovins avaient été retrouvés dans des champs américains, mutilés ou écorchés selon des techniques mystérieuses. Quand Anaïs avait compris que les principaux suspects étaient des extraterrestres ou les fermiers eux-mêmes, elle avait abandonné cette piste.

À minuit, elle n'avait toujours pas sommeil. Elle s'était plongée dans des articles sur l'élevage des « toros bravos ». Leur nourriture. Leur quotidien. Leur sélection. Leurs dernières heures dans l'arène. Tout ce qu'elle avait appris avait confirmé ce qu'elle savait déjà : la corrida, c'était de la merde. Des bêtes isolées, marquées au fer, engraissées, qu'on envoyait au cassepipe à quatre ans, sans la moindre expérience du combat, alors qu'un taureau peut vivre jusqu'à vingt ans.

Sur le coup des 2 heures du matin, un appel l'avait réveillée – elle s'était endormie sur son clavier. Un certain Hanosch, vétérinaire de son état, avait été contacté en fin d'après-midi par Longo. Il avait récupéré la tête du taureau à 20 heures. Il s'était aussitôt mis au boulot. L'homme était expert à la cour dans les affaires d'empoisonnement et de contamination de bétail. Son débit était précipité. Sa nervosité inquiétante. Mais Anaïs avait compris que ce personnage fébrile allait lui faire gagner un temps précieux.

Avant même de commencer l'étude de la tête, l'expert avait prélevé son sang et envoyé l'échantillon au laboratoire de toxicologie de l'Inspection des viandes. Il avait déjà les résultats : le sang du cerveau de l'animal contenait un puissant anesthésique utilisé pour endormir le bétail, la kétamine. Il existait plusieurs noms de marques déposées contenant cette molécule mais le véto penchait pour l'Imalgene, un des produits les plus utilisés dans ce domaine. Le tueur avait donc assommé chimiquement le monstre avant de le décapiter. Anaïs n'était pas étonnée : les taureaux de combat ne sont pas vraiment des animaux faciles à approcher.

Selon le véto, soit le meurtrier avait empoisonné la nourriture de la bête, soit, c'était plus probable, il avait utilisé un fusil hypodermique – matériel très répandu, utilisé à la fois par les vétérinaires, les pompiers, les techniciens des parcs animaliers… En revanche, l'Imalgene nécessitait une ordonnance visée par un praticien et ne se trouvait que dans les cliniques vétérinaires. Une sacrée piste. Vérifier les achats et les prescriptions du produit dans les départements d'Aquitaine durant les dernières semaines. Checker aussi les éventuels cambriolages de cliniques véto ou de laboratoires producteurs.

Quant à la technique de décapitation, on avait affaire, selon Hanosch, à un vrai pro. Il avait procédé comme un homme de l'art – c'est-à-dire un chirurgien ou un boucher. Il avait d'abord incisé la peau et les tissus mous puis inséré sa lame dans l'articulation atlanto-occipitale et sectionné la moelle épinière ainsi que le ligament de cette région, sous la deuxième cervicale. Selon le vétérinaire, une telle expertise avait permis de trancher la tête avec un simple scalpel, sans difficulté. Le tueur avait aussi coupé la langue, pour un motif inconnu. Anaïs notait toujours. Elle se dit que l'agresseur avait prélevé l'organe pour la beauté du tableau : pas question que la langue de son Minotaure pende comme celle d'un bovin assoiffé.

Peu à peu, les certitudes s'écrivaient sous ses yeux : l'assassin ne pouvait plus être un clodo et pas davantage un dealer ordinaire. Encore moins l'amnésique de la gare Saint-Jean. C'était un tueur fou, froid, rationnel. Un meurtrier aux nerfs de glace qui s'était soigneusement préparé en vue du sacrifice. Il n'était ni boucher ni éleveur ni vétérinaire, Anaïs en était certaine. Il avait simplement acquis ce savoir-faire pour monter sa mise en scène.

Elle frémissait à l'idée d'affronter un tel adversaire. De trouille ou d'excitation, elle ne savait pas trop. Sans doute les deux. Elle n'oubliait pas non plus que, dans la plupart des cas, les tueurs psychopathes sont arrêtés parce qu'ils font une erreur ou qu'un coup de chance a aidé la police. Elle ne devait pas compter sur ce meurtrier pour commettre une faute. Quant à la chance…

Elle avait remercié le vétérinaire en attendant son rapport rédigé. Elle s'était couchée et avait baigné, durant quelques heures, dans le sang des bêtes. Elle avait attendu

8 heures du matin pour se mettre en route. Maintenant elle roulait en direction de Mont-de-Marsan.

Depuis son départ, il pleuvait. Le jour se levait avec peine. Au gré du relief, elle traversait des sapinières, des forêts de chênes, des pâturages, des étendues de vignes. Rien qui puisse égayer son humeur. Pour ne rien arranger, elle s'était réveillée avec la crève. La tête dans un casque trop étroit, les sinus douloureux, le nez bouché. Voilà ce qui arrivait quand on se roulait dans les vignes en pleine nuit, le visage trempé de larmes...

Elle avait laissé tomber l'A62 ou l'E05 pour suivre la D651 qui filait plein sud. Ça lui donnait le temps de réfléchir. Ses essuie-glaces scandaient une espèce de marche funèbre. La route se dessinait de manière incertaine sous le crépitement de l'averse. Plusieurs fois, elle se dit que le tueur avait effectué ce même trajet en sens inverse, son trophée posé à côté de lui. *La tête dans le sac.*

Elle contourna Mont-de-Marsan puis se dirigea vers Villeneuve-de-Marsan. Elle trouva une pharmacie. Elle y fit son marché. Doliprane. Humex. Fervex... Elle acheta aussi un Coca Zéro dans la boulangerie voisine pour faire passer les comprimés. Elle s'acheva à coups de collutoire dans la gorge et de pulvérisations au fond du nez.

Nouveau départ. À la sortie de la ville, elle aperçut le panneau GANADERÍA DE GELDA sur la droite. Elle emprunta le chemin de terre détrempé. Pas un seul taureau en vue. Anaïs n'était pas étonnée. Le principe premier de l'élevage des toros bravos est de leur éviter tout contact avec l'homme avant l'épreuve de l'arène. Afin qu'ils soient plus farouches, plus agressifs – et surtout plus démunis face au matador.

Elle aurait dû aviser les gendarmes de sa visite. À la fois pour ménager les susceptibilités et prendre connaissance du dossier. Mais elle voulait au contraire mener son interrogatoire en solitaire, l'esprit vierge, et en toute discrétion. Pour la diplomatie, on verrait plus tard.

Elle pénétra sous une allée d'arbres dont les branches nues fissuraient le ciel. Au bout, sur la droite, une maison à colombages se détachait. Anaïs roula encore quelques mètres et se gara. Un parfait exemple de ferme landaise. Vaste cour de terre cadrée par de grands chênes, maison de maître alternant poutres noires et crépis blancs, dépendances aux murs plaqués de stuc...

L'ensemble produisait une impression de noblesse mais aussi de tristesse, de précarité. Des décennies, voire des siècles passés à la dure, indifférents au progrès et au confort moderne. Anaïs imaginait l'intérieur de la baraque, sans chauffage ni eau courante. Elle noircissait le tableau à plaisir, avec une sorte d'amertume féroce.

Elle sortit de sa voiture et se dirigea vers la maison principale, relevant sa capuche et évitant les flaques. Un chien invisible se mit à aboyer. Une odeur de purin planait dans l'air. Elle frappa à la porte. Pas de réponse.

Anaïs observa encore une fois les lieux. Entre deux édifices, elle aperçut une *arène de tienta*. On y sélectionnait non pas les taureaux – qui ne combattaient jamais avant le grand jour – mais leurs mères. On les piquait à coups de lance. Les vaches qui réagissaient le plus nerveusement étaient soi-disant les meilleures reproductrices de toros bravos, comme s'il existait un gène de l'agressivité.

— Vous êtes la flic qui a téléphoné hier soir ?

Anaïs se retourna et découvrit un homme à la silhouette grêle, serré dans un anorak bleu pétrole. Vraiment un poids plume. 50 kilos tout mouillé pour 1,70 mètre. Il semblait prêt à s'envoler à la moindre bourrasque. Elle sortit sa carte de police.

— Capitaine Anaïs Chatelet, du poste central de Bordeaux.

— Bernard Rampal, fit-il en lui serrant la main sans enthousiasme. Je suis le *mayoral*. L'éleveur et le *conocedor*.

— Le connaisseur ?

— La généalogie des bêtes. La chronologie des combats. L'élevage, c'est avant tout une question de mémoire. (Il pointa son index sur sa tempe.) Tout est là.

La pluie s'abattait sur sa chevelure argentée sans la pénétrer, comme sur le plumage d'un cygne. Son allure était vraiment étonnante. Des épaules de jockey. Un visage de petit garçon, mais cendré et tout ridé. La voix était au diapason : fluette et haut perchée. Elle imaginait différemment un éleveur de bêtes pesant une demi-tonne. La virilité du gars devait se situer ailleurs. Dans sa connaissance approfondie du métier. Dans sa pratique autoritaire, sans la moindre considération morale ou sentimentale.

— Vous allez trouver le salopard qu'a tué mon taureau ?

— Il a surtout tué un homme.

— Les hommes s'entre-tuent depuis toujours. Votre salaud s'en est pris à une bête sans défense. Ça, c'est nouveau.

— C'est pourtant ce que vous faites toute l'année, non ?

158

Le *conocedor* fronça les sourcils.

— Vous êtes pas une de ces fêlées anti-corrida au moins ?

— Je vais à la corrida depuis que je suis gamine.

Anaïs ne précisa pas qu'à chaque fois, elle en était malade. Le visage du *mayoral* se réchauffa légèrement.

— À qui appartient cette *ganadería* ?

— À un homme d'affaires de Bordeaux. Un passionné de tauromachie.

— Vous l'avez prévenu ?

— Bien sûr.

— Comment a-t-il réagi ?

— Comme tout le monde ici. Il est écœuré.

Anaïs nota le nom et les coordonnées du bourgeois. Il fallait l'interroger, ainsi que tous les membres du personnel de la *ganadería*. Impossible d'écarter l'hypothèse d'un coupable intra-muros. Mais les gendarmes devaient l'avoir déjà fait.

— Suivez-moi, fit l'homme. On a gardé le corps dans la grange. Pour les assurances.

Anaïs se demanda ce que l'éleveur allait invoquer comme sinistre. Dégradation de matériel ? Ils pénétrèrent dans une grange remplie de foin et de boue. Il y régnait un froid polaire. L'odeur du fourrage humide était supplantée par un puissant relent organique. La puanteur de la viande pourrie.

Le cadavre était au centre de l'espace, planqué sous une bâche.

L'homme la tira sans hésiter. Une volée de mouches se libéra. L'infection redoubla. Le corps noir était là. Énorme. Gonflé par la décomposition. Les cauchemars de sa nuit revinrent : hommes sans visage œuvrant dans un charnier, crochets hissant les carcasses, veaux écorchés, luisants comme des corps gansés de velours…

— L'expert doit venir aujourd'hui. Après ça, on l'enterre.

Anaïs ne répondit pas, la main sur la bouche et le nez. Cette charogne colossale, décapitée, renvoyait aux sacrifices des taureaux de l'Antiquité, qui libéraient les puissances de la vie et attiraient la fertilité.

— C'est-y pas malheureux… gémit l'éleveur. Un *cuatreño*. Il était prêt à sortir.

— Pour la première et dernière fois.

— Vous parlez décidément comme ces militants qui nous font chier toute l'année.

— Je prends ça pour un compliment.

— C'est donc que j'ai raison. J'ai la truffe pour flairer ces salopards.

Redresser le cap. Sinon, il ne sortirait rien de cet interrogatoire.

— Je suis flic, dit-elle d'une voix ferme. Mes opinions ne regardent que moi. Combien ce taureau pesait-il ?

— Dans les 550 kilos.

— Son campo était accessible ?

— Les pâturages des taureaux ne sont jamais accessibles. Ni par la route, ni par la piste. Il faut y aller à cheval.

Anaïs tourna autour de la bête. Elle réfléchissait au tueur. Pour s'attaquer à un mastard pareil, il fallait être sacrément déterminé. Mais le meurtrier avait *besoin* de cette tête pour sa mise en scène : il n'avait pas hésité.

— En tout, combien avez-vous de taureaux ?

— 200 environ. Répartis sur plusieurs campos.

— Dans le campo de celui-là, combien vivent ensemble ?

— Une cinquantaine.

Toujours la main sur la bouche, Anaïs s'approcha de la masse. Le pelage noir avait pris un ton mat et froid. Il paraissait gorgé d'humidité. Ce corps gisant constituait le pendant de la scène de la fosse de maintenance. L'écho du sacrifice de Philippe Duruy. De la même façon que Duruy représentait le Minotaure et sa victime, ce taureau décapité représentait à la fois le dieu souverain et la bête qu'on lui avait sacrifiée.

— À votre avis, comment l'agresseur l'a-t-il approché ?

— Avec un fusil hypodermique. Il l'a piqué et l'a décapité.

— Et les autres ?

— Ils ont dû s'écarter. Le premier réflexe du taureau est la fuite.

Anaïs connaissait ce paradoxe. Un taureau de combat n'est pas agressif. C'est son attitude de défense, anarchique, désordonnée, qui donne l'impression d'hostilité.

— Sa nourriture a pu être empoisonnée ?

— Non. En hiver, on leur donne du foin et du *pienso*. Un complément alimentaire. Les stocks ne sont manipulés que par nos gardians. Et puis, les bêtes mangent toutes dans la même auge. Un projecteur hypodermique. Y a pas d'autre solution.

— Vous possédez un stock d'anesthésiques dans la ferme ?

161

— Non. Quand on doit endormir une bête, on appelle le véto. C'est lui qui vient avec ses produits et son fusil.

— Vous connaissez quelqu'un qui s'intéresse de près aux toros bravos ?

— Plusieurs milliers. Ils viennent à chaque feria.

— Je parle de quelqu'un qui se serait approché de vos champs. Un rôdeur.

— Non.

Anaïs examinait la gorge béante de l'animal. Les muscles et les chairs avaient pris une couleur violacée. Un panier de mûres noires. Des cristaux minuscules en pailletaient la surface.

— Parlez-moi de la mise à mort.

— Comment ça ?

— Comment est tué le taureau dans l'arène ?

L'homme prit un ton d'évidence :

— Le matador enfonce son épée dans la nuque du taureau jusqu'à la garde.

— La lame, combien mesure-t-elle ?

— 85 centimètres. On doit atteindre l'artère ou une veine pulmonaire.

En flash, Anaïs vit – sentit – la lame s'enfouir sous la cuirasse noire, violentant les chairs, les organes. Elle se revit, elle, petite fille terrifiée sur les gradins de pierre. Elle se jetait dans les bras de son père qui la protégeait en éclatant de rire. *Salopard*.

— Mais avant ça, les picadors ont tranché le ligament de la nuque avec leur pique.

— Ouais.

— Ensuite, les banderilleros continuent le boulot, en triturant la plaie et en précipitant l'hémorragie.

162

— Si vous avez les réponses, pourquoi vous posez les questions ?

— Je veux me faire une idée des étapes de la mise à mort. Tout ça doit saigner un max, non ?

— Non. Tout se passe *à l'intérieur* du corps. Le matador doit éviter les poumons. Si le taureau crache du sang, le public n'aime pas ça.

— Tu m'étonnes. L'épée, c'est le coup de grâce ?

— Vous commencez à m'emmerder. Vous cherchez quoi au juste ?

— Notre agresseur pourrait être un matador.

— Je dirais plutôt un boucher.

— Ce n'est pas synonyme ?

Le *mayoral* se dirigea vers la porte. L'entrevue était terminée. Anaïs avait encore une fois gâché son interrogatoire. Elle le rattrapa sur le seuil. La pluie s'était arrêtée. Un soleil incertain filtrait dans la cour, faisant briller les flaques comme des miroirs.

Elle aurait dû rattraper le coup mais ne put s'empêcher de demander :

— C'est vrai que les toros bravos ne voient jamais de femelles ? Ça les rend plus agressifs d'avoir les couilles pleines ?

Bernard Rampal se tourna vers elle. Il prononça entre ses dents serrées :

— La tauromachie est un art. Et tout art a ses règles. Des règles séculaires.

— On m'a dit que dans le campo, ils se montaient les uns sur les autres. Des enculés dans l'arène, ça la fout plutôt mal, non ?

— Cassez-vous de chez moi.

Merde. Merde. Merde.

Au volant de sa voiture, Anaïs s'injuriait elle-même. Après son interrogatoire foireux de la veille auprès du médecin golfeur, elle remettait ça avec l'éleveur de taureaux. Il lui était impossible de ne pas être agressive. Impossible de ne pas tout gâcher avec ses attaques puériles, ses provocations à deux balles. Elle avait en charge une enquête criminelle et elle la jouait punk rebelle, en lutte contre le bourgeois.

Le sang lui cognait à la tête. Une suée glacée voilait son visage. Si l'un ou l'autre client appelait le Parquet, elle était morte. On choisirait un autre enquêteur, plus expérimenté, moins impulsif.

Elle stoppa à Villeneuve-de-Marsan. Se moucha, s'envoya une rasade de collutoire et un coup de pulvérisateur. Elle hésitait à visiter les gendarmes. Il faudrait être plus que jamais diplomate et elle s'en sentait incapable à cet instant. Elle mettrait Le Coz sur ce coup. Le meilleur pour les relations extérieures.

Elle enclencha une vitesse et repartit aussi sec. Cette fois, elle délaissa les départementales et joignit la N10 puis l'E05. Direction Bordeaux.

Son portable sonna. Elle répondit d'un geste – elle roulait à 180 kilomètres-heure.

— Le Coz. J'ai bossé toute la nuit, sur Internet. Et ce matin, auprès de l'état civil et des services sociaux.

— Fais-moi la synthèse.

— Philippe Duruy est né à Caen, en 1988. De parents inconnus.

— On n'a pas l'identité de la mère ?

— Non. Il est né sous X. Si on veut ouvrir le dossier, il va falloir mener une procédure et...

— Continue.

— Placé sous tutelle de l'Aide sociale à l'enfance. Il rebondit de foyers en familles d'accueil. Il s'y tient à carreau, ou à peu près. À 15 ans, il atterrit à Lille. Il commence un CAP d'agent de restauration polyvalent. Pour bosser dans les cantines. Au bout de quelques mois, il plaque tout et devient punk à chien. Des rangers, un molosse, et en route. On retrouve sa trace deux ans plus tard, au festival d'Aurillac.

— C'est quoi ?

— Un festival consacré au théâtre de rue. Il est interpellé pour détention de stupéfiants. Mineur, il est libéré.

— Quels stupéfiants ?

— Amphètes, ecsta, acide. J'ai trouvé aussi la trace d'au moins deux autres interpellations. À chaque fois dans le sillage d'un festival de rock ou d'une rave. Cambrai en avril 2008. Millau en 2009.

— Pour possession de stupéfiants ?

— Plutôt pour baston. Notre ami était du genre querelleur. Il s'est embrouillé avec les videurs.

Anaïs revoyait le corps de la victime qui comptait plus d'os que de kilos. Le môme n'avait pas froid aux yeux. Ou alors il était complètement défoncé chaque fois. Une chose était sûre : pas question de lui injecter de force quoi que ce soit. Le tueur l'avait approché en douceur.

— Et plus récemment ?

— Tout ce que j'ai, c'est une apparition en janvier dernier.

— À Bordeaux ?

— À Paris. Un autre concert. Le 24 janvier 2010 à l'Elysée Montmartre. Duruy s'est battu, encore une fois. Il avait sur lui deux grammes de brown. Commissariat de la Goutte-d'Or. Cellule de dégrisement. Garde à vue. On l'a libéré dix-huit heures plus tard, sur ordre du juge.

— Pas de mise en examen ?

— Deux grammes, c'est de la consommation personnelle.

— Ensuite ?

— Plus rien jusqu'à la fosse de maintenance. On peut supposer qu'il est revenu ici fin janvier.

Inutile de retracer son passé de zonard par le menu. Seuls comptaient les derniers jours. L'assassin était une rencontre de dernière heure, qui n'appartenait pas au monde de la zone.

— T'as des nouvelles des autres ?

— Jaffar a passé la nuit avec les zonards.

La nouvelle lui fit chaud au cœur. Malgré ses ordres, ni Le Coz ni Jaffar n'étaient rentrés dormir. *Un pour tous, tous pour elle…*

— Qu'est-ce qu'il a trouvé ?

— Pas grand-chose. Duruy n'était pas du genre liant.

— Les foyers d'accueil ? Les soupes populaires ?

— Il y est en ce moment même.

— Et Conante ? Les bandes vidéo ?

— En plein visionnage. Pour l'instant, c'est zéro. Duruy n'apparaît sur aucune.

— Zak ?

— Pas de nouvelles. Il doit secouer les dealers au réveil. Il paraît que tu lui as demandé de prendre le relais.

Le Coz avait dit ça sur un ton fermé mais elle n'avait pas le temps de ménager les susceptibilités. Une idée la traversa.

— Appelle Jaffar. Dis-lui de creuser sur le chien.

— Quoi le chien ? On a appelé les refuges animaliers. Aucune trace du clebs. D'ailleurs, on connaît même pas sa race. À tous les coups, il est mort et enterré.

— Interrogez les bouchers. Les marchés. Les grossistes en viande. Les mecs comme Duruy ont toujours des plans pour nourrir leur bête.

Il y eut un bref silence. Le Coz parut désorienté.

— Qu'est-ce que tu cherches au juste ?

— Un témoignage. Quelqu'un qui aurait vu Duruy en compagnie d'un autre homme – celui qui lui a injecté la dope.

— Ça m'étonnerait qu'un boucher ait la réponse.

— Qu'il voie aussi du côté des fringues, enchaîna Anaïs. Duruy devait s'habiller dans les surplus ou chez Emmaüs. Je veux que tu retraces ses dernières acquisitions.

— Il devait surtout passer ses journées au tape-cul.

— Je suis d'accord. Il faut aussi trouver le lieu où il faisait la manche. Un homme, avant nous, a fait le même boulot, tu piges ? Il l'a repéré. Surveillé. Étudié.

Mettez-vous dans ses pas. Vous croiserez peut-être son ombre. T'as des nouvelles photos de Duruy ?

— Ses portraits anthropométriques, ouais.

— Montrez ces clichés aux mecs que vous interrogez. Et envoie-les-moi sur mon iPhone.

— OK. Et moi ?

Anaïs le lança sur la piste des anesthésiques. Vérifier les stocks, les prescriptions d'Imalgene et de kétamine dans la région d'Aquitaine – éventuellement les casses qui se seraient produits dans les cliniques ou les unités de production. Le Coz acquiesça, sans entrain.

Avant de raccrocher, elle lui demanda aussi de téléphoner aux gendarmes de Villeneuve-de-Marsan pour voir s'ils avaient avancé de leur côté. Elle lui conseilla de prendre des gants…

Elle parvenait aux abords de Bordeaux. Elle eut une brève pensée pour le flic gominé. Le lieutenant avait une particularité : des signes extérieurs de richesse qui ne cadraient pas avec son salaire. Ce confort ne venait pas de sa famille : Le Coz était le fils d'un ingénieur à la retraite. Un jour ou l'autre, l'IGS se pencherait sur le problème. Anaïs ne se posait pas de questions : elle avait les réponses.

La métamorphose du flic datait du cambriolage d'un hôtel particulier, avenue Félix-Faure, en 2008. Le Coz n'avait pas fait le coup mais il avait mené l'enquête. Il avait interrogé plusieurs fois la propriétaire des lieux, baronne d'un certain âge qui possédait un grand cru du Médoc. Depuis cette rencontre, Le Coz portait une Rolex, conduisait une Audi TT, payait avec une Black Card « Infinite ». Il n'avait pas trouvé les voleurs. Il avait trouvé l'amour, quoi qu'en disent ses collègues. Un amour qui rimait avec un certain confort. Dans le sens inverse, cette histoire n'aurait choqué personne.

Nouveau coup de fil. Jaffar.

— Où es-tu ? demanda-t-il.

— Je rentre sur Bordeaux. T'as trouvé quelque chose ?

— J'ai trouvé Raoul.

— Qui c'est ?

— Le dernier mec à avoir parlé à Duruy avant qu'il se fasse dessouder.

Nouvelle suée sur ses tempes. Elle avait de la fièvre. Sans lâcher son volant, elle s'envoya une rasade de sirop.

— Raconte.

— Raoul est un clodo qui vit sur les quais, aux abords de Stalingrad, rive gauche. Duruy lui rendait visite de temps en temps.

— Il l'a vu quand pour la dernière fois ?

— Vendredi 12 février, en fin d'après-midi.

Le soir présumé du meurtre. Un témoin essentiel.

— Selon lui, Duruy avait rendez-vous. Le soir même.

— Avec qui ?

— Un ange.

— Quoi ?

— C'est ce que raconte Raoul. En tout cas, c'est ce que lui a dit Duruy.

Anaïs était déçue. Un délire d'éthylique ou de défoncé.

— Tu l'as ramené au poste ?

— Pas à la boîte. Au commissariat de la rue Ducau.

— Pourquoi là-bas ?

— C'était le plus près. Il est en cellule de dégrisement.

— À 10 heures du matin ?

— Attends de voir le phénomène.

— Je passe par François-de-Sourdis et je file là-bas. Je veux l'interroger moi-même.

Elle raccrocha, retrouvant l'espoir. Ce travail de fourmi finirait par payer. Les moindres faits et gestes de la victime seraient reconstitués – jusqu'à son dernier contact avec le tueur. Elle vérifia si elle avait reçu les photos de Duruy par SMS. Elle découvrit plusieurs portraits anthropométriques. Le jeune punk n'avait pas l'air commode. Mèches noires hirsutes. Yeux charbonneux, soulignés de khôl. Piercings sur les tempes, les ailes du nez, les commissures. Philippe Duruy présentait un curieux syncrétisme. 50 % punk. 50 % gothique. 100 % teufeur.

Elle pénétra dans la ville et longea les quais. Le soleil était de retour sur l'esplanade des Quinconces. Le ciel lavé par l'averse crachait un bleu éblouissant au-dessus des immeubles encore brillants de pluie. Elle emprunta le cours Clemenceau, évita le quartier chic des Grands-Hommes puis s'écarta du centre par la rue Judaïque. Elle ne réfléchissait pas pour s'orienter, une part d'elle-même, la part réflexe, lui tenait lieu de GPS.

Rue François-de-Sourdis, elle fonça dans son bureau et vérifia ses mails. Elle avait reçu le rapport du coordinateur de l'IJ, le bel Arabe. Il contenait un scoop : on avait retrouvé au fond de la fosse des particules d'un plancton spécifique, présent sur la Côte basque. Or, on avait aussi découvert ce produit organique sous les ongles de l'amnésique – le cow-boy de Pierre-Janet.

Anaïs décrocha son téléphone dans l'espoir d'en savoir plus. Un lien direct entre la scène d'infraction et le géant. Dimoun ne put que lui répéter ce qu'il avait écrit puis enchaîna :

— Vous connaissez un psychiatre du nom de Mathias Freire ?

— Oui.

— C'est votre expert dans cette affaire ?

— Nous n'avons pas saisi d'expert. Nous n'avons même pas de suspect. Pourquoi ?

— Il m'a appelé hier soir.

— Qu'est-ce qu'il voulait ?

— Connaître nos résultats d'analyses.

— Ceux de la scène d'infraction ?

— Non. Ceux des prélèvements de l'amnésique.

— Vous les lui avez donnés ?

— Il m'a dit qu'il appelait de votre part !

— Vous lui avez signalé que le plancton se trouvait aussi dans la fosse ?

Dimoun ne répondit pas. Plus éloquent qu'un aveu. Elle n'était en colère ni contre le psychiatre, ni contre le technicien. Chacun suivait son idée. À la guerre comme à la guerre.

Elle allait raccrocher quand le scientifique reprit :

— J'ai autre chose pour vous. Le temps que je vous envoie mon rapport, d'autres résultats sont tombés. Un truc auquel je ne croyais pas du tout.

— Quoi ?

— On a tenté une transmutation chimique sur les parois de la fosse. Une technique qui peut permettre de récupérer des marques papillaires, même sur une surface trempée.

— Vous avez récupéré des empreintes ?

— Quelques-unes. Et ce ne sont pas celles de la victime.

— Vous les avez comparées avec celles de l'amnésique ?

— Je viens de le faire. Ce ne sont pas ses empreintes non plus. Un autre gars est passé dans cette fosse.

Des picotements sur tout le corps. *Un troisième homme.* L'assassin ?

— Je vous les envoie ? fit Dimoun face au silence d'Anaïs.

— Ça devrait déjà être fait.

Elle raccrocha sans même le saluer. Vraiment à des années-lumière de toute stratégie de séduction. On n'en était plus là. Seule comptait l'enquête. Avant de filer au commissariat de la rue Ducau, elle appela Zakraoui – elle avait remarqué en arrivant qu'il n'était pas dans son bureau.

— Zak, du nouveau ?

— Non. Je continue avec les dealers. Certains connaissent Duruy mais personne n'a entendu parler d'une dope aussi pure. Et toi, l'éleveur de taureaux ?

— Je t'expliquerai. Rends-moi un service. Passe au CHS Pierre-Janet et vérifie que l'amnésique de Saint-Jean est toujours là-bas. Préviens le psy, Mathias Freire, que je passerai dans l'après-midi l'interroger de nouveau.

— Le psy ou l'amnésique ?

— Les deux.

— Ça fait drôle de rentrer chez soi.

Ils roulaient sur la N10 en direction du Pays basque. Ils étaient partis plus tôt que prévu, avant midi. Freire avait installé Bonfils à l'arrière. Le colosse s'était placé au milieu de la banquette et s'agrippait aux deux sièges avant. Un vrai môme.

En quelques heures, l'homme s'était transformé. Il réintégrait à vue d'œil sa peau de pêcheur, son identité effacée. Sa psyché paraissait être une matière souple, malléable, qui reprenait peu à peu sa forme d'origine.

— Et Sylvie, qu'est-ce qu'elle t'a dit ?

— Elle est très heureuse de te retrouver. Elle était plutôt inquiète.

Bonfils secoua la tête avec vigueur. Son chapeau obstruait le champ de vision du rétroviseur. Le psychiatre utilisait les miroirs extérieurs.

— J'en reviens pas, doc... J'en reviens pas... Qu'est-ce qui m'est arrivé ?

Freire ne répondit pas. Une bruine poissait le pare-brise. Les pins défilaient de part et d'autre de la route. Il détestait les Landes. Cette forêt sans limite, ces arbres trop fins, trop droits, plantés dans du sable. Et l'océan au-delà, avec ses dunes, ses plages, sans contours elles non plus. Ce paysage infini l'angoissait.

Discrètement, il mit en route son dictaphone.

— Parle-moi de ta famille, Patrick.

— Y a pas grand-chose à dire.

Avant de se mettre en route, Freire l'avait déjà interrogé dans son bureau. Il avait obtenu un portrait parcellaire. 54 ans. Pêcheur à Guéthary depuis six ans. Auparavant, des petits boulots dans le sud de la France. D'abord à l'est puis à l'ouest. Notamment sur des chantiers – élément qu'on retrouvait dans son esquisse de nouvelle identité. Patrick s'était toujours débrouillé mais à la limite de l'errance, du vagabondage.

— Tu as des frères ? des sœurs ?

Le géant s'agita sur son siège. Freire sentait l'habitacle bouger à chaque mouvement.

— On était une famille de cinq mômes, fit-il enfin. Deux frères, trois sœurs.

— Tu les vois toujours ?

— Non. On vient de Toulouse. Ils sont restés dans la région.

— Et tes parents ?

— Morts y a longtemps.

— Tu as passé ton enfance à Toulouse ?

— À côté. À Gheren, un p'tit bled de la banlieue. On vivait à 7 dans un F2.

Le flux de la mémoire revenue, claire, précise. Il n'était plus question d'hypnose, de solutions chimiques, de bribes arrachées.

— Avant Sylvie, tu as connu des histoires sérieuses ?

Le colosse hésita, puis reprit plus bas :

— Les femmes et moi, ç'a jamais été le Pérou.

— Donc, pas d'histoires ?

— Une seule. À la fin des années 80.

— Où ?

— Près de Montpellier. À Saint-Martin-de-Londres.

— Comment s'appelait-elle ?

— C'est vraiment important de parler de tout ça ?

Freire acquiesça de la tête. Il gardait les yeux braqués sur la route. Biscarosse. Mimizan. Mézos… Toujours la ligne des pins. Le crachin. La monotonie asphyxiante…

— Marina, murmura Patrick. Elle voulait se marier.

— Et toi ?

— Pas trop, mais on s'est mariés quand même.

Mathias était surpris. Bonfils s'était donc fixé une fois.

— Vous avez eu des enfants ?

— Non. J'ai jamais voulu.

— Pourquoi ?

— J'ai pas des super souvenirs de ma propre enfance.

Freire n'insista pas. Il gratterait dans les dossiers sociaux de l'époque. Il y avait de fortes chances pour que Bonfils ait grandi dans un foyer de misère, marqué par l'alcoolisme et les violences conjugales. La tendance aux fugues dissociatives pouvait puiser ses racines dans une enfance chaotique.

— Qu'est-ce qui s'est passé avec Marina ? Vous avez divorcé ?

— Jamais. J'me suis barré, c'est tout. Elle est à Nîmes maintenant, je crois.

— Pourquoi tu es parti ?

Pas de réponse. Une fuite, déjà, mais sans changement d'identité. Freire imaginait une existence qui refusait tout engagement. Une succession d'hésitations, de velléités, d'esquives…

Il laissa le silence s'imposer dans l'habitacle. Le soleil réapparaissait, coloriant le ciel d'un mordoré tirant sur le rouille. D'autres noms de villages défilaient. Hossegor. Capbreton. Les forêts landaises touchaient à leur fin. Mathias en éprouvait un soulagement secret. Il crut que Bonfils s'était endormi mais son énorme carcasse réapparut dans le rétroviseur.

— Doc, je vais rechuter ?

— Il n'y a aucune raison.

— Je me souviens de rien. Qu'est-ce que je t'ai raconté ?

— Il vaut mieux ne pas revenir là-dessus.

Freire aurait aimé au contraire revenir sur chaque détail. Décrypter chaque création de son inconscient. Ainsi, il notait au passage que Patrick avait baptisé sa compagne fictive « Auffert » – deux syllabes qui pouvaient bien sûr s'écrire « offert ». En réalité, Mathias aurait préféré garder Bonfils sous observation afin d'arpenter les chemins de sa psyché.

Comme s'il suivait la même idée, Bonfils demanda :

— Tu vas continuer à t'occuper de moi ?

— Bien sûr. Je vais venir te voir. Mais on va travailler avec des médecins du Pays basque.

— J'veux pas d'autres *spycatres*. (Il parut se souvenir d'un autre détail.) Et cette histoire de clé à molette ? d'annuaire ? le sang ?

— Je n'en sais pas plus que toi, Patrick. Mais si tu me fais confiance, je te jure que nous allons éclaircir tout ça.

Le géant se tassa au fond de la banquette. La sortie BIARRITZ apparut au-dessus des voies de bitume.

— Prends là, ordonna-t-il. J'ai laissé ma voiture sur le parking de la gare.

— Ta voiture ? Tu te souviens de ça ?

— Je crois, ouais.

— Tu sais où tu as mis tes clés ?

— Merde, fit-il en palpant, par réflexe, les poches de son pantalon. C'est vrai. J'en sais rien.

— Et tes papiers d'identité ?

Bonfils perdit tout enthousiasme :

— Je sais pas ce que j'en ai foutu non plus. Je sais plus rien…

Freire prit la rampe sur la droite et suivit la direction de Biarritz. L'atmosphère changea d'un coup. Le soleil braquait maintenant ses rayons à découvert. Les rues montaient et descendaient comme sous l'influence d'une humeur sautillante. Des maisons à colombages rouges ou bleus jaillissaient d'une autre époque – d'une autre culture. Au sommet de chaque colline, les toits de tuiles roses s'égrenaient jusqu'à la mer. C'était d'une beauté violente, intacte, presque primitive.

— Laisse tomber la bagnole, dit Bonfils d'une voix sourde. Suis le littoral. Après Bidart, c'est Guéthary.

Ils longèrent une côte éclaboussée de genêts et de bruyères, où les constructions balnéaires s'agglutinaient au point de se chevaucher. Ces baraques n'avaient plus rien de traditionnel ni d'harmonieux. Pourtant, un parfum basque, très ancien, plus fort que tout, flottait. Les pins, les ajoncs, les tamaris venaient lécher le seuil des maisons. L'air marin, doré, salé, surfait sur le vent et enluminait chaque détail.

Mathias souriait malgré lui. Il se dit qu'il aurait dû s'installer dans cette région. La route devint d'un coup plus étroite – on ne pouvait passer qu'à une seule voiture – jusqu'à une petite place de village ombragée. Ils étaient arrivés à Guéthary. Serrées au coude à coude, les maisons à colombages avaient l'air de mener un conciliabule, penchées sur les terrasses des cafés. Au fond, un fronton de pelote basque se dressait comme une main, en signe de bienvenue.

— Tout droit, fit Bonfils d'une voix chargée d'excitation. On arrive au port.

Mathias Freire pensait avoir le cuir dur mais les retrouvailles entre Patrick et Sylvie le touchèrent en profondeur. L'âge des protagonistes, leur amour qu'on sentait encore frémissant, et cette pudeur tout en retenue qui s'exprimait par des cillements, des mots murmurés, des gestes hésitants, bien plus poignants que de grandes effusions.

Il y avait aussi leur dégaine de laissés-pour-compte. Sylvie était une petite femme rougeaude, à la face ravagée de rides et de cicatrices. Sa couperose et ses traits bouffis trahissaient un passé d'alcoolique. Comme Patrick, elle avait dû connaître des années à ciel ouvert. Au bout de leurs galères, ces deux-là s'étaient trouvés.

Le décor ajoutait au réalisme poétique de la scène. Le port de Guéthary n'était qu'une pente de ciment où s'échouaient quelques barques, peintes de couleurs vives. Le temps s'était déjà couvert. À travers les nuages, le soleil s'obstinait pourtant et distillait une lumière vitreuse. La séquence semblait se dérouler au fond d'une bouteille de verre – comme celles qui abritent des voiliers miniatures.

— Je sais pas comment vous remercier, dit Sylvie en se tournant vers Mathias.

Il s'inclina en silence. Sylvie fit un geste vers une coursive en bois, accotée à la roche, qui surplombait la mer :

— Venez. On va marcher.

Freire observa son allure. Cheveux gras, pull informe, pantalon de jogging poché, baskets sans âge… Dans ce naufrage, seuls les yeux surnageaient. Brillants et vifs comme deux galets clairs, laqués de pluie.

La femme contourna les barques à sec et prit le chemin de la passerelle. Patrick, de son côté, se dirigea vers une barque à flot, amarrée à quelques mètres de la jetée. Sans doute son fameux bateau, sujet de tous les stress. La coque affichait fièrement en lettres jaunes : JUPITER.

Freire rattrapa Sylvie, s'accrochant à la rampe branlante. Elle roulait une cigarette d'une main, indifférente aux embruns et au relief de la coursive.

— Vous pouvez m'expliquer ce qui s'est passé ?

Freire raconta. La gare Saint-Jean. La fugue psychique de Patrick. Ses efforts inconscients pour devenir quelqu'un d'autre. Le hasard de l'infirmière de Guéthary. Il occulta le détail du sang sur l'annuaire et la clé, la présence d'un cadavre à la gare Saint-Jean : Anaïs Chatelet débroulerait bien assez vite.

Sylvie ne disait rien. Un gros briquet rouillé se matérialisa entre ses doigts. Elle alluma sa clope.

— C'est pas croyable, finit-elle par lâcher d'une voix rauque.

— Ces derniers jours, vous n'avez rien remarqué de bizarre dans son attitude ?

Elle haussa les épaules. Ses mèches filandreuses se plaquaient sur sa face usée. Elle tirait de grosses bouffées et recrachait des panaches de locomotive, aussitôt balayés par le vent marin.

— Patrick, il parle pas beaucoup…

— Il n'a jamais eu d'absences ? Des pertes de mémoire ?

— Non.

— Parlez-moi de ses soucis.

Elle fit quelques pas sans répondre. La mer grondait sous leurs pieds. Elle respirait. Vrombissait. Reculait pour mieux revenir avec une fureur redoublée.

— Des histoires de fric. Rien d'original. Patrick avait fait un emprunt pour le bateau. Y voulait être son propre chef. Mais la saison a pas été bonne.

— Des saisons, il y en a plusieurs dans l'année, non ?

— Je parle de la plus importante. Celle d'octobre. Le thon blanc. On a tout juste eu de quoi vivre et payer les autres, les collègues. Alors, la banque…

— Pour l'achat du bateau, comment avez-vous fait ? Il avait un apport ?

— C'est moi qu'ai apporté les fonds.

Freire marqua sa surprise. Sylvie sourit.

— J'ai pas l'air comme ça mais j'ai du bien. Enfin, j'avais. Une cabane à Bidart. On l'a vendue et on a investi dans le rafiot. Depuis, on coule. Les dettes aux fournisseurs. Les traites de la banque. Vous pouvez pas comprendre…

Sylvie paraissait penser que Mathias appartenait à la classe des milliardaires. Il ne s'en formalisa pas. Les sensations prenaient le pas sur ses pensées. Les bourrasques du large étaient chargées d'embruns et de soleil argenté. Il sentait le sel sur ses lèvres. La lumière de mercure au bout de ses cils.

La petite bonne femme lançait des regards par-dessus son épaule, en direction de Patrick. Il avait sauté à bord du bateau et trifouillait dans sa cale – sans doute le moteur. Elle le surveillait comme une mère son gamin.

— Il vous a parlé de sa vie… d'avant ?

— Sa femme, vous voulez dire ? Il en parle pas beaucoup mais c'est pas un secret.

— Il a des contacts avec elle ?

— Jamais. Ça s'est mal fini entre eux.

— Pourquoi il n'a pas divorcé ?

— Avec quel fric ?

Freire n'insista pas. Il n'avait aucune expérience dans ce domaine. Mariage. Engagement. Divorce. Des notions étrangères à sa vie.

— Sur son enfance, il vous a dit quelque chose ?

— Vous savez donc rien, répliqua-t-elle avec une nuance de mépris.

— Quoi ?

— Il a tué son père.

Mathias encaissa le coup.

— Son père était ferrailleur, continua-t-elle. Patrick l'aidait.

— À Gheren ?

— Le bled où ils vivaient avec ses parents. J'me souviens plus du nom.

— Que s'est-il passé ?

— Y se sont battus. Le père picolait et il cognait. Il a glissé dans le bac d'acide qui servait à décaper les vieux métaux. Le temps que Patrick le sorte de là, le vieux était mort. Il avait 15 ans. Moi, je dis que c'est un accident.

— Il y a eu une enquête ?

— J'sais pas. En tout cas, Patrick a pas fait de taule.

Facile à vérifier. Mathias avait la confirmation de son pressentiment. Une enfance à la dure. Un drame familial qui avait provoqué une faille au fond de son inconscient. Une fissure qui n'avait cessé de s'ouvrir jusqu'à engloutir complètement sa personnalité...

— Vous savez ce qu'il a fait après ? Il est resté dans sa famille ?

— Y s'est engagé dans la Légion.

— La Légion étrangère ?

— Y se sentait responsable de la mort de son père. Il a agi comme un criminel.

Ils étaient parvenus au bout de la passerelle. Sans se concerter, ils pivotèrent et revinrent lentement vers le port. Sylvie lançait toujours des coups d'œil vers Patrick à bord de son esquif. Le pêcheur paraissait les avoir totalement oubliés.

— Patrick, reprit le psychiatre, il n'a jamais eu d'autres ennuis avec la justice ?

— Qu'est-ce que vous croyez ? C'est pas parce qu'on est pauvre qu'on est un voyou. Patrick, il a eu des périodes difficiles, mais il est toujours resté dans le droit chemin.

Freire n'insista pas. Il voulait confronter les éléments inventés par Pascal Mischell avec la vraie vie de Patrick Bonfils.

— Vous allez parfois dans le bassin d'Arcachon ?

— Jamais.

— Le nom de Thibaudier vous dit quelque chose ?

— Non.

— Hélène Auffert ?

— C'est qui celle-là ?

Freire sourit pour lui signifier qu'il n'y avait aucun danger de ce côté. La femme sortit de nouveau son tabac et ses feuilles à rouler. Elle n'avait pas l'air convaincu. En quelques secondes, elle se concocta une deuxième cigarette.

— Vous a-t-il déjà raconté un rêve qu'il fait souvent ?

— Quel rêve ?

— Il marche dans un village ensoleillé. Il y a une explosion très blanche et son ombre reste fixée contre un mur.

— Jamais.

Nouvelle confirmation. Le rêve datait du traumatisme. Il revint aux références de Pascal Mischell. Peter Schlemihl. Hiroshima…

— Patrick lit-il beaucoup ?

— Il arrête pas. Notre maison, c'est pire qu'la bibliothèque municipale.

— Quel genre de livres ?

— D'histoire surtout.

Prudemment, Freire en arriva au jour J.

— Quand il est parti à la banque, Patrick n'a pas mentionné une autre course, une visite ?

— Vous êtes flic ou quoi ? Pourquoi toutes ces questions ?

— Je dois comprendre ce qui lui est arrivé. Je veux dire : mentalement. Je dois reconstituer, point par point, la journée où il s'est dissous en lui-même. Je veux le soigner, vous comprenez ?

Elle balaya l'air détrempé avec sa clope, sans répondre. Elle avait sa dose. Ils rejoignirent l'embarcadère en silence. Bonfils bichonnait toujours son moteur. De temps à autre, son visage apparaissait. Même à cette distance, il paraissait heureux et serein.

— Il faut que je revoie Patrick, conclut Freire.

— Non, fit Sylvie en balançant son mégot dans la mer. Laissez-le tranquille. Tout ce que vous avez fait, c'est super. Maintenant, c'est moi qui prends le relais. J'suis p't'être pas une savante mais j'sais que Patrick, c'qui lui faut, c'est qu'on parle plus de tout ça.

Freire ne gagnerait rien à négocier maintenant.

— Très bien, capitula-t-il. Mais je vous donnerai les coordonnées d'un confrère à Bayonne ou à Saint-Jean-de-Luz. Ce qui lui est arrivé est grave, vous comprenez ? Il doit consulter.

La petite femme ne répondit pas. Freire lui serra la main et fit un geste de salut à Patrick, qui lui répondit avec enthousiasme.

— Je vous appelle demain, d'accord ?

Pas de réponse. Ou bien le vent l'avait aspirée. Freire remonta la pente de ciment. Ouvrant sa portière, il se retourna. Sylvie, avec sa démarche de culbuto, rejoignait son homme.

Le psychiatre se glissa dans l'habitacle et démarra.

Avec ou sans leur accord, il aiderait ces deux gueules cassées.

— Moi, j'cherche la faille cosmique.

La main noire caressait le mur lézardé de la cellule de dégrisement.

— Quand j'l'aurai trouvée, je m'échapperai…

Anaïs ne prit pas la peine de commenter. Dix minutes qu'elle subissait les délires de Raoul le pochetron. Elle rongeait son frein.

— J'ai qu'à suivre la ligne, continua le clochard, le nez sur une nouvelle craquelure.

Anaïs passa aux choses sérieuses. Elle sortit le cubi du sac plastique qu'elle avait acheté en route. D'un coup, les yeux de Raoul flambèrent. Deux bulles chauffées à blanc. Il attrapa le cubi et le vida d'un trait.

— Alors, Philippe Duruy ?

Le clochard s'essuya la bouche d'un revers de manche et lâcha un rot sonore. Son visage rouge évoquait une charogne prise dans des fils barbelés. Poils de barbe, cheveux, sourcils : des traits de fer plantés dans tous les sens sur sa peau sanguine.

— Fifi, j'le connais bien. Y dit toujours qu'il a l'cœur qui bat à 120 et le cerveau à 8,6.

Anaïs saisit la double allusion. 120 BPM, c'est le tempo de la techno. « 8,6 », une référence à la bière

Bavaria et ses 8°6. La bière des champions – des punks, des teufeurs, des marginaux de tous poils. Raoul parlait de Fifi au présent. Il ne savait pas qu'il était mort.

— En vérité, c'est un vrai taré.

— Je croyais que vous étiez potes.

— L'amitié, ça empêche pas la lucidité.

Anaïs faillit éclater de rire. L'épave continua :

— Fifi, y fait tout et son contraire. Y prend d'l'héro, il arrête. Il écoute du metal, il écoute de la techno. Il est gothique et pis le jour d'après, il est punk…

Elle tenta d'imaginer le quotidien du gamin. Une vie d'errance, de bagarres, de défonce. Des shoots d'héro, des envolées à l'ecsta, des nuits passées le visage collé à des murs d'enceinte, des réveils dans des lieux inconnus, sans le moindre souvenir. Chaque jour poussait l'autre, avec toujours l'espoir de décrocher.

Raoul avait attaqué une digression sur les goûts musicaux de Duruy :

— Moi, j'lui disais : ta musique, c'est d'la merde. Tes mecs, y font que copier. Marilyn Manson, c'est Alice Cooper. La techno, c'est Kraftwerk. Le R&B…

— C'est Isaac Hayes.

— Exactement. On prend les mêmes et on recommence !

— Fifi, de quoi vivait-il ?

— Y faisait la cheum, comme mé.

— À Bordeaux ?

— À Bordeaux et partout où il allait. T'as pas un autre cubi ?

Anaïs proposa son deuxième carton. L'autre le rinça en une seule goulée. Il ne rota pas mais elle eut peur qu'il pisse dans son froc. Il portait un manteau à chevrons si sale qu'on ne distinguait plus les motifs du tissu. Un pantalon de treillis raide de crasse. Des espadrilles usées jusqu'à la corde, révélant des pieds nus et noirs. Anaïs avait le nez bouché mais elle s'était tout de même enduit les narines de Vicks Vaporub.

Raoul balança le cubi à l'autre bout de la cellule. Il était temps d'attaquer le vif du sujet.

— Il y a quelques jours, Fifi t'a parlé d'un ange...

Raoul se coinça dans l'angle des deux murs et se gratta le dos comme un animal, en agitant les épaules.

— Un ange, ouais, ricana-t-il... qu'allait lui donner de la poudre d'ange...

Son tueur. C'était la première fois qu'on lui parlait explicitement de lui.

Elle se pencha vers Raoul et articula avec netteté :

— Il le connaissait bien ?

— Non. Le mec, y v'nait de le rencontrer.

— Sur lui, qu'est-ce qu'il t'a dit au juste ?

— Qu'il allait l'emmener au ciel. Y parlait tout le temps de Saint-Julien j'sais pas quoi...

— Saint-Julien-l'Hospitalier.

— C'est ça.

— Pourquoi lui ?

Raoul parut avoir un éclair de lucidité :

— Fifi, il a arrêté l'école très tôt mais y se souvenait de cette légende. Un prince tue ses parents par erreur. Alors y s'en va très loin. Y devient passeur. Une nuit, y a un lépreux qui lui demande de franchir le fleuve. Julien l'accueille, le nourrit, le réchauffe avec son corps. Le lépreux l'emporte au ciel. C'était Jésus-Christ. Fifi, y disait que cet ange-là, il était venu le

188

chercher lui aussi, qu'il allait l'emporter au septième ciel…

— Pourquoi pensait-il *précisément* à cette légende ?

— Parce que son ange, il était lépreux.

— Lépreux ?

— Le type avait le visage enroulé dans des chiffons.

Anaïs chercha à visualiser la scène. Un type enturbanné croise Philippe Duruy. Il lui propose le grand trip. Le zonard fantasme sur le personnage, et sa proposition. La rencontre avait-elle été filmée par une caméra de sécurité ?

— Quand tu as vu Fifi pour la dernière fois, qu'est-ce qu'il t'a dit exactement ?

— Qu'il avait rendez-vous avec le lépreux, le soir même. Ils allaient franchir ensemble le fleuve. Des conneries.

— Le rendez-vous, où ça devait se passer ?

— J'sais pas.

— Toi, quand tu l'as vu, c'était où ?

— Sur les quais. Près de Stalingrad. Le Fifi, il était vraiment excité.

— À quelle heure ?

— J'me rappelle pas. En fin d'après-midi.

Anaïs passa en revue chaque détail :

— Fifi, il a un chien, non ?

— Ouais. Comme tous les zonards. T'as pas un aut' cubi ?

— Non. Comment il s'appelle ?

— Mirwan. C'est le nom d'un saint géorgien. Complètement barré, l'Fifi.

— Il l'avait ce jour-là ?

— Bien sûr.

— Depuis, le chien, tu l'as revu ?

— Pas plus qu'j'ai revu Fifi…

Sa voix s'éteignit. Le clochard avait perdu toute énergie. Ses pupilles s'étaient éteintes. Il aurait fallu encore du carburant mais Anaïs était à sec. Elle se leva, évitant de frôler le sac à crasse.

— On va te libérer.

Elle frappa la paroi vitrée de la cellule. Un planton se matérialisa.

Dans son dos, Raoul demanda :

— Fifi, qu'est-ce qui lui est arrivé ?

— On n'en sait rien.

Raoul éclata de rire alors qu'on ouvrait la paroi vitrée :

— Les flics, vous nous prenez toujours pour des cons mais les plus cons, c'est encore vous. Tu crois qu'j'ai pas compris que le Fifi, y s'est fait dessouder ?

Elle sortit de la cellule sans un mot. Recrachée comme le noyau d'un fruit pourri. D'un revers de manche, elle essuya le Vicks Vaporub sous son nez. Coup d'œil à sa montre : midi. Elle entendait le tic-tac du compte à rebours. Elle avait espéré beaucoup de cette entrevue mais n'avait rien obtenu de précis.

En montant dans sa voiture, elle appela Le Coz. En deux heures, le flic était devenu un spécialiste de la production et de la vente d'Imalgene. Il avait dressé la liste des prescriptions signées en Gironde ces quatre dernières semaines : on contactait chaque véto, chaque parc animalier, etc. On vérifiait aussi les stocks, les commandes, les ventes… La vérification prendrait au moins la journée.

Côté casse, deux cliniques vétérinaires, l'une près de Bordeaux, l'autre dans les environs de Libourne,

190

avaient été cambriolées durant le mois de janvier. Mais cela ne signifiait rien. Renseignements pris, la kétamine possède des vertus hallucinogènes pour les humains. Il existe même une filière parallèle de revente chez les défoncés. Selon les enquêteurs des deux cambriolages, les soupçons se portaient plutôt sur des trafiquants de ce genre...

Anaïs demanda des nouvelles de Jaffar. Toujours sur les traces du chien et des fringues de Duruy. Quant à Zak et Conante, pas de nouvelles depuis le dernier appel.

— T'es à la boîte ? demanda-t-elle en manière de conclusion.

— Ouais.

— On a reçu les empreintes envoyées par l'IJ ?

— Y a une heure.

— Et alors ?

— On les a pas encore comparées au fichier. On a un bug.

Les commissariats sont équipés des logiciels les moins chers et des bécanes les moins évoluées du marché. Dans chaque poste de police, on pourrait ouvrir une main courante, rien que pour noter les pannes qui surviennent chaque jour.

— Qu'a dit notre expert ?

Celui qu'on baptisait ainsi était un lieutenant de police qui avait suivi un stage d'informatique de quelques jours. Silence de Le Coz.

— Putain, fit Anaïs entre ses dents. Appelez un réparateur. Un vrai.

— Un mec est déjà sur le coup.

— Qui ?

— Mon voisin de palier. Un programmateur de jeux vidéo.

Anaïs éclata de rire nerveusement. Trop, c'était trop. Elle imaginait le geek venu à la rescousse des flics. La contre-culture alliée aux gardiens de l'ordre.

— Alors ?

— C'est réparé.

— T'as donc accès au fichier central ?

— Non.

— Pourquoi ?

— On a perdu le cahier.

Anaïs jura. Pour l'utilisation de chaque logiciel, l'administration imposait un mot de passe. Des séquences de lettres et de chiffres impossibles à mémoriser. Ces hiéroglyphes étaient consignés dans un cahier, à l'usage de tout le service.

Sans cahier, pas de mot de passe.

Sans mot de passe, pas de consultation.

Anaïs démarra. On était loin des Experts. Le tic-tac devenait assourdissant. Elle raccrocha et songea de nouveau à Zak. Il était censé passer au CHS jeter un coup d'œil sur l'amnésique – le suspect numéro un. Pourquoi ne l'avait-il pas rappelée ? Elle ouvrit son téléphone.

— Qu'est-ce que c'est que ces conneries ?

Anaïs hurlait dans le combiné. Freire tenta de calmer le jeu :

— En tant que médecin, j'ai pris sur moi de transférer…

— Un témoin direct ?

— Un patient amnésique.

— Vous deviez nous prévenir du moindre de ses faits et gestes.

— Première nouvelle.

Freire roulait sur la N10. Anaïs Chatelet venait d'apprendre le transfert de Bonfils, organisé par lui-même. Elle avait aussi parlé au coordinateur de l'IJ qui lui avait révélé ses mensonges de la veille et surtout la présence du plancton sur les mains de Bonfils et dans la fosse de maintenance. Il y avait de quoi péter les plombs.

— Je commence à en avoir marre de vos grands airs, siffla-t-elle à l'autre bout de la connexion.

— Mes grands airs ?

— Le psychiatre au diagnostic qui tue. Le sondeur d'âmes qui sauve tout le monde. Pour l'instant, il s'agit d'un meurtre et c'est l'affaire des keufs, putain !

— Je vous répète que mon patient est…

— Votre patient est notre suspect numéro un.

— Ce n'est pas ce que vous m'avez dit.

— Vous savez depuis hier que l'amnésique a laissé des traces dans la fosse. Il faut vous faire un dessin ?

— Rien ne dit que…

— Complicité de fuite, extorsion illégale d'informations dans le cadre d'une enquête judiciaire, vous savez combien ça coûte ?

Devant lui, Freire voyait toujours défiler là forêt landaise. Les pins maritimes raturaient le ciel. La pluie avait recommencé.

— Écoutez, fit-il de sa voix la plus posée – celle qu'il utilisait avec les forcenés. Il y a un fait nouveau. Nous avons identifié le patient.

— Quoi ?

Mathias résuma la situation. Anaïs l'écoutait en silence. Il pensait avoir marqué un point mais elle repartit en force :

— Vous êtes en train de m'expliquer que le gars a retrouvé la mémoire et que vous l'avez tranquillement raccompagné chez lui ?

— Pas *toute* sa mémoire. Il ne se souvient pas de ce qui s'est passé à la gare Saint-Jean. Je…

— Je vais le faire chercher demain à la première heure. En garde à vue, le cow-boy !

— Surtout pas ! Il faut lui laisser quelques jours. Qu'il s'apaise. Qu'il se retrouve lui-même.

— Vous vous croyez où ? En thalasso ?

Freire conservait son calme :

— On a tous intérêt à ce que Patrick Bonfils se stabilise dans son ancienne personnalité. C'est à cette seule condition qu'il pourra se souvenir des dernières heures avant sa fugue et…

— C'est vous que je vais foutre en garde à vue.

Elle raccrocha brutalement.

Freire demeura le combiné collé à l'oreille. Les arbres filaient toujours. Il venait de dépasser Liposthey et allait bientôt entrer sur l'A63. À cette seconde, il remarqua dans son rétroviseur une paire de phares. Un véhicule tout-terrain de couleur noire. Il aurait juré avoir déjà vu cette voiture, trente minutes plus tôt.

Il se dit que ça ne signifiait rien. De nos jours, la conduite est devenue une activité robotisée. On roule en file indienne, moteur bridé par le limitateur de vitesse, cerveau freiné par la crainte des radars et autres vigiles de la route. Les phares blancs le suivaient toujours…

Il tenta encore de se rassurer quand il reconnut, ou crut reconnaître, les deux hommes en noir qui rôdaient autour de son pavillon. Alors seulement, il identifia le modèle du véhicule. Un 4 × 4 Q7 Audi.

Mathias ralentit brutalement de 30 kilomètres-heure. La voiture, derrière le rideau de pluie, suivit le mouvement. Sa douleur au fond de l'œil jaillit, palpitation sourde, rouge, comme un signal d'alerte sous son crâne.

Il accéléra d'un coup. Le 4 × 4 enquilla, ne le lâchant pas d'un mètre. Le point, de plus en plus fort, dans son orbite, lui paraissait éclairer l'intérieur de son cerveau. Ses doigts glissaient sur le volant, poisseux de sueur. La pluie, furieuse, battante, aveuglante, paraissait prête à emporter toute la scène au fond d'une gigantesque coulée.

Une bretelle de sortie se présenta. Sans réfléchir, il braqua à droite. Il n'avait même pas vu les noms inscrits. Il était au cœur des Landes. Parvenu sur la départementale, il tourna encore à droite et fonça. Un kilomètre. Deux kilomètres. Autour de lui, les longs remparts de pins bruissaient. Pas un village. Pas une baraque. Pas une station-service. Rien. L'endroit idéal pour se faire agresser. Coup d'œil dans son rétro : le Q7 était toujours là, pleins phares.

Freire fouilla dans sa poche et attrapa son portable. Il stabilisa sa vitesse à 70 kilomètres-heure. Régla son mobile sur la position « photo » et braqua l'objectif sur le véhicule. Il zooma et fit le point sur la calandre ruisselante de pluie. Impossible de voir précisément s'il avait cadré le numéro. Il prit plusieurs photos, sous plusieurs angles, et reprit de la vitesse. Devant lui, les rais de l'averse, les stries de la forêt. Il avait l'impression de briser des grilles.

À cet instant, un chemin de terre apparut sur sa droite.

Une blessure dans la chair végétale.

Freire braqua et dérapa dans la boue. D'un coup de volant, il redressa le cap, rétrograda, accéléra. Dans un rugissement de moteur, la bagnole patina. Une volée de terre rouge crépita sur son pare-brise. Il lui aurait fallu quatre roues motrices. Cette idée lui fit lever les yeux dans son rétro. Pas de 4 × 4.

Il enfonça sa pédale d'accélérateur. La voiture rugit, toussa, puis s'arracha du sol. Pins. Fougères. Genêts. Tout défilait dans un grand mouvement de brosse, mêlant chuintements, craquements, giclées de vert et de pourpre, de branches et de terre… La voiture faisait des sauts de cabri, cognait les talus, rebondissait sur le sentier détrempé. Freire roulait tout droit, les yeux hors de la tête. Il attendait que la forêt l'arrête. Une flaque. Un nid-de-poule. Un obstacle…

Un tronc d'arbre jaillit dans le champ de ses phares, perpendiculaire au sentier. Freire freina et braqua d'un seul geste. Quelques secondes, c'est peu, mais ça suffit pour envisager sa propre mort. Sa bagnole décolla puis retomba lourdement dans un marigot. Le moteur cala. Les roues se bloquèrent.

Freire ne respirait plus. Il s'était pris le volant dans les côtes. Son front avait tapé le pare-brise. Il avait mal. Il saignait. Mais il savait déjà qu'il n'était pas grièvement blessé. Il demeura ainsi de longues secondes, plié sur son volant. Laissant le temps remplir l'instant, son sang se répandre à nouveau dans ses veines.

La pluie continuait à frapper le toit, à marteler les vitres, à gifler la forêt. Il détacha sa ceinture avec difficulté. Glissa deux doigts dans la poignée de la portière, appuya de l'épaule pour l'ouvrir. Il tomba dans le mouvement et se prit une flaque en guise d'accueil. Il se releva sur un genou. La forêt claquait de mille goutte-à-goutte. Toujours pas de 4 × 4. Il les avait semés pour de bon.

Avec effort, il se mit debout. S'adossa à sa voiture, regarda ses mains. Elles tremblaient par convulsions. Son cœur suivait le mouvement. Les minutes passèrent. Au grand froissement de la pluie s'ajoutait celui des cimes dans le vent. Il ferma les yeux. Il avait le sentiment d'être en immersion. Il ruisselait d'eau mais c'était sa peur qui s'écoulait à ses pieds. Les odeurs de résine, de mousses, de feuilles lui remplissaient les narines. Le froid commençait à se faire sentir.

Quand il fut glacé et que son cœur eut retrouvé sa cadence normale, il se glissa dans l'habitacle. Referma la portière. Régla le chauffage à fond. Place aux questions. Qui étaient ces hommes ? Pourquoi le suivaient-ils ? L'attendaient-ils ailleurs ? Aucune réponse.

Il tourna la clé de contact et enclencha la marche arrière. Il n'avait pas vérifié s'il était enlisé. Ses roues patinèrent, mordirent la terre, envoyèrent des giclées rougeâtres. Enfin, le véhicule s'extirpa comme un bateau qu'on hisse à sec. Il continua en marche arrière, sortant la tête pour voir la route. Cent mètres plus loin, il put faire demi-tour.

Reprenant la direction de Bordeaux, il réfléchit plus posément. La douleur – il se demandait tout de même s'il n'avait pas une ou deux côtes fêlées – le maintenait en éveil. Il chercha à se souvenir de la première fois qu'il avait repéré les hommes au Q7.

La nuit du vendredi au samedi. Sa première soirée de garde.

La nuit où Patrick Bonfils était apparu…

Freire soupesa ces éléments. Bonfils l'amnésique. Les visiteurs du soir. Le meurtre de la gare Saint-Jean. Pouvait-il exister un lien entre ces trois points ? Il se dit que Patrick Bonfils avait peut-être vu le meurtrier déposant le Minotaure au fond de la cavité ou bien *autre chose encore*. Quelque chose qui intéressait ces croquemorts. Ou qu'ils redoutaient.

Ils craignaient peut-être que Bonfils ait parlé.

À qui ? À son « spycatre ».

— Qu'est-ce que c'est ?

Sur le seuil, Anaïs tenait une bouteille de vin rouge.

— Un drapeau blanc. Pour faire la paix.

— Entrez, fit Mathias Freire en souriant.

Elle n'avait eu aucun mal à trouver l'adresse personnelle du psychiatre. Il était 20 heures. L'heure parfaite pour une attaque-surprise. Anaïs avait fait un effort vestimentaire. Sous son manteau, elle portait une robe de batik indonésien, aux motifs mordorés, typique des Seventies. Au dernier moment, elle avait eu un coup de trac et avait enfilé un jean sous la blouse. Elle n'était pas sûre du résultat. Elle avait aussi choisi le soutien-gorge push-up qu'elle réservait pour les grandes occasions. Des paillettes sur les joues, des barrettes dans les cheveux, des Doliprane pour le crâne – elle était prête pour l'assaut.

— Vous me faites pas entrer ?

— Excusez-moi.

Il s'effaça pour la laisser pénétrer dans le pavillon. Il avait toujours l'air aussi chiffonné. Un pull ras du cou, une chemise dont le col partait de travers, une paire de jeans élimés, les cheveux hirsutes. Un prof de fac négligé et irrésistible, qui rend folles ses élèves sans même s'en rendre compte.

— Comment vous avez eu mon adresse ?

— J'ai mis toute mon équipe sur le coup.

Elle découvrit le salon. Murs blancs. Parquet flottant. Portes en contreplaqué. Pas un meuble, à l'exception d'un canapé avachi et de cartons d'emménagement qui s'entassaient le long des murs.

— Vous arrivez ou vous partez ?

— Je me pose la question tous les matins.

Elle lui fourra la bouteille dans les mains :

— Un médoc. J'appartiens à un club de dégustateurs. J'ai acheté plusieurs bouteilles hier. Vous allez m'en dire des nouvelles. Il est fin et corsé. D'un goût nerveux et ferme. Il…

Anaïs s'arrêta. Le psychiatre paraissait décontenancé.

— Il y a un problème ?

— Je suis désolé… Je ne bois pas de vin.

Anaïs en resta bouche bée. C'était la première fois qu'elle entendait cette phrase à Bordeaux.

— Qu'est-ce que vous buvez ?

— Du Coca Zéro.

Un rire lui échappa.

— Payez votre tournée, alors.

— Je vais chercher des verres, fit-il en tournant les talons. Installez-vous.

Anaïs fouilla des yeux. Face au canapé, elle repéra un écran plat posé contre le mur, et aussi, près de la baie vitrée, une planche sur deux tréteaux en guise de bureau. Une lampe par terre diffusait un halo rasant. Le psychiatre avait transformé ce pavillon familial en une sorte de squat anonyme.

Elle sourit pour elle-même. À l'évidence, Freire vivait seul. Pas l'ombre d'une photo, d'une trace de présence féminine. En dehors de son boulot, le médecin n'avait sans doute ni ami ni maîtresse. Elle s'était renseignée : il était arrivé au CHU début janvier. Il venait de Paris. Il ne parlait à personne. Ne paraissait intéressé que par son activité au CHS. Le genre qui dîne chaud seulement au self de l'hosto ou quand un collègue l'invite en famille.

Elle s'approcha du bureau. Des notes. Des livres de psychiatrie, dont plusieurs rédigés en anglais. Des textes imprimés issus d'Internet. Des numéros de téléphone griffonnés. À l'évidence le psy menait une enquête. Sur qui ? Son amnésique ?

Elle repéra, près de l'imprimante sur le bureau, des clichés fraîchement édités. Des plaques d'immatriculation sous la pluie. Après quoi courait le psy ? Elle se pencha pour mieux les voir mais des pas retentirent dans son dos. Mathias revenait avec des verres et des canettes de Coca Zéro.

— J'aime bien chez vous, dit-elle en revenant vers le canapé.

— Ne vous foutez pas de moi.

Il posa les canettes par terre. Elles étaient noires et perlées de gouttelettes.

— Je suis désolé. Je n'ai pas de table basse.

— Pas de problème.

Il s'assit par terre, en tailleur :

— Prenez le canapé, proposa-t-il.

Anaïs s'exécuta. Elle le surplombait comme une reine. Les canettes claquèrent. Ni l'un ni l'autre n'utilisa les verres. Ils trinquèrent en se regardant dans les yeux.

— Je ne sais pas quelle heure il est, s'excusa-t-il, vous vouliez dîner ? Je n'ai pas grand-chose et…

— Laissez tomber. Je suis venue fêter avec vous de grandes nouvelles.

— À propos de quoi ?

— De l'enquête.

— Vous ne me mettez plus en garde à vue ?

Elle sourit :

— Je me suis emportée.

— C'est moi qui ai déconné, admit-il. J'aurais dû vous prévenir. Je n'ai pensé qu'à mon patient. À la meilleure solution pour lui, vous comprenez ? (Il but une rasade de Coca.) Vos grandes nouvelles, c'est quoi ?

— D'abord, on a identifié la victime. Un zonard qui courait les festivals rock, accro à l'héro. Il revenait régulièrement à Bordeaux. Le tueur l'a appâté avec une drogue d'une qualité exceptionnelle. Le gars en est mort. Le meurtrier a ensuite composé sa scène. La tête de taureau, tout ça…

Freire écoutait avec attention. Jusqu'ici, ses traits réguliers paraissaient chercher la juste expression. Maintenant, ses muscles s'étaient stabilisés en un masque de concentration.

Anaïs lâcha sa bombe :

— On a aussi identifié le tueur.

— Quoi ?

Elle eut un geste pour tempérer son annonce :

— Disons que l'IJ a réussi à isoler des empreintes dans la fosse qui n'appartiennent ni à la victime, ni à votre cow-boy. On les a soumises au fichier national et on a obtenu un nom : Victor Janusz, un SDF de Marseille. Le mec s'est fait arrêter là-bas dans une bagarre, il y a quelques mois.

— Vous savez où il est maintenant ?

— Pas encore. On a lancé un mandat de recherche. On va le trouver. Je ne suis pas inquiète. Les flics de Marseille retournent les foyers d'accueil, le Samu social, les centres Emmaüs, les soupes populaires… On va suivre sa trace jusqu'à Bordeaux et le localiser. C'est comme ça qu'on a tracé Francis Heaulme, le tueur de la route.

Freire paraissait déçu. Il faisait tourner sa canette dans sa main et semblait s'observer dans le cercle de métal.

— Que savez-vous sur lui ? demanda-t-il après un long silence.

— Rien. J'attends son dossier de Marseille. On a eu des problèmes informatiques toute la journée. Le seul vrai ennemi de la police, aujourd'hui, c'est le bug.

Le psychiatre ne prit pas la peine de sourire. Il leva les yeux.

— Vous trouvez que la mise en scène du meurtre colle avec le profil d'un SDF ?

— Pas du tout. Mais on va trouver l'explication. Janusz n'est peut-être qu'un complice.

— Ou un témoin.

— Un témoin qui serait descendu dans la fosse ? qui aurait mis ses pattes partout sur les parois ? Ce sont, comme on dit, des indices aggravants.

— Ça innocente donc Patrick Bonfils ?

— Pas si vite. Il reste cette histoire de plancton… Mais on se concentre pour l'instant sur Janusz. Dès que je pourrai, j'irai moi-même à Guéthary pour interroger votre protégé. Dans tous les cas, on tient le bon bout.

Freire rit en douceur :

— Ce sont des bonnes nouvelles de… flic.

La réflexion lui parut légèrement acide. Elle ne s'y attarda pas.

— Et vous ?

— Quoi, moi ?

— Le pêcheur, comment réagit-il ?

— Il réintègre peu à peu sa véritable identité. Il n'a déjà plus de souvenirs de celui qu'il a essayé de devenir.

— Et ce qu'il a vu à Saint-Jean ?

Freire hocha la tête, avec lassitude :

— Je vous le répète : c'est la dernière chose dont il se souviendra. S'il s'en souvient un jour…

— Je dois l'interroger.

— Vous n'allez tout de même pas le foutre en garde à vue, non ?

— J'ai dit ça pour vous faire peur.

— Les flics aiment faire peur. C'est leur raison d'être.

Anaïs n'avait pas rêvé : il était bien hostile. Sans doute encore un de ces psys de gauche, qui avaient biberonné les conneries de Michel Foucault dès le berceau. Difficile de draguer quand on est flic et qu'on porte un Glock à la ceinture. Deux engins phalliques pour un couple, c'est un de trop…

Elle posa sa canette sur le parquet. Ses espoirs de séduction s'évanouissaient. Ils n'étaient décidément pas du même bord.

Elle allait se lever quand Freire murmura :

— Moi, je vais retourner à Guéthary.

— Pourquoi ?

— Pour interroger Patrick. Savoir qui il est vraiment. Connaître la vérité de la gare Saint-Jean. (Il brandit sa canette dans sa direction.) Après tout, nous menons la même enquête.

Elle sourit de nouveau. L'espoir et sa chaleur se déversèrent en elle comme des sources apaisantes. Elle n'aurait jamais pensé que son boulot lui permettrait un jour de se rapprocher d'un homme aussi séduisant :

— Vous êtes sûr que vous ne voulez pas qu'on ouvre ma bouteille ?

Deux heures plus tard, Freire se remit au travail.

Anaïs Chatelet était partie comme elle était venue, l'ivresse en plus. Ils avaient bu, ils avaient ri, ils avaient parlé. Freire n'attendait pas un tel enchantement dans le désert de ses soirées. Encore moins au cœur de cette histoire de meurtre et d'amnésie.

Il n'avait rien tenté. Pas le moindre geste, pas la moindre attitude de séduction. En dépit des signaux qui, lui semblait-il, étaient tous au vert. Freire n'était pas un expert en psychologie féminine mais il savait additionner deux et deux. La visite nocturne. La bouteille de vin. La tenue plus soignée que d'habitude – quoiqu'il n'ait rien compris à cette robe enfilée sur une paire de jeans. Tout ça lui prouvait que la jeune OPJ était ouverte à d'autres propositions.

Pourtant, il n'avait pas bougé. Pour deux raisons. D'abord, il avait juré de ne plus jamais mêler vie privée et travail. Or, Anaïs Chatelet, même indirectement, c'était le boulot. L'autre raison, plus profonde, plus viscérale, était la peur. Le trac. L'appréhension d'un refus. Et aussi celle de ne pas être à la hauteur. Depuis combien de temps n'avait-il pas eu de rapports sexuels ? Il ne s'en souvenait pas, et il craignait même de ne pas se souvenir de la marche à suivre…

Ils s'étaient quittés bons amis sur le seuil du pavillon. Chacun avait promis à l'autre de l'informer sur son enquête. À la dernière seconde, mis en confiance, Freire avait parlé des chasseurs qui roulaient en Q7. Il lui avait expliqué qu'il se sentait suivi, observé, depuis plusieurs jours. Il lui avait même donné les tirages de la plaque d'immatriculation du 4×4. Anaïs n'avait pas eu l'air convaincue par cette histoire, mais avait promis de vérifier le numéro au Sommier.

Maintenant, à minuit, il était seul. Avec son mal de crâne, à cause du vin. Il ne supportait pas l'alcool. Sa douleur au fond de l'œil pulsait à nouveau. Pourtant, il n'avait pas sommeil. Il s'était préparé du café, avait récupéré son dictaphone et s'était installé derrière son bureau.

Même au cœur de la nuit, il pouvait vérifier et préciser les informations livrées par Patrick Bonfils. Avant de sonder son esprit, il voulait établir un dossier solide sur sa véritable identité.

Il appuya sur la touche « lecture » et nota les informations. Le cow-boy était originaire d'un village près de Toulouse, Gheren. Freire pianota sur son clavier le nom du bled.

Premier choc.

Pas de Gheren dans le département de Haute-Garonne. Il élargit sa recherche à la région Midi-Pyrénées. Aucun nom qui ressemble, de près ou de loin, à ces deux syllabes.

Mathias tapa « Patrick Bonfils » et fit une recherche dans la région – l'état civil, les écoles, les agences ANPE de l'époque. Rien.

Il passa en lecture accélérée et s'arrêta sur un autre renseignement. Selon le pêcheur, son ex-épouse, Marina Bonfils, vivait aujourd'hui à Nîmes ou aux alentours. Nouvelle recherche. Nouveau zéro pointé.

Il avait des fourmis dans tout le corps. La sueur trempait son col de chemise. La douleur au fond de son œil gauche devenait palpitation sourde. Bom-bom-bom…

Il abandonna le dictaphone et passa aux informations confiées par Sylvie. Cette histoire de père mort dans une cuve d'acide. Il se rendit vite compte qu'il n'avait pas assez de précisions pour effectuer une recherche – surtout pas dans un village qui n'existait pas et avec un nom de famille inventé.

Quant au passage de Bonfils à la Légion étrangère, ce n'était même pas la peine de chercher. Le corps d'armée garantissait l'anonymat à ses soldats.

De toute façon, il en savait assez. Patrick Bonfils n'existait pas. Pas plus que Pascal Mischell.

Cette identité était *déjà* une fugue psychique.

Freire relut encore une fois ses notes. Sylvie Robin vivait avec Bonfils depuis trois ans. Elle l'avait sans doute rencontré, sans le savoir, en pleine fugue. Il n'avait pas cessé de lui mentir, *sans le savoir non plus*.

Qui était-il auparavant ?

Combien d'identités s'était-il ainsi créées, inventées, façonnées ?

Freire imaginait le système psychique de cet homme. Les personnages s'empilaient au fond de son esprit afin d'étouffer le seul qui soit dangereux à ses yeux : lui-même. Patrick Bonfils ne cessait de fuir son origine, son destin. Et sans doute un traumatisme initial.

La réponse, ou du moins un début de réponse, était inscrite dans son nom. Le caractère inventé du patronyme aurait dû lui sauter aux yeux. Ces deux syllabes traduisaient sa volonté, son espoir de devenir un « bon fils ». Avait-il été un enfant indigne ? Cette histoire de meurtre du père était un indice. Mais masqué, travesti, déformé par les rouages obscurs de l'inconscient.

Freire se leva et arpenta son salon, les mains dans les poches. Il avait le cerveau en fusion. S'il voulait guérir le colosse, il allait devoir remonter, l'une après l'autre, chacune de ses personnalités jusqu'à découvrir la première. L'identité d'origine.

Pour l'instant, il n'avait aucun moyen de savoir si le cow-boy en était à sa deuxième, troisième ou dixième fugue. Mais il était certain que chaque nom, chaque profil résidaient encore dans la psyché de l'homme. Cristallisés dans les replis de son âme. Comme les eaux de pluie de chaque saison dans un glacier. Il fallait forer. Sonder. Analyser. Il utiliserait tous les moyens possibles pour percer cette mémoire inconsciente. L'hypnose. Le sodium amytal. La psychothérapie…

Freire alla boire un verre d'eau fraîche dans la cuisine. Machinalement, il observa la rue. Personne. Pas d'hommes en noir. Avait-il rêvé tout ça ? Il but à nouveau. En reposant le verre dans l'évier, il lut soudain à l'intérieur de lui-même. Cet objectif – décrypter l'histoire de Bonfils – allait surtout lui permettre d'oublier ses propres souvenirs – la mort d'Anne-Marie Straub. Sa responsabilité de psychiatre défaillant.

Chercher le trauma d'un autre pour mieux oublier le sien...

Le lendemain matin, sur la route de Guéthary, Mathias Freire pensait à Anaïs Chatelet. Il s'était réveillé avec son image. Sa présence. Sa voix.

— Vous êtes mariée ? Vous avez des enfants ?

— J'ai l'air d'être mariée ? D'avoir des enfants ? Je n'en suis pas encore là.

— Et… où en êtes-vous ?

— Au web. Les réseaux sociaux.

— Ça marche ?

— Disons que pour une flic, je manque pas mal de flair…

Plus tard, c'était elle qui avait posé les questions.

— Pourquoi vous êtes devenu psychiatre ?

— Par passion.

— Vous trouvez ça intéressant de fouiller dans la tête des gens ?

— Je ne fouille pas dans leur tête, je les soigne. Je les soulage. En fait, je ne vois pas ce qu'il y a de plus intéressant au monde.

La jeune femme s'était mordu la lèvre inférieure. Il avait eu la même intuition que lors de leur première rencontre. Anaïs Chatelet avait séjourné en HP – ou avait eu de sérieux problèmes psychologiques.

Il avait obtenu confirmation de cette hypothèse un peu plus tard, au détour d'un geste. Quand elle lui avait servi du vin, il avait aperçu ses avant-bras. Striés. Tailladés. Lacérés dans tous les sens. Il avait reconnu ces cicatrices au premier coup d'œil. Non pas les traces d'une tentative de suicide. Mais au contraire des marques de survie.

Mathias avait souvent soigné ce trouble. Des adolescents s'automutilaient pour soulager leur détresse, se libérer d'une sensation d'asphyxie. Il fallait que ça sorte. Que ça saigne. La coupure les libérait. À la fois diversion – la souffrance physique se substituait à la douleur morale – et apaisement. La blessure offrait l'illusion que le poison psychique s'écoulait hors de soi…

La première fois qu'Anaïs était entrée dans son bureau, Freire avait pressenti sa force. Elle imprimait sa marque sur le monde. Elle était forte parce qu'elle avait souffert. Mais elle était aussi fragile, vulnérable. Exactement pour les mêmes raisons. La fin du XXe siècle avait répété jusqu'à l'usure un lieu commun, résumé par la sentence de Nietzsche, dans *Le Crépuscule des idoles* : « Tout ce qui ne me tue pas me rend plus fort. » C'était une connerie. Du moins dans son acception banale et contemporaine. Au quotidien, la souffrance n'endurcit pas. Elle use. Fragilise. Affaiblit. Freire était payé pour le savoir. L'âme humaine n'est pas un cuir qui se tanne avec les épreuves. C'est une membrane sensible, vibrante, délicate. En cas de choc, elle reste meurtrie, marquée, hantée.

La souffrance devient alors maladie. Avec sa vie propre. Sa respiration. Ses oscillations. Elle se

212

réveille sans prévenir et, plus dangereusement encore, se nourrit d'elle-même. Les crises surgissent. Sans lien visible avec le présent ni l'environnement. Ou alors si le lien existe, il est si profond, si enfoui, que personne – même pas le psy – ne peut le mettre en évidence.

Anaïs Chatelet vivait sous cette menace. La crise pouvait toujours survenir. Sans raison apparente. Sans sollicitation d'aucune sorte. Quand la souffrance déferlait, il fallait libérer le poison. Faire couler le sang. La souffrance ne vient pas de l'extérieur, elle vient de l'intérieur. On peut appeler ça une névrose. Un dysfonctionnement. Un syndrome d'angoisse. Des mots, il y en a des dizaines. Freire les connaissait tous. C'étaient ses outils de travail.

Mais le mystère demeure. La légende dit – parce que c'est une légende – qu'il faut chercher la source de ces crises dans l'enfance. Le mal fait son lit durant les premières années de la psyché. Traumatisme sexuel. Défaut d'amour. Abandon. Freire était d'accord. Il était freudien. Mais personne n'a la réponse à la question primordiale : pourquoi un cerveau réagit-il plus ou moins *sensiblement* aux traumatismes ou aux frustrations de l'enfance ?

Il avait rencontré des adolescentes qui avaient subi des viols collectifs, survécu à l'inceste, traversé la faim, la crasse, les coups, et qui allaient s'en sortir, il le sentait. D'autres, heureuses dans un foyer sans histoire, qui avaient sombré pour un détail, un soupçon, une simple impression. Il y a des enfants battus qui deviennent fous. Et d'autres qui ne le deviennent jamais. Personne ne peut expliquer cette différence. La nature plus ou moins poreuse de l'âme qui laisse entrer l'angoisse, la souffrance, le mal-être…

Qu'était-il arrivé à Anaïs Chatelet ? Un traumatisme atroce ou simplement un événement mineur, insignifiant, mais perçu amplifié par un degré de sensibilité unique ?

Le panneau BIARRITZ le tira de ses pensées. Il longea le littoral. Dépassa Bidart et rejoignit Guéthary. Il traversa la petite place, aperçut le fronton de pelote basque, se laissa glisser vers le port. Il se gara à quelques mètres de l'embarcadère et descendit à pied la pente de béton.

C'était marée haute. L'océan précipitait ses rouleaux sur la plage sombre, à gauche. Les bouillonnements d'écume évoquaient des jets de salive grise, contaminée par quelque maladie. La mer oscillait entre le noir et le brun-vert. Sa surface ressemblait à la peau d'un batracien, cloquée, plissée, miroitante.

Le bateau était là mais pas le géant au Stetson. Freire jeta un coup d'œil à sa montre. 10 heures du matin. Pas un chat entre les coques à sec, les filets enroulés, les mâts déployés sur le ciment. Seule une boutique de matériel de pêche était ouverte. Il interrogea le commerçant, qui lui conseilla de se rendre chez les Bonfils. Un cabanon au-dessus de la plage, à un kilomètre de là.

Mathias reprit sa voiture. L'inquiétude le gagnait. Il songeait aux chasseurs, et à son hypothèse de la veille. Ils étaient apparus en même temps que Patrick Bonfils. Ils s'intéressaient à ce que le cowboy pouvait lui avoir dit. Il en avait conclu qu'il était en danger. Mais il avait oublié le principal : si lui l'était, Patrick Bonfils l'était plus encore. Il se dit soudain qu'il n'aurait pas dû le libérer. Dans sa chambre, à Pierre-Janet, le passager des brumes était en sécurité.

Il aperçut la maison qui surplombait la plage. Un bloc de ciment sur lequel le couple avait fixé une enseigne de bois en forme de thon. Il abandonna sa voiture contre un talus. Marcha jusqu'à la maison, col relevé, mains dans les poches. La pluie commençait. À sa gauche, la voie ferrée séparait les autres maisons de la plage et de l'océan. À sa droite, des paliers de broussailles descendaient vers la mer. Les pins maritimes, les ajoncs d'Europe à fleurs jaunes, les bruyères au mauve acidulé, tout dansait dans le vent.

Il frappa. Pas de réponse. Il frappa encore. En vain. Maintenant, il était franchement inquiet. Il contourna le cabanon et plongea son regard vers la mer. Sourire. Le couple était en bas du coteau. Patrick Bonfils, assis en tailleur sur un rocher, en train de rafistoler un filet. Sylvie, avec son anorak et sa démarche oscillante, faisant les cent pas le long des vagues sombres.

Quelques minutes plus tard, Freire saluait Sylvie.

— Qu'est-ce que vous foutez là ?

Il n'était plus du tout le bienvenu. D'un coup, il saisit la vérité. La femme savait. Elle avait toujours su. La fugue du 13 février n'était qu'une crise parmi d'autres.

— Vous ne m'avez pas dit la vérité hier.

— Quelle vérité ?

— Patrick n'est pas Patrick. Ce personnage est déjà le résultat d'une fugue psychogène. Sa première femme, son père brûlé à l'acide, la Légion, tout ça, c'est bidon, vous le savez depuis longtemps.

Sylvie se renfrogna :

— Qu'est-ce que ça peut faire ? On est heureux comme ça.

Freire devait avancer avec précaution. Pas d'enquête possible sans l'aide de Sylvie. Pas de vérité sans le soutien de la petite bonne femme…

— Ce n'est pas si simple, fit-il d'une voix plus calme. Patrick est malade. Vous ne pouvez le nier. Et il restera malade si on le laisse vivre dans un mensonge.

— Je comprends rien à ce que vous racontez.

Mathias lisait la peur sur le visage de Sylvie. Elle craignait la vérité. Elle craignait le véritable passé de Patrick. Pourquoi ? Le cow-boy avait peut-être des enfants, des épouses, des dettes… Ou peut-être pire : un passé criminel.

— On peut marcher ?

Sans un mot, Sylvie le dépassa et suivit la ligne bouleversée des vagues. Freire jeta un bref regard à Patrick, qui venait de l'apercevoir sous sa capuche. Il lui fit un grand signe amical de la main mais ne lâcha pas ses filets. Vraiment un innocent.

Freire rattrapa Sylvie. Ses pieds s'enfonçaient dans le sable sombre. Au-dessus d'eux, des oiseaux slalomaient entre les rayures de pluie. Goélands, mouettes, cormorans… C'étaient du moins les noms qui lui venaient… Leurs cris éraillés se détachaient sur les grondements de l'océan.

216

— Je veux pas qu'on touche à Patrick.

— Je dois l'interroger. Je dois fouiller sa mémoire. Il ne pourra retrouver un véritable repos qu'en réintégrant son identité d'origine. Son inconscient ne cesse de lui mentir. Il vit dans une illusion, dans un mensonge qui lui ronge l'esprit et menace son équilibre. Cela ne changera absolument rien dans votre relation. Au contraire, il pourra enfin la vivre pleinement.

— Que vous dites. Et s'il se rappelle une autre ? S'il a des…

Sylvie n'acheva pas sa phrase. Elle tourna violemment la tête, comme si elle avait été surprise par un bruit. Freire ne comprenait pas : il n'avait rien entendu. Elle se tordit à nouveau, dans un sens puis dans un autre, comme touchée deux fois par une force invisible.

— Sylvie ?

Elle tomba à genoux. Stupéfait, Mathias vit qu'il lui manquait la moitié du crâne. La cervelle nue fumait dans l'air froid. La seconde suivante, son torse ruisselait de sang. Il eut un coup d'œil réflexe vers Patrick sur son rocher. Le géant se cambra, la nuque détruite, comme mordue par un animal invisible. Son ciré s'emplit de rouge. Puis sa poitrine partit en éclaboussures sombres sur fond de ciel orageux.

La scène, le mouvement, en un déclic subliminal, rappelèrent à Freire les images de l'assassinat de Kennedy. À cet instant seulement, il comprit. On leur tirait dessus. Sans la moindre détonation.

Il baissa les yeux et remarqua les crépitements dans le sable, des impacts plus forts, plus profonds que ceux des gouttes de pluie. Des balles. Des tirs étouffés par un silencieux. À travers l'averse et les embruns, une pluie de métal sifflait, frappait, détruisait.

Freire ne se posait plus de questions.

Il courait déjà vers le sentier en direction de sa voiture.

Le tireur n'était pas seul. Un autre devait l'attendre, en haut de la côte, près de sa Volvo. Slalomant entre les arbustes, Freire leva les yeux. Personne en vue. Il lança un coup d'œil circulaire par-dessus son épaule. Sur la pente d'en face, à plus de trois cents mètres, un homme dévalait un chemin de sable parmi la végétation serrée. Il tenait quelque chose de noir. Sans doute un pistolet automatique. Le sniper ou son complice ? Au même instant, des impacts vinrent écorcher les buissons près de Freire. C'était la réponse.

Le tireur était encore en position et l'avait repéré.

Il tomba en arrière plus qu'il ne plongea dans les buissons. Pins, ronces, genêts, il crapahuta là-dedans, à quatre pattes, cherchant à grimper tout en s'écartant de la piste. Il progressa, s'écorcha – et tenta d'aligner deux idées. *Impossible*. Seules les images sanglantes revenaient frapper sa conscience. Le crâne ouvert de Sylvie. Le corps du géant touché de plein fouet.

Freire jaillit du maquis, à hauteur de la maison des Bonfils. Il s'était déporté de cinquante mètres par rapport à la Volvo. Il courut dans sa direction, le long de la voie ferrée, se tordant les chevilles sur le ballast. Il ne voyait plus l'homme au flingue, et toujours pas le sniper. Il n'était plus qu'à quelques mètres du véhicule quand le pare-brise devint d'un coup blanc comme du sucre. Un pneu s'affaissa. Une vitre éclata.

Freire se jeta à couvert d'un groupe de pins, les poumons prêts à éclater. Ses actes ne passaient plus par sa conscience. Les balles sifflaient, toujours en direction de la voiture. Impossible de prendre le volant. Traverser la voie ferrée et courir sur la route bitumée ? Il serait une cible parfaite. S'il redescendait sur la plage, ce serait pire encore. Il n'avait plus de solution, aucune issue. Seulement la pluie qui s'abattait sur la terre, sur les feuilles, sur son cerveau…

Par réflexe, il tourna la tête. L'homme au calibre venait de surgir des taillis. Il courait dans sa direction, le long des rails, à travers l'averse. C'était bien un des deux hommes en noir. L'énarque aux sourcils broussailleux et aux cheveux rares. Il tenait un pistolet au canon trapu et lançait des regards de tous côtés. Freire devina qu'il ne l'avait pas vu.

Il s'accroupit. Aucune idée ne venait à sa rescousse. Il sentait l'eau ruisseler sur son visage. Les feuilles s'agiter autour de lui. Les odeurs violentes des végétaux et de la terre gorgée d'eau. Il aurait voulu s'enfouir dans cette nature. Se fondre dans la boue et les racines…

Le tonnerre gronda au loin. La terre vibra sous ses pieds. Un bref instant, il crut qu'il allait être foudroyé. Ou que le monde allait s'ouvrir pour l'enfouir dans ses abîmes. Se dressant comme un animal à l'affût, il comprit. Un train arrivait, avec son cortège de tremblements et de vibrations de métal. « Un TER »… pensa-t-il.

Le convoi avançait au pas, sur sa droite. Avec sa voiture de tête jaune et rouge, qui traînait ses voitures comme un prisonnier tire ses chaînes. Coup d'œil à gauche : le tueur progressait dans sa direction mais ne l'avait toujours pas aperçu. Si par miracle il restait de l'autre côté de la voie pour laisser passer le train, il était sauvé. Le fracas devenait assourdissant. Le convoi n'était plus qu'à quelques mètres, roulant à faible allure. Freire s'enfonça derrière les pins mais eut le temps de voir le tueur se reculer.

Au-delà des rails.

Rendu invisible par la rame, Freire se redressa. Une voiture… Deux voitures… Des secondes de plomb, des mètres d'acier… Trois… Quatre… Les roues hurlaient sur les rails dans des gerbes d'étincelles. À la cinquième voiture – la dernière – Freire bondit dans son sillage.

Il tendit le bras, et agrippa la poignée extérieure de la porte. Il se prit les pieds dans les cailloux, trébucha mais lança son autre main. Ses doigts saisirent le métal. Il fut traîné pendant quelques mètres, se redressa, reprit de la vitesse, parvint à se hisser sur le marchepied.

Sans réfléchir, il actionna la poignée. Aucun résultat. Il essaya encore. Les rafales de pluie le cinglaient. Le vent le plaquait contre la paroi. Il s'acharnait toujours sur la portière. Il allait s'en sortir. Il fallait qu'il…

À cet instant, sous ses cils laqués d'eau, il les vit. Les deux hommes armés, en retrait des voies ferrées. L'un d'eux portait un flight-case noir à angles chromés, comme en utilisent les musiciens et les DJ.

L'autre avait glissé son calibre sous son manteau. Freire se plaqua contre la porte.

Il était maintenant à découvert : les tueurs n'avaient plus qu'à tourner la tête pour le voir. Mais il y eut un miracle. Quand Freire risqua un coup d'œil dans leur direction, il les vit, de dos, courir vers la Volvo. Ils pensaient sans doute que Freire était resté près de la voiture. Le temps qu'ils comprennent que Mathias avait choisi une autre option, il serait loin.

Ou pas si loin que ça… Déjà, la rame ralentissait : le train parvenait en gare de Guéthary. Freire secoua encore la poignée. Cette fois la portière s'ouvrit. Il s'engouffra à l'intérieur.

Le train stoppait.

Une série d'yeux stupéfaits l'accueillit. Il était trempé, débraillé, couvert de feuilles, de sable, d'étamines de genêt. Il esquissa un sourire d'excuse, essayant en même temps de se rajuster. Les voyageurs détournèrent le regard. Mathias s'effondra sur une banquette, tête dans les épaules.

— Ça va pas, non ?

Assis à quelques mètres, un vieil homme l'apostrophait :

— Je vous ai vu : vous êtes malade ou quoi ?

Freire ne trouva pas de mots pour apaiser le râleur. Un sexagénaire qui suintait la haine et l'aigreur.

— Vous vous rendez compte des risques que vous prenez ? Et que vous nous faites prendre ? Imaginez que vous ayez un accident ! Si personne respecte la loi, faut pas s'étonner de la merde dans laquelle on est !

Freire accentua son sourire d'excuse.

— C'est ça, grimaça le vieillard en passant au tutoiement, rigole ! Les gens comme toi, faut les enfermer !

Sur ces mots, il se leva et descendit. Freire souffla. Le cœur dans la gorge, il lançait de brefs coups d'œil vers le quai de la gare. Les tueurs pouvaient surgir d'un instant à l'autre, inspectant chaque siège, chaque voiture... Les secondes les plus longues de son existence. Enfin, les portes se refermèrent. Le train se remit en branle.

Quelque chose au plus profond de lui se dénoua.

Il eut peur que ses sphincters ne le lâchent.

— Il ne faut pas lui en vouloir...

Un homme venait de changer de place pour s'installer face à lui. *Bon Dieu. Mais qu'est-ce qu'ils ont tous ?* Freire examina son interlocuteur sans répondre. Le nouveau venu lui offrait un large sourire, plein de bienveillance.

— Tout le monde ne comprend pas les difficultés des autres.

Freire ne cessait de scruter le couloir au-delà de l'homme, les portes de communication avec la quatrième voiture. Peut-être étaient-ils montés ailleurs... Peut-être allaient-ils apparaître...

— Tu ne me reconnais pas ?

Freire tressaillit au tutoiement. Il fixa le type. Son visage ne lui disait rien. Un patient de Pierre-Janet ? Un habitant du quartier Fleming ?

— Marseille, l'année dernière, continua-t-il à voix basse. Pointe-Rouge. Le foyer d'Emmaüs.

Mathias comprit le quiproquo. Avec son allure débraillée, l'homme le confondait avec un SDF qu'il avait sans doute croisé là-bas.

— Daniel Le Guen, se présenta-t-il en lui serrant la main. Je m'occupais de la vente au foyer. On m'appelait « Lucky Strike » parce que je clope pas mal. (Il lui fit un clin d'œil.) Tu te souviens maintenant ?

Freire parvint à extraire de sa gorge quelques mots :

— Désolé. Vous vous trompez. Je ne connais pas Marseille.

— Tu n'es pas Victor ? (Il se pencha et répéta, sur un ton de confidence :) Victor Janusz ?

Mathias ne répondit pas. Il connaissait ce nom mais impossible de se souvenir où il l'avait entendu.

— Pas du tout. Je m'appelle Freire. Mathias Freire.

— Excusez-moi.

Freire l'observait toujours. Ce qu'il perçut dans son regard ne lui plut pas du tout. Un mélange de compassion et de complicité. Le bon Samaritain avait sans doute remarqué, avec un temps de retard, la qualité de ses vêtements. Il se disait maintenant que Victor Janusz avait remonté la pente. Et qu'il ne tenait pas à ce qu'on lui rappelle sa déchéance passée. Mais où avait-il entendu ce nom ?

Il se leva. L'homme lui saisit le bras et tendit une carte de visite :

— Prenez ça. Au cas où. Je suis dans le coin pour quelques jours.

Freire prit la carte et lut :

DANIEL LE GUEN

COMPAGNON EMMAÜS

06 17 35 44 20

Il la fourra dans sa poche sans le remercier et partit s'installer quelques banquettes plus loin. Les pensées tournaient au fond de sa tête. Il songeait aux tueurs. À Patrick et Sylvie qui venaient de mourir sous ses yeux. Et maintenant, cette confusion avec un autre…

Le visage collé contre la vitre, il regardait la mer se dissoudre sous la pluie. Il sentait le long de ses vertèbres une coulée d'angoisse, moite et brûlante. En même temps, il se détendait. Le train roulait à pleine vitesse. La torpeur des passagers le rassurait. Il allait rentrer à Bordeaux. Foncer au commissariat. Tout raconter à Anaïs. Avec un peu de chance, elle aurait déjà identifié la plaque du Q7. Elle allait mener l'enquête. Trouver une explication. Arrêter les tueurs. Tout rentrerait dans l'ordre…

Le nom de Victor Janusz revint soudain traverser son esprit et le fit tressaillir. Qui était ce Janusz ? Ses pensées prirent un nouveau tour. Un doute inexplicable s'insinua en lui. Il revit en accéléré le film de ces derniers jours. Sa passion – son obsession – pour le patient Bonfils. Sa rage à découvrir qui il était vraiment. Sa détermination à éclaircir ce cas, coûte que coûte. Pourquoi s'investissait-il à ce point, lui qui avait décidé de se tenir à distance ? Pourquoi tant d'énergie pour comprendre le trouble mental du cow-boy ?

Cette fois, le doute mina en lui toute certitude. Et s'il n'était pas lui-même ce qu'il prétendait être ? S'il était un « voyageur sans bagage » ?

Un homme en pleine fugue psychique ?

Il haussa les épaules, se frotta le visage comme on froisse un projet de lettre avant de la jeter au panier. Cette idée était absurde. Il s'appelait Mathias Freire. Il était psychiatre. Il avait exercé à Villejuif. Il avait enseigné à Sainte-Anne, à Paris. Il ne pouvait mettre en doute sa propre lucidité au premier inconnu qui le prenait pour un autre.

Il releva la tête. Daniel Le Guen lui envoya un clin d'œil. Toujours cette complicité insupportable. Le type paraissait sûr de son coup. Il avait retrouvé Victor

Janusz… Mathias frémit. Il savait maintenant où il avait entendu ce nom. C'était celui du clochard dont on avait retrouvé les empreintes dans la fosse de la gare Saint-Jean. Le suspect numéro un dans l'affaire du Minotaure.

Freire sentit une poussée de sueur sur son visage. Des tremblements le secouèrent des pieds à la tête. Et si le gars d'Emmaüs avait raison ? S'il était Victor Janusz, en pleine fugue psychique ?

— Impossible, murmura-t-il. Je suis Mathias Freire. Diplômé de la faculté de Médecine. Psychiatre depuis plus de vingt ans. Professeur à la faculté de Sainte-Anne. Chef de service au CHS Paul-Guiraud, à Villejuif. Responsable de l'unité Henri-Ey au CHS Pierre-Janet de Bordeaux…

Il s'arrêta quand il s'aperçut qu'il chuchotait ces mots en se balançant d'avant en arrière, à la manière d'un musulman répétant ses sourates. Ou d'un schizophrène en pleine crise. Il avait l'air d'un fou et les autres passagers lui lançaient des regards de plus en plus gênés.

Sa logique craqua encore. Patrick Bonfils aussi était capable d'énumérer des détails sur sa vie passée. N'éprouvait-il pas lui-même des difficultés à se souvenir de moments personnels ? d'instants vécus ? N'était-il pas trop seul pour être honnête ? Sans amis ni famille ? Son cerveau n'était-il pas étrangement porté sur l'abstraction, les généralités ? Jamais de chair, jamais d'émotion…

Il secoua la tête. *Non.* Il avait des souvenirs. Anne-Marie Straub par exemple. Un truc pareil, ça ne s'inventait pas… Freire s'immobilisa. Les coups d'œil

227

autour de lui se multipliaient. Il se rencogna contre la paroi de la voiture. Une fugue psychique. Une imposture radicale. Peut-être l'avait-il toujours senti...

Le train stoppa. Arrivée en gare de Biarritz. Des voyageurs se levèrent.

— Vous savez jusqu'où va ce train ? demanda-t-il.

— Bordeaux. La gare Saint-Jean.

Daniel Le Guen était descendu de la voiture. Ce simple fait le soulagea. Il existait un moyen tout simple pour savoir qui il était vraiment. Vérifier ses papiers. Ses diplômes. Ses cartons. Son passé. Il obtiendrait confirmation qu'il était bien Mathias Freire. Qu'il n'avait rien à voir avec le dénommé Victor Janusz, clochard soupçonné de meurtre.

Il fut heureux de retrouver le quartier Fleming. C'était bien la première fois. Le pavillon Opale. *Sa maison*. Il franchit l'enclos. Tourna la clé.

Quand il découvrit les murs nus, les pièces non meublées, il n'éprouva pas la chaleur escomptée. Cette villa n'exprimait rien. Ni passé ni personnalité. Il fonça dans sa chambre, au premier étage. Trouva le dossier cartonné dans lequel il rangeait ses papiers importants. Carte d'identité. Passeport. Carte Vitale. Diplômes de médecine. Relevés de banque. Feuille de déclaration d'impôts – adressée à son ancienne adresse, 22, rue de Turenne, à Paris.

Tout était en règle. Tout était en ordre. Freire laissa échapper un soupir de soulagement. Il feuilleta une nouvelle fois la paperasse, éprouvant déjà moins de certitude. Si on se penchait un peu plus sur chaque document, on pouvait douter. Sur la carte d'identité, le passeport, la carte Vitale, Freire n'avait pas d'avis : il n'était pas spécialiste. Mais pour les autres papiers, il ne s'agissait que de photocopies. Où étaient les originaux ?

Freire ôta son imper. Son corps était en sur-chauffe. Son cœur en déliquescence. En supposant qu'il ne soit pas celui qu'il prétendait être, qu'il ait fugué comme Patrick Bonfils, tout ça serait survenu d'une manière inconsciente, après une période d'amnésie. Qui aurait bidouillé ces papiers ? Avec quels moyens ?

Il secoua encore la tête : il était en plein délire. Pour l'heure, il y avait plus urgent.

Foncer au commissariat et raconter l'attentat à Anaïs Chatelet. Il reprit son imper, éteignit, descendit l'escalier.

Sur le seuil, il s'arrêta. Son regard se posa sur les cartons de déménagement. Bourrés d'objets, de photos, de détails du passé. Il ouvrit le premier et faillit hurler. Il était vide. Il en attrapa un autre – rien qu'au poids, il obtint sa réponse. Vide lui aussi.

Un autre encore.

Vide.

Un autre.

Vide. Vide. Vide.

Il tomba à genoux. Considéra ces boîtes brunes entreposées contre les murs qui lui servaient de décor depuis deux mois. Une pure mise en scène pour donner le change à son imposture. Fournir l'illusion d'un passé, d'une origine. Tromper les autres et lui-même.

Il plongea la tête dans ses mains et éclata en sanglots. La vérité déferla sur lui. Il était lui aussi un homme-gigogne. Un voyageur sans bagage. Un passager des brumes…

Avait-il réellement été un clochard ? Un assassin ? Et avant encore, qui était-il ? Les questions fusaient sous son crâne. Comment était-il devenu un psychiatre avec pignon sur rue ? Comment avait-il obtenu ces diplômes ? Une phrase d'Eugène Ionesco lui revint en mémoire : « La raison, c'est la folie du plus fort… » L'auteur avait raison. Il suffisait d'être convaincant, envers les autres et soi-même, pour qu'un délire devienne vérité. Séchant ses larmes, il se remit debout et attrapa son portable au fond de sa poche. Une confirmation, une seule. Même du pire…

Il demanda aux renseignements la connexion avec l'hôpital Paul-Guiraud de Villejuif. Il ne lui fallut qu'une minute pour parler au standard. Une autre pour être mis en relation avec une secrétaire administrative. Il demanda à parler au Dr Mathias Freire.

— Qui ?

Il contrôla sa voix :

— Il ne travaille peut-être plus ici. Il était psychiatre au CHS l'année dernière.

— Je suis attachée au département administratif depuis six ans. Je n'ai jamais entendu ce nom. Dans aucun service du CHU.

— Merci, madame.

Il referma son portable. Il souffrait du même syndrome que l'homme au Stetson. Son usurpation était simplement plus sophistiquée. Il n'était qu'une poupée russe. Ouvrez la première, vous en obtiendrez une autre. Et ainsi de suite. Jusqu'à la plus petite : la seule qui existe *réellement*.

Mais il y avait pire.

Victor Janusz, clochard de son état, arrêté à Marseille pour voies de fait, était soupçonné à Bordeaux d'homicide volontaire. Que s'était-il passé la nuit du 12 au 13 février à la gare Saint-Jean ? N'était-il pas en train de dormir au CHS ? N'avait-il pas géré les urgences au fil de la nuit ? Il avait des témoins. Il avait signé des ordonnances. Il avait salué le gardien en arrivant et en repartant… Mais peut-être s'était-il aussi glissé, en pleine crise, dans le brouillard jusqu'à la gare ? Peut-être même avait-il croisé Bonfils le long des voies ? La situation était presque comique. Deux amnésiques se rencontrent et ne se reconnaissent pas…

Il fourra ses documents d'identité dans un cartable. Attrapa son ordinateur portable – qui contenait tout ce qu'il avait écrit depuis près de deux mois sur ses patients –, boucla son paquetage et partit sans même verrouiller la porte de son pavillon.

Au bout de cinq cents mètres, aux abords de la cité universitaire, il trouva un taxi. Il donna l'adresse du commissariat central. Il était temps de payer ses dettes. Un mois et demi d'imposture et de mensonges. Son esprit n'allait pas au-delà d'un projet et d'un seul. Tout expliquer à Anaïs Chatelet. Se faire hospitaliser dans son propre service. Et dormir.

Sombrer dans le sommeil et se réveiller dans la peau d'un autre – c'est-à-dire de lui-même. Même si c'était menottes aux poignets.

— Le capitaine Chatelet n'est pas là.

Un minet gominé se tenait devant lui, en costume impeccable.

— Je peux l'attendre ?

— C'est pour quoi ?

Freire hésita : il y avait trop à dire. Il préféra jouer la carte professionnelle.

— Je suis le psychiatre qui soigne l'amnésique de la gare Saint-Jean. J'ai des informations pour le capitaine. Des informations confidentielles.

Le flic toisa l'allure de Freire. L'imper trempé, les fragments végétaux, les chaussures boueuses. Il paraissait sceptique.

— Elle va pas tarder, dit-il finalement. Asseyez-vous là.

Freire choisit un siège dans le couloir. Il se trouvait au premier étage du principal hôtel de police de Bordeaux, rue François-de-Sourdis. Un gigantesque bâtiment blanc, flambant neuf, qui évoquait un iceberg naviguant en pleine ville. D'après ce qu'il comprenait, cet étage abritait les bureaux des officiers.

Tout était désert mais le lieu bruissait d'une sourde activité. Un milieu d'après-midi comme un autre chez les flics. Mathias était assis juste en face du bureau d'Anaïs. Une plaque imprimée indiquait son nom sur la porte. Un bureau de capitaine, solitaire, avec une baie vitrée barrée par des stores ouverts.

Il regarda autour de lui. Personne. Il lui vint une idée cinglée. Se glisser dans le bureau. Trouver le dossier d'enquête du Minotaure. Lire les données que les flics possédaient sur Victor Janusz. L'idée était absurde mais il était déjà trop tard pour la repousser.

Nouveaux coups d'œil à droite et à gauche. Le couloir était toujours désert. Il se leva, fit mine de se dégourdir les jambes, puis actionna la poignée de la porte.

Ouverte.

Il pénétra dans la pièce et ferma derrière lui, sans bruit. Aussitôt, il abaissa le store. Il regarda sa montre. 15 h 10. Il se donna cinq minutes pour fouiller le bureau. Pas une de plus. Malgré la pluie et le jour qui baissait déjà, il voyait suffisamment pour mener ses recherches sans allumer.

En un regard, il photographia l'espace. Du mobilier standard de fonctionnaire. Aucun détail personnel sur les murs ou sur les meubles. Freire pensa à son propre bureau à l'hôpital, froid et anonyme. Il repéra plusieurs points de rangement. Des casiers de fer, à droite. Une armoire aux portes souples, en face. Et le bureau lui-même, avec ses tiroirs et ses dossiers empilés.

Il n'eut pas à chercher loin.

Les documents qui l'intéressaient étaient les premiers de la pile.

Il n'avait pas le temps de lire les transcriptions d'interrogatoire mais trouva des photos. Le corps dans la fosse. La chair famélique, blanche, tatouée. La tête de taureau, noire. La victime semblait jaillir d'un âge primitif, peuplé de créatures fantastiques, de mythes terrifiants. En même temps, le grain des images avait la crudité et la présence d'archives documentaires. Un fait divers, mais survenu aux origines du monde.

Il feuilleta encore. Des photos du corps à la morgue. Le visage de Philippe Duruy, alors qu'on lui avait ôté son masque atroce. Une gueule broyée, asymétrique. Une autre chemise. Des portraits anthropométriques. Un gamin aux yeux cernés de khôl, tenant une pancarte numérotée à la craie. Le zonard avait déjà eu des ennuis avec la police.

D'autres dossiers. Des liasses de procès-verbaux. Pas le temps de lire. Enfin, dans le dernier, le bilan de la scène d'infraction réalisé par les techniciens de l'Identité judiciaire. Parmi les feuillets, la fiche portant les empreintes digitales trouvées sur place. *Les empreintes de Victor Janusz.*

Des pas dans le couloir. Freire se pétrifia. Ils s'éloignèrent. Il regarda sa montre et dut se concentrer pour voir l'heure. 15 h 16. Déjà six minutes qu'il s'agitait dans ce bureau, Anaïs Chatelet n'allait plus tarder. Il considéra encore les empreintes. Une nouvelle idée. Il fouilla dans les tiroirs. Trouva un stylo-plume. Il en extirpa la cartouche. Attrapa une feuille blanche dans l'imprimante et répandit l'encre à sa surface. Il y trempa ses cinq doigts puis en appuya l'extrémité en haut de la feuille.

Il compara ces marques avec celles de Victor Janusz. Pas besoin d'être un spécialiste pour noter les similitudes.

Une empreinte identique.

Deux empreintes identiques.

Trois empreintes identiques.

Il était Victor Janusz.

Le fait de constater, noir sur blanc, cette preuve irréfutable, provoqua un déclic en lui. Il révisa ses projets. Un coupable n'a qu'une seule issue : la fuite.

Il plia la feuille et la glissa dans sa poche. Il revissa la cartouche d'encre. Rangea le stylo-plume dans le tiroir. Abandonna le dossier en haut de la pile et se livra à une petite mise en scène.

Il entrouvrit la porte. Risqua un œil dans le couloir. Toujours personne. Il sortit de la manière la plus dégagée possible et se dirigea vers les escaliers.

— Hé, vous !

Mathias continua à marcher.

— Ho !

Freire stoppa, se forgea une expression détendue et se retourna. Il sentait la sueur tremper ses pectoraux. Le minet de tout à l'heure marchait vers lui.

— Vous attendez pas le capitaine Chatelet ?

Il tenta de déglutir, en vain, puis prononça d'une voix rauque :

— Je… Je n'ai plus le temps.

— Dommage. Elle vient d'appeler : elle arrive.

— Je ne peux plus attendre. Ce n'était pas si grave.

L'homme fronça les sourcils. Le sixième sens du flic. Malgré tous ses efforts, Freire suintait la peur.

— Restez ici. (Le ton avait changé.) Elle arrive.

Freire baissa les yeux. Ce qu'il vit le pétrifia. Le flic portait un dossier sous son bras. Sur la couverture : VICTOR JANUSZ. MARSEILLE.

Tout s'obscurcit autour de lui. Impossible de penser, de parler. Le flic désigna les sièges fixés au mur.

— Asseyez-vous, mon vieux. Vous avez pas l'air dans votre assiette.

— Le Coz, viens voir !

La voix provenait d'un des bureaux.

— Vous ne bougez pas d'ici, répéta le minet.

Puis il tourna les talons.

Il rejoignit un collègue qui se tenait à quelques mètres. Ils disparurent et claquèrent la porte. Freire était toujours debout. Le sang cognait derrière ses orbites. Ses jambes flageolaient. Il n'avait plus qu'une chose à faire : s'asseoir et attendre qu'on l'arrête.

Au lieu de ça, il remonta le couloir, en silence et en accéléré. La cage d'escalier, ouverte, surplombait le hall du rez-de-chaussée. Il plongea. Les marches se succédèrent sous ses pas.

Il toucha le sol du hall sans y croire. Il traversa la salle, percevant le brouhaha autour de lui, comme s'il s'agissait du bourdonnement de son propre sang. Devant lui, la porte de sortie lui paraissait palpiter.

Il n'était plus qu'à quelques mètres du seuil.

Il s'attendait toujours à une attaque sur ses arrières.

Elle survint *devant lui*.

À travers la double porte vitrée, Anaïs Chatelet sortait d'une voiture. La seconde suivante, il était dans les toilettes à droite du hall. Il se glissa à l'intérieur d'une cabine et verrouilla la porte, tremblant jusqu'au fond de ses organes.

Une minute plus tard, il était dehors, remontant l'artère lustrée de pluie.

Seul.

Perdu.

Mais libre.

— Merde, jura-t-elle entre ses dents.

Le Coz venait de lui annoncer que Mathias Freire était venu la voir. Le couloir était vide. Il était reparti.

— Il était encore ici y a cinq minutes. (Le flic lançait des regards autour de lui.) Je lui ai dit de pas bouger. Il m'a pas paru très net…

— Rattrape-le. Trouve-le-moi.

Le flic en costard lui tendit une chemise cartonnée :

— Tiens. Le dossier de Janusz. On l'a enfin reçu. Par avion.

Elle attrapa les documents sans y jeter un coup d'œil.

— Trouve-moi Freire, répéta-t-elle. Je dois le voir.

Le Coz partit vers l'escalier au pas de course. Anaïs se mordit la lèvre. « Merde », murmura-t-elle encore. Elle ne pouvait pas croire qu'elle l'ait raté. Pourquoi venait-il ici ? Avait-il trouvé un prétexte pour la revoir ? *Calme-toi, ma fille.*

Elle était d'une humeur massacrante. Ni Conante, avec ses bandes vidéo, ni Zakraoui, avec ses dealers, ni Jaffar, sur la piste du chien et des fringues de Duruy, n'avait trouvé le moindre indice. Et le tic-tac courait toujours…

Elle pénétra dans son bureau et referma la porte avec le pied. La piste Janusz avait intérêt à produire quelque chose. D'un geste machinal, sans s'asseoir ni allumer le plafonnier, elle ouvrit le dossier consacré au clochard marseillais.

— Merde, répéta-t-elle, mais sur un tout autre ton.

Sur la première page, une photo anthropométrique du SDF était agrafée. C'était Mathias Freire. Dans une version pas rasée, hirsute et crasseuse, mais c'était bien lui. Le regard mauvais, il tenait la pancarte chiffrée, prêt à cracher sur l'objectif. À tâtons, elle trouva une chaise et s'effondra dessus.

D'un geste, elle tourna la feuille et parcourut le PV d'audition de Victor Janusz. Le 22 décembre 2009, à 23 heures, l'homme s'était fait arrêter après une bagarre avec des zonards. Son témoignage n'avait aucun intérêt. On l'avait provoqué. Il s'était défendu. L'homme n'avait ni papiers ni souvenirs précis à propos de son état civil.

Un grand marginal largement imbibé. Comment un tel homme avait-il pu devenir chef d'unité au CHS Pierre-Janet ? Se pouvait-il qu'il soit le meurtrier de Philippe Duruy ?

Anaïs releva la tête. Elle *sentait* quelque chose ici. Elle examina les objets, les documents, les dossiers sur son bureau. Rien n'était dérangé mais chaque détail portait la trace d'un passage, d'une présence étrangère.

On était entré dans cette pièce.

On avait fouillé.

Qui ? Mathias Freire ?

Elle chercha des yeux et aperçut deux documents devant sa place, de l'autre côté du bureau. Elle se leva et en fit le tour. Le visiteur avait laissé, bien en évidence, la fiche d'analyse des empreintes digitales trouvées sur la scène d'infraction.

À côté, sur une feuille blanche signée Mathias Freire, il avait écrit :

JE NE SUIS PAS UN ASSASSIN.

La course contre la montre avait commencé. À la seconde où Anaïs Chatelet avait découvert son visage dans le dossier de Victor Janusz, elle avait sans doute envoyé une voiture de police à son domicile ainsi qu'au CHS. Elle avait ordonné qu'on surveille la gare Saint-Jean, l'aéroport, les autoroutes, les gares routières – et aussi les nationales, les départementales des abords de la ville. Des patrouilles sillonnaient déjà les rues de Bordeaux. À ses trousses.

— C'est ici, dit-il au chauffeur de taxi. Attendez-moi.

Freire s'était fait arrêter à quelques numéros de sa véritable adresse.

— Je reviens dans trois minutes.

Il courut jusqu'à son pavillon. Ouvrit la porte. Attrapa un sac de voyage et y fourra des vêtements. Surtout, il embarqua tous les documents personnels qu'il n'avait pas pris une heure auparavant. Feuilles d'impôts, diplômes, certificats signés, émanant de l'hôpital de Villejuif…

À cet instant, il perçut les sirènes des flics qui s'approchaient. Il boucla son sac et quitta le pavillon comme un fantôme.

Il rejoignit son taxi. Sa douleur derrière l'œil pulsait selon un rythme lancinant. Il avait envie de vomir. Son cœur battait comme un marteau-piqueur.

— Où je vous emmène ?

— À l'aéroport de Bordeaux-Mérignac, zone internationale.

Au fil des kilomètres, des voitures sérigraphiées passaient, lancées à fond, sirènes hurlantes. Il ne pouvait croire qu'il était l'objet de cette agitation. Mais il ne pensait pas aux flics. Ni même aux tueurs. Il pensait à lui-même. Qui était-il au juste ? Des éléments lui revenaient, confirmant que son passage à Bordeaux n'avait été qu'une imposture. Son malaise récurrent à l'hôpital. Le vide qu'il éprouvait, le soir, dans son pavillon anonyme. Le trouble qu'il ressentait lorsqu'il tentait d'évoquer son passé.

Il n'avait pas de vrais souvenirs. Quant à ceux qui se formaient *spontanément* dans son cerveau, ils n'étaient que fiction. Les pierres patientes d'un mur opaque, dressé entre son passé et son présent.

Une seule image lui paraissait réelle : le corps d'Anne-Marie Straub, pendu au-dessus de son visage… Les noms et les dates étaient peut-être inventés mais les faits, eux, étaient réels. Était-il vraiment psychiatre à cette époque ? Ou déjà le pensionnaire d'un institut ? Était-ce ce suicide qui avait déclenché sa première fugue psychique ?

— On est arrivés.

Freire paya. Il pénétra dans le hall de l'aérogare au pas de charge. La sueur l'enveloppait tout entier, à la manière d'une combinaison de plongeur, chaude, poisseuse. Il repéra un distributeur automatique de billets et tira le maximum qu'il put – 2 000 euros, son plafond mensuel. En attendant les billets, il lançait des coups d'œil de droite à gauche. Les caméras de sécurité l'observaient. Tant mieux.

Il fallait qu'on le voie.

Il fallait qu'on pense qu'il prenait l'avion.

Il chercha un angle mort et attrapa son téléphone portable. Il effaça tous ses numéros mémorisés puis appela l'Horloge parlante. Sans couper, il balança l'appareil dans une poubelle. Son imper prit le même chemin. Alors, beaucoup plus discrètement, il s'esquiva. Et prit un car en direction du centre-ville.

Les flics devaient être chez lui, constatant qu'il avait fait son sac. Ils allaient d'abord chercher sa voiture. Ne la trouvant pas, ils penseraient que Freire s'était enfui par la route. Ils placeraient des barrages partout et fixeraient leur attention sur ces check points.

Première fausse piste.

Ensuite, ils localiseraient son portable, toujours connecté, à l'aéroport. Ils fileraient à Bordeaux-Mérignac. Ils vérifieraient les vols. Ne trouvant pas le nom de Freire, ils visionneraient les vidéos de sécurité et le repéreraient. Ils vérifieraient le DAB de l'aéroport. Retrouveraient le chauffeur de taxi. Tous les signaux convergeraient. Victor Janusz, alias Mathias Freire, s'était bien envolé en fin d'après-midi. Sous une fausse identité.

Deuxième fausse piste.

Il serait alors déjà loin. Il parvint à la gare Saint-Jean. Des meutes de flics circulaient. Des vigiles avec des chiens bouclaient les issues. Des fourgons stationnés cernaient le parking.

Il contourna le bâtiment. Des travaux gigantesques, barricades, grues, excavations, facilitèrent sa manœuvre. Il repéra un porteur – un de ces hommes armés d'un Caddie escortant les voyageurs jusqu'à leur train. Il l'aborda, le poussa dans un coin discret et lui proposa d'aller acheter un billet de train à sa place.

L'homme, bonnet rasta et chasuble orange réglementaire, tiqua :

— Pourquoi vous y allez pas vous-même ?

— J'ai des coups de fil urgents à passer.

— Pourquoi j'vous ferais confiance ?

— C'est moi qui te fais confiance, fit Freire en lui donnant 200 euros. Achète-moi le premier billet possible pour Marseille.

L'homme hésita quelques secondes puis demanda :

— Quel nom je donne ?

— Narcisse.

Les syllabes s'étaient formées sur ses lèvres sans passer par sa conscience. L'homme tourna les talons.

— Attends. Cent euros de plus pour ton bonnet et ta chasuble.

L'homme eut un sourire narquois. Il paraissait rassuré par cette nouvelle offre. Au moins, les choses étaient claires. Une cavale. Au même instant, il parut réaliser que la gare grouillait de flics. Son sourire s'élargit. L'idée de tromper tout ce beau monde parut lui plaire. Il se débarrassa de son bonnet et de son gilet fluo. Il portait de longues dreadlocks à la Bob Marley.

— Je te garde ton chariot, fit Freire, qui enfila son déguisement en quelques gestes.

Il attendit durant plus de dix minutes, accoudé au Caddie, l'air le plus détaché possible. Les flics passaient devant lui sans le regarder. Ils cherchaient un homme en fuite. Une ombre longeant les murs. Pas un caddyman désœuvré, portant un bonnet aux couleurs de la Jamaïque et une chasuble de la SNCF.

Bob Marley réapparut :

— Le dernier train direct pour Marseille vient de partir. J't'ai pris un billet pour Toulouse-Matabiau à 17 h 22. Tu changes de train à Agen, vers 19 heures. T'arrives à Toulouse à 20 h 15. Un autre train, avec couchettes, repart pour Marseille à 0 h 25. T'arriveras là-bas à 5 heures du mat'. C'était ça ou partir demain matin.

L'idée de passer la nuit entre deux destinations, dans une espèce de no man's land, ne lui parut pas si négative. Personne ne le chercherait cette nuit au cœur du Midi-Pyrénées. Il laissa la monnaie au rastaman et conserva son déguisement jusqu'au départ du train.

Une heure d'attente. Les patrouilles rôdaient toujours sans le voir. Avec son chariot soutenant son propre sac, il avait simplement l'air d'un porteur attendant un client parti chercher des journaux. Lui-même ne prêtait aucune attention aux flics. Il essayait de réfléchir.

Il ne pouvait pas être le tueur du Minotaure. Il avait fallu décapiter un taureau. Trouver une héroïne de grande qualité. Repérer et attirer Philippe Duruy dans un piège. Transporter le corps et la tête jusqu'à la fosse… À l'extrême rigueur, Freire pouvait envisager un versant caché – une main droite ignorant ce que faisait la gauche – mais pas des crises à répétition, suivies, chaque fois, d'amnésie totale, qui lui auraient permis d'organiser, à son insu, un tel projet. Le meurtre de Philippe Duruy était l'œuvre d'un autre.

Pourtant, ses empreintes démontraient qu'il était passé, lui aussi, dans cette fosse. À quel moment ? Avait-il surpris le tueur ? Était-il avec Patrick Bonfils ?

Son train entra en gare. Freire largua bonnet, gilet, chariot et monta dans sa voiture. Dès qu'il fut installé, il recommença à gamberger. Il était décidé à ordonner toutes ces questions jusqu'à Agen, mais le train n'était pas parti depuis dix minutes qu'il dormait à poings fermés.

Mathias Freire était introuvable.

Le Coz et Zakraoui avaient foncé chez lui. Conante et Jaffar avaient filé au CHS Pierre-Janet. Il n'était à aucune de ces deux adresses. Anaïs n'avait pas attendu ces résultats pour lancer la surveillance des gares ferroviaires et routières, des aéroports, des entrées d'autoroute, des nationales et des départementales.

Elle avait diffusé le portrait de Janusz/Freire dans tous les commissariats du sud de la France. Elle avait contacté les journaux régionaux afin qu'ils publient la photo dès le lendemain matin. Les radios locales pour qu'elles lancent un appel à témoins. Un numéro téléphonique gratuit allait être mis en service, assorti d'un site sur le Net. Le grand jeu.

Une voix intérieure lui répétait qu'elle avait tort. Elle livrait Mathias Freire en pâture aux médias, au public – et à ses supérieurs – avant même d'avoir les preuves directes de sa culpabilité. Le commissaire l'avait appelée : « Retrouvez-le avant ce soir. » Véronique Roy l'avait appelée : « C'est dingue cette histoire ! » Le préfet l'avait appelée : « Alors, ça y est ? Vous l'avez identifié ? » Les journalistes l'avaient appelée : « Un meurtrier est en fuite ? » Tout ça était bon pour son avancement, son image, sa réputation. Mais personne ne lui avait posé la seule question qui comptait : Janusz était-il le tueur du Minotaure ?

On poursuivait maintenant un fugitif. On ne cherchait plus l'assassin de Philippe Duruy. Ce qui n'était pas tout à fait la même chose. Jusqu'à preuve du contraire, Freire, alias Janusz, n'était qu'un témoin dans le dossier. Il était trop tôt pour le déclarer coupable.

En fait, il était trop tard.

En prenant la fuite, le psychiatre avait scellé son destin. Disparaît-on quand on a la conscience tranquille ? Durant ces dernières heures, en feuilletant les différents bilans et rapports qu'elle recevait minute par minute, Anaïs ne décolérait pas contre Mathias. Il aurait dû lui faire confiance. L'attendre sagement au poste. Elle l'aurait protégé, elle…

Elle classa les liasses imprimées et en fit une synthèse rapide. On avait d'abord cru que Mathias Freire avait fui en voiture. Renseignements pris, l'homme possédait un break Volvo 960 diesel immatriculé 916 AWX 33. Le véhicule n'avait pas été retrouvé à son adresse personnelle, ni sur le parking du CHS Pierre-Janet. Puis on avait découvert que le fugitif avait rejoint l'aéroport Bordeaux-Mérignac, son portable avait été localisé là-bas. Il y avait également retiré 2 000 euros en cash.

Mais la piste avait tourné court. Sa voiture restait introuvable autour de l'aéroport. Aucun vol de l'après-midi n'avait un passager enregistré au nom de Mathias Freire ou Victor Freire. Anaïs sentait l'embrouille. Freire les avait volontairement placés sur une fausse piste pour gagner du temps. D'ailleurs, une heure plus tard, on avait découvert le mobile et l'imper du fugitif dans une poubelle de l'aérogare.

Depuis, aucune nouvelle, aucun indice.

L'appel à témoins avait produit son habituelle moisson de renseignements incohérents, fantaisistes ou contradictoires. Aucun barrage n'avait repéré la Volvo. Aucun flic, aucun gendarme n'avait aperçu Mathias Freire. Le bide sur toute la ligne.

Anaïs en était sûre : Mathias était déjà loin. Du moins elle l'espérait. Elle ne souhaitait pas l'attraper. Elle voulait d'abord faire la lumière sur toute l'affaire. Il n'était qu'un des maillons de l'enquête et il lui restait les autres pistes. Elle avait hâte de s'y remettre. Elle avait déjà décidé de filer à Guéthary à l'aube, afin de faire parler l'amnésique.

18 h 50.

Autant bouger plutôt que de fulminer ici dans son bureau. Elle prit sa voiture et se rendit directement au quartier Fleming. Sirène. Gyrophare. Bordeaux n'avait jamais vu autant de voitures de flics, de phares tournoyants, d'uniformes dans les rues. *Merci Janusz.*

Anaïs ralentit d'un coup. Elle était parvenue à destination. La zone était métamorphosée. Fourgons de police. Voitures sérigraphiées. Véhicules de l'Identité judiciaire. Tout le monde était de la fête.

Elle stoppa le moteur et imagina les flics retournant la maison vide. Cette baraque où la veille encore elle sirotait un château-lesage avec un homme séduisant. Elle eut l'impression qu'on lui piétinait son souvenir.

Les plantons la reconnurent et s'écartèrent. Le salon grouillait de flics et de techniciens de l'IJ. Le Coz se matérialisa entre les cosmonautes de papier. Il lui tendait des protège-chaussures.

— Tu veux mettre ça ?

— Ça ira.

— Mais s'il y a des indices…

— T'es con ou quoi ? Il n'y a rien ici pour nous.

Le flic acquiesça en silence. Elle enfila seulement des gants de latex. Le lieutenant tenta d'abonder dans son sens.

— T'avais raison. Ce mec est un vrai fantôme. Tous les cartons sont vides. On n'a pas trouvé un objet personnel ou un document à son nom dans toute la baraque.

Elle se rendit dans la cuisine sans répondre. La pièce était propre. Impeccable même. Freire ne devait jamais manger chez lui. Elle ouvrit les placards. Des assiettes. Des couverts. Des casseroles. Aucune nourriture. Sur une étagère, elle découvrit seulement des boîtes de thé. Elle ouvrit, par réflexe, le réfrigérateur. Rien non plus. À l'exception de son château-lesage, dont la bouteille n'était pas terminée. *Le con. Un bordeaux au frais…*

Des pas précipités résonnèrent dans le salon, couvrant la rumeur des flics et des techniciens. Anaïs traversa la cuisine. Conante, essoufflé, arrivait au pas de charge.

— Vous l'avez logé ? demanda-t-elle.

— Non. Mais y a un problème.

— Quoi ?

— Le mec de Saint-Jean, l'amnésique. Patrick Bonfils. Il s'est fait fumer ce matin, sur la plage de Guéthary. Avec sa meuf.

— Quoi ?

— J'te jure. Y se sont fait canarder. Les flics de Biarritz vont nous rappeler.

Anaïs recula dans la cuisine et s'appuya des deux mains contre l'évier. Une nouvelle pièce sur l'échiquier. Peut-être un élément révélant un niveau supérieur ou transversal de l'affaire.

— Y a un autre problème, ajouta Conante.

— Je t'écoute.

— La bagnole du psy. Le break Volvo, on l'a retrouvé sur le sentier de la plage. D'une façon ou d'une autre, le psy a dû participer à la fusillade. La bagnole est une vraie passoire et... ça va pas ?

Anaïs s'était retournée et avait plongé sa tête dans l'évier. Elle faisait couler de l'eau glacée et buvait directement au robinet. La pièce tournait autour d'elle. Le sang avait quitté son cerveau, stagnant dans son ventre, ses membres inférieurs. Elle était au bord de l'évanouissement.

— Freire, murmura-t-elle, tout près de l'eau fraîche, dans quel merdier tu t'es fourré ?

Marseille-Saint-Charles, 6 h 30.

Contre toute attente, Freire se sentait reposé. Il avait dormi durant le trajet Bordeaux-Agen. Il avait dormi entre Agen et Toulouse. Il avait somnolé dans la gare de Toulouse-Matabiau, en attendant son train de minuit. Puis il avait encore dormi jusqu'à Marseille, dans sa voiture-couchettes. Ce n'était plus une cavale, c'était une cure de sommeil. En réalité une autre manière de fuir. Dans l'inconscience.

Les structures de la gare de Marseille passaient lentement devant la fenêtre. On devinait le froid de la nuit, l'entrelacs glacé des rails. Freire n'était pas sûr de son idée… Marseille était la dernière direction qu'on s'attendrait à le voir prendre. En ce sens, c'était une bonne direction. Mais l'enquête reprendrait aussi dans cette ville. Quelle chance avait-il d'échapper aux patrouilles, aux flics qui, tous, auraient la mémoire rafraîchie et son visage en tête ?

Le train s'arrêta dans un long mugissement. Il avait près d'une heure et demie de retard. Freire attendit plusieurs minutes, par précaution, avant de descendre. Quand le quai fut rempli de voyageurs, il plongea dans la foule, sac à l'épaule, ordinateur sous le bras.

La gare Saint-Charles ressemblait à la gare Saint-Jean. Même verrière. Mêmes charpentes d'acier. Mêmes quais interminables, éclairés par des luminaires blanchâtres.

Freire marchait au rythme des autres passagers quand il s'arrêta net.

Des flics, au bout du quai.

Ils étaient vêtus en civil mais leurs gueules patibulaires, leurs carrures de voyous, leur assurance dans le regard ne laissaient aucun doute. Anaïs Chatelet et les autres avaient donc suivi le même raisonnement que lui. Ou du moins ils n'avaient pas exclu l'impossible : qu'il revienne sur ses pas...

Le flux des voyageurs continuait. Des valises lui cognaient les jambes. Des épaules le bousculaient. Il se remit en marche, plus lentement, tentant de réfléchir, le cœur en staccato. Fuir par un côté ? Plonger dans une des fosses ? Impossible. Deux trains cernaient le quai, formant un couloir sans faille.

Freire ralentit encore. Le répit de la nuit était terminé. Il faisait de nouveau corps avec sa peur. Une autre idée. Faire mine d'avoir oublié quelque chose. Remonter dans une voiture. Attendre un moment plus propice pour fuir. Mais quel moment ? Une fois le quai déserté, les flics, aidés de vigiles et de leurs chiens, visiteraient chaque compartiment, ouvrant les toilettes, inspectant chaque siège.

Il serait fait comme un rat.

Mieux valait encore être à l'air libre.

Il marchait toujours, traînant les semelles. Les mètres se consumaient. Et l'inspiration ne venait pas.

— Pardon !

Il se retourna et découvrit une petite femme qui tirait une valise à roulettes d'une main, portait un sac de l'autre, un garçon d'une douzaine d'années, en prime, agrippé à son bras. *Une opportunité.*

— Excusez-moi, fit-il en souriant. Je peux vous aider ?

— Ça ira très bien, merci.

La femme le contourna. Elle avait un petit visage crispé et un regard furieux. Freire lui emboîta le pas et accentua son sourire. Il passa devant elle, pivota et tendit les mains.

— Laissez-moi vous aider. Vous avez l'air de ne pas vous en sortir avec...

— Foutez-moi la paix.

Elle ne lâchait ni sa valise, ni son sac. Le petit garçon le fusillait du regard. Deux petits soldats lancés dans la guerre de la vie. Freire avançait à reculons, face au couple.

Plus qu'une cinquantaine de mètres et il serait cueilli par les flics.

— Prenez-moi à l'essai, proposa-t-il. On tente l'aventure jusqu'au bout du quai. Ensuite, vous me mettez un bleu ou un rouge.

Le visage de l'enfant s'éclaira :

— Comme dans « La Nouvelle Star » ?

Freire avait dit ça sans réfléchir, faisant allusion à une émission de télévision qu'il avait aperçue une fois. Des apprentis chanteurs étaient jugés par un jury professionnel, à coups de phares colorés.

Ce détail provoqua un déclic. Dans le sillage de son fils, la femme se dérida d'un coup. Elle l'observa par en dessous et parut se dire : « Pourquoi pas après tout ? » Elle lui tendit sa valise et son sac. Freire ajusta le sien sur son épaule, glissa l'anse de son ordinateur par-dessus et empoigna les bagages. Il tourna les talons et se mit en marche, tout sourires. Le petit garçon s'accrocha à son bras, sautant d'un pied sur l'autre.

Les flics ne le remarquèrent même pas. Ils cherchaient un homme traqué, fuyant, paniqué. Pas un père de famille accompagné de son épouse et de son fils. Mais Freire n'était toujours pas rassuré. La gare, vaste aquarium planté de pins en plastique, lui semblait saturée de flics, de vigiles, d'agents de sécurité. Où aller ? Il n'avait aucun souvenir de Marseille.

— Je ne connais pas la ville, risqua-t-il. Pour le centre, je passe par où ?

— Vous pouvez prendre le bus ou le métro.

— Et à pied ?

— Prenez l'escalier Saint-Charles. Sur la gauche. En bas, descendez le boulevard d'Athènes. Vous croiserez la Canebière. Vous la descendez tout droit. Après, ça sera le Vieux-Port.

— Et vous, où allez-vous ?

— À la gare routière, là-bas, à gauche.

— Je vous accompagne.

Parvenu à destination, Freire salua la mère et son fils dans la nuit glacée. Puis il repartit au trot, cherchant l'issue à gauche dont la femme avait parlé. Il découvrit un escalier monumental, de plus d'une centaine de marches, qui plongeait vers la ville.

Il était à peine 7 heures du matin.

Il descendit et croisa, avachis contre la rampe de pierre, des SDF sous le halo d'un candélabre. Litrons

de mauvais vin, chiens pelés, paquetages affaissés…
Ils semblaient assis dans une flaque de crasse, dont la composition même intégrait la misère, le vin, la peur.

Mathias réprima un frisson.

Il contemplait son avenir immédiat.

Au bas des marches, il s'arrêta. De l'autre côté de la chaussée, un surplus militaire dressait son rideau de fer. Il traversa le boulevard et lut les horaires d'ouverture. 9 heures du matin. Il pouvait trouver à l'intérieur ce qu'il cherchait. Il pénétra dans un café, Le Grand Escalier, situé juste en face. Il s'installa à une table en retrait, avec vue sur l'artère, et commanda un café.

Son ventre le torturait. La faim. Il dévora trois croissants, but un deuxième café. Aussitôt, la nausée se substitua aux gargouillis. *La peur*. Mais la victoire de la gare lui donnait une énergie nerveuse, fébrile. Il commanda un thé puis partit uriner, en résistant à son envie de gerber.

Lentement, le jour se levait. D'abord un coin de ciel mauve nacré. Puis un bleu de craie qui gagna peu à peu tout l'espace entre les immeubles. Freire discernait maintenant les arbres et les lampadaires rococo du boulevard. Ces détails lui parlaient. Il se souvenait. Ou plutôt : il ressentait. Dans son sang. Dans sa chair. Un fourmillement familier. Il avait *pratiqué* cette ville.

9 heures.

Le surplus militaire était toujours fermé. Les sensations se précisaient. La rumeur de la ville, la douceur de la pierre, la dureté de la lumière. Et ce petit quelque chose de méditerranéen qui planait partout, venu de la mer et de l'Antiquité. Freire n'avait ni passé, ni présent, ni avenir. Mais il se sentait chez lui ici.

Enfin, un colosse vêtu d'une veste de treillis, coupé en brosse, arriva et actionna le rideau de fer. Freire régla et sortit. En traversant, il aperçut, plus bas sur le boulevard, une pharmacie. Une autre idée. Il prit cette direction et acheta, en vrac, des produits insecticides, de la poudre contre la gale, plusieurs bouteilles de lotion antipoux et deux colliers antipuces pour chiens.

Il fourra l'ensemble dans son sac et remonta vers le surplus. Il découvrit une caverne d'Ali Baba version militaire, remplie de frusques kaki, de duvets aux motifs camouflage, de toiles de protection, d'armes blanches et de chaussures pour conditions extrêmes. Le propriétaire collait au décor : tête de légionnaire, débardeur, tatouages à l'avenant.

— Je voudrais voir vos vêtements les plus usés.

— C'est-à-dire ? répondit l'autre d'un air méfiant.

— C'est pour une soirée costumée. Je veux me déguiser en clochard.

L'homme fit signe à Freire de le suivre. Ils empruntèrent un dédale de couloirs de briques peintes en blanc. Une forte odeur de feutre, de poussière, de naphtaline planait entre les murs. Ils descendirent un escalier de ciment.

Le maître des lieux alluma et révéla un vaste espace carré, moquette non collée au sol, murs peints à la chaux.

— Les invendables, fit-il en désignant un tas de fringues par terre. Choisissez. Mais je vous préviens, je fais pas de prix.

— Aucun problème.

Le tatoué remonta, laissant Freire parmi les oripeaux. Il n'eut aucun mal à trouver son bonheur. Seul dans la pièce, il se déshabilla. S'enduisit le corps avec les produits insecticides. Se badigeonna avec la poudre contre la gale. Fixa un collier antipuces à son bras, un autre à sa cheville. Alors seulement il passa un pantalon de treillis, usé et frangé. Enfila les uns sur les autres trois sweat-shirts élimés, troués, déchirés. Un pull bleu marine plus troué encore. Un anorak noir jadis matelassé, maintenant aussi plat qu'un tapis de sol. Il choisit des chaussures militaires racornies, qui s'ouvraient à leur extrémité en mâchoires de crocodile. La seule chose sur laquelle il ne lésina pas fut les chaussettes – chaudes, épaisses, sans trous. Il compléta le tableau avec un bonnet de marin, à fines rayures bleues et blanches.

Il s'observa dans la glace.

L'illusion ne fonctionnait pas.

Ses vêtements étaient usés, mais propres. Et lui-même – sa gueule, sa peau, ses mains – respirait le confort bourgeois. Il faudrait peaufiner le tableau avant de se jeter dans la fosse. Il ramassa ses anciennes frusques, les glissa dans son sac et emprunta l'escalier.

Le légionnaire l'attendait derrière son comptoir. Quarante euros pour l'ensemble.

— Vous sortez comme ça ?

— Je veux tester la crédibilité de mon déguisement.

Freire sortait son cash quand il aperçut, près de la caisse, un râtelier supportant des couteaux commando et des crans d'arrêt scintillants.

— Lequel vous me conseillez ?

— Votre idée, c'est clodo ou Rambo ?

— Ça fait longtemps que je veux un couteau.

— Pour quel usage ?

— La chasse. Les balades en forêt.

Le para choisit un engin long comme l'avant-bras.

— Le Eickhorn KM 2000. La référence absolue en matière de couteaux de survie. Lame en acier semi-crantée. Manche en fibre de verre renforcé polyamide, avec système de bris de verre intégré. Avec ce bijou, les mecs d'Eickhorn Solingen ont décroché le marché des Forces spéciales d'intervention de l'armée allemande. Voyez le genre ?

Le tatoué n'avait pas dû prononcer autant de phrases depuis longtemps. Freire observait l'objet, posé sur le comptoir. La lame, avec ses dents, brillait comme un ricanement meurtrier.

— Vous n'avez pas… plus discret ?

Le légionnaire prit un air consterné. Il attrapa un couteau noir à cran d'arrêt qu'il ouvrit d'un geste-déclic.

— Le PRT VIII. Toujours Eickhorn Solingen. Lame crantée en acier, cran intérieur commandé. Manche en alu anodisé noir. Pic brise-vitre au bout du manche et coupe-ceinture de sécurité. Du discret, mais du solide.

Freire examina l'engin, plus court de dix centimètres. Beaucoup plus facile à cacher. Il le prit, le manipula, le soupesa.

— Combien ?

— 90 euros.

Il paya, replia le couteau, le glissa dans sa poche d'anorak.

Il rejoignit le boulevard ensoleillé et reprit le chemin de la gare. Le nombre des marches de l'escalier Saint-Charles lui sembla s'être multiplié par deux. Une fois dans le hall, il demanda où se trouvait la salle des consignes. Quai A, à l'extrême droite de la halle. Il traversa l'espace. Le nombre de flics et de vigiles lui paraissait avoir diminué. Celui des passagers aussi.

Il remonta le quai désert et trouva la salle. Sur le seuil, un sas de sécurité l'attendait, surplombé de caméras, doté d'un tapis roulant à rayons X et d'un portique antimétal. Freire recula, sortit discrètement son couteau et le glissa derrière un banc du quai.

Puis il s'avança, tête baissée. Il posa son sac de voyage et son ordinateur sur le tapis roulant. L'agent de sécurité, au téléphone, lança un regard distrait à son écran. Il lui fit signe de passer. Freire franchit le portique antimétal et déclencha une sonnerie mais personne ne vint le fouiller. Il récupéra ses affaires, lançant un bref regard aux caméras. Si les vidéos étaient visionnées dans la journée, il était foutu.

La salle évoquait un vestiaire de piscine. Des murs de casiers gris, un sol en linoléum, pas de fenêtre. Il choisit le casier 09A. Fourra ses deux sacs et son ordinateur à l'intérieur. Il ôta sa montre, la déposa dans son sac de voyage, ainsi que sa Carte Bleue, son portefeuille contenant tous ses papiers au nom de Mathias Freire.

Il paya 6,50 euros pour 72 heures, récupéra son ticket qui faisait office de clé et ferma la porte de fer.

Tout ce qui restait de Mathias Freire se trouvait désormais de l'autre côté de cette paroi.

Il avait seulement conservé ses 2 000 euros et la carte de visite du dénommé Le Guen, le compagnon d'Emmaüs croisé dans le train de Biarritz. Sans doute aurait-il besoin de l'interroger…

Il sortit de la salle, récupéra son couteau et reprit le chemin de la sortie. Plusieurs fois, il croisa des flics en uniforme – son déguisement, pourtant inabouti, lui paraissait être une réponse solide à leurs coups d'œil inquisiteurs.

Quand il fut dehors, il obliqua à gauche, vers l'hôtel Ibis, et repéra un panneau de signalisation routière. Il coinça son ticket de consigne à l'arrière du cercle de métal. Il lui suffirait de passer par ce panneau pour redevenir Mathias Freire.

Il revint sur ses pas et, au sommet de l'escalier, prit le temps d'admirer la vue. La ville ressemblait à une plaine minérale distillant une poussière grise, filtrée par la lumière du matin et le vol des goélands. Au fond, des collines bleues couronnaient la cité. Au centre, Notre-Dame-de-la-Garde, avec sa Vierge de cuivre, ressemblait à un poing levé, muni d'une chevalière en or.

Freire se sentait d'humeur poétique.

Il baissa les yeux et aperçut les clodos qui lui remirent les idées en place.

Il dévala les marches et rejoignit le boulevard d'Athènes, en direction de la Canebière. Au coin de la place des Capucines, une papeterie lui donna une nouvelle idée. Il y acheta un bloc-notes et un feutre – de quoi prendre des notes. Il devait reconstituer, tel un archéologue, son passé à travers la moindre information qu'il pourrait récolter.

Plus bas encore, il croisa un épicier arabe. Il s'orienta vers le rayon des vins et se concentra sur les cubitainers, boîtes en carton abritant une outre de trois à cinq litres de vin bon marché. Son choix alla au moins cher. Un tonneau en plastique, équipé d'un robinet, qui devait abriter une sombre piquette.

Il parvint sur la Canebière.

Et se retrouva à Alger.

La plupart des passants étaient d'origine maghrébine. Les femmes étaient voilées, ou couvertes. Les hommes portaient la barbe, parfois la calotte blanche de prière. Des jeunes avançaient en bandes, mal rasés, l'œil sombre, le teint mat. Des panaches de buée s'élevaient de la foule. Des joggings, des parkas, des doudounes, tout ça descendait ou remontait l'avenue, se bousculait, s'écartait seulement pour laisser passer les tramways.

Côté boutiques, Freire s'attendait à des magasins coûteux, des marques prestigieuses. Il découvrit des braderies, des bazars qui proposaient des théières de cuivre, des tuniques et des tapis. Devant les cafés, des hommes emmitouflés, assis à des tables écaillées, sirotaient leur thé dans des petits verres décorés. *Alger*.

Freire repéra un porche qui menait à un patio. Des cartons écrasés et des cageots vides jonchaient l'entrée. Il enjamba les détritus et atteignit une cour intérieure cernée par des immeubles à coursives, où séchait du linge suspendu.

Personne sur les passerelles.

Personne aux fenêtres ni dans les cages d'escalier.

Au fond, de grandes poubelles vertes remplies jusqu'à la gueule. Freire fit son marché. Coquilles d'œufs. Fruits pourris. Déchets puants, non identifiés. Retenant sa respiration, il frotta chaque élément sur ses fringues et taillada pantalon et anorak avec son couteau. Puis il ouvrit le robinet du cubi et tendit le bras au-dessus de sa tête. Le vin se déversa sur ses cheveux, son visage, ses vêtements. Il en éprouva une telle répulsion qu'il lâcha le cubi qui rebondit sur le sol.

Plié en deux, il se mit à vomir café et croissants, éclaboussant ses vêtements et ses chaussures. Il ne chercha pas à éviter les giclées acides. Au contraire. Il demeura ainsi quelques secondes, s'appuyant contre une poubelle, attendant que le battement de ses tempes ralentisse.

Enfin, il se releva, chancelant, la gorge écorchée. La puanteur du vomi tournait autour de lui comme un cyclone. Il reboucha son cubi, contempla son pull maculé et comprit qu'il ne devait pas s'arrêter en si bon chemin.

Il ouvrit sa braguette et se pissa dessus.

— Ça va pas, non ?

Freire rengaina précipitamment et leva les yeux. Une femme, penchée à la balustrade, cadrée par des draps qui séchaient, le fusillait du regard :

— Allez faire ça chez vous ! Gros dégueulasse !

Il prit la fuite, serrant son cubi comme s'il s'agissait d'un trésor. Quand il parvint à nouveau sur la Canebière, il n'était plus Mathias Freire mais un sans-abri en errance. Il se jura de ne plus penser, un seul instant, en tant que Mathias Freire, psychiatre, mais seulement en tant que Victor Janusz, clochard en fuite.

De Janusz, il remonterait jusqu'à son identité précédente.

Et ainsi de suite jusqu'à découvrir son noyau d'origine.

Sa personnalité initiale.

La plus petite poupée russe.

Il suivit les rails du tramway, séchant sa puanteur au soleil.

Le Vieux-Port était en vue.

D'instinct, il devinait que les clodos étaient là-bas.

Il était certain qu'un des gars connaîtrait Victor Janusz.

II

VICTOR JANUSZ

Le Vieux-Port, comme un gigantesque U, encadre la passe. Aux extrémités de ses digues, deux forts – il se souvenait des noms : fort Saint-Nicolas, fort Saint-Jean – montent la garde. En arrière, des bâtiments serrés forment un rempart. Ce jour-là, à l'intérieur de la rade, les mâts des bateaux évoquaient des épingles piquées dans la surface des eaux – laque sombre, figée, dont les plis absorbaient la lumière plus qu'ils ne la reflétaient. Au-dessus, le ciel saignait. Le jour avait crevé la nuit et provoquait une hémorragie éblouissante. C'était un paysage noir et rouge, violent, qui fit baisser les yeux à Janusz.

Il n'osait plus avancer. À cet instant, il repéra sur sa droite un groupe de clochards sous des arcades. Allongés, ils étaient alignés comme les victimes d'une catastrophe naturelle. Janusz s'approcha et les regarda mieux. Ils ressemblaient à des tas de chiffons, parfois planqués sous des cartons, parfois cernés par des sacs crasseux. Ils paraissaient avoir gelé dans la nuit. Pourtant, ils toussaient, buvaient, crachaient… Les cadavres bougeaient encore.

Janusz s'assit près de celui qui ouvrait la rangée. Il sentit le froid du bitume lui pénétrer les os, la puanteur du mec le cerner comme un étau. L'homme lui lança un regard éteint. Visiblement, il ne le reconnaissait pas.

Janusz posa son cubi près de lui. Une vague curiosité s'alluma dans les yeux de l'autre. Il s'attendait à ce qu'il lie connaissance pour téter du litron mais l'autre cracha :

— Casse-toi de là, c'est ma place.

— Le bitume est à tout le monde, non ?

— Tu vois pas que je bosse ?

Janusz ne comprit pas tout de suite. L'homme était pieds nus. Une jambe repliée sous lui, il exhibait un seul pied qui ne possédait plus que deux orteils. Avec ces deux survivants, il agrippait les bords d'une boîte de biscuits en fer qu'il raclait sur le sol au passage des badauds.

— Une p'tite pièce pour un alpiniste qu'a perdu ses orteils sur l'Everest... Z'avez pas une p'tite pièce ? grognait-il. C'est l'froid qu'a eu ma peau...

L'histoire était originale. De temps à autre, par miracle, un passant lui lançait de la petite monnaie. Janusz constata qu'il n'était pas le seul à « bosser ». Les autres faisaient tous la manche, se relevant tour à tour, marchant jusqu'aux colonnes des arcades, interpellant les passants qui cherchaient à les éviter. Mi-lèche-cul, mi-hostiles, ils prenaient une voix de courtisan ou au contraire un ton agressif. Ils servaient des « monsieur », des « s'il vous plaît », des « merci » d'une voix éraillée, doucereuse, alors que tout leur être suintait la haine et le mépris.

Janusz revint à son voisin. Une barbe énorme, grouillante de poux, un bonnet sans couleur. Entre les deux, des fragments de peau couperosés, durcis, gaufrés par le froid. Des veines violacées serpentaient à la surface comme des rivières coulant d'une même source – la picole. L'ensemble ne composait pas un visage. Plutôt un agglomérat d'os fracassés, de chairs bouffies, de croûtes et de cicatrices.

— Tu veux ma photo ?

Janusz tendit son cubitainer. Sans un mot, le gars attrapa la poignée, ouvrit le robinet avec les dents et s'envoya une longue, très longue rasade. Puis il partit d'un rire, rassasié. Il considéra son voisin avec plus d'attention. Il paraissait s'interroger, à travers la brûlure de l'alcool. Dangereux ? Pas dangereux ? Tox ? Fou ? Pédé ? Ex-taulard ?

Janusz ne bougeait pas. Ces quelques secondes étaient son examen de passage. Il était sale, pas rasé, hirsute, mais ne portait ni sac, ni maison portative comme les autres. Et ses mains et son visage étaient bien trop frais pour faire illusion.

— C'est quoi ton nom ?

— Victor.

Il attrapa le cubi et fit semblant d'en boire une rasade. Rien que l'odeur du pinard faillit le faire vomir à nouveau.

— Moi, c'est Bernard. Tu viens d'où ?

— De Bordeaux, fit Janusz sans réfléchir.

— J'viens du Nord. Ici, on vient tous du Nord. La rue, vaut mieux la vivre au soleil…

Janusz visualisa Marseille comme un Katmandou des clochards. Une destination finale, un terminus sans espoir ni objectif mais à l'abri des hivers trop rudes. Pour l'instant, l'échappée était ratée. La température ne devait pas dépasser zéro. Toujours trempé de vin et de vomi, Janusz grelottait. Il allait poser une nouvelle question quand il ressentit un chatouillement dans l'entrejambe. Il eut un réflexe de la main et se fit mordre. Un rat s'échappa de ses cuisses.

Bernard éclata de rire :

— Putain le con ! Y t'a pas raté ! Y en a plein à Marseille. C'est nos potes !

Il attrapa le cubi et s'envoya une nouvelle goulée, à la santé des millions de rats de Marseille. Il s'essuya la bouche et se renfrogna dans son silence.

Janusz lança une première sonde :

— On s'est déjà vus, non ?

— J'sais pas. Ça fait combien d'temps qu't'es à Marseille ?

— Je viens de revenir mais j'étais là à Noël.

Bernard ne répondit pas. Il gardait un œil sur les passants. Si l'un d'entre eux se risquait sous les arcades, il agitait aussitôt sa boîte, comme un réflexe. Au-delà des voûtes, la rumeur du port montait avec le jour.

— La cloche, reprit Bernard, t'es tombé dedans y a longtemps ?

— Y a un an, improvisa Janusz. Pas moyen de trouver du boulot.

— On en est tous là, ricana l'autre avec férocité.

Janusz comprit le sarcasme. *Des victimes de la société.* Tous les grands marginaux devaient invoquer la même excuse mais personne n'y croyait. Bernard avait même une façon de rire qui signifiait l'inverse : c'était la société qui était leur victime.

— T'as quel âge ? risqua Janusz.

— Dans les 35.

Victor lui en aurait donné 50.

— Et toi ?

— 42.

— La vache, la vie t'a pas fait de cadeau.

Janusz prit cela pour un compliment. Il était plus convaincant qu'il ne le pensait. D'ailleurs, il se sentait à chaque seconde un peu plus dégradé, un peu plus souillé. Quelques jours au grand air, à boire de la vinasse et à rester le cul par terre avec ces monstres, il deviendrait l'un d'eux.

L'autre engloutit encore une goulée. De nouveau, il retrouva une sorte de gaieté agressive. Janusz comprenait le principe. On vivait pour ces gorgées d'alcool qui enjolivaient, le temps d'un rot, le désastre d'une vie. De goulée en goulée, de litron en litron, on sombrait enfin dans l'abrutissement. Puis on se réveillait et on repartait pour un tour.

Janusz se leva et fit quelques pas vers les arcades. Ostensiblement, il s'exposa au regard des autres. Pas la moindre lueur de reconnaissance dans leurs yeux. Pas le moindre geste de la main. Il faisait fausse route. Il n'avait jamais appartenu à ce groupe.

Il revint s'asseoir auprès de Bernard :

— Y a pas grand monde ce matin…

— Tu veux dire de la cloche ?

— Ouais.

— Tu rigoles ou quoi ? On est d'jà trop. Pour faire la manche, faut se trouver un coin solo. J'vais pas tarder à me casser, d'ailleurs. (Il s'énerva d'un coup, d'une manière absurde.) Faut bien bosser, merde !

Dans la journée, il ne trouverait donc que des clochards isolés, tentant de grappiller quelques pièces aux passants.

— Où tu dors en ce moment ? relança-t-il.

— À la Madrague ! L'Unité d'hébergement d'urgence. Nous, on l'appelle l'Uche. En ce moment, on est près de 400 chaque soir. Bonjour l'ambiance !

Quatre cents clochards sous le même toit. Il ne pouvait pas rêver mieux, c'est-à-dire pire. Il y en aurait bien un qui le reconnaîtrait et lui donnerait des informations sur Victor Janusz. Bernard agita le cubi d'un air dépité.

— T'as pas des ronds pour qu'on s'en achète un autre ?

— P't'être, ouais.

— Alors, j't'accompagne.

Il tenta de se lever mais tout ce qu'il réussit à faire, ce fut de lâcher un pet sonore. Janusz se sentit traversé par un éclair de haine. Après la peur, l'appréhension, le dégoût, il éprouvait maintenant une aversion féroce pour ces êtres dégénérés.

Il s'arrêta sur la violence de son sentiment. Avait-il une raison *intime* de détester les clochards ? Jusqu'où allait cette haine ? Pouvait-elle constituer un mobile pour tuer ?

— Y a un Ed pas loin, fit Bernard, enfin debout.

Troublé, Janusz lui emboîta le pas. Il se répétait en marchant les quelques mots qu'il avait écrits à Anaïs Chatelet.

Je ne suis pas un assassin.

Une nouvelle nuit blanche, ou presque.

Du sirop en guise de petit déjeuner.

Il était midi. Anaïs Chatelet roulait en direction de Biarritz avec Le Coz. Toute la nuit, elle avait supervisé le dispositif de recherche. Chaque groupe, chaque barrage était en connexion permanente avec un central installé à l'hôtel de police. Les stations-service, les refuges, les squats, la moindre planque possible avaient été retournés à Bordeaux. On avait aussi demandé aux flics de Marseille de surveiller les arrivées des gares et aérogares, au cas où Janusz aurait la nostalgie de ses origines – mais Anaïs n'y croyait pas.

Le dispositif impliquait plus de 300 hommes – flics de la DPJ de Bordeaux, agents de la BAC, bleus – et gendarmes du département. Chatelet, chef de groupe d'enquête criminelle, s'était transformée le temps d'une nuit en commandant des armées.

Tout cela en pure perte.

Ils n'avaient pas décelé un seul indice.

Par acquit de conscience, on avait placé des gars à son domicile, à l'hôpital. Ses comptes en banque, les mouvements de sa Carte Bleue, ses abonnements téléphoniques étaient surveillés. Mais Anaïs savait que rien ne bougerait plus. Janusz avait largué les amarres. Et il ne commettrait pas d'erreur. Elle avait pu mesurer son intelligence en *live*.

Cette nuit, tout en dirigeant les recherches, et en luttant contre sa crève qui lui donnait l'impression d'évoluer sous un scaphandre, elle avait mené sa propre enquête sur l'homme aux deux visages. Elle avait fouillé les existences de Mathias Freire et de Victor Janusz. Pour le clochard, c'était vite fait. Aucun état civil. Aucune existence administrative d'aucune sorte. Anaïs avait parlé aux flics qui avaient arrêté Janusz à Marseille. Ils gardaient le souvenir d'un marginal bagarreur. On l'avait récupéré dans un sale état, une large coupure au cuir chevelu. On l'avait emmené à l'hôpital. Son bilan sanguin révélait un taux d'alcoolémie de 3,7 grammes. Il n'avait aucun document pour prouver son identité. Il avait donné ce nom, voilà tout. Victor Janusz n'avait donc existé officiellement que le temps de sa garde à vue, quelques heures à l'hôtel de police de l'Évêché à Marseille.

Le psychiatre avait laissé plus de traces. Anaïs s'était rendue au Centre hospitalier spécialisé Pierre-Janet. Elle avait étudié son dossier professionnel. Diplômes. États de service. Certificats de l'hôpital Paul-Guiraud, à Villejuif… Tout était en règle. Tout était faux.

Dès l'aube, elle s'était renseignée auprès du Conseil de l'ordre. Il n'y avait jamais eu de psychiatre du nom de Mathias Freire en France. Ni même aucun médecin généraliste. Elle avait appelé Paul-Guiraud à Villejuif. Personne ne connaissait Freire.

Comment Janusz s'était-il procuré ces documents ?

Comment savait-il que le CHS Pierre-Janet cherchait un psychiatre ?

À 9 heures du matin, elle était retournée à l'hôpital. Elle avait convoqué les psychiatres des différents services. Ils étaient venus, mal à l'aise, méfiants, se comportant en coupables. Personne n'avait rien remarqué. Freire était discret, solitaire, professionnel. Son comportement ne trahissait aucune imposture – et son savoir n'avait jamais été pris en faute. D'où l'idée cinglée d'Anaïs : Freire avait réellement suivi une formation de psychiatre. Où ? Sous quel nom ?

Elle avait ensuite remonté la piste du break Volvo. Elle avait contacté le vendeur. Freire avait présenté son permis de conduire et payé la voiture en cash – question en passant : d'où tenait-il ce fric s'il était sans abri un mois auparavant ? Elle avait vérifié au sommier. Pas de permis au nom de Freire. Il n'avait jamais actualisé sa carte grise. N'avait payé aucune assurance.

Elle avait gratté aussi auprès de sa banque, du syndic qui lui avait loué le pavillon. Tout était en ordre. Freire disposait d'un compte alimenté par son salaire de médecin. Pour le pavillon, il avait présenté un dossier de candidature sans faille. L'agent immobilier avait précisé : « Il m'a présenté ses anciennes fiches de salaire et sa déclaration d'impôts. » Freire avait produit des photocopies. Faciles à falsifier.

Pour la millième fois depuis la veille, elle se demandait quelle étiquette coller sur son suspect. Tueur ? escroc ? imposteur ? schizophrène ? Pourquoi était-il venu la voir hier soir ? Pour se constituer prisonnier ? Pour lui livrer une information qui l'innocenterait ?

Pour lui raconter l'assassinat de Patrick Bonfils et Sylvie Robin ?

Elle revoyait le mot posé sur son bureau. *Je ne suis pas un assassin*. Le problème était qu'elle le pensait. Freire était de bonne foi. Un coup d'instinct lui soufflait qu'il ne simulait pas quand il jouait au psychiatre. Il ne simulait pas non plus quand il jurait que Patrick Bonfils était innocent et qu'il voulait l'aider à découvrir ce qu'il avait vu la nuit du 13 février à la gare Saint-Jean. S'il était l'assassin, cette attitude n'était pas logique. On ne cherche pas des preuves contre soi-même… Alors ? Avait-il perdu la mémoire lui aussi ?

Deux amnésiques pour une seule gare : ça faisait beaucoup.

Elle vit passer le panneau de sortie BIARRITZ. Elle se connecta mentalement avec l'autre versant de l'affaire – qui ne cadrait avec rien. Pourquoi avait-on tué Patrick Bonfils et Sylvie Robin ? Quels dangers représentaient un pêcheur endetté et sa compagne ?

Depuis la veille, elle essayait de joindre les gendarmes qui dirigeaient l'enquête sur la Côte basque. Le chef de groupe, le commandant Martenot, ne l'avait pas rappelée. À 11 heures du matin, après avoir pris une douche, elle avait décidé de se rendre sur place. Avec Le Coz.

— Qu'est-ce que c'est que ce bordel ?

Un embouteillage bloquait la bretelle de sortie. Anaïs sortit du véhicule et renoua d'un coup avec la météo merdique de la matinée. Ciel noir. Froid polaire. Rais de pluie qui s'abattaient comme des ciseaux. Main en visière, elle aperçut au loin un barrage de gendarmes.

Le Coz demanda :

— Je mets le deux-tons ?

Anaïs ne répondit pas. Elle évaluait les forces en présence. Pas un simple barrage routier. Des frises cloutées coupaient les voies. Des fourgons, gyrophares tournoyant en silence, stationnaient en épis. Les hommes n'étaient pas des gendarmes ordinaires. Vêtus de treillis noir, ils portaient des gilets pare-balles, des chasubles porte-équipement et des casques à visière blindée. La plupart tenaient des pistolets-mitrailleurs.

— J'y vais à pied, fit-elle en se baissant pour parler à Le Coz. Quand je te fais signe, tu déboîtes et tu rappliques.

Anaïs releva la capuche de la veste qu'elle portait sous son blouson de cuir et remonta la file de voitures. Elle grelottait. Tout en marchant, elle s'envoya une nouvelle goulée de sirop. Quand les hommes armés l'aperçurent, à cinquante mètres, elle brandit sa carte tricolore.

— Capitaine Anaïs Chatelet, de Bordeaux, hurla-t-elle.

Les hommes ne répondirent pas. Avec leur visière opaque, ils ressemblaient à des machines à tuer, noires, indéchiffrables, parfaitement réglées.

— Qui est le chef de groupe ?

Pas de réponse.

L'averse redoublait, ruisselant sur les écrans blindés des casques.

— Qui est le chef, nom de Dieu ?

Un homme, enveloppé dans un ciré de Gore-Tex, s'approcha.

— C'est moi. Capitaine Delannec.

— C'est quoi ce déploiement ?

— Ce sont les ordres. Un fugitif est dans la nature.

Anaïs abaissa sa capuche. La pluie crépita sur son front.

— Ce fugitif est mon suspect. Jusqu'à preuve du contraire, il bénéficie de la présomption d'innocence.

— C'est un forcené.

— Qu'est-ce que vous en savez ?

— Il a tué un clochard à Bordeaux. Il a participé au massacre de deux innocents à Guéthary. Et c'est un psychiatre.

— Et alors ?

— Avec ces gars-là, la camisole n'est jamais loin.

Anaïs n'insista pas.

— J'ai rendez-vous avec le commandant Martenot. On peut passer ?

Le nom agit comme un sésame. Anaïs fit signe à Le Coz qui remonta la rampe à contresens. Elle sauta dans la voiture et fit un signe de remerciement au connard.

— C'est pour Janusz ? demanda Le Coz.

Anaïs acquiesça, les dents serrées. Il disait Janusz. Elle pensait Freire. C'était toute la différence. Elle le revit avec son Coca Zéro à la main. Sa chevelure noire. Ses traits fatigués. Son air d'Ulysse sur le retour, épuisé, affaibli et en même temps enrichi, embelli par tout ce qu'il avait vu. Un homme qui avait la patine d'une sculpture ancienne. Il devait faire bon se réfugier dans ces bras-là.

Un souvenir précis traversa son esprit.

L'autre soir, sur le seuil de son pavillon, Freire lui avait murmuré :

— Un meurtre, c'est plutôt bizarre comme occasion de se rencontrer.

— Tout dépend de ce qui se passe ensuite.

Ils avaient alors laissé flotter entre eux ce point d'interrogation. La buée sortait de leurs lèvres et matérialisait cet avenir cristallin, diaphane, incertain. *Tout dépend de ce qui se passe ensuite.*

Ils étaient plutôt servis.

— T'en mêle pas.

La femme en était à son troisième coup dans la mâchoire. Elle refusait de tomber. L'homme changea de tactique. Il lui balança un crochet dans le ventre. Elle se plia en deux, donnant l'impression d'avaler son propre cri. La victime était un monstre. Laide, bouffie, crasseuse. Une gueule violacée, casquée de cheveux gras. Impossible de lui donner un âge. L'agresseur, un Noir à casquette, profita qu'elle s'était penchée. Il leva ses deux mains nouées en une seule masse et les abattit sur sa nuque de toutes ses forces. La femme s'écroula. Enfin. Aussitôt soulevée par une convulsion qui la fit vomir.

— Salope ! Dégueulasse !

Les coups de pied pleuvaient. Janusz se leva. Bernard lui attrapa le bras :

— Bouge pas, j'te dis ! C'est pas tes oignons.

Janusz se laissa retomber. Le spectacle était insoutenable. La sorcière avait un bras paralysé. Elle se protégeait le visage de l'autre et recevait les coups sans un cri, tressautant à chaque impact.

Quatre heures que Janusz accompagnait Bernard au hasard de ses pérégrinations et il en était à sa troisième baston. Ils avaient rejoint différents groupes, quitté une puanteur pour une autre. Janusz avait la sensation d'avoir de la merde dans les poumons, de la pisse dans les narines, de la crasse dans la gorge.

Ils s'étaient d'abord rendus place Victor-Gelu, où des sans-abri s'agglutinaient sous les porches. Personne ne l'avait reconnu. Il avait payé son coup. Posé des questions. Obtenu aucune réponse. Ils étaient passés au Théâtre du Gymnase, plus haut sur la Canebière. Ils n'étaient pas restés : les marches étaient occupées par des zonards, qui tabassaient un « nouveau ». Ils s'étaient perdus dans les ruelles du quartier jusqu'à atterrir rue Curiol, le fief des transsexuels.

Ils s'étaient finalement posés au pied de l'église des Réformés, où la Canebière rejoint les allées Léon-Gambetta. Il y avait des clodos partout. Ils picolaient sur les marches, pissaient à même les dalles, bravaient le regard des passants avec agressivité. Ces hommes beurrés depuis l'aube étaient prêts à s'entre-tuer pour un euro, une cigarette ou une gorgée de mauvais rouge.

Là non plus, pas un regard ne s'était allumé en sa présence. Janusz commençait à douter d'avoir jamais mis les pieds à Marseille. Mais il était trop épuisé pour bouger encore. La raclée était terminée. La victime reposait dans une mare de sang et de vomi. Janusz était en enfer. L'abjection, la grisaille de l'air – il devait être à peine 14 heures et le jour baissait déjà –, le froid, l'indifférence des passants, tout contribuait à dessiner un abîme qui l'avalait peu à peu.

La femme se traîna sur le trottoir et s'abrita sous un porche, près d'une échoppe de restauration rapide. Janusz se força à l'observer. Sa figure n'était plus qu'une tuméfaction, fendue de deux pupilles noyées de sang. Ses lèvres déchirées, boursouflées, laissaient échapper une mousse rougeâtre. Elle toussa et recracha des débris de dents qui l'étouffaient. Elle finit par s'asseoir sur le perron d'un immeuble. En attendant de se faire déloger, elle tendit son visage au vent pour sécher ses plaies.

— Elle l'a bien cherché... conclut Bernard.

Janusz ne répondit pas. Son compagnon poursuivit ses explications. Nénette, la victime, était la « femme » de Titus, le Noir. Il la prêtait aux autres, pour quelques pièces, un ticket-restaurant ou des comprimés. Janusz ne voyait pas comment la poivrote édentée pouvait susciter le moindre désir.

— Et alors ? risqua-t-il.

— Elle a été voir les autres...

— Les autres ?

— Une autre bande, du côté du Panier. Elle a couché gratis. Enfin, on est pas sûrs. De toute façon, Titus, il est hyper-jaloux...

Janusz observait l'horrible tas de chiffons ensanglantés qui digérait sa raclée. Elle avait trouvé, mystérieusement, un litron et s'enfilait déjà une rasade, en guise de premiers secours. Elle paraissait avoir déjà oublié la correction.

Le monde de la rue était un monde du présent.

Sans souvenir. Sans avenir.

— Te frappe pas, conclut Bernard, faisant de l'humour involontaire. On s'emmerde, alors on s'tape dessus.

Et on boit, ajouta Janusz pour lui-même. D'après ses calculs, Bernard en était à son cinquième litre. Les autres suivaient le même régime. Ils devaient s'enfiler chacun en une journée huit à douze litres de vin.

— Viens, fit le clochard. On s'casse. Y commence à y avoir trop de monde. Et faut pas fatiguer toujours les mêmes clients…

Bernard n'avait pas adopté Janusz. Il le tolérait parce que le nouveau venu avait déjà acheté trois cubis. Premier enseignement. Si un clodo te tend la main, c'est qu'il y a un péage au bout. Et ce péage est toujours un litron.

Ils se remirent en marche. Un vent marin, humide, pénétrant, ne les lâchait pas. Janusz ne parvenait pas à se réchauffer. Ses pieds lui faisaient mal. Ses mains gelaient. Il suivait à l'aveugle, les yeux pleins de larmes, sans rien reconnaître. La seule chose qui le faisait encore tressaillir était les flics. Une sirène, une voiture sérigraphiée, des uniformes, et il baissait aussitôt la tête. Il n'oubliait pas qui il était. Une proie. Un suspect en cavale. Un coupable qui accumulait les erreurs. Cette crasse, cette misère, ce mauvais vin : c'était son camouflage. Sa forteresse. Pour combien de temps ?

Ils s'installèrent sur une petite place. Janusz n'avait aucune idée d'où il se trouvait, mais il s'en foutait. L'apathie de ses congénères le gagnait. Il devenait insensible, lent, hagard. Sans montre ni horloge, il perdait la notion du temps et de l'espace.

Le bruit de la boîte en fer de Bernard le rappela au présent. Le clochard avait retiré sa chaussure et repris son manège avec ses deux orteils noirs. Crin-crin-crin…

— Une p'tite pièce pour un alpiniste…

D'autres clochards les rejoignirent. Bernard grogna. Ils étaient dans un tel état d'ébriété et de folie qu'ils ne faisaient plus la manche mais effrayaient le client.

Un des gars se frottait le visage contre le bitume jusqu'à s'abraser la chair. Un autre, bite à l'air, poursuivait un de ses compagnons complètement torché, à quatre pattes, et essayait de lui glisser son sexe dans la bouche. À part, un solitaire s'engueulait avec lui-même, haranguant le mur, parlant au trottoir, menaçant le ciel.

Janusz les observait sans compassion ni bienveillance. Au contraire, il éprouvait toujours cette haine qui ne le lâchait pas depuis le matin. Il en était sûr : quand il était vraiment Victor Janusz, quelques mois auparavant, il les détestait déjà. C'était cette haine qui l'avait tenu debout. Qui lui avait permis de survivre. L'avait-elle poussé au meurtre ?

— Viens, fit son compagnon, en ramassant sa monnaie. J'ai soif !

— Jamais t'achètes à bouffer ?

— Pour bouffer, y a la soupe populaire, les Restos du cœur, les foyers d'Emmaüs. Tout le monde veut nous donner à bouffer. (Il éclata de rire.) Pour la picole, crois-moi, c'est un autre combat !

Le jour baissait et le froid se renforçait. Janusz songeait avec angoisse aux heures qui allaient suivre. Ses entrailles se contractaient. Il était au bord des larmes. Un enfant qui a peur des ténèbres.

Pourtant, il devait tenir.

Jusqu'au foyer de la Madrague, où tous les clochards se retrouvaient le soir.

Si personne ne le reconnaissait là-bas, c'était qu'il faisait fausse route.

Le commandant Martenot avait accepté de les accompagner sur les lieux du double meurtre. Chacun dans sa voiture. Et pas un mot avant, dans les bureaux. Ils suivaient maintenant la Subaru WRX, un de ces modèles étrangers que les brigades d'intervention rapide avaient acquis ces dernières années.

Ils dépassèrent Bidart et Guéthary, suivant la ligne de chemin de fer. La pluie ne cessait pas. Elle brouillait les tons, les sensations, les mouvements. Elle s'élevait des taillis verts et de l'asphalte laqué. Elle drainait des éclairs de lumière blafarde à la surface de l'océan.

Les voitures stoppèrent au sommet d'une corniche. Des taillis serrés, quelques maisons solitaires, et, beaucoup plus bas, une plage sans couleur cernée par des rochers noirs. Anaïs et Le Coz rejoignirent les gendarmes. Martenot désigna un cabanon de ciment, à cent mètres, sur lequel était fixée une pancarte en forme de poisson.

— La maison des Bonfils.

Le bâtiment était encore entouré par des traits jaunes de rubalise. Des scellés étaient apposés aux portes et fenêtres. Le commandant expliqua : le travail de prélèvement, de photographie, de relevé d'empreintes avait été effectué la veille mais une fouille approfondie aurait lieu le lendemain matin.

— Le crime, ça s'est passé où exactement ?

— En bas. Sur la plage. (Le commandant de gendarmerie tendit son index vers l'océan.) Le corps de la femme était là-bas. L'homme plus loin, au pied d'un rocher.

— Je ne vois rien.

— La zone est sous la mer. On est à marée haute.

— Allons-y.

Ils suivirent un chemin de terre abrupt. Tournant la tête, Anaïs contemplait le décor au-dessus d'elle. Le bouillonnement des arbres et des bosquets, crachant des vapeurs d'eau. Une ou deux villas et leurs terrasses enfouies parmi les pins. La ligne de chemin de fer, brillante sous la pluie – droite comme un coup de cutter dans le tableau.

Ils atteignirent la plage, rien qu'un ruban de sable sombre. Anaïs frissonna. Toujours la crève. Ou la peur. Sa conscience dérivait maintenant vers des légendes à la Tristan et Isolde, pleines de tempêtes et de philtres d'amour…

Elle se concentra :

— À quelle heure ça s'est produit ?

— D'après les témoins, aux environs de midi.

— Il y a des témoins ?

— Deux pêcheurs. Ils se rendaient eux-mêmes sur la grève, à cent mètres de là.

— Qu'est-ce qu'ils ont vu ?

— C'est assez confus. Ils ont parlé d'un homme en imper qui courait. Votre suspect. Mathias Freire.

— C'est le nom qu'on vous a donné ?

— Ce n'est pas le bon ?

Anaïs n'insista pas : autant ne pas embrouiller une situation déjà confuse.

— D'où venait-il ?

— De la plage.

— Freire aurait tué Bonfils et sa femme et aurait pris la fuite ? demanda-t-elle, se faisant l'avocat du diable.

— Non. Les victimes n'ont pas été tuées à bout portant. Par ailleurs, les témoins ont vu deux hommes en noir qui couraient aussi vers la plage. On ne sait pas s'ils poursuivaient Freire pour l'arrêter, croyant qu'il était le tueur, ou s'ils sont au contraire les tireurs. Ils sont repartis dans un 4 × 4 noir, a priori de marque Audi. Un Q7. Malheureusement, nous n'avons pas le numéro d'immatriculation.

Merde. Comment avait-elle pu oublier ça ? L'avant-veille, Freire lui avait confié des clichés de plaque d'immatriculation. Il lui avait expliqué qu'un 4 × 4 noir le suivait depuis deux jours. Les tirages étaient encore chez elle…

— À partir de ce moment, continuait le gendarme, le témoignage des pêcheurs devient confus. Selon eux, un train est passé. Le type en imper a disparu. Les deux hommes sont montés dans leur 4 × 4 et ont filé.

— Ensuite ?

— Rien. Tout le monde s'est volatilisé.

Un cri rauque s'éleva dans le ciel. Anaïs leva les yeux. Des mouettes dessinaient des huit contre le vent. Le ressac grondait en contrepoint, claquant ses vagues sur le sable noir.

— Parlez-moi des angles de tir, fit-elle en fourrant les mains dans ses poches.

— A priori, le tireur était posté sur la terrasse de cette villa, là-bas. Elle est inhabitée durant l'hiver.

La maison était située à plus de cinq cents mètres.

— Vous voulez dire que les assassins…

— Un tir longue portée, oui. Un vrai boulot de sniper.

L'enquête prenait encore un nouveau tour. Payait-on des tireurs d'élite pour abattre un pêcheur endetté et sa compagne ?

— Comment êtes-vous sûr que les tirs provenaient de là-bas ?

— Nous avons retrouvé les douilles sur la terrasse.

Ça ne tenait pas debout. En admettant que les meurtriers soient des professionnels, jamais ils n'auraient commis une telle erreur. Oublier de tels indices sur la plateforme de tir. À moins que… Anaïs imagina un autre scénario. Les assassins abattent leurs cibles mais une des trois parvient à s'échapper – Freire. Ils partent à sa poursuite. Dans leur précipitation, ils oublient leurs douilles.

Le commandant tenait maintenant un sachet plastique dans sa paume contenant des fragments de métal. Anaïs l'attrapa et observa les tubes aux reflets dorés. Ça ne lui disait rien. Elle avait toujours été nulle en balistique. Les calibres. Les puissances. Les distances. Pas moyen de s'y retrouver.

— Du 12,7 mm, expliqua Martenot. Des balles perforantes de haute précision.

— Ça nous renseigne sur les meurtriers ?

— Plutôt. Le 12,7 est un calibre rare, utilisé en général par les mitrailleuses lourdes, apprécié pour la puissance de sa charge et la vélocité du projectile en tir tendu. On l'utilise aussi avec certaines armes de précision.

— En français, qu'est-ce que ça donne ?

— C'est le calibre spécifique du Hécate II, un fusil développé dans les années 90. Une arme de référence, très connue chez les snipers. Pour un tireur entraîné, ce fusil permet d'atteindre sa cible jusqu'à 1 200 mètres. Il permet aussi d'arrêter un véhicule à 1 800 mètres. Du matériel largement surqualifié pour abattre un couple de pêcheurs. Sans compter le savoir-faire très particulier que demande cette arme.

Le commandant usait de son ton le plus neutre pour masquer son trouble. Grand, gris et stoïque, il ressemblait dans sa parka bleue à un amiral sur son porte-avions. Anaïs avait déjà compris.

— Le tueur pourrait être un militaire ?

— L'Hécate II a été officiellement adopté en 1997 par la Section technique de l'armée de terre, admit Martenot. C'était notre réponse aux snipers dans les combats des Balkans. Aujourd'hui, les groupes d'intervention du GIGN et du RAID l'utilisent aussi.

Silence. L'affaire prenait décidément une nouvelle orientation. Comme un plan qui s'élèverait d'un coup vers une troisième dimension insoupçonnée.

— D'autres armées et des unités spéciales étrangères l'utilisent aussi, poursuivit le gendarme. On va envoyer tout ça à l'IRCGN, l'Institut de recherche criminelle de la Gendarmerie nationale de Rosny-sous-Bois. Il n'est pas impossible qu'on puisse remonter jusqu'à l'arme elle-même. L'Hécate II n'est pas un fusil qu'on trouve facilement sur le marché. Ni facilement maniable. Pour vous donner une idée, il pèse tout équipé 17 kilos.

Anaïs hochait la tête sous la pluie. Elle savait – elle avait toujours su – que cette histoire serait complexe. Le meurtre d'un zonard transformé en Minotaure. L'apparition d'un amnésique qui posait des questions sans réponse. Les empreintes d'un faux psychiatre… Et maintenant un massacre aux allures d'embuscade guerrière.

Le gendarme récupéra les douilles dans la paume d'Anaïs. Elle marqua une hésitation.

— N'ayez crainte, fit-il. La procédure ira jusqu'au bout, même si les coupables viennent de chez nous. Le laboratoire aura ces douilles avant ce soir. Le rapport est en route pour le bureau du juge.

— Un juge est déjà nommé ?

— Claude Bertin. Du Parquet de Bayonne. Un habitué de l'ETA. Il ne sera pas dépaysé avec ces histoires de balistique.

— Vous avez reçu le rapport d'autopsie ?

— Pas encore.

Anaïs tiqua. Les corps de Bonfils et de sa compagne avaient été transférés à l'Institut médico-légal de Rangueil, près de Toulouse, la veille, en fin d'après-midi. Martenot avait sans doute déjà reçu le document. Il l'avait simplement soumis à ses supérieurs avant toute diffusion. Dans un tel contexte, tout devait être pesé, mesuré, analysé. Peut-être même l'armée avait-elle nommé un autre toubib pour une contre-expertise…

La voix de Martenot revint à sa conscience :

— Je vous offre un café ?

— Avec plaisir, fit-elle en souriant. Mais je dois d'abord passer un coup de fil.

Elle ralentit sur le sentier du retour afin de s'isoler. Dans le vent humide, elle appela Conante. Le flic répondit avant la fin de la première sonnerie. Tout le monde était à cran.

— C'est moi, fit-elle. Rien de neuf ?

— Je t'aurais fait signe.

— J'ai besoin que tu me rendes un service. Je voudrais que tu ailles chez moi, tout de suite.

— Tu as oublié d'arroser tes plantes ?

— Tu demandes ma clé à la gardienne. Sois convaincant. Elle n'est pas commode. Tu montres ta carte. Tu te démerdes.

— Une fois chez toi, qu'est-ce que je fais ?

— Sur mon bureau, il y a les tirages d'une plaque d'immatriculation. Tu l'identifies et tu me rappelles aussi sec.

— Pas de problème. À Biarritz, c'est comment ?

Anaïs leva les yeux. Les silhouettes noires des gendarmes disparaissaient dans le flot de l'averse. Les voies ferrées crépitaient de pluie. Les pins et les genêts surnageaient parmi les brumes d'eau.

— Mouillé. Rappelle-moi.

— Bouge-toi le cul. V'là le fourgon.

Janusz se leva péniblement. Il n'était plus qu'un bloc de courbatures et de frissons. Son plan, son enquête, sa stratégie d'observation, tout ça était parti au tout-à-l'égout avec la fin de l'après-midi. Ils avaient encore arpenté le bitume jusqu'à la tombée de la nuit pour se retrouver au point de départ du matin : les arcades du Club Pernod, face au Vieux-Port. À ce stade, Janusz ne rêvait plus que d'une chose : un peu de chaleur et du moelleux où poser ses fesses.

À 19 heures, Bernard avait exhumé une carte de téléphone et appelé le 115, le numéro du Samu social. Chaque soir, un service de voitures spécialisées ramassait les clochards pour les emmener dans les foyers d'accueil de la ville. Certains SDF, ceux qui étaient encore lucides, appelaient avant que la nuit glacée ne les terrasse. Les autres étaient repérés par des patrouilles qui connaissaient leurs repaires. En hiver, plus un clodo, ou presque, ne dormait dehors à Marseille.

Les assistants sociaux sortirent du Jumpy Citroën afin d'aider les misérables qui titubaient sous les arches. Plusieurs refusaient de monter dans la camion-nette.

— La rue, c'est mon choix ! beuglait l'un d'eux d'une voix râpée.

Un autre se débattait maladroitement. Son corps était flasque, mou comme une éponge.

— Foutez-moi la paix ! J'veux pas aller au mouroir !

— Le mouroir ? demanda Janusz.

— La Madrague, fit Bernard en ramassant son paquetage. T'en fais pas. Pour les gars comme nous, c'est c'qu'il y a de mieux.

Abruti de froid et de fatigue, Janusz comprenait seulement qu'il se rapprochait de son objectif. Les portes arrière du fourgon s'ouvrirent.

— Salut Bernard ! cria le chauffeur à travers la paroi de Plexiglas qui séparait l'habitacle de la cabine passagers.

L'autre répondit de son rire d'hyène et balança ses sacs pourris à l'intérieur. Il grimpa. Janusz suivit. L'odeur lui coupa le souffle. Crasse, merde, urine, pourriture : les effluves saturaient l'espace. Il retint sa respiration et avança dans l'obscurité. Il se cogna à des genoux, des bras, trébucha contre des baluchons. Trouva enfin une place assise. Bernard avait disparu.

Les portes claquèrent. Le Jumpy se mit en route. Ses yeux s'habituèrent à la pénombre. Il put détailler ses nouveaux compagnons. Ils étaient une douzaine, se faisant face sur deux banquettes. Les trognes, les regards, les mains croûtées ne différaient pas de ce qu'il avait vu toute la journée, mais une cour des Miracles à ciel ouvert, c'est une chose. En vase clos, c'en est une autre. Dans les ténèbres lacérées par les luminaires du dehors, ces gueules de gargouilles prenaient une réalité à la fois plus dense et plus fantastique.

Un homme était tondu, la face dévorée par deux yeux fixes. Un autre dormait, la tête entre les bras, pierre posée dans un paquet de chiffons. D'autres avaient le visage noyé d'ombre. Ils ne bougeaient plus, apathiques, pétrifiés. Un gars était à genoux sur le sol, s'essayant à des tractions, prenant appui sur la banquette. Efforts pathétiques, maladroits, avec en prime des « ouch-ouch » poussifs.

Un agent social, installé à côté du chauffeur, frappa à la vitre :

— Jo ! Assieds-toi tout de suite !

Le sportif se redressa en titubant et tomba sur son siège. Son voisin se leva. Il était entièrement noir. Comme carbonisé de crasse. Janusz ne sentit pas son odeur : il ne respirait plus que par la bouche, redoutant en même temps les miasmes qui pénétraient sa gorge. L'homme s'immobilisa devant la portière à double battant, écarta les jambes et se mit à pisser à grands flots, tentant de viser la rainure centrale, éclaboussant ses voisins indifférents.

Ses efforts étaient vains puisque les portières étaient closes. La pisse, au gré des ralentissements et des coups de frein, refluait vers l'habitacle. Les coups dans la vitre redoublèrent.

— Ho !!!! Pas de ça ici ! Tu connais le règlement !

L'homme ne réagit pas, se vidant avec un calme de citerne. Janusz leva les jambes pour ne pas être atteint par les rigoles.

— Nous oblige pas à nous arrêter, merde !

Le clodo recula enfin. Marcha dans la flaque. S'effondra sur les autres jusqu'à rouler à sa place. La bande-son montait en intensité au fil des kilomètres.

Les voix traînantes, aigres, pleines de rancune. Les mots incohérents, déformés, mâchonnés, évoquaient les lambeaux d'un langage sans signification, hors d'usage, bon pour la poubelle.

Une femme ne cessait de répéter :

— J'm'appelle pas Odile, moi, j'm'appelle pas Odile… Si j'm'appelais Odile, ça s'rait une autre histoire…

Un homme, lèvres rentrées sur l'absence de dents, aspirait les mots plutôt qu'il ne les crachait :

— Faut que j'aille chez le dentiste… Après j'irai voir mes enfants…

D'autres chantaient, dans une cacophonie insoutenable. L'un d'eux gueulait plus fort que ses collègues. Un vieux tube des années 80, « Les démons de minuit ».

— Y a d'l'ambiance, hein ?

Bernard était assis à côté de lui : en état de choc, il ne l'avait même pas remarqué.

— Ici c'est rien. Tu vas voir à la Madrague…

Le fourgon s'arrêta plusieurs fois. Il regarda dehors. Tandis que les assistants ramassaient de nouveaux débris, d'autres hommes exhortaient des femmes sans âge, en doudoune et minijupe, à les suivre dans une camionnette.

— Des putes… murmura Bernard. On les emmène à Jeanne-Panier.

Sans doute un autre foyer… De nouveaux passagers entrèrent dans le fourgon. On commençait à manquer de place. Le chanteur n'arrêtait pas de brailler, sans mesurer l'ironie implicite de son texte :

— *Ils m'entraînent au bout de la nuit / Les démons de minuit / Ils m'entraînent jusqu'à l'insomnie / Les fantômes de l'ennui !*

Trois jeunes hommes venaient de s'installer à l'autre bout de la cabine, sans un mot. Ils ne paraissaient ni soûls, ni sales, mais au contraire éveillés et bien lucides. Ce qui ne leur donnait pas un air amical. Ils semblaient même beaucoup plus dangereux que les autres.

— Des Roumains... chuchota Bernard.

Janusz se souvint. À Pierre-Janet, on en accueillait parfois. Des repris de justice d'Europe de l'Est, pour qui les foyers populaires de France faisaient figure de palaces cinq-étoiles comparés aux prisons slaves.

— T'approche pas d'eux, ajouta Bernard. Ils tueraient leur mère pour un ticket-restaurant. Mais surtout, ce sont nos papiers qui les intéressent.

Janusz ne quittait pas des yeux les trois prédateurs. Ils l'avaient repéré en retour : clochard d'emprunt, aux mains lisses et à la crasse superficielle. Il était l'homme à agresser cette nuit. Le seul qui aurait plus d'un euro en poche. Il se jura de ne pas dormir. En réponse, il sentait les courbatures d'épuisement lui barrer les membres. Il chercha au fond de sa poche le contact de son Eickhorn. Serra le couteau comme un fétiche.

Le Jumpy ralentit. Ils arrivaient. Le quartier était en voie de destruction – ou de reconstruction. Impossible de décider à cette heure. Un pont autoroutier surplombait l'avenue, comme un monstre de légende menaçant une ville antique. Tout était noir. Sauf de hautes grilles, violemment éclairées par des projecteurs puissants. Un panneau indiquait : UNITÉ D'HÉBERGEMENT D'URGENCE. Une foule vociférante, gesticulante, se pressait devant les barreaux. *Les démons de minuit...*

— La Madrague, mon gars, fit Bernard. On peut pas tomber plus bas. Y z'acceptent tout le monde, sauf les enfants… Après ça, y a plus que le cimetière.

Janusz ne répondit pas. Il était agrippé, fasciné par ce qu'il voyait. Devant les grilles, des hommes en combinaison noire, gantés, cagoulés, sanglés de dossards jaune fluorescent, contrôlaient les entrées. Au-dessus d'eux, sur le toit d'un des bâtiments, des chiens en cage aboyaient, rugissaient dans la nuit. Sans doute les bêtes des sans-abri, mais Janusz songea à Cerbère, le chien à trois têtes qui gardait l'entrée des Enfers.

— Terminus ! Tout le monde descend !

Chacun se leva, attrapa ses affaires et descendit du bus. Des bouteilles roulèrent au sol. Certaines éclatèrent dans les flaques d'urine.

Le chanteur lança une blague :

— Y a que des cadavres ici ! Des cadavres de bouteilles !

Content de sa boutade, il fonça tête baissée, style rugbyman, poussant les autres, provoquant une vague de protestations. On descendait. On dégringolait. On se répandait. Le tableau évoquait une poubelle renversée sur le trottoir. Des hommes emmitouflés attendaient déjà, Kärcher en main, prêts à nettoyer les traces de leur passage.

Devant les grilles, c'était le chaos.

Quelques-uns tentaient un passage en force, poussant leur Caddie ou leurs sacs devant eux. D'autres frappaient les barreaux avec leurs béquilles. D'autres encore excitaient les chiens, en lançant des canettes au-dessus de l'enclos. Les agents sociaux tentaient de maîtriser le flux et d'ordonner la file vers l'entrée – la porte entrouverte n'autorisait le passage que d'une seule personne à la fois.

Janusz faisait partie de la mêlée. Il baissait la tête, rentrait les épaules, tentait d'oublier où il se trouvait. Au moins, il n'avait plus froid. Il se retrouva contre la grille, à moitié broyé par la masse. À travers les axes d'acier, il vit la file d'attente dans la cour qui se déroulait jusqu'au premier bâtiment. Un comptoir d'accueil était illuminé. On se battait tout autour. Des bouteilles volaient. Des hommes roulaient à terre…

Bernard avait raison : il n'avait encore rien vu.

— Ton nom ?

— Michael Jackson.

— T'as des papiers ?

Gros rire en réponse. Un agent social poussa le sac à puces vers la droite. Un autre déboula face à la lucarne vitrée du comptoir.

— Ton nom ?

— Sarkozy.

Le type de l'accueil demeurait imperturbable :

— Des papiers ?

— À ton avis, ducon ?

— Sois poli.

— Je t'emmerde.

— Au suivant.

À mi-chemin de la file d'attente, Janusz observait chaque détail. Des bâtiments de ciment encadraient la cour. Des Algeco en occupaient le centre. Rien qu'en détaillant les pensionnaires qui rôdaient autour de chaque bloc, on pouvait déduire l'assignation des zones.

Les préfabriqués accueillaient les femmes. Aux côtés de clochardes sans âge, de jeunes marginales discutaient, clope au bec – des adolescentes. Elles évoluaient dans cet enfer comme s'il s'était agi d'une cour de lycée. Elles étaient surveillées – et surtout protégées – par de solides agents sociaux.

Un autre Algeco, au fond, était réservé aux Maghrébins : ils parlaient entre eux, en arabe, à voix basse, avec des airs de conspirateurs. À gauche, un bloc en ciment était occupé par les gars de l'Est. Plusieurs langues slaves roulaient dans la nuit.

Janusz plissa des yeux, cherchant les trois Roumains du Jumpy. Ils étaient là, fumant calmement. Ils avaient retrouvé des frères. Leurs yeux brillaient aussi intensément que l'extrémité de leurs clopes.

— Y en a marre ! Moi, j'dis : y en a marre !

Janusz se retourna. Une femme insultait un Noir à casquette. Nénette et Titus. La clocharde avait récupéré. C'était elle maintenant qui attaquait. Sans surprise, elle finit par s'en prendre une. Elle chancela, tenta de rendre le coup de son bras valide. Déjà, un attroupement se formait. Des encouragements, des rires fusaient. Titus balança un nouveau coup. Nénette s'écroula, du côté de son bras paralysé, sans prévenir sa chute. Le claquement de sa tête sur l'asphalte brisa chez Janusz une dernière protection. Il ne pouvait plus supporter cette violence. Et, pire encore, cette déchéance. Pas un seul de ces monstres n'était lucide.

On le poussa à l'intérieur du bureau d'accueil.

— Ton nom ?

— Narcisse, dit-il sans réfléchir.

— Narcisse comment ?

— Narcisse tout court. C'est mon nom.

— T'as des papiers ?

— Non.

Ces syllabes avaient jailli au fond de sa tête, avec une évidence inexplicable.

— Date et lieu de naissance ?

Il donna la date qu'il avait lue sur les faux papiers de Mathias Freire. Pour le lieu, il choisit Bordeaux, par provocation.

L'agent du comptoir leva les yeux et le jaugea :

— T'es nouveau ?

— Je viens d'arriver, ouais.

L'assistant social glissa un ticket numéroté sous la vitre :

— Tu passes d'abord à la consigne donner ton paquetage à gauche en sortant. Ensuite, c'est le bâtiment de droite en face des douches. Rez-de-chaussée. Ton numéro correspond à une chambre.

Dans son dos, un sans-abri lui donna une tape d'encouragement :

— Les grands marginaux, mec ! Les meilleurs !

Janusz dépassa la salle des consignes. Nouvelle bousculade. Des créatures donnaient des Caddie surchargés, des sacs saturés d'immondices, des poussettes d'enfant remplies de ferraille. Il expliqua qu'il n'avait pas d'affaires à déposer. L'agent le regarda de travers.

— Pas d'armes ? Pas de fric ?

— Non.

— Tu veux prendre une douche ?

— Je veux bien, oui.

L'homme le considéra avec plus de méfiance encore :

— Le prochain bloc.

Les sanitaires et le bâtiment des grands marginaux ménageaient une ruelle où il faisait plus chaud, à cause des nuages de vapeur qui filtraient des lucarnes des douches. Janusz passa devant un nouveau comptoir. On lui donna une serviette, un kit de nettoyage – savon, brosse à dents, rasoir.

— Avant la douche, tu passes au vestiaire.

Il découvrit un entrepôt où des vêtements, secs et propres, étaient groupés en plusieurs tas. L'idée le traversa que la plupart des propriétaires de ces fringues étaient morts. Parfait pour un zombie comme lui. Un assistant l'aida à choisir des modèles à sa taille. Une chemise de bûcheron. Un pantalon de toile de jardinier. Un gilet de grand-père. Un manteau noir. Surtout, il repéra une paire de baskets – des Converse racornies – sur lesquelles il se jeta. Ses croquenots lui avaient blessé les pieds toute la journée.

Il passa dans le second bâtiment et ne réagit pas tout de suite. L'ambiance rappelait un grand hammam plein de vapeur. Les portes étaient rouges. Tout le reste en carrelage blanc. Une enfilade de cabines de douche et de chiottes, à gauche. Une série de lavabos, à droite.

Le décor était déjà bien attaqué. Des rouleaux de PQ baignaient dans des flaques de pisse. Des éclaboussures de vomi constellaient les dalles. Des lignes de merde traçaient un alphabet obscène. Phénomène connu : le contact de l'eau relâche les sphincters.

Dans la brume, les clodos se déshabillaient, hurlaient, grognaient, gémissaient. Quelque chose se préparait ici. *Le supplice de l'eau...* Des assistants cadraient les manœuvres, chaussés de bottes en caoutchouc.

Janusz chercha une cabine, serrant contre sa poitrine sa serviette, son savon, ses nouvelles fringues. Pour la première fois, les odeurs abjectes reculaient au profit d'effluves de nettoyant industriel. Mais les visions d'horreur étaient toujours là. Sans leurs guenilles, les clochards diminuaient de moitié. Ils révélaient des profils de squelettes, gris, rouges, bleuâtres. Des blessures, des croûtes, des infections dessinaient des motifs sombres sur leur peau tavelée.

Pas de cabine libre. Un assistant le plaça au bout des lavabos, lui ordonnant de se déshabiller. Janusz refusa. Pas question d'ôter ses vêtements ici : il portait toujours ses colliers antipuces et ne voulait pas dévoiler son corps sain, bien nourri – 78 kilos pour 1,80 mètre – qui le trahirait au premier coup d'œil. Sans compter son fric et son couteau...

Les autres se faisaient aider par les assistants, qui les déshabillaient avec prudence. La peau venait souvent avec le tissu. Durant des semaines, des mois, des années parfois, ces hommes n'avaient pas retiré leurs hardes, provoquant des mutations terrifiantes. Un vieillard déroulait lentement ses chaussettes, mi-fibres, mi-chair. Ses mollets abritaient une irritation à vif qui portait le dessin précis des mailles.

— À toi. Celle-là est libre !

Janusz se mit en marche mais des cris percèrent parmi les nuages de fumée. Sous les lavabos, un infirmier, un genou au sol, soutenait un homme inanimé. Un autre arrivait à la rescousse, ses bottes claquant dans les flaques.

— Faut l'envoyer à l'hosto d'urgence.

— Qu'est-ce qu'il a ?

En guise de réponse, l'agent tendit le bras du clochard, noirci par la gangrène.

— Plus on attend, plus faudra couper haut.

Janusz faillit proposer son aide mais un agent l'interpella à nouveau :

— T'y vas, toi, ou faut que je te le chante ? La 6 est libre.

Il avança. Il vit encore un handicapé, accroché à ses béquilles sous le jet crépitant de la douche. Un autre évanoui qu'un infirmier lavait au balai-brosse.

— Allez, allez ! hurla un surveillant en frappant les portes. On va pas y passer la nuit !

Janusz plongea dans sa cabine et verrouilla la porte. Il se déshabilla. Mit à l'abri son cash. Ôta ses colliers. Quand l'eau l'enveloppa, il se sentit enfin à l'abri. Le jet du pommeau, la chaleur… Il se nettoya avec une rage sourde, se racla la peau, s'essuya puis s'habilla. Il glissa son couteau et son argent dans les plis de ses nouveaux vêtements. Il se sentait propre. Régénéré. Comme neuf.

L'étape suivante, c'était le mess. Une baraque de chantier située au fond de la cour, occupée par une vingtaine de tables dont les murs étaient tapissés de polyane. Il régnait ici un calme relatif. Ces alcooliques à qui on avait pris leur litron n'avaient plus qu'un seul choix : manger et dormir au plus vite pour ne pas souffrir du manque.

À droite, se déployait un comptoir où on distribuait des plateaux-repas. Janusz prit la file d'attente. Le lieu était bondé. Et surchauffé. À la puanteur des hommes, s'ajoutait la puanteur de la bouffe. Une odeur de graillon qui épaississait l'atmosphère comme un brouillard. Il trouva une place à une table et vida son assiette sans regarder ce qu'il mangeait. Il était maintenant comme les autres. Démoli par une journée de froid et d'alcool, ramolli par la douche, gagné par le sommeil.

Mais une idée émergeait encore. Personne ne le reconnaissait. Pas une fois, dans ce QG de la cloche, un gars ne l'avait distingué. Faisait-il fausse route ? Il verrait demain. Pour l'instant, il n'aspirait qu'à une chose : s'effondrer dans un lit.

Il suivit le mouvement et rejoignit le bloc des grands marginaux. Les chambres étaient propres. Huit places pour quatre lits gigognes. Du lino au sol, qui pouvait amortir les chutes – les clochards roulaient de leur couchette ou continuaient à se battre dans les chambres. Il choisit un lit inférieur. Il préférait être près du sol pour s'enfuir, le cas échéant, en toute rapidité.

Le matelas était revêtu d'une housse jetable de poudre de riz. Il se coucha et s'enfouit sous la couverture, serrant le manche de son Eickhorn comme un enfant sa peluche. La lumière restait allumée. Ça hurlait et ça grognait dans le couloir. Tout le monde s'installait.

Janusz se dit qu'avec un tel raffut, il lui serait facile de veiller d'un œil.

La seconde suivante, il dormait d'un sommeil noir.

— Monsieur Saez ? Je suis Anaïs Chatelet, capitaine de police à Bordeaux.

Un temps.

— Comment avez-vous eu mon numéro ?

Elle ne daigna pas répondre. Un temps.

— Qu'est-ce que vous voulez ?

Le ton était hautain mais la voix doucereuse. Anaïs avait décidé de rester à Biarritz jusqu'au lendemain. Après le café avec Martenot, elle avait reçu par SMS les coordonnées de la société propriétaire du 4 × 4. Le Q7 appartenait à l'ACSP, l'Agence de contrôle et de sécurité privée, une société de gardiennage implantée dans la zone tertiaire Terrefort, à Bruges, dans les environs de Bordeaux. Elle avait appelé la boîte. Personne ne s'était mouillé – on avait même refusé de lui donner les coordonnées personnelles du patron, Jean-Michel Saez.

Anaïs n'avait pas insisté. Elle s'était trouvé un petit hôtel à Biarritz, L'Amaia, avenue du Maréchal-Joffre, et avait repris son enquête. Quand elle avait obtenu le numéro privé de Saez, elle avait commencé l'assaut, appelant son mobile toutes les demi-heures sans laisser de message.

Enfin, à 22 heures, il venait de répondre.

— Votre société est propriétaire d'un 4 × 4 Audi Q7 S line TDI, immatriculé 360 643 AP 33.

— Oui. Et alors ?

La voix, toujours, suffisante et mielleuse. Anaïs s'apprêtait à lui faire bouffer son petit ton prétentieux quand elle s'aperçut qu'elle ne possédait aucune arme pour mener son offensive. Seulement la remarque d'un homme en cavale qui avait eu *l'impression* qu'une voiture le suivait.

Elle décida de la jouer soft :

— Ce véhicule a été aperçu plusieurs fois dans le sillage d'un médecin de Bordeaux. L'homme nous a avertis. Il a le sentiment d'être suivi par la voiture de votre société.

— Il a porté plainte ?

— Non.

— Vous avez les dates de ces soi-disant filatures ?

Freire avait précisé que cette présence avait commencé après la découverte de Patrick Bonfils.

— Les 13, 14 et 15 février 2010.

— Qu'avez-vous d'autre contre ce véhicule ?

La voix demeurait très calme. Saez paraissait même s'amuser de cette conversation. Elle ne résista pas à la tentation de lui river son clou.

— Le même 4 × 4 pourrait être impliqué dans un double meurtre perpétré sur la plage de Guéthary hier, mardi 16 février.

Le patron de l'ACSP se contenta de ricaner.

— Vous trouvez ça drôle ?

— Ce qui est drôle, c'est le fonctionnement de votre police. Tant que vous marcherez ainsi, les gens qui veulent vivre en sécurité auront besoin de gens comme nous.

— Expliquez-vous.

— J'ai déclaré le vol de ce véhicule il y a six jours. Le 11 février exactement.

Anaïs encaissa le coup.

— À quel commissariat ?

— Au poste de gendarmerie de Bruges. Près de nos bureaux. Je croyais que la guerre des polices, c'était fini.

— Nous travaillons avec les gendarmes main dans la main.

— Alors, vous avez vraiment des progrès à faire en matière de communication.

Elle avait la bouche sèche. Elle sentait que l'homme mentait mais, pour l'instant, il n'y avait rien à répondre. Elle tenta de conclure avec dignité.

— Vous allez nous expliquer tout ça au poste. Rue François-de-Sourdis, à…

— Certainement pas.

— Pardon ?

— J'ai été patient avec vous, mademoiselle. Maintenant, il est temps de vous mettre les points sur les *i*. Ce sont les suspects que vous convoquez dans vos bureaux. Pas les plaignants. Quand vous retrouverez ma voiture, si jamais ça arrive un jour, alors vous me demanderez gentiment de passer à votre commissariat et je verrai quelles sont mes disponibilités. Bonsoir.

Tonalité. Anaïs était sidérée par l'aplomb du connard. L'homme devait entretenir des liens privilégiés avec le pouvoir bordelais. Soirées entre notables. Donations aux politiques. Passe-droits en tout genre. Elle connaissait. Elle avait grandi dans ces marécages.

Elle se trouvait dans sa chambre. Couleurs ternes. Mobilier d'un autre âge. Odeur de moisi et de nettoyant. Un lieu parfait pour veiller sa grand-mère sur son lit de mort. Elle s'installa sur un bureau minuscule, couvert d'une toile cirée, et relut les renseignements qu'elle avait déjà glanés sur la société ACSP.

L'agence existait depuis douze ans. Elle proposait des prestations standard. Gardiennage et maîtres-chiens. Agents de sécurité et de surveillance. Accompagnement de personnes. Location de véhicules de prestige… Anaïs avait consulté le site Internet. Le ton était convivial mais les informations opaques. L'entreprise appartenait à un groupe – on ne savait pas lequel. Jean-Michel Saez se réclamait d'une « longue expérience en matière de sécurité », pas moyen de savoir où il l'avait acquise. Quant aux références, la boîte s'interdisait de citer le moindre client, par devoir de confidentialité.

Anaïs repartit à la pêche aux articles, commentaires, indiscrétions. Une nouvelle fois, chou blanc. À croire que l'ACSP était une société fantôme qui n'avait ni passé, ni clients, ni partenaires.

Elle appela Le Coz. Voix maussade. Depuis qu'il était rentré à Bordeaux, il gérait le flot de témoignages bidon et d'indices fantaisistes concernant le fugitif. Avec en bonus le harcèlement des médias et des autorités : OÙ ÉTAIT VICTOR JANUSZ ? Anaïs se demanda si elle n'était pas secrètement restée à Biarritz pour échapper à tout ça.

— Des nouvelles du juge ?

On parlait depuis la veille d'une saisie imminente. La fuite de Freire avait accéléré les choses. Il n'était plus question de délai de flagrance. Adieu l'indépendance. Adieu la liberté. Et peut-être aussi, adieu l'enquête…

— Toujours pas, fit Le Coz. Le Parquet a l'air de nous avoir oubliés.

— Tu parles. Et le reste ?

« Le reste », c'était Janusz et sa cavale.

— Rien. Il nous a filé entre les pattes. On doit l'admettre.

D'un côté, Anaïs se réjouissait de cette évidence. De l'autre, elle redoutait le pire. Janusz aurait été plus à l'abri en prison. Tout fuyard risque une balle perdue et celui-là avait, en prime, des snipers professionnels à ses trousses.

— Où tu es, là ?

— Au bureau.

— Tu as encore la pêche ?

Le Coz expira lourdement dans le combiné :

— Je t'écoute.

Anaïs chargea Le Coz de se rendre dans les bureaux de l'ACSP et de perquisitionner les lieux. Tant qu'un juge n'avait pas été officiellement saisi, son groupe bénéficiait de tous les pouvoirs.

— Je veux l'historique précis de la boîte, dit-elle. La liste de leurs clients. Leur organigramme. Le nom du groupe auquel ils appartiennent. Tout.

— J'y vais demain matin ?

— Tu y vas maintenant.

— Mais il est 22 heures !

— Tu vas tomber sur un gardien de nuit. À toi de te montrer persuasif.

— Si Deversat apprend ça, on…

— Quand il l'apprendra, on aura nos infos. C'est tout ce qui compte.

Le Coz ne répondit pas. Il attendait le mot magique.

— Je te couvre.

Le flic obtempéra, plus ou moins rassuré. Elle hésita puis décida d'appeler le commissaire en personne. Sur son numéro privé.

— J'attendais votre appel, fit-il d'une voix sentencieuse.

— J'attendais le vôtre.

— Je n'avais rien de précis à vous dire.

— Vous êtes sûr ?

Deversat se racla la gorge :

— Un juge a été saisi.

Son cœur marqua un raté. Elle avait posé la question au hasard et elle lui revenait avec la violence d'un boomerang.

— Qui a été nommé ?

— Philippe Le Gall.

Elle aurait pu plus mal tomber. Un nouveau, à peine plus âgé qu'elle, tout juste sorti de l'École de la magistrature. Elle avait déjà bossé avec lui une fois. Il ressemblait au juge de l'affaire d'Outreau. Même tête de premier de la classe. Même jeunesse. Même inexpérience.

— On va me dessaisir ?

— Ce n'est pas de mon ressort. À vous de convaincre Le Gall.

— Sur ce dossier, on peut rien me reprocher.

— Anaïs, vous enquêtez sur un meurtre. Lié sans doute aux deux assassinats du Pays basque. Pour l'instant, vous n'avez aucun résultat. La seule chose concrète que vous ayez faite, c'est de laisser filer notre seul suspect.

Elle se remémora ses progrès dans l'affaire. Elle avait identifié la victime. Elle avait identifié un témoin – disons un suspect. Elle avait décrypté le modus operandi du tueur. Pas si mal en trois jours. Mais Deversat avait raison : elle n'avait fait que son boulot. Sérieusement, mais sans génie.

— Il y a autre chose, ajouta le commissaire.

Anaïs tressaillit. Elle s'attendait toujours à être saquée. Pas parce qu'elle était une femme ni parce qu'elle était jeune mais parce qu'elle était la fille de Jean-Claude Chatelet, bourreau du Chili, meurtrier présumé de plus de deux cents prisonniers politiques.

Mais Deversat frappa ailleurs :

— Il paraît que vous êtes liée au suspect.

— Quoi ? Qui a dit ça ?

— Peu importe. Vous avez vu Mathias Freire en dehors du cadre de l'enquête ?

— Non, mentit-elle. Je ne l'ai rencontré qu'une fois pour l'interroger sur un patient. Patrick Bonfils.

— Deux. Vous êtes allée chez lui, le soir du 15 février.

— Vous… vous m'avez fait suivre ?

— Bien sûr que non. C'est un hasard. Un de nos gars a croisé votre voiture devant le domicile de Mathias Freire.

— Qui ?

— Laissez tomber.

Tous des salauds. Tous des balances. Les flics étaient les pires. Le renseignement, c'était leur vice. Leur milieu naturel. Elle dit d'une voix blanche :

— Je l'ai interrogé une autre fois, c'est vrai.

— À 23 heures ?

Elle ne répondit pas. Elle savait maintenant pourquoi on allait lui retirer l'enquête. Les larmes lui montèrent aux yeux.

— Je garde l'affaire ou non ?

— Où en êtes-vous ?

— Je dois assister demain matin à la fouille en profondeur du domicile des deux victimes de Guéthary.

— Vous êtes sûre que c'est votre place ?

— Je rentre dans la matinée. Je vous rappelle que la voiture de Mathias Freire a été retrouvée sur les lieux.

— Les gendarmes sont d'accord ?

— Il n'y a pas de problème.

— Soyez au poste avant midi. Le juge veut vous voir demain après-midi.

— C'est un grand oral ?

— Appelez ça comme vous voudrez. Avant de vous voir, il veut un rapport détaillé sur toute l'affaire. Une synthèse. J'espère que vous n'avez pas sommeil parce qu'il le veut demain matin par mail.

Deversat allait raccrocher mais elle demanda :

— La société ACSP, vous connaissez ?

— Vaguement. Pourquoi ?

— Une de leurs bagnoles pourrait être impliquée dans l'affaire.

— Quelle affaire ?

Elle força un peu les connexions :

— Le massacre de la plage. Que pensez-vous de cette boîte ?

— On a eu affaire à eux dans un cambriolage aux Chartrons. Un hôtel particulier surveillé par leurs vigiles. Une sacrée bande de cons, à mon avis. Des anciens militaires. Vous les avez contactés ?

— Leur directeur, oui. Jean-Michel Saez.

— Qu'est-ce qu'il a dit ?

— Qu'on leur avait volé la bagnole avant les faits. Je vais vérifier.

— Faites attention. Si je me souviens bien, ils ont des connexions haut perchées.

Elle songea à Le Coz : il allait droit au casse-pipe. Une perquisition illégale, fondée sur de simples conjectures. Dans la même seconde, elle décida de ne pas l'appeler. Il lui fallait ces renseignements. Son instinct lui soufflait que quelque chose sortirait de ce côté. Après, il serait toujours temps d'essuyer les plâtres…

Elle descendit se faire un café dans le hall puis remonta au pas de course. Elle ouvrit un nouveau fichier sur son Mac et se mit en devoir de rédiger sa synthèse. Après tout, c'était une bonne occasion de faire le point sur sa propre enquête.

La douleur le réveilla en sursaut.

Un noyau de souffrance irradiait ses tripes. Des sillons brûlants partaient de son pubis et montaient jusqu'à ses côtes. L'onde touchait aussi son dos au point de cisailler ses vertèbres.

Il ouvrit les yeux. Les lumières étaient éteintes. L'étage plongé dans le silence. Qu'est-ce qui lui arrivait ? Un gargouillis lugubre dans son estomac lui répondit. Accompagné d'une brûlure précise autour de l'anus. La chiasse. Le fait d'avoir bu du mauvais rouge toute la journée. Ou simplement une gastro-entérite. Ou, plus simplement encore, la trouille. Une trouille qui le hantait depuis la veille et explosait maintenant dans ses entrailles.

Il roula sur le côté, mains sur le ventre, et posa les pieds par terre. La tête lui tournait. Ses jambes tremblaient. La seule urgence : se soulager aux chiottes. Plié en deux, il glissa son couteau dans sa poche et tituba vers la porte du dortoir. Chaque pas provoquait un regain de souffrance.

Il stoppa sur le seuil, s'accrochant au chambranle. Il se souvenait d'avoir repéré des toilettes à l'entrée du couloir. Il n'était même pas sûr de tenir jusque-là…

Il plongea dans l'ombre, en s'appuyant contre le mur, bras repliés contre l'abdomen. Des toux. Des pets. Des ronflements. Il parvint jusqu'aux sanitaires. Pour découvrir une corrida nocturne. Deux assistants tentaient de maîtriser un homme qui se cramponnait à deux mains à un robinet. Janusz ne vit que ses yeux. Injectés de folie. Le gars ne bronchait pas, ne criait pas, il était seulement concentré sur sa prise. Les deux agents non plus, tirant de toutes leurs forces vers l'arrière.

Pas question de se soulager dans cette foire d'empoigne.

Les douches. Elles étaient dotées de toilettes. Il poussa la porte vitrée. Tourna à droite. Se retrouva dans la cour. Un bref instant, l'air glacé l'arracha à sa souffrance. Tout était pétrifié. Même les chiens, sur le toit du premier bloc, s'étaient calmés.

Janusz n'avait aucune idée de l'heure. Il était au cœur de la nuit. Au cœur de son mal. Il se traîna et remonta le bâtiment des marginaux. La salle des douches était éteinte. Il retrouva les portes rouges, le carrelage blanc. Tout avait été nettoyé. Une forte odeur d'eau de Javel flottait. Il poussa une porte. Occupée. Gémissements et flatulences s'en échappaient avec puissance.

La suivante était libre. Il ouvrit la porte d'un coup de tête. Pénétra maladroitement dans l'espace et se retourna. Baissa son froc. S'assit sur la cuvette sans prendre la peine de verrouiller sa porte. La colique lui transperçait le fondement.

Le soulagement lui coupa le souffle.

Il ferma les yeux sous l'effet de la jouissance. Il se vidait. Se libérait du mal… Malgré la douleur qui courait encore, c'était une bénédiction.

Paupières fermées, il perçut les bruits de l'autre cabine, écho de sa propre misère. Il était maintenant des leurs. Un compagnon de merde. Un complice des tréfonds. Cette chiasse était son baptême du feu.

Il se figea.

Une présence, juste devant lui.

Il ouvrit les yeux sans lever la tête. Des Weston cirés se dressaient à quelques centimètres de ses Converse. Paniqué, il essaya de comprendre le prodige. Il n'avait pas fermé la porte. L'homme s'était glissé à l'intérieur puis avait refermé derrière lui. Tout cela pendant qu'il chiait sans retenue.

Janusz fit mine de ne s'être aperçu de rien. Sa première pensée fut pour les Roumains, mais les Weston ne cadraient pas avec cette hypothèse. Il leva légèrement la tête. Le pantalon de costume, étroit, bien coupé, évoquait les grandes marques italiennes.

Encore quelques centimètres et il vit les mains. L'intrus tenait un collier Colson. Un cordon de Nylon dont l'intérieur est cranté. Un standard pour tous les ouvriers du monde. D'où savait-il cela ?

Il lança sa paume droite près de sa gorge. Le collier venait de happer son cou. Le garrot s'enfonça dans le tranchant de sa main. Il crispa ses doigts sur le lien et freina la prise. Le temps que le tueur cherche une nouvelle position, Janusz bondit sur ses jambes et visa de la tête le menton de son agresseur. Une douleur fulgurante le percuta. Il s'écrasa sur la cuvette en étouffant un hurlement.

L'agresseur avait lâché le collier. Il chancelait, rebondissant contre la porte. Janusz ne chercha pas à remonter son pantalon. De la main gauche – la droite était toujours liée à sa propre gorge –, il poussa le tueur vers l'extérieur.

Aucun résultat. Avec un temps de retard, il se souvint que la porte s'ouvrait de l'intérieur. Il attrapa le loquet du verrou et tira. La porte s'entrouvrit, bloquée par l'adversaire qui reprenait ses esprits.

Il hurla :

— AU SECOURS !

À cette seconde, juste à cette seconde, il sut que sa vie ne tenait qu'à un déclic. Un deuxième homme se tenait devant lui, au-delà du seuil, un pistolet automatique à la main. Il le reconnut en un flash. Un des énarques du quartier Fleming. Un des tueurs de la plage de Guéthary.

L'homme en noir leva le bras dans sa direction.

— AU SECOURS !

Le premier occulta son champ de vision. Il sortit de la cabine, en vacillant, se tenant toujours le visage. Janusz leva les pieds et rabattit la porte d'un coup de talon. Il se recroquevilla sur les chiottes, les coudes levés devant son visage, beuglant toujours :

— AU SECOURS !

Rien ne se passa. Ni détonation, ni impacts de balles, ni douleur. *Rien*. Il n'y avait plus personne de l'autre côté de la paroi, il le sentait.

De sa main libre, Janusz se torcha en quatrième vitesse et remonta son pantalon dans un sursaut de dignité.

Il ne cessait de crier, d'une voix de porc qu'on égorge :

— AU SECOURS !

Des bruits de cavalcade dans la cour. On venait à son aide. Il eut juste le temps de tirer la chasse, avant d'éclater d'un rire nerveux. Il était vivant. Il s'extirpa de la cabine, faisant glisser ses doigts hors du collier, s'aidant avec les dents et de la main gauche. Il eut la présence d'esprit d'enfouir le garrot dans son col de chemise. Pas question d'expliquer son agression.

Un claquement de porte le fit se retourner, ranimant dans ses veines la panique à peine éteinte. Une tête d'écorce, une barbe de prophète apparurent. Ce n'était que son complice de chiasse.

Il lui fit un geste rassurant et finit de boutonner son pantalon. Sa main droite était exsangue, endolorie. Il se pencha vers un lavabo et fit couler de l'eau sur son visage. Il sentit le manche de son couteau glissé dans sa poche. Il n'avait même pas pensé à l'utiliser. Il l'avait carrément *oublié*.

— *Te Gusta ?*

Le prisonnier, les yeux exorbités, crache un cri en réponse. Il aspire l'air par sa bouche maintenue ouverte par l'écarteur – un engin antique, en acier, datant de la guerre 14-18.

— *Te gusta ?*

L'homme tente d'agiter la tête mais un garrot de cuir la maintient contre le dossier du siège. Il vomit une giclée de sang. Sa face n'est qu'un chaos d'os et de cartilages détruits.

Ses yeux ne quittent plus le serpent enroulé autour de la main du bourreau.

— *Te gusta ?*

C'est un *nacanina*, un reptile aquatique importé des marais argentins. Noir et mordoré, il n'est pas venimeux mais il ne cesse de dilater son cou sous l'effet de la colère.

Il n'est plus qu'à quelques centimètres de la bouche ouverte du prisonnier. L'homme grogne, rugit, s'agite, la gorge à vif. Le serpent se tord, se cambre, se tend. Sa tête triangulaire siffle et frappe le détenu aux lèvres. L'animal a peur, il veut trouver une cachette, s'enfouir dans une cavité humide, familière…

— TE GUSTA ?

L'homme hurle encore mais son cri s'arrête net. La main du bourreau a plongé le serpent dans sa bouche. Le reptile s'est aussitôt glissé à l'intérieur de l'œsophage, trop heureux de se cacher. Un mètre de muscles, d'écailles et de sang tiède disparaît dans la gorge de la victime qui s'étouffe aussitôt.

Anaïs se redressa en hurlant.

Le silence de sa chambre lui coupa le souffle. Tout était noir. Où était-elle ? La voix de son père résonnait tout près d'elle. *Te gusta ?* Le sifflement du serpent planait encore dans la pièce. Elle eut un hoquet, puis un sanglot. Son cerveau flottait. Dans l'ombre, elle aperçut la canne, les chaussures asymétriques… La chambre de son père…

Non. La chambre d'un hôtel. Biarritz. L'enquête. Elle tira un vague réconfort de ces repères. Mais le rêve l'habitait encore. L'écarteur lui faisait mal aux mâchoires. Le *nacanina* s'agitait dans sa gorge. Elle toussa. Se massa le cou.

Sa lucidité revint. Et ses souvenirs.

Ils alimentaient aujourd'hui ses nuits. Elle chercha sa montre sur la table de chevet. Ne lut pas l'heure mais la date. 18 février 2010. Elle devait oublier le Boiteux. Elle n'était plus une petite fille. Elle était une femme. *Un flic*.

La chaleur ici lui paraissait intenable. Elle se leva pour vérifier le radiateur électrique mais resta collée aux draps. La sueur ? Anaïs trouva la lampe de chevet et alluma.

Son lit était couvert de sang.

Elle comprit dans la seconde. Ses bras. Meurtris. Entaillés. Lacérés. Les chairs ouvertes comme des lèvres. Huit ans qu'elle ne les avait pas touchés. Et voilà qu'au fond de son sommeil, elle avait remis ça…

Elle aurait éclaté en sanglots si sa cage thoracique n'avait pas été écrasée par la sidération. *Logique de flic*. Avec quoi avait-elle fait ça ? Où était l'arme du crime ? Elle trouva dans les draps, collé entre deux plis ensanglantés, un fragment de verre. Elle leva les yeux vers la fenêtre. Intacte. Elle marcha jusqu'à la salle de bains. La lucarne était brisée. Du verre partout sur le sol.

Elle attrapa la serviette de bain et la lança par terre, afin de protéger ses pieds nus. Elle s'approcha du lavabo. Les gestes revinrent, portés par l'habitude. Eau froide sur les bras. Papier-toilette sur les plaies. La meilleure fibre pour cicatriser. Elle n'avait pas mal. Elle ne sentait rien. Pour être juste : elle se sentait *bien*, comme chaque fois…

Elle utilisa son parfum pour désinfecter les blessures puis s'enroula les avant-bras avec du papier hygiénique. Symbole clair : elle était une merde.

Dans un élan de rage, elle retourna dans la chambre et arracha les draps, la couverture, le couvre-lit. Elle roula l'ensemble au pied du lit. Les preuves directes de son crime. Elle s'arrêta. Elle entendait à nouveau la voix du cauchemar – la voix de son père : *Te gusta ?*

Voilà pourquoi elle se mutilait.

Elle voulait expurger ce sang qui la répugnait.

S'arracher de sa propre lignée.

Elle s'assit sur le matelas immaculé, dos au mur blanc, bras enroulés autour de ses jambes repliées. Elle oscillait d'avant en arrière, à la manière d'un fou dans sa cellule d'isolement.

Elle priait à voix basse, en espagnol. Les yeux fixes, l'esprit vide, elle répétait en se balançant :

Padre nuestro, que estàs en el cielo
Sanctificado sea tu nombre
Venga a nosotros tu reino
Hàgase tu voluntad en la tierra...

À 7 h 30, le clairon sonna. Tout le monde au mess. Et que ça saute !

Janusz suivit le mouvement. Après la séance des chiottes, on lui avait porté secours. On l'avait soigné – un comprimé d'Imodium avait stoppé sa diarrhée. On avait écouté son témoignage. Il avait minimisé l'agression, la réduisant à une simple bagarre entre clochards. Les surveillants n'étaient pas dupes. Ils soupçonnaient les Roumains. Janusz avait juré que ce n'était pas eux. On l'avait renvoyé se coucher, lui promettant un nouveau débriefing pour le lendemain matin, en présence du directeur du foyer – et sans doute des flics. Il n'avait pas réussi à se rendormir. Les assassins en costume fil à fil. Le collier Colson. Le silencieux vissé au calibre. Comment avaient-ils pu le retrouver ? L'avaient-ils suivi, depuis Biarritz jusqu'ici ? Avait-il été repéré au foyer ? Par qui ?

Cette nuit lui avait au moins apporté une réponse. Depuis l'attentat de Guéthary, il se demandait si on en voulait aussi à sa peau. Plus de doute : il était bien sur la liste.

Janusz s'était juré de filer à l'anglaise, dès l'aube. Pas question de répondre à d'autres interrogatoires.

Pas question de reprendre contact avec le monde civilisé et surtout pas avec les flics. Son portrait circulait peut-être déjà dans les commissariats, et même dans les foyers d'accueil, les soupes populaires, partout où Janusz était susceptible de réapparaître. Il fallait se casser. Et d'urgence.

Les grilles de l'UHU n'ouvraient qu'à 8 h 30. Il en était là de ses réflexions, fixant sa tasse de café et son morceau de pain, quand une agitation anormale s'éleva dans le mess. Son voisin de table tremblait. Un autre, à quatre places de là, tremblait aussi. Un autre encore, installé à la table à côté, tremblait plus fort encore. Les secousses, les martèlements, les cliquetis montaient en puissance. Toute la salle paraissait soumise à une monstrueuse vibration.

Janusz devina. Voilà plus de huit heures que ces hommes et ces femmes n'avaient pas bu. Ils n'avaient besoin ni de café ni de tartines. Ils avaient besoin de pinard. Certains se cramponnaient à leur tasse. D'autres étaient pris de convulsions, leur chaise tressautant sur le plancher.

À Pierre-Janet, les sans-abri récupérés dans la nuit souffraient du même mal à leur réveil. La soif de rouge hurlait dans leurs veines, provoquant des spasmes qui faisaient rire les autres. On appelait ça la « bloblote » – la tremblote.

Janusz lança un regard circulaire. La moitié de la salle s'agitait. L'autre moitié s'esclaffait en hurlant « bloblote, blobote ! ». Il attrapa son plateau et se leva. Une gigantesque crise d'épilepsie se préparait et allait requérir un maximum d'assistants – le moment idéal pour se tirer.

Il déposait sa tasse sur un égouttoir quand une voix l'interpella :

— Jeannot ?

Janusz se retourna. Un petit homme, bonnet noir et doudoune ceinturée par une ficelle, se tenait devant lui. Dans ses yeux, brillait le miracle tant attendu : une lueur de reconnaissance.

— Jeannot, c'est bien toi ?

— Je m'appelle Janusz.

— C'est ça. Jeannot. (L'homme éclata de rire.) Bon Dieu, t'as perdu la boule ou quoi ?

Il ne répondit pas. Cette gueule ne lui disait rien.

— Shampooing, continua l'autre.

D'un geste, il arracha son bonnet. Complètement chauve. Il se frotta le crâne.

— Shampooing, tu captes ? T'es pas malade de revenir ici ?

— Pourquoi ?

— Bon Dieu, t'as encore dû t'enfiler des litres…

— Je… je bois ?

— Comme un trou, mon pote.

— Pourquoi je devrais pas revenir ?

— À cause des flics. À cause du reste.

Derrière eux, les tremblements continuaient. Des cris, des rires, des trépidations. Le foyer se réveillait. De la seule manière possible : en forme de cauchemar.

Janusz attrapa par le bras Shampooing et l'entraîna dans un coin tranquille, près des Thermos et des confitures.

— J'me rappelle rien, tu piges ?

Le chauve prit un ton fataliste, en se grattant le crâne :

— Ça nous arrive à tous un jour ou l'autre…

— Où on s'est connus ?

— Chez Emmaüs. Tu bossais là-bas.

Voilà pourquoi personne ne le reconnaissait dans la rue. Janusz n'était pas un chien errant. Il avait sa niche. Le foyer Emmaüs de Marseille. Il songea au type qu'il avait rencontré dans le train de Biarritz. Daniel Le Guen. Un compagnon d'Emmaüs. Il aurait dû commencer son enquête par cette piste.

Le raffut devenait insupportable. Des agents sociaux arrivaient. D'autres ouvraient les portes. Il fallait libérer les bêtes. Il fallait profiter de la bousculade.

— Cassons-nous, souffla-t-il.

— Mais j'ai pas p'tit-déjeuné !

— Je te paye un café dehors.

On le bouscula contre les égouttoirs. Un attroupement venait de se former. Sans doute une bagarre, avec son lot d'encouragements et de partisans. Janusz attrapa plus fermement le bras de Shampooing et le poussa vers la sortie.

— On y va.

En passant, il lança un bref regard vers le groupe. Ce n'était pas une rixe. Une femme venait de s'effondrer sur le sol. Immobile, comme morte. Il écarta les autres à coups de coude et se fraya un chemin jusqu'à elle. Un genou au sol, il se livra à un rapide examen. Elle vivait encore.

Se penchant, il respira une forte odeur de pomme. Mieux qu'un indice – une explication. Cette odeur était celle de l'acétone qui saturait sa peau. Un coma diabétique, survenu à la suite d'une acidocétose. Soit la femme ne suivait pas son traitement d'insuline, soit elle n'avait pas mangé depuis plusieurs jours. Dans tous les cas, il fallait lui injecter en urgence une dose de Glucagon. Puis la mettre sous perfusion glucosée.

Une vérité implicite éclata sous son crâne. Aucun doute : il était médecin.

En forme de confirmation, Shampooing braillait dans son dos :

— Laissez-le faire ! J'le connais ! Il est toubib !

Les clochards beuglaient, riaient, tremblaient. Chacun y allait de son conseil :

— Faut la faire respirer dans un sac !

— Du bouche-à-bouche ! J'veux lui faire du bouche-à-bouche !

— Faut appeler les flics !

Les agents arrivèrent enfin. Janusz se releva et s'esquiva discrètement. Un toubib allait arriver, de toute façon. Shampooing était toujours là, gesticulant, jouant les urgentistes.

Janusz l'attrapa de nouveau par le bras et le tira jusqu'à la cour.

Les grilles étaient ouvertes. Les clodos commençaient à rejoindre leur brousse de béton et de fumée. Il fallait faire vite. Le chauve freina des deux baskets :

— Attends ! Faut qu'je récupère mon paquetage !

Ils perdirent encore cinq minutes à la consigne puis filèrent, croisant une ambulance sur le seuil du portail. Ils remontèrent à pas rapides le boulevard. Son impression de la veille était la bonne : le quartier était en pleine rénovation, ce qui impliquait d'abord une vague de destruction. Les chantiers alternaient avec des immeubles décrépis aux fenêtres murées. Au centre de l'artère, un pont autoroutier surplombait ce no man's land en mutation.

Janusz aperçut des SDF qui se prosternaient le long d'une façade aveugle. Des rabbins au pied du Mur des lamentations.

— Qu'est-ce qu'ils foutent ?

— Ils récupèrent leur bibine. Le vin est interdit au foyer. On planque nos réserves dans les fissures du mur. Comme ça, on perd pas de temps au réveil. Parfois même, on s'relève la nuit pour aller téter. Ni vu ni connu, mon gars… Où on va ?

Sans réfléchir, Janusz répondit :

— J'ai besoin de voir la mer.

La baraque des Bonfils était en pièces détachées.

Quatre murs nus cernant le vide. Tous les meubles, vêtements et autres objets du couple avaient été emportés dehors. Le bâtiment n'avait plus de plancher ni de toiture. Les lattes étaient empilées à quelques mètres de là. Les bardeaux entassés un peu plus loin. Les murs avaient été percés en de multiples endroits pour trouver d'éventuelles cavités. Le plâtre couvrait tout comme de la cendre volcanique. Des gendarmes plantaient des sondes, des pics, passaient des détecteurs de métaux dans chaque recoin de la ruine.

Les biens de Patrick Bonfils et de Sylvie étaient regroupés par catégorie sur plusieurs bâches. Chaque département était couvert d'un auvent pour éviter que la pluie souille ces vestiges.

Anaïs fit quelques pas entre les tentes, en ciré et bottes en caoutchouc. L'humeur au noir. Elle ne s'était pas rendormie après son cauchemar. Elle avait relu et corrigé sa synthèse puis, aux aurores, l'avait envoyée par mail au juge. Sa crève ne la lâchait pas et elle venait de s'engueuler avec le commandant Martenot, qui prétendait n'avoir toujours pas reçu les résultats de l'autopsie des corps. Le mensonge devenait grotesque.

Une bâche était consacrée au matériel électroménager et à la vaisselle. Une autre aux vêtements, aux draps et au linge. Une autre au mobilier de la salle de bains et des toilettes : lavabo, cuvette, baignoire. Une autre encore aux livres de Bonfils, Anaïs avait l'impression de déambuler dans un vide-greniers.

Pour la première fois depuis longtemps, elle avait chaud aux bras. Sur la route de Guéthary, elle s'était acheté sa traditionnelle trousse de premiers secours. Désinfectant. Crème cicatrisante. Bandages. Elle s'était soignée dans sa voiture. Une louve qui lèche ses plaies.

Son portable sonna. Le Coz.

Elle s'abrita sous un arbre.

— J'ai pas mal avancé, fit le flic d'une voix satisfaite.

— Je t'écoute.

Le Coz s'était rendu au siège de l'ACSP et avait secoué le gardien de nuit. Il avait trouvé les archives de l'entreprise. Le K-Bis. Les dossiers de dépôt légal. Les bilans de chaque année. La liste des clients de la boîte – des sociétés pharmaceutiques ou des unités de production qui utilisaient l'ACSP pour la surveillance de leurs sites sensibles. Rien à signaler.

Du côté des origines, l'entreprise appartenait à une holding complexe. Anaïs ne comprit rien aux enchevêtrements de sociétés que Le Coz tentait de lui décrire – avant d'être flic, le minet avait suivi un cursus commercial. Un seul fait notable ressortait de ce décryptage. Cette constellation appartenait à un groupe important de l'industrie chimique française, Mêtis, basée dans les environs de Bordeaux. Anaïs avait déjà entendu ce nom.

— Sur Mêtis, reprit-elle, qu'est-ce que tu as trouvé ?

— Rien, ou presque. Des activités chimiques, agronomiques, pharmaceutiques. Des milliers de salariés un peu partout dans le monde, mais surtout en France et en Afrique.

— C'est tout ? Qui en sont les propriétaires ?

— C'est une société anonyme.

— Il faut aller plus loin.

— Impossible, et tu le sais. Déjà que ma perquise était totalement illégale, on fonce droit dans le mur si on avance encore d'un pas. Tu sais qu'un juge a été saisi ?

— Je le vois cet après-midi.

— On va garder l'enquête ?

— Je te dirai ça ce soir. C'est tout ?

— Non. Un scoop est tombé ce matin.

— Quoi ?

— Victor Janusz a été repéré à Marseille. Plusieurs témoignages concordent. Il a dormi dans un foyer de SDF. Tu veux le numéro du commandant qui dirige les opérations ?

Le Vallon-des-Auffes est un des sites touristiques majeurs de Marseille, mais un 18 février, c'était surtout un site fantôme. Les restaurants étaient fermés. Les bateaux désertés. Les cabanons fermés. Le quai qui encadre la rade était net et lustré comme si on venait de le passer à la Javel. Janusz appréciait cette solitude. Le vent sur son visage. Les embruns suspendus dans l'air. La mer au loin et en même temps si proche, présente dans la moindre particule de lumière. Ici, on buvait le bleu et on respirait le sel.

Ils étaient assis sur la pente du petit port, pratiquement les pieds dans l'eau, face à l'aqueduc qui découpe le ciel et la mer de ses arches. Moment idéal pour reprendre son interrogatoire.

— Comment tu sais que je suis médecin ?

— J'en sais rien, moi. T'es médecin ?

— Tout à l'heure, tu as dit aux autres que j'étais toubib.

Shampooing haussa les épaules. Il sortait sa cantine pour le petit déjeuner. Deux gamelles cabossées. Des croissants de la veille, récupérés dans une boulangerie bienveillante. Un cubi tout neuf que Janusz avait payé.

Il remplit les deux gamelles puis trempa son croissant dans la vinasse.

— Tu manges pas ?

— À l'époque, je t'ai dit que j'étais médecin ?

— T'as rien dit du tout. T'étais pas du genre causant, mon pote. Mais t'avais l'air de t'y connaître. Surtout rapport à c'qui s'passait dans nos têtes.

— Comme un psychiatre ?

Shampooing mordit son croissant sans répondre. Le ressac venait leur lécher les semelles, dans un murmure d'écume.

— Tu te souviens quand on s'est connus ?

— En novembre, j'dirais. Y faisait un froid de canard.

Janusz attrapa son bloc. Il commença à prendre des notes.

— T'es d'venu intellectuel, ricana Shampooing. Tu bois pas ?

— C'était au foyer Emmaüs ?

— Ouais.

— Où est-ce ?

Le clodo le regarda de travers. Il avait la peau glabre, très blanche, sans barbe ni sourcils. Des os aigus comme ceux d'un squelette desséché. Des cicatrices traversaient son visage. Des vestiges de bagarres, mais aussi une ligne plus précise, chirurgicale, sur le crâne. Janusz en était certain : le chauve avait subi une trépanation.

— Emmaüs : où est-ce ? répéta-t-il.

— T'en tiens vraiment une couche... Boulevard Cartonnerie, dans le XIe arrondissement.

Il se servit une nouvelle rasade et trempa un deuxième croissant. Janusz notait toujours.

— Le 22 décembre, j'ai été placé en garde à vue à la suite d'une bagarre.

— Tu te rappelles ça ?

— Plus ou moins. Tu sais ce qui s'est passé ?

— J'étais pas là mais je t'ai revu une fois, après. Ce sont les mecs de Bougainville qui t'ont coincé.

— Bougainville ?

— Un quartier de Marseille. Pas loin de la Madrague. Une bande de zonards traînent là-bas. Des mecs dangereux. Défoncés. Violents.

Janusz se demandait comment il avait pu s'en sortir face à de tels lascars.

— Pourquoi m'ont-ils agressé ? Pour me voler ?

— Te voler quoi ? Y voulaient te faire la peau, ouais.

— C'est ce que je t'ai dit ?

— Tu chiais dans ton froc, ma gueule.

— Je t'ai expliqué pourquoi ils voulaient me tuer ?

— Non. Tu m'as seulement prévenu que tu partais. Que la lumière était revenue. Que les dieux écrivaient leur histoire. T'as toujours été bizarre mais des fois, t'étais carrément branque.

La lumière. Un lien avec son rêve – et celui de Patrick Bonfils ? Un symptôme de fugue psychique ? *Les dieux et leur histoire.* Une allusion au meurtrier mythologique ? La douleur pointait derrière son orbite gauche.

— Tu sais où je suis parti ?

— Aucune idée. Putain. Mais qu'est-ce qui t'est arrivé ?

— Je te dis que j'en sais rien !

Shampooing n'insista pas. La douleur s'amplifiait, irradiant son front. Janusz chercha un apaisement vers la mer, sous les voûtes de l'aqueduc. Il n'obtint pas le résultat espéré. Au contraire, le temps se couvrait. L'eau devenait bleu-noir. Les vagues argentées avaient la cruauté du verre brisé. Sa migraine contaminait le paysage et non l'inverse.

— Tout à l'heure, dit-il en se massant les tempes, tu m'as dit que j'aurais pas dû revenir. « À cause des flics. »

— Ouais.

— Pour cette histoire de bagarre ? C'est de l'histoire ancienne…

— Mon cul. Les flics te cherchent. Ici. Maintenant. Hier, ils ont retourné tous les quartiers. J'les ai croisés deux fois. À la Valentine et à l'ADJ Marceau. Y nous ont interrogés. Y te cherchent, Jeannot. Y te cherchent grave.

Janusz comprit la vérité. Il se croyait à l'abri dans sa peau de clochard mais c'était en réalité un miracle qu'il ait échappé à la police depuis son arrivée à Marseille. Anaïs Chatelet avait lancé une chasse à l'homme ici, parallèlement à celle de Bordeaux. Il devait revoir sa stratégie.

— Tu sais pourquoi ils me cherchent ?

— S'agit d'un meurtre, paraît-il. Un SDF. À Bordeaux. Des gars ont entendu les condés qui parlaient avec les travailleurs sociaux. Mais moi, j'sais qu'c'est une erreur, mon Jeannot ! (Il attrapa le cubi et but au goulot.) On s'ra toujours des victimes de la société, on…

— Au foyer, tu m'as dit aussi que je n'aurais pas dû revenir. « À cause du reste. » Le reste, c'est quoi ?

— Les mecs de Bougainville. C'est pas du genre à oublier. S'ils savent que t'es de retour, y vont te chercher pour finir le boulot.

La liste des menaces ne cessait de s'allonger. Les flics. Les énarques. Et maintenant, une bande de zonards primitifs... Il aurait dû hurler. Il ne réagissait pas. Il était comme anesthésié.

— Y a pas que ça, reprit Shampooing un ton plus bas.

Janusz tendit le cou, comme pour recevoir le coup de grâce.

— Les flics de Marseille... Y font le lien avec l'autre meurtre.

— L'autre meurtre ?

— En décembre dernier. On a eu un clodo assassiné. On l'a retrouvé à moitié carbonisé dans une calanque. À l'époque, on a même parlé d'un tueur de clochards mais y en a pas eu d'autres... Ou bien alors le mec s'est déplacé à Bordeaux.

Janusz grelottait. Sa migraine lui obscurcissait la vue.

— Pourquoi font-ils le lien entre les deux meurtres ?

— J'suis pas d'la police, moi.

Il respira un grand coup et décida de repartir à zéro :

— Tu te souviens de la date exacte de la découverte du corps ?

— Milieu décembre, j'crois.

— La victime a été identifiée ?

— Ouais. Un Tchèque... Un zonard. J'le connaissais pas.

— Il appartenait à la bande de Bougainville ?

— J'crois pas, non.

— Tu sais s'ils ont retrouvé des empreintes sur le lieu du crime ?

— Tu fais chier avec tes questions. J'en sais rien, moi.

— Qu'est-ce que tu sais sur ce meurtre ? Réfléchis.

L'autre grimaça sous l'effort de la réflexion. Janusz, de son côté, faisait les comptes. Deux cadavres dans son sillage. L'un à Marseille, l'autre à Bordeaux. Les présomptions se resserraient. Il agita la tête dans le vent gris. *Je ne suis pas un assassin.*

— Alors, ce meurtre ?

— On a retrouvé l'gars dans la calanque de Sormiou. À douze bornes d'ici, à vol d'oiseau. Le corps était nu et brûlé. On a dit qu'il avait été rapporté par le courant, mais moi, je dis : c'est des conneries. On l'a placé là et basta.

— Comment sait-on que c'est un meurtre ?

— Y avait une mise en scène.

— Quel genre ?

Shampooing éclata de rire :

— Le mec, il avait des ailes !

— Quoi ?

— J'te jure. Des ailes brûlées dans le dos. Les journalistes, y z'ont parlé d'un mec qui faisait du deltaplane et qui se s'rait cassé la gueule dans la mer. Mais ils y connaissent que dalle. Pourquoi qu'il aurait cramé ? Pourquoi qu'il serait à poil ?

Janusz n'écoutait plus. L'assassin de l'Olympe. Le nom déchira son esprit, un éclair sur un ciel noir. Avant le Minotaure à Bordeaux, on avait tué Icare à Marseille.

340

— Tète un coup, fit Shampooing en tendant le cubi. T'es tout blanc.

— Ça ira, merci.

— T'essaies de décrocher ou quoi ?

Janusz se retourna vers son acolyte :

— Comment tu sais tout ça, toi ?

Shampooing sourit et suça encore le goulot :

— J'ai mes connexions.

Janusz l'empoigna par le col et l'attira violemment à lui. Le cubi roula sur la rampe inclinée du port.

— Quelles connexions ?

— Holà, on s'calme ! J'connais un mec, c'est tout. Claudie. Il a arrêté la cloche. Il a trouvé du boulot.

— Il est flic ?

Shampooing se libéra et marcha à quatre pattes en direction du bidon de vinasse. Il l'attrapa juste avant que l'objet touche les flots sombres.

— Presque, fit-il en revenant sur ses pas. Y bosse à la morgue de La Timone. Y pousse les cadavres sur leurs chariots. C'est lui qui m'a raconté tout ça. Il a entendu les flics qui… Qu'est-ce que tu fous ?

Janusz était debout.

— On y va.

Claudie ressemblait à la Chose.

Le colosse de pierre des *Quatre Fantastiques*.

Chauve, carré, taciturne, il fumait une cigarette dans la cour de la morgue, vêtu d'une blouse blanche. Janusz et Shampooing s'approchèrent avec prudence, à bout de souffle. Ils venaient de traverser le campus de l'hôpital de La Timone puis de monter un escalier pour accéder à la terrasse où était installé l'Institut médico-légal. Le soleil était de retour : ils suaient comme du beurre sous leurs pelures.

Contre toute attente, le lieu rappelait un décor japonais. Le bâtiment plat, sans étage, était doté d'un portail aux angles retroussés, façon pagode. Ses murs étaient cernés par des arbres feuillus qui ressemblaient à des bambous. Des oiseaux pépiaient quelque part, invisibles, comme dans un jardin zen.

— Salut, Claudie !

— Qu'est-ce que tu fous là ? cracha l'autre sans enthousiasme.

— Je te présente Jeannot. Il a des questions à te poser.

Claudie examina Janusz. Il mesurait plus de 1,90 mètre. La cigarette dans sa main ressemblait à un pétard planté dans un rocher. La fumée lui sortait des narines comme d'un cratère de volcan.

— Des questions à quel sujet ?

Janusz fit un pas en avant :

— Demande-moi plutôt combien je suis prêt à payer.

La gueule de pierre sourit. Ses lèvres épaisses avaient un petit côté boudeur :

— Tout dépend de ce que j'ai à vendre.

— Ce que tu sais sur le cadavre de l'homme-oiseau, découvert dans la calanque de Sormiou.

Claudie considéra l'extrémité de sa cigarette. L'air boudeur, puissance dix.

— Trop cher pour toi, mon gars.

— 100 euros.

— 200.

— 150.

Janusz fouilla dans sa poche et plaça les biffetons dans la main géante. Il n'avait pas le temps pour un marchandage à rallonge. Shampooing ouvrait des yeux ronds face aux billets. La Chose empocha la thune.

— Le cadavre a été découvert au milieu du mois de décembre, dans la calanque de Sormiou.

— Quel jour exactement ?

— Si tu veux des dates précises, demande aux flics.

— Comment s'appelait la victime ?

— Un nom de l'Est. Tzevan quelque chose. Un zonard d'une vingtaine d'années, qui frayait à Marseille depuis plusieurs mois. Les flics l'ont identifié grâce à ses empreintes. Il avait déjà eu des emmerdes avec les condés.

Janusz s'arrêta sur le détail des sillons digitaux :

— Le cadavre était brûlé, non ?

— Pas assez pour qu'on puisse pas relever ses empreintes.

— Où le corps a-t-il été découvert exactement ?

— À la pointe de la calanque. Juste en face de l'île Casereigne.

— Qu'est-ce que tu sais sur les circonstances de sa découverte ?

— Deux randonneurs sont tombés dessus. Il était nu, cramé, avec des ailes dans le dos. Dans la presse, on a dit que le mec s'était noyé et que le ressac l'avait ramené sur les côtes. Des conneries. Le gamin n'avait pas une goutte d'eau dans les poumons.

— Tu as assisté à l'autopsie ?

— C'est pas mon boulot mais j'ai entendu le légiste causer avec les keufs.

— De quoi le type est-il mort ?

— J'ai pas tout entendu. Ils ont parlé d'overdose.

Un nouveau lien avec le meurtre de Bordeaux. La signature du tueur. Icare. Le Minotaure. Existait-il d'autres meurtres mythologiques ailleurs en France ?

— Pourquoi le corps était-il brûlé ?

— T'auras qu'à demander au tueur quand tu le croiseras.

— Parle-moi des ailes.

Claudie alluma une nouvelle clope avec le mégot de la première. Des tatouages maoris lui remontaient le long de la nuque comme des serpents fiers et solennels.

— Elles sont parties à l'IJ direct. J'les ai même pas vues.

— Shampooing m'a parlé d'ailes de deltaplane.

— Exact. Une structure de plus de trois mètres d'envergure. De la pure folie. Elles étaient cousues à même la chair du gars. Ils ont coupé les fils sur la scène de crime.

Janusz imaginait le cadavre nu, noir, avec ses ailes greffées et brûlées. Les randonneurs avaient dû faire un bond de trois mètres en arrière.

— C'est pas tout, reprit la Chose. D'après c'que j'ai entendu dire, y avait des traces de cire et de plumes sur la voilure. Pour sa mise en scène, le tueur s'était vraiment cassé le cul.

Un point supplémentaire pour le mythe d'Icare. Peut-être plus connu encore que celui du Minotaure. Icare et son père, Dédale, emprisonnés par Minos, roi de Crète, se confectionnent des ailes de cire et de plumes. Durant leur évasion, Icare, jeune et irraisonné, vole trop haut. La chaleur du soleil fait fondre ses ailes. Il chute dans la mer et se noie.

— Tu sais s'ils ont retrouvé d'autres empreintes sur la scène de crime ?

— J'sais rien de plus, mec. Et à mon avis, t'en as eu pour ton fric.

— Combien pour une copie complète du rapport d'autopsie ?

Claudie gloussa, exhalant des panaches de fumée dans le vent.

— J'risque mon job sur un coup pareil.

— COMBIEN ?

— 500 euros et on en parle plus.

Janusz sortit une liasse de billets de 50 euros. Il en compta une dizaine et en donna cinq à Claudie.

— Le reste à la remise. J'attends ici.

Le colosse fourra l'argent dans sa poche sans un mot. Il regrettait déjà de ne pas avoir demandé plus. Il balança sa clope et tourna les talons.

— Putain… fit Shampooing stupéfait. Mais où t'as trouvé tout ce fric ?

Janusz ne répondit pas. Maintenant que Shampooing connaissait son secret, il était en danger. En une journée, il avait eu le temps de découvrir les habitudes du trottoir. Au premier signe de faiblesse, Shampooing lui ferait la peau.

Claudie réapparut, jetant des regards méfiants de droite à gauche. Le parking était toujours désert. Le vent bruissait dans les feuillages, accompagnant les oiseaux qui s'égosillaient. Il avait roulé le dossier sous sa blouse. Janusz donna le reste de la somme et saisit le document – une liasse agrafée.

— On s'est jamais vus, mec.

— Attends.

Il parcourut les feuillets photocopiés, maculés de traces noirâtres. Tout était là. Le numéro du dossier d'instruction : K095443226. Le nom complet de la victime : Tzevan Sokow. Le nom du juge instructeur : Pascale Andreu. Le nom du chef du groupe d'enquête : Jean-Luc Crosnier. Puis la description détaillée du corps et de ses blessures.

— Planque ça, siffla Claudie. Tu vas nous cramer.

Janusz glissa le dossier sous son manteau.

— Ravi de t'avoir connu.

— T'as encore des thunes, mec ?

— Pourquoi ? T'as encore quelque chose à vendre ?

Claudie sourit. Pendant qu'il faisait ses photocopies, il avait cherché dans sa mémoire un nouvel objet de négociation. Visiblement, il avait trouvé.

— À l'époque, les flics cherchaient un témoin, qu'avait soi-disant tout vu. Un marginal.

— Tout vu quoi ?

— Le meurtre. Le tueur. J'sais pas au juste. Mais ils voulaient l'interroger.

Claudie prit le temps d'allumer une nouvelle clope, un petit sourire au bout des lèvres. Il tenait Janusz à son hameçon.

— Le truc important, c'est que le mec a raconté son histoire *avant* qu'on découvre le corps. Il est allé au commissariat, j'sais plus lequel, pour raconter son baratin. Personne l'a cru. Quelques lignes dans la main courante et basta. Quand le macchab' est apparu, les flics du poste ont fait le rapprochement. Ils ont appelé Crosnier, le chef de groupe. L'autopsie venait de finir. J'ai tout entendu.

Claudie ne s'était pas trompé sur la valeur de son souvenir.

— Combien pour le nom du gars ?

— 500 de mieux.

Un réflexe poussa cette fois Janusz à négocier. Une sourde pulsion primitive. Ne pas se faire avoir à chaque fois sans résister. La tractation ne dura que quelques secondes. Claudie sentait que Janusz avait atteint son point limite.

— 200 et on en parle plus.

Janusz sortit les billets. Les doigts de pierre se refermèrent sur la liasse.

— Le mec s'appelle Fer-Blanc.

— Fer-Blanc ? répéta Shampooing. Tu t'es fait avoir, Jeannot. C'est un cinglé !

Claudie fusilla du regard Shampooing, qui ne se laissa pas impressionner. Tout ce fric l'avait mis en rogne :

— Il a reçu un éclat de métal dans le crâne quand il travaillait aux terrassements de Marseille. Le morceau est toujours dans son cerveau et j'peux te dire que ça s'voit. Le témoignage d'un branque pareil, ça vaut pas une thune. Tu t'es fait avoir, je répète.

Le pousseur de cadavres hocha la tête, l'air roublard.

— C'est pas ce que disaient les flics. Y z'ont comparé la main courante et la scène de crime. Le corps brûlé, les ailes, tout concordait. Une journée avant que les randonneurs découvrent le cadavre.

— Le gars, les flics l'ont retrouvé ?

— Aucune idée.

Janusz salua la Chose et reprit la route de l'escalier. Shampooing était déjà sur ses talons. Maintenant qu'il avait vu les billets, il ne le lâcherait plus. Tant mieux. Il avait besoin d'un homme comme lui pour trouver Fer-Blanc.

Mais avant de se lancer à la poursuite du sans-abri, Janusz voulait réviser ses classiques. Le Minotaure, Icare et la mythologie grecque.

La plus grande bibliothèque de Marseille est installée sur les vestiges d'un cabaret du début du
XXe siècle, l'Alcazar, cours Belsunce. C'est un édifice
moderne dont la façade de verre brille comme un
miroir. En guise de souvenir du music-hall, les architectes ont récupéré ou fabriqué une marquise de verre
et de ferronnerie, dans le style Belle Époque. La structure surplombe les portes vitrées et jure terriblement
avec le design moderne du reste.

Janusz ne savait pas d'où il tenait ces informations
mais il était heureux de voir que des fragments de sa
mémoire, même culturels, lui revenaient.

— T'es sûr qu'ils vont nous laisser entrer ?

— T'en fais pas, fit Shampooing. Ils nous adorent
dans les bibliothèques. Le côté gaucho de la culture.
En plus, en hiver, tout l'monde est plus sympa avec
nous. Le froid, c'est notre meilleur ami !

Shampooing disait vrai. Ils furent accueillis avec
bienveillance. On accepta même que le chauve dépose
son paquetage puant, non pas à la consigne, mais dans
un espace de ciment dédié au matériel d'entretien.
Janusz avait les nerfs en pelote. Le sillage de l'assassin, qui coïncidait avec sa propre route. Les questions

qui s'accumulaient sans la moindre réponse… Il était décidé à plonger dans l'Antiquité comme dans une source fraîche, enrichissante et initiatique.

La bibliothèque était une tour de lumière. Une verrière diffusait les rayons du soleil, qui éclaboussaient les murs blancs, les escaliers suspendus, les ascenseurs vitrés. L'espace, tout en hauteur, s'élevait sur plusieurs étages et collait parfaitement à l'expression « tour d'ivoire ».

Shampooing se dirigeait déjà vers un fauteuil libre, se frottant les mains à l'idée du roupillon à venir.

— Tu viens avec moi, avertit Janusz.

— Où ?

— On va commencer par les journaux.

Janusz consulta les archives numérisées de la presse régionale sur une borne interactive. Une rapide recherche lui fournit une série d'articles à propos d'un deltaplaniste retrouvé mort dans la calanque de Sormiou le 17 décembre 2009. Selon les papiers, plutôt brefs, l'homme n'était pas identifié. On ne connaissait pas non plus les circonstances de son accident. Janusz chercha encore. Il ne trouva pas d'autres articles.

Il se demandait par quel tour de magie le commandant Jean-Luc Crosnier avait réussi à étouffer l'affaire. En tout cas, son groupe d'enquête avait pu bosser en toute tranquillité. Il étendit encore sa recherche mais ne trouva rien de plus. Il se déconnecta.

En réalité, il en savait déjà beaucoup plus sur l'affaire que tous les journaux du Sud-Est réunis. Durant le trajet vers la bibliothèque, en métro, il avait lu le rapport d'autopsie de Claudie. Pas de scoop à l'horizon mais quelques précisions. Surtout une : vingt-quatre heures après l'autopsie proprement dite, l'analyse toxicologique avait révélé une dose massive d'héroïne dans le sang de Tzevan Sokow. Exactement comme Philippe Duruy.

Il leva les yeux, cherchant le département Mythologie. Une coursive tournait autour de chaque étage et affichait ses thèmes et disciplines grâce à de grandes enseignes, noir sur blanc.

— On monte au troisième, fit Janusz en repérant le panneau : 3 CIVILISATION.

Ils prirent l'escalier suspendu. Janusz observait la population. Des étudiants travaillaient autour de grandes tables éclairées par des espèces d'orchidées de lumière. D'autres potassaient dans des fauteuils, le long des murs. D'autres furetaient parmi les rayonnages. La moyenne d'âge tournait autour de 20 ans.

Toutes les couleurs étaient représentées. Des Blancs dissipés, partagés entre leurs bouquins et leur téléphone portable. Des Noirs à l'air concentré, indifférents au monde extérieur. Des Asiatiques qui ricanaient entre eux, se poussant des coudes. Des Maghrébins portant la barbe et la calotte blanche de prière, recueillis devant leurs livres. La tour d'ivoire était aussi une tour de Babel.

Janusz se sentait en terrain de connaissance. Le décor moderne, les livres, l'atmosphère studieuse lui paraissaient familiers. Lui aussi, à un moment de sa vie, avait usé ses après-midi dans des lieux de ce genre.

Troisième étage. MYTHOLOGIE 291.1. RELIGIONS DE L'ANTIQUITÉ 292.

Il commença à parcourir le dos des livres et se rendit compte qu'il savait ce qu'il cherchait. *La Biblio-*

thèque historique de Diodore de Sicile. Livre IV. Les *Métamorphoses* d'Ovide. Livres VII et VIII. Il avait donc déjà effectué ces recherches. Une poussée d'angoisse lui bloqua le cœur. *Était-il le tueur ?*

Non. Ces connaissances appartenaient à sa culture générale. Aux côtés de ses études de médecine, il avait sans doute suivi une formation d'histoire ou de philosophie. D'ailleurs, il pouvait réciter par cœur les biographies des deux auteurs. Diodore était un historien grec vivant sous le régime romain au Ier siècle avant notre ère. Ovide un poète latin, né juste avant le début de l'ère chrétienne, chassé de Rome pour avoir écrit *L'Art d'aimer*, considéré comme immoral.

Il attrapa les deux bouquins ainsi que d'autres essais portant sur ces œuvres. Il chercha une place, repéra Shampooing qui dormait au fond d'une allée, choisit lui-même un fauteuil dans un coin, loin des tables. Il sortit son carnet et plongea dans les pages, à la recherche du Minotaure.

Rien de neuf sous le soleil. Janusz nota seulement un détail. Cette légende était marquée par une sorte de malédiction taurine. Le roi Minos était déjà le fils d'un taureau puisque Zeus, pour séduire Europe, avait pris la forme de cet animal. Ensuite, l'épouse de Minos avait été charmée à son tour par un taureau. Puis avait donné naissance à un monstre, mi-homme, mi-bovin. Une sorte de gène animal courait donc au fil de ce mythe.

Ce détail signifiait-il quelque chose pour le meurtrier ? Janusz remarqua un autre fait. L'histoire du Minotaure était liée à celle d'Icare. Icare était le fils de Dédale, qui n'était autre que l'architecte personnel de Minos, concepteur du Labyrinthe du monstre. C'était lui aussi qui avait inspiré à Ariane l'astuce du fil…

En fait, l'histoire d'Icare et de Dédale constituait la suite de celle du Minotaure. Minos, furieux d'apprendre que son architecte avait participé à l'évasion de Thésée, décida de l'enfermer dans son propre labyrinthe, avec son fils Icare. C'est de cette prison que le père et le fils s'étaient échappés, en se confectionnant des ailes avec de la cire et des plumes…

Qu'y avait-il à déchiffrer à travers ces contes ? Pourquoi le tueur les avait-il choisis ? Il ne suivait pas la chronologie puisqu'il avait tué Icare avant le Minotaure. Avait-il commis d'autres meurtres, inspirés par d'autres légendes ? Fermant son bloc, Janusz fut frappé par un autre point commun entre les deux mythes. Il s'agissait, chaque fois, d'un père et de son fils. Minos et le Minotaure. Dédale et Icare. Un père puissant ou expérimenté. Un fils monstrueux ou maladroit.

L'assassin avait-il choisi ces mythes à cause de cette relation père-fils ? Cherchait-il à délivrer un message ? Était-il un fils monstrueux ? Ou au contraire un père délirant, qui s'acharnait sur des enfants de substitution – ses victimes ?

Janusz regarda l'horloge de la salle. 16 heures. La nuit tombait. Il s'en voulut d'avoir perdu des heures précieuses dans ces bouquins. Il aurait mieux fait de s'atteler tout de suite à son autre mission : trouver Fer-Blanc, le témoin au cerveau de métal.

Il rangea les livres dans le rayon en respectant l'ordre des cotes et se dirigea vers Shampooing qui dormait toujours. Il allait le réveiller quand il tourna les talons et rejoignit le bureau d'accueil du département. Deux jeunes femmes bavardaient à voix basse derrière leur ordinateur.

Il se planta devant elles et les salua. Pas de grimace de dégoût. Pas de recul. Un bon début.

— Excusez-moi…

— Oui ? demanda une des deux bibliothécaires, pendant que l'autre retournait à son clavier.

Janusz désigna l'allée 292 :

— Vous avez déjà remarqué un visiteur régulier dans ces parages ? dans les rayons de la mythologie et des religions de l'Antiquité ?

— À part vous, personne.

— Vous voulez dire aujourd'hui ?

— Non. Aux dernières fêtes de Noël. Vous étiez mon seul habitué.

Il se gratta le menton. Sa barbe avait la dureté du papier de verre.

— Excusez-moi… répéta-t-il plus doucement. J'ai des problèmes de mémoire. Je… je suis venu souvent ?

— Tous les jours.

— Quand exactement ?

— À partir de la mi-décembre, je dirais. Puis vous avez disparu. Et vous revoilà.

Les éléments s'organisaient dans sa tête. D'une façon ou d'une autre, à la mi-décembre, Janusz avait été informé du meurtre d'Icare. Il était venu pêcher ici des informations sur le mythe dans le cadre de son enquête *sur* l'assassin. Ensuite, le 22 décembre, il avait été agressé par les zonards. Il avait alors quitté Marseille. Et s'était transformé en Mathias Freire.

Janusz salua d'un sourire la bibliothécaire. Mais le sourire s'adressait à lui-même. Il marchait exactement dans ses propres traces. Il était l'homme qui vivait sa vie à l'envers.

Le juge Le Gall avait la grosse tête.

Ce n'était pas une façon de parler mais un fait physique. Son crâne était si large que ses oreilles s'alignaient presque dans l'axe des épaules. Il avait des traits simiesques, un nez épaté, une bouche épaisse et de grosses lunettes qui accentuaient encore l'effet de difformité. Anaïs se sentait à l'abri de toute tentation.

Depuis trente minutes, elle essayait de lui expliquer les tenants et les aboutissants de l'affaire du Minotaure – le magistrat n'avait pas eu le temps de lire son rapport. Les liens entre le crime de la gare et le double meurtre de la plage de Guéthary. L'implication et la fuite de Mathias Freire, psychiatre à Bordeaux, qui avait été clochard à Marseille fin 2009. Le soupçon qui planait sur deux hommes vêtus de manteaux noirs, utilisant un fusil militaire Hécate II, conduisant un Q7 soi-disant volé à la société de gardiennage ACSP.

Le juge ne bronchait pas. Impossible de dire ce qu'il pensait.

Soit il ne comprenait rien, soit il n'avait pas envie de se compliquer la vie.

— Tout ce que je vois, conclut-il, c'est que le suspect n° 1 dans cette affaire…

— Le témoin.

— Le témoin, si vous voulez, a pris la fuite et que vous ne l'avez toujours pas retrouvé.

— Il a été repéré à Marseille. J'ai contacté là-bas les services de police. Tout le monde est sur le coup. Il ne peut pas nous échapper.

Ce n'est pas du tout ce qu'on lui avait dit mais elle privilégiait en cet instant la forme sur le fond. Elle voulait gagner la confiance du magistrat.

Il ôta ses lunettes d'écaille et se massa les paupières :

— Pourquoi est-il retourné là-bas ? Plutôt curieux, non ?

— Peut-être a-t-il pensé que c'était le dernier endroit où on le chercherait. Ou peut-être a-t-il une raison intime de le faire.

— Quelle raison ?

Anaïs ne répondit pas. Trop tôt pour sortir du bois avec ses hypothèses.

— Concrètement, reprit le magistrat en rechaussant ses lunettes, qu'est-ce que vous comptez faire ?

Elle prit son ton de petit soldat de la République :

— Je veux me rendre à Marseille afin de participer aux recherches afférentes à notre témoin principal dans ce dossier.

— C'est vraiment votre rôle ?

— J'ai parlé avec Jean-Luc Crosnier, le chef de groupe du commissariat de l'Évêché. Il est d'accord avec moi : je peux l'aider. Je connais le fugitif.

— C'est ce qu'on m'a dit, oui.

Anaïs ne releva pas l'allusion.

Elle prit son souffle pour mitrailler :

— Monsieur le juge, à Bordeaux, l'enquête piétine. Nous avons visionné tous les films des caméras de sécurité. Nous avons interrogé les sans-abri pouvant avoir croisé Philippe Duruy, la victime. Nous avons cherché la trace de son chien. Nous avons suivi la piste de la nourriture qu'il lui donnait, remonté l'origine de ses vêtements, les filières qu'il utilisait pour trouver sa drogue. Nous avons ratissé la gare, les repères de clochards, le moindre angle mort de la ville. Nous avons étudié les stocks d'Imalgene, l'anesthésique pour animaux utilisé par le tueur, à 500 kilomètres à la ronde de Bordeaux… Tout cela pour obtenir un double zéro. Nous avions un témoin indirect, Patrick Bonfils, présent sur les lieux de la scène d'infraction. Il a été abattu avec sa femme… Voilà où nous en sommes. Pas de témoins. Pas d'indice. Aucune piste. La seule chose que nous possédons, ce sont les empreintes de Mathias Freire, alias Victor Janusz, sur les rails de la fosse de maintenance. Mon groupe peut poursuivre ses investigations à Bordeaux mais mon devoir est de me rapprocher de Freire. Et Freire est à Marseille.

Le juge croisa les bras et la considéra en silence. Impossible de lire derrière ses verres. Anaïs aurait bien bu un verre d'eau mais n'osa pas le demander.

Le décor prit une soudaine matérialité. Le Gall avait entièrement réaménagé son bureau, éliminant les habituels classeurs en PVC, les bureaux en ferraille, la moquette acrylique. Il les avait remplacés par des objets d'une autre époque : étagères de bois verni, chaises couvertes de feutre, tapis de laine… Un bureau de notaire du début du siècle dernier.

Curieusement, malgré son nez bouché, elle sentait aussi une odeur d'encens qui brûlait quelque part. Ce parfum était comme un visage caché du juge, discrètement révélé. Était-il bouddhiste ? Passionné de trekking en Himalaya ?

Le magistrat ne reprenait toujours pas la parole. Elle sentit qu'elle devait passer la vitesse supérieure. Toujours assise, elle s'accouda au bureau et changea de ton :

— Monsieur le juge, on va pas se raconter d'histoires. On joue gros dans cette affaire, vous et moi. Nous sommes jeunes. Tout le monde nous attend au tournant. Alors faites-moi confiance. D'un côté, on a un meurtre rituel commis par un cinglé à Bordeaux. De l'autre, un double meurtre au Pays basque. Le seul lien entre ces deux affaires est Mathias Freire, alias Victor Janusz. C'est mon rôle d'aller le dénicher là où il se trouve. Donnez-moi deux jours à Marseille !

Le magistrat eut un sourire désagréable. Il paraissait s'amuser de la passion d'Anaïs – de son impertinence d'adolescente. Chacun la jouait selon son strict répertoire.

— Votre idée, c'est quoi au juste ? À part Freire, vous comptez trouver autre chose à Marseille ?

Anaïs se redressa et sourit. Pour la première fois, elle surprit à travers les lunettes de Le Gall l'intelligence qui lui avait permis de réussir tous ses examens et d'être assis derrière ce bureau aujourd'hui.

— Je pense que Janusz fuyait déjà à Marseille. Il avait peur. En même temps, je pense qu'il était aussi sur la trace de quelque chose.

— Quoi ?

— Je ne sais pas. Un autre meurtre peut-être.

— Je ne comprends pas. Il tue ou il enquête ?

— Les deux solutions sont possibles.

— Vous avez entendu parler d'un autre homicide ? Vous pensez à un tueur en série ?

Anaïs balaya l'espace de ses deux mains : elle détestait ces mots. Et il était trop tôt pour aller aussi loin.

— Vous avez consulté le SALVAC ? insista le magistrat.

— Bien sûr. J'ai appelé aussi le fort de Rosny. Aucun résultat. Mais ça dépend tellement des critères de saisie et…

— Ça va. Je connais. D'où sortez-vous toutes ces suppositions ?

Elle aurait pu tourner mille phrases ronflantes. Elle asséna la vérité brutale.

— Mon instinct.

Le juge l'observa encore de longues secondes. De petit notaire, il commençait à ressembler à un bouddha lisse et indéchiffrable. Enfin, il expira un long souffle et souleva son sous-main en cuir. Il en sortit une feuille blanche. Elle pouvait apercevoir le grammage épais, noble et soyeux. Du papier à l'ancienne. Celui qu'on utilise pour lancer des invitations au bal ou des refus de grâce.

— Qu'est-ce que vous faites ?

— Je vous détache, capitaine.

Sa mâchoire frémit :

— Je… je suis dessaisie ?

— Dé-ta-chée, fit-il en séparant les syllabes. Je parle français ? Je vous envoie à Marseille. Article 18 du Code pénal, alinéa 4. Un juge d'instruction peut dépêcher l'enquêteur partout en France, si cela est utile à « la manifestation de la vérité ».

Elle sentit que quelque chose clochait. *Trop facile.*

— Mon équipe poursuit l'enquête ici ?

— Disons qu'elle va soutenir le nouveau responsable et son groupe.

C'était donc ça. Le magistrat l'avait laissée parler mais les dés étaient jetés depuis le début. Même Deversat, la veille, devait être au courant. Elle aurait pu gueuler, se révolter, claquer la porte, mais au fond, elle s'en moquait. Foncer à Marseille : c'était tout ce qui comptait.

— Qui est le nouveau responsable de l'enquête ?

— Mauricet. Il possède une solide expérience.

Anaïs ne put s'empêcher de sourire. Au central, on surnommait Mauricet le « croque-mort » parce qu'il avait toujours cherché des postes proches des cimetières. Trente ans de service à arrondir ses fins de mois avec des constatations de décès – un commissaire touche une prime à chaque constatation. Pas vraiment le flic vif et rapide capable de traquer un tueur doué d'une intelligence supérieure.

Il poussa la feuille vers elle. Au moment où elle allait l'attraper, il laissa retomber sa main dessus.

— Ces deux hommes en noir, les tireurs du Pays basque, qu'est-ce que vous en pensez ?

Anaïs songea au seul indice qu'elle avait gardé pour elle. Le nom de Mêtis, groupe chimique et pharmaceutique, peut-être lié au double meurtre du pêcheur et de sa compagne.

— Rien pour le moment, mentit-elle. Sinon que l'affaire est beaucoup plus large qu'on pourrait le penser.

— Large dans quel sens ?

— Trop tôt pour le dire, monsieur le juge.

Il lâcha la feuille. Elle l'attrapa et la relut. Son passeport pour le sud-est de la France. Elle fourra le document dans sa poche. L'odeur d'encens donnait un étrange caractère religieux à la scène.

— Deux jours, conclut Le Gall en se levant. À compter de demain vendredi. Vous me ramenez Mathias Freire dans ce bureau lundi, avec des menottes au poing et des aveux signés. Sinon, ce n'est pas la peine de revenir.

— Tu t'es fait avoir. Moi j'te l'dis : tu t'es fait avoir.

Depuis deux heures, Shampooing assommait Janusz avec sa litanie alors qu'ils cherchaient Fer-Blanc à travers Marseille, sans le moindre résultat.

— Fer-Blanc, y doit être mort et enterré depuis longtemps. Personne l'a vu depuis des mois. Claudie a dû voir passer son cadavre à la morgue et il a inventé cette histoire pour te soutirer du fric. T'as acheté les confessions d'un mort !

Janusz marchait sans répondre. Il n'était pas loin de penser comme Shampooing mais il ne voulait pas s'abandonner au désespoir. Sinon, il se laissait choir sur le trottoir et attendait qu'on l'arrête. Fer-Blanc, c'était sa dernière chance d'avancer.

Ils étaient retournés au Club Pernod : pour rien. Ils avaient fait un crochet par la place Victor-Gelu. Personne n'avait vu Fer-Blanc depuis des lustres. Ils avaient remonté la Canebière et s'étaient arrêtés à l'église des Réformés. Sans résultat. Ils étaient repassés au Théâtre du Gymnase, pour surprendre une nouvelle baston entre zonards. Ils s'étaient enfuis sans poser de questions.

Ils marchaient maintenant en direction de l'Accueil de jour Marceau, histoire de poser encore leurs questions et de prendre un café chaud. La nuit avançait, absorbant la clarté comme un papier buvard. Avec elle, Janusz sentait monter une angoisse irrépressible. À chaque bruit de sirène, il sursautait. À chaque regard appuyé, il baissait la tête. Les flics. Les tueurs. Les zonards de Bougainville... Ils étaient tous à sa recherche. Ils étaient tous sur le point de le trouver...

Enfin, ils traversèrent la porte d'Aix et rejoignirent le foyer Marceau. Les travailleurs sociaux avaient organisé un karaoké. À la vue des SDF qui ânonnaient des chansons de leur bouche édentée, Janusz recula sur le seuil.

— Vas-y, dit-il à Shampooing. Je t'attends dehors.

Il tremblait dans ses fringues, malgré la chaleur de son corps en sueur – deux heures qu'ils marchaient sans s'arrêter. Il se cala sous la voûte qui donnait accès au foyer et relut, pour s'occuper, le rapport d'autopsie.

Du bruit attira son attention. À quelques mètres de là, un homme était assis, enfoncé dans l'obscurité. Janusz plissa les yeux et détailla le personnage. Il portait un pull râpé et un pantalon de pyjama maculé. Il était chaussé de deux sacs en plastique. Son visage était très blanc, façon Pierrot. Mais un Pierrot qui se serait pris une dérouillée. La cornée de son œil gauche était rouge. Un hématome violacé gonflait sa joue.

— On est en train de se transformer, marmonna-t-il avec difficulté.

Il tenait à deux mains une bouteille de plastique gris. Janusz se dit qu'il buvait du white-spirit mais c'était sans doute une marque de picrate qu'il ne connaissait pas.

— On s'transforme, mec.

— En quoi ? demanda Janusz machinalement.

— La ville, c'est une maladie, une lèpre… continua l'autre comme s'il n'avait pas entendu. À force d'y traîner, on est contaminé par sa crasse, sa pollution, sa puanteur… On devient du goudron, du gaz d'échappement, de la gomme de pneus…

Janusz n'avait plus la force de chasser ce nouveau délire. La fatigue au contraire le rendait spongieux, perméable. D'un coup, le gars lui apparut comme un oracle. Un Tirésias de l'asphalte. Il regarda ses mains. Sa peau devenait déjà du bitume. Sa respiration puait le dioxyde d'azote…

— Salut, Didou.

Shampooing venait d'apparaître sur le seuil du foyer. L'autre ne répondit pas, se renfrognant derrière sa bouteille.

— Tu l'connais ? fit Janusz.

— Tout le monde connaît Didou. Y s'prend pour un voyant. (Il baissa la voix.) Mais c'est rien qu'un cinglé de plus. Sauf qu'il est dangereux. Y s'castagne avec tous ceux qui sont pas d'accord avec ses prédictions.

Mentalement, Janusz remercia Shampooing d'avoir remis, en quelques mots, les choses à leur place et balayé son hallucination. Il oublia le monstre en pyjama.

— T'as du neuf ? demanda-t-il.

— Que dalle. Pas plus d'Fer-Blanc que de beurre en branche. T'as pas faim ?

Shampooing avait retrouvé ses couleurs. Sans doute n'avait-il pas bu que du café au karaoké. Janusz mourait de faim mais il ne pouvait plus se permettre de rôder dans les soupes populaires...

Comme s'il pressentait ses craintes, Shampooing annonça :

— Ce soir, on va au resto.

— Au resto, vraiment ?

— Presque !

Dix minutes plus tard, ils se trouvaient dans l'arrière-cour d'un fast-food. Des effluves dégueulasses graissaient l'air. Shampooing plongeait tête la première dans des conteneurs remplis de déchets.

Janusz avait le cœur dans la gorge. L'impasse lui rappelait le patio où il s'était renversé du vin sur la tête, la veille au matin. Il avait l'impression d'avoir vécu un siècle depuis ce baptême atroce.

Shampooing ressortit des poubelles les bras chargés de victuailles sous plastique.

— Monsieur est servi ! ricana-t-il.

Il lui lança ses trésors, l'un après l'autre, en énumérant :

— Tomates ! Pain de mie ! Fromage ! Jambon !

Janusz les attrapait, partagé entre dégoût et fringale.

— Rien que du bio ! conclut Shampooing.

Janusz ouvrit un sachet plastique et croqua dans une tranche de pain à peine décongelée. Il en éprouva une jouissance profonde. Une sourde reconnaissance de l'estomac. Il ouvrit d'autres sachets. Dévora du jambon, du fromage, des cornichons... À chaque bouchée, il mesurait la profondeur de leur misère. Deux hommes accroupis, mangeant avec leurs doigts, en poussant des grognements. Des rats survivant dans les entrailles de la ville.

— Coca ?

Shampooing lui tendait un gobelet surmonté d'une paille brisée. Il l'attrapa avec avidité et but d'un trait. La vie revenait dans ses veines. La force dans ses muscles.

— Où on va dormir ? demanda-t-il pour rester dans les questions vitales.

— Va falloir la jouer fine, avec les zonards qui traînent et les flics qui vont faire la tournée des foyers…

La sollicitude de Shampooing lui fit plaisir – à moins qu'il ait le projet de lui trancher la gorge dans son sommeil.

— On va s'trouver un spot en plein air. J'en connais. Mais en février, c'est pas évident. Le Samu ratisse tous les coins. Les flics aussi. Ils veulent personne dehors. Si y a un de nous qui crève dehors, ça leur retombe sur la gueule.

La perspective de la nuit à la belle étoile lui fit penser aux zonards et à leur agression.

— Les mecs de Bougainville, tu sais dans quel quartier ils m'ont attaqué ?

— À La Joliette, j'crois. Sur les docks.

— Qu'est-ce que je foutais là ?

— Aucune idée. D'ordinaire, tu restais plutôt aux Emmaüs.

Emmaüs. Janusz se fit la réflexion qu'il n'avait toujours pas enquêté chez ceux qui le connaissaient le mieux. Maintenant, c'était trop tard. Son portrait devait circuler dans tous les foyers. Une autre idée germa dans sa tête. Il fouilla dans ses poches et trouva la carte de visite de l'homme qu'il avait croisé dans le train de Biarritz.

DANIEL LE GUEN

COMPAGNON EMMAÜS

06 17 35 44 20

— Où je peux trouver une cabine téléphonique ?

Dans la journée, la porte d'Aix ressemblait à un souk africain. Maintenant, tout était désert. Les marchands ambulants avaient plié boutique. Les rideaux de fer étaient tirés. Le sol était jonché de plumes de poulet, d'écorces de fruits, de papiers gras. Des odeurs d'ordures variées planaient dans la nuit noire, traversée par des fantômes plus noirs encore. Des femmes voilées, des racailles à capuche…

— Faut s'magner, grogna Shampooing. Le mistral se lève.

Une cabine était plantée près de l'arc de triomphe, au centre de la place, cachée parmi les pins du parc : parfait pour lui. Shampooing donna à Janusz une carte téléphonique en échange d'un billet de 10.

— J'vais refaire le plein, fit le chauve en se dirigeant vers une épicerie arabe encore ouverte.

Janusz plongea dans la cabine et composa le numéro de Le Guen. Il prit conscience du vent, de plus en plus violent. Les pins mugissaient autour de lui. Les vitres tremblaient. Les rainures laissaient filtrer un souffle glacé et humide.

— Allô ?

— Daniel Le Guen ? Je suis Victor Janusz. Vous vous souvenez de moi ?

— Bien sûr. On s'est vus il y a deux jours dans le train de Biarritz.

— Je voulais m'excuser… Mon attitude de l'autre fois… Je… J'ai des problèmes de mémoire.

— Parfois, il est bon de ne pas se rappeler.

Il raffermit sa voix. Il n'avait pas besoin de compassion.

— Je veux me souvenir au contraire. Vous m'avez connu au foyer Emmaüs de Marseille, c'est ça ?

— Au foyer Pointe-Rouge.

— Vous vous souvenez de la date de mon arrivée ?

— Tu es arrivé à la fin du mois d'octobre.

— Je connaissais déjà Marseille ?

— Non. Tu avais l'air complètement… perdu.

Janusz parla plus fort :

— D'où je venais ?

— Tu ne nous l'as jamais dit.

— Sur mon comportement, qu'est-ce que vous pouvez me dire ?

Il criait maintenant pour couvrir le raffut des rafales.

— Tu es resté avec nous deux mois. Tu travaillais au tri, à la vente. Tu dormais au foyer. T'étais un gars sérieux, silencieux. Sans aucun doute surqualifié pour les petits boulots qu'on te filait. Au début, tu souffrais d'amnésie. Progressivement, tu t'es reconstitué. Je veux dire : mentalement. Tu as retrouvé ton nom. Victor Janusz. Mais tu es toujours resté discret sur ton passé. Comment tu en étais arrivé là. Pourquoi tu avais atterri à Marseille, etc.

— Il n'y a jamais eu de problèmes avec moi ?

— Oui et non… Au milieu du mois de décembre, tu as commencé à disparaître. Des journées entières. Parfois la nuit.

— Je buvais ?

— Tu ne revenais jamais très frais, en tout cas.

Janusz songea au meurtre de Tzevan Sokow. Survenu à la mi-décembre.

— Vous savez où j'allais quand je disparaissais ?

— Non.

— Quand j'ai quitté le foyer, qu'est-ce que j'ai dit ?

— Rien. Il y a eu cette histoire de bagarre, fin décembre… On a été te chercher chez les flics, à l'Évêché. Deux jours après, tu disparaissais pour de bon.

— Sur la bagarre, j'ai donné des détails ?

— Non. Ni aux keufs, ni à nous. Tu étais fermé comme une tombe.

Le Guen ne croyait pas si bien dire. D'un coup, la migraine monta sous son crâne. Derrière l'œil gauche, le point de douleur réapparut… En écho, le vent hurlait toujours, giflait la cabine qui grelottait sur place.

— Mes petits boulots, c'était quoi ?

— Je sais plus trop. Vers la fin, tu t'occupais de notre stand de vente de vêtements. Tu bossais aussi à l'atelier où on recoud les fringues. Tu voulais surtout pas t'occuper des disques ni des livres. Rien d'artistique.

— Pourquoi ?

— Tu paraissais… traumatisé de ce côté-là.

— Traumatisé ?

— À mon avis, avant d'être un sans-abri, tu avais été un artiste.

Janusz ferma les yeux. La souffrance frappait plus intensément à chaque mot... Il sentait qu'il frôlait celui qu'il avait été *avant* Janusz. Et cette perspective, pour une raison inconnue, lui faisait mal.

— Quel... quel genre d'artiste ? balbutia-t-il.

— Un peintre, à mon avis.

— Comment vous le savez ?

— À cause de ton allergie... Tu refusais d'approcher tout ce qui pouvait ressembler à un tableau ou à un album. Pourtant, j'ai remarqué que tu t'y connaissais. Une fois ou deux, t'as utilisé des termes techniques, comme quelqu'un qui aurait pratiqué.

L'information se diluait en lui comme une nappe de mazout. Pas la moindre réminiscence mais une terreur vague, qui l'enveloppait, l'engluait...

— Un jour, continuait l'autre, un de nos compagnons a feuilleté devant toi une anthologie de peinture illustrée. Tu es devenu livide. À un moment, tu as violemment plaqué ta main sur la reproduction d'un tableau et tu as articulé entre tes dents : « Plus jamais ça. » Je m'en souviens très bien.

— Vous vous souvenez de quel tableau il s'agissait ?

— Un autoportrait de Courbet.

— Si j'étais un artiste, vous n'avez pas cherché à savoir s'il existait quelque part des œuvres signées Janusz ?

— Non. D'abord, parce que je n'en avais pas le temps. Ensuite, parce que je savais que si ces toiles existaient, elles porteraient un autre nom.

La cabine hurlait de tous côtés. La vibration des vitres s'intensifiait.

D'un coup, il comprit que Le Guen *savait*.

— Avant d'être Janusz, confirma-t-il, tu étais quelqu'un d'autre. Comme après avoir été Janusz, tu t'es fait appeler Mathias Freire.

— Comment vous connaissez ce nom ?

— Tu me l'as donné dans le train.

— Et vous vous en souvenez ?

— J'aurais du mal à l'oublier. Je reviens de Bordeaux. Là-bas, ce nom et ton visage passent en boucle aux informations régionales.

— Vous... vous allez me dénoncer ?

— Je ne sais même pas où tu te trouves.

— Vous m'avez connu à l'époque, gémit-il. Vous pensez que je suis coupable ? que je serais capable de tuer un homme ?

Le Guen ne répondit pas tout de suite. Son calme contrastait avec la panique de Janusz.

— Je ne peux pas te répondre, Victor. Soupçonner qui ? Le peintre que tu as sans doute été avant Marseille ? Le clochard renfermé que j'ai connu à Pointe-Rouge ? Le psychiatre que j'ai croisé dans le train ? La seule chose que tu dois faire, c'est te rendre à la police. Te faire soigner. Les médecins te permettront de mettre de l'ordre dans tes personnalités. De revenir à ta première identité. Elle seule compte. Et pour cela, tu as besoin d'aide.

Janusz sentit la colère revenir dans ses veines. Le Guen avait raison mais il ne voulait pas entendre ça. Il allait le rembarrer quand un choc le fit sursauter. Shampooing écrasait sa gueule pelée contre la vitre.

— Magne-toi ! Le mistral est là ! Faut vite qu'on s'trouve une planque avant de geler sur place !

— Commandant Martenot. Je peux vous parler ?

— Pas de problème. Je suis en route pour Marseille.

Au volant de sa Golf, Anaïs tenait son mobile coincé contre son oreille. Il était près de 20 heures. Elle roulait à fond sur l'autoroute en direction de Toulouse. 220 kilomètres-heure. Elle emmerdait les radars. Elle emmerdait les gendarmes. Elle emmerdait Le Gall, Deversat et toute leur clique de merde.

— J'ai enfin les résultats de l'autopsie.

Patrick Bonfils et Sylvie Robin avaient été tués le 16 février, à 10 heures du matin. On était le 18. Il était 20 heures.

— C'est la grande rapidité, fit-elle sèchement.

— Il y a eu un contretemps.

— Sans blague ?

Martenot marqua une pause. Anaïs comprit qu'elle devait cesser ce petit jeu. Rien n'obligeait l'officier à l'appeler. Surtout pas maintenant que Mauricet avait repris les rênes officielles du dossier.

— Qu'est-ce qui ressort ? demanda-t-elle plus calmement.

— Le légiste confirme ce qu'on savait déjà. Les balles qui ont tué Patrick Bonfils et Sylvie Robin sont de calibre 12,7. L'arme utilisée est un fusil Hécate II.

— On peut remonter jusqu'au fusil ?

Un temps, encore. Le commandant choisissait ses mots avec soin.

— Non. Selon les experts, tout ce qu'on peut faire, c'est confirmer que l'arme est la bonne si on met la main dessus. Les fusils Hécate sont répertoriés en France. Mais vu le contexte, celui-ci peut provenir de n'importe où.

— Parlez-moi des blessures.

— Professionnelles, elles aussi. Patrick Bonfils et Sylvie Robin ont été touchés trois fois chacun. Une balle dans la tête, deux dans le cœur ou dans la région thoracique. Je me suis renseigné. Même dans notre armée, il y a actuellement peu de tireurs capables d'un tel exploit à cette distance.

— Ça réduit la liste de suspects, non ?

Martenot hésitait de nouveau. Chez les soldats, on lave son linge sale en famille. C'était pour cette raison que le rapport d'autopsie avait mis si longtemps à sortir. Il avait dû être d'abord soumis à un bataillon d'officiers, d'experts, de stratèges. Une contre-commission avait dû se livrer à une nouvelle autopsie, à une étude de l'angle de tir, à une analyse détaillée des douilles…

Anaïs avait toujours les yeux rivés sur les quatre voies éclairées par ses phares. Vision psalmodique, convulsive, des lignes blanches discontinues. Elle avait l'impression de voler la route à la nuit.

— L'autopsie nous apprend autre chose sur ces meurtres ?

— Oui.

Elle avait posé la question pour la forme. Elle n'escomptait pas une réponse positive. Elle attendait la suite mais Martenot conservait le silence.

— Qu'est-ce qui se passe ?

— Le corps de Patrick Bonfils porte une mutilation étrange. Une blessure au visage que le ou les tueurs ont effectuée après l'avoir abattu.

Anaïs se livra à une reconstitution mentale. Le sniper avait abattu Bonfils et sa compagne puis manqué Mathias Freire. Avec son complice, il s'était lancé à sa poursuite. Entre-temps, des pêcheurs s'étaient précipités, apercevant les victimes sur la plage. Les tueurs n'avaient donc pas pu revenir près du corps de Bonfils et pratiquer la mutilation.

Elle posa sa question sous un autre angle :

— Quand nous nous sommes vus à Guéthary, vous ne m'en avez pas parlé.

— Je ne le savais pas.

— Vous n'aviez pas vu les corps à la morgue ?

— Bien sûr que si.

— Vous n'avez pas remarqué cette mutilation au visage ?

— Je ne l'ai pas remarquée parce qu'elle n'existait pas. Pas encore.

— Je ne comprends pas.

— La mutilation a été faite *après*. Dans la soirée du 16 février. Quand je vous ai rencontrée, je n'étais pas au courant.

Anaïs se concentrait sur la route. Ce qu'elle devinait était de la pure folie.

— Vous voulez dire qu'on est venu à l'Institut médico-légal, dans la soirée, pour dégrader le visage de la victime ?

— Exactement.

— Où est l'IML ?

— À Rangueil, près de Toulouse.

— De quelle nature est la mutilation ?

— L'agresseur a ouvert le nez de Bonfils dans le sens de la hauteur. Il a prélevé l'os nasal ainsi que le cartilage triangulaire et le cartilage alaire. Tout ce qui participe à la forme du nez.

Anaïs maintenait son pied sur l'accélérateur. La vitesse lui permettait de rester compacte, focalisée. Sa gorge était sèche. Ses yeux brûlaient. Mais son esprit tournait à plein régime. La lenteur du rapport d'autopsie n'avait rien à voir avec une contre-expertise militaire.

— Qui vous dit que ce sont les tueurs qui sont revenus ?

— Qui d'autre ?

— Pourquoi auraient-ils pris ce risque ? Pourquoi voler ces os ?

— Je ne sais pas. Pour moi, ce sont des chasseurs. Ils sont revenus voler ces fragments comme des trophées.

— Des trophées ?

— Durant la guerre du Pacifique, les soldats américains prélevaient les dents ou les oreilles de leurs victimes japonaises. On taillait des coupe-papier dans des fémurs ou des tibias humains.

Le débit du gendarme s'était accéléré. Il paraissait à la fois terrifié et fasciné par ces prédateurs furtifs et invisibles.

— À quelle heure s'est produite leur... intervention ?

— Aux environs de 20 heures. Les corps étaient partis du Centre hospitalier de Bayonne à 17 heures. Ils venaient d'arriver à Rangueil. Visiblement, la morgue n'était pas surveillée.

Anaïs ne pouvait imaginer des types, capables d'atteindre une cible à plus de cinq cents mètres – des méthodes et des compétences professionnelles –, prendre de tels risques pour récupérer une poignée d'os. Des trophées, vraiment ?

— Qui savait que les corps seraient transférés à la morgue de Rangueil ?

— Tout le monde : c'est le seul Institut médico-légal de la région.

— À quelle heure étaient censées commencer les autopsies ?

— Aussitôt après l'arrivée des corps. Je ne sais pas comment les agresseurs se sont démerdés.

— Quelle arme ils ont utilisée ?

— Un couteau de chasse, selon le légiste. Avec une lame crantée en acier.

— Vous avez interrogé le personnel de l'IML ?

Martenot céda à la mauvaise humeur :

— Qu'est-ce que vous croyez qu'on fout depuis trois jours ? On a passé au peigne fin toute la morgue. On a retrouvé une quantité de microfragments organiques, ce qui n'est pas étonnant dans un tel lieu. On a tout étudié, analysé, identifié. Pas une seule empreinte inconnue. Pas un seul cheveu qui n'appartienne à un cadavre ou à un membre du personnel de l'IML. Ces types sont des fantômes.

378

— Pourquoi m'appelez-vous maintenant ?

— Parce que je vous fais confiance.

— Vos supérieurs sont au courant pour ce coup de fil ?

— Ni mes supérieurs, ni le juge de Bayonne. Ni même le magistrat saisi pour le meurtre de Philippe Duruy.

— Le Gall ? Il vous a contacté ?

— Cet après-midi. Je n'ai pas encore appelé Mauricet.

Anaïs sourit. Elle s'était au moins trouvé un allié.

— Merci.

— De rien. Celui qui a du nouveau rappelle l'autre.

— Entendu.

Elle raccrocha. Elle fixait les lignes discontinues. Fragmentaires, saccadées, hypnotiques. Un film stroboscopique qui projetterait des images sans lien entre elles. Pourtant, un tableau revenait sans cesse dans ce maelström. Un décor. Celui d'une boucherie où fragments de chair et flaques de sang maculaient le carrelage blanc.

Dans son hallucination, la boucherie était humaine.

Janusz et Shampooing marchaient toujours contre le vent, direction sud-ouest. Le chauve connaissait un chantier au bout des docks, entre la cathédrale de la Major et le quartier du Panier. Une planque idéale pour la nuit. Mais avant ça, il voulait récupérer des cartons cachés dans un conteneur de jardinier, près de la Vieille-Charité.

— Pour te faire un superpaddock !

Janusz suivait en pilotage automatique. La conversation avec Le Guen avait été le coup de grâce. Avant d'être psychiatre, clochard, il avait donc été peintre – ou du moins artiste. Cette nouvelle information ne lui donnait pas l'impression d'avancer mais de sombrer dans un chaos privé de centre de gravité.

— C'est encore loin ?

— On arrive.

Il n'avait plus qu'une envie : s'endormir et ne plus se réveiller. Un cadavre roulé dans ses haillons qui finirait enterré dans un quelconque carré des indigents. Une tombe anonyme entre celles de « Titi », « La Chouette » et « Bioman ».

Janusz regarda autour de lui. Le décor avait changé. Plus rien à voir avec les avenues qu'il arpentait depuis la veille. C'était un imbroglio de ruelles qui rappelaient les villes de l'Italie du Sud – Naples, Bari, Palerme…

— Où on est ?

— Au Panier, mon gars.

Un nom apparut : RUE DES REPENTIES. Une boutique s'intitulait PLUS BELLE LA VIE. Il se souvint d'un feuilleton-fleuve que les patients de son unité regardaient avec passion. La série devait se dérouler dans ce quartier.

Malgré la fatigue, le froid, la peur, Janusz éprouva un sentiment de réconfort. Le lieu distillait une sorte d'intimité bienfaisante. Du linge pendait aux fenêtres. Des lanternes brillaient comme des étoiles jaillies d'un autre âge. Des blocs de climatisation achevaient de donner un air méridional, presque tropical, aux façades.

Ils traversèrent des places, montèrent des rues abruptes, s'engagèrent dans des corridors de pierre…

— C'est là !

Shampooing désignait un square. Il enjamba la clôture, plongea parmi les buissons et découvrit des conteneurs verts destinés aux feuilles mortes et aux branches brisées. Il en sortit des grands cartons pliés.

— Ton lit, Jeannot ! Un Épéda trois couches !

Shampooing lui fourra les cartons sous les bras. Ils redescendirent des artères raides comme des échelles. Le mistral avait vidé la ville. Boulevard des Dames. Boulevard Schumann. Ils atteignirent l'autoroute surélevée du littoral. Au-delà, c'étaient les docks et la mer. Entre les deux, une grande travée s'ouvrait sur plusieurs mètres de profondeur. Un chantier à ciel ouvert qui avançait sur plusieurs kilomètres.

Ils longèrent la fosse. Shampooing balança la bouteille qu'il venait d'écluser et partit dans une tirade sur l'ennemi de cette nuit.

— Le mistral, t'y échappes pas, hurla-t-il entre deux rafales. Y descend de la vallée du Rhône pour nous tuer. Y te souffle dans la gueule 24 heures sur 24. Y te rentre sous la peau. Y te glace les os. Y va chercher ton cœur sous tes côtes pour le stopper net. Dès qu'il arrive à Marseille, on perd deux ou trois degrés. Avec l'humidité de la mer, c't'un vrai piège qui se referme sur toi pendant la nuit. Tu t'réveilles en faisant des bonds de carpe sous tes cartons. Et si jamais il pleut, tu t'réveilles pas !

Shampooing s'arrêta d'un coup. Janusz baissa les yeux et vit ce qui l'attendait. Au fond de la saignée du chantier, des formes bougeaient, s'agitaient, se soulevaient comme des plis à la surface d'une gigantesque douve. Janusz regarda mieux. Des hommes dépliaient leurs sacs de couchage, leurs cartons, leurs bâches. D'autres se réchauffaient autour d'un brasero. Des rires, des grognements, des borborygmes s'élevaient de la cavité.

Ils allaient descendre quand Shampooing saisit le bras de Janusz :

— Planque-toi !

Le Jumpy du Samu social arrivait. Ils coururent derrière une baraque de chantier. Deux hommes en combinaison plongeaient déjà dans la fosse pour convaincre les fortes têtes de les suivre. Ils offraient des cigarettes, la jouaient ami-ami…

— Les salopards, murmura Shampooing. Ils veulent tous nous mettre au chaud. Y z'ont trop peur d'avoir un Picard sur le dos.

— Un quoi ?

— Un Picard. Un clodo mort de froid.

Janusz, lui, aurait tout donné pour être pris en charge. S'enfouir dans un lit, dans l'oubli, dans le sommeil…

— On s'casse, chuchota son compagnon. J'connais une autre planque.

Ils remontèrent l'avenue, fuyant les luminaires et les places trop éclairées. Janusz mettait un pied devant l'autre, les yeux fixes. Il avait les bras tétanisés, les jambes raides. Shampooing ne connaissait pas une autre planque. Il les connaissait *toutes*. Sous les ponts. Les portails. Au fond des bouches de parking. Le moindre abri pisseux. Le moindre recoin d'asphalte.

Mais les places étaient déjà prises. Chaque fois, ils découvraient des corps serrés, des gueules cachées sous des pans obscurs, des duvets déchirés, des couvertures trouées.

Chacun pour soi et le vent contre tous.

Enfin, ils tombèrent sur un autre gouffre où un gigantesque conduit d'évacuation reposait dans la boue. Ils s'insinuèrent dans le tuyau, manquant de se ramasser plusieurs fois. Des dizaines d'hommes s'alignaient là, épousant la circonférence du cylindre.

— C'est bon pour les varices ! ricana Shampooing, faisant allusion aux pieds qui remontaient au fil de la courbe.

Ils enjambèrent les corps. Se tenant à la paroi, Janusz crut se brûler au contact du ciment glacé. Les odeurs de pisse, de pourriture planaient en nappes immobiles, cristallisées. Il se cognait, trébuchait, butait contre les autres. Des grognements, des insultes lui répondaient. Ni des ennemis, ni des compagnons de galère. Seulement des rats qui cohabitaient.

Ils trouvèrent une place. Shampooing cala au creux de la courbe ses sacs dégueulasses. Janusz déplia ses cartons, en se demandant à quel moment le trépané allait tenter de lui faire la peau. Il plongea sous les emballages, en s'efforçant d'imaginer qu'il s'agissait de draps et de couvertures. Il attrapa, comme toujours, son couteau commando et le serra sous le carton qui lui servait d'oreiller.

Il se jura, comme la veille, de ne dormir que d'un œil. Comme la veille, il sentit le sommeil déferler sur lui à la manière d'une lame de fond. Il résista. Aux portes du néant, il se concentra sur son enquête. Fer-Blanc était une impasse. Quoi d'autre ?

L'enquête des flics de Marseille. Ils tenaient plus d'éléments concrets que ceux de Bordeaux. L'armature de deltaplane. La cire. Les plumes. Le tueur se les était bien procurés quelque part et ce n'étaient pas des produits ordinaires. Le dénommé Crosnier et son groupe avaient sans doute creusé la piste de chaque objet, chaque matériau. Avaient-ils dégoté quelque chose ?

Un nouveau projet suicidaire se forma dans sa tête. Se procurer le dossier d'instruction. Tenter le coup dès le lendemain matin. Il essaya d'imaginer une stratégie mais le néant s'abattit sur sa conscience. Quand il ouvrit les yeux, il braquait son couteau vers les ténèbres.

— Ça va pas, non ?

Shampooing se penchait sur lui. À travers les limbes du sommeil, il avait senti sa présence. Sa menace. Ses réflexes avaient fait le reste.

— T'es con ou quoi ? fit l'homme au bonnet. Tu vois pas qu'on est inondés ?

Janusz se releva sur un coude. Il était à moitié immergé. Ses cartons flottaient près de lui. Partout, la pluie crépitait. Des torrents de fange avaient pénétré dans le conduit. Les clochards étaient déjà debout, titubant, regroupant leurs paquetages.

— Magne-toi, fit le chauve en ramassant ses cabas. Si on reste là, on va geler !

L'eau montait à vue d'œil. Les sans-abri se détachaient sur la paroi convexe en ombres chinoises. Quelques-uns, trop bourrés, ne bougeaient pas. On les ignorait. On jouait des coudes, on se poussait pour sortir du boyau. C'était la panique, mais une panique lente, engourdie, poisseuse de boue et d'alcool.

Janusz repéra deux corps inanimés dont les visages baignaient dans la tourbe. Il attrapa le premier par le col, le remonta, le plaça contre la paroi circulaire. Il attaquait la même manœuvre avec le second quand Shampooing le saisit par l'épaule.

— T'es malade ou quoi ?

— On peut pas les laisser là.

— Mon cul. Faut s'tirer !

Le conduit se vidait de ses locataires. Des sacs flottaient à la surface de la flotte. Une pure vision de naufrage. Janusz tâta le pouls des deux crevards. Leur carotide battait faiblement. Il balança une violente gifle au premier, puis au second. Aucune réaction.

Il repartit pour une tournée.

Enfin, les zombies s'ébrouèrent.

— Putain, magne-toi ! On va crever de froid !

Janusz hésita encore une seconde puis emboîta le pas à Shampooing. Ils remontèrent les flots de merde jusqu'à l'issue du tuyau. La boue leur montait à mi-cuisse. Janusz trébucha, tomba, se releva. Ils n'étaient plus qu'à quelques mètres de la sortie. Il lança un coup d'œil aux deux clodos qui avançaient à quatre pattes, hagards, comme des castors hallucinés.

L'air libre. Ils se relevèrent. L'averse redoublait de violence. Un déluge de mousson, vertical, obstiné – sauf que l'eau était glacée. Janusz mesura la nouvelle épreuve qui les attendait : dix mètres de pente abrupte à remonter sans le moindre appui.

Ils s'attelèrent à la tâche, plongeant leurs doigts dans la falaise de boue. La pluie frappait leurs épaules. Le vent les freinait. Quand l'un tombait, l'autre le relevait, et vice versa. Progressivement, ils gagnèrent un mètre après l'autre. Enfin, Janusz parvint à saisir une tige de fer et à se hisser hors de la fosse, sans abandonner Shampooing qui battait des pieds dans le vide.

Ils jaillirent hors de la cavité comme deux caillots de boue, crachés par une blessure minérale. Le chauve n'avait lâché ni son duvet ni ses cabas. Janusz allait le féliciter quand son expression de terreur lui fit tourner la tête.

Un groupe d'hommes les attendait. Ils n'avaient rien à voir avec les clochards du conduit. Crêtes, dreadlocks, piercings, tatouages : ils portaient des blousons de toile satinée ou des parkas militaires. Plusieurs d'entre eux tenaient des chiens au collier, prêts à bondir. Et surtout, des armes blanches, bricolées, barbares, dont Janusz percevait tout le potentiel meurtrier.

Il ne fut pas étonné quand Shampooing murmura :

— Merde. Les mecs de Bougainville.

Ils coururent comme ils purent, entravés par les plis boueux de leurs vêtements. Leurs pas produisaient de lourds clapotis. Ils prirent à droite et tombèrent sur une avenue rectiligne, complètement déserte. À travers la pluie, Janusz voyait tressauter réverbères, façades, trottoirs, fragments de ciel. Il risqua un coup d'œil par-dessus son épaule. Les guerriers de Bougainville étaient passés au sprint, chiens en tête. Sur cette artère, ils n'avaient aucune chance de leur échapper.

Janusz attrapa l'anorak de Shampooing et l'entraîna dans une rue à droite. Puis dans une autre à gauche. À une trentaine de mètres, il aperçut un escalier qui montait à l'assaut du Panier.

Ils étaient donc revenus sur leurs pas. Il désigna les marches et prit cette direction sans attendre la réaction de Shampooing. Il grimpa et jeta un nouveau regard en arrière : le chauve suivait, à bout de souffle. Derrière lui, la bande se précisait. Les chiens n'étaient plus qu'à quelques mètres.

Il attendit son compagnon. Un bref instant, il eut l'impression de se dédoubler, observant la scène à distance. Il n'entendait plus rien. Ne sentait plus l'averse. Son esprit flottait, simple spectateur de la scène.

Shampooing arriva enfin. Il le laissa passer et ferma le cortège. Chaque marche était une épreuve, une souffrance. La pluie entrait en collision avec leur crâne, leur dos, leurs épaules. Janusz grimpait maintenant comme un singe, à quatre pattes, s'aidant avec les mains pour monter plus vite. L'impression de dédoublement était passée.

C'était bien lui qui allait crever.

C'était bien la peur qui lui remontait dans la gorge, à le faire vomir.

Soudain, il perdit le contact avec le sol. Sa tête frappa une marche. Des étincelles éclatèrent sous ses orbites. Des ondes de douleur prirent le relais. La seconde suivante, il sentit le froid du ciment mouillé sur sa joue. Le chaud du sang sur son visage. Une douleur fulgurante à la jambe…

Il baissa les yeux : un des chiens venait de le mordre au mollet. L'animal lui faisait redescendre les marches sur le ventre. Il essaya d'agripper un réverbère. Raté. Il leva la tête. Shampooing montait toujours. Il n'avait rien remarqué – ou préférait fuir. Il voulut crier mais l'angle d'une marche lui fracassa la bouche. Il tenta de se redresser. Dévala deux autres marches.

Opérant une torsion sur lui-même, il parvint à se mettre sur le dos. Il vit les yeux du chien rendu fou par la poursuite. Derrière lui, un zonard arrivait. Janusz balança un coup de talon dans la gueule du molosse qui roula dans les jambes de son maître. Les deux attaquants dégringolèrent dans l'escalier.

Il profita du répit pour se relever. Le clebs reprenait déjà sa montée, le prédateur sur ses pas. Janusz glissa, se récupéra, avança à reculons, observant ses ennemis.

Dans le halo du réverbère, un détail lui sauta aux yeux. Le guerrier tenait une arme bricolée. Un couteau constitué d'une pointe de céramique aiguisée. Sans aucun doute un fragment de chiottes.

Janusz fut traversé par un éclair. Il ne se ferait pas saigner par un tel poignard. Sans armer son bras, il balança une baffe à pleine force dans l'oreille de l'attaquant. Le prédateur vacilla, s'accrocha à la rampe pour ne pas tomber. Janusz l'attrapa par le col, l'attira à lui et lui décocha un coup de tête de côté, comme l'aurait fait un joueur de football. Une voix lui dictait ses actes. *Viser l'arête du nez et les orbites oculaires, éviter la paroi osseuse du front.*

Il perçut un craquement de bois sec. Du sang jaillit jusqu'à ses yeux. Il ne vit plus rien pendant quelques secondes. Il essuya ses paupières et découvrit son agresseur à genoux sur les marches. Le chien bondit. Janusz le reçut d'un coup de pied. Reprenant appui, il frappa l'homme au ventre, de la pointe de sa Converse. *Toujours viser le foie, le point sensible des clochards, rapport à leur consommation d'alcool.*

Le guerrier étouffa un cri. Roula sur son chien. Ils chutèrent de nouveau ensemble. Janusz resta immobile, sidéré par sa propre prouesse. Il était redevenu Victor Janusz pour de bon. L'homme des rues. Le barbare de l'asphalte.

Deux nouveaux zonards jaillirent du rideau de pluie, l'un tondu, l'autre coiffé d'une crête rouge. Le premier tenait une barre de fer, le second une batte de base-ball cloutée. Janusz arma ses poings puis fut pris d'un brusque abattement. C'en était trop. Il se laissa tomber sur le cul. Croisa les bras sur sa tête, prêt pour un tabassage en règle.

Le premier choc retentit. Suivi d'un deuxième, plus métallique. Janusz ne ressentit aucune douleur. Il leva les yeux. Shampooing, armé d'un conteneur à déchets taille XXL, avait frappé le premier type et venait de catapulter le second contre un réverbère. Les guerriers reculèrent alors que Shampooing leur balançait le conteneur sur la gueule.

Il releva son compagnon en l'agrippant par le col et le poussa vers le haut. Janusz en éprouva une reconnaissance sans limite. Quelque part au fond de lui, il révisa son jugement. On pouvait toujours compter sur un clodo trépané.

Une volée de marches et ils atteignirent un nouveau lacis de ruelles. Janusz ressentait une douleur violente au mollet. Le clebs ne l'avait pas raté. Ils s'enfouirent dans un réseau de plus en plus étroit. Des boyaux où on ne pouvait plus passer qu'à un seul homme. Malgré eux, ils ralentirent. Jusqu'à s'arrêter. Hors d'haleine. À bout de forces.

La peur était toujours là, mais étouffée par la brûlure des poumons, l'usure des muscles, la nausée de l'estomac.

— On les a semés, haleta Shampooing.

— Tu parles.

Janusz le poussa dans un renfoncement. Le clodo faillit s'étaler.

— Qu'est-ce que tu fous ?

— Planque-toi.

La niche abritait le portail d'une maison dont les grilles étaient dissimulées par des buissons de lavande et des grappes de lierre. Janusz s'accroupit sous les feuillages, imité par Shampooing. À peine s'étaient-ils abrités que les prédateurs leur passèrent sous le nez.

Ils reprirent leur souffle. Janusz sentait l'odeur crayeuse de la pierre détrempée, le parfum des feuilles vives. Sensations bienfaisantes. Ils étaient épuisés, mais sains et saufs. Ils se regardèrent. Le soulagement les reliait par un fil invisible.

— Je vais les suivre, fit Janusz à voix basse.

— Quoi ?

— Ils veulent pas nous casser la gueule. Ils veulent nous tuer. Je dois savoir pourquoi.

Shampooing le regarda d'un air effaré. Le clochard avait perdu son bonnet dans la bataille. Son crâne couturé luisait sous l'averse comme un œuf de dinosaure.

— Tu vas leur poser la question, p't'être ?

— Pas à tous. À un seul. Et par surprise.

— T'es un malade.

Janusz ouvrit le pan de sa veste, dévoilant le manche de son couteau commando :

— J'ai mon couteau.

— T'as surtout un QI de mouche.

— Tu connais une autre planque ?

— Partis comme on est, vaut mieux rentrer au bercail. À la Madrague.

— Pas question. Tu connais pas un hôtel ?

— Un hôtel ?

— J'ai l'argent. Il doit bien y avoir des chambres à Marseille pour des gars comme nous.

— J'en connais bien un mais…

Janusz sortit un billet de 50.

— Fonce là-bas et donne-moi l'adresse.

Réflexe de méfiance, il ajouta :

— Y a un petit frère pour toi si tu m'attends dans la piaule.

Shampooing eut un sourire édenté et expliqua le chemin à suivre.

— Si demain matin, je suis pas là, avertit Janusz, tu préviens les keufs.

— Les keufs ? Et pis quoi encore ?

— Sinon, tu seras arrêté pour complicité.

— Complicité de quoi ? Qu'est-ce que je leur dis ?

— La vérité. Mon retour. L'agression. Ma volonté d'en savoir plus.

— T'étais pas déjà bien clair avant, mais maintenant, c'est carrément du jus de seiche.

— L'hôtel. Attends-moi là-bas.

Janusz s'élança sans attendre de réponse.

Il essayait de courir mais sa jambe blessée lui faisait mal. Par à-coups, il revoyait les crocs du chien plantés dans sa chair. La première chose à faire dans ces cas-là était d'immobiliser le membre touché. C'était réussi. Quant au traitement antibiotique, mieux valait oublier...

Il suivait toujours l'artère principale, ignorant les ruelles perpendiculaires. Une rivière et ses ruisseaux. Il était certain que les prédateurs avaient suivi le même chemin. Il commençait à désespérer de les rattraper quand la rue tourna d'un coup. Il se retrouva à découvert, sur une terrasse dominant la ville.

La surprise le fit reculer dans l'ombre.

Malgré lui, il admira le tableau.

Marseille brillait sous la pluie comme un ciel inversé, jonché d'étoiles. Au-delà, c'était la mer. On ne la voyait pas mais on la devinait, pleine, noire, sans limite.

Le torse en feu, il se pénétra du décor, de l'atmosphère – des ténèbres immergées. Il y cherchait la fraîcheur, l'apaisement. Pour l'instant, il avait l'impression qu'une hémorragie de lave brûlante coulait sous sa cage thoracique.

Des voix le rappelèrent au présent. Il baissa les yeux et découvrit un escalier du même genre que celui qu'il avait grimpé quelques minutes auparavant. En bas, les prédateurs étaient là, dans une flaque de lumière. Ils étaient cinq, sans compter les clébards. Il n'entendait pas ce qu'ils disaient mais il devinait leur colère, leur impuissance, leur essoufflement.

Janusz les examina. Nattes argentées, crêtes rouges ou bleues, crânes rasés portant des tatouages ésotériques. Partout sur leur sale gueule, des piercings. Ils tenaient encore leurs armes. Des battes. Des lames. Des pistolets d'alarme.

Il sourit. Il y avait quelque chose de jouissif à les observer ainsi sans être vu. Ils prirent la direction des docks. Il attendit qu'ils aient disparu de son champ de vision puis dévala l'escalier. La pluie s'était arrêtée mais elle avait laissé partout une pellicule graisseuse, froide et figée.

Ils s'orientèrent vers le nord, empruntant le boulevard surplombé par l'autoroute du littoral. Oubliant sa patte folle, Janusz les suivait à deux cents mètres de distance, passant d'un pilier à l'autre, toujours dans l'ombre. Ils marchèrent ainsi pendant plus d'un kilomètre – il n'était pas certain de ses évaluations. Le boulevard était toujours désert. Le mistral soufflait avec férocité, séchant les traces de l'averse, pétrifiant les flaques.

Enfin, ils prirent à droite et s'enfoncèrent dans des rues mal éclairées. Des blocs se dressaient contre le ciel de goudron. Janusz crut reconnaître le quartier de la Madrague. Ou peut-être celui de Bougainville ? Ils traversèrent des cités-dortoirs, des jardins pelés, des aires de jeux aux portiques rouillés.

Le décor se dégrada encore. Entrepôts condamnés. Fenêtres murées. Champs de terre battue. Au loin, des grues se découpaient, précises, cruelles comme des insectes. Ils marchaient maintenant dans un terrain vague. Des buissons de chiendent grelottaient dans le vent. Des papiers gras, des bouteilles en plastique, des cartons volaient dans l'ombre. Des odeurs d'essence planaient comme une menace. Janusz plissa les yeux et distingua l'objectif des zonards. Un mur couvert de tags, fermant le territoire en friche.

Il était à bout de souffle. Il lui semblait entendre son cœur cogner dans sa poitrine. Tom-tom… Tom-tom… Avec un temps de retard, il comprit qu'il s'agissait d'un bruit de machines se perdant dans l'air humide. Un chantier tournait quelque part. Des engins qui ne dormaient jamais.

Les zonards avaient disparu. Devant lui, il n'y avait plus que le mur aveugle. Les graffitis devaient dissimuler une porte qu'il ne distinguait pas. Il réfléchit à la meilleure stratégie. Il n'y en avait qu'une. Attendre qu'un des connards sorte pisser ou fumer à ciel ouvert. Alors il pourrait attaquer. L'effet de surprise lui donnerait peut-être l'avantage…

Il s'accroupit parmi les buissons. Le froid reprenait déjà le contrôle de son corps. Dans quelques minutes, il commencerait à grelotter puis à se figer. Alors sa température baisserait et…

La porte venait de claquer.

Doucement, tout doucement, il se redressa et observa la silhouette qui traversait l'obscurité. L'homme portait des dreadlocks. Il songea à la créature des films de la série *Prédator*. Ce détail renforça sa trouille et, en même temps, déréalisa la scène. Il évoluait dans un jeu vidéo.

Le type marchait d'un pas incertain. Bourré ou défoncé. Il s'arrêta devant des taillis et soulagea sa vessie. *Maintenant ou jamais.* Janusz bondit. Ses yeux étaient voilés de larmes. Tout lui paraissait flou, étiré, distordu. Il se cramponna à son couteau, attrapa les nattes du mec à pleines mains et tira de toutes ses forces.

Prédator s'écrasa sur la terre glacée, épaules au sol. Janusz planta sa lame dans la braguette ouverte et murmura, un genou sur son torse, l'autre main sur la bouche du salopard :

— Tu gueules, j'te la coupe.

L'homme ne réagit pas. Son regard était vitreux, ses membres flasques. Complètement stone. Janusz enfonça son couteau plus profondément. Le guerrier réagit enfin, voulant hurler. Janusz lui balança un coup de coude dans le visage. L'homme se débattit encore. Nouveau coup de coude. Craquements. À nouveau, la main sur la bouche. Il sentait les débris de la cloison nasale, les mucosités sanglantes sous ses doigts serrés.

— Tu bouges plus. Tu réponds en secouant seulement la tête, compris ?

Prédator fit « oui ». Janusz cala sa lame sous sa gorge. Encouragé par cette première victoire il demanda :

— Tu m'reconnais ?

Les nattes s'agitèrent : oui.

— Ce soir, vous vouliez me buter ?

Nouveau oui de la tête.

— Pourquoi ?

L'homme ne répondit pas. Janusz comprit avec un temps de retard qu'il ne le pouvait pas : il lui écrasait toujours les lèvres. Il relâcha légèrement son emprise.

— Pourquoi vous vouliez me buter ?

— On… on nous a payés.

— Qui ?

Pas de réponse. Janusz leva le coude :

— QUI ?

— Des mecs en costard. Des bourges.

Les tueurs de Guéthary. Ils voulaient donc sa peau. *Par tous les moyens nécessaires.*

— En décembre, c'étaient déjà eux ?

— Ouais.

— Combien pour ma tête ?

— 3 000 euros, enculé.

Le connard reprenait du poil de la bête. 3 000 euros. Pas beaucoup, de son point de vue. Une fortune pour les punks à chiens.

— Comment vous avez su que j'étais revenu ?

— On t'a repéré hier, dans la journée.

— C'est vous qui avez prévenu les bourges ?

— Ouais.

— Vous avez un contact ?

— Un numéro, ouais.

— Quel numéro ?

— C'est pas moi qui l'ai.

L'homme mentait peut-être mais le temps pressait :

— C'est un portable ?

— Non. Le numéro d'un bureau, j'sais pas quoi…

— Vous avez le nom des types ?

— Non. Juste une espèce de mot de passe.

— Quel mot ?

— Je sais pas. C'est pas moi qui…

Il venait de le gifler avec le manche « brise-vitre » de son couteau. L'homme étouffa un cri et parut renifler ses cartilages, pour ne pas les perdre à jamais.

— Quel mot ?

— Je sais pas… (Il palpa son nez qui produisit un bruit d'œuf qu'on écrase.) Un nom russe…

— Russe ?

— Enculé, tu m'as pété le nez…

Janusz fut secoué par une convulsion. La peur, mais aussi une crampe plus profonde. La brûlure de la nuit dernière. Il redoutait d'être à nouveau malade.

Se concentrer sur les quelques secondes qu'il lui restait :

— Pourquoi ils veulent ma peau ?

— Aucune idée.

— Ils vous ont donné mon nom ?

— Non. Juste ta gueule.

— Une photo ?

Le Prédator ricana. Il pressa une narine et expira de l'autre un jet de sang.

— Pas une photo, mec. Un dessin.

— Un dessin ?

— Ouais. (Il ricana encore.) Un putain de crobard…

Un coup d'intuition. Daniel Le Guen lui avait dit qu'il était peintre. Peut-être cette esquisse était-elle un autoportrait, signé de lui-même ? Comment les tueurs pouvaient-ils posséder un élément provenant d'une de ses identités précédentes ?

— Le dessin, demanda-t-il, vous l'avez gardé ?

— On s'est torchés avec, mec.

Janusz lui aurait bien mis une nouvelle baffe mais il n'en avait plus la force. L'autre se boucha l'autre narine et fit jaillir encore des grumeaux noirâtres. Il paraissait avoir contracté un rhume de sang et de violence.

— Les mecs en noir, tu dois les revoir ?

— Quand tu s'ras mort, ma gueule.

— Tu sais où les trouver ?

— Ce sont eux qui nous trouvent. *Ils sont partout.*

Janusz trembla. La crampe au fond de son estomac devint un tison chauffé à blanc. Il leva son couteau. Le Prédator se fit tout petit. Il retourna l'Eickhorn et frappa l'homme au plexus solaire. L'angle acéré, destiné à briser le verre, lui coupa le souffle. Le gars tomba dans les vapes. Peut-être l'avait-il tué. Il évoluait dans un monde où ces nuances n'existaient plus.

Janusz se releva sans la moindre prudence. Un instant, il fut tenté d'ouvrir la porte incrustée parmi les tags et de hurler :

— Crevez-moi !

Un éclair de raison le remit d'équerre. Il repartit à pas chancelants dans le mistral et les odeurs d'essence. Des papiers crasseux se plaquaient contre ses jambes.

Il était condamné : plus de doute là-dessus.

Mais avant de mourir, il saurait pourquoi.

Il lirait l'acte d'accusation et la sentence du juge.

Anaïs se réveilla plus épuisée que lorsqu'elle s'était couchée. Trois heures de pur cauchemar, où des vampires vêtus de costumes Hugo Boss, arc-boutés sur les cadavres d'une morgue, gobaient leur sang après leur avoir découpé le nez. Seule consolation : son père n'était pas de la fête.

Elle mit plusieurs secondes à se resituer. La chambre d'un hôtel d'autoroute dont elle avait repéré l'enseigne sur le coup des 3 heures du mat'. Elle s'était arrêtée sans réfléchir, abrutie de fatigue. Elle n'avait pas le souvenir d'avoir allumé la lumière. Elle s'était écroulée tout habillée sur son lit – et avait accueilli les vampires élégants dans la chambre secrète de son cerveau.

Elle passa dans la salle de bains, ôta son pull puis alluma la lumière. Ce qu'elle vit dans le miroir lui plut. Une jeune femme en tee-shirt, les bras bandés, carrure ferme et compacte. Rien à voir avec une quelconque féminité ou la moindre coquetterie. Une athlète de petit gabarit, dont les rondeurs pâles pouvaient passer pour une promesse de douceur – jusqu'au moment où on y touchait. Elle remarqua que des larmes perlaient au bord de ses paupières. Elle songea à des gouttes de rosée sur un masque de Kaolin et l'image lui plut aussi.

Elle attrapa sa trousse de toilette et changea ses pansements, évaluant encore une fois les dégâts. Elle avait mis des années à cicatriser de ses premières blessures… Soudain, elle sentit s'abattre sur elle une tristesse, un désespoir qui lui fit penser aux grandes ailes noires d'Icare. Elle se dépêcha d'enrouler ses bras dans de nouvelles bandes.

Retour dans la chambre. Elle emportait toujours une trousse d'écolière, dans laquelle elle plaçait critériums, stylos et Stabilo pour bosser façon étudiante. Elle y cachait aussi ses comprimés. Elle avala, avec la sûreté de l'habitude, un demi-cachet de Solian et une gélule d'Effexor. *Du lourd*. À quoi elle ajouta une barrette de Lexomil.

Son traitement de choc par temps de dépression.

Le mot était galvaudé mais elle était elle-même une fille galvaudée. Après le bac, en première année de droit, elle s'était écroulée pour rester plus de deux mois au lit. Incapable de bouger. À l'époque, elle ignorait encore pour son père… C'était autre chose. Les courants profonds de son âme, indifférents à la marche du monde. Ou l'héritage génétique de sa mère. Elle ne bougeait plus. Ne parlait plus. Elle se tenait au-dessous du niveau de la mort. Elle avait échappé de justesse à l'hospitalisation.

Peu à peu, grâce à un sérieux traitement d'antidépresseurs, elle s'était rétablie et avait connu deux années de chaud et de froid, zone incertaine où elle vivait dans l'angoisse permanente d'une rechute. Cette angoisse ne l'avait jamais totalement quittée.

Nous y voilà… Depuis le début de l'enquête, elle constatait, sous son rhume, sous la tension du boulot, sous l'excitation de la rencontre avec Freire, des signes précurseurs – dont la mutilation de ses bras. Elle redoutait de revivre ces journées en forme de roulette russe, où la moindre pensée peut déclencher le pire. Angoisse suicidaire ou coma éveillé…

Elle descendit à la réception et trouva une machine à café. Elle se concocta un expresso sans s'appesantir sur la tristesse du hall désert. Des matériaux qui ne laissaient aucune marque, aucun souvenir. Elle se dit qu'elle appartenait à ce décor. Un objet fantôme parmi d'autres.

De retour dans sa chambre, elle consulta sa messagerie. Cinq SMS. Crosnier, le flic de Marseille. Le Coz. Deversat, qui avait appelé trois fois au fil de la nuit. Elle lut d'abord celui du commandant marseillais, espérant et redoutant à la fois des nouvelles de Janusz. Il n'y en avait pas. À 22 heures, Crosnier lui demandait seulement à quelle heure elle arrivait le lendemain à Marseille.

Le Coz, à 23 h 30, la jouait laconique : « Rappelle-moi. » Deversat idem. Mais d'heure en heure, sa demande devenait un conseil, un ordre, un rugissement.

Elle rappela d'abord Le Coz, qui répondit d'une voix ensommeillée.

— Tu m'as appelée.

— C'est ton histoire de Mêtis, là, marmonna-t-il. Je la sens de moins en moins…

— T'as appris quelque chose ?

— J'ai contacté des journalistes. Des enquêteurs que je connais, aux bureaux locaux de *Sud-Ouest* et de

La République des Pyrénées, à Bordeaux. Des pros qui sont au courant de tout dans la région.

— Et alors ?

— Ils me l'ont joué « dossier brûlant ». Pas question d'en parler au téléphone. Rendez-vous en pleine nuit, etc.

— Qu'est-ce qu'il y avait de si secret ?

— C'est flou. Mêtis est aujourd'hui un groupe chimique et pharmaceutique mais son origine est militaire.

— Comment ça ?

— Ce sont des anciens mercenaires qui l'ont fondé dans les années 60, en Afrique. Ils ont d'abord fait de l'agronomie, puis de la chimie puis des médicaments.

— Quel genre de médicaments ?

— Ils sont très forts sur les psychotropes. Anxiolytiques. Antidépresseurs. J'y connais rien mais il paraît que certains de leurs trucs sont assez connus sur le marché.

Ironie de l'enquête : dans sa vie elle avait sans doute consommé des produits Mêtis.

— En quoi est-ce brûlant ?

— Toujours les mêmes conneries d'expérimentations humaines, de recherches occultes. Pour moi, c'est plutôt de l'ordre de la légende urbaine…

— Sur les liens entre la boîte et l'ACSP ?

— Que dalle. Le groupe Mêtis est une constellation d'entreprises. Parmi elles, il y a cette société de sécurité, c'est tout.

Anaïs songea au Q7. Elle était certaine qu'il existait au contraire un lien entre le géant de la pharmacie et cet attentat. En revanche, hormis l'origine militaire de

Mêtis, le groupe pharmaceutique ne cadrait pas avec le pedigree des snipers et leur fusil Hécate. Encore moins avec le profil de Patrick Bonfils, pêcheur inoffensif de la Côte basque.

— Le journaliste qui a le plus creusé la question est en reportage. Il rentre demain. Tu veux son numéro ?

— Interroge-le d'abord. Je ne sais pas quand je vais rentrer.

Anaïs se sentait maintenant d'attaque :

— Et notre enquête ?

— Quelle enquête ?

— Duruy. Le Minotaure. La gare Saint-Jean.

— Je crois que t'as pas bien compris la situation. Les gars de Mauricet sont venus prendre nos PV, ainsi que le disque dur qui contenait les documents afférents au dossier. Le Minotaure, pour nous, c'est de l'histoire ancienne.

Anaïs considéra sur le lit le dossier d'enquête qu'elle avait emporté avec elle. Le dernier exemplaire de l'affaire dirigée par le capitaine Chatelet et son équipe. Un *collector*.

— Sans compter le savon que m'a passé Deversat.

— Quel savon ?

— Ma petite perquise de la nuit dernière à l'ACSP. Le patron s'est plaint à son état-major. Les dirigeants de Mêtis ont secoué le cocotier. Les mercenaires de l'Afrique venaient pour la plupart de notre belle région. Mêtis est un groupe majeur de l'économie d'Aquitaine.

— Et alors ?

— Et alors, quand la gouttière est pleine, elle nous tombe sur la gueule, comme d'habitude. Quand j'ai dit à Deversat que tu me couvrais, j'ai eu l'impression d'ajouter de l'huile sur le feu.

Anaïs savait au moins pourquoi le commissaire l'avait appelée toute la nuit.

— Et toi ? reprit le flic.

— Je suis en route pour Marseille.

— Je te demande pas s'ils l'ont retrouvé ?

— Je te rappelle de là-bas.

Un bref instant, elle hésita sur le coup de fil suivant. Elle se décida pour Crosnier. Elle gardait le meilleur pour la fin – Deversat.

Le flic marseillais avait un accent léger et parlait d'une voix débonnaire. Elle eut soudain l'impression que le soleil, la lumière, la chaleur l'attendaient à Marseille. Le commandant résuma les faits connus. Victor Janusz avait passé la nuit du 17 au 18 février à l'Unité d'hébergement d'urgence. Il avait été agressé dans les toilettes puis avait disparu au matin. Depuis, aucune nouvelle. Pas le moindre indice ni le moindre témoignage.

— Qui l'a agressé ?

— C'est pas clair. Sans doute d'autres clodos.

Anaïs n'était pas rassurée. Les tueurs l'avaient-ils repéré ? Et pourquoi retourner à Marseille ? Pourquoi enfiler les vieilles frusques de Janusz ?

— Je voulais aussi vous signaler autre chose, fit Crosnier.

— Quoi ?

— J'ai reçu hier soir la synthèse de votre enquête sur le meurtre de Philippe Duruy.

Son document rédigé pour Le Gall avait au moins servi à quelque chose.

— Le caractère mythologique de la mise en scène m'a frappé.

— Il y a de quoi.

— Non. Je veux dire… ça m'a rappelé un meurtre qu'on a eu dans le même genre.

— Quand ?

— Au mois de décembre dernier, à Marseille. C'était moi le chef de groupe. Il y a beaucoup de similitudes avec votre histoire. La victime était un jeune SDF, d'origine tchèque. On a retrouvé son corps dans une calanque à quelques bornes du Vieux-Port.

— En quoi ce meurtre était-il… mythologique ?

— Le tueur s'était inspiré de la légende d'Icare. Le gars était nu, carbonisé et portait de grandes ailes dans le dos.

Anaïs resta sans voix. Au-delà des multiples ramifications à envisager, elle voyait un lien phosphorescent, empoisonné. La présence de Mathias Freire sur les lieux du crime… Un nouveau point pour la thèse de Janusz assassin.

— C'est pas tout, poursuivit Crosnier. Notre gars avait lui aussi de l'héroïne plein les veines. On…

Elle le coupa, tout en enfilant son blouson :

— Je serai là dans deux heures. Je vous rejoins au poste de l'Évêché. On discutera sur pièces.

Crosnier n'eut pas le temps de répondre. Elle sortit sur le parking et rejoignit sa voiture. Il fallait qu'elle encaisse le coup. Qu'elle le mûrisse. Qu'elle le digère.

Elle s'arrêta face à sa Golf. Elle avait déjà oublié Deversat. Elle composa son numéro. Ses doigts tremblaient.

— Qu'est-ce que c'est que ce bordel avec l'ACSP ? vociféra le commissaire. Une perquisition en pleine nuit ? Où vous vous croyez ? Mon téléphone n'arrête pas de sonner depuis hier après-midi !

— J'ai voulu gagner du temps, tenta-t-elle d'une voix enrouée, je…

— Du temps, vous allez en avoir, ma petite. Vous êtes en route pour Marseille ?

— J'y serai dans deux heures.

— Alors, je vous souhaite de bonnes vacances. Parce que vous êtes dessaisie. J'appelle à l'instant les gars de l'Évêché. Oubliez tout ça et profitez de la mer ! On s'expliquera à votre retour.

Janusz avait fait ses adieux à Shampooing.

Sans effusion, mais avec un billet de 100.

Il s'était récuré dans un bain-douche de la rue Hugueny.

Il était retourné à la consigne de la gare et avait repris ses frusques civiles.

Il avançait dans un monde miraculeux où personne ne le reconnaissait. Personne ne le remarquait. Il s'était même convaincu qu'il était devenu invisible. Le ciel lavé par le mistral était d'un bleu cobalt. Le soleil d'hiver ressemblait à une boule de glace. La violence de la nuit dernière lui semblait loin.

Il avait rejoint la gare Saint-Charles au pas de marathon. Maintenant, il parvenait dans les toilettes pour hommes. Désertes. Il pénétra dans une cabine, ne s'attardant pas sur la puanteur ambiante – il en avait vu d'autres. Il se déshabilla et enfila son pantalon de costume, savourant le contact soyeux du tissu. Il ôta ensuite ses pulls, se cognant aux parois, endossa sa chemise.

Il sortit de la cabine et balança ses fringues de paumé dans une poubelle après avoir conservé ses deux trésors : son couteau Eickhorn et le rapport d'autopsie de Tzevan Sokow. Il nota dans son carnet le numéro du dossier d'enquête – K095443226 – ainsi que le nom du juge instructeur – Pascale Andreu – puis plaça le rapport dans son sac de voyage. Quant au couteau, il le glissa dans son dos.

Toujours personne dans les chiottes. Il enfila sa veste de costume et palpa ses poches vides. Les papiers d'identité de Mathias Freire étaient au fond du sac. S'il se faisait arrêter tout à l'heure, il pourrait toujours donner un autre nom. Dire n'importe quoi. Gagner du temps. Enfin, il plaça le bloc dans la poche intérieure de sa veste.

Devant les miroirs, il constata qu'il avait retrouvé visage humain. Il endossa son imper. Il allait chausser ses Weston quand un vigile avec son chien pénétra dans les toilettes.

L'homme vit le sac, remarqua que Janusz était en chaussettes.

— Pas de ça, ici. La gare, c'est pas un vestiaire.

Janusz faillit le rembarrer comme l'aurait fait le psychiatre Mathias Freire mais se ravisa.

— C'est pour chercher du travail, m'sieur, dit-il sur un ton modeste.

— Casse-toi.

Il acquiesça humblement. En quelques secondes, il avait sauté dans ses chaussures et attrapé son sac. Il se dirigea vers la porte. Le vigile s'écarta, le considérant avec méfiance. Janusz le salua avant de franchir le seuil.

Il s'orienta vers la sortie, où se trouvait la station de taxis.

À chaque pas, il regagnait sa dignité.

Il était de retour parmi les hommes.

Janusz se fit déposer rue de Breteuil, près de l'ancien tribunal. Il régla la course et cadra le bâtiment. Avec ses colonnades et son fronton conique, il ressemblait à l'Assemblée nationale parisienne, en modèle réduit. D'après le chauffeur, le tribunal de grande instance se trouvait derrière cet édifice. Son entrée, sur la gauche, donnait rue Joseph-Autran.

Il contourna le bloc et découvrit une voie piétonnière. L'entrée du TGI était au milieu, marquée par un portail en structures métalliques rouges. Il marcha dans cette direction. Son plan était simple. Attendre l'heure du déjeuner. Pénétrer dans le TGI. Monter à l'étage des juges. Trouver le bureau de Pascale Andreu. S'y glisser et piquer le dossier d'instruction concernant le meurtre d'Icare. Énoncée de cette façon, la mission avait l'air facile. En réalité, c'était *mission impossible*.

Il croisa le portail. Des flics montaient la garde. Il lança un coup d'œil à l'intérieur. Un sas de sécurité barrait l'entrée. Les sacs et mallettes étaient soumis aux rayons X. Chaque visiteur devait franchir le portique antimétaux et présenter un document d'identité. On n'entrait pas dans un tribunal comme dans un moulin.

Pour se donner le temps de réfléchir, il fit le tour complet de l'immeuble. Une surprise l'attendait. À l'arrière, une seconde entrée, rue Grignan, était destinée aux professionnels. Juges et avocats franchissaient ce seuil en toute simplicité, sans rencontrer de détecteurs, oubliant même parfois de montrer leur badge.

Cette porte était sa seule solution.

Il regarda sa montre. Midi. D'abord planquer son sac de voyage. Il s'écarta de la zone et trouva un porche qui s'ouvrait sur une cour. Il pénétra dans le patio, découvrit des cages d'escalier. Il pénétra dans l'une d'elles et cacha son fardeau sous les premières marches.

Sur le chemin du retour, il songea qu'il lui manquait en revanche un accessoire : un cartable. Il fonça dans un supermarché et choisit un modèle en plastique, pour enfants, qui ferait illusion le temps de son entrée. Il croisa ensuite une station-service qui lui donna une idée. Un détour pour trouver ce dont il avait besoin : des gants de plastique fin.

Planqué sous un porche, il reprit sa surveillance. Juges et avocats arrivaient par groupes. Quelques-uns seulement montraient leur badge. La plupart entraient en discutant, sous l'œil indifférent des vigiles dans leur cabine vitrée. Avec son costume et son imper, il pouvait se mêler à un groupe et passer incognito. Il n'avait ni froid ni peur. Il ressentait seulement une surchauffe à l'intérieur de lui-même – excitation, adrénaline, détermination…

Un trio d'hommes en costard se dirigea vers le portail. Il leur emboîta le pas. Il y eut des rires, des saluts, des frottements de tissu. Janusz ne voyait rien. N'entendait rien. Sans savoir comment, il se retrouva à l'intérieur du tribunal.

Il marcha au hasard, sans ralentir, cartable à la main. Ses jambes flottaient, ses mains partaient en petits tremblements sporadiques. Il en fourra une dans sa poche d'imperméable, crispa l'autre sur son cartable vide. Les panneaux palpitaient devant ses yeux : SALLES D'AUDIENCE. CHAMBRES CIVILES. Aucune indication de l'étage de l'instruction.

Il repéra des ascenseurs. Alors seulement, debout devant les cabines, il prit conscience des lieux. Une immense salle au sol de carrelage blanc, surplombée par des structures de métal rouge.

Les parois chromées s'ouvrirent. Un homme en chemise bleue sortit de l'ascenseur, calibre à la ceinture. Un vigile.

— Excusez-moi, fit Janusz, je cherche l'étage de l'instruction.

— Troisième.

Il plongea dans la cabine. Les portes se refermèrent. Il appuya sur le bouton. Sa main tremblait toujours, brillante de sueur. Il s'essuya les doigts sur les pans de son imper puis se recoiffa face au miroir. Il fut presque étonné que son visage soit toujours le même. Sa trouille était invisible.

Les portes s'ouvrirent. Janusz découvrit un couloir en PVC rétro-éclairé à mi-corps. L'effet était étrange : le sol de linoléum était plus lumineux que le plafond. Comme si les témoins ou suspects convoqués ne regardaient que leurs chaussures. À droite, une porte de secours sans poignée, marquée ENTRÉE INTERDITE.

413

À gauche, quelques mètres puis un angle droit. Janusz prit cette direction.

Il tomba sur une salle d'attente vitrée où patientaient plusieurs personnes, convocation à la main. Pour pénétrer dans ce sas, il fallait traverser le « check-point » de la secrétaire et montrer patte blanche.

Pour l'instant, le bureau était vide. Janusz tenta d'ouvrir la porte de verre. Fermée. Plusieurs personnes dans la salle lui firent signe – une sonnette était fixée près de la poignée. Il suffisait de l'actionner pour appeler la secrétaire de permanence.

Janusz les remercia d'un signe de la main puis tourna les talons. Il revenait déjà vers les ascenseurs, maudissant sa naïveté et son manque d'idées. Il actionnait le bouton d'appel quand il remarqua que la porte de secours était entrouverte. Il n'en croyait pas ses yeux. *La chance.* Il s'approcha. Le pêne sorti empêchait la fermeture du battant. Sans hésiter, il se glissa de l'autre côté en devinant : les magistrats utilisaient cette porte pour accéder directement aux ascenseurs et éviter de faire le tour de l'étage.

Toujours les murs en PVC. Toujours les rampes rétro-éclairées. Mais maintenant des portes en série. Elles défilaient sous ses yeux comme des cartes à jouer. À la sixième, il trouva le nom qu'il cherchait : PASCALE ANDREU.

Coup d'œil à droite, coup d'œil à gauche. Personne. Il frappa. Pas de réponse. Il brûlait sur place, sueur sur la nuque, le long des reins. Il frappa encore, plus fort. Aucun bruit à l'intérieur. Il enfila les gants et, fermant les yeux, actionna la poignée. Aussi dingue que cela puisse paraître, le bureau n'était pas verrouillé.

La seconde suivante, il était à l'intérieur. Il referma la porte sans bruit. Se força à respirer avec lenteur, et inspecta la pièce. Le bureau de Pascale Andreu ressemblait à une baraque de chantier. Murs en plastique. Moquette bon marché. Mobilier en fer. Au fond, une fenêtre. À gauche, une porte, qui s'ouvrait sans doute sur l'annexe de la greffière.

Janusz s'approcha du bureau où s'entassaient quantité de documents. Il réfléchit. Peut-être la magistrate avait-elle déjà été contactée par la police de Bordeaux. Peut-être que la procédure de Tzevan Sokow avait été exhumée. Dans ce cas, le dossier serait à portée de main…

Il posa son cartable et sortit le carnet sur lequel il avait noté la cote de l'instruction SOKOW : K095443226. Il mémorisa les derniers chiffres – tous les dossiers commençaient par les mêmes – puis inspecta les gros exemplaires posés en pile. Aucun ne portait ce numéro.

À tout hasard, il poursuivit sa fouille du bureau. Des chemises. ACTES EN COURS. ORDONNANCES DE TAXES. DEMANDES DE COPIE. Des enveloppes contenant le courrier des détenus. Des notes à l'attention de différents experts et autres flics saisis des enquêtes. *Rien pour lui*.

Il plongea dans l'armoire à droite. Pas de 443226. Le meurtre de Tzevan Sokow datait du mois de décembre. Trop chaud pour être classé parmi des archives lointaines. Trop froid pour être dans les affaires en cours. Chez la greffière ?

Il passa dans la pièce voisine. Le même espace, doté de plusieurs armoires à volets souples, croulant sous

415

les liasses de papier. Janusz s'attaqua à la première, sur la gauche, et lut les cotes, partant du rayon le plus haut.

Il en était au troisième quand on frappa à la porte. Il se pétrifia, le souffle coupé net. Nouveaux coups feutrés. Janusz restait figé sur la moquette. Il avait l'impression de se dissoudre en une flaque de terreur. Il tourna la tête et fixa la porte. On actionnait la poignée.

Par un nouveau miracle, la greffière, elle, avait verrouillé sa serrure. Janusz éprouva un soulagement confus puis se dit que le visiteur allait répéter le même geste avec la porte voisine. Alors ça serait cuit. Sa pensée n'était pas achevée qu'il perçut de nouveaux coups. Plus lointains.

— Madame la juge ?

La poignée couina. Des pas. *À l'intérieur.* Janusz ne respirait plus. De flaque, il était revenu au mode minéral. Quelques secondes encore. Il sentait la présence de l'autre côté. Le mur lui paraissait aussi fin que du papier de riz. Son cœur ne battait plus.

Alors, il perçut – ou crut percevoir – un léger claquement. Un dossier ou une enveloppe qu'on pose sur un bureau. Des pas à nouveau. Le pêne qui claque en douceur. Le visiteur était reparti.

Janusz tâtonna et trouva un siège. Il s'effondra dessus. Dans le mouvement, son dos toucha une étagère. Il fit tomber plusieurs dossiers dans un fracas qui lui parut horrible.

Quand il les ramassa, les chiffres d'un exemplaire lui sautèrent au visage. K095443226. PROCÉDURE CRIMINELLE. PLAINTE CONTRE X. TZEVAN SOKOW. Un tampon barrait la couverture en diagonale : COPIE.

Il écarta les élastiques, ouvrit le dossier, attrapa les chemises. Sans les parcourir, il passa dans l'autre bureau et les fourra dans son cartable. Ses mains virevoltaient. Les battements de son cœur étaient assourdissants. En même temps, il se sentait invincible. Il avait encore triomphé. Comme la première fois, dans le bureau d'Anaïs Chatelet. Il ne restait plus qu'à sortir du bunker plastifié.

Le même chemin, en sens inverse. Il appela l'ascenseur, laissant une empreinte de sueur sur l'Inox. Une seconde. Deux secondes. Trois secondes… Chaque bruit lui paraissait amplifié. Toux lointaines des convoqués. Rouages du mécanisme. Claquement d'une porte vitrée… Et en même temps tout bourdonnait comme au fond de l'eau.

L'ascenseur n'arrivait pas. Il fut tenté de descendre à pied mais il ne savait pas où se trouvait la cage d'escalier. Les parois s'ouvrirent. Trois hommes en jaillirent. Janusz s'écarta, serrant malgré lui son cartable contre son torse. Les types ne lui accordèrent pas un regard. Il plongea dans la cabine et expira de toutes ses forces. Il brûlait de partout. Il retira son imper et le plia sur son avant-bras.

Rez-de-chaussée. Les armatures rouges du plafond lui parurent plus basses, plus dangereuses. Les fonctionnaires, juges, avocats, revenaient de déjeuner. La foule s'épaississait dans la salle des pas perdus. Janusz se souvint, in extremis, d'un détail : l'entrée de la rue Grignan fonctionnait dans un seul sens. Tout le monde sortait par la rue Joseph-Autran.

Il bifurqua et se cogna à une escouade de flics. Il s'excusa d'une voix étranglée. Personne ne prêta attention à lui. Cinquante mètres à parcourir. Maintenant, la menace sourdait du sol. Il marchait sur un champ de mines. D'un instant à l'autre, la situation allait lui péter à la gueule. Les caméras de sécurité l'avaient repéré. Le tribunal était bouclé. Les flics cernaient les lieux...

Il balaya ces pensées et se força à détendre son bras afin de porter son cartable comme tout le monde, le long de sa jambe. Vingt mètres. Le brouhaha autour de lui ne cessait de s'amplifier. Dix mètres. Il allait réussir. Avec le dossier d'instruction du crime d'Icare dans son cartable. Une nouvelle fois, il triomphait. Une nouvelle fois...

Il n'eut que le temps de braquer vers la gauche. À travers les reflets du sas, Anaïs Chatelet rentrait dans le TGI, accompagnée d'une brune en tailleur – sans doute Pascale Andreu. Perdu, il repartit en sens inverse. Il marchait vers le centre de la salle quand il entendit, distinctement, sa voix :

— MATHIAS !

Malgré lui, il lança un regard par-dessus son épaule. Anaïs se précipitait, franchissant le détecteur de métaux, déclenchant la sonnerie d'alarme, brandissant en même temps sa carte de flic à l'intention des vigiles.

Janusz pivota à nouveau, s'efforçant de ne pas accélérer le pas. Son costard noir, son imper, son cartable feraient le reste. Il pouvait se noyer dans la masse. Il pouvait atteindre une autre issue...

La voix d'Anaïs s'éleva sous le treillis de fer :

— Arrêtez-le ! L'homme en noir ! Bloquez-le !

Il ne marqua aucune réaction. Tous les hommes autour de lui étaient vêtus d'un costume sombre. Tous se regardaient mutuellement, traquant des signes de panique chez l'autre. Janusz les imita afin d'être, exactement, *comme eux*. Loin, très loin, à la périphérie de son champ de vision, il aperçut un type en uniforme qui se précipitait, portant la main à son arme.

Anaïs hurla encore.

— L'HOMME EN NOIR ! AVEC UN IMPER SUR LE BRAS !

En un geste réflexe, Janusz plia deux fois son trench-coat et le coinça sous son bras. Tout frémissait autour de lui. Des hommes couraient, criaient. Les armatures rouges s'abaissaient. Le sol chavirait. Le brouhaha le submergeait.

— ARRÊTEZ-LE !

Les flics braquaient maintenant leur calibre au hasard. Des visiteurs, ayant aperçu les armes, se jetaient à terre, hurlant, couvrant la voix d'Anaïs. Janusz marchait toujours, lançant des coups d'œil paniqués autour de lui, comme les autres. Une issue. Il devait trouver une issue…

Malgré lui, il jeta encore un regard derrière lui. Anaïs avançait au pas de course, ses deux mains nouées sur son calibre – braqué sur lui. Il eut une pensée transversale. Absurde. Il n'avait jamais rien vu d'aussi sexy.

Une sortie de secours, juste à sa gauche.

Il se précipita.

Il appuyait sur la barre de rotation quand il l'entendit hurler, sans doute à l'intention de flics non loin de là :

— Derrière vous ! LA PORTE ! DERRIÈRE VOUS !

Janusz était déjà de l'autre côté. D'un coup de pied, il poussa une barre oblique et condamna le battant antipanique. Il ne restait plus qu'à courir. Il se trouvait dans les bâtiments secondaires du TGI. Un couloir de ciment nu éclairé par des veilleuses. Un angle. Un nouveau couloir. Sa conscience était disséminée, pulvérisée aux quatre coins de l'univers.

Son seul point de gravité était une image. Qui revenait lui cogner le crâne à contretemps de sa course. Anaïs Chatelet. Ses mains blanches serrées sur la crosse de l'automatique. Le déhanchement souple et rapide de sa taille. Une machine de guerre. Une machine qu'il désirait.

Devant lui, une autre porte coup-de-poing. Il allait l'atteindre quand il entra en collision avec un homme jailli de nulle part. Il y eut deux secondes d'hésitation puis la gueule d'une arme devant ses yeux.

— Bouge plus !

Janusz s'immobilisa, les paupières brûlées de larmes. Il vit un uniforme, un visage indistinct, des gestes confus. Son regard implora en silence : « Laissez-moi partir... je vous en supplie... »

Sa lucidité revint d'un coup. Il comprit que les gestes du vigile ne formaient pas un ensemble cohérent. Le gars était aussi stupéfait que lui. Il tentait, dans le même mouvement, de le braquer et d'utiliser sa VHF. Et il ne s'en sortait pas.

L'instant suivant, c'était son visage à lui qui suppliait. Janusz avait lâché son cartable, attrapé son Eickhorn et plaqué le flic contre le mur. Il enfonçait maintenant son couteau dans sa gorge.

— Lâche ton arme.

Le bruit du calibre sur le sol acheva sa phrase. Aucune résistance. Sans relâcher son emprise, il fouilla la ceinture du flic de la main gauche. Arracha la VHF puis la fourra dans sa poche de veste. Il se baissa et attrapa le flingue, tout en rengainant son couteau. Alors seulement, il se recula et envisagea l'ennemi – des menottes brillaient à sa ceinture, glissées dans un étui à agrafes.

— À genoux.

L'homme ne bougeait pas. Janusz changea de main et enfonça l'automatique dans la gorge du vigile. Une sorte de sixième sens lui souffla que le pistolet n'était pas armé. Il tira la culasse afin de faire monter une balle dans la chambre.

— Sur le ventre. Je te jure que je déconne pas.

L'autre s'affaissa sans un mot.

— Les mains dans le dos.

Le planton s'exécuta. Janusz attrapa les menottes de la main gauche. Il enserra un des poignets du gars et fit claquer le bracelet. Il fut surpris par la fluidité du mécanisme. Il saisit le deuxième poignet et l'entrava.

— Où sont les clés ?

— Les… quoi ?

— Les clés des menottes.

L'homme nia de la tête :

— On s'en sert jamais…

Il le gifla avec son arme. Du sang gicla. Le type se recroquevilla contre le mur et balbutia :

— Dans… dans ma poche gauche.

Janusz les récupéra. Il frappa encore le gars sur la nuque. Il espérait l'assommer mais à l'évidence, ce n'était pas si facile. Il évalua le temps de réaction de sa victime, à peine groggy. Les mains entravées dans le dos, blessé, perdu dans ce couloir bloqué, il mettrait au moins cinq bonnes minutes à trouver du secours.

Il ramassa son imper, son cartable. Sans réfléchir, il glissa l'arme dans son dos, cognant au passage son Eickhorn. Ce n'était plus une ceinture mais un arsenal. Le planton, toujours à terre, l'observait, apeuré. Janusz fit mine de le frapper encore. Le flic rentra la tête dans les épaules.

Le temps qu'il effectue ce mouvement, Janusz avait tourné les talons. Il fuyait à toutes jambes en quête d'une sortie. Il sentait la ferraille s'enfoncer dans ses vertèbres. La sensation était grisante.

Il savait maintenant qu'il sauverait sa peau.

De n'importe quelle façon.

À coups de petites ruelles, il se retrouva, encore une fois, sur la Canebière. Pile en face du commissariat central de Noailles. Des fourgons, des voitures sérigraphiées, des véhicules banalisés démarraient dans un raffut d'enfer. Des flics, la main sur leur arme, couraient vers les bagnoles et plongeaient par les portières ouvertes alors que les pneus crissaient au démarrage. Les sirènes prenaient le relais. Janusz serra son cartable contre sa poitrine. Tout ce qui respirait et portait un uniforme à Marseille était désormais à ses trousses.

Il s'enfonça sous un porche. Pas question de récupérer son sac de voyage. Il avait balancé la VHF dans la première poubelle rencontrée. Il ne lui restait plus que son couteau, l'arme du vigile et son dossier. Quitter Marseille... Trouver une planque... Étudier son dossier d'instruction – au calme... En extraire une nouvelle piste. C'était le seul moyen de prouver son innocence – *s'il était innocent*...

Le vacarme des deux-tons s'était éloigné. Les flics cernaient sans doute déjà le quartier du TGI. Les avis de recherche allaient être diffusés. Son visage, son signalement se reproduire sur tous les médias. Dans quelques minutes, il ne pourrait plus faire un pas dans la ville. Action immédiate.

Il repéra, de l'autre côté de l'avenue, un magasin de fringues bon marché. Il traversa, l'œil rivé sur ses chaussures. Une nouvelle sirène retentit. Il recula, tétanisé. Un tramway, bloc de puissance et d'acier, lui fila devant le nez. La sirène n'était qu'un coup de semonce du conducteur. Il regarda disparaître le convoi, chancelant, hébété.

Puis il se composa la tête la plus banale possible et pénétra dans la boutique. Une vendeuse vint à lui. Il prit son souffle et s'expliqua. Il partait au ski et avait besoin d'un pull, d'une doudoune, d'un bonnet. Sourire. Elle avait tout ça, et plus encore !

— Je vous fais confiance, parvint-il à ajouter.

Il plongea dans la cabine. Presque aussitôt, la jeune femme arriva les bras chargés d'anoraks, de pullovers, de bonnets.

— Je pense que c'est votre taille.

Janusz attrapa les frusques et ferma le rideau. Il ôta sa veste et choisit les tons les plus neutres. Il enfila un pull beige, une doudoune chocolat, un bonnet noir jusqu'aux oreilles. Dans le miroir de la cabine, on aurait dit un bonhomme de glaise. En tout cas, il ne correspondait plus au signalement du fuyard du TGI. S'assurant que personne ne pouvait le voir par l'entrebâillement du rideau, il fourra son couteau et son calibre dans les poches de la parka.

— Je prends ces trois articles, fit-il en sortant de la cabine, cartable à la main.

— Vous êtes sûr pour les couleurs ?

— Certain. Je vous paye en liquide.

425

La vendeuse sautilla jusqu'à sa caisse.

— Vous voulez un sac pour votre veste et votre imper ?

— S'il vous plaît, merci.

Deux minutes plus tard, il marchait sur la Canebière, avec l'air du type qui cherche un télésiège. Mieux valait être ridicule que repéré. Maintenant, où aller ? En priorité, quitter l'axe de la Canebière pour des rues plus discrètes. Croisant une poubelle, il largua le sac plastique du magasin. Il avait l'impression de se délester chaque fois pour mieux s'envoler. Mais il ne décollait jamais.

Il prit le cours Saint-Louis et croisa la rue du Pavillon. Il tourna à droite et sut, d'instinct, qu'il descendait vers le Vieux-Port. *Pas une bonne idée.* Il hésitait quand un hurlement de freins déchira ses pensées. Des flics jaillissaient d'un fourgon et couraient vers lui.

Il tourna les talons et détala. Cette fois, c'était fini. Des mugissements de sirène s'élevaient aux quatre coins du quartier. Les VHF se passaient le message : Janusz était repéré. La ville n'était plus qu'un hurlement – qui signait son arrêt de mort.

Il trébucha contre un trottoir, évita la chute, se retrouva sur une place en longueur. Il courut à travers l'espace, serrant toujours son cartable d'écolier, convaincu que tout était foutu. À cet instant il aperçut, comme dans un conte de fées, un halo de vapeur. Il essuya la sueur de ses yeux et vit la bouche d'égout à demi ouverte, protégée par des barrières. Il sut, dans le tréfonds de son ventre, que la solution était là. Il prit cette direction en cherchant du regard les égoutiers.

Il les remarqua à trente mètres. Bottés, casqués, ils fumaient et achetaient des sandwiches en riant. Il enjamba les barrières, écarta la plaque d'un coup de talon, empoigna l'échelle en se disant que toutes ces chances étaient des signes de Dieu. Des signes qui prouvaient son innocence. Il descendit dans les ténèbres.

Pieds au sol. Il prit à droite dans le boyau, ôta son bonnet et marcha en évitant la gargouille qui s'écoulait au centre. Une nouvelle échelle. Puis une autre. Le réseau des égouts de Marseille n'était pas seulement souterrain – il était *vertical*.

Il tomba enfin sur un escalier, descendit encore, découvrit un vaste carré de ciment, surplombé de passerelles. Une espèce de salle des machines, éclairée par des néons, où s'alignaient citernes, canalisations, tableaux de bord. Il n'avait pas fait trois pas qu'il remarqua un homme, de dos, relevant des compteurs sur un terminal portable. Le gars semblait sourd – il n'avait pas bougé à son arrivée. Janusz s'approcha et comprit. Écouteurs dans les oreilles, le type hochait la tête sous son casque de protection.

Janusz lui planta le canon de son calibre dans la nuque. L'homme comprit aussitôt. D'un geste réflexe, il arracha ses écouteurs et leva les mains.

— Retourne-toi.

L'homme pivota. Quand il découvrit l'arme pointée vers son visage, il ne manifesta aucun signe de peur. Seulement un long silence. Englouti dans une combinaison grise, chaussé de bottes et coiffé d'un casque, il ressemblait à un scaphandrier en rupture de fonds. Il tenait encore dans ses mains un terminal portable et le stylet qui allait avec.

— Vous… vous allez me tuer ? demanda-t-il au bout de plusieurs secondes.

— Pas si tu fais ce que je dis. Y a une sortie ?

— Y en a plein. Chaque galerie s'ouvre sur plusieurs bouches d'accès. La plus proche…

— Quelle est la plus éloignée ? Celle qui nous fera sortir de Marseille ?

— Celle du grand collecteur, dans la calanque de Cortiou.

— On y va.

— C'est à six kilomètres !

— Alors, ne perdons pas de temps.

L'homme baissa lentement les bras et se dirigea vers une armoire en fer.

— Qu'est-ce que tu fous ? hurla Janusz en pointant son arme.

— Je prends du matos. Vous devez vous protéger.

Il ouvrit les portes en ferraille. Janusz l'attrapa par l'épaule et l'écarta. Il saisit lui-même un casque et le plaça sur sa tête, d'une main.

— Prenez aussi des masques, ajouta l'égoutier d'une voix calme. On va traverser des émanations acides.

Janusz hésitait face au matériel. Il y avait des bottes, des combinaisons, des systèmes respiratoires, des bouteilles en métal… Le gars s'avança.

— Je peux ?

Le technicien choisit deux modèles qui rappelaient les anciens masques à gaz de la guerre de 1914, version design. Il en tendit un à Janusz. Puis il attrapa une paire de bottes.

— Avec ça, vous serez plus à l'aise.

L'homme était toujours anormalement prévenant et sûr de lui. Janusz se prit une nouvelle suée. Cette attitude cachait-elle un piège ? Une alarme s'était-elle déclenchée à son insu ? Il balaya la question. Il était forcé de faire confiance à son guide.

Alors qu'il s'équipait, l'autre demanda :

— Qu'est-ce que vous avez fait ?

— Y a qu'une chose que tu dois savoir : j'ai plus rien à perdre. T'es relié par VHF ?

— Non. Y a juste un central ici qu'on peut utiliser pour contacter les autres équipes. Je peux aussi envoyer un message avec mon terminal portable.

— On laisse tout ça ici. Ton absence, on va la remarquer ?

— J'aimerais bien… Mais dans ces galeries, je ne suis qu'un rat parmi d'autres. Je descends, je vérifie, je remonte. Tout le monde s'en fout.

Impossible de savoir s'il bluffait. Janusz esquissa un mouvement avec son calibre :

— On y va.

Ils empruntèrent des tunnels. Chacun d'eux était la copie conforme du précédent. Janusz transpirait abondamment – il régnait dans ces boyaux une chaleur doucereuse, puante, abjecte.

Il ne mit pas longtemps à comprendre l'indifférence de l'égoutier. L'homme était monomaniaque. Son métier était son obsession. Il faisait corps avec son labyrinthe. Au fil de leur marche, il se mit à parler. Et à parler encore. Du réseau souterrain des égouts. De l'histoire de Marseille. De la peste. Du choléra…

Janusz n'écoutait pas. Il voyait les rats courir sur les tuyaux, à hauteur de leur visage. Il voyait défiler les noms des rues. Mais il n'avait pas assez sillonné Marseille pour se repérer. Il était obligé de suivre aveuglément l'homme-rat qui traînait ses bottes dans la gargouille centrale.

Il avait perdu la notion du temps et de l'espace. Il demandait parfois :

— C'est encore loin ?

L'autre répondait de manière confuse, reprenant aussitôt son discours historique. Un cinglé. Une fois, une seule fois, Janusz nota un changement parmi les boyaux. Les rats furent d'un coup plus nombreux, grouillant à leurs pieds, galopant les uns sur les autres, grimpant vers la voûte du plafond. Leurs couinements ricochaient contre les parois en un millier d'échos.

— Les Baumettes, commenta l'égoutier. La prison. Une splendide source de bouffe, de déchets, de chaleur…

Janusz traversa la meute sur la pointe des pieds. Plus loin, le tunnel s'élargit pour devenir un canal, lourd et sombre. Ils avaient de l'eau – de la boue – jusqu'aux genoux.

— Un bassin de dessablement qui permet aux matières denses de s'accumuler. Mettez votre masque. Les émanations commencent ici. Elles sont dangereuses parce que notre odorat ne les remarque pas alors qu'elles sont mortelles.

Ils pataugèrent. Janusz n'entendait plus que le bruit de sa propre respiration, amplifié par le système du masque. Il avait dans la bouche un goût de fer et de caoutchouc. Une rangée de néons projetaient leurs ombres froissées sur les murs ruisselants. Un kilomètre plus loin, le décor changea encore. Ils purent remonter sur des berges étroites alors que le bassin s'élargissait.

Le maître des lieux abaissa son masque :

— C'est bon, fit-il.

Janusz attrapa sa première goulée d'air libre comme un noyé qui revient à la vie. Il déglutit et risqua sa sempiternelle question :

— C'est encore loin ?

L'autre se contenta de tendre son index. Au bout du tunnel, une clarté inhabituelle se dessinait. Non pas ouvertement, mais en réflexion sur les eaux noires. Petits losanges disséminés à la surface comme des fragments de mica.

— Qu'est-ce que c'est ?

L'égoutier attrapa son trousseau de clés :

— Le soleil.

Janusz et le technicien se mirent d'accord. L'homme possédait une voiture garée sur le parking de la station d'épuration. Il le déposerait dans un village de son choix et les deux hommes s'oublieraient mutuellement.

Sans casque ni masque, l'homme révélait un teint tanné, buriné. L'arpenteur des bas-fonds devait pêcher, le week-end, à ciel ouvert. Ils se tenaient sur la falaise qui surplombe le grand collecteur de Marseille. Face à eux, sous la lumière bleue, la mer se déployait à 180 degrés. De loin en loin, les flots se déchiraient sur le dos d'îlots noirs qui provoquaient des lisérés d'écume argentée. La vision était merveilleuse, mais la puanteur infâme.

Si on se baissait vers l'à-pic, on discernait la réalité de la calanque de Cortiou : des masses de mousse jaunâtres, des courants de merde, des traînées de déchets qui se mélangeaient aux flots indigo. Des milliers de goélands tournaient au-dessus de ce bouillon, cherchant leur bonheur parmi ces tonnes de détritus rejetés nuit et jour.

— Mon Kangoo est là-bas. Je te largue et après ça, c'est adios.

Janusz sourit au passage du tutoiement. Il avait glissé le calibre dans son dos et choisi la solution paresseuse : faire confiance au scaphandrier de la fange.

— Tu conduis. (Il ajouta, pour la forme :) Et pas d'embrouille.

— Si j'avais voulu t'embrouiller, tu serais encore en train de patauger dans un déversoir.

Janusz était d'accord. Avec ce solitaire, il avait encore eu de la chance. Quelque chose de marginal, de révolté émanait du bonhomme. Un rat de la contre-culture… Ils se changèrent et montèrent dans le Kangoo qui exhalait une douce fragrance, en complète rupture avec les miasmes des égouts.

Le chauffeur prit la direction opposée à Marseille, suivant les panneaux de Cassis. Durant le premier kilomètre, Janusz scruta avec attention la route et le littoral puis il abandonna. La question n'était pas « Où ? » mais « Quoi ? ». Il ne savait ni où aller ni quel était son objectif. Cette idée lui rappela la seule voie à suivre.

Il ouvrit son cartable et attrapa les liasses portant le numéro K095443226.

— Je vais où ? demanda l'autre comme s'il s'agissait d'un plan avec des indications précises.

— Tout droit, fit Janusz.

La première chemise contenait les photos de la scène de crime. C'était le spectacle le plus incroyable qu'il ait jamais contemplé – si on exceptait les photos du Minotaure. Un cadavre noir, squelettique, dans une posture de martyr, regardait le ciel, adossé aux rochers gris de la calanque. De part et d'autre du corps, deux ailes immenses se déployaient, rongées de feu, essaimant des plumes calcinées et des débris de cire.

Il passa aux rapports des flics, reliés sous forme de bouclettes. Les Marseillais n'avaient pas fait les choses à moitié. Ils avaient retracé l'emploi du temps exact de Sokow les jours précédant sa mort. Ils avaient remonté ses origines et dressé un profil de sa personnalité. Un réfugié de l'Est, version punk à chiens. Ils avaient travaillé avec les Stups pour trouver l'origine de l'héroïne retrouvée dans ses veines. Ils n'avaient rien découvert.

Surtout, ils avaient creusé les indices indirects du meurtre. Les ailes. La cire. Les plumes. Ils avaient contacté les fabricants de deltaplanes, les revendeurs d'occasion, les « casses » spécialisées dans ce type de matériel. Dans la région de Marseille puis dans toute la France. Sans résultat. Ils avaient interrogé les producteurs de cire d'abeille du Var et des départements voisins ainsi que leurs clients. Pour rien. Ils avaient sondé les producteurs des plumes utilisées par le tueur – des plumes d'oie blanches. Ils avaient appelé les sites d'élevage ainsi que les principaux acheteurs de cette matière, à l'échelle de la France – les fabricants de literie, de vêtements, de mobilier… Ils n'avaient rien obtenu. Pas un seul client suspect. Pas une seule commande sortant de l'ordinaire durant les mois précédant le meurtre.

À croire que le tueur concoctait lui-même les produits qu'il utilisait…

Ces prouesses de discrétion le rassuraient. Il ne pouvait être celui qui avait manigancé tout ça. Et surtout pas *inconsciemment*.

— Okay, fit l'égoutier, on est à Cassis. Qu'est-ce que je fais ?

— Continue. Roule.

Il ouvrit la dernière chemise. Elle était consacrée au seul témoin de l'affaire, hormis les deux promeneurs qui avaient découvert le corps : Christian Buisson, surnommé « Fer-Blanc ». Une vieille connaissance. Les flics n'avaient pas été plus efficaces que Shampooing et lui-même. Ils n'avaient jamais retrouvé le cinglé, malgré un quadrillage serré du monde des clochards. Ils avaient cuisiné les SDF, le personnel des unités d'accueil, des soupes populaires, des hôpitaux – aucune trace de l'homme au cerveau de métal.

Ils avaient pourtant obtenu une information capitale que Janusz ignorait. Christian Buisson était malade. Très malade. Un cancer dévorait son foie, suite à une hépatite C contractée des années auparavant.

Les flics avaient décroché ces renseignements auprès d'un médecin bénévole, Éric Enoschsberg, venu de Nice, appartenant à l'association « Médecins des rues ». La conclusion du dernier rapport coulait de source : Christian Buisson était mort quelque part, sur un lit d'hôpital ou sous un carton d'emballage, de manière anonyme.

— Trouve-moi une cabine téléphonique, fit-il à son chauffeur.

— Docteur Enoschsberg ?

— C'est moi.

— Je suis commandant de police au poste central de Bordeaux.

— De quoi s'agit-il ?

Janusz avait acheté une carte de téléphone en compagnie de l'égoutier. Son « bodyguard » faisait maintenant les cent pas devant la cabine, ne manifestant aucun geste suspect ni intention de fuir. Janusz lui avait promis qu'il tirerait sans hésiter s'il déconnait.

— Je voudrais vous parler d'un de vos patients, Christian Buisson. Tout le monde l'appelle Fer-Blanc.

— J'ai déjà répondu à toutes les questions de vos collègues, en décembre dernier.

— Il y a des faits nouveaux. Le tueur a frappé une nouvelle fois. Dans notre ville.

— Et alors ?

— Je vous téléphone pour un complément d'enquête.

Un silence suivit. Janusz n'aurait pas placé Enoschsberg dans la catégorie des supporters de la police. Son numéro de portable était inscrit en tête de son PV d'audition.

— Vous avez expliqué que vous soigniez Christian Buisson l'été dernier et…

— Soigner, c'est beaucoup dire. Au stade où il en était…

— Justement. Mes collègues n'ont jamais retrouvé Fer-Blanc. Ils ont conclu que l'homme était mort sans avoir été identifié. Je me demandais si vous aviez revu ce patient dans les semaines qui ont suivi l'enquête et…

— Je l'ai revu, oui.

Janusz en eut le souffle coupé. Il avait appelé ce médecin comme un baroud d'honneur. Et voilà que le poisson mordait.

— Quand exactement ?

— Au début du mois de janvier. Une consultation à Toulon.

Nouvelle pause. Le toubib paraissait hésiter.

— Les enquêteurs m'avaient demandé de les appeler si j'avais des nouvelles mais je ne l'ai pas fait.

— Pourquoi ?

— Parce que Fer-Blanc agonisait. Je ne voulais pas que les flics, je veux dire vos collègues, l'emmerdent encore.

Janusz joua l'empathie :

— Je comprends.

— Je ne crois pas, non. Christian était non seulement mourant mais il avait peur. À l'évidence, il avait vu quelque chose qui le mettait en danger. Quelque chose que vos collègues, à l'époque, n'ont pas pris en compte.

— Vous voulez dire… le visage de l'assassin ?

— Je ne sais pas mais depuis ce jour, il se cachait. C'était terrible. Il était en train de mourir et il se terrait comme un cafard…

— Vous l'avez hospitalisé ?

— Il en était au stade des soins palliatifs.

— Il est donc mort ?

— Non.

Janusz serra le poing contre la vitre.

— Où est-il ?

— Je connaissais un lieu, à Nice. Je me suis occupé de tout. Depuis la mi-janvier, il coule des jours tranquilles. À l'abri.

— OÙ EST-IL ?

Janusz regretta aussitôt la question – et surtout la manière dont il l'avait posée : il avait hurlé. Le médecin ne répondit pas. C'était précisément ce qu'il voulait éviter : qu'un flic vienne emmerder un pauvre bougre à l'article de la mort.

Contre toute attente, l'homme capitula :

— Il est chez les Pénitents. Les Pénitents d'Arbour de Nice.

— Qu'est-ce que c'est ? Un ordre religieux ?

— Une confrérie très ancienne, qui date du XIIe siècle. Elle a pour vocation de prendre en charge les malades en fin de vie. J'ai pensé à eux pour Fer-Blanc.

— Ils ont un hôpital ?

— Des appartements de coordination thérapeutique. Des lieux qui proposent un accompagnement aux personnes précarisées…

— Où est-ce ?

Enoschsberg hésita une dernière fois. Mais il ne pouvait plus s'arrêter à mi-chemin.

— Avenue de la République, à Nice. Je ne sais pas ce que vous voulez lui demander mais j'espère que c'est important. J'espère surtout que vous allez respecter son état.

— Merci, docteur. Croyez-moi, c'est capital. Nous agirons avec le maximum de douceur et de respect.

En raccrochant, il comprit que son coup de bluff préfigurait ce qui allait réellement se passer. Les keufs de Bordeaux et de Marseille allaient réactiver l'enquête Icare. Parmi eux, il y en aurait bien un pour rappeler le docteur Éric Enoschsberg et obtenir la même information.

Anaïs Chatelet considérait la porte verrouillée devant elle. On l'avait amenée ici, au commissariat de l'Évêché, comme on traîne une forcenée dans un HP. Aux alentours de 15 heures, quand il était évident que Janusz leur avait une nouvelle fois échappé – l'homme, alors même qu'il avait été repéré et cerné par plusieurs patrouilles, s'était littéralement *volatilisé* –, Anaïs avait piqué une véritable crise de rage.

Elle s'était acharnée sur sa propre voiture, la défonçant à coups de pied, puis s'en était prise aux gars des patrouilles qui avaient localisé Janusz et l'avaient laissé filer. Elle avait balancé leur casquette à terre, arraché leur insigne, tenté de les frapper. On l'avait désarmée. On lui avait mis les pinces. On l'avait enfermée dans ce bureau, eu égard à ses fonctions – lui évitant la cage des gardés à vue.

Maintenant, elle était sous Lexomil. Elle avait pris sa dose maximum : deux comprimés sécables, qu'elle avait gobés comme des ecstas. Ils avaient fondu sous sa langue et les effets commençaient à se faire sentir. Le calme après la tempête…

Elle se tenait les bras croisés sur le bureau, la tête en repos, en attendant de passer au tourniquet. Pourtant, la matinée avait bien commencé. Jean-Luc Crosnier, le commandant qui avait dirigé l'investigation sur le meurtre d'Icare et supervisait maintenant les recherches à propos de Janusz, l'avait accueillie avec bonne humeur. Il avait mis un bureau à sa disposition – celui qui lui servait de prison – et lui avait permis de consulter le dossier d'enquête dans son intégralité.

Elle n'y avait rien trouvé de neuf. Du bon boulot, mais du boulot qui s'était fracassé contre un mur. Le tueur mythologique savait balayer derrière lui. Les flics de Marseille n'avaient pas réussi à débusquer le moindre témoin, hormis un clochard ivrogne qu'on n'avait jamais retrouvé. Ni à mettre en évidence le moindre indice, malgré le matériel utilisé : armature de deltaplane, cire, plumes…

En revanche, aucun doute : c'était bien le même tueur. Le modus operandi, l'héroïne, la mise en scène symbolique désignaient la même folie. Anaïs n'avait noté qu'une différence : nulle part il n'était mentionné que le corps de Tzevan Sokow contenait moins de sang que la normale. Anaïs n'avait pas oublié ce détail – on avait prélevé un ou plusieurs litres d'hémoglobine sur le cadavre de Philippe –, même si elle n'était pas parvenue à l'expliquer ni à l'exploiter. Longo avait déduit ce fait grâce à la pâleur du corps. Impossible de rien constater sur le cadavre calciné d'Icare.

Aux environs de 11 h 30, quand Anaïs s'était imprégnée des éléments de l'enquête, elle avait appelé Pascale Andreu, magistrate saisie de l'instruction, qui avait accepté de déjeuner avec elle le jour même. C'est au retour du restaurant que l'impossible était survenu.

Janusz fuyant sous son nez, le dossier d'instruction sous le bras…

On pouvait difficilement imaginer pire.

Pour la deuxième fois en 48 heures, elle avait laissé filer le fugitif.

Deversat avait raison. Elle aurait dû profiter de Marseille en hiver, marcher sur les plages sans se mêler de quoi que ce soit…

Elle se redressa et s'ébroua. Le CIAT de l'Évêché était installé dans un hôtel particulier du XIXe siècle. En réalité, elle se trouvait dans le bâtiment moderne, qui jouxtait le monument classé, mais ses fenêtres donnaient sur la cathédrale de la Major. La grande église, construite en deux pierres différentes, ressemblait, avec ses tons crème et chocolat, à un gâteau italien.

Son portable sonna. Elle essuya les larmes qui inondaient ses yeux. Des larmes insouciantes. Des larmes de défoncée qui ne sait plus où elle en est. Elle devait arrêter toutes ces merdes chimiques…

— Deversat. Qu'est-ce que c'est que ces conneries ? Vous aviez l'interdiction formelle de participer à cette enquête.

— J'ai bien compris.

— Il est trop tard pour comprendre. Vous êtes maintenant impliquée jusqu'au cou dans cette galère.

— Comment ça « impliquée » ?

— Il suffit que vous soyez présente pour que Janusz parvienne à se faire la malle.

Anaïs vit la pièce s'assombrir autour d'elle.

— Vous me soupçonnez ?

— Moi, non. Les gars de l'IGS vont pas s'en priver.

Sa gorge était plus sèche qu'un four à chaux.

— Une... une enquête a été ordonnée ?

— J'en sais rien. Ils viennent de m'appeler. Ils vous attendent ici, à Bordeaux.

Cette histoire allait lui coûter beaucoup plus cher qu'un simple blâme. La police des polices fouillerait sa vie. Remonterait à Orléans et à ses méthodes borderline. À sa santé psychique défaillante. À son père et son passé de tortionnaire...

La voix de Deversat revint à ses tympans. Le ton avait changé. Plus chaleureux. Presque paternaliste.

— Je vous soutiendrai, Anaïs. Ne prenez pas tout ça trop à cœur. Vous êtes encore jeune et...

— Allez vous faire foutre !

Elle raccrocha violemment. Au même instant, la serrure se déverrouilla. Crosnier. C'était un barbu costaud, à l'air plutôt placide. Il avait un sourire narquois aux lèvres, noyé dans les poils de sa barbe poivre et sel.

— Vous vous êtes bien foutu de ma gueule.

Il parlait d'une voix douce, Anaïs se méfiait : peut-être une stratégie d'attaque.

— Je n'avais pas le choix.

— Bien sûr que si. Vous auriez pu jouer franc jeu et m'expliquer la situation.

— Vous m'auriez suivie ?

— Je suis sûr que vous auriez su me convaincre.

Crosnier attrapa une chaise, la retourna et l'enfourcha, les deux bras croisés sur le dossier.

— Et maintenant ?

Il n'y avait pas la moindre ironie dans sa question. Plutôt une bienveillance épuisée.

— Rendez-moi le dossier d'Icare, ordonna-t-elle. Laissez-moi encore l'étudier cette nuit.

— Pourquoi ? Je le connais par cœur. Vous n'y trouverez rien de neuf.

— J'y trouverai ce que Janusz y cherche. Il a pris tous ces risques pour récupérer ces documents chez la juge…

— Je viens de l'avoir au téléphone. Le Parquet la menace de la dessaisir de cette instruction.

— Pourquoi ?

— Pour avoir raconté sa vie à une flic sans la moindre autorité dans cette affaire. Pour avoir laissé son bureau ouvert. Pour ne pas avoir conservé ce dossier réactivé dans une armoire verrouillée. Choisissez la raison.

Anaïs eut une brève pensée pour cette juge fantasque qui l'avait submergée de paroles durant le déjeuner. Encore une qui allait passer un sale quart d'heure.

— Donnez-moi le dossier, répéta-t-elle. Donnez-moi cette nuit.

Crosnier sourit à nouveau. Il avait un visage de gros nounours fatigué, plutôt séduisant.

— Votre gars, là, qu'est-ce qu'il peut au juste ?

— Il cherche le coupable.

— Ce n'est pas lui ?

— Depuis le début, je le crois innocent.

— Et ses empreintes à la gare de Bordeaux ? son imposture ? sa fuite ?

— Appelons ça une réaction en chaîne.

— Vous évoluez vraiment à contre-courant.

— Donnez-moi la nuit, insista-t-elle. Enfermez-moi ici, dans ce bureau. Demain matin, je saurai où est parti Freire.

— Freire ?

— Je veux dire : Janusz.

Le commandant de police sortit de sa poche un bloc Rhodia de petite taille et une liasse de photocopies. Il posa l'ensemble devant Anaïs.

— On a retrouvé un sac de voyage sous un escalier, près du TGI. Les affaires personnelles du suspect. Les documents d'identité sont au nom de Freire. Vous avez raison. Il mène une enquête.

Il tourna les photocopies vers Anaïs, dans le sens de la lecture :

— C'est le rapport d'autopsie de Tzevan Sokow. Je ne sais pas où il se l'est procuré.

Elle tendit la main vers le carnet. Crosnier abattit dessus sa grosse patte velue.

— Je vous fais envoyer le dossier complet d'Icare. Quoi que vous trouviez, quoi que vous pigiez, vous me donnez l'info aussi sec et vous rentrez chez vous. Vous n'approchez plus de cette enquête, c'est clair ? Estimez-vous déjà heureuse que j'aie arrangé le coup avec les bleus que vous avez démolis.

Elle répéta d'un ton mécanique :

— Demain matin. Je vous livre les infos et je rentre chez moi.

Crosnier ôta sa main du bloc puis se leva.

Ni l'un ni l'autre ne croyait à cette promesse de Gascon.

Derrière la fenêtre de sa chambre, Janusz était déçu.

Il avait quitté l'égoutier à Hyères aux environs de 17 heures. Un chauffeur de taxi avait accepté de l'emmener à Nice. Un type originaire de la baie des Anges qui rentrait justement chez lui. Pour 400 euros, il avait couvert les 150 kilomètres qui séparent les deux villes, péage et essence compris.

Pendant le trajet, le chauffeur n'avait cessé de discourir à propos d'un seul et même événement : le carnaval de Nice, qui battait son plein en ce 19 février. Janusz allait voir ce qu'il allait voir. Des défilés de chars inouïs, des batailles de fleurs, une ville à feu et en liesse pendant 16 jours !

Janusz n'écoutait pas. Il se demandait comment utiliser cette circonstance. Il imaginait une confusion générale. La foule masquée… Des cris, des couleurs, du chaos à toute heure du jour et de la nuit… Des flics et des services d'ordre débordés par les spectacles et le public… Pas si mal de son point de vue.

Maintenant qu'il était arrivé, il comprenait que le chauffeur avait déliré. Il lui avait promis le carnaval de Rio. Il découvrait une cité en hibernation, aux rues froides et désertes. Il s'était réfugié dans un hôtel de moyenne gamme, le Modern Hôtel, sur le boulevard Victor-Hugo. Il contemplait l'artère qui dormait en contrebas, derrière ses cyprès et ses palmiers. Nice ressemblait à un immense quartier de villégiature. Les bâtiments avaient des airs de villas balnéaires, mélangeant les époques et les styles, mais l'ensemble trahissait la morte-saison.

Devant ce tableau figé, il lui revenait d'autres informations sur Nice, plus conformes à ce qu'il voyait : une ville dévouée à l'industrie du troisième âge, bardée de caméras et de milices privées. Une cité qui comprenait dans son prix, outre la mer et le soleil, sécurité verrouillée et tranquillité bourgeoise. Finalement la pire terre d'accueil pour un fugitif...

Il avait déjà appelé la Maison des Pénitents d'Arbour. Un répondeur donnait le numéro du portable de Jean-Michel. Il était tombé sur un homme dont la seule voix était un programme. Foi, bienveillance et charité. Pas le moment de jouer au flic en pleine enquête. Janusz avait expliqué : il était un ancien sans-abri, un compagnon de Fer-Blanc. Il venait d'apprendre qu'il finissait ses jours à la Maison d'Arbour et il voulait le revoir, une dernière fois. Après des réticences, Jean-Michel lui avait donné rendez-vous le lendemain, à 9 heures du matin.

Il quitta la fenêtre et considéra sa piaule. Un lit, une armoire, une salle d'eau, à peine plus grande que l'armoire. Le rideau souple était ouvert : sur son reflet dans le miroir du lavabo, éclairé par le néon de l'hôtel au-dehors. Un spectre en costume noir, puant les égouts, ne possédant qu'un seul trésor : un dossier

447

d'instruction qui n'avait donné que le nom d'un moribond…

Un spectre qui avait faim. Depuis le matin, et le
petit déjeuner du Samu social, il n'avait rien mangé.
Pouvait-il se risquer dehors ? Il décida que oui. Sans
savoir où il allait, il prit sur la gauche, se repérant à
la lueur des réverbères. L'avenue alignait de vastes
demeures aux styles éclectiques, mêlant bow-
windows, ornements palladiens, tours mauresques,
reliefs en stuc… Malgré ces fantaisies, l'ensemble
exprimait une même indifférence hautaine. On se
serait cru en Italie du Nord ou en Suisse. Il nota en
passant la référence : il connaissait donc ces pays…

Sur l'avenue Jean-Médecin, il trouva une sandwi-
cherie. Il s'acheta un jambon-beurre et détala. Sans
vraiment la chercher, il tomba sur la fameuse Promenade des Anglais. Le front des constructions, face à la
mer, rappelait cette fois les piers de la côte anglaise.
Coupoles et toitures en pains de sucre, rose kitsch et
lignes victoriennes.

Il traversa le quai et gagna la plage. Invisible dans
les ténèbres, le ressac roulait ses remparts d'écume,
respirations sourdes, claquements bruissants, fanto-
matiques… Il avança sur le sable et s'assit en tailleur,
loin des lumières, enveloppé de froid, mâchant son
sandwich avec une obscure jouissance. Il sentait sur
ses épaules le poids de la solitude. N'avait-il donc
pas un ami, un allié quelque part ? Une femme
vivante et non le fantôme d'une pendue ? À l'évocation de ce souvenir – le seul qui lui paraissait fiable –,
il se dit qu'il tenait là une piste. Il devait tenter une
recherche.

Une sirène de police, lointaine, coupa ses réflexions. Les flics étaient-ils déjà sur sa trace à Nice ? Aucune chance. La mer respirait toujours dans l'ombre. Bruit lugubre mais aussi signe de puissance. Ce rythme lui rappela son destin en forme d'éternel retour.

L'enquête qu'il menait aujourd'hui, il l'avait déjà menée. Sans doute à plusieurs reprises. Mais chaque fois, il avait perdu la mémoire. Chaque fois, il était reparti à zéro. Un Sisyphe qui courait contre la montre. Il devait découvrir la clé de l'énigme avant de subir une nouvelle crise, qui effacerait tout, comme une vague balaie une inscription sur le sable…

Il se rappela un ouvrage sur la mémoire qu'il avait étudié jadis – *quand ?* — signé par un philosophe et psychologue français du XIXᵉ siècle, Jean-Marie Guyau, mort à 33 ans de phtisie. L'écrivain avait travaillé avec acharnement dès son plus jeune âge, comme s'il pressentait sa condamnation précoce. Son œuvre entière – des dizaines de volumes, des milliers de pages – portait sur le temps et la mémoire.

Guyau écrivait :

> « Sous les villes englouties par le Vésuve on trouve encore, si on fouille plus avant, les traces de villes plus anciennes, précédemment englouties et disparues… La même chose s'est produite dans notre cerveau ; notre vie actuelle recouvre sans pouvoir l'effacer notre vie passée, qui lui sert de soutien et de secrète assise. Quand nous descendons en nous-mêmes, nous nous perdons au milieu de tous ces débris… »

Janusz se leva et reprit le chemin de l'hôtel. Il devait descendre dans ses propres catacombes. Pratiquer des fouilles archéologiques. Trouver les villes mortes au fond de sa mémoire.

Anaïs Chatelet découvrit la solution à 5 h 20 du matin. Elle obtint confirmation à 5 h 30. À 5 h 35, elle appelait Jean-Luc Crosnier. Le flic ne dormait pas : il supervisait encore les opérations de surveillance visant à retrouver Victor Janusz dans Marseille et sa région. Il se trouvait dans un poste de gendarmerie le long de l'autoroute A55, l'autoroute du Littoral.

— Je sais où est Janusz, fit-elle, surexcitée.

— Où ?

— À Nice.

— Pourquoi Nice ?

— Parce que Christian Buisson, alias Fer-Blanc, est en train d'y mourir.

— On a cherché Fer-Blanc pendant des mois. On n'a jamais réussi à mettre la main dessus. Il a dû claquer quelque part sur la côte, sans document d'identité sur lui.

— Fer-Blanc a d'abord fui à Toulon puis a été transféré à Nice. Il y est toujours. Il vit dans un appartement de coordination thérapeutique, où sont dispensés des soins palliatifs.

— Comment vous savez ça ?

— J'ai repris votre enquête là où vous l'avez laissée. J'ai rappelé le médecin qui avait soigné Buisson
à l'époque à Marseille. Éric Enoschsberg, de « Médecins des rues ».

— C'est moi qui l'ai interrogé. Qu'est-ce qu'il vous
a dit ?

— Qu'il avait revu Fer-Blanc à Toulon, en janvier,
et qu'il l'avait placé dans une maison dirigée par les
Pénitents d'Arbour.

Crosnier accusa le coup durant quelques secondes.
À l'évidence, les noms, les dates, les lieux ne lui
étaient pas inconnus.

— Pourquoi Janusz serait-il parti là-bas ?

— Parce qu'il a suivi exactement le même cheminement que moi. Il a contacté Enoschsberg hier, aux environs de 18 heures. Il s'est fait passer pour un flic. Il faut
partir sur-le-champ. Janusz doit déjà être à Nice !

— Pas si vite. On a un accord vous et moi.

— Vous n'avez pas encore compris qui j'étais ?

Crosnier eut un rire goguenard :

— À la minute où vous avez franchi le seuil de mon
bureau, j'ai compris qui vous étiez. Une enfant gâtée
en mal de sensations fortes. Une petite bourge qui
avait choisi d'entrer dans la police par défi. Une merdeuse qui se croit au-dessus des lois alors qu'elle est
censée les faire respecter.

Elle encaissa la salve.

— C'est tout ?

— Non. Pour l'instant, vous n'êtes même plus flic.
Juste une délinquante placée sous ma responsabilité.
L'IGS m'a téléphoné. Ils vont déléguer une équipe à
l'Évêché pour vous interroger.

452

Gorge sèche. Tempes moites. L'exécution était en marche. Mais elle restait en apesanteur : une flamme affamée d'oxygène, de combustible. Ses conclusions lui donnaient des ailes.

— Libérez-moi. Partons maintenant. On attend Janusz chez les Pénitents et on revient avec lui.

— Et puis quoi encore ?

— Vous inscrirez noir sur blanc que je vous ai aidé dans cette arrestation. Que ma probité ne peut être mise en question. Vous avez tout à gagner sur ce coup. Et moi, je peux être réhabilitée.

Un bref silence, qui ressemblait au bruit d'un barillet qu'on charge.

— Je passe vous prendre.

— Ne traînez pas.

— Je dois donner des ordres ici. *Capito ?*

— Il va encore nous échapper !

— Vous affolez pas, fit Crosnier. On va prévenir les Pénitents. Je les connais. Il y en a ici aussi, à Marseille. Je vais appeler les flics de Nice et...

— Ne placez personne devant la Maison Arbour ! Janusz sentirait le piège.

— Sans blague ? Nice, c'est Fort Knox. Des caméras partout. Des patrouilles à tous les coins de rues. Il est cuit, croyez-moi. Maintenant, appelez un de mes hommes. Il vous fera du café. Je viens vous prendre dans une demi-heure.

— Combien de temps pour rejoindre Nice ?

— Une heure quinze si on roule à fond. On y sera.

Le flic raccrocha. Elle suivit ses conseils. Un lieutenant la libéra et l'emmena au mess des OPJ. Elle n'était pas la bienvenue. Elle avait eu beau s'excuser, s'expliquer, s'écraser, elle demeurait la cinglée de Bordeaux qui avait agressé à mains nues leurs collègues. Elle s'installa dans un coin, ignorant les coups d'œil hostiles.

Elle avala une gorgée de café et eut l'impression de boire une coulée de ténèbres. Son excitation se dissolvait dans un épuisement cotonneux. Elle s'interrogeait. Était-ce bien ce qu'elle voulait ? Foutre Mathias Freire sous les verrous ? L'exposer à une procédure qui l'accusait dans les moindres détails ?

Cette nuit, elle n'avait pas seulement relu le dossier d'instruction d'Icare. Elle avait aussi étudié les notes de Janusz. Elles contenaient un scoop qu'elle sentait, confusément, depuis le départ. Freire, alias Janusz, n'était ni un imposteur ni un manipulateur, agissant en toute lucidité.

C'était un voyageur sans bagage, comme Patrick Bonfils.

Ses notes ne laissaient aucun doute, bien qu'elles aient été écrites pour un usage personnel. Elle avait su lire entre les lignes. Ses deux identités n'étaient que deux fugues psychiques. Sans doute parmi d'autres. Freire/Janusz menait son enquête sur les meurtres mais aussi et surtout sur lui-même. Il cherchait à remonter chacune de ses identités dans l'espoir de découvrir la première – son noyau d'origine.

Pour l'heure, il n'avait réussi à établir qu'une chronologie des derniers mois. De janvier à aujourd'hui, il avait été Mathias Freire. De fin octobre à fin décembre, Victor Janusz. *Mais avant ?* Il cherchait des réponses, rongé en prime par ce doute : était-il l'assassin du Minotaure ? Celui d'Icare ? Était-il un chasseur ? Une proie ? Les deux ?

L'affaire dans laquelle il était plongé le dépassait totalement. Jusqu'ici, il avait bénéficié d'une chance de débutant mais il pouvait, à tout moment, prendre une balle perdue, ou être rattrapé par les mystérieux gars en noir – ceux qu'il appelait dans ses notes « les énarques », allusion à leur allure de prédateurs politiques.

Freire évoquait aussi des zonards qui avaient tenté de le tuer à Marseille, une première fois en décembre – l'altercation pour laquelle il avait été arrêté –, et une seconde fois, dans la nuit du 18 février... Il avait secoué un des marginaux : ces gars-là avaient été payés par les tueurs en noir. Il fallait interroger ces gars du quartier de Bougainville. Elle en parlerait à Crosnier sur la route de Nice, elle...

— Anaïs...

Elle se réveilla en sursaut. Le gros flic la secouait par l'épaule. Elle s'était endormie dans le fauteuil du mess. Par la porte entrouverte, elle aperçut les bleus qui allaient et venaient. Les relèves des patrouilles de jour.

— Quelle heure est-il ?

— 7 h 20.

Elle tressaillit :

— On est à la bourre !

— On y sera dans une heure. Les Pénitents sont prévenus. Les flics sont déjà sur place.

— Je vous avais dit...

— Des gars en civil. Je les connais.

— Vous les avez prévenus que Janusz est armé ?

— J'ai vraiment l'impression que vous me prenez pour un con. Je vous attends dans la bagnole.

Anaïs remonta dans le bureau, enfila son blouson, fit un détour par les toilettes. Elle se plongea la tête sous l'eau tiède. Le sang cognait ses tempes. La nausée tourmentait ses tripes. Mais sa crève avait disparu.

Sur le seuil de l'Évêché, elle inspira l'air glacé avec plaisir. Crosnier était déjà au volant. Elle regarda autour d'elle : pas d'autre voiture. Pas de cavalerie, pas de grandes manœuvres. L'idée de cette équipe réduite lui plut.

Elle se dirigeait vers le véhicule banalisé quand son portable sonna au fond de sa poche. Elle le saisit maladroitement, le lâcha, le ramassa :

— Allô ?

— Le Coz.

Le nom lui parut jaillir d'une autre planète.

— Je t'appelle à propos de Mêtis.

— Quoi ?

Anaïs avait du mal à se concentrer. Crosnier avait démarré. Il l'attendait en faisant rugir le moteur.

— J'ai vu le dernier journaliste cette nuit, Patrick Koskas. Il a beaucoup plus fouiné que les autres.

— Sur quoi ?

— Sur Mêtis, nom de Dieu !

— Je suis vraiment pressée, fit-elle entre ses dents.

— Ce qu'il m'a raconté est hallucinant. Selon lui, Mêtis n'a jamais quitté ses accointances avec le monde militaire.

— On peut parler de ça plus tard, non ?

— Non. Selon Koskas, le groupe mènerait des recherches chimiques sur des molécules capables de briser les volontés les plus coriaces. Genre sérum de vérité.

— Si c'est pour me raconter ce genre de craques, on peut se rappeler plus tard…

— Anaïs, il y a autre chose.

Elle tressaillit. Le Coz ne l'appelait jamais Anaïs. Plutôt un signal d'alarme qu'une marque d'affection.

— Koskas a réussi à se procurer la liste des actionnaires de la société anonyme.

Crosnier manœuvrait en faisant hurler les pneus. Anaïs s'approcha au pas de course.

— On se parle de tout ça plus tard, Le Coz. On…

— Sur cette liste, il y avait un nom que je connaissais.

Elle se pétrifia, la main sur la portière :

— Qui ?

— Ton père.

— Je préfère vous prévenir. Il n'a plus sa tête.

Jean-Michel attendait Janusz au pied de la Maison Arbour. Le bâtiment se détachait violemment parmi les autres immeubles de l'avenue de la République. Un bâtiment moderne aux couleurs solaires. Du jaune sombre. Du jaune clair. Du jaune pétillant. Pas vraiment ce qu'il attendait pour un lieu de fin de vie. Surtout, le Pénitent lui paraissait anormalement nerveux. Se doutait-il de quelque chose ? Avait-il lu les journaux ce matin – avec sa tête en première page ? Trop tard pour reculer.

Janusz suivit l'homme dans un hall dont l'un des murs portait une large plaque blanche, frappée d'une croix rouge, indiquant : PRIER AGIR AIMER. Sans un mot, ils prirent l'escalier. Janusz avait emporté son cartable et son dossier. Il ne comptait pas retourner à l'hôtel. Montant à la suite du Pénitent, il l'observa. Il s'attendait à un vieillard en aube blanche, capuche levée, ceinturé d'une corde. Jean-Michel était un athlète en pull et jean, d'une cinquantaine d'années, cheveux en brosse et lunettes d'écaille.

Ils prirent un couloir faiblement éclairé par une lucarne. Sous leurs pieds, le linoléum gris brillait comme les eaux d'une rivière. Le silence était oppressant. Pas un panneau, pas une odeur n'indiquait la nature des lieux. On aurait pu tout aussi bien se trouver dans un bureau d'aide sociale ou un hôtel des impôts.

Jean-Michel stoppa devant une porte et se retourna, poings sur les hanches, à contre-jour. L'image avait quelque chose d'impérieux. Comme si le temps du Jugement dernier était venu pour Janusz.

— Compte tenu de son état, je vous laisse dix minutes.

Janusz s'inclina en silence. Il adoptait malgré lui des attitudes de recueillement. Jean-Michel frappa à la porte. Pas de réponse. Il manipula un trousseau de clés.

— Il doit être sur le balcon, fit-il en déverrouillant la porte. Il aime bien.

Ils pénétrèrent dans l'appartement. En réalité un studio inondé par le soleil matinal. Du parquet flottant. Des murs nus, revêtus de papier peint de couleur claire. Une kitchenette plaquée contre le mur de gauche, impeccable.

Tout était propre.

Tout étincelait.

Tout était froid comme la salle d'un laboratoire.

Jean-Michel tendit l'index vers la porte-fenêtre ouverte. Sur le balcon, un homme, de dos, était assis sur un transat. Le Pénitent ouvrit ses deux mains : dix minutes, pas une de plus. Il recula sur la pointe des pieds, abandonnant Janusz à quelques mètres de l'homme qu'il cherchait depuis deux jours.

Il s'avança, cartable à la main. Christian Buisson était orienté plein soleil, emmitouflé dans une couverture qui lui montait jusqu'au menton. Le balcon donnait sur l'avenue. Le champ de vision se limitait à l'immeuble d'en face. La bande-son aux bruits du trafic, assortis du tremblement des tramways qui passaient avec régularité.

— Salut, Fer-Blanc.

Le vieillard ne bougea pas. Janusz franchit le seuil de la fenêtre et lui fit face, s'appuyant sur la balustrade. Buisson daigna lever les yeux et ne manifesta aucune surprise. Il avait l'air aussi en forme qu'une momie empaillée.

Enfin, il demanda :

— T'es v'nu pour me tuer ?

Janusz attrapa un fauteuil plié sur le balcon, l'ouvrit puis s'installa auprès de lui, tournant toujours le dos au garde-fou.

— Pourquoi je voudrais te tuer ?

Le visage s'agita. Grimace ou sourire, impossible de préciser. L'homme avait la chair flasque, grise, exsangue. On voyait les muscles à travers la peau, tendons épuisés, mécanismes ravagés. Les yeux mornes étaient comme vissés au fond des orbites. Toute la gueule se hérissait de poils, à la manière d'un porc-épic trempé dans du mercure.

— Je suis venu te parler de la calanque de Sormiou.

— Bien sûr.

Il avait dit cela d'un air entendu. Presque rusé. À ce moment, Janusz se dit qu'il n'obtiendrait pas un mot sensé du moribond. Tout ce chemin pour ça... Un débris hors d'âge qui avait perdu la raison et qui voulait encore jouer au con au soir de sa vie. Janusz aurait voulu éprouver de la compassion pour ce grigou mais

460

il refusait d'imaginer ce que serait sa vie, à lui, s'il sortait de cet immeuble sans de nouvelles informations.

— T'es v'nu pour me tuer ?

Janusz répéta – la scène lui donnait l'impression de tourner en boucle :

— Pourquoi je ferais ça ?

— T'as raison, ricana-t-il. Pour ce qui m'reste à tirer...

Fer-Blanc fit claquer ses lèvres et murmura :

— J'aime bien aller là-bas.

Janusz se pencha et tendit l'oreille. Il ne fallait plus bouger. Plus respirer.

— J'y vais à l'aube, quand le soleil se lève... En hiver, c'est sur le coup des 8 heures du matin.

Fer-Blanc se tut. Janusz l'encouragea :

— C'est ce que tu as fait ce jour-là ?

L'homme leva un sourcil. Janusz reconnut l'éclat avide dans son œil.

— T'as rien à picoler ?

Janusz aurait dû y penser. Le langage universel de la cloche.

— Raconte-moi et j'irai acheter du pif, mentit-il.

— Tu parles.

— Raconte-moi.

Sa bouche s'activa, produisant un bruit de cigare qu'on écrase. Il paraissait mâcher quelque chose. Peut-être les mots qu'il allait bientôt cracher...

— J'ai un superpouvoir... fit-il enfin. Je sens quand les gens vont mourir. Ça crée un déséquilibre magnétique dans l'air. J'le sens avec le fer que j'ai dans le cerveau. (Il pointa son index sur son crâne.)

461

Comme les sourciers et leur baguette de bois, tu piges ?

— Je pige. Ce matin-là, un homme est mort dans la calanque.

— J'ai pris le sentier. J'suis arrivé jusqu'à la plage. Y avait plein d'algues, des trucs dégueulasses rejetés par la mer...

Fer-Blanc se tut. Se mit à mâchonner de nouveau. En plein soleil, il grelottait sous sa couverture. La rumeur du trafic s'élevait. Cette fois, la compassion envahit Janusz. Les derniers moments d'un sans-abri oublié... Au fond, ce studio n'était pas si froid. Les efforts des Pénitents n'étaient pas si vains. Il n'y avait pas que les vieux richards qui pouvaient s'éteindre sous le soleil de Nice.

— Sur la plage, qu'est-ce que tu as vu ?

— Pas sur la plage, sur les rochers...

Le clochard regardait fixement devant lui. Il contemplait de nouveau la scène. Ses yeux gris, infectés et fiévreux, séchaient comme des huîtres ouvertes au soleil.

— Il y avait l'ange... L'ange et ses ailes ouvertes. C'était beau. C'était grand. Mais l'ange avait brûlé. L'ange s'était approché trop près du soleil...

Fer-Blanc était peut-être un « fracassé du teston » mais il avait découvert la scène de crime avant tout le monde. Janusz se mit à trembler, comme Fer-Blanc, alors que le soleil lui brûlait le dos. Il se pencha et fit des efforts surhumains pour ne pas secouer le vieux. Ce qu'il était venu chercher était là, à portée de main :

— Près de l'ange, il y avait quelqu'un d'autre ? Tu as vu un homme ?

Le zombie roula ses pupilles visqueuses et fixa Janusz.

— Y avait un homme, ouais.

— Qu'est-ce qu'il faisait ?

— Il priait.

Janusz ne s'attendait pas à cette réponse.

— Comment ça ?

— Il était à genoux, près de l'ange. Et il répétait toujours le même mot.

— Quel mot, Fer-Blanc ? Tu l'as entendu ?

— J'ai rien entendu. J'étais trop loin. Mais j'ai lu sur ses lèvres. C'est un autre pouvoir que j'ai, depuis qu'j'ai travaillé avec des sourds-muets au centre de…

— Que disait-il, nom de Dieu ?

Le cancéreux ricana et se blottit sous sa couverture, coincée sous son menton. Janusz avait l'impression d'être un poisson ferré par un hameçon. À cet instant, il prit conscience qu'une musique – un martèlement plutôt – emplissait l'avenue, à leurs pieds. Une musique fantasque, grotesque, saturée. Une musique de cauchemar. Le carnaval avait commencé, à l'autre bout de la ville.

Il s'efforça au calme et murmura à l'oreille du moribond :

— Fer-Blanc, je suis venu de loin pour avoir cette info. L'homme qui priait à côté de l'ange, qu'est-ce qu'il disait ? Quel mot répétait-il ?

— C'était du russe.

— Du russe ?

Le cancéreux sortit un doigt crochu de la couverture et se mit à battre la mesure.

— T'entends ? C'est l'carnaval.

— Quel mot c'était ?

Fer-Blanc agitait toujours son index osseux.

— QUEL MOT, FER-BLANC ?

— Il n'arrêtait pas de répéter : « matriochka »...

— Qu'est-ce que ça veut dire ?

Le cancéreux lui fit un clin d'œil :

— T'es venu pour me tuer ?

Janusz l'empoigna à travers sa couverture :

— Bon Dieu, pourquoi je te tuerais ?

— Parce que l'homme qui priait, c'était toi, mon salaud.

Il lâcha l'homme et recula contre la balustrade. La musique montait derrière lui et s'amplifiait. Au point de couvrir le bruit du trafic et de faire trembler le sol du balcon.

Fer-Blanc braqua son index sur Janusz :

— C'est toi l'assassin de l'ange. Tu l'as tué et tu l'as brûlé, parce que t'es un démon ! Un émissaire de Satan !

Janusz faillit tomber à la renverse et se raccrocha au garde-fou. Alors seulement, il prit conscience que quelque chose déconnait. Un mugissement s'était insinué dans la musique du carnaval. Plus fort que le rythme du défilé... Plus fort que le grondement du trafic...

Il se retourna vers la chaussée. Les voitures de flics arrivaient de partout à la fois. Les gyrophares tournoyaient dans le soleil comme des diamants géants. Les portières s'ouvraient. Des uniformes déferlaient.

Les deux mains cramponnées à la rambarde, Janusz observait la scène, pétrifié. Chaque détail lui cinglait les yeux. Les deux-tons. Les brassards rouges. Les calibres...

La foule s'écartait.

Les tramways ralentissaient.

Les Pénitents se précipitaient à la rencontre des flics...

Tous levèrent la tête comme un seul homme. Janusz eut juste le temps de reculer. Quand il plongea de nouveau son regard vers l'artère, ce fut pour voir Anaïs Chatelet qui faisait monter une balle dans le canon de son arme.

Sans réfléchir, il rejoignit l'extrémité gauche du balcon, lança son cartable, enjamba la balustrade et attrapa la gaine de la gouttière qui se dressait à la verticale.

Entre les ricanements de Fer-Blanc et le tintamarre du carnaval, il descendit le conduit à la manière d'un singe, pieds en éclaireurs, mains cramponnées. Puis il sauta, se retournant dans le vide pour se positionner face au bitume. Le choc lui coupa le souffle et lui enfonça les os dans la chair. Il roula par terre et vit en image inversée les flics en uniforme qui fermaient toutes les issues. Il était foutu.

Il atterrit contre une vitrine et songea, avec étonnement, qu'il ne ressentait ni douleur ni panique. Les hommes s'étaient retournés et braquaient leur calibre sur lui. Dans la lumière et le tourbillon des sirènes, il pouvait voir que les gars tremblaient sous leurs casquettes et qu'ils avaient aussi peur que lui, sinon plus.

À cet instant, un tramway jaillit sur sa droite et occulta son champ de vision, remplaçant les flics en armes par des visages stupéfaits de passagers derrière des vitres lacérées de soleil. Il se releva sans réfléchir. Il ramassa son cartable et murmura « matriochka », avant de courir à fond vers la musique du carnaval.

Sa vie n'était qu'une vaste blague.

Il rattrapa le tramway, passa devant la voiture de tête, à l'oblique, et évita un autre convoi qui arrivait dans l'autre sens. Il courut entre les deux rames, assourdi par le raffut. Quelques secondes plus tard, il se déplaçait vers la gauche, s'éloignant des rails. Il renforça son sprint sans même jeter un regard à la Maison Arbour et aux légions de flics qui devaient s'élancer à ses trousses.

Il connaissait la suite. Il l'avait déjà vécue. Anaïs et les autres allaient ressortir de l'immeuble, se séparer et se répandre sur l'avenue de la République et parmi les rues avoisinantes. Des appels à d'autres voitures seraient lancés, des véhicules surgiraient, des sirènes hurleraient, des hommes dégaineraient, tous à l'affût d'un seul et même gibier – lui.

Il parvint sur une place où trônait la statue blanche d'un personnage historique. Un bref instant, il s'arrêta, à bout de souffle. Il vit des arbres. Une église à portique antique. Des parasols. Il vit des piétons, des voitures, des couples attablés aux terrasses des cafés. Personne ne prêtait attention à lui.

Il dut se concentrer quelques secondes, mains sur les genoux, pour capter le signal qu'il cherchait : la

467

musique du carnaval. Elle était couverte par les mugissements des sirènes mais il parvint à identifier son orientation.

Il emprunta une grande avenue qui s'ouvrait sur la droite. Une fois dans le carnaval, il se fondrait dans la masse. Il s'y dissoudrait jusqu'à devenir invisible… Courir ne l'empêchait pas de penser. Mais ses idées n'avaient aucune cohérence. Les révélations de Fer-Blanc. Sa présence auprès d'Icare. Matriochka… Trop de questions, et jamais de réponse… Sans s'en rendre compte, il murmurait en cadence :

— Matriochka… Matriochka… Matriochka…

Qu'est-ce que ça signifiait ?

Il courait à corps perdu. Les promeneurs l'observaient maintenant, établissant un lien inconscient entre ce gars affolé et les sirènes qui déchiraient le ciel. Soudain, s'ouvrit sur sa gauche une rue minuscule, gorgée de passants et de boutiques, parallèle à la grande avenue. Il bifurqua, joua des coudes, s'enfouit parmi les badauds.

D'un coup, il était à Marseille.

Dans l'inextricable quartier du Panier.

Sans doute la vieille ville de Nice…

Pas le temps de se repérer, de s'orienter. Il devait suivre toujours le martèlement qui battait comme un cœur géant dans l'atmosphère. Les boutiques se déversaient sur les pavés. Des parapluies. Des sacs. Des chemises. Une nouvelle place. Un marché aux poissons. Puis une ruelle encore, plus mince, plus sombre, où l'odeur des fruits paraissait sédimenter l'ombre et la pierre.

La musique se rapprochait…

La musique allait le sauver…

Il n'avait toujours pas regardé derrière lui. Il ne savait pas si la meute des flics était sur ses talons ou s'il avait réussi à les semer. Un passage sur la droite. Un escalier qui descend. Des murs de faux marbre. Il plongea. Retour au grand jour. L'avenue, encore une fois. Les sirènes plus loin. Pas de bagnoles sérigraphiées. Seulement des tramways, sillonnant le terre-plein central, effleurant les surfaces de pelouse…

La musique l'appelait de l'autre côté de l'artère.

Il ralentit le pas et traversa l'avenue en biais, s'efforçant d'avoir l'air d'un promeneur parmi d'autres. Des nouveaux jardins, où pointaient des palmiers, des statues, des pelouses. La musique. Il reconnut le titre et le prononça à voix basse. « I gotta feeling » des Black Eyed Peas. Il traversa le parc, mains dans les poches, tête baissée. Des allées de gravier. Des bosquets serrés. Des familles sur les bancs. Il n'était plus qu'à quelques pas du spectacle. Qu'espérait-il au juste ? Participer à la parade ? Se cacher sous les tribunes ?

Quand il jaillit des jardins, ses espoirs s'effondrèrent. Le défilé était protégé par des parois métalliques et des gradins montés sur des échafaudages. Flics et vigiles jouaient les services d'ordre. Sans réfléchir, il se glissa parmi les piétons qui s'acheminaient vers les portes numérotées. Sa seule chance était de suivre le mouvement. Franchir le dispositif de sécurité muni d'un ticket.

La billetterie. Un panneau géant annonçait : CARNAVAL DE NICE. ROI DE LA PLANÈTE BLEUE. Peu de monde devant les guichets. Il n'entendait plus les sirènes, couvertes par la musique du carnaval.

— Un billet, s'il vous plaît.

— Promenoir ou tribune ?

— Promenoir.

— 20 euros.

Il se glissa parmi la foule, entre les hautes structures de fer soutenant les tribunes. Des policiers quittaient leur poste au pas de course, VHF à l'oreille, main sur leur calibre. L'alerte était donnée.

Janusz parvint à la porte correspondant à son numéro. Le vacarme était devenu assourdissant. Les agents de sécurité lui prirent son ticket et le firent passer. Sans lui jeter un regard. Ils observaient au contraire les flics qui partaient au galop.

Il avait réussi.

Il était dans l'enceinte.

Il mit quelques secondes à se repérer. Deux tribunes se faisaient face, croulant sous une population en liesse, ménageant un large boulevard pour les chars. La plupart des spectateurs étaient debout, frappant dans leurs mains. Des enfants aspergeaient leurs parents avec des bombes de fil collant. Des danseurs se déhanchaient entre les gradins, déguisés en grenouilles avec de longues mains palmées. Des princesses relevaient leurs jupons sur des collants à rayures.

Mais surtout, il y avait le défilé.

Une monstrueuse sirène bleue, de cinq mètres de haut, cheveux orange vif, agitait plusieurs bras. Le bleu était aveuglant, proche des toiles d'Yves Klein. Un souvenir absurde le traversa. C'était le ciel de Nice qui avait inspiré le peintre pour son « International Klein Blue. » Autour de la sirène, des méduses gonflées à l'hélium flottaient dans les airs. Deux baleines chantaient de part et d'autre de sa queue de poisson, alors que des petites filles en costume d'écailles se trémoussaient, derrière la balustrade du char.

Debout parmi les spectateurs, cartable sous le bras, Janusz frappait des mains et chantait, tout en lançant des coups d'œil autour de lui. Pour l'instant, il ne voyait aucun uniforme, aucun brassard rouge. Au lieu de ça, des danseurs, des jongleurs, des majorettes passèrent, sous des jets de serpentins et des nuées de confettis. Puis ce furent des princesses géantes, rouges, jaunes, bleues. Leurs robes hautes de plusieurs mètres dissimulaient un char roulant, qui leur donnait le pouvoir de glisser parmi les flots de pastilles de papier et les explosions de rubans.

Un bref instant, Janusz scruta leurs visages fardés, coiffés de diadèmes peints.

La seconde suivante, les flics étaient partout.

À l'entrée de chaque tribune. Parmi les gradins. Le long des promenoirs. Les uniformes avançaient en étau, parmi les grenouilles et les jongleurs. Pris d'une inspiration désespérée, il plongea dans la parade elle-même et se retrouva parmi une troupe d'acrobates qui portaient sur leur dos des baudruches en forme d'oiseaux. Il allait être arrêté au fond d'une volière.

Paniqué, halluciné, il marcha à contresens des festivaliers et découvrit le char suivant. Un trognon de pomme géant qui tournait comme un manège, soutenant sur des balancelles de monstrueuses marionnettes, mi-humaines, mi-rongeurs. Le détail hallucinant était que ces sculptures étaient à l'image d'autres hommes, réels, qui dansaient au pied du manège, eux-mêmes déguisés en rats.

Soudain, il se passa l'impossible.

Alors que les rats à tête humaine tournaient autour de leur trognon, Janusz découvrit une poupée qui avait ses traits. Des traits caricaturés, déformés, grimés à la mode « rongeur ».

Le temps qu'il cherche une réponse au prodige, une voix s'éleva :

— Hé, les gars ! Y a Narcisse. Narcisse est là !

Janusz leva les yeux vers les passagers du char. Un des hommes, dans sa combinaison de rat, le désignait de l'index tendu :

— C'est Narcisse ! Narcisse est de retour !

Les autres se mirent à scander :

— NAR-CIS-SE ! NAR-CIS-SE ! NAR-CIS-SE !

Un des cinglés lui tendit la main. Il l'attrapa et se hissa sur le char. Il chaussa la cagoule à museau pointu qu'un autre lui proposait. En quelques secondes, il était devenu un rat parmi les autres. Il se mit à danser comme un dément, recevant de plein fouet des vagues de confettis et de serpentins.

Entre deux pulsations, il tentait d'analyser la situation. Janusz savait reconnaître des déments quand il en voyait. Les hommes-rats étaient des malades mentaux. Des aliénés à qui on avait sans doute demandé de construire leur propre char pour l'édition 2010 du carnaval de Nice.

L'autre vérité : il était un des leurs. Narcisse. Malade interné quelque part à Nice. Au hasard de sa course, il venait de rencontrer son identité précédente. Et peut-être la seule... Contre toute attente, il en éprouva un profond soulagement. Il allait pouvoir s'effondrer. Se faire soigner. La fête était finie...

Pour l'instant, il frappait gaiement dans ses mains, au son de « Bad Romance » de Lady Gaga. Les flics le cherchaient dans la foule. Ils détaillaient chaque spectateur. Personne ne songeait à regarder du côté des chars. Et certainement pas à bord de celui où des têtes de rats tournaient autour d'un trognon de pomme.

À cet instant, il vit Anaïs passer parmi les spectateurs, arme au poing, le visage défait, les yeux pleins de larmes. Il eut envie de descendre du char et de la prendre dans ses bras. Mais un des hommes-rats venait de lui saisir la main et l'invitait pour un rock endiablé. Janusz se laissa faire et partit même pour un petit pas de boxeur de son cru, alors que le char l'emportait vers son destin d'aliéné.

De toutes les solutions pour s'en sortir, il n'aurait jamais envisagé celle-ci.

Il venait d'embarquer dans la nef des fous.

III

NARCISSE

Un bout de ficelle.

Un fragment de flotteur en polystyrène.

Trois lambeaux de matière plastique.

Deux canettes de Coca.

Un morceau de miroir.

Un conditionnement de produits surgelés « Confi-frost ».

Quatre segments de filets de pêche, de quelques centimètres carrés de surface.

Des éclats de bois flotté…

— Je ne vois pas ce que tu vas foutre avec ça, fit Crosnier d'un ton agressif.

Anaïs ne répondit pas. Il s'agissait des objets et débris collectés sur la scène d'effraction d'Icare. Les vestiges crachés par le ressac sur le rivage de Sormiou, dans un rayon de vingt mètres autour du cadavre. Le matin même, elle avait demandé à ce qu'on regroupe ces éléments et qu'on les lui emballe sous plastique comme des scellés. Le butin venait d'arriver.

— Notre service technique a joint une liste détaillée, continua le flic. On a pas mis le biodégradable. En fait, on a déjà foutu pas mal de trucs à la poubelle. Pourquoi tu veux tout ça ?

— Je vais les donner à la PTS de Toulouse. Pour une analyse approfondie.

— On aurait mal fait notre boulot ?

Anaïs chassa ses cheveux en arrière et sourit :

— Je connais juste un mec là-bas. Peut-être qu'il en tirera quelque chose, un détail, un indice...

— Tu regardes trop « Les Experts ».

Sans répondre, elle leva les yeux et observa les écrans alignés devant elle. Il était 18 heures. Ils se tenaient dans le Centre de supervision urbain de Nice – l'installation nouvelle génération de la police qui étrennait depuis quelques semaines ses six cents caméras braquées sur la ville. À l'image, Janusz sautait du balcon de la Maison Arbour, dégringolait le long de la gaine de gouttière, roulait sur le bitume, évitait un tramway puis disparaissait dans l'avenue de la République. La scène se répétait en boucle.

— Putain d'enfoiré, marmonna Crosnier. C'est un pro.

— Non. C'est un désespéré. C'est pas pareil.

Face au mur d'écrans 16/9, assis dans de vastes fauteuils violets, les deux flics ressemblaient à des réalisateurs de show TV. Anaïs n'était pas loin de penser qu'il ne s'agissait que de ça. Du pur spectacle. Ils avaient passé l'après-midi dans ce studio et pas le moindre résultat à l'horizon.

Les appels du PC radio, les géolocalisations des quatre-vingts patrouilles en action, les six cents caméras dotées de zooms, offrant une rotation de 360 degrés, les analyseurs de plaques d'immatriculation n'avaient rien pu faire contre Janusz. Un homme d'une intelligence hors norme, d'une volonté extrême, et qui avait, pour l'imposture, un sixième sens inconscient.

Au début de la traque, flics et gendarmes étaient confiants. Nice était la ville la mieux surveillée de France. Des groupes d'intervention étaient venus en renfort de Cannes, de Toulon, de l'arrière-pays… Des flics à pied, des flics à cheval, des flics en voiture… Maintenant, le moral était à plat. Huit heures de recherches n'avaient donné aucun résultat.

Cette fois, Anaïs encaissait. Pas de crise de rage à l'horizon. Seulement une profonde lassitude. Janusz leur avait échappé une nouvelle fois. Point barre.

— Qu'est-ce qu'il va foutre à ton avis ? finit par demander Crosnier.

— Il faut que je parle à Fer-Blanc.

— Ne dis pas de conneries.

Elle but son café sans relever. Après la séance du matin, le moribond avait sombré dans le coma – il était maintenant à l'article de la mort au CHU de Nice. Les Pénitents d'Arbour avaient porté plainte contre les forces de police, les accusant d'avoir achevé leur patient par une action violente mal maîtrisée.

Le goût amer du café rencontra une partie de son corps en adéquation avec cette rancœur. Âpre, grillée, conquérante. Elle était une terre brûlée. Une terre en friche. Il n'y avait plus qu'à reconstruire. Pour l'instant, elle se repassait mentalement la bande des galères qui avaient tout fait rater. D'abord, un accident sur l'A8 les avait retardés sur la route de Nice. Ils étaient arrivés aux environs de 9 heures. Le temps de rejoindre l'avenue de la République et de retrouver les autres groupes, ils avaient été doublés par une escouade qui l'avait joué Starsky et Hutch, gyrophares et armes au poing.

Tout ce qu'il fallait éviter.

Plus tard, les problèmes avaient convergé sur elle. Pascale Andreu, la juge de Marseille, l'avait appelée. Philippe Le Gall, le magistrat de Bordeaux, l'avait appelée. Deversat l'avait appelée. Les coups de fil pleuvaient comme des coups de poing et elle encaissait, acculée au fond des cordes. Sans compter les mecs de l'IGS qui l'attendaient à Bordeaux. Le tourniquet, en attendant le conseil de discipline et les sanctions.

Pourtant, comme toujours, elle pensait Janusz. Respirait Janusz. Vivait Janusz.

— Toi, qu'est-ce que tu vas foutre ?

Anaïs remballa ses objets dérisoires sous scellés – un butin de petite fille au bord d'une plage. Même si elle avait voulu renoncer, elle n'aurait pas pu. Le fugitif était plus fort que son esprit. Il la dévorait, la submergeait. Elle sentait son ombre l'envahir, la saturer.

Elle froissa son gobelet en plastique et le balança dans la poubelle :

— Je rentre à Bordeaux.

— Tu étais peintre.

— Quel genre de peintre ?

— Tu faisais des autoportraits.

— Ce n'est pas ma question. J'étais un professionnel ? Un amateur ? Je peignais... ici ?

— Ici, oui. À la villa Corto.

Le vieil homme eut un sourire d'orgueil :

— Jean-Pierre Corto, c'est mon nom. J'ai fondé ce lieu il y a plus de quarante ans.

— Un asile de fous ?

Nouveau sourire, nuancé d'indulgence.

— Tu peux l'appeler comme ça si tu veux. Je préfère les termes de lieu spécialisé.

— Je connais ces foutaises. Dans une autre vie, j'ai été psychiatre. Cette baraque est un HP.

— Pas tout à fait. Cette villa est *réellement* spécialisée.

— En quoi ?

— En art-thérapie. Mes pensionnaires sont des malades mentaux, c'est vrai, mais ils sont soignés exclusivement par l'art. Ils peignent, sculptent, dessinent toute la journée. De vrais artistes. Leur traitement chimique est réduit au minimum. (Il rit.) Parfois, j'ai

481

même l'impression qu'on a inversé le processus. Ce sont eux qui soignent l'art par leur talent et non le contraire.

— Narcisse, c'est mon nom de famille ?

— Je ne sais pas. Tu signais tes toiles ainsi. Tu n'as jamais donné d'autre précision. Tu n'as jamais eu de documents d'identité.

Je suis désormais Narcisse, se répéta-t-il. *Je dois penser, bouger, respirer dans sa peau.*

— Je suis arrivé quand ?

— Début septembre 2009. Tu es d'abord passé par Saint-Loup, une clinique près de Nice.

— Comment j'ai atterri là-bas ?

Corto chaussa ses lunettes et alluma son ordinateur. Âgé de la soixantaine, c'était un petit homme à la silhouette sèche. Des cheveux blancs plantés dru, des lèvres épaisses qui semblaient bouder en permanence, des lunettes aux verres fumés. Sa voix était grave, grasse, d'une neutralité hypnotique.

Ils se trouvaient dans son bureau. Une sorte de datcha plantée au bas des jardins de l'institut. Parquets, murs, plafonds, tout était en pin. Une forte odeur de résine, chaude et réconfortante, planait sous les poutres. Une fenêtre s'ouvrait sur l'arrière-pays niçois. Pas un seul tableau des pensionnaires n'ornait les murs.

La prestation du carnaval s'était achevée sans problème. Avec ses camarades, il avait défilé, dansé, braillé jusqu'à revenir place Masséna où un fourgon les attendait. Il n'était pas dépaysé : le véhicule était un Jumpy. Ses nouveaux compagnons n'étaient pas loin des délirants de l'UHU, dans une version plus propre.

Ils avaient quitté Nice sous une pluie battante puis remonté dans les terres jusqu'à Carros. La villa se trouvait plus haut encore, à quelques kilomètres du village. De temps à autre, ils avaient croisé des véhicules de police sirènes hurlantes. Il souriait. On le cherchait. On n'était pas près de le trouver. Victor Janusz n'existait plus.

En route, il avait eu la confirmation de ce qu'il avait pressenti lors de la parade. Chaque année, les pensionnaires de la villa Corto participaient au carnaval. Ils dessinaient leur char. Les ateliers de Nice réalisaient les sculptures. Il avait posé d'autres questions, faisant mine de s'intéresser au côté artistique de la prestation. L'instigateur des hommes-rats et de leur manège, c'était lui, Narcisse, disciple de Corto durant les mois de septembre et d'octobre... Aucun souvenir, évidemment.

— Voilà, fit le vieux psy qui avait retrouvé sa fiche informatique. On t'a récupéré à la fin du mois d'août, aux abords de la sortie 42 de l'autoroute A8. La sortie Cannes-Mougins. Tu avais perdu la mémoire. Tu as subi un examen médical à l'hôpital de Cannes – tu n'étais pas blessé mais tu refusais toute radiographie – puis on t'a envoyé à Saint-Loup. Là, tu as récupéré quelques souvenirs. Tu disais t'appeler Narcisse. Tu venais de Paris. Tu n'avais aucune famille. Tu étais peintre. Les psys de Saint-Loup ont pensé à notre centre de soins.

— Je ne suis pas Narcisse, dit-il sèchement.

Corto ôta ses lunettes et sourit encore une fois. Ses airs de bon papy bienveillant lui foutaient les nerfs en pelote.

— Bien sûr. Pas plus que tu n'es celui que tu prétends être aujourd'hui.

— Vous connaissez ma maladie ?

— Quand tu t'es installé ici, tu m'as raconté pas mal de choses. Les écoles d'art que tu avais fréquentées. Les galeries où tu avais exposé. Les quartiers que tu avais habités, à Paris. Ton mariage et ton divorce. J'ai vérifié. Tout était faux.

Il savoura l'ironie de la situation. Corto avait joué le rôle qu'il avait joué lui-même avec Patrick Bonfils. Derrière chaque fugue psychique, il y avait un psychiatre qui se chargeait de découvrir que la coquille était vide.

— Pourtant, continua le maître des lieux, quelque chose dans cette affabulation était vrai. Tu étais *réellement* peintre. Tu faisais preuve à la fois d'un don éclatant et d'un vrai métier. Je n'ai pas hésité une seconde à t'accueillir. Il faut dire que personne ne voulait de toi. Sans état civil, sans prise en charge par la Sécurité sociale, tu n'étais pas un cadeau.

— Il y a eu une enquête ? Je veux dire : à mon sujet ?

— Les gendarmes ont mené des recherches. Sans excès de zèle. Tu ne représentais aucun enjeu judiciaire. Un simple type errant, souffrant de troubles psychiques, sans nom ni origine. Ils n'ont rien trouvé de plus.

— Qu'est-ce qui s'est passé ensuite ?

— Ça.

Corto tourna son ordinateur dans la direction de Narcisse, assis de l'autre côté du bureau.

— En deux mois, tu as réalisé chez nous une trentaine de toiles…

Narcisse ne s'attendait à rien en particulier. Pourtant, c'était encore autre chose qui venait à lui. Chaque tableau qui apparaissait à l'écran le représentait, dans un costume différent. Un amiral. Un facteur. Un clown. Un sénateur romain… Toujours le même âge, la même position de trois quarts, bombant le torse, pointant le menton. Chaque fois, on avait l'impression d'admirer un héros épique.

Mais la facture présentait un contraste. D'un côté, la posture évoquait l'art des dictatures – Narcisse était représenté en contre-plongée, ce qui lui donnait l'air de dominer le monde. De l'autre, son visage était marqué par une violente expressivité, qui rappelait au contraire des écoles en lutte contre les esthétiques totalitaires. Comme la Nouvelle Objectivité, née en Allemagne dans les années 20. Otto Dix. Georg Grosz… Des artistes qui avaient choisi de peindre la réalité sans fard, l'enfonçant dans sa laideur, sa nature grotesque, afin de tordre le cou à l'hypocrisie bourgeoise.

Ses toiles possédaient le même caractère sarcastique, grimaçant. Couleurs vives, torturées, toujours dominées par le rouge. Pâte épaisse, striée, tournoyant au fil des coups de brosse. *Une peinture autant à toucher qu'à contempler,* pensa Narcisse, qui n'avait pas le moindre souvenir d'avoir effectué ces portraits. C'était la limite de sa quête. Il voulait réintégrer des personnalités qui ne voulaient pas de lui. Il ne pouvait que les endosser *de l'extérieur*.

— À la fin du mois d'octobre, conclut Corto, tu as disparu. Sans laisser d'adresse. J'ai compris que ton errance psychique avait repris.

Des accessoires accompagnaient chaque personnage. Un ballon et une trompette pour le clown. Un vélo et une gibecière pour le facteur. Une longue-vue et un sextant pour l'amiral…

— Pourquoi ces autoportraits ? demanda-t-il, désorienté.

— Une fois, je t'ai posé la question. Tu m'as répondu : « Il ne faut pas se fier à ce qu'on voit. Ma peinture n'est que repentir. »

Narcisse blêmit. *Ma peinture n'est que repentir.* Ses empreintes digitales dans la fosse de Saint-Jean… Sa présence auprès du corps de Tzevan Sokow… Il se visualisa en tueur psychopathe. Un homme comme le héros de ses toiles. Dominateur. Indifférent. Sarcastique. Changeant d'identité à chaque nouvelle victime. Un peintre qui noyait ses crimes dans le sang.

Il eut une autre idée. Ces œuvres contenaient peut-être une vérité sur ses origines. Un aveu. Un message subliminal, qu'il avait lui-même déposé, *à son insu*.

— Ces tableaux, je peux les voir ? Je veux dire : en vrai ?

— Nous ne les avons plus. Je les ai déposés dans une galerie.

— Quelle galerie ?

— La galerie Villon-Pernathy. À Paris. Mais les toiles n'y sont plus.

— Pourquoi ?

— Parce qu'elles sont vendues ! On a organisé une exposition en novembre dernier qui a très bien marché.

Une remarque oblique le traversa :

— Je suis donc riche ?

— Disons que tu as un pécule, oui. L'argent est ici. Il est à toi.

— En cash ?

— En cash, oui, dans un coffre. Je te le donnerai quand tu voudras.

Narcisse vit soudain la perspective de reprendre son enquête grâce à ce capital. Un confort qui tombait à pic : il n'avait plus un euro en poche.

— Le plus tôt sera le mieux.

— Tu veux déjà repartir ?

Il ne répondit pas. Corto hocha la tête d'un air compréhensif. Ces manières chaleureuses exaspéraient Narcisse. Il avait été psychiatre – au moins deux fois dans sa vie, à Pierre-Janet et sans doute bien avant. Il savait qu'il n'y a rien à gagner à accepter la folie de l'autre. La psychiatrie, c'est comprendre la démence sans jamais la cautionner.

— Aujourd'hui, reprit Corto, qui crois-tu être ?

Nouveau silence. Dans cette clinique, personne ne semblait être au courant de la situation. Freire. Janusz. Sa tête partout dans les médias. Les accusations qui pesaient sur lui. Cette ignorance ne l'étonnait pas du côté des malades, mais Corto ? N'avait-il aucun contact avec le monde extérieur ?

— Aujourd'hui, fit-il mystérieusement, je suis celui qui ouvre les poupées russes. Je remonte chacune de mes identités. Je cherche à les comprendre. À décrypter leur raison d'être.

Corto se leva, fit le tour de son bureau, posa une main amicale sur son épaule.

— Tu as faim ?

— Non.

— Alors, viens. Je vais t'installer dans ta chambre.

Ils sortirent dans la nuit. Il pleuvait une bruine légère, poisseuse. Narcisse grelottait. Il portait toujours son costume crasseux. La sueur de la poursuite lui collait à la peau. Encore heureux qu'il ait ôté sa cagoule de rat…

Ils prirent un escalier de dalles grises. Les jardins s'échelonnaient en terrasses, comme des rizières sur lesquelles on aurait cultivé des palmiers, des cactus, des plantes grasses, par catégories spécifiques. Entre les gouttes serrées, Narcisse respirait un air qui comptait double. L'air de la montagne, des sanatoriums et des remises en forme au plus près des nuages.

Ils atteignirent la villa. Un grand « L » composé de deux bâtiments dont l'un se situait en contrebas. Des toits plats. Des lignes ouvertes. Des murs sans ornement. Les édifices devaient dater de près d'un siècle, l'époque où les architectes privilégiaient les lignes claires, la fonctionnalité, la sobriété.

Ils s'orientèrent vers le bâtiment inférieur. Au premier étage, s'alignaient des fenêtres en bandeaux horizontaux. Sans doute les chambres des pensionnaires. Au-dessous, de larges portes-fenêtres donnaient sur une coursive : les ateliers. Plus bas encore, parmi les marches et les buissons, des extrémités incandescentes de cigarettes brûlaient…

Trois hommes fumaient sur un banc. Narcisse ne distinguait pas les visages mais leur manière de s'agiter, de rire, trahissait le désordre mental.

Les voix se mirent à scander à voix basse :

— Nar-cis-se… Nar-cis-se… Nar-cis-se…

Il frissonna. Il les revoyait sur le char, avec leur gueule de travers et leur museau de rat sur le front. Ces cinglés étaient-ils vraiment des artistes, comme lui ? Était-il fou, comme eux ?

Sa chambre était petite, carrée, bien chauffée, sans excès de confort mais accueillante. Murs de ciment, plancher de bois, rideaux de gros tissu. Un lit, une armoire, une chaise, un bureau. Dans un coin, la salle d'eau paraissait plus haute que large.

— C'est spartiate, fit Corto, mais je n'ai jamais eu de réclamation.

Narcisse acquiesça. Les proportions, les tons gris et brun, le plancher et le mobilier de bois diffusaient des ondes de bienvenue. Cette chambre avait quelque chose de monastique, de protecteur.

Après quelques paroles d'explication sur les rouages de la « maison », Corto lui donna des affaires de toilette et des vêtements de rechange. Le côté prise en charge lui fit du bien. Depuis des heures, depuis des jours, il était sur le fil – et le fil était près de casser.

Une fois seul, Narcisse prit une douche et enfila sa nouvelle panoplie. Un jean trop grand, un tee-shirt informe, un pull camionneur, embaumant l'adoucissant. Que du bonheur. Il glissa dans ses poches son Eickhorn, son Glock et la petite clé des menottes piquée au vigile (il la gardait comme un fétiche). Il sortit de son cartable les chemises d'enquête et les défroissa avec les paumes. Il n'avait pas le courage de se replonger là-dedans.

Il s'allongea sur le lit, éteignit la lumière. Il percevait le bruit de la mer. *Non, pas la mer*, réagit-il au bout de quelques secondes. *Le bruissement des pins*.

Il se laissa aller au rythme du monde extérieur. Un rythme lancinant, hypnotique. Il était épuisé. Son esprit n'était qu'une marée de fatigue.

Il avait l'impression d'avoir vécu dix vies depuis le matin. Il se rendit compte qu'il n'avait plus peur des flics. Ni même des hommes en noir. Il avait peur de lui-même. *Ma peinture n'est que repentir...*

Il était le tueur.

Il ouvrit les yeux dans la nuit.

Ou bien : un homme qui *enquêtait* sur le tueur.

Il chercha à se persuader de cette hypothèse, qui l'avait déjà effleuré à la bibliothèque Alcazar. Un sacré enquêteur puisqu'il se trouvait toujours sur les lieux avant la police et avant le moindre témoin. Il s'était presque convaincu quand il secoua la tête sur son oreiller. Ça ne tenait pas debout. Il pouvait admettre que, dans la peau de Janusz, il avait été sur la piste du tueur de clochards, mais pas dans celle de Freire. Même en imaginant de violentes crises de somnambulisme, un versant caché de son esprit, il se serait souvenu d'une telle enquête. Une enquête qui l'aurait mené dans la fosse de la gare Saint-Jean...

Il ferma de nouveau les paupières et appela de toutes ses forces le sommeil pour échapper à ces questions qui le torturaient. Tout ce qu'il vit, au fond des limbes, c'était un corps nu qui se balançait au-dessus de lui.

Anne-Marie Straub.

Encore une mort dont il était, indirectement, responsable.

Il se souvint de ses réflexions sur la plage de Nice, la veille au soir. Cette mort pouvait l'aider à remonter à ses origines. Il avait la quasi-certitude que les faits s'étaient passés dans un hôpital psychiatrique parisien ou en région parisienne. Dès demain, il se lancerait sur cette piste… Anne-Marie Straub. Le seul souvenir qui traversait ses personnalités. Le fantôme qui escortait ses vies… Le spectre qui hantait ses rêves…

— Mêtis ne date pas d'hier.

Patrick Koskas tirait sur sa cigarette, adossé à un poteau électrique. Derrière lui, le pont d'Aquitaine se détachait sur le ciel de ténèbres. Le journaliste avait choisi ce lieu de rendez-vous, sur les bords de la Garonne, dans une rue déserte du vieux Lormont, rive droite.

Il se comportait comme un espion en danger. Ne cessant de lancer des regards derrière lui, il parlait vite, à voix basse, comme si la nuit avait des oreilles. En réalité, tout dormait à cette heure. Au pied du colossal pylône du pont, les petites maisons aux toits rouges évoquaient des champignons groupés autour d'un arbre gigantesque.

Anaïs était épuisée – elle avait largué sa bagnole à Nice et pris un avion pour Bordeaux à 20 heures. Le Coz l'attendait, avec une nouvelle voiture, une Smart piquée à sa baronne. Il était 23 heures. Elle grelottait dans son blouson. Son cerveau flottait sous son crâne. Elle avait un mal fou à s'intéresser à l'histoire de Mêtis :

— Au départ, dans les années 60, c'est un groupe de mercenaires français. Une bande de potes. Des baroudeurs qui ont fait l'Indochine, l'Algérie. Ils se spécialisent dans les conflits africains. Cameroun. Katanga. Angola... Leur coup de génie, c'est de changer de camp. Au départ, ils sont chaque fois embauchés par les autorités coloniales pour lutter contre les mouvements d'indépendance. Mais ils comprennent vite que leur bataille est perdue et qu'il y a plus de fric à se faire du côté des rebelles, qui prendront un jour ou l'autre le pouvoir. Les gars de Mêtis soutiennent les fronts révolutionnaires, ne se font pas payer puis attendent leur retour sur investissement. Les nouveaux dictateurs se souviennent de leur aide et leur allouent des territoires immenses, des mines, parfois même des exploitations pétrolières.

» Bizarrement, les mercenaires ne s'intéressent pas aux minerais ni aux hydrocarbures. Ce qui les branche, c'est l'agriculture. Ce sont des mecs d'ici, de Bordeaux. Des héritiers de familles de paysans. Ils plantent, cultivent, développent de nouvelles techniques, se diversifient dans les engrais, les pesticides. Peu à peu, ils se penchent aussi sur les armes chimiques. Ils se spécialisent en gaz neurotoxiques, qui attaquent les systèmes nerveux et respiratoire, comme le sarin, le tabun ou le soman.

Koskas alluma une nouvelle cigarette avec la précédente :

— Il n'y a rien d'étonnant à cette évolution. Traditionnellement, ce sont les producteurs d'engrais et de pesticides qui fabriquent les armes chimiques. À la fin des années 70, Mêtis est un groupe international, réputé dans les domaines de l'agriculture et de la chimie.

Anaïs n'avait pas sorti son carnet. *Paranoïa oblige.* Elle espérait mémoriser ces informations – peut-être Koskas allait-il lui remettre un dossier, des photocopies. Elle n'y croyait pas trop. *Pas de traces matérielles.*

— La guerre Iran-Irak leur offre un marché majeur, reprit-il. Pour la première fois depuis la guerre de 14, et malgré les conventions de Genève, les Irakiens décident d'utiliser des armes chimiques contre leurs ennemis. Mêtis est leur fournisseur. Le groupe livre des tonnes de gaz à Saddam Hussein. Le 28 juin 1987, l'Irak utilise ces stocks contre la ville de Sardasht, en Iran. Le 17 mars 1988, nouvelle utilisation de poisons chimiques et biologiques contre la ville kurde de Halabja. Au total, des centaines de milliers de victimes exposées à ces armes non conventionnelles. Grâce à Mêtis.

Tout cela était consternant, mais Anaïs se méfiait de ce genre de données invérifiables sur le thème : « On nous cache tout, on nous dit rien. »

— Quelles sont vos sources ?

— Faites-moi confiance. Il suffit de consulter des documents ouverts, disponibles aux Archives nationales. Tout ça est de notoriété publique. Dans un certain milieu de spécialistes, ces faits ne posent plus le moindre problème.

Dans tous les cas, Anaïs ne voyait aucun rapport entre ces éléments de géopolitique et les meurtres mythologiques. Encore moins avec Victor Janusz.

— Où en est aujourd'hui Mêtis ? Que font-ils exactement ?

— Après les années 80, ils ont compris que les armes chimiques n'avaient aucun avenir. Même l'Irak avait renoncé à empoisonner le monde. Ils se sont orientés vers la production pharmaceutique. En particulier les médicaments psychotropes. Vous savez sans doute que c'est un marché qui a explosé. Chaque année, les pays développés consomment pour 150 milliards d'euros de médicaments. Sur ce chiffre, les substances psycho-actives se taillent la part du lion. Le Sertex, le Lantanol, le Rhoda100 sont des produits phares dans ce domaine. Ils proviennent des unités de Mêtis.

Des noms qu'elle connaissait bien. Elle en avait consommé des centaines de boîtes.

— Le groupe n'a plus d'activité dans l'armement ?

— Il y a des rumeurs.

— Quel genre ?

Le journaliste inhala une longue bouffée.

— Mêtis travaillerait sporadiquement avec la recherche militaire française.

— Sur quoi ?

— Des molécules brisant la volonté. Des sérums de vérité, ce genre de trucs. C'est à peine secret. Les autorités se sentent autorisées à creuser dans cette voie. L'arme la plus dangereuse du monde reste le cerveau humain. Si Hitler avait pris des anxiolytiques, l'histoire du monde aurait changé.

Anaïs faillit éclater de rire. Koskas sentit son scepticisme.

— Je n'ai pas de preuves de la collaboration de Mêtis avec l'armée française. Mais ce n'est pas absurde. N'oubliez pas ce fait crucial : les fondateurs de Mêtis possédaient un domaine d'expertise spécifique, la torture. Ils ont fait leurs armes en Algérie. Ils sont à la croisée du savoir chimique et d'une expérience, disons, plus humaine.

— Vous parlez des fondateurs. Ils sont tous morts, non ?

— Oui. Mais leurs enfants ont pris la relève. La plupart sont des notables de la région. Je vous donnerais les noms, vous seriez sidérée.

— Je n'attends que ça.

— Si je publiais une liste aujourd'hui, j'aurais dans l'heure un procès qui me coûterait ma place. Tout ce que je peux vous dire, c'est que ces hommes appartiennent à la haute société bordelaise. Certains d'entre eux sont maires des villages les plus prestigieux. D'autres possèdent quelques-uns des meilleurs crus de la Gironde.

Le mot « crus » agit comme un signal.

— Mon père, que fait-il dans ce groupe ?

— C'est un actionnaire minoritaire mais suffisamment important pour participer aux conseils d'administration. Il exerce aussi un rôle de consultant.

— Dans le vin ?

Koskas ricana. Elle avait parfois des réflexions de conne.

— Vous connaissez mieux que moi la carrière de votre père. Il possède, disons, le profil idéal pour appartenir à Mêtis.

Elle ne répondit pas. Koskas alluma une nouvelle clope. Elle ne voyait pas son visage mais elle était sûre qu'il souriait encore. Un sourire narquois et satisfait de fouineur, heureux de semer le trouble.

Elle serra les poings et se décida à revenir au cœur du sujet. Les meurtres du Minotaure et d'Icare.

— Dans la nuit du 12 au 13 février, un cadavre a été retrouvé aux abords de la gare Saint-Jean.

— Sans blague ?

— La société Mêtis pourrait être mêlée, indirectement, à cette affaire.

— De quelle manière ?

La voix du journaliste avait changé. Curiosité. Avidité.

— Je n'en sais rien, avoua Anaïs. La veille, un homme amnésique a été retrouvé dans les mêmes parages. Trois jours plus tard, cet homme et sa compagne ont été abattus par deux snipers à Guéthary. Des tireurs qui pourraient être liés au groupe Mêtis.

— Vous avez des éléments ? des liens concrets ?

— Plus ou moins. Ils travaillent sans doute pour une société de sécurité appartenant au groupe.

— Quelle société ?

— Les questions, c'est moi.

— Vous ne me dites pas le principal. En quoi les deux affaires sont associées ? Je veux dire : le meurtre de Saint-Jean et ceux de Guéthary ?

— Je ne sais pas, admit-elle encore une fois.

Koskas se rencogna dans l'ombre.

— Vous ne savez pas grand-chose.

Anaïs préféra ne rien répondre. Koskas fit quelques pas. La fumée le coiffait d'une auréole de mystère.

— Je croyais que vous aviez identifié le tueur de Saint-Jean.

— Nous avons un suspect. Rien de plus.

— Un suspect en fuite.

— Nous n'allons pas tarder à l'attraper.

Le journaliste rit à nouveau. Anaïs coupa court à son ironie :

— Le groupe Mêtis a-t-il un lien, de près ou de loin, avec la mythologie grecque ?

— À part son nom, aucun. Mêtis, c'est du grec ancien. Ça signifie : « Sagesse ». (Il cracha une bouffée vers l'arc de lumière du réverbère.) Tout un programme.

Anaïs réfléchit. Tout ça ne tenait pas debout. Par expérience, elle savait qu'un meurtre possédait son propre champ lexical. Ses mots. Ses techniques. Ses motivations. Aucun lien entre un producteur pharmaceutique et un meurtrier en série. Entre un fournisseur d'antidépresseurs et un attentat à l'Hécate II.

— Vous faites fausse route, confirma Koskas. Mêtis est un groupe industriel reconnu. Les seuls problèmes qu'ils ont à gérer, ce sont les éternelles attaques que subit ce genre de sociétés. Sur leurs essais cliniques, les cobayes humains, ce genre de trucs. On les accuse aussi de pousser les masses à la consommation, de vouloir droguer tout le monde… Mais c'est tout. Jamais une compagnie de ce calibre ne serait impliquée dans des meurtres qui font la « une » des journaux.

— Et ses éventuels liens avec l'armée ?

— Justement. S'il y avait un problème à régler par la manière forte, les partenaires de Mêtis s'en chargeraient et vous ne seriez pas au courant.

Anaïs acquiesça. Cette dernière remarque lui rappela un détail. Elle songea à la déclaration de vol du Q7 datée du 12 février qui innocentait l'ACSP, propriétaire du véhicule et filiale du groupe.

— Les gens de Mêtis auraient-ils les moyens de falsifier un rapport de gendarmerie ?

— Vous n'avez pas l'air de comprendre, souffla Koskas. Si les rumeurs sont vraies, Mêtis, c'est l'armée. Les gendarmes. Les flics. Tout ce qui porte un uniforme en France. Tout ce qui représente la loi et l'ordre. Le ver n'est pas dans le fruit. Le ver et le fruit se sont associés pour affronter de nouveaux ennemis. Les terroristes. Les espions. Les saboteurs. Tout ce qui peut agresser notre pays, d'une manière ou d'une autre.

Elle voulut encore poser une question mais l'espion-journaliste s'était évaporé dans la nuit. Il ne restait plus que le pont, le ciel et le silence. Elle savait ce qui lui restait à faire. Dormir d'abord, puis prendre le taureau par les cornes.

Affronter le Minotaure de sa mythologie personnelle.

Interroger son père.

Il s'était levé tôt.

Il avait trouvé la cuisine du réfectoire et s'était préparé un café. Maintenant, il observait le paysage à travers la baie vitrée de la salle. Le jour se levait et il découvrait un décor qu'il n'avait qu'aperçu la veille, sous la pluie. Fini les galets, les palmiers, les oliviers… C'étaient maintenant des gorges abruptes, des falaises rouges, des forêt de sapins, des lacets suspendus au-dessus des abîmes.

Surtout, la vue s'ouvrait sur une vallée d'ombre, comme étranglée par les montagnes. Un décor étroit, rugueux, glacé, qui semblait prêt à broyer des carcasses d'avion dans ses mâchoires. Narcisse contemplait ces déserts avec plaisir. La vallée était comme un royaume de pierre qui se refermait sur lui – et le protégeait.

Café en main, il s'orienta vers une autre salle qu'il avait repérée. Il remonta le corridor. Il aimait aussi l'architecture de l'institut. Les murs porteurs étaient de béton brut. Les parois des couloirs en ciment peint. Pas l'ombre d'une fioriture ni d'un ornement inutile. Des lignes, des surfaces, et rien d'autre.

L'atelier informatique. Cinq ordinateurs s'alignaient sur un comptoir de bois clair. Cliquant sur le premier clavier, il s'assura que les machines étaient connectées à Internet. Il lança une recherche sur Google.

MATRIOCHKA.

Le mot mystérieux, à consonance russe, qu'il était censé avoir prononcé au chevet d'Icare. 182 000 résultats étaient proposés mais les images en haut de l'écran donnaient la principale réponse : les célèbres poupées russes de bois coloré, s'enchâssant les unes dans les autres. Matriochka signifiait simplement « poupée russe ».

Il observa les petites grands-mères, fichus rouges et joues rubicondes. Têtes rondes, yeux ronds, corps en forme de Culbuto. Cela avait l'air d'une blague. Que venait foutre ce mot, cette poupée, au milieu de son enquête ? Pourquoi avait-il répété ces syllabes à la manière d'une prière, à genoux près d'un homme mort reposant sur de grandes ailes brûlées ? Une autre idée le taraudait : le prédateur de Bougainville avait précisé que le mot de passe des assassins en costume était un mot russe. Matriochka ?

Il fit défiler les réponses. Poupées gigognes à peindre, à colorier, à broder, à utiliser en porte-clés… Puis « Matriochka » devint un restaurant, un livre de contes, un film, un groupe de rock, une recette de cuisine, un atelier d'écriture, une vodka, une série de coussins…

Il aurait pu en rire mais le cœur n'y était pas. Tout en pianotant, il remarqua que le terme « poupée russe » était aussi celui qu'il utilisait pour désigner sa propre pathologie. Simple hasard ? Ou bien Victor Janusz, au chevet d'un ange aux ailes grillées, avait-il voulu dire qu'il n'était qu'une poupée russe ? Un voyageur sans bagage, lié aux crimes mythologiques ?

Il passa à sa seconde recherche.

ANNE-MARIE STRAUB.

Tout ce qu'il obtint avec ce nom, ce furent des profils sur Facebook et des articles consacrés au cinéaste Jean-Marie Straub. Il attaqua sous un autre angle. Frappa « suicide » et « asile psychiatrique ». Ce fut comme s'il avait ouvert une benne à ordures. Des dizaines d'articles virulents contre la psychiatrie, les antidépresseurs, les médecins spécialisés s'affichèrent, avec des titres du genre : « LA PSYCHIATRIE TUE », « HALTE À LA MANIPULATION MENTALE ! » ou « LE MARKETING DE LA DÉRAISON »...

Il affina sa recherche et décrocha des listes statistiques sur le nombre de suicides en hôpital psychiatrique pour les décennies 1990 et 2000. Des chiffres, des commentaires, des analyses, mais jamais de noms propres, jamais de cas particuliers. Confidentialité oblige. Il tenta d'associer « Anne-Marie Straub », « hôpital psychiatrique » et « Ile-de-France ». Pour un résultat qui partait dans tous les sens, sans rien donner de cohérent.

Que lui restait-il ? Le bon vieux contact humain. Appeler les instituts spécialisés de Paris et de la région parisienne, trouver un psychiatre dans chaque HP, lui demander s'il se souvenait d'une suicidée – pendue avec une ceinture d'homme – durant les dix dernières années.

Absurde.

Surtout un dimanche à 9 heures du matin.

Il s'y colla pourtant. Dressa une liste approximative des hôpitaux et cliniques privés dans la région francilienne, en obtint près d'une centaine. Il décida de limiter sa quête aux quatre Établissements publics de santé mentale de Paris : Sainte-Anne, dans le XIIIe arrondissement, Maison-Blanche, dans le XXe, Esquirol, dans le 94, et Perray-Vaucluse, dans le 91. Auxquels il ajouterait ensuite le Centre hospitalier spécialisé Paul-Guiraud, à Villejuif, et l'Établissement public de santé mentale de Ville-Évrard, à Neuilly-sur-Marne...

Une demi-heure plus tard, il avait usé sa salive sans obtenir le moindre résultat. Dans le meilleur des cas, il avait réussi à interroger un interne qui n'était là que depuis quelques années. La plupart du temps, il avait parlé à des standardistes qui lui expliquaient qu'il n'y avait aucun chef de service ce matin à l'hôpital. Nouvelle impasse.

10 heures du matin. On s'agitait dans le couloir. Des voix engourdies, des ricanements, des gémissements. Le murmure caractéristique des asiles. Il baissa les yeux et remarqua qu'il griffonnait nerveusement sur un bloc. Malgré lui, il avait dessiné la silhouette d'une pendue. Le tracé précis rappelait les animations d'Alexandre Alexeïeff sur des écrans d'épingles. Il fut heureux de cette référence – il n'avait donc pas *tout* oublié.

Corto avait dit :

« Quelque chose était vrai. Tu es *réellement* peintre... »

Comme le souvenir d'Anne-Marie Straub, comme ses connaissances de psychiatre, le don pour le dessin et la peinture avait traversé ses identités. Peut-être avait-il été à la fois peintre et psychiatre ?

Il se décida pour une nouvelle étude croisée. D'un côté, la liste des élèves des facultés parisiennes de psychiatrie dans les années 90 – il avait a priori dans les 40 ans, il avait donc suivi sa spécialisation vingt ans auparavant. De l'autre, la liste des étudiants des écoles d'art durant les mêmes périodes.

S'il trouvait un nom commun aux deux listes, il se trouverait lui-même.. À cette réserve près qu'il pouvait être, côté peinture, autodidacte... Sur Internet, il n'eut aucun mal à établir les listes des anciens élèves des facultés parisiennes, des Beaux-Arts, de l'école du Louvre, le Web regorge d'anciennes photos de classe, de contacts entre promotions, de retrouvailles mélancoliques... La nostalgie est une des valeurs sûres de la Toile.

Il imprima les listes, se bornant d'abord aux universités et aux écoles parisiennes, les répartissant en deux groupes, art et psychiatrie, puis les ordonnant par année. La comparaison n'était pas impossible, les listes suivant toutes un ordre alphabétique, mais il en avait pour plusieurs heures...

Il aurait aimé aller se chercher un café mais les rires et les plaintes du couloir le dissuadèrent de sortir de sa planque. Stylo en main, il plongea parmi les milliers de noms.

Revenir ici, un dimanche, lui paraissait plus pénible encore.

Dans la solitude dominicale, il n'y avait rien ni personne pour atténuer le choc frontal. Ni voitures sur les routes. Ni ouvriers dans la cour du château. Ni techniciens du côté des chais. Rien d'autre que cette présence à l'intérieur : son père prenant son petit déjeuner.

Elle n'avait pas sonné au portail. Les grilles étaient toujours ouvertes. Pas de caméra. Pas de système d'alarme. Une énième provocation de Jean-Claude Chatelet qui semblait dire : « N'ayez pas peur, venez voir le monstre. » En réalité, cette invitation était une ruse, à l'image du bourreau et de ses méthodes tordues. Un bataillon de chiens attendaient en planque, au plus près du corps principal des bâtiments.

Elle se gara dans la cour, retrouvant les lieux comme elle les avait quittés. Peut-être un peu plus usés, plus gris, mais toujours dotés de la même puissance. Un château fort plutôt qu'un manoir Renaissance. Ses fondations dataient du XIIe ou du XIIIe siècle, on ne savait plus. Une grande façade de moellons percée de fenêtres étroites, encadrée par deux tours d'angle, coiffées de toits pointus. Les pierres étaient par endroits couvertes de vigne vierge. Ailleurs, elles brillaient de mousse verdâtre ou de lichen argenté.

On racontait que Montaigne avait fui ici l'épidémie de peste en 1585. C'était faux mais son père aimait entretenir la légende. Il s'imaginait sans doute lui aussi protégé contre d'autres épidémies : la rumeur, le jugement, l'œil inquisiteur des médias et des politiques...

Elle sortit de sa Smart et laissa les bruits lointains et familiers venir à elle. Des cris d'oiseaux déchirant l'air cristallin. La girouette rouillée grinçant sur la toiture. Un tracteur s'activant, plus loin encore. Elle attendait les chiens, qui allaient jaillir d'une seconde à l'autre. Cavalcade sur les graviers. La plupart la reconnurent. Les nouveaux suivirent le mouvement, agitant la queue plutôt que montrant les crocs.

Elle distribua quelques caresses et marcha vers les portes vitrées qui s'ouvraient sur toute la longueur de la façade. À droite, se dressaient les chais, les ateliers, les entrepôts. À gauche, les vignes. Des milliers de pieds qui ressemblaient à des mains suppliantes. Quand Anaïs avait compris qui était son père, elle avait imaginé que ses victimes étaient enterrées ici et qu'elles tentaient de sortir de terre, comme dans un film d'épouvante.

Elle sonna. 10 h 15. Elle avait attendu cette heure précise. Avant cela, elle avait envoyé les vestiges de la calanque de Sormiou à Abdellatif Dimoun, le coordinateur de la Police scientifique, reparti à Toulouse, et avait soigneusement évité la route du CIAT de la rue François-de-Sourdis...

Elle connaissait par cœur l'emploi du temps dominical de son père. Il s'était levé tôt. Il avait prié. Il avait fait ses exercices de gymnastique, puis ses longueurs dans la piscine du sous-sol. Ensuite, il avait marché parmi ses vignes. *Le tour du propriétaire.*

Maintenant, il prenait son petit déjeuner dans la salle des tapisseries, alors qu'au premier étage, dans sa chambre, une série de chaussures aux talons asymétriques l'attendaient. Bottes de cheval, pompes de golf, pataugas, souliers d'escrime… Son père était le Boiteux le plus actif du monde.

La double porte centrale s'ouvrit. Nicolas apparut. Lui non plus n'avait pas changé. Anaïs aurait toujours dû se douter que son daron était un ancien militaire. Qui d'autre aurait pu avoir une femme de ménage avec cette gueule-là ? Nicolas était un petit homme trapu d'une soixante d'années. Le torse en barrique, chauve, il avait une tête de bouledogue et paraissait avoir fait toutes les guerres, comme dans la chanson de Francis Cabrel. Son cuir n'était pas tanné : il était blindé. Un jour, adolescente, Anaïs avait vu au ciné-club de sa boîte privée *Sunset Boulevard* de Billy Wilder. Quand Erich von Stroheim s'était présenté sur le seuil de la grande maison délabrée de Gloria Swanson, vêtu d'un frac de majordome, elle avait fait un bond sur sa chaise. « Merde, s'était-elle dit, c'est Nicolas. »

— Mademoiselle Anaïs… fit l'aide de camp d'une voix bouleversée.

Elle lui fit la bise, sans effusion. Il était au bord des larmes. Anaïs, qui sentait la même émotion l'étreindre, balaya le pathos d'un geste :

— Va le prévenir.

Nicolas fit volte-face. Elle demeura encore quelques secondes sur le seuil. Elle tenait à peine debout. Elle s'était enfilé deux Lexomil avant de partir, en vue de l'affrontement. Pour être précise, elle s'était envoyé deux Lexomil sécables – soit huit quarts d'anxiolytique. Pour être plus claire encore, elle était complètement shootée. Elle avait failli s'endormir plusieurs fois au volant.

L'aide de camp revint et fit un bref signe de tête. Il ne prononça pas un mot et ne l'accompagna pas. Il n'y avait rien à dire et elle connaissait le chemin. Elle traversa une première salle puis une deuxième. Ses pas résonnaient comme dans une église. Une odeur minérale et glacée pesait sur ses épaules. Son père refusait toute espèce de chauffage à part les feux de cheminée.

Elle pénétra dans la pièce des tapisseries – on l'appelait ainsi à cause des tentures d'Aubusson qui représentaient des scènes si usées qu'elles paraissaient plongées dans la brume.

Quelques pas encore et elle se trouva face à son père, assis dans un rai de soleil, qui se livrait à son rituel sacré du petit déjeuner. Il était toujours aussi beau. Des cheveux épais et soyeux, d'une blancheur éclatante. Des traits qui rappelaient la douceur des galets au fond d'un torrent, lentement polis par des milliers de crues glacées, des milliers de printemps effervescents. Ses yeux brillaient d'une clarté de lagon et contrastaient avec sa peau mate, toujours bronzée. Jean-Claude Chatelet ressemblait à un vieux play-boy de Saint-Tropez.

— Tu m'accompagnes ?

— Pourquoi pas.

Elle s'assit avec décontraction. *Merci Lexomil.*

— Thé ? fit-il de sa voix grave.

Nicolas avait déjà disposé une tasse. Il saisit la théière. Elle regarda couler le liquide cuivré. Son père ne buvait qu'un Keemun importé de la province de l'Anhui, à l'est de la Chine.

— Je t'attendais.

— Pourquoi ?

— Les gens de Mêtis. (Il reposa la théière.) Ils m'ont appelé.

Elle était donc sur la bonne voie. Elle prit une tartine puis le couteau d'argent de son père. Un bref instant, elle se vit en reflet dans la lame. *Assure ma fille.* Elle beurra avec lenteur, sans trembler, son toast parfaitement doré – une autre obsession du Pater.

— Je t'écoute, murmura-t-elle.

— Le vrai chrétien ne meurt pas dans son lit, commença-t-il avec grandiloquence. Le vrai chrétien doit se salir les mains. Pour le salut des autres.

En dépit de ses années au Chili, il avait conservé l'accent du Sud-Ouest.

— Comme toi ?

— Comme moi. La plupart des faibles, ceux qui ne font rien et se posent toujours en juges, ceux-là pensent que les soldats des régimes totalitaires sont des sadiques, qu'ils prennent plaisir à torturer, à violer, à tuer.

Il marqua un temps. Le soleil tournait déjà. Le vieil homme n'était plus dans la lumière mais dans une flaque d'ombre. À l'intérieur, ses yeux clairs brillaient intensément.

— Je n'ai rencontré des sadiques, des pervers qu'au bas de l'échelle. Et encore, dans ce cas, les sanctions tombaient toujours. Personne n'agissait par plaisir. Ni pour le pouvoir, ni pour l'argent.

Il mentait. Les exemples d'exactions gratuites et vicieuses étaient innombrables dans l'histoire des guerres et des dictatures. Sous toutes les latitudes, à toutes les époques. L'homme est une bête. Il suffit de lui lâcher la bride pour qu'il repousse les limites de l'ignoble.

Mais elle joua le jeu et posa la question qu'il attendait :

— Pourquoi alors ?

— La patrie. Tout ce que j'ai fait, je l'ai fait pour protéger le Chili.

— On est d'accord qu'on parle de torture, là ?

Les dents éclatantes de Chatelet jaillirent dans le demi-jour. Son rire ne produisait aucun bruit. Seulement de la lumière.

— Je protégeais mon pays du pire poison.

— Le bonheur ? La justice ? L'égalité ?

— Le communisme.

Anaïs soupira et croqua dans sa tartine :

— Je ne suis pas venue ici pour écouter tes salades. Parle-moi de Mêtis.

— Je suis en train de te parler de Mêtis.

— Comprends pas.

— Eux aussi agissent par foi, devoir, patriotisme.

— Comme lorsqu'ils ont vendu plusieurs tonnes de gaz neurotoxique à l'Irak ?

— Tu devrais vérifier tes sources. Mêtis n'a jamais fabriqué d'armes chimiques. Tout juste ses ingénieurs ont-ils assuré une mission de conseil lors du transfert des produits. À l'époque, Mêtis commençait sa diversification pharmaceutique. Un marché beaucoup plus intéressant que celui d'armes déjà passées de mode. Tout groupe international…

Anaïs lui coupa la parole :

— Que font les gens de Mêtis aujourd'hui ? Travaillent-ils toujours avec des militaires ? Pourquoi sont-ils mêlés à l'assassinat d'un pêcheur du Pays basque et de sa femme ?

— Même si je savais quelque chose, je ne te dirais rien et tu le sais.

Un bref instant, elle eut envie de le convoquer au poste. Garde à vue. Fouille au corps. Interrogatoire. Mais elle ne possédait aucun élément concret, ni même aucune légitimité. Elle était en sursis. Son badge dans sa poche et son calibre à la ceinture étaient déjà illégaux.

— J'avais pourtant cru que tu avais quelque chose à me dire.

— Oui. Oublie Mêtis.

— C'est leur message ?

— C'est le mien. Ne t'approche pas d'eux. Ces gens-là ne font pas de tri sélectif.

— Jolie image. Je suis donc une poubelle ?

— Tu n'es pas de taille, c'est tout.

Elle n'avait que faire de ces menaces. Elle voulait en revenir aux faits. Ils étaient minces. Ils se résumaient à l'éventuelle connexion entre deux tueurs conduisant un 4 × 4 appartenant à une société elle-même intégrée à la constellation Mêtis. Elle essaya de présenter ses arguments de la manière le plus convaincante possible mais son père parut déçu.

— C'est tout ce que tu as ? Je dirai à mes amis qu'ils vieillissent. Avec l'âge, ils s'inquiètent pour un rien. Passe vite ton chemin, ma petite fille, avant de tout perdre. Ton boulot, ta réputation, ton avenir.

Elle se pencha sur la table. Tasses et couverts cliquetèrent :

— Ne me sous-estime pas. Je peux les coincer.

— Comment ?

— En démontrant qu'ils ont falsifié une déclaration de vol, qu'ils ont corrompu le cours d'une enquête, qu'ils ont engagé deux tueurs pour remplir un contrat. Je suis flic, putain !

— Tu n'entends pas ce que je te dis. Il ne peut y avoir d'enquête.

— Pourquoi ?

— La police ou les gendarmes agissent pour maintenir l'ordre. Et l'ordre, c'est Mêtis.

Les mots de Koskas. *Le ver n'est pas dans le fruit. Le ver et le fruit se sont associés.* Anaïs détourna son regard. La grande tapisserie déployait ses marques d'usure, ses fragments voilés. Une scène de chasse. Il lui sembla que les chiens dévoraient des cadavres humains au fond des brumes.

Anaïs regarda son père, les yeux dans les yeux :

— Pourquoi te consultent-ils ?

— Ils ne me consultent pas. Je possède des parts dans le groupe, voilà tout. Mêtis a de nombreuses activités prospères dans le Bordelais. J'étais parmi les principaux investisseurs quand ils sont passés à l'activité pharmaceutique. Je connaissais les fondateurs de longue date.

Il ajouta avec une nuance de perversité :

— Mêtis, c'est ce qui nous a nourris, toi et moi. Il est un peu tard pour cracher dans la soupe.

Anaïs ne releva pas la provocation :

— On m'a dit qu'ils menaient des programmes de recherche. Qu'ils travaillaient sur des molécules. Des sérums de vérité, en collaboration avec l'armée. Ton expérience de la torture pourrait leur servir.

— Je ne sais pas où tu vas pêcher tes informations mais ce sont de purs fantasmes de bandes dessinées.

— Tu nies que les recherches chimiques pourraient être l'avenir des activités de renseignement ?

Il eut un mince sourire. Une sorte d'équilibre entre sagesse et cynisme :

— Nous rêvons tous de ce genre de produits. Une pilule qui éviterait la torture, la cruauté, la violence. Je ne pense pas que quiconque ait trouvé une molécule de ce genre.

— Mais Mêtis s'en occupe.

Il ne répondit pas. Elle eut un cri du cœur :

— Comment à ton âge peux-tu encore tremper dans de telles combines ?

Il s'étira dans son beau pull Ralph Lauren, puis l'enveloppa de son regard curaçao.

— Le vrai chrétien ne meurt pas dans son lit.

— On a compris. Où vas-tu mourir, toi ?

Il rit puis se leva avec difficulté. Il attrapa sa canne et se déplaça vers la fenêtre, de cette démarche claudicante qui faisait mal à Anaïs quand elle était petite.

Il observa les cépages qui semblaient brûler dans la lumière glacée de l'hiver.

— Dans mes vignes, murmura-t-il. Je voudrais mourir dans mes vignes, abattu par une balle.

— D'où viendra la balle ?

Il tourna lentement son visage et lui fit un clin d'œil :

— Qui sait ? De ton arme, peut-être.

Ses études comparées n'avaient rien donné. À l'exception d'une brûlure aux yeux, d'une crampe à la main et d'une vague nausée dans la gorge. Son point lancinant était revenu au fond de l'orbite gauche. Les noms dansaient sous son crâne – et il n'avait pas relevé un patronyme commun entre les listes d'apprentis médecins et les étudiants en beaux-arts. Le bide.

Il fit une boule de sa dernière liste et la balança dans la corbeille. Il était presque midi. Une matinée de grillée. Seul point positif : personne n'était venu l'emmerder. Même si, dans les pièces voisines, les bruits caractéristiques d'un asile psychiatrique continuaient : voix désespérées, hurlantes, ou au contraire d'une extrême douceur, ricanements, pas traînants ne menant jamais nulle part...

La matinée lui avait au moins permis de mieux saisir où il en était : il avait échappé à la police mais était revenu à la case départ. Seul changement : de psy, il était passé patient.

— On te cherche partout.

Corto se tenait dans l'entrebâillement de la porte.

— C'est bientôt l'heure du déjeuner. On a juste le temps de visiter les ateliers.

Narcisse lui fut reconnaissant de ne poser aucune question sur les heures qu'il venait de passer dans la salle informatique. Ils reprirent le couloir et se retrouvèrent dans le réfectoire, grande pièce nue quadrillée de tables en inox, où deux infirmiers costauds disposaient assiettes et couverts en plastique.

— Tu es ici.

Corto désignait de l'index une photographie de groupe fixée au mur. Narcisse s'approcha et se reconnut. Il portait une blouse d'artiste, très fin XIXe. Il avait l'air jovial. Les autres riaient aussi, avec quelque chose de déglingué, de détraqué dans leur allure.

— Nous avons pris cette photo pour l'anniversaire de Karl, le 18 mai dernier.

— Qui est Karl ?

Le psychiatre montra un gros homme hilare, aux côtés de Narcisse, portant un tablier de cuir et brandissant une brosse maculée de noir. Il évoquait un forgeron du Moyen Âge.

— Viens. Je vais te le présenter.

Ils remontèrent un nouveau couloir qui menait à une porte coupe-feu. Ils sortirent et prirent un escalier en direction du deuxième édifice, en contrebas. Sous le soleil de midi, le paysage se révélait dans toute sa splendeur. Une beauté froide, indifférente, sans pitié. Des pics, des aiguilles, des fragments de roches rouges se dressaient comme des pierres votives. Des totems qui faisaient jeu égal avec les dieux qu'ils représentaient. Au fond de la vallée, des forêts noires s'épanchaient et révélaient un biosystème farouche et sélectif. La terre nourrissait seulement ici ceux qui supportaient l'altitude, le froid et le vide. Les autres pouvaient crever.

Ils pénétrèrent dans le bâtiment et dédaignèrent le premier étage – les chambres – pour descendre au rez-de-chaussée. Corto frappa à la première embrasure du couloir – il n'y avait pas de porte – et attendit la réponse.

— *Hereinkommen !*

Narcisse marqua un temps sur le seuil. L'atelier était uniformément noir, plafond compris. Sur les murs, des monochromes, noirs eux aussi. Au centre de la pièce, se tenait le colosse de la photo. La version grandeur nature mesurait près de deux mètres pour 150 bons kilos. Il portait un tablier en cuir, comme passé au cirage.

— Salut Karl. Comment ça va aujourd'hui ?

L'homme s'inclina en ricanant. Il portait un masque filtrant. Les effluves chimiques étaient irrespirables dans la pièce.

Corto se tourna vers Narcisse :

— Karl est allemand. Il n'est jamais parvenu à apprendre correctement notre langue. Il était interné dans un asile en RDA, près de Leipzig. Après la chute du Mur, j'ai visité tous les instituts d'Allemagne de l'Est en quête de nouveaux artistes. J'ai découvert Karl. Malgré les punitions, les électrochocs, les priva-tions, il s'obstinait à peindre en noir tout ce qui lui tombait sous la main. À l'époque, il utilisait surtout du charbon.

— Et maintenant ?

— Maintenant, Karl fait le difficile ! rit Corto. Aucun produit ne lui donne satisfaction. Pour ses monochromes, il essaie des mélanges, à base d'aniline et d'indanthrène. Il me donne des listes de produits chimiques incompréhensibles ! Il cherche la non-couleur absolue. Quelque chose qui absorberait vraiment la lumière.

Le malabar s'était remis au travail, penché sur un bac où il pétrissait une sorte de goudron chaud et souple. Il ricanait encore sous son masque.

— Karl a un secret, murmura le psychiatre. Il mixe sa peinture avec son propre sperme. Il prétend que cette substance donne une vie souterraine à ses monochromes.

Narcisse observait les grosses mains qui barattaient la matière. Il imaginait l'artiste, avec ces mêmes mains, s'astiquer le manche. Privilège de l'arthérapie de Corto : la libido s'agitait encore. À Henri-Ey, ses patients abrutis de psychotropes avaient tous le cigare en berne.

Il s'approcha d'un des tableaux uniformément noirs :

— C'est censé représenter quoi ?

— Le néant. Comme beaucoup d'obèses, Karl est sujet à des apnées profondes durant son sommeil. Il ne respire plus. Ne rêve plus. Il meurt, en quelque sorte. Il prétend peindre ces trous noirs.

Narcisse se pencha sur une toile et décela une fine écriture en relief qu'il aurait fallu plutôt lire avec les mains, comme du braille.

— Ce n'est pas de l'allemand ?

— Ni aucun autre idiome connu.

— Un langage qu'il a inventé ?

— Selon lui, la langue parlée par les voix qui le visitent au fond de l'apnée. Au fond de la mort.

Karl continuait à rire sous cape. Ses mains se tordaient maintenant dans le bac. La peinture qu'il malaxait jaillissait des bords comme un puits de pétrole réveillé.

— Allons-y, proposa Corto. Il s'énerve quand les visiteurs restent trop longtemps.

Dans le couloir, Narcisse demanda :

— Pour quoi était-il interné à Leipzig ? De quoi souffre-t-il ?

— Pour dire la vérité, il était en prison. L'équivalent de nos UMD. Il a arraché les yeux de sa femme. Il dit que c'est sa première œuvre. Toujours l'obscurité…

— Il ne prend aucun médicament ?

— Aucun.

— Pas de mesure de sécurité ?

— On veille seulement à bien lui couper les ongles. En Allemagne, il y a eu un problème avec un infirmier.

Narcisse réagit en psychiatre : Corto jouait avec le feu. Il était surpris que les autorités médicales et sociales le laissent faire. L'atelier suivant était occupé par une petite femme âgée d'au moins 70 ans. Vêtue d'un ensemble Adidas rose, les cheveux bleutés, elle offrait une image très soignée – une Américaine à la retraite. L'atelier était à son image : le parfait intérieur d'une ménagère irréprochable. Sauf qu'elle tenait une clope pincée entre ses lèvres fines.

Ni l'Allemand ni cette femme n'étaient sur le char de Nice. Ils avaient sans doute obtenu une dérogation. L'un à cause du poids, l'autre à cause de l'âge.

— Bonjour, Rebecca. Comment vous sentez-vous ?

— Le problème, c'est les douanes, fit-elle d'une voix rocailleuse. Pour faire passer mes œuvres…

Elle était penchée sur une feuille qu'elle couvrait toujours du même visage, à l'aide d'un minuscule crayon tenu à deux doigts. Pour apprécier son œuvre, il fallait se reculer. Les milliers de figures s'articulaient comme une marqueterie et formaient des vagues, des motifs, des arabesques.

— Le travail avance ?

— Ce matin, on m'a poussée dans les waters. Hier, la viande n'était pas mixée.

Syndrome de Ganser. Un trouble plutôt rare, qui se caractérise par des réponses toujours à côté. Face à ces artistes, Narcisse comprit qu'il réagissait en psychiatre. Il n'admirait pas leurs œuvres : il les traitait en malades. Malgré ses efforts, il n'était pas Narcisse. Il restait Mathias Freire.

— Je connais cette tête, remarqua-t-il en désignant le visage démultiplié sur la page.

— C'est Albert de Monaco.

Corto expliqua – la femme était absorbée par son dessin.

— Il y a une trentaine d'années, Rebecca travaillait au palais monégasque. Femme de ménage. Elle est tombée amoureuse du prince, d'une manière… irraisonnée. Elle ne s'est jamais remise de ce trauma affectif. En 1983, elle est entrée à l'hôpital pour ne plus en sortir. Quelques années à Saint-Loup, puis chez nous.

Narcisse lui lança un coup d'œil. Rebecca travaillait de manière automatique – comme si une force invisible lui tenait la main. Jamais son crayon ne se levait ni ne revenait sur un trait. Cette ligne était comme le fil rouge de sa folie. Corto était déjà sorti.

— Vous avez cherché ces artistes à travers toute l'Europe ? demanda Narcisse après l'avoir rattrapé.

— Oui. Dans le sillage de mes prédécesseurs. Hans Prinzhorn, en Allemagne. Leo Navratil, en Autriche. Grâce à eux, l'art brut existe.

— L'art brut : c'est quoi au juste ?

— L'art des fous, des marginaux, des médiums, des amateurs. Le nom a été inventé par Jean Dubuffet. D'autres l'appellent « l'art outsider », « art psychotique »… Les Anglais disent « raw art », « l'art cru ». Les termes parlent d'eux-mêmes. C'est un art libéré de toute convention, de toute influence. Un art libre ! Souviens-toi de ce que je t'ai dit : « Ce n'est pas l'art qui nous soigne, c'est nous qui soignons l'art ! »

Corto franchit le troisième seuil. Ici, de grandes œuvres crayonnées mettaient en scène des silhouettes étirées – des femmes – enjambant des arcs-en-ciel, se baignant dans des ciels d'orage, sommeillant sur des nuages. Les feuilles étaient fixées aux murs mais leurs motifs débordaient sur le ciment, comme si l'impulsion créatrice avait tout éclaboussé.

— Voici Xavier, fit le directeur. Il est chez nous depuis huit ans.

L'homme, âgé d'une quarantaine d'années, était assis sur une couchette, pieds amarrés au sol, face à une petite table, en tenue de combat : débardeur kaki, pantalon de treillis. L'agressivité de ses vêtements était atténuée par ses poches remplies de crayons de couleur et aussi par les vieilles savates de corde qu'il portait pieds nus. Un tic compulsif agitait ses traits à intervalles réguliers.

— Xavier pense avoir appartenu à la Légion étrangère, murmura Corto alors que l'autre attrapait un crayon et le fourrait dans un taille-crayon fixé à la table. Il croit avoir participé à la guerre du Golfe, au sein de la division Daguet.

Il y eut un silence. Narcisse essaya d'engager la conversation.

— Vos tableaux sont très beaux.

— C'sont pas des tableaux. C'sont des boucliers.

— Des boucliers ?

— Contre les cellules cancéreuses, les microbes, toutes ces merdes biologiques qu'on m'envoie à travers la terre.

Corto saisit Narcisse par le bras et l'emmena à l'écart.

— Xavier croit avoir subi une attaque chimique en Irak. En réalité, il n'y a jamais mis les pieds. À 17 ans, il a jeté son petit frère qu'il tenait sur ses épaules dans une rivière au courant très fort. L'enfant s'est noyé. Quand Xavier est rentré chez lui, il ne savait plus où était passé son frère. Il ne se souvenait de rien. Il a passé près de quinze ans en UMD. J'ai réussi à le récupérer.

— Comme ça ? Sans la moindre consigne de prudence ?

— Durant ses années en UMD, Xavier n'a jamais posé de problème. Les experts ont considéré qu'on pouvait me le confier.

— Que prend-il comme traitement ?

— Rien. Ses dessins occupent tout son temps. Et son esprit.

Le psychiatre observait son patient avec bienveillance, qui taillait toujours ses crayons l'un après l'autre, avec des yeux fiévreux. Narcisse conservait le silence. Un silence sceptique, réprobateur.

— Ne fais pas cette tête, fit Corto. On évite ici pratiquement tous les accès maniaques. Nous n'avons jamais eu d'agression ni de suicide. La peinture focalise, aspire, absorbe le délire. Mais à la différence des psycholeptiques, elle n'abrutit pas. La peinture les réconforte. Elle est leur seul soutien. Je peux t'assurer que les jours de visite, on ne se bouscule pas devant notre portail. Personne ne vient jamais les voir. Ce sont des oubliés, des déshérités de l'amour. Viens. La visite continue !

Le poste de gendarmerie de Bruges était aussi mort que le cimetière de la ville. Un peu plus mort, peut-être. Au cimetière, au moins, le dimanche, on a de la visite. Anaïs poussa la porte d'une humeur massacrante. Après l'inutile entrevue avec son père, elle avait fait le point avec Le Coz. Du vite vu. Pas le moindre élément nouveau à l'horizon. L'enquête sur les meurtres – Philippe Duruy, Patrick Bonfils, Sylvie Robin – ne les concernait plus. Mêtis était inaccessible. Quant à son sort au sein de la police française, aucune date de convocation par l'IGS n'était tombée. On se demandait pourquoi elle était rentrée à Bordeaux.

Crosnier l'avait aussi appelée :

— Comment ça va ?

— La petite merdeuse va bien. Des nouvelles de Nice ?

— Aucune trace de Janusz. Il s'est définitivement volatilisé. Je suis de retour à Marseille. J'ai interrogé personnellement les gars du foyer où il a passé la nuit. Il a donné « Narcisse » comme nom mais c'est lui, aucun doute.

— Ses agresseurs ?

— On a un témoin. Un clodo qui n'a pas dû décuiter depuis dix ans.

— Qu'est-ce qu'il dit ?

— Les types qui ont attaqué Janusz seraient des hommes politiques. Des gars en costard-cravate. Encore une fois, il faut tenir compte du degré d'imprégnation du mec.

Les tueurs de Guéthary. Les conducteurs du Q7. La voix de son père : *L'ordre, c'est Mêtis.* Des meurtriers qui étaient à la fois le crime et le glaive. Des meurtriers qui pouvaient infiltrer la police. Des meurtriers qui *étaient* la police…

La salle d'accueil du poste était une caricature : comptoir en bois élimé, sol en lino, murs en agglo, deux gendarmes ensommeillés… Peu de chances pour qu'un scoop jaillisse d'un tel décor. Elle demanda à voir le lieutenant Dussart – celui qui avait rédigé la déclaration de vol du Q7. Il était de repos. Les gars de permanence reluquèrent d'un œil soupçonneux sa carte de flic et écoutèrent avec scepticisme les raisons de sa démarche : un complément d'enquête sur le vol d'un 4 × 4 Audi Q7 S line TDI, immatriculé 360 643 AP 33, signalé le 12 février 2010.

Il n'était pas question de lui transmettre les coordonnées personnelles de Dussart. Ni de lui faire lire le PV de déclaration de vol. Anaïs n'insista pas. Elle rebroussa chemin et trouva les coordonnées de Patrick Dussart en appelant les renseignements téléphoniques. Le gendarme vivait à Blanquefort, au nord, au-delà de la réserve naturelle de Bruges.

Elle prit la route du village. On était dimanche midi et la mort l'escortait au fil du chemin. Des rues désertes. Des pavillons silencieux. Des jardins vides. Elle trouva celui de Dussart – un bloc grisâtre, assorti d'une pelouse impeccable et d'un cabanon de bois au fond du jardin. Elle se gara à un bloc, dans l'ombre d'un château d'eau, puis revint sur ses pas. Elle ouvrit le portail sans sonner. Elle était décidée à la jouer à l'esbroufe – faire peur, arracher les infos, partir en courant.

Un chien vint à sa rencontre en aboyant. Elle lui balança un coup de saton. L'animal recula en gémissant. Elle remonta l'allée de gravier, jonchée de jouets d'enfants, et découvrit sur le seuil du pavillon une femme sans âge ni traits distinctifs.

Sans dire bonjour, sans un mot d'excuse, elle brandit sa carte tricolore :

— Anaïs Chatelet, capitaine de police à Bordeaux. Votre mari est là ?

La femme resta bouche bée. Au bout de longues secondes, elle désigna le cabanon du jardin. Deux enfants s'étaient précipités dans ses jambes, observant l'intruse avec des yeux ronds. Anaïs s'en voulait de bouleverser cette tranquillité dominicale mais une part d'elle-même, plus profonde, plus obscure, se réjouissait au contraire de secouer ce bonheur sans histoire. Un bonheur auquel elle n'aurait jamais droit.

Elle traversa la pelouse, sentant les trois paires d'yeux dans son dos. Elle frappa. Une voix lui dit d'entrer. Elle tourna la poignée et découvrit un bonhomme à l'air étonné. Il s'attendait à une visite plus familière.

— Anaïs Chatelet, capitaine de police nationale, du poste central de Bordeaux.

D'étonnée, l'expression vira stupéfaite. Patrick Dussart, vêtu d'un survêtement bleu pétrole, se tenait devant une large table où des avions en balsa s'alignaient comme sur un porte-avions. La cabane était le paradis de l'aéromodélisme. Des ailes, des cockpits, des fuselages se partageaient le moindre recoin de la pièce alors que des odeurs de sciure, de colle et d'essence se mélangeaient dans l'air.

Elle fit deux pas en avant. Le gendarme recula, une armature d'aile entre les mains. Anaïs prit la mesure de l'adversaire. Un petit gabarit avec une tête chauve, lourde et nue comme une pierre. Lunettes au rabais, traits incertains, expression craintive. Elle ne ferait qu'une bouchée de cet avorton – mais elle devait faire vite.

— J'agis ici sur commission rogatoire du juge Le Gall, bluffa-t-elle.

Dussart tripotait son aile en balsa blanc.

— Un… un dimanche ?

— Le 12 février dernier, vous avez enregistré une déclaration de vol de véhicule au poste de gendarmerie de Bruges. Un 4 × 4 Audi Q7 S line TDI, immatriculé 360 643 AP 33, propriété de la société ACSP, une entreprise de gardiennage implantée dans la zone tertiaire Terrefort, à Bruges.

Dussart était déjà très pâle, mais il blêmit encore.

— Qui est venu faire cette déclaration ?

— Je me souviens pas du nom. Il faudrait que je revoie le rapport…

— Pas la peine, claqua-t-elle. Nous savons qu'il est faux.

— Qu… quoi ?

— Personne n'est venu le 12 février déclarer ce vol.

L'homme passa au translucide. Il se voyait déjà dégradé, privé de ses prérogatives de fonctionnaire – et de sa retraite. Ses doigts serraient l'armature au point de la faire couiner.

— Vous… vous m'accusez d'avoir antidaté un PV ?

— Nous n'avons aucun doute à ce sujet.

— Quelles preuves vous avez ?

— On verra ça au poste. Mettez un manteau et…

— Non. Vous bluffez… Vous…

Anaïs mit les choses au point :

— D'après nos témoignages, le véhicule est toujours conduit à ce jour par des membres de l'ACSP.

— Qu'est-ce que j'y peux ? se rebiffa Dussart. Ils l'ont déclaré volé le 12 février. S'ils ont menti, ils…

— Non. Ils sont venus plus tard et vous ont ordonné de rédiger une déclaration antidatée.

— Qui pourrait m'ordonner ça ?

— Votre manteau. Ne m'obligez pas à utiliser la force. Il nous sera facile de démontrer que pas un seul acte n'a été rédigé, pas une seule démarche n'a été effectuée sur ce dossier depuis le 12 février.

Dussart éclata d'un rire qui s'étrangla dans sa gorge :

— Qu'est-ce que ça prouve ? On n'enquête jamais sur un vol de voiture !

— Une bagnole de cette valeur ? Appartenant à une société de sécurité de la zone industrielle de votre juridiction ? Presque des collègues ? Si nous ne trouvons rien, c'est que le 12 février, personne n'a rien déclaré.

Un éclair passa dans les yeux du gendarme – il prévoyait déjà d'antidater d'autres documents. Des PV d'audition. Des actes d'enquête de proximité. Anaïs lui coupa l'herbe sous le pied.

— Mes hommes sont déjà en train de perquisitionner vos locaux. Mettez votre putain de manteau !

— Un dimanche ? Vous… vous avez pas le droit.

— Dans le cas d'un double meurtre, on a tous les droits.

L'aile de balsa se brisa entre ses doigts :

— Un double meurtre ?

Anaïs poursuivit, du ton sec qu'on n'apprend pas à l'école de police mais qui est inné chez tous les flics :

— Le 16 février, au Pays basque. Les tueurs conduisaient le Q7. Si tu continues à traîner, je te jure que je te mets les pinces.

— C'est un crime de l'ETA ?

— Rien à voir. (Elle sortit ses menottes.) Je te propose un deal. Parle ici, maintenant, et on pourra peut-être s'arranger. Sinon, je t'inculpe de complicité d'homicide volontaire. Les conducteurs du Q7 ont déjà tenté de tuer un autre type le 19. Cette bagnole, c'est ton ticket pour perpète. Soulage ta conscience !

Maurice suait comme un gigot sur la broche. Ses lèvres tremblaient.

— Vous… vous pouvez rien prouver…

Anaïs eut une idée – elle se maudit de ne pas l'avoir eue auparavant :

— Bien sûr que si. L'ACSP n'a jamais contacté sa compagnie d'assurances. Aucune déclaration. Aucun sinistre. Tu trouves ça normal, toi, de ne pas se faire rembourser une bagnole de plus de 60 000 euros ?

À force de reculer, le gendarme s'était coincé dans un angle.

— Jamais le traqueur de la bagnole n'a été activé, ajouta Anaïs, prise d'une soudaine inspiration. Le moins qu'on puisse dire, c'est que le vol de ce véhicule ne motive pas les troupes !

— Pas les menottes, pas les…

Elle sauta sur la table. Ses rangers écrasèrent les avions. À l'âge de 12 ans, elle avait été championne d'Aquitaine de gymnastique. *La petite gymnaste de papa.* Elle bondit sur Dussart qui hurla. Ils tombèrent tous les deux. Anaïs immobilisa le type, un genou sur sa poitrine, et lui enfonça une menotte ouverte dans la gorge.

— Accouche, enculé !

— NON !

— Qui est venu te voir ?

L'homme faisait « non » en secouant violemment la tête. La sueur et les larmes brillaient sur son visage violacé. Anaïs serra les pinces sur sa glotte.

— QUI ?

Il passa au teint betterave. Il ne pouvait plus respirer. Encore moins parler. Elle relâcha légèrement la tenaille.

Le gendarme cracha :

— Ils… ils étaient deux.

— Leurs noms ?

— Je sais pas.

— Ils t'ont filé du fric ?

— Jamais de la vie ! Je… j'ai pas besoin d'argent !

— Avec le crédit de ta baraque ? Celui de ta bagnole ? Les fringues de tes mômes ?

— Non… non… non…

Elle serra à nouveau les mâchoires du bracelet. Au fond d'elle-même, elle était terrifiée. Par sa propre violence. Par l'ampleur de son dérapage. L'IGS se délecterait du témoignage du lieutenant Patrick Dussart.

— PARLE ! POURQUOI AS-TU RÉDIGÉ CE FAUX ?

— Ils… ils m'en ont donné l'ordre.

Elle donna du mou à la prise :

— L'ordre ?

— C'étaient des officiers. Ils… Ils ont parlé de raison d'État.

— Ils étaient en uniforme ?

— Non.

— Ils t'ont montré leurs papiers officiels ?

— Non.

Dussart se releva sur un coude et essuya ses larmes.

— Ces mecs-là étaient des officiers, bon Dieu… J'ai servi quatre ans dans la Marine, sur le *Charles-de-Gaulle*. Je sais reconnaître un gradé quand j'en vois un.

— Quel corps ?

— Je sais pas.

— À quoi ressemblaient-ils ?

— Des gars sérieux, en costume noir. Les militaires n'ont pas la même façon de porter les tenues civiles.

C'était la première phrase censée du connard.

— Ils sont venus à la gendarmerie ?

— Non. Chez moi, le soir du 17. Ils m'ont donné les grandes lignes du rapport que je devais rédiger, et la date à apposer. C'est tout.

Ces visiteurs ne pouvaient pas être les tueurs de la plage de Guéthary. À cet instant, les salopards étaient à Marseille, en train d'attaquer Victor Janusz. Qui d'autre ? Des collègues ? De toute façon, ce témoignage ne lui servait déjà plus à rien. Dussart nierait en bloc et c'est elle qui se retrouverait en garde à vue pour agression.

Son idée de la balise non activée lui parut beaucoup plus utile. Elle se releva et rangea ses pinces.

— Qu'est-ce… Qu'est-ce qui va m'arriver ? chevrotait l'autre en se massant le cou.

— Tiens-toi à carreau et tout se passera bien, fit-elle entre ses dents.

Elle sortit et trébucha sur le seuil. La lumière la frappa au fond des yeux. Elle rajusta son blouson, balaya les échardes de balsa qui couvraient ses fringues. De rage, elle envoya un coup de pied dans un petit tricycle qui traînait là.

À grandes enjambées, elle atteignit le portail. Sur le seuil du pavillon, la femme et ses deux enfants pleuraient.

Sa main se crispa sur la grille.

Elle aussi chialait à pleines larmes.

Elle ne tiendrait pas longtemps à ce régime.

Tout était intact.

Comme si Narcisse avait quitté son atelier la veille.

— J'étais sûr que tu reviendrais, expliqua Corto.

Après déjeuner, il avait enfin pu prendre le chemin de son propre atelier. Le psychiatre avait tenu à l'accompagner. L'espace n'excédait pas cinquante mètres carrés. Les murs n'en étaient ni noirs, ni crayonnés, mais le lieu n'était pas non plus impeccable comme le repaire de Rebecca.

Des toiles vierges s'alignaient contre le mur de gauche. Des bâches se déployaient sur le sol, constellées de taches de couleur. Des pots de peinture industrielle, des bacs maculés, des sacs de pigments, des Tupperware s'entassaient un peu partout. Des planches sur des tréteaux supportaient des tubes séchés, tordus, écrasés, mais aussi, curieusement, de grosses seringues en métal. Des pinceaux jaillissaient en bouquets de boîtes de conserve chromées.

— Tu fabriquais toi-même ta peinture, commenta Corto. Tu étais aussi exigeant que Karl. Tu mélangeais tes pigments. Tu les passais à la broyeuse et tu réglais leur onctuosité, en les mélangeant avec l'essence de térébenthine et l'huile de lin. Je me souviens : pour lier les pigments, tu utilisais une huile clarifiée spécifique. Tu te fournissais auprès d'une raffinerie industrielle qui a plutôt l'habitude de livrer ses clients par tonnes. Ensuite, tu injectais tes couleurs dans des seringues à graisse pour tracteurs que j'avais moi-même récupérées auprès des fermiers du coin...

Narcisse s'approcha des bacs où des mélanges noirâtres, rougeoyants, violacés avaient séché. Les bidons, les récipients en aluminium, les sacs poussiéreux distillaient encore de violents effluves chimiques ou minéraux. Il saisit des brosses, caressa des tubes, respira les odeurs – il n'éprouvait rien. Pas le moindre souvenir. Il en aurait chialé.

Il remarqua, parmi les objets pétrifiés, un carnet aux pages collées de peinture. Il le feuilleta. D'une écriture minuscule, on avait inscrit des listes de noms, de chiffres, de pourcentages.

— Ton carnet à secrets, fit Corto. Tes mélanges, tes proportions pour obtenir, exactement, les tons que tu souhaitais.

Narcisse empocha le carnet puis demanda :

— Parlez-moi de ma façon de travailler.

— Je n'en ai aucune idée. Il n'y a pas de portes aux ateliers mais tu avais fixé un rideau sur le chambranle. INTERDICTION FORMELLE D'ENTRER. Le soir, tu retournais tes tableaux contre les murs.

— Pourquoi ?

— Tu disais : « Marre de voir ma gueule. »

Daniel Le Guen, le compagnon d'Emmaüs de Marseille, lui avait raconté que la seule vision d'une illustration de Courbet l'avait rendu malade.

— Je t'ai déjà parlé de Gustave Courbet ?

— Bien sûr. Tu disais que c'était ton maître, ton mentor.

— Dans quel sens ?

— Je ne sais pas. Formellement, tes toiles n'avaient rien à voir avec ses œuvres. Mais Courbet est un maître de l'autoportrait. Il adorait se représenter. Je ne suis pas spécialiste de cette période mais son autoportrait *Le Désespéré* est sans doute un des tableaux les plus célèbres au monde…

Narcisse ne répondit pas. Des dizaines d'autoportraits jaillissaient sur les murs de son esprit. Sa mémoire culturelle fonctionnait sans problème. Dürer. Van Gogh. Le Caravage. Degas. Schiele. Opalka… Mais pas une seule image de Courbet. Bon Dieu. Il suffisait que ce peintre et son œuvre se soient immiscés dans sa vie personnelle pour qu'ils soient absorbés par le trou noir de sa maladie.

— Je me souviens maintenant, continuait Corto. De tous les autoportraits de Courbet, tu étais obsédé par *L'Homme blessé*.

— C'est quoi ?

— Le peintre s'est représenté mourant, au pied d'un arbre, une tache de sang près du cœur.

— Pourquoi je m'intéressais particulièrement à ce tableau ?

— Je t'ai posé la question. Tu m'as répondu : « Lui et moi, on fait le même boulot. »

Narcisse fit encore quelques pas dans cet atelier qui avait été son antre, son repaire, sa caverne. Rien de familier ne s'en dégageait. Sa quête lui parut sans espoir.

— Reste avec nous, fit Corto comme s'il sentait le désespoir de Narcisse. Remets-toi à peindre. La mémoire va...

— Je pars demain matin. D'ici là, je veux mon fric.

— C'est vous qu'avez appelé ?

— À ton avis ?

Sur le seuil de l'entrepôt, Anaïs braquait sa carte de flic sous le nez d'un jeune gars qui avait les yeux rouges et la mèche grasse. 17 heures. Elle était quelque part dans la banlieue de Toulouse, dans une zone industrielle composée de grands hangars aveugles et sombres. Elle n'avait mis que deux heures pour rejoindre Toulouse, mais presque autant de temps pour débusquer le bon site dans ce labyrinthe du secteur tertiaire.

Le bon site, c'était le poste de contrôle de la société CAMARAS, gestionnaire de traceurs pour plusieurs marques automobiles en France, dans les régions Aquitaine, Midi-Pyrénées, Languedoc-Roussillon, Provence-Alpes-Côte-d'Azur.

Anaïs avait appelé la permanence à 14 h 30. L'agent qui lui avait répondu était surpris par sa démarche. Normalement, c'était la compagnie d'assurances qui… Elle ne l'avait pas laissé achever son discours.

— J'arrive.

Maintenant, elle se trouvait devant un geek vêtu d'un pull camionneur et d'un jean baggy – visiblement un étudiant qui avait trouvé ici la combine pour réviser le week-end tout en étant rémunéré. Mais il ne devait pas réviser grand-chose : pupilles dilatées, nez humide, dents branlantes. Un consommateur de coke.

Il recula pour la laisser entrer. Elle découvrit un large entrepôt qui, au premier coup d'œil, paraissait vide. En réalité, une console surmontée d'écrans était disposée le long du mur de droite. Le matériel rappelait le Centre de supervision urbain de Nice, version clandestine.

Le gars sortit de sa poche une petite bouteille de collyre, renversa la tête et s'envoya une giclée sous chaque paupière.

— J'ai pas très bien compris au téléphone…

Anaïs saisit un fauteuil à roulettes et le tourna vers lui.

— Assieds-toi.

— De quoi il s'agit au juste ? demanda-t-il en s'installant.

Du pied, elle le poussa contre la console et lui murmura à l'oreille :

— Le 12 février dernier, on a déclaré le vol d'un 4 × 4 Audi Q7 S line TDI, immatriculé 360 643 AP 33, au poste de gendarmerie de Bruges. Tu en as entendu parler ?

— Ça me dit rien. Moi, je travaille ici que le week-end. J'suis étudiant et…

— Je posais la question pour la forme. Je veux que tu déclenches la balise qui est fixée sur la bagnole.

— C'est pas une balise, c'est un traceur GPS.

— Peu importe. Fais-le. Maintenant.

Le gars s'agita :

— Mais ça se passe pas comme ça ! La copie du PV de déclaration de vol à la gendarmerie doit être envoyée à notre siège ainsi que le contrat d'assurances qui…

Elle attrapa de nouveau le siège et lui fit faire volte-face.

— Je peux aussi appeler une équipe de Toulouse pour te faire un test salivaire multidrogues : qu'est-ce que t'en penses ?

— Vous… vous avez l'immatriculation du véhicule ? bafouilla-t-il.

Anaïs extirpa de sa poche la feuille sur laquelle elle avait inscrit le numéro de la bagnole. Elle plaqua le document sur la console. Le choc alluma l'écran d'un ordinateur en veille. Des corps nus entremêlés apparurent. D'autres fenêtres jaillirent. Le visage d'une femme en pleine fellation. Le gros plan d'un anus dilaté. Des publicités aux noms suggestifs éclatèrent aux quatre coins du moniteur…

— Ton programme de révisions ? sourit Anaïs.

L'étudiant piqua un fard et éteignit maladroitement l'ordinateur. En se raclant la gorge, il se mit à pianoter sur le clavier du PC de surveillance. Les écrans affichèrent des cartes satellites de France. L'un d'eux zooma sur une partie du pays, trop rapidement pour que Anaïs puisse identifier la région.

— C'est instantané ? demanda-t-elle, surprise.

— Vaut mieux. Ça sert à pécho les voleurs.

— Où sont-ils ? Je veux dire : où est la bagnole ?

— Sur la D 2202, dans la vallée du Var.

Anaïs se pencha :

— C'est où exactement ?

Il actionna une molette intégrée à la console et zooma encore :

— Ici, au-dessus de Nice.

— La bagnole bouge ?

— Ouais. Ils parviennent à la hauteur du pont Durandy.

Elle réfléchit. Étaient-ils sur la trace de Janusz ? Avaient-ils repéré sa planque ? Pourquoi auraient-ils réussi là où des dizaines d'escouades de flics avaient échoué ? Peut-être rentraient-ils au contraire vers une base quelconque…

Elle fouilla dans sa poche et posa son iPhone sur la console. Elle attrapa un bloc de service et griffonna ses coordonnées :

— Appelle ce numéro et envoie-moi le programme qui permet de suivre, en temps réel, les déplacements de la bagnole.

— J'ai pas le droit. C'est un logiciel protégé.

— T'as bien compris qu'on était sortis du droit chemin, toi et moi ? Alors, tu composes ce numéro et tu m'envoies, via Internet, le programme, *capisci* ?

Il joua du clavier. Le bruit des touches ressemblait aux claquettes d'une danse macabre.

Le mobile d'Anaïs vibra. Elle décrocha. Le mail était arrivé. En document joint, le programme du traceur.

Elle tendit son portable au type – elle était nulle en technique :

— Installe le logiciel et fous-le-moi à l'écran.

Quelques secondes plus tard, la carte de l'arrière-pays niçois s'affichait. Le signal symbolisant le 4 × 4 se déplaçait en clignotant. Sans pouvoir expliquer sa conviction, Anaïs était certaine qu'elle devait faire vite.

— Je vous ai aussi chargé un programme GPS, commenta le geek. Si vous vous paumez, vous pouvez associer les deux logiciels. Ils vous remettront sur la bonne route.

Elle le remercia d'un signe de tête. Sortant sa bouteille de collyre, il se rinça les deux yeux en un seul mouvement.

— Tu connais la conclusion, non ?

— J'vous ai jamais vue, sourit-il. J'ai jamais entendu parler du Q7.

— T'es un bon p'tit gars, lui fit-elle en lui envoyant un clin d'œil.

Elle se dirigea vers la porte puis pivota une dernière fois. Elle fit le geste de masturber un pénis imaginaire.

— Et fais gaffe aux cals !

L'étudiant rougit sans répondre.

Tout en courant vers sa voiture, elle fit ses comptes. Elle était bonne pour traverser encore une fois la France d'ouest en est. Elle pouvait couvrir les six cents bornes qui la séparaient de Nice en moins de cinq heures. Ensuite, il lui faudrait trouver son chemin dans l'arrière-pays. Et même avec un GPS, elle n'était pas sûre de son coup.

Elle prit la direction de l'autoroute. Le vrai problème était ailleurs. Elle n'avait dormi que quelques heures la veille, pas dormi du tout la nuit précédente et trois heures seulement celle d'avant. Elle tenait à peine debout – et c'était uniquement sur les nerfs.

Elle composa le numéro de Zakraoui. Le plus dangereux et le plus séduisant membre de son groupe. Le Maghrébin répondit à la deuxième sonnerie.

— Zak ? Anaïs.

— Comment ça va, ma belle ? (Il était le seul à se permettre ce ton familier.) Toujours en vacances ? On m'a parlé de ta virée à Nice !

— Il faut que tu m'aides. Je cherche un plan.

— Un plan… Un plan ?

Anaïs ne répondit pas. Réponse positive.

Il prit sa voix de velours :

— Précise ta pensée.

— Du speed.

Zakraoui, ou la brigade locale des Stups. Il connaissait, à l'échelle de la région Aquitaine et de ses alentours, les meilleures filières en matière de drogues. Ses connaissances étaient répertoriées par types de défonces, de fiabilité, de dangerosité. Du sûr. Pour une raison simple : il était lui-même un ancien junk. Il clamait qu'il était clean. On faisait semblant de le croire.

Le flic lui expliqua où elle pourrait se procurer les meilleures amphétamines dans sa zone. Elle s'arrêta sur le bas-côté et prit carrément des notes – Grand Mirail, quartier de la Reynerie, cité des Tournelles… Les noms allumaient vaguement des souvenirs. Des histoires de violences urbaines, de bagnoles brûlées…

— Tu veux que je passe quelques coups de fil ? demanda Zak.

— Ça ira. Où sont tes mecs ?

— Par-ci, par-là. La cité des Tournelles est une barre en forme de « Y ». Si tu roules au pas, à cette heure-ci, et que tu réussis à pas trop avoir l'air d'une keuf, les petits oiseaux viendront à toi.

Elle balança son carnet sur le siège passager, passa une vitesse, coinça son mobile contre son oreille et accéléra :

— À la boîte, c'est comment ?

— Ta tête est pas encore mise à prix mais ça va venir.

Elle raccrocha, l'image du flic en mémoire. Son petit chapeau, son sourire tunisien. Outre ses ennuis de drogue, l'IGS le gardait sur le feu pour un autre dossier : on le soupçonnait de polygamie. Avec Jaffar, recherché par le juge aux affaires familiales parce qu'il refusait de payer la pension alimentaire de sa femme et Le Coz qui vivait aux crochets d'une baronne sur le retour, cela faisait une sacrée brochette de don juans. *Les seuls hommes de ma vie*, se dit-elle.

Une heure plus tard – elle s'était perdue plusieurs fois sous la pluie –, elle était en pleine négociation avec une kaïra minuscule en survêtement vert fluo, la gueule enfouie sous sa capuche – il ressemblait à un lutin.

— D'abord la thune.

Anaïs s'était arrêtée à un DAB. Elle donna ses 100 euros. Le fric disparut, la main s'ouvrit sur 10 comprimés.

— Fais gaffe à toi. C'est pas pour les bâtards. T'en prends qu'un à chaque fois.

Elle fourra huit comprimés dans sa poche et en garda deux dans sa paume.

— T'as quelque chose pour les faire passer ?

Le nain sortit une canette de Coca Light.

— Garanti sans coke, ricana-t-il.

Elle avala les deux amphètes avec une gorgée. Quand elle lui rendit le Coke, le gars avait déjà reculé dans la nuit.

— Cadeau de la maison. Salut.

Anaïs démarra sous la pluie. Elle sentait déjà, ou croyait sentir, la dopamine qui se libérait au fond de son cerveau. Elle passa une nouvelle vitesse et reprit la direction de l'A 61. À la première station-service, elle fit le plein. Elle paya et se rendit compte, en lorgnant vers les rayons de sandwiches et de biscuits, qu'elle n'avait pas faim. La drogue avait aussi un effet coupe-faim. Tant mieux. Elle resterait tous sens en alerte, aiguisés comme des couteaux.

Elle repartit en trombe et observa le programme du traceur sur son iPhone. Les salopards avaient quitté la D 2202 en direction d'un bled du nom de Carros. Où allaient-ils ? Avaient-ils retrouvé Janusz ?

Elle passa la cinquième et s'aperçut qu'elle avait dépassé les 200 kilomètres-heure. Pour l'instant, sa petite Smart était sa meilleure alliée.

La nuit ne faisait que commencer.

— Combien il y a ? demanda Narcisse en regardant l'enveloppe Kraft dans sa main.

— 45 000 euros.

Il lança un regard sidéré à Corto.

— Je te l'ai dit. Tu as fait un carton à Paris. La plupart de tes tableaux se sont vendus aux alentours de 4 000 euros. Tu en avais peint une trentaine. La galerie a pris sa part, à peu près 50 %. Nous avons ponctionné 15 % sur ce qui te revenait, pour nos frais généraux. Il te reste cette somme. Tu es un peintre à la mode ! Si tu voulais, tu pourrais redevenir Narcisse et gagner confortablement ta vie.

Il entrouvrit l'enveloppe. Les billets brillaient à l'intérieur comme s'ils étaient en satin.

— Je ne serais pas capable de peindre comme Narcisse.

— Tu en es sûr ?

Il ne répondit pas. En réalité, il avait l'intime conviction que son savoir-faire, son talent avaient traversé ses différentes identités, comme ses connaissances psychiatriques. Pouvait-il reprendre la carrière de Narcisse, là où il l'avait laissée ? Il avait mieux à faire. Retrouver ses tableaux. Les observer. Les étu-

547

dier. Il était certain qu'il y avait glissé une vérité inconsciente. La signature de sa personnalité d'origine.

— À votre avis, demanda-t-il en empochant le fric, j'en ai pour combien de temps ? Je veux dire : avant de perdre à nouveau la mémoire ?

Ils étaient sortis dans les jardins. La nuit était tombée. Le vent était monté en puissance. Les arbres se tordaient comme agités par de violentes crampes. Janusz avait gâché une journée d'enquête mais il était maintenant riche, nourri, régénéré. Une pause nécessaire pour mieux repartir.

— Impossible de le savoir, répondit le psychiatre. Il n'y a pas de règle. Mais n'oublie jamais que chaque fugue est une fuite. Une réponse à un trauma. Tes crises sont aussi motivées par ce que tu vis chaque jour.

Narcisse était d'accord. La pire des hypothèses : il était un tueur et, chaque fois qu'il tuait, il changeait de peau. Il secoua la tête pour lui-même : il se refusait à admettre cette culpabilité.

Ils descendaient maintenant parmi les terrasses. Le ciel était pur et bleu, déjà scintillant d'étoiles. Le parfum des pins stagnait à bonne hauteur, comme pour mieux enivrer les sens. Le psychiatre prit à droite. Un jardin de cactus apparut. Narcisse n'en avait jamais vu autant à la fois. Des cactus en terre. Des cactus en pots. Des cactus en serre. Certains ressemblaient à des oursins enveloppés dans du coton hydrophile. D'autres montaient à plus de deux mètres. D'autres écartaient les bras comme des candélabres.

— Tu sens, n'est-ce pas ?

— Quoi ?

— Les parfums. (Corto gonfla ses poumons dans l'obscurité.) Tout notre corps s'éveille à cet appel. C'est comme lorsqu'on voit la mer. L'eau qui nous habite frémit au plus profond de nous. Tu venais souvent ici, le soir…

Narcisse se demandait où le psychiatre voulait en venir.

— Je suppose que tu as lu les ouvrages de Jung.

— Oui.

Narcisse avait répondu sans hésitation.

— Pour Jung, notre conscience – ou plutôt notre inconscient – est traversée par des archétypes, des grands schémas primitifs qui appartiennent à l'aube de l'espèce humaine : les mythes, les légendes, les peurs primitives… Quand un fait, un tableau, un détail nous rappelle une de ces trames, nous sommes alors touchés en profondeur, et même submergés par une émotion qui nous dépasse, qui appartient à toute l'humanité.

Corto parlait d'une voix lancinante, hypnotique.

— Et alors ?

— Pour notre corps, je pense que c'est pareil. Il existe des archétypes… physiologiques. La mer. La forêt. La pierre. Le ciel. Des règnes qui à la fois nous touchent et nous transcendent. À leur contact, d'un coup, notre corps se réveille. Notre chair se souvient qu'elle a été mer, forêt, pierre, étoile… Nos cellules s'agitent, frémissent, réagissent.

Corto lui saisit brutalement l'épaule :

— Retrouve tes toiles, murmura-t-il. Retourne à Paris. Je sais que c'est ton projet. Au contact de ta peinture, au contact de la ville, ton corps te guidera.

La peinture et la capitale appartiennent à ton histoire. Et d'une certaine façon, tu appartiens à la leur.

Il comprit ce que voulait dire Corto. Il ferma les yeux et commença instantanément l'expérience, in situ. Il se laissa pénétrer par les fragrances humides du jardin, le bruissement des cimes qui rappelait le ressac, l'odeur de la montagne froide et immémoriale. Des vagues le traversèrent. Il devint le sable foulé par des pieds nus, sous la pluie. Le crissement des insectes, cuits au soleil d'un pays où il était toujours midi. Le bruissement de la neige, la fraîcheur blanche d'une piste qui craque sous les skis. Il respirait. Il riait. Il embrassait. Tout son corps devenait le vernis d'une lumière dorée, un soir d'été, auprès d'une femme, dans un grand salon bourgeois...

Il ouvrit les paupières. Corto avait disparu.

Il venait de percevoir des pas, bien réels, provenant des terrasses inférieures. Il chercha du regard. En bas, les cactus bougeaient. Son cœur se bloqua.

Les cactus étaient les fossoyeurs, en costume strict et noir.

Ils avançaient, sans prendre de précaution particulière, piétinant des plantes, balayant les autres avec les bras. Dans les ténèbres, Narcisse distinguait le « V » de leur veste fermée jusqu'au dernier bouton. Ils tenaient chacun un calibre muni d'un silencieux. Face à ce détail, une pensée réflexe : son Glock était resté dans sa chambre.

Les hommes posèrent le pied sur la première dalle du chemin. Ils lancèrent un regard en hauteur, vers les bâtiments : Narcisse était déjà à couvert, parmi les taillis. La scène avait un air de déjà-vu : lui à Marseille, épiant les zonards, planqué en haut des escaliers.

Ils commencèrent leur ascension. Enfoui dans la végétation, Narcisse remonta les derniers mètres qui le séparaient des ateliers. Par chance, sa vareuse et son pantalon étaient de couleur sombre. Il faisait corps avec les arbres, l'obscurité.

Il fila sur la coursive le long des ateliers – il se souvenait d'avoir laissé sa porte-fenêtre entrouverte. Il se glissa par l'ouverture. Le contact avec le sol de ciment le rassura. Il verrouilla le châssis sans bruit et reprit brièvement son souffle.

Le couloir. Si ses souvenirs étaient bons, sur sa gauche, un escalier extérieur menait à l'étage des chambres. Tout était désert : l'heure du dîner concentrait les troupes dans l'autre bâtiment. Dans sa cellule, il passa la main sous son matelas et trouva le calibre. Le dossier d'Icare était là, lui aussi, ainsi que son couteau Eickhorn et le petit carnet de Narcisse. Ses seuls biens. Ses seuls bagages. Il glissa son automatique dans son dos, son couteau dans sa poche, les documents dans sa veste, qu'il enfila par-dessus la vareuse. Il roula sous son bras son pantalon de costume qu'il comptait enfiler plus tard.

Coup d'œil de droite à gauche dans le couloir : personne. Son cœur propulsait son sang avec violence dans ses artères. Déjà trop tard pour reprendre les escaliers. Il partit dans la direction opposée. Au bout, une fenêtre. Il l'ouvrit, se glissa à l'extérieur et atterrit sur un parapet qui courait le long du mur. Sous ses pieds, trois mètres de vide. Le saut était possible – surtout s'il visait les frondaisons des arbres. Il ferma les yeux et plongea. La chute lui parut durer des siècles. L'atterrissage aussi. Frottements, craquements, déchirures… Quand il fut certain d'être coincé parmi les branches, il libéra ses bras et fit courir ses mains sur son visage et sur son corps. Pas de sang. Pas d'os brisés. Pas de points douloureux. Il s'en tirait avec les honneurs. Il s'ébroua et parvint à enfoncer un pied à travers le treillis végétal. À force d'efforts, il toucha la terre ferme. Il se remit debout et s'extirpa des buissons. Il ôta sa veste et la noua autour de sa taille.

Il n'y avait plus qu'à courir. Il s'élança parmi les broussailles, avec toujours son pantalon sous le bras. Les branches lui fouettaient la face, les troncs se dressaient devant lui, les pierres roulaient sous ses pieds. Très vite, la pente l'emporta. Il freina des deux talons mais sa vitesse l'empêchait d'éviter la plupart des obstacles. Sonné, cinglé, frappé, il s'accrochait à un espoir. Une route bitumée finirait par croiser son chemin. Il la suivrait à pied. Il ferait du stop. Il trouverait un village. N'importe quoi, mais il s'en tirerait. Une question le brûlait à travers sa peur : comment les assassins l'avaient-ils retrouvé ? Que savaient-ils au juste sur lui ?

Les coordonnées GPS s'étaient fixées aux alentours de 21 heures. Quelque part dans la montagne, au-dessus du village de Carros. Le 4 × 4 était resté là-bas jusqu'à 2 heures du matin. Quand Anaïs était parvenue aux abords de Nice, le signal s'était remis en mouvement : les tueurs repartaient. Elle avait été tentée de reprendre l'autoroute sur leur trace, mais elle voulait voir le lieu où ils avaient passé une partie de la nuit. Dans ses pires hypothèses, ils avaient retrouvé Janusz. Ils l'avaient torturé. Ils l'avaient tué. Ils l'avaient mutilé…

Elle parvint à la destination GPS aux environs de 3 heures du matin. C'était un institut spécialisé, nommé Villa Corto. Elle suivit le chemin de terre avec prudence. Bientôt, ce qu'elle aperçut dans la lumière de ses phares lui fit penser qu'elle subissait un *bad trip*. Un clown, le visage peint en blanc, pleurait au bord du sentier. Plus loin, au-dessus des pins parasol, un homme marchait dans les airs. Il évoluait à deux mètres du sol. Sur le seuil du premier bâtiment de l'institut se tenait un géant entièrement peint en noir – de la pointe des cheveux aux semelles des godillots.

Elle sortit de la voiture, une main sur son arme, et comprit qu'elle n'hallucinait pas. Tout était vrai.

Le clown s'approcha, s'essuyant les yeux. Ses larmes déchiraient son maquillage et lui donnaient l'air d'un auguste défiguré. L'homme qui marchait en hauteur était là aussi. La clé du prodige était simple : il se déplaçait sur des échasses. Il parlait aux cimes des arbres comme s'il avait définitivement quitté le monde terrestre et compris le secret des oiseaux.

Anaïs se dirigea vers le bâtiment principal, dont les fenêtres étaient allumées. Elle faillit buter contre une vieille femme assise par terre, maquillée de manière outrancière. Elle avait préparé un feu sur lequel elle cuisinait des pâtes dans une casserole. Tout en les goûtant à l'aide d'une longue spatule, elle gémissait.

Anaïs la salua d'un signe de tête puis l'interrogea. Tout ce qu'elle obtint, ce fut :

— Le problème, avec mes toiles, c'est les douanes…

Elle n'insista pas et pénétra dans un réfectoire. Le carnaval continuait. Un pierrot, aux yeux cerclés de noir, sautait sur une table, en poussant des grognements. Un autre portait un chapeau de fée prolongé par des cheveux d'ange. Il mordillait son poing enfoui dans son pull, produisant un filet de salive. Un autre coiffé d'un canotier jouait de la flûte assis en tailleur sur une table – un air lent et mélancolique, aux accents japonais. Anaïs remarqua qu'il s'était pissé dessus.

Que s'était-il passé ici ?

Où étaient les responsables ?

Elle monta au premier étage. Couloir de ciment. Portes de bois. L'atmosphère rappelait un funérarium. C'était la même froideur, la même nudité. L'impression se transforma en pressentiment, puis en évidence. Dans la deuxième pièce à droite, trois macchabées étaient entassés. Deux hommes, plutôt balèzes, avaient le torse crevé par des impacts de gros calibre. Un troisième, nu, était ligoté derrière un bureau, dans un état bien plus terrifiant que les deux autres.

Anaïs enfila des gants de latex, referma la porte. Les fous l'avaient suivie. *Reconstitution*. Les tueurs étaient arrivés sur le coup des 21 heures. Ils avaient abattu les infirmiers à bout touchant – .45 ou .44. Ils s'étaient ensuite occupés de celui qui devait être le directeur. Impossible de lui donner un âge précis, disons au-delà de la soixantaine. Il était défiguré. Les yeux écrasés. Le nez réduit à une cavité sanglante. Les joues lacérées, laissant voir des gencives meurtries, des plaies de dents arrachées. La tête penchait de côté – quelque chose avait été rompu du côté de la nuque.

Avait-il parlé ? A priori, n'importe qui serait passé à table sous l'emprise d'une telle souffrance. Et il n'y avait aucune raison de penser qu'un psychiatre maigrichon, visiblement âgé, ait joué les héros. Mais il suffisait d'une fois pour démontrer son courage... Toutes les guerres le prouvaient. Par ailleurs, la pièce avait été fouillée, retournée, saccagée. Ce qui pouvait laisser supposer que les salopards n'avaient pas obtenu de réponses à leurs questions.

Anaïs était étonnée par son propre calme, son sang-froid. Ces marques de barbarie lui brûlaient les yeux mais pas le cœur. Ces actes étaient comme de vieilles connaissances. Des nuits entières, elle avait imaginé ce qu'avait pu faire son père aux prisonniers politiques du Chili. Elle en voyait maintenant la réalité, en chair et en sang.

Elle balaya du regard les décombres et les livres tombés au sol. Pas la peine de fouiller. Les visiteurs ne lui avaient rien laissé. L'ordinateur sur le bureau avait été éventré. Le disque dur emporté. Les fichiers volés.

Anaïs passa aux conclusions. Janusz, dans une autre vie, avait séjourné dans cet institut – un asile de fous. Peut-être était-il revenu ici chercher refuge après sa fuite de Nice. Dans tous les cas, les tueurs avaient rappliqué avec cette idée en tête. Peut-être les avait-on prévenus. Un infirmier ? Un patient ? Si Janusz était passé ici, ils étaient arrivés trop tard. Ils avaient interrogé le directeur. Ils avaient pris leur temps. Anaïs savait qu'ils étaient restés quatre heures dans la clinique. Quatre heures de pure torture…

Elle attrapa son iPhone et se connecta avec le logiciel de géolocalisation. Les salopards dépassaient à cet instant la ville de Lyon, en direction de Paris. Possédaient-ils des infos sur la nouvelle direction de Janusz ? Elle rengaina son Glock et se décida pour un rapide tour du propriétaire avant de prendre la même route.

Elle fouilla le deuxième bâtiment sans rien découvrir d'intéressant. À l'évidence, le lieu se consacrait à l'arthérapie – un étage abritait des ateliers, remplis d'œuvres les plus diverses. Les fous la suivaient toujours. Ils avaient l'air d'espérer qu'elle les soignerait, les guiderait, les aiderait. Ils tombaient mal – elle se sentait plutôt dans leur camp.

Traversant de nouveau le réfectoire, elle remarqua sur le mur des portraits de groupe. Sur celui de l'année précédente, elle n'eut aucun mal à repérer Janusz. Il portait une blouse d'artiste. Pour la première fois, elle le voyait sourire avec sincérité. Elle le trouva plus que jamais mignon et…

Un doigt crasseux vint se poser sur le visage de Janusz. Anaïs sursauta : c'était le pierrot aux cernes charbonneux.

— Narcisse, murmura-t-il en frappant de son index la photo. Narcisse ! NARCISSE ! Il est parti !

— Quand ?

Le Pierrot parut réfléchir avec difficulté. Il avait les yeux exorbités et ressemblait à Robert Smith, le chanteur des Cure.

— Hier, fit-il avec effort.

Elle arracha le portrait et l'empocha, histoire qu'on ne fasse pas de lien entre son protégé et ce nouveau massacre. Au passage, elle se souvint d'un détail. Selon Crosnier, « Narcisse » était le nom que Janusz avait donné au foyer de Marseille. Son nouveau nom ? Une identité précédente, à l'époque de l'institut ?

Elle marcha au pas de charge vers sa voiture, ignorant les déments qui lui couraient après. Elle faillit en écraser un en démarrant. Alors qu'elle filait dans le chemin, une idée battait sous son crâne. Malgré tout, ce massacre signifiait que Janusz était vivant. Elle s'en voulut de se réjouir à cette idée et fit le signe de croix, par réflexe, en pensant au vieux directeur et à ses infirmiers.

Dans son rétroviseur, elle aperçut plusieurs pensionnaires qui couraient derrière sa voiture, à travers la poussière du sentier. Impossible de laisser ces pauvres fêlés dans un tel marasme.

Elle ouvrit son portable et appela un numéro mémorisé.

— Crosnier ?

Les toiles ressemblaient à des partitions de musique. Des portées, des notes, des hampes fléchées. Les lignes n'étaient pas droites mais dessinaient des circonvolutions, contournant des têtes, des personnages, des symboles qui semblaient s'être invités au sein de cette musique circulaire.

Narcisse se pencha pour mieux discerner les figures. Un homme masqué. Des dauphins. Des hélices. L'ensemble, dans des tons ocre et or, évoquait une cosmogonie révélée au peintre. Sur les murs blancs de la galerie, les toiles mordorées brillaient comme des icônes géantes.

— Touchez pas, malheureux ! Ce sont des Wölfli !

Narcisse se retourna. Un homme en costume gris moiré, dont la couleur s'accordait à la chevelure, s'approchait. La soixantaine, lunettes siglées, silhouette soignée. Narcisse lui lança un large sourire. Ce matin, il aurait souri à n'importe qui. Il n'en revenait toujours pas d'être parvenu ici, à Paris, et plus précisément à la galerie Villon-Pernathy, 18, rue de Turenne, à la frontière du quartier du Marais.

La veille, au bout de la forêt, il avait trouvé une départementale. Presque aussitôt, un camion était passé. Par réflexe, Narcisse avait levé le pouce. Le chauffeur s'était arrêté. Il livrait des pièces en résine époxy à Aubervilliers, en région parisienne. Il voulait bien l'emmener à condition qu'il prenne le volant de temps en temps. Narcisse ne pouvait pas rêver meilleure aubaine. Ils avaient ainsi roulé toute la nuit, échangeant le volant et des propos sans queue ni tête, entre veille et sommeil.

À 6 heures du matin, Narcisse s'était retrouvé dans le métro parisien, porte de la Chapelle. « Souvenir » était un mot trop fort mais il était ici chez lui. Il connaissait les lignes de métro, les quartiers, les noms. Il pouvait s'orienter dans la capitale. Il avait acheté un ticket et pris la ligne 12, direction Mairie d'Issy. En regardant défiler les stations, il se répétait qu'une nouvelle fois, il s'en était sorti. Pour combien de temps ? Comment les croque-morts l'avaient-ils retrouvé ? Allaient-ils fouiller les bâtiments ? Allaient-ils interroger le directeur ? Aucun moyen de savoir.

Il était descendu à Madeleine, avait remonté à pied la rue Royale. Il sentait dans sa poche son enveloppe remplie d'euros – ce seul contact le rassurait, plus encore que le Glock dans son dos. Place de la Concorde, il avait bifurqué à droite et pénétré dans un des hôtels les plus luxueux de la capitale : le Crillon. Il misait sur deux postulats. Un tel palace était le genre de lieu où il pourrait retarder la présentation de ses papiers d'identité. À ce prix-là, on se montrait toujours compréhensif. L'autre hypothèse, c'était que le Crillon était le dernier endroit où on chercherait un fuyard présumé clodo.

Narcisse avait prétendu avoir perdu son porte-feuille. Il avait payé d'avance sa chambre en cash – près de 1 000 euros – et promis de fournir sa déclaration de perte dans la journée du lendemain. Le personnel d'accueil n'avait même pas tiqué sur sa veste déchirée. Par pure provocation, par jeu, il avait donné l'identité et le pedigree de Mathias Freire. Il ne craignait rien. Il avait compris, depuis qu'il avait plongé dans le métro, que personne ne le cherchait à Paris. Ce qui passait pour une catastrophe nationale à Bordeaux ou à Marseille était noyé dans la masse à Paris.

Il avait visité sa chambre, pris une douche, s'était découvert une certaine familiarité avec le confort cinq étoiles. Il avait ensuite planqué dans le coffre son dossier d'enquête. Tout avait l'air d'un rêve. Il avait échappé aux assassins. Il avait les poches pleines. Il disposait d'une liberté de mouvement inespérée dans la capitale.

Il s'était fait monter un nécessaire de rasage et refait une tête acceptable. Il avait dormi deux heures. Puis avait pris un taxi et s'était arrêté rue François-Ier, dans une boutique chic pour hommes. Il avait opté pour un costume sombre et sobre, en laine, du pur fil-à-fil. Une chemise bleu ciel, pas de cravate, des mocassins de daim noir. Narcisse avait de nouveau visage humain. Dans la cabine, à l'abri des regards, il avait transféré le carnet de Narcisse qu'il avait emporté et la petite clé des menottes du vigile du TGI de Marseille – son fétiche, resté dans sa poche. Il avait aussi acheté deux ceintures. L'une pour maintenir son pantalon – et son calibre dans le dos. L'autre pour enserrer son mollet droit et y glisser son Eickhorn, à la manière d'un couteau de chasse sous-marine.

— Narcisse ? C'est bien vous ?

L'homme en gris – sans doute le galeriste – se tenait maintenant devant lui. Il avait changé d'expression.

— C'est moi. On se connaît ?

— Je connais vos autoportraits. Corto m'avait dit que vous aviez disparu…

— C'était temporaire.

L'hôte ne paraissait pas à l'aise. S'agitant dans son costume, il tendit la main :

— Je suis Philippe Pernathy, le propriétaire de la galerie. Votre exposition a été un franc succès.

— C'est ce qu'on m'a dit.

— Vous… vous peignez toujours ?

— Non.

— Qu'est-ce que vous voulez ?

Chaque seconde le confirmait : Pernathy n'était pas heureux de sa présence. *Pourquoi ?*

— Je veux voir mes toiles.

Le galeriste parut soulagé. Il prit Narcisse par le bras et l'entraîna dans son bureau, au fond de la salle :

— Aucun problème. Je les ai ici en photo et…

— Non. Je veux voir les originaux.

— Impossible. J'ai vendu tous vos tableaux.

— Je sais. Je veux la liste et les coordonnées des acheteurs.

— Pas question. C'est confidentiel.

Narcisse comprit enfin. Le problème était d'ordre financier. Le lascar avait sans doute vendu les toiles beaucoup plus cher qu'il ne l'avait dit à Corto. Il redoutait que l'artiste entre en contact avec ses clients.

— Je me fous de vos trafics, prévint-il. Je dois les voir, c'est tout !

— Non. C'est… c'est impossible.

Narcisse l'empoigna par les revers de sa veste :

— Vous savez qui je suis, non ? Avec les fous, un accident est vite arrivé !

— Je… je ne peux pas vous donner cette liste, bredouilla-t-il. Ce sont des clients privilégiés qui veulent garder l'anonymat, je…

Le galeriste s'arrêta net. Narcisse venait de dégainer son Glock. Il l'enfonçait maintenant sous sa mâchoire.

— La liste, siffla-t-il entre ses dents. Avant qu'une bouffée délirante nous emporte tous les deux.

Pernathy parut s'affaisser, mais à l'intérieur de lui-même, comme si une vertèbre ou deux avaient lâché. Tremblant, rouge vif, il contourna la table et attrapa la souris de son ordinateur. Il cliqua plusieurs fois – Narcisse pouvait voir la liste se refléter dans ses lunettes. D'une main vibrante, l'escroc mit en route l'imprimante.

— Buvez un coup, conseilla Narcisse, ça ira mieux.

Docile, l'homme ouvrit un petit réfrigérateur planqué derrière une fontaine d'eau, dans un coin du bureau. Il en sortit une canette de Coca Zéro.

— Vous en avez une pour moi ?

Quelques secondes passèrent ainsi, surréalistes. Narcisse tenait toujours le mec en joue. Ils buvaient en silence alors que l'imprimante ronronnait. Sur la droite, il aperçut un grand cliché noir et blanc représentant un homme chauve, au regard noir et intense, en pantalon à bretelles. Il tenait une trompette en papier.

— Qui c'est ?

— Adolf Wölfli. J'organise une rétrospective. Le plus grand peintre d'art brut de tous les temps.

Narcisse fixait les yeux incandescents.

— Il était fou ?

Pernathy se mit à parler très vite, virant de sa syntaxe points et virgules :

— On peut dire ça, oui. Après plusieurs tentatives de viol sur des enfants, il a été déclaré irresponsable. On l'a interné dans un asile, près de Berne. Il ne l'a plus jamais quitté. C'est là-bas qu'il a commencé à dessiner. Il n'avait droit qu'à un crayon et à deux feuilles de papier journal non imprimé par semaine. Parfois, il dessinait avec une mine de seulement quelques millimètres. Il a couvert des milliers et des milliers de pages. Quand il est mort, sa cellule était encombrée du sol au plafond de dessins et de livres reliés à la main.

— La trompette de papier : pourquoi ?

— Il jouait sa propre musique avec ce rouleau. Il n'était pas musicien mais prétendait entendre des notes au fond de son cerveau.

Narcisse fut pris d'un vertige. Un fou criminel qui avait noyé ses pulsions violentes dans des portées et des arabesques infinies. Comme lui ?

— Ma liste, fit-il d'une voix creuse.

Le galeriste tendit la feuille imprimée. Son visage congestionné retrouvait des couleurs raisonnables. Son corps se redressait sous les riches tissus. Il semblait surtout pressé de se débarrasser du forcené.

Narcisse jeta un coup d'œil sur les noms – tous inconnus. La plupart vivaient à Paris. Il pourrait les retrouver facilement. Face à chaque nom, le titre de l'œuvre vendue était indiquée. *Le Sénateur. Le Facteur. L'Amiral*…

Il glissa son calibre dans son dos et reculait vers la porte, quand une autre idée lui vint :

— Parle-moi de Courbet, ordonna-t-il en passant soudain au tutoiement.

— Cour… Courbet ? Quoi, Courbet ?

— Parle-moi de *L'Homme blessé*.

— Je ne suis pas spécialiste de cette période.

— Dis-moi ce que tu sais.

— Je crois que Courbet a peint cet autoportrait dans les années 1840, 1850. Quelque chose comme ça. C'est un exemple célèbre de repentir.

— Un quoi ? Qu'est-ce que t'as dit ?

— Un repentir. C'est comme ça qu'on appelle une toile que l'artiste a corrigée d'une manière importante. Ou sur laquelle il a carrément peint un autre tableau.

La phrase éclata au fond de son cerveau. *Ma peinture n'est que repentir.* Narcisse ne voulait pas dire que son art exprimait un remords. Il signifiait qu'il avait d'abord peint *autre chose* sur ses toiles. D'ailleurs, sa réflexion exacte était :

Il ne faut pas se fier à ce qu'on voit. Ma peinture n'est que repentir. Ses autoportraits n'étaient que des camouflages…

— *L'Homme blessé*. Raconte-moi.

— C'est un cas d'école, déclara Pernathy d'une voix moins précipitée. Les historiens se sont toujours demandé pourquoi Courbet s'était représenté sous les traits d'un homme couché sous un arbre, blessé au cœur. On a compris, longtemps plus tard, que ce tableau abritait un secret. Au départ, Courbet s'était peint avec sa fiancée. Le temps qu'il achève son tableau, la fille l'avait plaqué. Meurtri, Courbet l'a effacée du tableau et l'a remplacée, symboliquement, par cette tache de sang au cœur. La blessure de l'homme était une blessure d'amour.

À travers sa propre fébrilité, Narcisse apprécia l'anecdote :

— Toute cette histoire, comment la connaît-on ?

— On a passé la toile aux rayons X en 1972. Sous la peinture de surface, la silhouette de la fiancée apparaît nettement, dans le creux de l'épaule de Courbet allongé.

Le sang cognait sous son crâne. Ses doigts tremblaient. Sous chacun de ses autoportraits, il existait une autre œuvre. Une vérité qui concernait son identité d'origine ou les crimes du tueur de clochards.

Une vérité qu'il pourrait voir apparaître aux rayons X.

Avant de franchir le seuil, il avertit :

— Pour toi comme pour moi, il vaut mieux qu'on ne se soit jamais vus.

— Je comprends.

— Tu ne comprends rien et c'est mieux comme ça. Et ne t'avise pas de prévenir tes clients de ma visite. Sinon, je reviendrai.

Narcisse avait l'impression de posséder la liste des membres d'un club secret. Un groupe d'initiés qui se nourrissaient de sa propre folie. Des vampires psychiques. Des voyeurs pervers. Pour chaque collectionneur, le document indiquait non seulement l'adresse mais aussi le code d'entrée, les initiales de l'interphone, le numéro de portable. La galerie Pernathy avait livré chaque tableau à domicile. Les renseignements pratiques avaient été reportés au fichier. Il n'y avait plus qu'à sonner aux portes.

Narcisse se sentait revivre à Paris. C'était un jour gris comme seule la capitale sait en produire. Pas de nuages ni de pluie. Seulement un rideau âcre, humide, pollué, un linge sale qui pesait sur toute la ville. Quelque chose qui semblait n'avoir ni début ni fin, aucune chance d'évolution dans la journée. Il jubilait. Cette crasse, cette monotonie, c'était le tissu de ses origines.

Le premier acheteur de la liste, Whalid El-Khoury, habitait en bas de l'avenue Foch. Il demanda au chauffeur de taxi de l'attendre devant l'immeuble et franchit patiemment chaque obstacle. Code du portail. Code de l'immeuble. Interphone. La visite n'alla pas plus loin.

El-Khoury était absent. Narcisse essaya de négocier avec le majordome : pouvait-il monter livrer son colis ? Il espérait au moins pénétrer dans l'appartement et voir sa toile. Le larbin lui conseilla de remettre son paquet au concierge.

Narcisse donna au chauffeur de taxi une autre adresse, la plus proche de l'avenue Foch : une impasse située avenue Victor-Hugo. Il avait déjà organisé mentalement son périple, en fonction de la situation géographique de chaque collectionneur.

Dans la ruelle, villas et immeubles se dissimulaient soigneusement derrière des sapins et des cyprès. Chaque résidence semblait illustrer l'adage : *Pour vivre heureux, vivons cachés*. Mais l'hôtel particulier de Simon Amsallem, sa deuxième cible, allait à contre-courant de cette tendance. C'était une bâtisse du début du XXe siècle, chargée d'ornements d'inspiration à la fois mauresque et italienne, revêtue de stuc blanc. Tourelles, rotondes, caryatides, balcons, balustrades : tout se bousculait sans le moindre souci de logique ni d'équilibre. La demeure d'Amsallem claquait dans le froid comme un bouchon de champagne.

Narcisse se présenta à l'interphone. Il fut aussitôt reçu par un majordome philippin. Il donna son nom d'artiste. Sans un mot, l'homme partit avertir son boss. Il resta seul dans un vestibule dallé de blanc et de noir. Sur les murs, simplement éclairées par des rampes de leds, des toiles étaient accrochées. De l'art brut, et du plus pur.

Un grand tableau, constitué de cartons d'emballage crayonnés, représentait la vue aérienne d'un petit village, cerné de routes et de chemins. Si on se plaçait à bonne distance, on voyait que les axes traçaient le visage d'une sorcière, bouche ouverte, prête à engloutir le bourg. Un triptyque à la craie représentait le même visage, déformé par trois expressions distinctes. Stupeur. Angoisse. Terreur. Les yeux injectés, les ombres violacées, les fonds torturés – tout semblait avoir été tracé avec du sang.

D'autres toiles décrivaient, dans un style proche des comics américains des années 1960, des scènes de la vie quotidienne française : courses au marché, apéritifs au café, banquets campagnards… Les tableaux auraient pu être réconfortants mais les personnages hurlaient en silence, montrant les dents, entourés de cadavres pourrissants et d'animaux écorchés…

— Narcisse, c'est bien toi ?

Il se retourna et découvrit un homme d'âge mûr, corpulent, en survêtement blanc. Il arborait des Ray-Ban Aviator et une kippa épinglée dans sa chevelure poivre et sel. En sueur, il portait une serviette éponge blanche autour du cou. Il devait sortir d'une séance de gymnastique. Narcisse se demanda s'il avait gardé sa kippa durant ses exercices.

L'homme le serra dans ses bras comme s'ils se retrouvaient après une longue absence puis l'observa quelques secondes, en éclatant de rire.

— Content de te voir en vrai, mon gars ! Ça fait des mois que je dors avec ta tête au-dessus de mon lit !

D'un geste, il désigna un grand salon à droite. Narcisse pénétra dans la pièce qui renouait avec le style ostentatoire du dehors. Canapés de velours mordoré. Coussins de fourrure blanche. Tapis orientaux disposés selon des angles variés sur le sol de marbre. Une menora, le chandelier à sept branches des Hébreux, trônait sur la cheminée. Imposante, démesurée, elle méritait son surnom de « Sept yeux de Dieu ».

Et toujours, de l'*art outsider*. Des sculptures aux exagérations primitives, construites en boîtes de conserve. Des toiles naïves, peintes sur des supports de récupération. Des esquisses cernées d'inscriptions mystérieuses. Narcisse songea à une fanfare pleine de couacs, de cuivres, de percussions. L'ensemble ne dépareillait pas dans le décor « bling-bling » de l'hôtel.

Le collectionneur s'affala dans un des canapés. Sous sa veste de survêtement ouverte, il portait un tee-shirt affichant « FAITH » en lettres gothiques :

— Assieds-toi. Cigare ?

— Non, merci, fit Narcisse en s'installant en face de son interlocuteur.

Amsallem piqua un barreau de chaise dans une boîte en laque chinoise et referma le couvercle d'un revers. Il attrapa un cran d'arrêt au manche d'ivoire et cisailla l'extrémité du cigare. Enfin, il le cala entre ses dents éclatantes et l'alluma à grand renfort de nuages bleutés. La machine était lancée.

— Ce qui me passionne dans l'art brut, attaqua-t-il comme si une interview commençait, c'est la liberté. La pureté. Tu sais comment Dubuffet le définissait ?

Narcisse fit poliment « non » de la tête.

L'autre poursuivit sur un ton moqueur :

— « Nous entendons par là des ouvrages artistiques exécutés par des personnes indemnes de toute culture artistique. De l'art où se manifeste la seule fonction de l'invention, et non celles, constantes dans l'art culturel, du caméléon et du singe. » Pas mal, non ?

Il cracha une grosse bouffée et devint soudain sérieux.

— Le seul poison, fit-il à voix basse, c'est la culture. Elle étouffe l'originalité, l'individualité, la créativité. (Il brandit son cigare.) Elle impose son putain de message politique !

Narcisse acquiesçait toujours. Il se donnait cinq minutes avant de passer à l'objet de sa visite. L'orateur posa ses pieds sur la table basse – des Nike aux motifs dorés.

— Tu veux un exemple ? En voilà un. Prends les Vierges à l'enfant de la Renaissance. Vinci, Titien, Bellini… Magnifique, d'accord, mais y a un détail qui cloche, mon gars. Le petit Jésus n'est jamais circoncis ! *Mazel tov !* Chez les cathos, le Christ n'est même plus juif !

Amsallem rangea ses jambes et se pencha vers Narcisse, l'air d'un conspirateur.

— Pendant des siècles, l'art a léché le cul du pouvoir ! Il a entretenu les pires mensonges. Il a nourri la haine du Juif en Europe ! Tous ces tableaux, avec leurs petites bites de goyim, ont fait le lit de l'antisémitisme !

Il regarda sa montre et demanda brutalement :

— Qu'est-ce que tu veux au juste ?

Narcisse répondit du tac au tac :

— Voir mon tableau.

— Rien de plus facile. Il est dans ma chambre. C'est tout ?

— Non. Je veux… Je voudrais l'emprunter pour une journée.

— Pourquoi ?

— Je dois vérifier quelque chose. Je vous le rendrai aussitôt après.

Sans la moindre hésitation, Amsallem tendit sa main ouverte au-dessus de la table basse :

— *Done !* Tu l'as, mon gars. Je te fais confiance.

Narcisse topa, désorienté. Il s'attendait à plus de difficultés. Amsallem devina sa surprise. Il arracha son cigare de sa bouche charnue et souffla un long trait de fumée :

— En France, vous avez un truc qui s'appelle le droit moral des artistes. J'suis d'accord avec ça. J'ai acheté ton tableau, mec, mais t'en restes l'auteur. Cette toile sera toujours à toi, par-delà les siècles ! (Il se leva d'un bond.) Suis-moi.

Narcisse lui emboîta le pas dans un couloir tapissé de satin noir. Dorures, tentures et marbres jaillissaient à chaque seuil de chambre. Des bustes italiens, des tapisseries, des meubles vernis foisonnaient comme chez un antiquaire vénitien.

Amsallem pénétra dans une pièce où trônait un lit blanc et or. Au-dessus du traversin, dans un cadre de 100 cm sur 60, son tableau était là. Le collectionneur possédait le *Clown*. Impeccable, avec son visage fariné, ses deux lignes noires qui barraient les yeux, sa trompette et son ballon.

Narcisse s'approcha. Il retrouvait les tons rougeoyants, la violence des traits, la distorsion sarcastique du visage, mais il découvrait maintenant le relief de sa toile. *Une peinture autant à toucher qu'à contempler.* Les couleurs se soulevaient comme des torrents de lave et dessinaient des sillons tourmentés, rageurs, véhéments. Le clown était représenté en contre-plongée et semblait dominer le monde.

En même temps, son maquillage dérisoire, son expression angoissée, misérable, lui ôtait toute souveraineté. Le tableau montrait à la fois un tyran et un esclave, un dominateur et un dominé. Peut-être le symbole de son destin en trompe-l'œil…

Amsallem lui envoya une claque dans le dos :

— T'as du génie, mon gars. Aucun doute là-dessus !

— Matriochka, demanda-t-il, ça vous dit quelque chose ?

— Les poupées russes ? Non. Pourquoi ?

— Pour rien.

D'un seul geste, Amsallem décrocha le tableau et prit le ton obséquieux d'un vendeur de magasin :

— J'vous l'emballe, m'sieur ?

— Qu'est-ce qui se passe avec Narcisse aujourd'hui ?

Philippe Pernathy s'agitait dans son costume de flanelle grise. Autour de lui, des toiles étranges se multipliaient sur les murs blancs. Des sortes de partitions bizarres, aux portées circulaires, déployant des notes par milliers et des figures inquiétantes.

Anaïs se sentait dans une forme éclatante. Les amphètes continuaient de faire leur effet. Après avoir prévenu Crosnier, elle avait directement filé à l'aéroport de Nice. Le flic marseillais avait pris le relais. Il avait même accepté d'occulter sa présence sur la scène de crime. Elle avait attrapé un vol pour Paris à 10 h 20 – elle suivait toujours le périple des mercenaires sur son iPhone ; quand elle avait embarqué, ils parvenaient porte de la Chapelle.

Elle avait atterri une heure plus tard. Les gars avaient rejoint la rue de Turenne où ils avaient passé près de 20 minutes, à hauteur du 18-20. Dans le même temps, elle avait loué une voiture à Orly – craignant un moment que la fille du comptoir Avis ne refuse de lui faire un contrat tant elle avait l'air défoncé. Finalement, elle avait pris la route à bord d'une Opel

Corsa, dotée d'un GPS – elle ne connaissait pas assez Paris pour s'y retrouver seule.

Entre-temps, les hommes avaient quitté la rue de Turenne pour l'avenue Foch. À l'évidence, ils suivaient un itinéraire précis mais Anaïs ne pouvait encore imaginer lequel. Tout ce qu'elle espérait, c'était qu'ils ne paveraient pas leur route de cadavres.

Quand elle était arrivée rue de Turenne, elle avait poussé la porte de la galerie Pernathy par pur feeling. Bonne pioche. L'homme venait de lui livrer des informations capitales. Narcisse était un peintre de la Villa Corto. Pernathy avait récemment vendu toutes les toiles connues du maître – une trentaine, réalisées entre septembre et octobre 2009 – à des collectionneurs parisiens.

Ces réponses étaient plus ou moins celles qu'elle attendait. Avant d'avoir été Mathias Freire, psychiatre, Victor Janusz, SDF, le beau ténébreux avait été Narcisse, peintre fou interné dans les environs de Nice…

Le galeriste lui avait montré plusieurs polaroïds de ses toiles : des autoportraits bizarres, où l'artiste s'était peint dans la peau de personnages costumés. Les tableaux tiraient sur le rouge – le sang – et se partageaient entre deux tendances : mi-épiques, mi-sarcastiques. On aurait dit des hymnes, mais des hymnes massacrés par un orchestre qui jouait faux.

— Qui est venu aujourd'hui vous parler de Narcisse ?

L'homme laissa échapper un soupir serré, convulsif :

— Narcisse lui-même.

— À quelle heure ?

— Vers 11 heures.

C'était l'heure où les tueurs stationnaient devant la galerie. Elle avait donc vu juste. Ils avaient retrouvé leur proie. Ils la suivaient en attendant l'opportunité de l'abattre. Son cœur sauta dans sa poitrine.

— Que voulait-il ?

— Voir ses tableaux.

— Vous les lui avez montrés ?

— Impossible. Je les ai tous vendus. Il m'a demandé la liste des collectionneurs qui avaient acquis ses toiles.

— Vous lui avez donnée ?

— Il était armé !

Anaïs jeta un coup d'œil à son iPhone : le Q7, après avoir stationné avenue Victor-Hugo, repartait en direction du Trocadéro. À l'instinct, elle devina : Janusz faisait la tournée des collectionneurs, les chasseurs à ses trousses.

— Faites-moi une copie de la liste. Tout de suite.

— C'est confidentiel. C'est…

— Je vous conseille de me l'imprimer avant que les choses n'empirent. Pour vous.

Le galeriste contourna son bureau, se pencha sur son ordinateur, cliqua. Presque aussitôt, l'imprimante se mit en route. Anaïs observa de nouveau son écran. Les assassins étaient passés rive gauche.

— Voilà.

Le galeriste déposa la liste sur son bureau.

— Vous avez un Stabilo ? demanda-t-elle.

Pernathy lui donna un surligneur orange. La série comportait une vingtaine de noms – la plupart sur Paris. Elle coloria celui de Whalid El-Khoury, avenue

Foch, puis celui de Simon Amsallem, villa Victor-Hugo. Qui serait le prochain collectionneur ? Coup d'œil au traceur : les tueurs remontaient les quais en direction du boulevard Saint-Germain.

— Narcisse, que voulait-il d'autre ? demanda-t-elle en revenant à Pernathy.

— Rien. Il est parti avec sa liste. C'est tout.

— Vous n'avez pas reçu d'autres visites ce matin ?

— Non.

Quelque chose ne cadrait pas. Si les pros avaient voulu abattre Janusz, ç'aurait déjà été fait. Qu'attendaient-ils ? Voulaient-ils savoir ce qu'il cherchait ? Et lui, pourquoi voulait-il revoir ses toiles ? Ces tableaux contenaient peut-être une information. Un secret que Narcisse y avait déposé. *Un secret qu'il avait oublié et qu'il cherchait à découvrir.*

Le Q7 filait toujours. D'après sa liste, ils auraient pu s'arrêter au domicile de Hervé Latannerie, 8, rue Surcouf 75007 Paris, mais ils dépassèrent cette rue et rejoignirent la place des Invalides.

— Narcisse vous a-t-il dit autre chose ?

— Non. Enfin, si. Il m'a posé des questions sur Gustave Courbet.

— Quel genre ?

— Il s'intéressait à un de ses autoportraits. *L'Homme blessé.*

— Soyez plus précis. Je veux savoir, mot pour mot, ce qu'il vous a demandé.

— Il voulait savoir ce qu'est un repentir.

— Je vous le demande aussi.

— Une toile qu'un artiste a beaucoup corrigée. Ou qu'il a entièrement repeinte.

Des picotements sur la nuque. Elle s'approchait d'une vérité cruciale.

— *L'Homme blessé* est un repentir ?

— Un des plus célèbres, oui. On s'est toujours demandé pourquoi Courbet s'était représenté sous les traits d'un homme mourant sous un arbre, blessé au cœur. Dans les années 1970, on a passé la toile aux rayons X et on a découvert qu'il avait d'abord esquissé une autre scène, avec sa fiancée de l'époque. Avant qu'il n'ait achevé son tableau, la fille l'avait quitté. Courbet a transformé son tableau et s'est représenté agonisant, touché au cœur. Le symbole parle de lui-même.

L'idée enflamma son cerveau. Les toiles de Narcisse étaient des repentirs. Sous ses autoportraits, l'artiste avait peint *autre chose* – un secret qu'il cherchait lui-même à identifier, et que les salopards traquaient eux aussi. Narcisse récupérait ses toiles pour les passer aux rayons X.

L'iPhone. Les chasseurs empruntaient la rue du Bac et stoppaient au coin de la rue Montalembert. Elle relut sa liste. Un nom lui sauta au visage : Sylvain Reinhardt habitait au numéro un de cette rue.

Elle fonçait vers la sortie quand un dernier réflexe la retint :

— *L'Homme blessé*, vous en avez une illustration ?

— Peut-être, oui. Dans une monographie. Je…

— Allez la chercher.

— Mais…

— Magnez-vous.

Pernathy disparut. Anaïs ne tenta pas d'ordonner ses idées. Les battements de son sang avaient remplacé toute réflexion, tout raisonnement.

— Voilà.

Pernathy tenait un livre ouvert entre ses mains. *L'Homme blessé* reposait au pied d'un arbre, son manteau posé sur lui comme une couverture. La scène flottait dans une pénombre feuilletée d'or, frémissante, solennelle. L'ombre sur laquelle sa tête s'appuyait évoquait un rêve d'écorce noire. Le bel endormi serrait sa main gauche sur un pli du tissu alors que son bras droit disparaissait sous le manteau.

Sur le pan gauche de la chemise blanche, une tache rouge crevait la toile. Près du peintre, une épée reposait. Anaïs réagit en flic. Elle se dit que ce tableau était une scène de crime et que cette lame était un leurre. La victime avait voulu cacher aux autres son véritable meurtrier – non pas un rival, avec qui il avait croisé le fer, mais une femme, avec qui il avait croisé sa chair…

— Vous avez la radiographie du tableau ?

— Elle est là.

Pernathy tourna une page. Anais vit apparaître le même tableau en noir et blanc. Une lumière blanche l'irradiait et le transformait en songe lunaire. Un détail changeait : à la place des plis du manteau, une femme se logeait dans le creux de l'épaule du peintre. Un spectre immatériel – qui rappelait ces clichés truqués du début du XXe siècle, soi-disant pris lors de séances de spiritisme.

La femme était restée sous la peinture.

Elle remercia le galeriste et partit d'un pas mal assuré. Dans la confusion de son esprit, elle comprit qu'elle redoutait une possibilité plus que toutes les autres.

Que les toiles de Narcisse ne cachent, elles aussi, le fantôme d'une ex.

Sylvain Reinhardt vivait dans les ténèbres.

Il avait ouvert sa porte avec précaution, émergeant de l'ombre, laissant la chaîne barrer l'entrebâillement. Dans la cage d'escalier, les appliques diffusaient une faible lumière, à la manière de lampes à paraffine au fond d'une mine.

— Je vous reconnais, dit l'homme. Vous êtes Narcisse.

Il s'inclina en signe d'acquiescement.

— Je n'achète jamais directement aux artistes, prévint Reinhardt.

Narcisse tenait sous son bras le tableau enveloppé dans du papier-bulle.

— Je ne suis pas vendeur.

— Qu'est-ce que vous voulez ?

— Je pourrais d'abord entrer ?

À contrecœur, Sylvain ôta sa chaîne, ouvrit la porte et recula dans le vestibule. Narcisse plongea dans l'obscurité. Il devina les volumes, les parquets, les plafonds très hauts, les lignes spacieuses d'un appartement haussmannien.

Quelques secondes passèrent ainsi, dans le silence, l'immobilité. Enfin, Reinhardt referma la porte et la verrouilla. Les yeux de Narcisse s'habituaient à l'ombre. Un double séjour. Des volets clos. Des meubles couverts de housses grises. Il régnait ici une chaleur suffocante.

— Qu'est-ce que vous voulez ?

Le ton était agressif. Narcisse considéra son hôte. Il portait un jean délavé, un pull ras du cou, des mocassins de bateau. Pour l'instant, il n'avait pas de visage.

— Je voulais vous rencontrer, fit Narcisse prudemment.

— J'évite les contacts avec les artistes dont j'achète les œuvres. C'est ma règle. Quoi qu'on en dise, l'émotion artistique doit rester neutre, objective, impartiale.

Reinhardt esquissa un mouvement vers le salon de droite. Narcisse prit cette direction. La pièce n'était pas en désordre mais elle trahissait l'abandon, la négligence. Un voile de poussière couvrait chaque objet. Une odeur de renfermé crispait les narines. Des flaques plus sombres se détachaient sur le sol – des tapis. Narcisse les imaginait souillés, velus, couverts de cheveux…

Il avança encore. Des lustres à pendeloques, des fauteuils, des guéridons flottaient dans les ténèbres. Un bas-relief était sculpté sur le mur de droite – des colosses de profil, qui rappelaient des hiéroglyphes égyptiens. *Un appartement de famille*, se dit-il. Ces murs, ce mobilier, ces tapis appartenaient au sang de Sylvain Reinhardt aussi sûrement que la forme de son nez ou d'autres atavismes de ses ancêtres. Ce lieu n'était qu'un prolongement de son patrimoine génétique.

Il se retourna et sourit :

— Vous avez une collection d'art brut ?

Il distinguait mieux son interlocuteur. Reinhardt avait une tête de mort, au sens propre. Sa peau, fine, tendue, parcheminée, moulait chaque détail de ses muscles et de ses os. Un front dégarni. Des orbites profondes. Des mâchoires et des dents proéminentes. Impossible de lui donner un âge. En le voyant, on ne pensait pas en termes d'années, mais de générations. *Un pur fin de race.*

— Elle est ici. Autour de vous.

Alors il les repéra. Les tableaux n'étaient ni encadrés ni suspendus. Seulement posés le long des murs. Dans le demi-jour, ils se confondaient avec le papier peint terne. Des imbrications inextricables, de forme curviligne. Des petits personnages crayonnés, portant des becs d'oiseaux. Des têtes rondes, aux dents innombrables…

— Pourquoi vivez-vous ainsi ? demanda Narcisse. Dans le noir ?

— Pour mes tableaux. La lumière détériore les couleurs.

Narcisse se demanda si son hôte plaisantait. Il avait une prononciation hautaine. Comme si chaque mot, chaque syllabe le dégoûtait.

— La lumière est la raison d'être de la peinture.

La phrase lui avait échappé – c'était l'artiste qui s'était exprimé. Reinhardt lui répondit par un ricanement. Une sorte de gloussement méprisant.

Il s'approcha des autres œuvres. Des hommes à museaux de chat. Des fillettes au teint de spectre. Des masques de carton brun, aux yeux écarquillés.

— Mon père était un ami de Dubuffet, fit Reinhardt comme une excuse. Je continue sa collection.

Narcisse ne s'était pas trompé. Ce fils de famille était prisonnier de ses origines comme il était prisonnier de sa collection. Ces œuvres, ces murs évoquaient les grands pétales noirs d'une plante carnivore qui le dévorait lentement.

— Qu'est-ce que tu veux au juste, salopard ? demanda-t-il brutalement. Qu'est-ce que tu viens foutre chez moi ?

Narcisse se retourna, surpris par le changement de ton. Reinhardt tenait un petit pistolet. On distinguait seulement le canon dans l'obscurité. L'engin avait l'air factice.

— Tu veux me voler, c'est ça ?

Sans quitter son calme, Narcisse passa au tutoiement :

— Un jour, au musée du Luxembourg, les gardiens ont surpris un vieil homme, armé d'une palette et de pinceaux, qui repeignait furtivement un tableau exposé de Pierre Bonnard. Les types ont jeté le cinglé dehors. C'était Bonnard lui-même.

Reinhardt ricana encore. Ses dents étaient pourries.

— On raconte la même histoire avec Oskar Kokoschka.

— Un peintre n'en a jamais fini avec son œuvre.

— Et alors ?

— Je veux retoucher mon tableau. Celui que tu as acheté. *Le Facteur*. Je veux le récupérer. Un jour ou deux.

Reinhardt ne s'attendait pas à cette requête. Son attention se relâcha une seconde. Narcisse frappa son poignet avec le tranchant de la main gauche et dégaina de l'autre. L'héritier poussa un cri aigu – un hurlement de belette. Narcisse l'attrapa à la gorge et le plaqua contre le mur, canon sous le nez. Son Glock était beaucoup plus convaincant que l'arme miniature.

— Où est ma toile ?

Pas de réponse. L'homme s'affaissa, sans perdre conscience.

— File-moi mon tableau, siffla-t-il, lèvres serrées, et je te laisse à ton vivarium.

À genoux, le fin de race le regarda avec hébétude. Ses yeux pleins de larmes brillaient comme une paire de bougies, lui donnant tout à coup un air solennel.

— Où est mon tableau, putain ?

— Pas… pas ici.

— Où est-il ?

— Dans mon entrepôt.

— Où c'est ?

— En bas. Dans la cour. Un atelier.

Narcisse le releva sur ses pieds d'une traction et lui montra la porte :

— Après toi.

— Les flics de Nice m'ont rappelé. Ils grattent sur la Villa Corto.

— Et alors ?

— Que dalle. Pas de traces, pas d'indice. Impossible de savoir qui a tué le psychiatre et ses infirmiers. Quant aux témoins, tu les as vus.

— Personne n'a parlé de moi ?

— Personne n'est en état de parler de quoi que ce soit.

Dans sa voiture de location, Anaïs écoutait la voix de Crosnier comme si elle provenait d'une autre planète. Elle était en planque depuis dix minutes, rue du Bac, au coin de la rue Montalembert, une artère oblique, très courte, qui butait contre un édifice prestigieux, celui des éditions Gallimard, marqué simplement du sigle « NRF ».

— C'est tout ?

— Fer-Blanc est mort.

Anaïs n'avait jamais cru qu'il se réveillerait. Et de toute façon, on n'en était plus là. Elle avait posé son calibre sur ses genoux. Les deux cerbères se tenaient sous ses yeux, à quelques dizaines de mètres, debout près du Q7 stationné devant le Monoprix qui faisait le

coin de la rue du Bac. Elle avait déjà vérifié l'immat'
et les hommes répondaient au signalement qu'elle possédait. Manteaux de laine noire. Costards Hugo Boss.
Deux têtes de hauts fonctionnaires sûrs de leur allure
et de leur pouvoir.

Ils faisaient les cent pas autour de leur véhicule
comme de vulgaires chauffeurs, levant de temps à
autre les yeux vers la façade du 1, rue Montalembert.
Narcisse était à l'intérieur. Quelque part dans les
étages, chez Sylvain Reinhardt.

— Je te rappelle.

Narcisse venait de sortir de l'immeuble, deux
tableaux sous le bras. L'un enveloppé de papier-bulle,
l'autre emmailloté dans un drap ficelé. Les mercenaires se mirent en mouvement. Anaïs ouvrit sa portière. Victor Janusz, alias Mathias Freire, alias Narcisse,
tournait le dos aux éditions Gallimard et se dirigeait
vers la rue du Bac.

Il croisa le portail de l'hôtel Montalembert, le seuil
de l'hôtel Pont-Royal, longea un restaurant, l'Atelier
de Robuchon. Ses cadres à la main, il avait l'air d'un
somnambule. Il regardait droit devant lui mais paraissait ne rien voir. Il avait dû perdre trois ou quatre kilos
depuis la dernière fois, dans son pavillon anonyme.

Les tueurs traversaient déjà la rue, dans la fumée
des gaz, contournant les voitures stoppées dans le trafic. Anaïs referma sa portière sans bruit et fit sauter la
sûreté de son calibre. Les chasseurs n'étaient plus qu'à
quelques mètres de leur proie. Anaïs plaça son index
sur la détente. Elle marchait dans leur direction, prête
à traverser la chaussée. Les tueurs glissèrent la main
sous leur manteau. Anaïs leva le bras.

Rien ne se passa.

Les chiens de chasse se figèrent.

Narcisse venait de pénétrer dans un centre d'imagerie médicale qui jouxtait une pharmacie, au 9, rue Montalembert. Anaïs fourra son arme sous son blouson. Le panneau indiquait : SCANNER − RADIOLOGIE NUMÉRISÉE − MAMMOGRAPHIE − ÉCHOGRAPHIE…

Narcisse suivait son idée. Il avait récupéré un tableau chez Simon Amsallem, un autre chez Sylvain Reinhardt. Il allait maintenant les passer aux rayons X.

Les deux hommes se replacèrent près de leur véhicule. Anaïs les imita, revenant vers son Opel. Elle plongea dans l'habitacle. Elle était certaine qu'ils ne l'avaient pas repérée. La circulation était au point mort. Les voitures pare-chocs contre pare-chocs. Klaxons convulsifs. Visages fermés derrière les pare-brise. Que pouvait-il se passer ici ?

Elle observait ses ennemis du coin de l'œil. Elle admirait leur calme, leur élégance, leur familiarité tranquille avec la mort. Un mètre 85, carrure large. Sous leur manteau, la veste était fermée haut et le pli de pantalon impeccable, à l'italienne. L'un d'eux arborait une chevelure argentée et des lunettes d'écaille, modèle Tom Ford. Le second était blond roux, le cheveu déjà rare. Deux belles gueules aux traits réguliers. Qui respiraient la proximité avec le pouvoir, l'assurance de l'impunité.

Par contraste, elle se sentit plus bas que terre. Elle puait. Elle était en sueur. Elle était chiffonnée. Ses mains tremblaient. Elle songea aux westerns italiens qu'elle regardait avec son père. Les duels sur fond d'arènes ou de cimetières hiératiques. L'absolue maîtrise des héros. Leur sang-froid incorruptible. Les deux mercenaires possédaient ce flegme. Pas elle.

Un bref instant, elle fut tentée de prévenir les forces de police du quartier. Non. Ils remarqueraient dans la seconde l'arrivée des keufs. Ils disparaîtraient aussi sec. Or, elle voulait savoir qui ils étaient, ce qu'ils avaient dans le ventre et pour qui ils travaillaient. Autre hypothèse. Rejoindre Narcisse dans le centre d'imagerie médicale. Le maîtriser. Fuir avec lui par une issue de secours. Pas possible non plus. Il paniquerait. Il ferait usage de son arme. On ne pouvait pas faire confiance aux amateurs.

Elle reposa son calibre sur ses genoux. Serra son volant de toutes ses forces, tentant de réprimer les à-coups dans ses avant-bras. *Avec un Lexomil, ça irait mieux.* Mais associer l'anxiolytique aux amphètes revenait à pisser sur un feu ardent.

Attendre.

Il fallait attendre.

— Monsieur Narcisse ?

Il se leva d'un bond, ses toiles sous le bras. Il avait donné ce nom au comptoir d'accueil sans réfléchir. Il n'avait ni carte Vitale ni ordonnance mais les secrétaires s'étaient montrées compréhensives. Il avait prétendu souffrir du coude après une chute. On l'avait installé dans la salle d'attente. Les autres visiteurs ne lui accordaient aucune attention.

— Par ici, s'il vous plaît.

La secrétaire prit à droite dans le couloir. Il cogna ses tableaux contre l'angle du mur.

— Vous voulez nous les laisser au standard ? Vous serez plus à l'aise dans le vestiaire.

— Merci. Je les garde avec moi.

Il marchait dans les pas de la femme. Il se sentait dans un état critique. La séance de violence chez Reinhardt avait aggravé son anxiété. La deuxième toile, dans l'entrepôt, l'avait achevé. Cette fois, il s'était représenté dans un costume de facteur des années 1980. Casquette et veste bleu-gris, estampillées du logo de l'époque : un avion en origami. Que cachaient ces portraits absurdes ?

L'assistante stoppa devant une porte et revint à la charge :

— Vous êtes sûr de vouloir les garder ?

— Merci. Ça ira très bien.

Elle tourna une poignée et l'invita à pénétrer dans une cabine étroite qui donnait sur une autre porte.

— Déshabillez-vous. La radiologue va venir vous chercher.

Narcisse s'enferma et attendit, sans même retirer sa veste, posant ses toiles sur le banc du sas. Au bout d'une minute, une nouvelle femme ouvrit la seconde porte.

— Vous ne vous êtes pas déshabillé ? demanda-t-elle sèchement.

Narcisse la jaugea du regard. Brune, très maquillée, talons hauts, elle représentait des forces contradictoires. Science et rigueur du côté de la blouse blanche, provocation et sensualité du côté de la vie civile.

Il opta pour la manière douce :

— Ma requête est un peu spéciale, fit-il en souriant. J'ai besoin de faire une radiographie de ces deux tableaux et...

— C'est impossible, coupa la technicienne. Nos machines ne sont pas conçues pour ça.

— Je vous assure que c'est une pratique très courante. Dans les laboratoires de recherche des Musées de France, ils...

— Désolée. Vous vous êtes trompé d'adresse.

Elle le repoussa dans la cabine. Narcisse transpirait abondamment, un sourire crispé sur les lèvres :

— Je me permets d'insister. Il suffit de...

— Soyez gentil, monsieur. D'autres patients attendent. Nous...

Elle recula d'un coup. Narcisse braquait sur elle son Glock. Il attrapa ses tableaux de la main gauche, pénétra dans la salle d'examen et referma la porte avec le pied.

— Qu'est-ce… qu'est-ce que… ?

Toujours de la main gauche, Narcisse arracha le papier-bulle du *Clown*.

— Aidez-moi, nom de Dieu !

Elle se précipita. Ses ongles vernis crevèrent les bulles, déchirèrent la surface de plastique, dénudèrent la toile aux couleurs sanguines. Le clown avec son visage fariné et son sourire triste jaillit.

Narcisse s'était reculé – il tenait en joue la radiologue, les deux mains serrées sur la crosse du Glock.

— Foutez le tableau dans l'appareil !

Maladroitement, elle centra la toile sur la table d'examen.

— La cassette, maintenant. Dans le statif.

Il avait prononcé ces mots sans réfléchir – des termes techniques de médecin. La femme lui lança un regard abasourdi. Elle manœuvra et déclencha le rayonnement. Sur la table d'acier, le clown fixait Narcisse de ses yeux noirs. Il paraissait se foutre de lui. Comme s'il connaissait déjà la surprise qu'il lui préparait, sous le vernis et les couleurs.

— L'autre, maintenant, siffla-t-il entre ses dents. Vite.

La radiologue arracha la cassette du tiroir. L'objet lui échappa des mains, atterrit sur le sol dans un bruit de ferraille. Elle plongea pour le ramasser, le posa sur un chariot, attrapa une autre cassette. Pendant ce temps, Narcisse avait fait sauter les ficelles du drap qui enveloppait *Le Facteur*.

— Magnez-vous.

La femme s'exécuta. Narcisse avait l'impression de recevoir, à l'intérieur de son corps, la décharge du tube à rayons X. Elle ouvrit le statif. Attrapa la deuxième boîte d'acier.

— Où se passe la visualisation ?

— À... à côté.

Un bureau jouxtait la salle d'examen. Narcisse la désigna de son calibre. Elle s'assit face aux écrans, glissa les cassettes au sein d'un râtelier dans une imposante machine qui évoquait une photocopieuse à l'ancienne.

— Il faut attendre quelques secondes, fit-elle à court de souffle.

Narcisse se pencha au-dessus de son épaule, observant l'écran noir.

— Vous savez ce que disaient les gnostiques ? demanda-t-il à la manière d'un fou, enfonçant son arme dans les reins de la radiologue.

— Non... Non.

— Le monde n'est pas un visage de Dieu mais un mensonge du démon.

Elle ne répondit pas. Il n'y avait rien à répondre. Il l'entendait haleter. Il la sentait transpirer. Plus profondément encore, il captait le battement de son cœur affolé. Sa démence décuplait ses sens. Son intuition. Sa conscience. Il avait l'impression d'embrasser la nature secrète du cosmos.

Soudain, l'écran s'alluma et révéla la première radiographie.

Il y avait bien un tableau sous le tableau. Un dessin, plutôt. Dans le style des illustrations à la plume qui accompagnaient les feuilletons du début du XXᵉ siècle. Positions théâtrales. Détails appuyés. Fines rayures pour exprimer les ombres, les mouvements, les clairs-obscurs...

L'esquisse représentait un meurtre.

Sous le pont d'Iéna ou le pont Alexandre-III.

Le tueur exultait au-dessus d'un corps nu. Une hache dans une main, il brandissait de l'autre un trophée organique. Narcisse s'approcha et observa le fragment arraché. Des organes génitaux. L'assassin venait d'émasculer sa victime. Il aurait voulu réfléchir à la signification rituelle de ce geste, se souvenir d'une scène mythologique qui intégrait une castration, mais il ne le pouvait pas.

À cause du visage du tueur.

Un visage dissymétrique, qui partait sur le côté droit et s'étirait en une grimace abominable. Un œil était rond, l'autre fendu. La bouche formait un rictus béant, s'ouvrant du côté de l'œil rond, hérissée de dents disparates. Mais il y avait pire : il comprenait, à travers sa stupeur, qu'il s'agissait d'un ultime auto-portrait. Ce tueur au visage dantesque, c'était lui-même.

— Vous... vous voulez voir l'autre radio ?

Narcisse mit plusieurs secondes à revenir dans le monde réel.

— Envoyez-la, fit-il d'une voix qu'il ne reconnut pas.

L'autre dessin représentait la même scène, mais quelques secondes plus tard. Le tueur – les traits à l'encre lui donnaient une précision cruelle, insoute-nable, et en même temps une sorte d'universalité mythique – lançait les organes dans le fleuve noir, brandissant sa hache de l'autre main. Narcisse remar-qua que l'arme était un outil primitif – un objet concocté avec un silex affûté, des liens de cuir, du bois.

Il recula. Son dos trouva un mur. Il ferma les yeux. Les questions s'amplifiaient sous son crâne au point de tout occulter. Combien de clochards avait-il ainsi éliminés ? Pourquoi s'acharnait-il sur ces êtres déclas-sés ? Pourquoi s'était-il représenté avec cette gueule tordue, abominable ?

Il rouvrit les yeux in extremis, évitant l'évanouisse-ment. La radiologue l'observait. Son expression avait changé : la pitié se lisait sur ses traits. Elle n'avait plus peur pour elle mais pour lui.

— Vous voulez un verre d'eau ?

Il aurait souhaité répondre mais n'y parvint pas. Il attrapa ses deux tableaux, les enveloppa avec mala-dresse dans le drap. Fit plusieurs tours de ficelle et boucla l'ensemble.

— Développez les clichés, parvint-il à articuler, et foutez-les dans une enveloppe.

Quelques minutes plus tard, il sortait du centre d'imagerie médicale d'un pas d'automate. Il marchait avec l'impression de chuter, de sombrer, de se dis-soudre. Il leva les yeux et vit le ciel qui s'effondrait. Les nuages roulaient comme des rochers le long d'une falaise, se précipitaient vers lui…

Il baissa les yeux et chercha son équilibre.

Les énarques assassins étaient devant lui.

Ils avançaient, manteau au vent, la main déjà à la ceinture.

Il lâcha ses tableaux et attrapa son Glock dans son dos.

Il ferma les yeux et tira plusieurs fois.

Anaïs vit la flamme sortir de la bouche de l'automatique. Elle jaillit de sa bagnole et plongea vers le trottoir. D'autres détonations retentirent. Le temps qu'elle se relève, une marée de corps s'affaissait dans une rumeur de panique. Des voitures pilaient. Des hommes couraient. Nouvelles détonations. Elle se glissa entre deux voitures et tendit la tête. Cette fois, elle aperçut un des tueurs allongé sur la chaussée – mort. Des pas sur l'asphalte, entrecoupés de gémissements. Elle se demandait s'il y avait des blessés – des victimes collatérales. Le mot lui paraissait absurde mais il avait crevé sa conscience.

Pas moyen de viser qui que ce soit. Les passants occultaient son champ de vision. Le charivari des silhouettes, des bagnoles occupait toute la scène. Enfin, elle repéra Narcisse devant une pharmacie. Face à face avec le deuxième tueur. L'un visant l'autre. Ils s'empoignaient pour dévier les tirs, piétinant les toiles, luttant pour se projeter au sol, comme dans un combat de catch maladroit.

Nouveau coup de feu. Une vitre éclata, couvrant de verre les deux combattants. Narcisse glissa sur une enveloppe de radiographie. Tomba à la renverse, entraînant l'autre dans sa chute. Il tentait toujours de viser son agresseur qui en faisait autant. Ils disparurent derrière une voiture. Elle ne voyait plus que leurs pieds qui s'agitaient. Des hurlements s'élevaient de partout à la fois. Les gens se recroquevillaient, s'accrochaient les uns aux autres comme en plein naufrage.

Elle essaya de passer à l'attaque mais trébucha sur une femme agrippée à son sac. Elle s'étala, perdit son flingue, le retrouva sous une bagnole. Quand elle se releva, ce fut pour voir le deuxième mercenaire bondir de nouveau, arme braquée. Narcisse reculait sur le cul, hébété, mains nues, sans défense.

Anaïs cala son poing droit dans sa paume gauche et visa. À l'instant où elle allait tirer, un groupe passa devant ses yeux. Deux coups de feu claquèrent. Une autre vitrine s'effondra. Un pare-brise se givra d'un coup. Anaïs se déporta sur la gauche, roula sur le capot d'une voiture, recadra son objectif.

Narcisse tenait le poignet de son agresseur. La gueule du canon cracha des étincelles. Le bitume s'ébrécha. Narcisse se démenait toujours, suspendu au bras de son adversaire. Anaïs visa les jambes du mec, se disant que la force de recul allait lui faire atteindre son flanc gauche. Son doigt appuyait sur la détente quand des sirènes retentirent.

Des pneus qui crissent. Des portières qui claquent. Des cris, des ordres qui s'élèvent au-dessus de la panique générale. La nature même de l'air avait changé – une trame qui se serait resserrée, densifiée.

Elle se concentra sur sa cible. Le combat était passé à l'arme blanche. Narcisse, dos au sol, tenait un cran d'arrêt. Il fourrageait le ventre de son agresseur qui tentait de le mordre au visage. L'homme en Hugo Boss se releva d'un coup. Les pans de son manteau flottaient. Il recula en titubant, plié en deux, alors que des voix amplifiées les sommaient de se rendre. Narcisse s'était redressé lui aussi, couteau en main.

Elle vit un policier en tenue le mettre en joue. Sans réfléchir, elle tira en l'air, en direction des flics. Elle se récolta une volée d'acier en retour. Elle plongea et se cramponna au trottoir. Les balles crépitèrent sur les carrosseries, crevèrent les façades du Monoprix, cinglèrent les bornes de Vélib' qui se trouvaient là. Les bleus avaient identifié un autre ennemi et ne faisaient plus de quartier.

Elle releva la tête et vit la fin de l'affrontement. Une escouade de flics avait profité de la diversion pour se rapprocher de Narcisse. Ils le matraquaient à bras raccourcis. Elle voulut crier quelque chose. Aucun son ne sortit de sa bouche. À la place, un flux tiède jaillit de ses lèvres. Elle pensa à du sang. C'était de la salive. La tête lui tournait. Elle n'entendait plus rien. Il lui semblait que l'hémoglobine saturait son cerveau, jusque dans ses plus infimes vaisseaux.

Alertée par un pressentiment, elle se retourna. Des hommes casqués étaient sur elle. Elle voulut lever les bras, lâcher son arme, sortir sa carte de flic – tout ça à la fois. Avant qu'elle n'ait pu faire le moindre geste, une matraque s'écrasa sur son visage.

— J'veux un sandwich ! Bande d'enculés ! J'connais mes droits !

L'homme frappa la vitre blindée avec le poing puis y alla à coups de pied. Anaïs l'aurait bien fait taire mais elle était occupée à éviter les filets de glaire qui serpentaient entre ses pieds. Un clochard venait de glisser du banc et était soulevé de convulsions. À chaque secousse, un jet de vomi se répandait sur le sol.

— Bandes de nazis ! J'veux parler à mon avocat !

Anaïs se prit la tête à deux mains. Son mal de crâne ne fléchissait pas. Depuis plus de trois heures, elle était enfermée dans une cellule de cinq mètres sur cinq, au commissariat central de la rue Fabert, sur l'esplanade des Invalides.

On l'avait ranimée. On l'avait fouillée. On l'avait déshabillée. On l'avait photographiée. On avait pris ses empreintes. Puis on l'avait enfermée dans cette cage vitrée, en compagnie d'une cour des Miracles braillarde et agitée.

Anaïs connaissait la musique. Pour l'année 2010, le nombre des gardes à vue en France avoisinait le million. On arrêtait les conducteurs sans permis, les couples qui s'engueulaient, les fumeurs de joints, les clodos, les voleurs de supermarchés… Elle ne pouvait pas se plaindre de faire partie du lot. Après tout, elle avait ouvert le feu sur ses propres collègues. Et on avait découvert des amphétamines dans sa poche.

Elle regarda ses doigts encore maculés d'encre. Bizarrement, elle se sentait calme, résignée. Le principal était acquis : Narcisse était arrêté et sauvé. On allait enfin comprendre la vérité. On allait identifier les deux salopards. On allait éclaircir chaque point de l'imbroglio. Peut-être même réussirait-on à attraper le tueur de clochards…

Elle le sentait : l'affaire touchait à sa fin.

Elle aussi touchait à sa fin.

— Salauds ! Espèces de bâtards ! J'veux voir le commissaire !

Anaïs souleva encore les pieds. Le clodo venait d'envoyer une nouvelle salve. L'odeur de mauvais vin tournait en tempête, associée à la puanteur de pisse et de crasse de la cage. Elle lança un regard distrait à ses compagnons de cellule. Hormis le gueulard et l'épave à terre, il y avait deux kaïras recroquevillés sur leur banc qui paraissaient épuisés. Un punk tressautait sur place, se grattant les bras à les écorcher. Un homme en costume avait l'air abasourdi – sans doute un conducteur sans permis. Deux baby-rockers, aux jeans soigneusement déchirés et tachés de couleurs – des tagueurs – ricanaient en faisant les marioles.

Elle était la seule femme.

D'ordinaire, on ne mélangeait pas les sexes dans l'aquarium mais ce principe n'avait peut-être plus cours à Paris. Ou bien on l'avait confondue avec un mec. Ou bien on l'avait fait exprès, pour lui foutre la pression. À aucun moment, elle n'avait résisté ni protesté. La procédure était en cours. Elle allait comparaître devant le juge. Elle s'expliquerait à ce moment-là...

Déclic de serrure. Tous les regards convergèrent vers le bruit – le seul qui puisse signifier quelque chose ici. Un bleu était accompagné d'un flic en civil. Anaïs cadra tout de suite le personnage : un amateur de gonflette, nourri aux stéroïdes, prompt à cogner et à dégainer.

L'OPJ s'avança vers elle :

— Viens avec moi.

Elle ne releva pas le tutoiement, ni le ton méprisant. Jean baggy, blouson de cuir, Glock bien apparent : le flic devait peser plus de cent kilos. Une aura de crainte s'était imposée dans la cellule.

Elle se leva et emboîta le pas au culturiste. Elle s'attendait à rejoindre le hall puis les bureaux des officiers mais le colosse prit à droite, dans un couloir étroit qui puait la poussière, puis à droite encore. L'odeur de poussière passa à celle de la merde.

Des hurlements. Des coups assourdis. Des portes en fer, avec des commutateurs et des chasses d'eau extérieurs. Les cellules de dégrisement. Le gars en uniforme joua de son trousseau. Une porte pivota. Quatre murs de ciment. Un ragoût de vomi, d'excréments. Des cafards galopants en guise de spectateurs.

— Assieds-toi.

Anaïs s'exécuta. La porte claqua de nouveau.

— On a vérifié. T'es bien flic.

— Ça vous gênerait de ne pas me tutoyer ?

— Ta gueule. Mais t'as oublié de nous préciser un truc.

— Quel truc ?

— T'es suspendue depuis ce matin. Sur ordre du parquet de Bordeaux.

Anaïs sourit en émettant un râle d'épuisement :

— J'ai demandé un 32-13. Un envoi d'office à l'infirmerie. On m'a frappée, on…

— Ferme ta gueule. T'as ouvert le feu sur des flics, avec une arme que t'avais plus le droit d'utiliser.

— Je voulais éviter une bavure policière.

L'homme éclata de rire, les pouces glissés dans la ceinture. Elle baissa la tête, feignant l'humilité. Il fallait jouer la pièce dans le sens de l'auteur.

— La bavure, c'est toi.

— Je vais voir le juge ?

— C'est en cours. Mais t'es pas près de sortir de là. Ça, j'te le jure. Un Glock et des amphètes, ça fait pas bon ménage.

Le souleveur de fonte semblait se réjouir de la situation. Pour une raison inexpliquée, il avait envie de casser du flic.

— Durant l'opération, vous avez interpellé un homme. Où est-il ?

— Tu veux le dossier d'enquête ? Qu'on t'installe un bureau ?

— Il est blessé ? Vous l'avez interrogé ?

— T'as pas compris, ma grande. Ici, t'es plus rien. T'es même un peu en dessous des autres. Une Judas ou quelque chose de ce genre.

Elle ne répondit pas. Elle crevait de trouille face à ce monstre. Ses épaules et son torse tendaient sa chemise et son blouson, comme des érections de muscles. Son visage n'exprimait rien : il avait la gueule placide d'un herbivore.

— Deux hommes ont été abattus dans l'affrontement, reprit-elle avec obstination. Vous les avez identifiés ? Vous avez réquisitionné leur véhicule ? Un Q7 stationné devant l'hôtel Pont-Royal…

Le flic hocha la tête d'un air consterné. Il la considérait maintenant comme une démente qu'il vaut mieux laisser parler.

— Vous avez commencé l'enquête de voisinage ? insista-t-elle. Il faut interroger en priorité le personnel du centre d'imagerie médicale du 9, rue Montalembert. Il…

— Je serais toi, je réfléchirais surtout à me trouver un bon avocat.

— Un avocat ?

Il se pencha vers elle, les deux mains en appui sur les genoux. Il prit un ton différent, presque conciliant.

— Qu'est-ce que tu crois, ma poule ? Qu'on peut jouer au tir au pigeon avec les collègues, comme ça, sans la moindre conséquence ? Ça se passe comme ça à Bordeaux ?

Anaïs se rencogna sur le banc de ciment.

— Vous devez interroger Sylvain Reinhardt, s'acharna-t-elle à voix basse. Il habite au 1, rue Montalembert. Et aussi Simon Amsallem, 18, villa Victor-Hugo.

— Je t'écoute et je commence à hésiter. Plutôt qu'un avocat, y te faudrait plutôt un bon psy.

Anaïs bondit de son siège et propulsa le gars contre la porte en fer :

— C'est mon enquête, salopard ! Réponds à mes questions !

L'homme la repoussa avec violence, sans le moindre effort. Anaïs rebondit contre le mur puis retomba sur le banc, glissa, se ramassa sur le sol. Le flic la souleva d'une main et attrapa ses pinces de l'autre. Toujours d'une main, il la retourna et lui plaça les poignets dans le dos. Les bracelets claquèrent. Elle sentit le sang lui inonder la bouche. Il l'attrapa par le col de son blouson et l'assit de force sur le banc.

— Va falloir te calmer, ma belle.

— Vous ne savez pas ce que vous faites.

Le flic éclata d'un nouveau rire :

— Alors on est deux.

— Les gars de la Force publique ont dû trouver sur le terrain deux tableaux et deux radiographies, dit-elle en sentant le goût de fer sur ses lèvres. Il faut absolument les récupérer. Il faut que je les voie !

Il marcha vers la porte et frappa, sans même répondre :

— Connard ! Salaud ! Enculé ! Retire-moi les pinces !

Le planton ouvrit la porte. La paroi de fer claqua en signe de réponse.

Anaïs éclata en sanglots.

Elle avait pensé que sa chute prenait fin.

Elle ne faisait que commencer.

J'ai tué deux hommes.

La seule idée qui flottait dans sa conscience.

Une idée noire, brûlante, confuse.

J'ai tué deux hommes.

Les détonations du Glock dans son sang. L'onde de recul dans sa main. Le contact de sa lame dans le ventre du deuxième tueur. Il avait enfoncé son Eickhorn, encore et encore.

J'ai tué deux hommes...

Il cligna les yeux plusieurs fois. Plafonniers blancs. Négatoscopes. Chariot scintillant chargé de produits antiseptiques. Une salle d'examen d'hôpital, surchauffée. Il était allongé sur un brancard de métal, sous une couverture de survie. Son corps était traversé de courbatures. Des tiges de fer dans sa chair.

Il ferma de nouveau les yeux et fit un bilan. Pas si négatif. Il était passé à un cheveu de la fin mais il était bien vivant, en état de marche. Il pouvait presque sentir le sang circuler dans son corps endolori. *Chaleur.* L'enquête. Les meurtres. Les énigmes. Tout ça lui paraissait loin, vain, irréel.

Depuis des jours, il accumulait les questions.

La police se chargerait des réponses.

Un cliquetis lui confirma la nouvelle donne : un bracelet de menottes fixait son bras gauche au cadre de la civière alors qu'une perfusion s'écoulait dans le pli de son coude droit. Il allait tranquillement attendre en prison que l'enquête suive son cours. Le temps du repos était venu…

Avec un temps de retard, il devina une présence dans la pièce. Il rouvrit les paupières. Sur sa droite, un homme en blouse blanche, de dos, marmonnait dans un dictaphone à quelques mètres – sans doute un rapport qui le concernait. Il tourna la tête à gauche et remarqua des radiographies fixées sur le négatoscope. Les clichés montraient une boîte crânienne de face et de profil. Les cartilages du nez abritaient une balle de pistolet. L'éclat de métal se découpait parfaitement, blanc sur noir, orienté vers le sinus gauche.

Les radiographies de sa victime.

Il avait atteint le tueur près de l'orifice nasal.

Une soudaine poussée de sueur constella son visage. La douleur se resserra sur son crâne. *J'ai tué deux hommes…* Alors, les dessins sous rayons X lui revinrent. Et cette certitude qu'il était *aussi* le tueur de clochards.

— Vous êtes réveillé ?

Le médecin se tenait devant lui, mains dans les poches. Ses lunettes offraient un reflet clair, limpide – une eau cristalline qui donnait envie d'y plonger, de s'y purifier, d'y absoudre ses péchés.

— Je suis le docteur Martin. L'urgentiste qui s'est occupé de vous.

— Où on est ? parvint-il à demander.

— À l'Hôtel-Dieu. J'ai insisté pour qu'on vous sorte de la salle Cusco.

— C'est quoi ?

— La salle des Urgences médico-judiciaires. Une espèce de cour des Miracles remplie de suspects, de victimes, de flics.

— Et moi, qu'est-ce que je suis ?

Le toubib désigna du menton les menottes :

— À votre avis ? Vous êtes placé sous contrôle judiciaire. Moi-même, j'agis sur réquisition du procureur. Bref, vous êtes autant en taule qu'à l'hôpital mais dans ce service, vous aurez au moins une nuit de répit. Comment vous sentez-vous ?

Narcisse mit plusieurs secondes à répondre. La sirène d'une ambulance ou d'un fourgon policier mugit au loin.

— Je… J'ai des courbatures.

— Ils vous ont tapé dessus, fit-il sur un ton de confidence. Mais vous avez la tête dure !

Narcisse désigna les clichés fixés sur le négatoscope :

— Ce sont les clichés de ma victime ?

— Il n'y a pas de victime. À part vous.

— J'ai tué deux types.

— Vous vous trompez. Aucun cadavre n'a été retrouvé. Tout ce que je sais, c'est qu'une femme a aussi été arrêtée. Une flic de Bordeaux, paraît-il. Un sacré bordel.

Une flic de Bordeaux. Narcisse n'avait pas besoin d'explications. Anaïs Chatelet avait participé à la fête. Depuis tout ce temps, elle n'avait donc pas lâché l'affaire.

Il revit encore une fois les fragments de la scène. Les coups de feu. Les coups de couteau. Les hurlements de la foule. Les sirènes. Où étaient passés les deux tueurs ? Ses deux victimes ?

Il se releva sur un coude et désigna à nouveau les clichés sur le négastocope :

— S'il n'y a pas de cadavre, le mec avec une balle dans la tête, c'est qui ?

— C'est vous.

Narcisse s'affaissa, dans un cliquetis de menottes.

— Ces radiographies sont les vôtres. On les a faites dès votre arrivée.

Il passa une compresse antiseptique sur les veines de la main gauche de Narcisse.

— Je vais vous administrer un calmant, ça ne peut pas vous faire de mal.

Narcisse ne broncha pas. L'odeur de l'antiseptique était à la fois rassurante et agressive. La chaleur lui donnait l'impression que ses organes étaient des pierres brûlantes dans un sauna. L'ombre blanche de la balle scintillait avec une précision douloureuse sur la vitre.

— Ce truc dans mon crâne, qu'est-ce que c'est ?

— Si vous ne le savez pas, ce n'est pas moi qui peux vous renseigner. J'ai consulté des collègues. Personne n'a jamais vu ça. J'ai passé quelques coups de fil. Il pourrait s'agir d'un implant. Un diffuseur d'hormones, comme les implants contraceptifs. Ou encore une de ces micropompes informatisées, en silicium, qu'on utilise dans certaines pathologies. Vous n'êtes pas épileptique ? diabétique ?

— Non.

— De toute façon, on attend les résultats de vos examens sanguins.

— Mais ce truc, je vais le garder ?

— On a prévu de vous opérer dans la matinée. En l'absence de dossier médical, on doit rester très prudent. Respecter les étapes de chaque analyse, chaque diagnostic.

L'idée d'un dossier administratif en appela une autre :

— Je vous ai donné un nom en arrivant ?

— Rien de très clair. Ce sont les flics qui ont rempli votre dossier d'admission.

— Mais j'ai dit quelque chose ?

— Vous déliriez. On a d'abord conclu à une forme d'amnésie liée aux coups que vous aviez reçus. Mais c'est plus compliqué que ça, non ?

Narcisse laissa retomber sa tête, sans quitter des yeux les images radiographiques. L'objet était placé à la naissance de la cloison nasale gauche, penchée vers le sinus gauche. Était-il un blessé de guerre ? le sujet d'une expérience ? Depuis quand abritait-il cet implant ? Une certitude. Ce corps étranger expliquait sa douleur lancinante au fond de l'œil gauche.

Le médecin tenait dans sa main gantée une seringue.

— C'est quoi ?

— Je vous l'ai dit : un calmant. Vous avez un sacré hématome derrière le crâne. Ça va vous soulager.

Narcisse ne répondit pas. Il essaya de se calmer et s'immobilisa. Il crut sentir le liquide couler dans ses veines. L'effet était à la fois brûlant et bienfaisant. Le toubib balança sa seringue dans la poubelle et se dirigea vers la porte.

— On va vous transférer dans une autre chambre tout à l'heure. Demain, il faut que vous soyez en forme. Vous allez avoir de la visite. Les OPJ chargés de l'enquête. L'avocat commis d'office. Le substitut du procureur… Après ça, vous verrez le juge qui vous a déjà placé sous contrôle judiciaire.

Narcisse fit cliqueter son bracelet de menottes contre la civière :

— Et ça ?

— Ce n'est pas de mon ressort. Voyez avec les flics. D'un point de vue médical, il n'y a aucune raison de vous signer une dispense. Désolé.

Narcisse leva le bras droit vers la porte :

— Je suis surveillé ?

— Deux plantons sont là, oui. (Il sourit une dernière fois.) Vous êtes très dangereux, paraît-il. Salut. Dormez bien.

La lumière s'éteignit. La porte se referma. Le déclic du verrou retentit. Malgré la piqûre, calme et bien-être s'étaient déjà envolés. Il se voyait accusé d'au moins deux meurtres – le Minotaure, Icare. Sans compter le troisième : l'émasculé du pont parisien, qu'on finirait par identifier d'après les dessins radiographiés. Était-il vraiment un assassin ? Pourquoi avait-il ce truc incrusté dans le nez ? Qui l'y avait placé ?

Il imaginait des experts diagnostiquer chez lui des déficiences mentales, une folie chronique. Des fugues psychiques, scandées par des meurtres mythologiques. Son cas ne poserait aucun problème. Direction UMD sans la moindre hésitation.

Il s'agita sur son brancard. Sentit le bracelet entraver son poignet. Son corps était perclus de courbatures. La seule sensation agréable était la douceur des plis de son pantalon…

Il tressaillit. *Il portait toujours son pantalon.* Pris d'un espoir absurde, il plongea sa main libre dans sa poche droite. Il se revoyait transférer la petite clé des menottes d'un froc à l'autre. Avec un peu de chance, elle avait échappé à la vigilance des flics.

Il ressortit sa main. Rien. En se contorsionnant, il effectua le même manège dans sa poche gauche, fourrageant à l'intérieur de chaque pli. La clé était là. Il la sortit d'une main tremblante, en se répétant que oui, l'objet était un porte-bonheur.

Ce genre de clés devait être standard. Il se redressa, la glissa dans la serrure du bracelet. En un seul clic, le mécanisme s'ouvrit. Narcisse s'assit sur la table d'examen et se massa le poignet dans les ténèbres.

Il riait dans le silence de la nuit.

Il ôta avec précaution la perfusion fichée dans son bras et bondit à terre. Le linoléum absorba ses pas. Ses pupilles se dilatèrent : il voyait mieux. Il se dirigea vers les casiers en fer, les ouvrit sans le moindre bruit. Sa veste, sa chemise et ses chaussures étaient là. Son fric avait disparu, ainsi que son Glock, son Eickhorn et le carnet où il notait jadis ses couleurs. Il ne fallait pas trop en demander.

Il s'habilla, toujours sans le moindre froissement.

Il colla son oreille à la porte. Le médecin parlait aux plantons.

— Avec ce que je lui ai donné, il va dormir jusqu'à demain matin.

Il devait faire vite avant de sombrer dans l'inconscience. Il traversa l'espace et essaya d'ouvrir la baie vitrée. Aucun problème. Le froid le gifla ainsi que cette certitude : tous les signaux étaient au vert pour une évasion. Il n'était plus question de s'abandonner aux mains des flics. De rendre les armes. De laisser les réponses aux autres…

Il jeta un dernier coup d'œil à la salle et aperçut, suspendu à la barre métallique du brancard, son graphique médical. Il revint sur ses pas et emporta la feuille fixée sur un support plastifié. Il avait déjà son idée.

La fiche sous le bras, il enjamba le châssis de la fenêtre, atterrit sur une corniche. Plan large sur la cour intérieure. La rumeur de Paris grondait comme un orage. La cathédrale Notre-Dame, plus vaste qu'une montagne, découpait ses blocs et ses pics sur le ciel sombre. Sa taille colossale, plus que le vide sous ses pieds, lui colla le vertige. Il se rattrapa in extremis au rebord et se concentra sur son environnement proche.

Il se trouvait au deuxième étage. Au premier, courait la galerie du cloître. S'il parvenait à descendre à ce niveau, il pourrait se glisser sous une des voûtes, trouver un escalier, disparaître. À vingt mètres à droite, une gaine d'écoulement descendait jusqu'au rez-de-chaussée. Il se déporta lentement, sentant ses pieds s'enfoncer dans le revêtement de zinc. Le froid le soutenait, crispant ses muscles, l'empêchant de s'endormir.

En quelques secondes, il atteignit la canalisation. En s'accrochant avec les mains au premier collier métallique, il trouva le second avec les pieds. Il s'arc-bouta puis permuta : le support des pieds devint celui des mains, ses talons trouvèrent le collier suivant. Et ainsi de suite. Il atteignit le balcon de pierre du premier étage et sauta à l'intérieur de la galerie.

Personne. Il longea le mur jusqu'à trouver une cage d'escalier. En bas, dans la cour, des patrouilles de flics devaient aller et venir. L'urgence : trouver un déguisement pour traverser la fosse aux lions.

Renonçant à descendre, il tourna à droite, trouva un couloir. Toujours désert. Des murs beiges. Du lino au sol. Des chambres en série. Il s'élança en quête d'une infirmerie, un vestiaire, un local technique. Il croisa plusieurs portes numérotées – 113, 114, 115... – puis une autre qui prévenait : INTERDIT AU PUBLIC.

Il tourna la poignée et se glissa à l'intérieur. À tâtons, il trouva un commutateur et jura. Il n'y avait ici que des draps, des housses, des couvertures, ainsi que des produits d'entretien disposés sur des rayonnages. Son regard parcourait les étagères quand la porte s'ouvrit dans son dos. Un cri de frayeur retentit. Narcisse se retourna. C'était une femme de ménage, d'origine africaine, armée de son chariot et de ses balais.

— Qu'est-ce que vous foutez là ? demanda-t-il avec autorité.

— Vous... vous m'avez fait peur.

Le temps que l'intruse ouvre la porte, il avait trouvé une blouse. Il l'enfila sans perdre son aplomb. Il n'avait pas de badge mais sa mauvaise humeur faisait office d'autorité.

— Je répète ma question : qu'est-ce que vous foutez là ?

La femme retrouva ses moyens et fronça les sourcils :

— Et vous ?

— Moi ? Je fais votre boulot. Je viens de la 113. La patiente a dégueulé partout. Elle a foutu en l'air ma blouse. Ça fait dix minutes que je sonne. Personne ne vient. C'est intolérable !

La technicienne hésita :

— Moi, j'suis chargée des couloirs, je...

Narcisse attrapa une serpillière sur un rayon et lui lança :

— La propreté, c'est votre responsabilité. Filez à la 113 !

Disant cela, il l'écarta et sortit du réduit sans un regard. Marchant droit devant lui, boutonnant sa blouse, il sentait les yeux de la femme braqués sur son dos. Quelques pas encore et il saurait si son coup de bluff avait fonctionné.

— Docteur !

Il se retourna, le cœur palpitant.

— Vous avez oublié ça.

Elle lui tendait le graphique médical qu'il avait posé sur les draps. Il revint sur ses pas et se dérida.

— Merci, et bon courage.

Il repartit d'un pas sûr. Quand il entendit les bruits du seau, du balai et du chariot qui s'orientaient vers la chambre, il sut qu'il avait gagné.

Il tourna à gauche et plongea dans la cage d'escalier.

La ligne 7 sillonnait les IXe, X^e et XIXe arrondissements. Exactement ce qu'il lui fallait. Il trouverait bien un hôtel dans les environs des stations Château-Landon ou Crimée. Le temps du luxe était fini. D'ailleurs, il n'avait même pas de quoi se payer une chambre dans un bouge de dernière zone. Il avait même dû tricher pour franchir les portiques du métro.

Il s'écroula sur un des sièges du quai, direction La Courneuve, plus ou moins soulagé, mais surtout épuisé. Les effets de l'analgésique ne cessaient de monter en vagues puissantes. Ses paupières pesaient des tonnes. Ses muscles étaient en berne…

Il avait traversé le cloître de l'Hôtel-Dieu sans problème, faisant mine de lire sa propre fiche. Il avait compris qu'il pouvait éviter la cour de l'UMJ en empruntant la porte principale. Il avait bifurqué et sillonné le hall d'accueil sans manifester la moindre hésitation. Il était sorti par la grande porte et avait longé, sur la gauche, le parvis de Notre-Dame, balançant discrètement blouse et fiche dans une poubelle. Île Saint-Louis. Rue du Cloître.

Quai de Bourbon puis quai d'Anjou jusqu'au pont de Sully. Enfin, il avait rejoint la rive droite et plongé dans la station de métro Sully-Morland.

Le quai était d'un calme de chambre funéraire. Une odeur de pneu brûlé flottait sous la voûte. Il décida que personne ne s'était rendu compte de sa fuite. Paris était calme. Paris dormait. Paris ignorait que le tueur mythologique était de nouveau en fuite…

La rame arriva. Dès qu'il fut assis, son engourdissement redoubla. Les secousses du métro le berçaient. Il n'allait pas faire long feu. Il se leva et consulta le plan, histoire de rester éveillé. Il choisit la station Poissonnière, la dixième à partir de Sully-Morland. Il espérait qu'il tiendrait jusque-là. Il se rencogna sur son siège et s'agrippa à ses dernières idées, qu'il essaya de mettre en ordre. En vain. Pas moyen d'assembler deux éléments.

Les panneaux Poissonnière apparurent à travers la vitre alors qu'il était en phase d'endormissement avancé. In extremis, il se leva et s'extirpa de la voiture. Il s'enfouit parmi les rues du Xe arrondissement. L'air du dehors le ranima.

Dans un petit hôtel de la rue des Petites-Écuries, l'homme du comptoir lui demanda de payer d'avance.

— Demain, fit Narcisse, en prenant le plus de hauteur possible, je n'ai pas de cash sur moi.

— Une carte de crédit ira très bien.

— Écoutez, sourit Narcisse, je dors quelques heures et je vous paye demain matin.

— Pas de fric, pas de piaule.

Il ouvrit les pans de sa veste et changea de ton :

— Écoute, mon vieux. Rien qu'avec cette veste, je pourrais me payer un mois dans ton gourbi, tu piges ?

— Restez poli. Fais voir la veste.

Narcisse l'ôta sans hésiter – il avait déjà signé son aller simple pour la taule. L'homme, en écoutant les nouvelles le lendemain, se souviendrait de ce mec bizarre, sans un euro en poche. Pour l'instant, il appréciait le fil-à-fil italien.

— Vous prenez la piaule. Je garde la veste. En gage.

— C'est de bonne guerre, souffla Narcisse.

Le gars fit glisser une clé sur le comptoir. Narcisse l'attrapa et monta l'escalier étroit. Les murs, le sol et le plafond étaient uniformément tapissés de moquette orange. Même chanson pour l'intérieur de la chambre. Sans allumer, il tira le rideau de la fenêtre et se rendit dans la salle d'eau.

Il alluma le néon qui surplombait le lavabo. Il s'observa dans le miroir. Traits creusés, yeux cernés, chevelure hirsute. Une sale gueule, mais cela aurait pu être pire.

Depuis sa fuite de l'hôpital, une idée courait dans sa tête. Le corps étranger sous sa cloison nasale. Il retournait cette énigme dans tous les sens. Il n'avait pas une réponse précise mais une conviction confuse. Le toubib avait évoqué un « *diffuseur d'hormones* » ou « *une micropompe informatisée* ». Narcisse était d'accord. Sauf que cet objet ne visait pas à le soigner mais au contraire à provoquer la maladie. Cet implant lui injectait un produit au fond du cerveau qui provoquait ses fugues psychiques. Cela sonnait comme un délire, flirtant avec la science-fiction et les scénarios d'anticipation hollywoodiens. Mais ce qu'il vivait depuis deux semaines était bien dans ce registre.

Il ôta sa chemise, ferma la bonde du lavabo, retint son souffle, puis se regarda encore une fois comme s'il considérait l'image de son pire ennemi. Sans le moindre compte à rebours, il envoya de toutes ses forces son nez contre l'angle de l'évier.

Du noir. Des étoiles. Il tomba à genoux et se releva aussitôt, rouvrant les paupières. Ce qu'il vit d'abord, ce fut son sang au fond du lavabo. Puis son nez brisé dans le miroir. Les réseaux de la douleur s'insinuaient jusqu'au tréfonds de son cerveau. La salle de bains tournait autour de lui. Il s'agrippa au bord de l'évier pour ne pas tomber.

D'une main tremblante, il tâtonna dans la flaque sombre du lavabo. Rien. Du pouce et de l'index, il saisit son arête nasale et la bougea avec lenteur. En même temps, il souffla fortement par le nez. Comme pour se moucher.

Tout ce qu'il obtint, ce fut un nouveau jet de sang.

Il prit son élan et frappa encore le rebord, visant à hauteur des yeux. Le choc lui traversa la tête. Une onde de douleur enflamma son crâne. Il réussit à rester debout mais n'eut pas le courage de se regarder dans le miroir. À demi évanoui, les yeux brûlés de larmes, il se pinça le nez, le tordit avec précaution, souffla. Rien.

Un autre coup. Nouvelle palpation. Rien. Un autre coup. Encore une manipulation. Il sentait ses os, ses cartilages brisés sous ses doigts. Rien.

Il n'y eut pas de cinquième fois.

Il s'était effondré sur le sol, inanimé.

Quand il se réveilla, il sentit d'abord le sang qui collait sa peau au linoléum. La douleur n'était pas si atroce. Plutôt un énorme engourdissement qui lui prenait toute la tête, lui compressait la boîte crânienne, dressant une barre noire devant ses yeux. Il se releva sur un coude. Son nez ne devait plus être qu'un trou sanglant. Il tendit son autre bras, attrapa le robinet et parvint à remonter jusqu'au niveau du miroir.

Du sang, partout. Sur la glace. Sur les murs. Au fond du lavabo. Il avait l'impression d'être un terroriste kamikaze, dont la bombe venait de lui exploser à la gueule. Il trouva le courage de se regarder dans la glace. Son visage n'était pas défiguré. Seul son nez était tuméfié et partait de travers. Un os avait crevé la peau et opéré une fissure dans la chair.

Peut-être que l'implant avait jailli par cette faille...

Maîtrisant sa nausée, il plongea sa main dans l'évier poisseux. Il palpa, tâtonna, trouva. La capsule était là, entre ses doigts gluants de sang. Une sorte de balle très fine de deux centimètres de long. Il fit couler dessus de l'eau froide et découvrit un tube chromé, sans trace de soudure ni de segmentation. Le toubib avait parlé de silicium : il ignorait ce que c'était. Mais le truc avait une allure futuriste, coulé en une seule pression. S'il s'agissait d'une micro-pompe, par où sortait le produit ? Dans tous les cas, un prodige de miniaturisation.

Il fallait analyser ce truc, l'étudier, le décrypter. Où ? À qui le donner ? Aucune réponse. Il le fourra dans sa poche, ouvrit la bonde, fit couler de l'eau glacée sur son visage. Alors que le froid anesthésiait ses os, il se pinça encore une fois le nez avec ses deux paumes plaquées et le remit en place d'un coup sec.

La dernière chose qu'il entendit, ce fut le craquement de ses os.

La seconde suivante, il était de nouveau évanoui.

Anaïs n'avait jamais vu un visage aussi terrifiant.

L'œil droit était rond, exorbité, à fleur de tête. Celui de gauche effilé, sournois, enfoui sous les chairs. Toute la figure partait vers la gauche. La bouche évoquait un rictus malsain, mais aussi une plaie béante. Un visage sous le signe du mal. Le mal qu'il faisait, le mal qu'il subissait…

Les dessins à l'encre de Chine rappelaient les illustrations des romans-feuilletons du début du xxᵉ siècle. Les méfaits de Fantômas. Les enquêtes d'Harry Dickson. Il fallait les regarder en transparence. Cette circonstance ajoutait encore à la violence maléfique de la scène. L'assassin semblait appartenir à une dimension spectrale, phosphorescente, de la cruauté. À genoux face à un corps démesuré et nu, il arrachait des organes sanglants d'une plaie béante. Aucun doute sur leur nature : une verge et des testicules.

Les deux radiographies représentaient la même scène, captée à des moments rapprochés. Derrière, on reconnaissait un pont parisien – Iéna, Alma, Invalides, Alexandre-III… – et les flots noirs de la Seine qui coulait au fond.

Anaïs frissonna. Elle tenait entre les mains les radiographies des deux autoportraits de Narcisse. Sous ses œuvres, le peintre avait retracé un sacrifice dont il avait été le témoin. Ou l'auteur. Au choix.

— Qu'est-ce que vous en pensez ?

Anaïs baissa les documents et considéra le commandant de police qui lui posait la question. Elle se trouvait dans les bureaux de l'OCLCO, l'Office central de lutte contre le crime organisé. Même dans la police, la connerie a ses limites. À 9 heures, ce matin, on l'avait emmenée au tribunal de grande instance de Paris. Le magistrat ne s'était pas montré particulièrement compréhensif mais il avait admis qu'elle possédait des informations de première importance concernant la fusillade de la veille. On l'avait donc emmenée à Nanterre, rue des Trois-Fontanot, afin d'être entendue par le chef de groupe responsable de l'enquête, le commandant Philippe Solinas.

Elle brandit ses menottes :

— On peut d'abord me retirer ça ?

L'homme se leva avec souplesse :

— Bien sûr.

Solinas était un grand gaillard d'une cinquantaine d'années, *plus flic tu meurs*, serré dans un costume noir au rabais. Tout son corps était le théâtre d'une lente transformation : celle des muscles de la jeunesse en embonpoint de l'âge mûr. Chauve, il portait, en guise d'éléments de substitution, des lunettes relevées sur le front et une barbe de trois jours, poivre et sel.

Une fois ses poignets libérés, Anaïs désigna les radiographies :

623

— Il s'agit de la représentation d'un meurtre qui a été commis à Paris, dans le monde des clochards.

— Dites-moi quelque chose que je ne sais pas déjà.

— Ce meurtre a eu lieu avant le printemps 2009.

— Pourquoi ?

— Ces tableaux ont été réalisés en mai ou juin de la même année.

Le commandant s'était replacé derrière son bureau. Épaules larges, mains nouées devant lui, prêt à plonger dans la mêlée. Anaïs remarqua son alliance : large, dorée. Il l'arborait comme un trophée. Ou comme un fardeau. Il ne cessait de la faire coulisser le long de son annulaire.

— Que savez-vous au juste sur cette affaire ?

— Quel deal avez-vous à me proposer ?

Solinas sourit. Son alliance allait et venait sur son doigt :

— Vous n'êtes pas en position de négocier, capitaine. J'ai parlé avec le juge. Le moins qu'on puisse dire, c'est que c'est mal barré pour vous.

— Je passe ma vie à trouver des compromis avec des malfrats. Je pense que vous pouvez faire un effort avec une flic. Je possède des informations cruciales sur ce dossier.

Il hocha la tête. La manière de batailler d'Anaïs, avec ses petits poings, semblait lui plaire.

— Quels seraient les termes de l'accord ?

— Tout ce que je sais sur l'affaire en échange de ma remise en liberté immédiate.

— Rien que ça.

— Je serais prête à accepter une conditionnelle.

Solinas ouvrit une chemise contenant des PV d'auditions. Son dossier. Pas trop épais. *Pas encore.*

Pendant qu'il survolait les documents, elle contempla le décor. La pièce était lambrissée de bois clair, rappelant une cabine de voilier. Des lampes filiformes rehaussaient l'atmosphère de touches lumineuses, en douceur.

— Chacun y trouvera son compte, poursuivit-elle. Vous aurez vos infos, j'aurai ma liberté. Ce n'est d'ailleurs pas contradictoire. Je peux vous aider pour la suite de l'enquête.

Le flic brandit une liasse de feuillets agrafés :

— Vous savez ce que c'est ?

Anaïs ne répondit pas.

— Votre suspension jusqu'à nouvel ordre.

— Je pourrais jouer le rôle de consultant extérieur.

Solinas glissa ses mains derrière sa nuque et s'étira.

— Tout ce que je peux faire, c'est vous donner trois jours, avant de filer le dossier au pénal et à l'IGS. En tant que flic, vous devez pouvoir bénéficier d'une remise en liberté provisoire, sous ma tutelle. Disons : « dans l'intérêt de la manifestation de la vérité ».

Il planta son index dans la surface du bureau :

— Mais attention, ma belle. Vos infos, c'est ici, maintenant, sans réserve. Si je m'aperçois que vous avez gardé le moindre truc pour vous, je vous l'enfoncerai jusqu'à la garde et la merde vous ressortira par les oreilles.

— Très élégant.

Il reprit sa position de demi de mêlée, attrapant son alliance à deux doigts :

— Tu te crois où ? chez Ladurée ?

— Qui me dit qu'une fois que je me serai mise à table, vous tiendrez votre engagement ?

— Ma parole de flic.

— Que vaut-elle ?

— Vingt-cinq ans de bons et loyaux services. L'opportunité d'un superbe coup de levier dans ma carrière. La perspective d'enculer mes petits camarades de la Crim. Mets tout ça dans la balance et regarde l'aiguille.

Ces arguments étaient bidon. La seule vérité dans ce discours, c'était qu'elle n'avait pas le choix. Elle était l'otage de Solinas.

— Je marche, fit-elle. Mais vous éteignez votre portable et votre ordinateur. Vous coupez la caméra au-dessus de votre tête. Vous ne prenez aucune note. Il ne doit rester aucune trace concrète de ce que je vais dire. Pour l'instant, rien n'est officiel.

Solinas se leva avec des airs de prédateur fatigué. Il déroula son bras et éteignit la caméra de sécurité. Il sortit son mobile, le déconnecta, le posa en évidence sur la table. Enfin, il se rassit, mit en veille son PC et ordonna sur sa ligne fixe qu'on ne le dérange plus.

Se carrant profondément dans son fauteuil, il demanda :

— Café ?

— Non.

— Alors, je t'écoute.

Elle déballa tout. Les meurtres chez les clochards. Le Minotaure à Bordeaux. Icare à Marseille. La cavale de Mathias Freire, alias Victor Janusz, alias Narcisse. Le profil pathologique du suspect, qui multipliait les fugues psychogènes. Sa volonté d'enquêter lui-même sur les meurtres au lieu de fuir la France. Une démarche qu'on pouvait prendre pour une preuve d'innocence, ou de perte de mémoire, ou des deux.

Anaïs parla une demi-heure et termina son discours, la bouche sèche, en demandant :

— Vous avez un peu d'eau ?

Solinas ouvrit un de ses tiroirs et posa sur le bureau une petite bouteille d'Évian.

— La rue Montalembert, pourquoi ?

Anaïs ne répondit pas tout de suite. Elle buvait à pleines gorgées.

— Dans une de ses vies, reprit-elle, Freire a été peintre. Narcisse. Un artiste souffrant de troubles psychiques. Il a été soigné à la Villa Corto, un institut spécialisé dans l'arrière-pays niçois.

L'évocation de la Villa Corto était un test. Solinas ne réagit pas. Il n'était donc pas au courant du carnage. Elle n'avait pas évoqué non plus cet épisode. À part Crosnier, personne n'était censé savoir qu'elle était passée par cette case.

— Narcisse peignait exclusivement des autoportraits. Freire a compris qu'il avait lui-même dissimulé sous le tableau un autre tableau. Ses toiles avaient été vendues par le biais d'une galerie parisienne. Il a rejoint Paris et s'est procuré les noms des acheteurs. Il s'est mis en quête des œuvres pour les radiographier. C'était le seul moyen pour découvrir le secret des toiles.

— Les acheteurs : ce sont les noms que vous avez donnés à Ribois ?

— Ribois ?

— Monsieur Muscles.

— C'est ça. Il a récupéré un autoportrait chez un collectionneur dans le XVIe arrondissement puis un autre rue Montalembert. Il s'est ensuite précipité dans le premier centre d'imagerie médicale pour découvrir le secret des tableaux. Les radiographies que vous venez de me soumettre.

Solinas saisit un des clichés et l'observa, l'orientant vers la baie vitrée. Il avait abaissé ses lunettes. Il ressemblait maintenant à un toubib en plein diagnostic.

— Ce meurtre appartiendrait à la série mythologique ? demanda-t-il en reposant le cliché.

— Aucun doute.

À ces mots, Anaïs eut une révélation. Le visage du tueur, tordu, sarcastique, était un masque. Une référence à une légende ? Elle aurait plutôt penché pour un objet ethnique. L'apparat d'une tribu primitive. Elle se souvint du témoignage du clochard à Bordeaux, Raoul : Philippe Duruy lui avait raconté que son tentateur était un homme au visage voilé. Le tueur jouait des rôles. Se glissait dans la peau de personnages de légendes.

Solinas demanda justement :

— Quel mythe cette fois-ci ?

— Je ne sais pas. Il faudrait se renseigner. À mon avis, les meurtres par castration, dans la mythologie grecque, ne doivent pas manquer. Mais l'urgence, c'est de retrouver la trace de ce meurtre, à Paris.

— Merci du conseil. Ça va être coton. Les clochards s'entre-tuent régulièrement.

— Avec émasculation ?

— Ils ne sont jamais à court d'idées. On va contacter l'IML.

Solinas reprit sa position de départ, arc-bouté sur son fauteuil. Nouveau jeu avec son alliance.

— Y a pas mal de trous noirs dans ton histoire, dit-il d'un ton sceptique. D'abord, comment toi, tu t'es retrouvée à Paris ?

Elle attendait cette question. Sa réponse passait par les deux tueurs Hugo Boss.

— Il y a un autre versant dans cette affaire, fit-elle après une hésitation.

— Faut tout me dire, ma petite.

Elle prit son élan et remonta au premier amnésique, Patrick Bonfils. Décrivit son élimination sur la plage de Guéthary, avec sa femme. Elle évoqua sa seule piste : le Q7 identifié sur les lieux du crime, appartenant à la société ACSP, membre de la constellation Mêtis.

— Mêtis, qu'est-ce que c'est ? là coupa Solinas.

Anaïs tenta une synthèse. Un groupe agronomique, devenu pharmaceutique dans les années 1980. Les liens obscurs entre ce secteur de recherche et les forces de défense françaises. Solinas haussait des sourcils incrédules. Elle revint à du concret. Le prétendu vol du Q7, conduit par deux tueurs expérimentés, qui lui avait permis, en lançant le traceur du véhicule, de retrouver les salopards, eux-mêmes sur les traces de Narcisse.

— C'est du roman, ton truc.

— Et les deux morts, rue Montalembert ?

— Il n'y a eu aucune victime lors de l'affrontement.

— Pardon ?

— Pas de cadavre en tout cas.

— Je les ai vus de mes yeux. Freire a fumé le premier. Il a poignardé le second.

— Si ces types ont le profil que tu décris, ils portaient des gilets pare-balles. Ton Narcisse n'a aucune expérience. Il a tiré sur le premier gars. Un miracle s'il l'a touché. D'ailleurs, son arme était chargée de munitions traditionnelles à faible pénétration. On a les douilles. Des chiures de mouches pour un gilet de Kevlar ou de carbone. Idem pour le couteau. Quand ton gars a planté son cran d'arrêt dans le torse du second, il n'a pas dû atteindre la deuxième couche de fibre.

— J'ai vu ces hommes de près, insista Anaïs. Ils portaient des costumes cintrés, ajustés au corps. Impossible qu'ils aient porté des gilets pare-balles là-dessous.

— Je te montrerai nos derniers modèles. Pas plus épais qu'une combinaison de plongée.

— Mais c'était bourré de flics ! Ça canardait dans tous les sens !

— Raison de plus. Ils ont dû profiter du chaos pour s'éclipser. Les premiers arrivés étaient des îlotiers. Tu peux imaginer leur expérience du combat. Quant à nous, on est arrivés trop tard. Il ne restait plus que toi et ton peintre cinglé.

Anaïs n'insista pas. C'était son tour de collecter des informations.

— Vous avez interrogé Narcisse. Que vous a-t-il dit ?

Solinas sourit avec ironie. Il avait repris son tic avec son alliance. Anaïs avait lu dans un magazine féminin que ce geste trahissait un fort désir de fuir son foyer conjugal.

— C'est vrai que tu es un peu retirée du monde, ces derniers temps.

— Quoi ?

— Ton chouchou nous a filé entre les pattes, cette nuit même.

— Je ne vous crois pas.

Le flic ouvrit un tiroir et lui tendit un télex de l'état-major. Le message d'alerte, adressé à tous les CIAT et autres postes de police de Paris, prévenait que Mathias Freire, appelé aussi Victor Janusz ou Narcisse, suspecté d'homicide volontaire, avait réussi à s'enfuir de l'Unité médico-judiciaire de l'Hôtel-Dieu aux environs de 23 heures.

Elle manqua crier de joie. Puis, dans un déclic de culasse, l'angoisse revint aussitôt. C'était un retour complet à la case départ. Si les mercenaires n'étaient pas morts, ils partiraient à nouveau à ses trousses. Solinas se pencha au-dessus de son bureau. Sa voix descendit d'une octave.

— Où on doit chercher ?

— Aucune idée.

— Il a des contacts à Paris ? Une filière pour fuir ?

— Il ne cherche pas à fuir. Il cherche à remonter ses identités successives. Il ne les connaît pas. Et nous non plus.

— T'as rien d'autre à me dire ?

— Non.

— Sûr ?

— Certaine.

Il se recula et ouvrit la chemise cartonnée :

— Alors, j'ai quelque chose pour toi.

Il posa un nouveau feuillet devant elle, le disposant dans le sens de la lecture.

— Qu'est-ce que c'est ?

— Ton ordre de transfert, signé par le juge. T'es écrouée, ma belle, au complexe pénitentiaire de Fleury-Mérogis. Effet immédiat.

— Qu... quoi ? Et... et votre parole ?

Solinas fit un signe rapide à travers le mur vitré qui donnait sur le couloir. Le temps qu'Anaïs réagisse, les menottes claquaient sur ses poignets, deux flics en uniforme la soulevaient de son siège.

— Personne n'est au-dessus des lois. Surtout pas une petite défoncée qui se prend pour une...

Le commandant n'acheva pas sa phrase. Anaïs venait de lui cracher au visage.

Il se réveilla avec une violente douleur entre les yeux.

Ou ce fut la douleur elle-même qui le réveilla.

Sensations. Son nez avait doublé de volume, occultant son champ de vision. Une poche de souffrance battait sous ses cartilages brisés, ne demandant qu'à crever en un hurlement. L'hémoglobine avait coagulé au fond de ses fosses nasales et de ses sinus maxillaires – il respirait avec difficulté. Ensuqué par son propre sang.

Au cœur de la nuit, il avait repris connaissance mais n'avait eu la force que d'éteindre la lumière et de s'écrouler, tout habillé, sur le lit. Sommeil noir.

Avec précaution, il se releva, s'y reprenant à plusieurs fois, avec des gestes mal assurés de convalescent. Il tituba jusqu'à la salle d'eau tout en réalisant qu'il faisait jour. Quelle heure était-il ? Il n'avait plus de montre. Il alluma le néon au-dessus du lavabo. Plutôt une bonne surprise. Son visage était tuméfié mais sans excès. L'arête du nez accusait plusieurs entailles croûtées de sang – les chocs du lavabo. Une blessure plus longue, plus profonde s'étirait sur le côté gauche – la faille par laquelle il avait pu accoucher de l'implant.

Par réflexe, il fouilla dans ses poches et le trouva. À l'idée que ce truc était greffé sous sa peau depuis des mois, il faillit défaillir une nouvelle fois. Il l'observa encore. Aucune faille, aucun relief. Si c'était une micro-pompe, il ne voyait pas comment elle agissait… Peut-être un matériau poreux qui laissait filtrer le produit ? Il replaça la pièce à conviction dans son pantalon.

Il fit couler de l'eau froide sur une serviette, la plaça sur son nez et retourna sur son lit. Ce simple mouvement provoqua une nouvelle vague de douleur. Il ferma les paupières et attendit. Les ondes de souffrance reculèrent, à la manière de plis disparaissant peu à peu à la surface d'un lac.

Malgré son état, sa résolution était intacte. Continuer le combat. Poursuivre l'enquête. Pas d'autre choix. Mais comment ? Sans un sou ? Sans allié ? Recherché par tous les flics de Paris ? Il balaya ces objections pour se concentrer sur ses nouvelles pistes.

D'abord rechercher les traces d'un meurtre par émasculation durant l'année 2009 à Paris, survenu sur les quais de la Seine. Aussitôt, il comprit qu'il n'avait aucun moyen, du fond de sa chambre, d'avancer dans cette direction. Il pensa ensuite à creuser du côté des mythes grecs comportant une castration. Il renonça aussi. Il lui aurait fallu trouver un cybercafé, une bibliothèque ou un centre de documentation. Il s'imaginait déjà en bras de chemise – il ne pouvait pas récupérer sa veste – errer dans les rues de Paris…

L'évidence. Il était emmuré vivant dans cette pièce tapissée de moquette orange. Sans la moindre perspective…

Lentement, une autre idée lui vint.

Les murs de ses fugues étaient poreux. Ils laissaient filtrer des leitmotive. Sa formation de psychiatre. Le souvenir d'Anne-Marie Straub. Son talent de peintre. Il avait tenté de remonter chaque filière. Il n'avait rien obtenu.

Restait pourtant la peinture. S'il avait été peintre dans une autre vie, il avait peut-être utilisé les mêmes produits, les mêmes techniques que Narcisse... Il revoyait les lignes serrées du petit carnet. La composition de ses pigments, les pourcentages de ses mélanges. Seul problème, il n'avait plus le document et il ne se souvenait plus de ces données...

Soudain, il se redressa. Corto lui avait expliqué que Narcisse, pour fabriquer ses couleurs, utilisait de l'huile de lin clarifiée – mais pas n'importe laquelle. Une huile industrielle qu'il commandait directement aux distributeurs. Des sociétés qui avaient plutôt l'habitude d'assurer des livraisons de plusieurs tonnes.

Il pouvait commencer par là. Les fournisseurs d'huile de lin de la capitale. S'il avait été peintre à Paris, il avait peut-être eu un contact privilégié avec un fournisseur de l'industrie chimique ou agro-alimentaire. On se souviendrait d'un peintre qui ne se faisait livrer que quelques bidons d'huile par an.

Sa chambre comportait un poste fixe. La ligne était connectée. Un réflexe le fit sourire. Il grimaça aussitôt de douleur. Ses muscles lui faisaient penser à des lambeaux organiques, déchirés et exposés au soleil. Son nez à un trou d'obus, crevant sa propre figure.

Il appela d'abord l'horloge parlante. 10 h 10 du matin. Puis il attaqua les renseignements téléphoniques. Sa nouvelle voix le surprit – nasale, caverneuse, étrangère. Il dut rappeler plusieurs fois le service pour obtenir, département par département, la liste des distributeurs d'huile de lin en Ile-de-France.

La table de chevet comportait un bloc portant le sigle de l'hôtel, l'Excelsior, et un crayon. Il nota les noms, les villes, les numéros de téléphone. La région parisienne en comptait une douzaine. Les villes étaient disséminées autour de la ceinture parisienne : Ivry-sur-Seine, Bobigny, Trappes, Asnières, Fontenay-sous-Bois…

Premier coup de fil. Narcisse expliqua qu'il était peintre et qu'il souhaitait se fournir directement auprès d'un site industriel. Le directeur commercial de la société Prochimie le dissuada gentiment. Ils fournissaient les producteurs de mastic, de vernis, d'encre industrielle, de linoléum… Rien à voir avec les toiles et les pinceaux. Pour ça, il fallait contacter les spécialistes en Beaux-Arts : Old Holland, Sennelier, Talens, Lefranc-Bourgeois…

Narcisse remercia le gars et raccrocha. Il composa le numéro de CDC, à Bobigny, spécialiste en cires, vernis et résines. Même réponse. Kompra, distribuant métaux et plastiques. Idem… Les noms, les voix se succédaient. Chaque fois, il réussissait à parler au directeur commercial qui lui servait la même chanson. Il devait s'orienter vers ceux qui vendaient par litres, et non par tonnes.

Il en était à son septième appel, réalisant la vanité de sa démarche et voyant se rapprocher le gouffre des heures à venir, quand son nouvel interlocuteur, de la société RTEP, spécialiste en huiles naturelles, demanda :

— Arnaud, c'est toi ?

Narcisse réagit au quart de tour :

— C'est moi.

— Bon Dieu, mais où t'étais passé ?

Il manipula ses parois nasales dans l'espoir de retrouver sa voix d'origine. Tout ce qu'il obtint, c'est un cri de douleur qu'il réussit à étouffer.

— J'ai voyagé, fit-il sourdement.

— T'as une drôle de voix. J'ai failli pas te reconnaître.

— J'ai la crève.

— Ça marche toujours la peinture ?

— Toujours.

Narcisse baissa les yeux : sa main libre tremblait. Sa cervelle crépitait sur un gril. Miracle ou erreur ? L'homme s'adressait-il vraiment à un autre de ses personnages ?

— T'appelle pour une commande ?

— Exactement.

— Comme d'habitude ?

— Comme d'habitude.

— Attends. Je vérifie dans mes archives.

Les touches d'un ordinateur claquèrent.

— Tu sais que j'ai toujours ta petite toile dans mon bureau ? glissa-t-il pendant sa recherche. J'ai un succès d'enfer auprès de nos clients. Ils ne veulent pas croire que notre boîte contribue à ce genre de trucs !

Il éclata de rire. Narcisse ne répondit pas.

— On te livre où, toujours à la même adresse ?

— Laquelle tu as gardée ?

— 188, rue de la Roquette, 75011 ?

Il y avait un dieu pour les fugitifs.

— C'est ça, répondit-il, tout en notant les coordonnées. Pour la commande, je te rappelle. Je dois vérifier exactement mes stocks.

— Pas de problème, Picasso. Il faut qu'on se fasse une bouffe !

— Sans faute.

Il raccrocha, sidéré par la magnificence de l'instant. Il sentait la poussière de la moquette lui picoter le visage alors que son nez brisé lui faisait monter encore les larmes aux yeux. Mais la victoire était là. L'huile de lin clarifiée l'avait mené à un autre lui-même. Sans doute même le prédécesseur direct de Narcisse…

Le 188, rue de la Roquette n'était pas l'adresse d'un immeuble mais d'un village d'anciennes usines rénovées en lofts d'artistes, bureaux de sociétés de production, ateliers de graphisme. Chaque bâtiment s'élevait sur deux étages et déployait ses verrières à lattes verticales avec une sorte d'orgueil lumineux. Les ruelles pavées se glissaient parmi ces blocs comme des ruisseaux de pierre, lustrés par le soleil.

Narcisse n'éprouvait aucune familiarité mais il ressentait la chaleur du site, le réconfort d'un monde à part, à la fois artisanal et familial.

— Nono ?

Il mit plusieurs secondes à saisir qu'on s'adressait à lui. Nono pour Arnaud… À vingt mètres, deux jeunes femmes fumaient sur le seuil d'un bâtiment. La pause cigarette.

— Comment ça va ? Ça fait longtemps qu'on t'a pas vu !

Narcisse s'efforça de sourire sans s'approcher. Il était en bras de chemise. Son nez tuméfié noircissait à vue d'œil. Les filles gloussèrent.

— Tu nous embrasses plus ?

— J'ai la crève.

— Où t'étais ?

— En voyage, fit-il en montant la voix. Des expos.

— T'as pas une super mine ! On t'a connu plus en forme !

Elles rirent encore, se poussant du coude. Il sentait chez ces jeunes femmes une excitation souterraine, une complicité moqueuse. Il se demanda s'il n'avait pas couché avec l'une ou l'autre. Ou avec les deux.

— Tu peux nous remercier. On a arrosé tes plantes !

— J'ai vu ça, dit-il pour donner le change. Merci !

Il s'enfonça dans la première ruelle qui s'ouvrait à lui, en espérant que c'était la bonne. Les filles ne firent aucune réflexion. Il était donc tombé juste. Cet accueil était inespéré. Il était bien Arnaud. Mais en admettant que ce personnage ait directement précédé Narcisse, cela faisait au moins cinq mois qu'il l'avait quitté…

Il ne s'attarda pas à ces considérations. Son cerveau était encore sous le coup d'une autre nouvelle. En marchant jusqu'à la rue de la Roquette, il s'était arrêté devant un kiosque et avait feuilleté les quotidiens, consultant la « une » et les pages des faits divers. Trop tôt pour qu'on évoque sa fuite de l'Hôtel-Dieu. On parlait seulement de la fusillade de la rue Montalembert.

Mais d'autres titres le frappèrent.

Une catastrophe qu'il aurait dû prévoir, à mille kilomètres de là.

« NOUVELLE BAVURE PSYCHIATRIQUE…

NOUVEAU DRAME EN HP DANS LA RÉGION DE NICE…

UN FORCENÉ TUE UN PSYCHIATRE ET DEUX INFIR-MIERS »…

Les gendarmes de Carros avaient découvert la veille, aux environs de 9 heures, les cadavres de Jean-Pierre Corto et de deux infirmiers dans le bureau du psychiatre. Selon les premiers résultats de l'enquête, le médecin avait été longuement torturé.

— Vous l'achetez ou quoi ?

Narcisse n'avait pas répondu au kiosquier. Il avait pris la fuite. Il était le maudit. Il était *Le Cri* d'Edvard Munch. Comment avait-il pu penser que les tueurs se contenteraient de « passer » à la Villa Corto ? *Le médecin avait été longuement torturé.* Cette seule idée lui tordait l'estomac, lui crevait le cœur. La culpabilité lui remontait dans la gorge sous forme d'une bile acide. Partout où il passait, la destruction et la violence se déployaient. Il était un *blitzkrieg* à échelle humaine.

Mais aussi, comme toujours, l'instinct de survie murmurait sous l'horreur. Pas une phrase n'évoquait la présence de Narcisse à la Villa Corto ces deux derniers jours. Il revoyait les artistes pensionnaires de l'institut : aucune chance que leur témoignage fasse avancer l'enquête. D'ailleurs, ce qu'il avait lu laissait entendre que les gendarmes s'orientaient vers une crise de folie intra-muros : on allait donc chercher le suspect parmi les peintres de la villa. Narcisse souhaitait bonne chance aux enquêteurs.

Il lisait à la sauvette les noms sur les boîtes aux lettres des ateliers. Pas l'ombre d'un « Arnaud ». L'artère s'achevait par une façade en verre, à moitié dissimulée par des bambous, des lauriers, des troènes. Les plantes de Nono ? Il plongea parmi les feuillages et trouva la boîte aux lettres. Une étiquette indiquait : ARNAUD CHAPLAIN.

Du courrier s'entassait dans la boîte. Il jeta un rapide coup d'œil à la liasse : les lettres étaient toutes adressées à Arnaud Chaplain. Des enveloppes administratives, des courriers bancaires, des publicités, des offres d'abonnements, des promotions envoyées par des sociétés de marketing. Rien de personnel.

Il souleva les pots de terre l'un après l'autre, en quête d'une clé cachée. Il n'était plus à un coup de chance près. Il ne trouva rien. À défaut de coup de chance, restait le coup de poing. Dissimulé derrière les bambous, il frappa avec violence la latte de verre la plus proche du châssis de la porte. Au troisième essai, la vitre claqua puis s'effondra à l'intérieur de l'atelier.

Narcisse passa son bras, ouvrit le verrou, actionna la poignée.

Il pénétra dans le loft, buta sur une nouvelle pile de courrier au sol, et referma la porte avec soin.

Des rideaux de tissu étaient tirés le long des vitres. Il était à l'abri de tous les regards. Il fit volte-face et respira avec émotion l'air chargé de poussière.

Il était chez lui.

C'était une grande pièce d'un seul tenant, couvrant plus de cent mètres carrés. Une structure en métal riveté soutenait une haute verrière. Le sol était en béton peint gris. À gauche et à droite, des structures maçonnées en briques cadraient l'espace. Celle de gauche supportait un timbre d'office en pierre et des plaques électriques, assorties d'un réfrigérateur et d'un lave-vaisselle. Celle de droite égrenait d'innombrables tubes de couleurs, palettes, produits chimiques, bacs aux teintes desséchées et aux croûtes pétrifiées, cadres, toiles roulées...

Un détail attira l'attention de Narcisse. Au fond du loft, sous une mezzanine, une table d'architecte inclinée s'appuyait sur une autre verrière, dont la vue était dissimulée par des bambous. Il s'approcha. Des dessins publicitaires, des « roughs » étaient encore visibles, au feutre ou au fusain. Certains étaient même encadrés et fixés au mur, au-dessus de la table.

Chaplain n'était donc pas peintre à plein temps. Il était aussi illustrateur et directeur artistique dans la pub. D'ailleurs, il n'y avait pas ici la moindre toile, la moindre esquisse qui aurait pu lui révéler quel genre de tableaux il peignait. Quant aux esquisses publicitaires, elles ne portaient ni logo, ni nom de marque. Impossible de deviner pour qui bossait Chaplain le « DA ». Une seule certitude : il travaillait à la maison – en free-lance.

Il revint au centre de la pièce. Des lampes new-yorkaises, coupoles en aluminium brossé, surplombaient l'espace. Des tapis aux motifs abstraits égayaient le sol. Des meubles de bois verni, sans ornement, tendaient leurs lignes épurées dans les coins. On était loin de Janusz le clodo ou de Narcisse le peintre fou. Avec quel fric Chaplain s'était-il payé tout ça ? Son boulot de publicitaire suffisait-il à honorer ces factures ? Vendait-il des toiles aussi chères que celles de Narcisse ?

D'autres questions, *en rafales*.

Combien de temps Narcisse avait-il été Chaplain ? Depuis quand louait-il ce loft ? Qui avait payé durant ses mois d'absence ? Il revint vers la porte où il avait posé le courrier accumulé. À travers les fenêtres des enveloppes, il devinait les envois administratifs, les demandes de cotisation, les lettres de rappel, les récapitulatifs de factures. Compagnies d'assurances. Banque. Abonnements téléphoniques… Avant d'ouvrir ces plis, il se décida pour un tour du propriétaire.

Il commença par la cuisine. Un comptoir de bois peint, des rangements chromés, des robots dernier cri. Tout était impeccable, quoique voilé de poussière. Chaplain était du genre maniaque. Avait-il une femme de ménage ? Avait-elle les clés du loft ? Il était sûr que non. Il ouvrit le réfrigérateur et découvrit des restes de nourriture, largement pourris, malgré l'effet du froid. Comme tout voyageur sans bagage, il était parti sans savoir qu'il ne reviendrait pas.

Il fouilla le tiroir du congélateur. Dans des sacs craquants de cristaux, des dimsums, des haricots verts, des pommes de terre sautées… La simple vue de ces aliments pétrifiés fit gargouiller son estomac. Il sortit les dimsums de leur conditionnement, les fourra directement dans le micro-ondes. Par réflexe, il ouvrit d'autres placards, trouva de la sauce soja, de la sauce chili. En quelques minutes, il avait dévoré toutes les bouchées vapeur, tournées et retournées dans les sauces versées dans des tasses à café.

Une fois repu, sa première envie fut de vomir – il avait mangé trop vite. Il se retint. Il avait besoin de forces, d'énergie : la partie continuait. Il plaça l'assiette vide et les tasses dans l'évier de pierre. Il reprenait les vieux mécanismes du célibataire.

Il contourna la cuisine et attrapa l'escalier en fer. La rampe était constituée par des câbles d'acier qui rappelaient des filières de voilier – à moins que cela ne soit *vraiment* des filières récupérées.

La passion pour la voile se confirma au premier étage. Des photos noir et blanc de voiliers anciens étaient suspendues aux murs. Des maquettes, avec coques de bois verni, ponctuaient le bord de la mezzanine. Pour le reste, un grand lit avec des draps noirs et une couette orange faisaient face à un écran géant. À droite, des portes de bois brun, cérusé, abritaient des rangements.

Narcisse les inspecta. Chemises de lin. Jeans et pantalons de toile. Costumes de marque… Les chaussures étaient au diapason. Boots Weston, mocassins Prada,

« loafers » Tod's… Chaplain était un dandy moderne, à l'élégance ostentatoire.

Il passa dans la salle de bains, située derrière une paroi de verre feuilleté. Les murs, tapissés de zinc sombre, donnaient l'impression de pénétrer dans une citerne, pure et fraîche. Au-dessus du double lavabo des mitigeurs « chutes d'eau » remplaçaient les robinets traditionnels. À chaque pas, Narcisse se posait la même question : d'où provenait le fric qui avait payé tout ça ?

Il se décida pour une douche presque froide. Dix minutes sous les rais crépitants le lavèrent du sang, de la violence, de la peur des dernières vingt-quatre heures. Il sortit de là avec un étrange sentiment de force et d'innocence retrouvées. Il chercha parmi les produits de soin de quoi désinfecter ses plaies. Il ne trouva que du parfum, *Eau d'Orange verte* d'Hermès. Il en aspergea ses plaies, fixa sur son nez plusieurs pansements puis se choisit une tenue *casual* à la Chaplain. Pantalon de jogging Calvin Klein, tee-shirt et veste de molleton à capuche Emporio Armani.

Il commençait à savourer l'environnement familier de l'artiste quand il aperçut, au pied du lit, le répondeur d'une ligne fixe. Il s'assit sur la couette et observa la machine. La mémoire était saturée. Chaplain avait donc des amis qui s'étaient inquiétés de son absence. Il appuya sur la touche lecture, sans se soucier de laisser ses empreintes – elles étaient partout, et depuis longtemps.

Il s'attendait à des appels inquiets, des voix angoissées. Il eut droit à un gloussement de jeune femme :

— Bah Nono, qu'est-ce que tu fous ? Tu boudes ou quoi ? C'est Audrey qui m'a donné ton fixe. Rappelle-moi !

Le rire, la voix lui rappelèrent les minauderies des deux fumeuses du premier atelier. Narcisse regarda l'écran. L'appel datait du 22 septembre. Le deuxième appel était un miaulement, ou presque. Il datait du 19 septembre.

— T'es pas là, bébé ? chuchota une voix de satin. C'est Charlene. On n'a pas fini, tous les deux…

Le troisième message était du même tissu, daté du 13 septembre :

— Nono ? J'suis avec une copine, là, on s'demandait si on pouvait passer te voir… Rappelle-nous !

Éclats de rire. Baisers claquants. Les messages continuaient ainsi à rebours, toujours sur le même registre. Pas une seule fois, une voix d'homme ne retentit. Pas une seule fois, un appel ordinaire, c'est-à-dire neutre ou calme, encore moins inquiet.

Il considéra encore le décor qui l'entourait. Les voiliers. Les fringues de marque. La couette orange, les draps noirs. La salle de bains design. Il révisa son jugement. Il n'était pas dans un atelier d'artiste mais dans un piège à filles. Il n'était pas chez un peintre solitaire, torturé, à la Narcisse. Nono était un séducteur, un chasseur. Il semblait avoir réussi, par une combine quelconque, à gagner beaucoup d'argent. Il passait le reste de sa vie à le dépenser avec des partenaires consentantes. On était loin de l'homme en quête de son passé.

Soudain, une voix sérieuse et glaçante jaillit de la machine :

— Arnaud, c'est moi. Rendez-vous à la maison. Ça commence à craindre. Je flippe.

Tonalité. Narcisse regarda la date. 29 août. L'heure. 20 h 20. Encore une femme, mais la voix n'avait rien à voir avec les roucoulements précédents. Il ne s'agissait plus de « Nono » mais de « Arnaud ». L'ordre ne sonnait plus comme une promesse sexuelle mais comme un appel au secours.

C'était le dernier appel enregistré. Donc, chronologiquement, le premier. 29 août. Corto avait dit : « On t'a récupéré à la fin du mois d'août, aux abords de la sortie 42 de l'autoroute A 8. La sortie Cannes-Mougins… »

Il se repassa plusieurs fois le message. C'étaient ces mots qui l'avaient fait sortir pour la dernière fois de chez lui. Il n'était plus jamais revenu dans son loft. Les appels suivants avaient retenti dans le vide. Nono était mort en rejoignant cette femme. Sur la route de Cannes, il était devenu Narcisse…

La femme habitait-elle Cannes ? Ou l'avait-il vue à Paris avant de fuir vers la Côte d'Azur ? Avait-il subi une crise *avant* de la rejoindre ? Non. S'il avait manqué son rendez-vous, elle l'aurait rappelé sur ce répondeur. Il l'avait donc vue et leur rencontre s'était soldée par une séparation définitive.

À moins qu'il ne soit arrivé trop tard…

Il scruta l'écran numérique. Le numéro était protégé. Une autre question le taraudait. Son réseau de connaissances était impressionnant. D'où sortait-il ces conquêtes ? Quel était son territoire de chasse ?

Toujours assis sur le lit, il aperçut, sous une verrière mansardée, un petit bureau de bois verni, style notaire début du XXᵉ, qui supportait un MacBook. D'un coup, il sut qu'il avait trouvé *l'arme du crime*. Nono chassait sur Internet.

Il s'installa devant l'écran et, tandis qu'il allumait l'ordinateur de la main gauche, il tira une lourde tenture sur la verrière afin de se protéger de la lumière. D'instinct, il sut qu'il avait fait mille fois ce geste.

Le Mac se mit à ronronner et lui demanda un mot de passe. Sans hésiter, Narcisse tapa NONO. Le programme lui répondit que le password exigeait un minimum de six signes. Il frappa NONONO, pensant au même instant aux paroles d'une vieille chanson de Lou Reed : « *And I said no, no, no / oh Lady Day…* » La session s'ouvrit. Il cliqua sur Safari et consulta l'historique de ses dernières connexions.

D'un coup, il plongea dans un autre monde. L'univers du web 2.0, celui des réseaux sociaux, des sites de rencontres, des labyrinthes virtuels. Durant les dernières semaines de son existence, Nono avait surfé à tout-va, multipliant les contacts, les tchats, les messages… Les logos défilaient. Facebook, Twitter, Zoominfos, 123people, Meetic, Badoo ou Match.com…

Nono cherchait et s'exposait à la fois, chasseur et proie volontaire. D'après les horaires de consultation, il passait ses nuits à converser sur le Net, adoptant un ton rigolard, sérieux, amical ou lubrique selon ses interlocutrices.

Narcisse se dit que, derrière cette quête compulsive, Chaplain cherchait peut-être quelque chose, ou quelqu'un, *précisément*. Il nota les noms des différents sites consultés et fila sur leur page d'accueil. Nono sollicitait autant les réseaux dédiés aux rencontres sérieuses que les adresses à caractère purement sexuel, du type : « Tu cliques, tu niques. » Narcisse découvrait même des systèmes dont il n'avait jamais entendu parler. Comme celui qui vous alertait sur votre téléphone portable quand la « femme de votre vie » passait à moins de quinze mètres de vous, ou celui qui vous permettait d'identifier dans l'instant l'immatriculation d'une voiture conduite par une beauté sur laquelle vous veniez de flasher.

Il revint aux messages envoyés ou reçus par Nono, tous sites confondus. Il avait du mal à suivre. Les tchats, les messages étaient bourrés de fautes d'orthographe ou d'abréviations dont il devinait à peine la signification : « dsl » pour « désolé », « mdr » pour « mort de rire »… La lecture était encore opacifiée par des smileys qui jaillissaient sans rime ni raison. Toute cette littérature impliquait une fièvre, une excitation, mais aussi une solitude qui accablait Narcisse. Il n'était pas sûr de vouloir remonter de telles traces.

Pourtant, il fit une découverte. À l'évidence, un site intéressait Nono plus que les autres. Sasha.com, organisateur de speed-dating, ces soirées où des célibataires se rencontrent en série, disposant seulement de quelques minutes pour se séduire. L'accroche du site était claire : « Sept minutes pour changer de vie. »

Le site proposait un forum où on pouvait se présenter et esquisser des premiers dialogues avant d'effectuer les vraies rencontres dans un lieu public – les tchateurs parlaient de « dates » dans la « real life ».

Sans hésiter, Narcisse se connecta.

À l'instant où il écrivit les premiers mots, il sut qu'il réintégrait son identité précédente :

— C'est Nono, : –). Je suis de retour !

IV

NONO

— Chatelet. T'as de la visite.

Anaïs ne réagit pas. Elle était allongée sur son lit, prostrée, à observer son numéro d'écrou, seule dans sa cellule de 9 m². Cette solitude était un luxe, même si elle n'avait rien demandé. Son lit, la table et le siège étaient mobiles. Un autre luxe : elle n'avait pas été transférée en quartier de haute sécurité où tout est rivé au sol.

Ses seules distractions avaient été, la veille, un voyage en fourgon cellulaire, un entretien avec l'assistante sociale, puis avec la chef de détention qui lui avait expliqué le règlement intérieur. Elle avait eu droit aussi à une mise à nu, une visite médicale, assortie d'un prélèvement vaginal. Rien à signaler. Sauf que la toubib avait rédigé une note à propos de ses bras mutilés.

— Ho, t'entends quand on te parle ?

Anaïs s'arracha de son lit gigogne – elle avait pris celui du haut. Engourdie de froid, elle regarda sa montre – on la lui avait laissée. Encore une faveur. À peine 9 heures du matin. Il lui semblait que son cerveau était coulé dans du béton, celui qui composait les gigantesques blocs en polygone de Fleury-Mérogis.

Docilement, elle suivit la matonne. Chaque segment était marqué par une porte verrouillée. Sous les lumières brisées, elle contemplait distraitement les murs, les sols, les plafonds. À la MAF, la Maison d'arrêt des femmes, tout était gris, beige, atone. Une forte odeur de détergent couvrait tout.

Nouveau déclic.

Nouvelle porte.

À cette heure, son visiteur ne pouvait être qu'un flic ou un avocat.

De l'officiel.

Nouveau couloir.

Nouvelle serrure.

Portes closes, brouhaha des télévisions, effluves âcres de la vie confinée. Certaines détenues étaient déjà en salles de travail. D'autres déambulaient en toute liberté – privilège de la MAF. Des gardiennes en blouse blanche poussaient des landaus en direction de la crèche. En France, les femmes qui accouchent en prison peuvent garder auprès d'elles leur enfant jusqu'à l'âge de 18 mois.

Commande électronique. Portique de détection. Présentation du numéro d'écrou. Anaïs se retrouva dans un couloir ponctué de bureaux vitrés, protégés par des grilles. Chaque pièce comportait une table et deux chaises. Les portes étaient en verre feuilleté.

Derrière l'une des vitres, Anaïs aperçut son visiteur.

Solinas, avec ses lunettes en visière sur son crâne chauve.

— Vous manquez pas d'air, fit-elle lorsqu'elle fut devant lui.

La porte claqua dans son dos. Solinas ouvrit un cartable à ses pieds.

— On peut se tutoyer.

— Qu'est-ce que tu veux, enculé ?

Sourire. Solinas plaça un dossier à couverture verte sur la table :

— Je reconnais là la qualité de nos relations. Assieds-toi.

— J'attends ta réponse.

Il plaqua sa paume sur le dossier :

— La voilà.

Anaïs attrapa une chaise et s'installa :

— C'est quoi ?

— Le client que tu recherches. Un clochard émasculé, découvert le 3 septembre 2009, sous le pont d'Iéna, côté rive gauche.

Tout lui revint. Les dessins de Narcisse. Le visage dissymétrique. La hache de silex. Le corps mutilé. Elle ne connaissait pas bien Paris mais elle n'était pas tombée loin en identifiant le pont.

— Pourquoi m'apporter ça ?

Il tourna le dossier et le poussa vers elle :

— Jette un œil.

Elle ouvrit la chemise cartonnée. Une procédure complète. Photos, plans, rapport d'autopsie, actes d'enquête... Elle feuilleta d'abord la liasse de photos couleurs, format cartes postales. L'homme était nu, allongé sous la voûte obscure du pont, l'entrejambe noirâtre. Le corps paraissait démesurément long. La blancheur de la peau, par contraste avec le sol crasseux, semblait luminescente. Elle se demanda si cette pâleur était le signe qu'on lui avait volé du sang. Son visage était invisible, coincé sous des gravats, dans l'angle de l'arche.

— Vous l'avez identifié ? demanda-t-elle d'une voix à peine audible.

— Hugues Fernet, 34 ans. Bien connu de nos services. Il avait participé aux manifestations des Enfants de don Quichotte, en 2007 et 2008. Une grande gueule. Non seulement il en foutait pas une mais il militait pour ses droits de feignasse.

Anaïs ne releva pas la provocation. Le flic n'attendait que ça.

— L'enquête ?

— Rien. Aucun indice, aucun témoin. C'est la Fluv' qui l'a repéré, à l'aube. On a eu le temps de l'embarquer avant que les touristes ne pointent leur nez sur les bateaux-mouches.

Gros plans de la plaie. Le bas-ventre était grossièrement mutilé. On avait utilisé un outil barbare. La hache que Narcisse avait dessinée à la plume. L'arme jouait forcément un rôle dans le rituel du crime. Sans doute l'évocation d'un fait mythologique.

Elle revit aussi la seconde illustration – quand le tueur au visage déformé lançait les organes génitaux dans la Seine. Un geste qui possédait une portée symbolique. Comment Narcisse connaissait-il ces détails ? Était-il le tueur ?

— Qui a été saisi ? La Crim ?

— Pour un SDF ? Tu rêves. La 3e DPJ s'est chargée de l'affaire.

— Qu'est-ce qu'ils ont trouvé ?

— Que dalle, je te dis. Les PV sont là. Porte-à-porte, fouilles, analyses, quelques auditions de clodos pour la forme et basta. Règlement de comptes entre loqueteux. Affaire classée.

— La mutilation n'a pas éveillé d'autres soupçons ?

— Les SDF sont capables de tout. Pas de quoi s'affoler.

— À l'intérieur du corps, il manquait du sang ?

— La plaie a pas mal coulé.

— Non. Je parle d'une extraction volontaire d'un litre ou plus.

— Jamais entendu parler de ça.

Anaïs feuilletait les documents. Dans un coin de la chemise, elle aperçut le nom du juge, Pierre Vollatrey. Elle songea aux deux autres meurtres. Icare et sa magistrate à Marseille, Pascale Andreu. Le Minotaure et son juge à Bordeaux, Philippe Le Gall. Ce n'était plus une affaire mais une association de magistrats.

— Et maintenant ? Vous allez rouvrir l'enquête ?

— Va d'abord falloir convaincre le Parquet. Ils doivent retrouver leurs petits dans ce merdier. Il faudrait pouvoir leur démontrer que ce meurtre cadre dans la série Icare et Minotaure.

— Ce qui signifie trouver la légende à laquelle l'assassinat fait référence.

— Exactement. Pour l'instant, deux illustrations, ça fait un peu court pour réamorcer la machine.

Anaïs comprit le message implicite :

— Tu comptes sur moi pour identifier ce mythe ?

— Je me disais qu'ici, t'avais pas mal de temps. (Il planta ses yeux dans ceux d'Anaïs.) C'est pas parce qu'on t'a bouclée que j'accepte pas ta proposition.

— Ma proposition ?

— Travailler ensemble.

— Ici ?

— Le terrain, c'est râpé pour toi, ma belle. Mais pour la gamberge, ta position est idéale.

Anaïs devina qu'elle avait une carte à jouer :

— Où en est mon dossier ?

— Le juge va te convoquer.

Elle se pencha d'un coup au-dessus de la table. Solinas recula : il n'avait pas oublié le crachat de la veille.

— Fais-moi sortir de là, souffla-t-elle.

— Trouve-moi le mythe.

La messe était dite. Les monnaies d'échange claires.

— Pour l'instant, qui est sur le coup ?

— L'OCLCO. C'est-à-dire moi. L'affaire qui nous intéresse est une fusillade rue Montalembert.

Elle attrapa plusieurs photos :

— Et ça ?

Solinas sourit :

— Si on met en évidence un lien entre les trois meurtres, il sera toujours temps d'alerter la Crim. Mais peut-être qu'on aura déjà repéré le tueur. À l'idée de les prendre de vitesse, j'ai le gourdin, ma belle. Le vrai problème, c'est la Brigade des fugitifs qui va se mettre sur le coup de Janusz.

Solinas prenait ses désirs pour des réalités. Dans tous les cas, l'affaire lui échapperait. Ce qu'il espérait, c'était un coup d'éclat. Et pour cela, il avait besoin d'elle. Non pas pour faire quelques recherches sur l'Antiquité grecque mais pour analyser chaque élément, recoller les fragments, poursuivre l'enquête qu'elle avait commencée à Bordeaux.

Elle baissa les yeux sur les clichés. Un détail lui sauta au visage :

— Ce type était très grand, non ?

— Deux mètres 15 environ. Y devait avoir une bite comme un sabre. Un monstre. Ce qui exclut le crime crapuleux pour lui braquer ses fringues. À moins de vouloir se coudre une tente.

— On a retrouvé des traces d'héroïne dans ses veines ?

— On peut rien te cacher.

— Un junk ?

— Plutôt un alcoolo.

Il n'y avait plus aucun doute. Un troisième sur la liste de l'assassin de l'Olympe. Et une supposition qui gagnait encore un point. Le pouvoir de persuasion du tueur – il avait convaincu le géant de se faire un shoot fatal. Par association, elle se souvint que Philippe Duruy avait parlé d'un homme voilé, d'un lépreux. La gueule de travers du dessin revint cingler sa mémoire. Plutôt un ornement ethnique qu'un masque de tragédie grecque.

Elle ferma la chemise, sentant encore et toujours une cohérence confuse derrière tout ça sans pouvoir mettre le doigt dessus.

— Ça marche, dit-elle. Je te rappelle ce soir.

Solinas souleva sa masse et saisit son cartable :

— Tu verras le juge demain.

Il se réveilla sur la couette orange. Il portait encore son pantalon de jogging et sa veste à capuche. Il se sentait bien. À l'abri. Protégé par cet atelier qu'il ne connaissait pas mais qui le connaissait bien. Il ouvrit les yeux et observa, au-dessus de sa tête, l'armature rivetée. Il songea à la tour Eiffel. Il songea à des bouquins de Zola dont il avait oublié les titres, où des hommes vivaient, dormaient et travaillaient dans des ateliers de ce genre. Pour quelques jours, il allait être un de ces hommes.

Il se redressa parmi des feuilles manuscrites éparses. Tout lui revint. Ses notes nocturnes. Internet toute la nuit : Sasha.com et les autres sites de rencontres. Les dernières connexions de Chaplain. Les noms – que des pseudos – et des croisements. Il n'avait rien obtenu. Il avait ensuite cherché dans le loft un agenda, un carnet d'adresses mais n'avait rien trouvé non plus. Il s'était endormi aux environs de 4 heures du matin.

Au fil de ses tchats, sa conviction s'était renforcée. Nono n'était pas un dragueur, un obsédé du sexe ou un solitaire en peine. Il menait une enquête. Toujours la malédiction du voyageur sans bagage. Pour une raison qu'il ne pouvait encore imaginer, son personnage s'était orienté sur le *matchmaking*. Une hypothèse : à travers le labyrinthe de la toile, il cherchait une femme.

Mais impossible de dire laquelle. Toute la nuit, il avait vu défiler des pseudos. Nora33, Tinette, Betty14, Catwoman, Sissi, Stef, Anna, Barbie, Aphrodite, Nico6, Finou, Kenny… Il avait relu les dialogues ineptes, les provocations sexuelles, les paroles douces, de l'amour dans tous ses états, du désir le plus brut aux espoirs les plus évanescents.

L'ensemble lui avait laissé un sentiment ambigu. Nono donnait l'impression d'une grande gueule qui ne passait jamais à l'acte. Systématiquement, après un premier rendez-vous, les interlocutrices le relançaient sans qu'il daigne répondre. Chaplain n'était même pas sûr qu'il se soit déplacé. Seule exception : Sasha.com, le site de speed-dating. Chaque soir, ou presque, Nono se rendait aux soirées Sasha. Des bars. Des restaurants. Des boîtes. Il pouvait suivre le périple du chasseur grâce aux messages qui donnaient l'adresse de rencontre aux « sélectionnés ». Le problème était qu'il ne possédait aucune trace de ce qui s'était passé dans la « real life ».

Restaient les appels sur son répondeur. Il pouvait rappeler ces femmes, les voir, les interroger. Peut-être découvrirait-il, à travers leurs témoignages, la nature de sa propre quête. Mais il ne tenait pas à renouer avec ces rencontres d'un soir.

Une seule femme l'intéressait, celle du 29 août.

Arnaud, c'est moi. Rendez-vous à la maison…

Il devait repartir à zéro. Se rendre aux soirées Sasha.com. Suivre, encore une fois, le sillage de son ombre. Découvrir ce que son double avait cherché, et chercher à son tour…

Cette nuit, il avait laissé des messages sur le forum. Il consulta sa boîte aux lettres. Il était retenu pour la « date » du soir même, au Pitcairn, un bar situé dans le Marais. Il n'était pas certain que beaucoup de candidats sachent ce qu'était « Pitcairn » mais lui le savait : l'île du Pacifique où les révoltés du *Bounty* s'étaient installés. Encore aujourd'hui, une colonie s'y réclamait de ces illustres ancêtres. Il imaginait déjà l'atmosphère insulaire et tropicale du lieu…

Salle de bains. L'état de son nez s'améliorait. La tuméfaction se résorbait. Les blessures cicatrisaient. Mais il n'avait pas la tête idéale pour une soirée drague. Au moins, cette quête serait plus glamour que ses deux dernières virées au fond de lui-même. Après les clochards et les peintres fous, il allait s'immerger parmi les femmes célibataires.

Il tentait de plaisanter, de prendre les choses à la légère, mais ce qui lui revenait maintenant, c'était l'assassinat de Jean-Pierre Corto, les coups de feu rue Montalembert, les chocs de l'évier contre son visage…

Il descendit et se prépara un café. 10 heures du matin. Tasse à la main, il ramassa le courrier qu'il avait laissé sur le comptoir de la cuisine et s'installa dans le canapé du salon. Il écarta les mailings, offres d'abonnement et autres publicités, pour ouvrir les plis administratifs. Son absence avait provoqué moins de remous qu'on aurait pu imaginer. La banque lui envoyait ses relevés. Le syndic immobilier le relançait pour le paiement de son loyer – 2 200 euros par mois – sans être véritablement menaçant. Un contrat d'assurance était en souffrance. Pour le reste, tout était directement prélevé sur son compte largement créditeur.

Son dernier relevé de banque affichait un crédit de 23 000 euros. La somme était spectaculaire. Il fouilla dans l'atelier et trouva ses relevés antérieurs. Il avait ouvert son compte à la HSBC en mai dernier. Depuis, son crédit tournait toujours autour de ces chiffres. Pourtant, Chaplain ne recevait aucun virement, ne déposait aucun chèque. D'où provenait ce fric ? À l'évidence, il versait lui-même des sommes de cash à son agence. 2 000 euros. 3 000 euros. 1 700 euros. 4 200 euros… Quel que soit son boulot, il se faisait payer au black.

Un bref instant, il se dit qu'il était gigolo. Mais le ton des messages, la nature des échanges avec ses partenaires ne trahissaient pas des relations tarifées. Une chose était sûre : il n'était ni dessinateur publicitaire, ni même peintre. Sa table à dessin, son atelier : tout ça sentait le décor, comme les cartons que Freire avait entreposés dans son pavillon. Qui était-il vraiment ? Comment gagnait-il sa vie ?

Un détail lui revint à l'esprit. La conversation avec le directeur commercial de la société RTEP. Il commandait régulièrement des litres d'huile de lin clarifiée. Simple mise en scène ou utilisait-il *vraiment* ce produit ? Chaplain avait besoin de ces stocks pour se livrer à une autre activité. Mystérieuse. Lucrative. Chimique. Fabriquait-il de la drogue dans une cave ?

Cette activité payée en cash, quelle qu'elle soit, lui laissait espérer que de l'argent liquide était planqué quelque part dans le loft. Il monta d'abord sur la mezzanine – on cache ce qui est précieux au cœur de son intimité, au plus près de soi. Il déplaça les cadres, en quête d'un coffre. Souleva le lit. Fouilla la penderie. Retourna le bureau. Rien.

Il s'arrêta sur la flottille des maquettes, posées en bordure de la mezzanine. Chaque modèle mesurait entre 70 et 100 centimètres. D'un coup, il eut la conviction que l'argent était à l'intérieur d'une des coques... Avec précaution, il saisit le premier navire, un AMERICA'S CUP J-CLASS SLOOP selon la plaque de laiton gravée sur son socle. Il souleva le pont. La coque était vide. Il replaça le bateau puis s'attaqua au second – un douze mètres prénommé *Columbia*. Vide lui aussi. Le *Gretel*, du Royal Sydney Yacht Squadron, le *Southern Cross*, du Royal Perth Yacht Club, le *Courageous* du New York Yacht Club filèrent sous ses doigts. Tous vides.

Il commençait à douter de son intuition quand il fit basculer le pont du *Pen Duick I*, le premier voilier d'Éric Tabarly. Au fond, des liasses de billets de 500 euros. Chaplain réprima un cri de joie. Il plongea sa main dans la manne et remplit nerveusement ses poches. Un mot résonna plus fort que les autres : drogue...

Nono multipliait peut-être les rencontres pour mieux fourguer sa marchandise... Soudain, il songea au modus operandi du tueur – de l'héroïne pure injectée dans les veines de ses victimes. Il chassa cette nouvelle convergence.

Alors qu'il empoignait encore quelques billets, sa main trouva autre chose. Une carte magnétique. Il sortit l'objet, persuadé d'avoir débusqué la Visa ou l'American Express de Chaplain. C'était une carte Vitale, portant son nom et un numéro de Sécurité sociale. Il trouva aussi une carte d'identité, un permis de conduire, un passeport. Tous au nom d'Arnaud Chaplain, né le 17 juillet 1967, au Mans, dans le département de la Sarthe.

Il se laissa choir sur le sol. Sa carrière criminelle ne laissait plus aucun doute. Il avait frayé avec la marge. Il avait acheté des faux papiers. Au fond, il n'était pas étonné. Il était condamné à l'imposture, au mensonge, à l'underground.

Il se leva et se décida pour une douche.

Ensuite, il irait s'acheter un téléphone portable et tenterait, avec les techniciens, de récupérer les messages de son ancien mobile – des factures lui avaient donné son numéro. Il était certain que cette mémoire lui révélerait l'identité de ses clients – et la nature de son commerce. Il les rappellerait. Il négocierait. Il comprendrait ce qu'ils attendaient de lui. Ensuite, il se rendrait au speed-dating de la soirée.

La machine Nono se remettait en route.

— J'ai perdu mon téléphone portable.

— Original.

Chaplain plaqua sa dernière facture sur le comptoir sans s'attarder sur le ton sec du vendeur.

— Je ne me souviens plus de la manipulation pour consulter ma messagerie.

Sans répondre, l'homme saisit le document, attrapant son menton entre le pouce et l'index. L'expert dans toute sa splendeur.

— Avec cet opérateur, c'est simple. Vous appelez votre numéro. Quand votre message passe, vous composez votre mot de passe et vous appuyez sur la touche étoile.

Il aurait dû s'y attendre. Il ne possédait aucun code.

— Très bien, reprit-il d'une voix neutre. Je voudrais acheter un autre téléphone. Avec un nouvel abonnement.

Le vendeur, au lieu de se tourner vers la vitrine remplie de modèles, se mit à pianoter sur son clavier d'ordinateur, en déchiffrant le numéro de compte de Chaplain :

— Pourquoi un nouvel abonnement ? Votre forfait court toujours et…

Chaplain attrapa sa facture et la fourra dans sa poche – il s'était concocté un look à la Nono. 50 % Ralph Lauren, 50 % Armani, le tout enveloppé dans un caban bleu marine légèrement moiré.

— Oubliez mon forfait. Je veux acheter un nouveau mobile. Avec un nouveau numéro.

— Ça va vous coûter un max.

— Ça me regarde.

L'air réprobateur, l'homme partit dans un discours en langue étrangère, à propos de « monobloc », de « quadribande », de « mégapixels », de « Bluetooth », de « Messenger »… Face à ce vocabulaire, Chaplain fit comme n'importe qui à sa place : il choisit un modèle sur son apparence, visant la simplicité maximale.

— Je prends celui-là.

— Je serais vous, je…

— Celui-là, d'accord ?

Le vendeur lâcha un soupir épuisé, l'air de dire : « Tous les mêmes. »

— Combien ?

— 200 euros. Mais si vous prenez le…

Chaplain plaça un billet de 500 euros sur le comptoir. Le gars saisit le billet, d'un geste crispé, puis lui rendit la monnaie. Ils passèrent encore dix bonnes minutes à remplir le contrat d'abonnement. Il n'avait aucune raison de mentir : il signa le contrat au nom de Chaplain, 188, rue de la Roquette.

— Il est chargé ? demanda-t-il en montrant la boîte du téléphone. Je voudrais l'utiliser tout de suite.

L'autre eut un sourire d'initié. En quelques gestes, il sortit l'appareil, le démonta, glissa une batterie puis une puce électronique à l'intérieur.

— Si vous voulez faire des photos, fit-il en lui tendant le combiné, vous devriez ajouter une carte mémoire MicroSD/SDHC. Vous…

— Je veux simplement téléphoner, vous comprenez ?

— Pas de problème. Mais n'oubliez pas de le recharger ce soir.

Il fourra le mobile dans sa poche.

— Sur mes factures, reprit-il, je ne reçois pas le détail de mes connexions.

— Personne ne les reçoit. Tout se passe sur le Net.

— Quelle est la procédure ?

Du mépris, le regard passa à la méfiance : l'agent commercial se demandait d'où débarquait cet énergumène.

— Il vous suffit de taper vos coordonnées d'abonné sur le site et vous pourrez consulter la liste de vos appels. Pour votre deuxième numéro, vous répétez la manœuvre avec l'autre contrat.

— Vous voulez dire mon nouvel abonnement ?

— Non. Votre facture mentionne un autre compte.

Cette fois, ce fut Chaplain qui ressortit le document et le plaqua sur le comptoir :

— Où ça ?

— Ici, fit l'autre en pointant son index.

Il regarda à son tour. Il n'y comprenait rien.

— Il n'y a pas de numéro indiqué.

— Parce que vous avez pris l'option « masqué ». Attendez un instant.

Il attrapa la facture et retourna à son clavier. Il planait dans cette boutique un fort relent de Big Brother. Ce simple vendeur pouvait tout voir, tout décrypter, au fond de chaque existence. Pourtant, cette fois, il cala.

— Désolé. Impossible de savoir quoi que ce soit sur ce numéro. Vous avez demandé les options qui interdisent toute information, toute géolocalisation. Vous avez aussi demandé qu'on ne vous envoie aucune facture. (Il leva les yeux, mûr pour une vanne de conclusion.) Votre abonnement, c'est Fort Knox !

Chaplain ne répondit pas. Il avait déjà compris que c'était ce numéro qui importait. Celui qui contenait les secrets qu'il cherchait.

— Bien sûr, fit-il en se frappant le front. J'avais complètement oublié ce contrat. Vous pensez que je peux retrouver sa trace sur Internet ? Je veux dire : consulter mes anciennes communications ?

— Aucun problème. À condition que vous vous souveniez de votre mot de passe. (Il lui fit un clin d'œil.) Et que vous ayez payé votre dernière facture !

Chaplain franchit le seuil sans se retourner. Il avait hâte de rentrer dans son atelier. De plonger sur Internet. De déchiffrer ses propres mystères.

Place Léon-Blum, il s'arrêta devant un kiosque à journaux. Les unes n'évoquaient déjà plus la fusillade de la rue Montalembert ni le massacre de la Villa Corto. Plus étonnant, il n'y avait pas non plus un mot sur son évasion de l'Hôtel-Dieu. Son visage n'était pas placardé sur chaque couverture. Pas d'avis de recherche ni d'appels à témoins. Que cherchaient les flics ? Une stratégie souterraine pour travailler en toute discrétion ? Éviter de semer la panique à Paris à propos d'un forcené en cavale ?

Cette tactique cachait un piège mais il se sentit pourtant plus libre, plus léger. Il acheta *Le Figaro*, *Le Monde*, *Le Parisien*. La faim se réveilla dans son corps. Sandwich. Remontant la rue de la Roquette, il avait l'impression de gagner des sommets épurés, une altitude bienfaisante. De nouvelles vérités l'attendaient là-haut.

La naissance du monde.

Au début, il y eut le Chaos. Ni dieux, ni monde, ni hommes... De ce magma étaient nées les premières entités. La Nuit (« Nyx »). Les Ténèbres (« Érèbe »). Nyx donna naissance au Ciel « Ouranos » et à la Terre « Gaia ». Ces premières divinités s'unirent et eurent une pléthore d'enfants, dont les douze Titans.

Ouranos, craignant qu'un de ses enfants lui vole le pouvoir, obligea Gaia à les garder auprès d'elle, au centre de la Terre. Le plus jeune des Titans, Cronos, avec l'aide de sa mère, parvint à s'échapper et émascula son père. Avec sa sœur Rhéa, il engendra ensuite les six premiers Olympiens, dont Zeus qui à son tour détrôna son père...

Anaïs surligna le paragraphe sur la photocopie qu'elle venait de faire. Elle avait trouvé un dictionnaire de mythologie grecque dans la bibliothèque de la taule, entre les romans à l'eau de rose et les bouquins de droit. Elle s'était installée dans la salle de lecture, quasiment déserte. Le lieu était tranquille, mieux chauffé que sa cellule. Il y avait même vue sur cour. Une pelouse pelée où déambulaient des corbeaux gras et luisants, qui se disputaient les déchets tombés des lucarnes des cellules.

Elle relut le passage. Elle était certaine d'avoir trouvé la scène mythologique qui avait inspiré le meurtre d'Hugues Fernet. Elle avait repéré d'autres exemples d'émasculation dans la mythologie hellénistique. Mais le rituel du pont d'Iéna collait avec le crime d'Ouranos. Des éléments précis de la légende avaient été respectés. Cronos avait utilisé une faucille de pierre. L'assassin du dessin s'était servi d'une hache de silex. Le dieu avait jeté les organes génitaux dans la mer. Le meurtrier avait balancé son sinistre trophée dans la Seine – substitut parisien de l'élément maritime.

Pour l'instant, Anaïs ne voyait qu'un seul point commun entre les trois mythes. Chaque légende faisait référence à la relation père-fils et plus particulièrement à un fils qui posait problème. Le Minotaure avait été emprisonné par Minos parce qu'il était monstrueux. Icare était mort à cause de sa maladresse, s'élevant trop près du Soleil. Cronos était un parricide : il avait mutilé et tué son propre père afin de prendre le pouvoir sur l'univers.

Cela offrait-il un élément de vérité sur le tueur ? L'assassin de l'Olympe était-il un mauvais fils ? Ou au contraire un père en colère ? Elle leva les yeux. Des chats errants s'étaient joints au festin des corbeaux. Au-delà, le ciel était quadrillé par des câbles de sécurité anti-hélicoptère et des barbelés aux lames acérées.

Anaïs replongea dans sa lecture. Avec ces dieux fondateurs, on entrait dans un autre univers, qui n'avait rien à voir avec les Olympiens. Ici, c'était la génération antérieure. Primitive. Brutale. Aveugle. Des divinités incontrôlables, monstrueuses, qui représentaient les forces primaires de la nature. Des Géants. Des Cyclopes. Des êtres tentaculaires…

À ce sujet, un autre aspect du meurtre coïncidait avec ces temps primitifs. La taille de la victime. Hugues Fernet appartenait, symboliquement, au monde des Géants, des Titans, des monstres… Anaïs était certaine que le meurtrier l'avait choisi pour cette raison. Son sacrifice devait être démesuré, hors norme. On était dans l'ère des dieux originels. Le temps du chaos et de la confusion. Ce meurtre avait d'ailleurs précédé les autres, comme les Titans avaient précédé les Olympiens.

Elle se leva et chercha parmi les étagères des ouvrages sur les « arts premiers ». Les livres étaient ici usés, fatigués, maculés. On sentait qu'ils avaient été utilisés comme des armes de fortune, pour lutter contre l'ennui, l'oisiveté, le désespoir.

Elle dénicha une anthologie de masques ethniques. Debout entre les rayonnages, elle feuilleta le bouquin. D'après ces photos, le masque du tueur ressemblait plutôt à ceux de l'art africain ou de l'art eskimo. Ce détail avait son importance. L'assassin de l'Olympe n'était pas en représentation. Quand il tuait, il était au cœur de l'espace-temps des dieux, des esprits, des croyances ancestrales. *À ses yeux, tout cela était réel.*

Une gardienne arriva. L'heure du déjeuner. À l'idée de descendre parmi les autres, elle ressentit un pincement douloureux. Depuis la veille, elle se sentait menacée. Un flic n'est jamais le bienvenu dans le monde carcéral, mais Anaïs avait peur d'autre chose.

Un danger à la fois plus précis et plus vague. *Un danger mortel.*

Elle déposa ses livres dans un chariot et emboîta le pas à la matonne. Elle pensait à Mêtis. Groupe puissant, invisible, omniscient, qui servait l'ordre en violant la loi. *Le ver et le fruit se sont associés.* Ces hommes étaient-ils assez puissants pour agir au sein d'une maison d'arrêt ? Pour l'éliminer afin de la réduire au silence ?

Mais que savait-elle au juste ?

En quoi présentait-elle un danger ?

Internet, encore une fois.

Il commença par son numéro officiel. Il n'eut qu'à taper les chiffres de son abonnement pour voir apparaître la liste détaillée de ses appels. Les dernières semaines, il en avait reçu beaucoup plus qu'il n'en avait passé. Il attrapa son portable, se mit en numéro protégé et composa au hasard quelques coordonnées. Des messageries. Quand on lui répondait, il raccrochait. Dans tous les cas, des voix de femmes. Cet abonnement était bien celui de Nono le séducteur.

Il passa à l'autre – l'occulte. Grâce aux chiffres du contrat, il n'eut aucun mal à obtenir le détail de ses échanges. Chaplain utilisait peu ce mobile. En quatre mois, il n'avait contacté que quelques numéros protégés. En revanche, il avait reçu beaucoup d'appels, qui continuaient après août, en diminuant, jusqu'en décembre.

Il saisit son mobile et composa des chiffres.

— Allô ?

Une voix forte, agressive, au bout de deux sonneries. Cette fois, il devait parler pour en savoir plus.

— C'est Chaplain.

— Qui ?

— Nono.

— Nono ? Enculé ! Où t'es, fils de pute ? *Kuckin sin !*

L'accent lui paraissait slave. Il raccrocha sans répondre. Un autre numéro. Il avait encore dans l'oreille le souffle de haine de la voix.

— Allô ?

— C'est Nono.

— Tu manques pas d'air, bâtard.

Encore une voix grave. Encore un accent. L'origine paraissait cette fois africaine, mêlée à la traînaille des cités.

— J'ai pas pu te prévenir, improvisa-t-il. J'ai dû… m'absenter.

— Avec mon fric ? Tu te fous d'ma gueule ?

— Je… je te rendrai tout.

L'autre éclata de rire :

— Avec les intérêts, cousin. Tu peux compter là-d'ssus. On va d'abord te couper les couilles et…

Chaplain raccrocha. Son profil de dealer se précisait. Un dealer qui était parti avec la caisse. Pris de frénésie, il fit d'autres tentatives. Il n'échangeait jamais plus de quelques mots. Le combiné le brûlait. Sa voix même lui semblait livrer des indices permettant de le localiser… Tous les accents y passèrent. Asiatique, maghrébin, africain, slave… Parfois, on lui parlait carrément d'autres langues. Il ne les comprenait pas mais le ton était explicite.

Nono devait du fric à tous les étrangers de Paris. Comme s'il n'avait pas assez d'ennemis, il venait de s'en découvrir une nouvelle légion.

Son portable n'avait plus de batterie.

Il ne lui restait qu'un contact à essayer.

Il décida d'utiliser sa ligne fixe. Le numéro aussi était protégé. Il attrapa son ordinateur portable et s'installa sur le lit. Il saisit le combiné et composa les derniers chiffres de la liste.

L'accent était serbe, ou quelque chose de ce genre, mais la voix plus calme. Chaplain se présenta. L'homme rit en douceur.

— Yussef, il était sûr que tu referais surface.

— Yussef ?

— Je vais lui dire que t'es de retour. Y va être content.

Chaplain joua la provocation pour en savoir plus :

— Je suis pas sûr de vouloir le voir.

— T'es défoncé connard ou quoi ? ricana le Slave. T'es parti avec nos thunes, enculé !

L'homme parlait d'une voix enjouée. Cette colère amusée était pire que les autres injures. Chaplain avait frappé à la porte d'une antichambre. Le véritable enfer serait l'étape suivante. Yussef.

— Radine-toi ce soir, à 20 heures.

— Où ?

— Fais gaffe à toi, Nono. On va pas rigoler longtemps.

Provoquer encore, pour tirer le fil :

— J'ai plus votre fric.

— Vas-y, on en a rien à foutre du fric. Rends-nous déjà le matos et on verra…

Chaplain raccrocha et se laissa tomber sur son lit. Il observa les structures de métal brossé qui soutenaient la verrière. Aucun doute : il était dealer. *Le matos.*

Drogue ou autre chose... Les mailles du plafond lui paraissaient symboliser son destin inextricable. Il n'en sortirait jamais. Le labyrinthe de ses identités le tuerait...

— Vous voulez m'en parler ?

— Non.

— Pourquoi ?

— J'ai usé toute ma salive sur le sujet.

La psychiatre de l'UCSA, l'Unité de consultation et de soins ambulatoires, observait en silence les plaies en voie de cicatrisation sur les bras d'Anaïs. Malgré son jeune âge, la praticienne en avait sans doute vu d'autres. Pas besoin de s'appeler Sigmund Freud pour comprendre qu'en prison, le corps est le dernier espace pour s'exprimer.

— Si vous continuez comme ça, c'est tout votre sang que vous allez user.

— Merci, docteur. J'étais venue ici chercher un peu de réconfort.

La toubib ne daigna pas sourire :

— Asseyez-vous.

Anaïs s'exécuta et observa son interlocutrice. À peine plus âgée qu'elle. Blonde, souriante, des traits d'une douceur inespérée dans ce monde clos où chaque femme portait sur son visage la dureté de son passé. Des yeux dorés, des pommettes hautes, un nez délicat, d'une finesse rectiligne. Des sourcils épais, où énergie et tendresse se donnaient la main. Une petite bouche qui devait faire frissonner tous les mecs.

Anaïs eut une pensée débile – une idée de macho. Que foutait cette beauté dans cette taule merdique ? Elle aurait pu être mannequin ou comédienne. Avec un temps de retard, elle réalisa la stupidité de sa réflexion.

— C'est vous qui avez demandé une consultation. De quoi vouliez-vous me parler ?

Elle ne répondit pas. Les deux femmes se trouvaient dans un petit bureau dont le mur de gauche était vitré, ouvert sur la salle d'attente de l'UCSA. De l'autre côté, c'était la cohue. Des prisonnières en jogging, leggings et gros pulls, braillaient, gémissaient, se plaignaient, se tenant le ventre, la tête ou les membres. Un vrai marché à la criée.

— Je vous écoute, insista la psychiatre. Que voulez-vous ?

Après le déjeuner, Anaïs avait voulu retourner à la bibliothèque mais n'y avait pas été autorisée. Tout ce qu'elle avait obtenu, c'était le droit de passer un coup de fil. Elle avait appelé Solinas et était tombée sur sa boîte vocale. Elle avait repris le chemin de sa cellule, ne trouvant même pas la force d'ouvrir les livres d'Albertine Sarrazin qu'elle avait empruntés. Alors, elle avait eu cette idée désespérée : demander à voir la psychiatre. On l'avait à peine écoutée. Elle avait montré ses bras et obtenu un rendez-vous dans l'heure.

— Je suis flic, commença Anaïs. On a dû vous le dire.

— J'ai lu votre dossier.

— Je suis impliquée dans une enquête, disons, compliquée… En marge de ma hiérarchie. Outre le fait que l'air ici n'est pas terrible pour une OPJ, j'éprouve…

— Des angoisses ?

Anaïs faillit éclater de rire puis céda à un élan de franchise :

— J'ai peur.

— De quoi ?

— Je sais pas. Je ressens une menace… confuse, inexplicable.

— C'est plutôt normal entre ces murs.

Elle nia de la tête mais ne parvint pas à répondre. Elle avait maintenant du mal à respirer. Évoquer ses terreurs à voix haute accroissait leur réalité…

— Comment dormez-vous ? reprit la psy.

— Je crois que je n'ai pas encore dormi.

— Je vais vous donner un calmant.

La femme se leva et lui tourna le dos. Anaïs réalisa qu'elle n'était pas entravée, qu'aucune gardienne ne se tenait dans le périmètre – la psy l'avait exigé. Un bref instant, elle se dit qu'elle pouvait tenter quelque chose. Quoi ? Elle délirait.

La psychiatre se retourna, tenant un cachet et un gobelet d'eau. Sa jeunesse et sa fragilité la mettaient en confiance. *Une alliée.* Elle se demanda alors ce qu'elle pouvait lui demander. Faire entrer quelque chose ? Un portable ? Une puce électronique ? Un calibre ? ELLE DÉLIRAIT.

— Merci.

Elle avala le cachet, sans chercher à tricher. Elle n'avait plus la force de se battre. Nouveau coup d'œil sur la gauche. Les éclopées étaient toujours là, silhouettes informes, sacs de linge sale aux grimaces humaines. Elle éprouva un haut-le-cœur, imaginant ces viscères malades, ces organismes déglingués, fonctionnant de travers, puant de l'intérieur.

Elle songea à l'avenir que ces êtres n'avaient plus. Un avenir qui peu à peu devenait un passé non réalisé. La prison, c'était ça : un conditionnel qui ne passait jamais à l'indicatif. À la place, du jus mauvais, du ressentiment, des diarrhées chroniques…

Derrière son bureau, la psy rédigeait un formulaire administratif.

— Qu'est-ce que c'est ?

— Votre demande de transfert.

— Je… je vais chez les fous ?

Elle eut un bref sourire :

— Vous n'en êtes pas encore là.

— Alors, quoi ?

— Je demande au directeur de vous qualifier « DPS ». Détenue particulièrement surveillée.

— Vous appelez ça une faveur ?

— Pour l'instant, c'est la seule façon de vous mettre à l'abri.

Elle savait ce que signifiaient ces initiales. Changements de cellule, fouilles permanentes, observation de tous les instants… Elle serait protégée des autres mais ne disposerait plus de la moindre marge de manœuvre.

Elle repartit en direction de ses quatre murs.

Tout ce qu'elle avait gagné, c'était une détention redoublée.

— Hédonis, ça vient d'où ?

— D'hédonisme. C'est ma philosophie. *Carpe diem*. Faut profiter de chaque jour, de chaque instant.

Chaplain considéra la petite brune au visage pointu. Des cheveux bouclés, légers, presque crépus, coiffés en vapeur. Des yeux sombres et proéminents. Des cernes qui lui dessinaient deux hématomes sous les paupières. Une bouche épaisse, mauve, qui ressemblait à un mollusque. Pas vraiment un prix de beauté.

Il en était à sa cinquième rencontre. Le Pitcairn portait bien son nom. Le bar ressemblait à un repaire de marins, au fond d'un port oublié. Lumières tamisées, voûtes de pierre, chaque table était séparée par un rideau de lin qui formait des boxes intimes où se répétaient la même scène, les mêmes espoirs, les mêmes bavardages. Chaplain songeait à un confessionnal. Ou un bureau de vote. Au fond, les deux formules convenaient.

— Je suis d'accord, se reprit-il, luttant contre sa propre distraction. Mais profiter de chaque jour, ça signifie aussi pouvoir compter sur les suivants, et les suivants encore. Je suis pour le long terme.

Hédonis haussa les sourcils. Les yeux paraissaient lui sortir de la tête. Elle plongea le nez dans son cocktail. Sa bouche pulpeuse se mit à téter avidement sa paille, comme si l'alcool allait lui souffler de nouvelles idées de conversation.

Chaplain, qui s'était composé un personnage d'homme sérieux, à la recherche d'une relation durable, insista :

— J'ai 46 ans. Je n'ai plus l'âge pour les histoires d'un jour.

— Waouh… ricana-t-elle. Je croyais qu'on fabriquait plus ce modèle.

Ils rirent, par pure contenance.

— Et vous, Nono, ça vient d'où ?

— Je m'appelle Arnaud. Voyez l'astuce ?

— Chut, dit-elle en posant l'index sur ses lèvres. Jamais de vrais noms !

Nouveaux rires, plus sincères. Chaplain était étonné. Il imaginait une soirée de speed-dating comme une unité d'urgence ou une cellule de crise. La dernière station avant le suicide. En réalité, la soirée ne différait pas de n'importe quel cocktail dans un bar. Musique, alcools, brouhaha. La seule originalité était la cloche tibétaine. Une idée de Sasha, l'organisatrice, pour signifier que les sept minutes imparties à chaque couple étaient achevées.

Hédonis changea de registre. Après les premiers efforts pour paraître originale, fofolle ou volontaire, elle passa aux confidences. 37 ans. Expert-comptable. Propriétaire à crédit d'un trois pièces à Savigny-sur-Orge. Sans enfant. Sa seule grande histoire d'amour avait été un homme marié qui n'avait finalement pas quitté sa femme. Rien de neuf sous le soleil. Depuis quatre ans, elle vivait seule et voyait avec angoisse se rapprocher la ligne symbolique de la quarantaine.

Chaplain était surpris par tant de franchise. On était censé ici se mettre en valeur... Hédonis avait choisi le confessionnal. Tant pis pour le bureau de vote. La cloche retentit. Il se leva et décocha un sourire bienveillant à sa partenaire qui en retour grimaça. Elle venait de saisir son erreur. Elle était venue ici pour séduire. Elle avait simplement vidé son sac.

Suivante. Sasha avait opté pour une organisation classique. Les cavalières ne bougeaient pas, les cavaliers se décalaient d'un siège sur la droite. Il s'installa face à une brune bien en chair, qui avait fait des frais pour la soirée. Son visage poudré éclatait entre ses cheveux gonflés et laqués. Elle portait une vaste blouse sombre, sans doute de satin, qui noyait formes et reliefs. Ses mains potelées, très blanches elles aussi, virevoltaient comme des colombes jaillissant d'une cape de magicien.

— Je m'appelle Nono, attaqua-t-il.

— Ces histoires de pseudos, je trouve ça complètement con.

Chaplain sourit. Encore une forte tête.

— Quel est le vôtre ? demanda-t-il calmement.

— Vahiné. (Elle pouffa.) J'vous dis, les pseudos, c'est pourri.

La conversation s'engagea, suivant les étapes obligées. Après le stade provoc, ils passèrent au numéro de charme. Vahiné essayait d'apparaître sous son meilleur jour, au sens propre comme au figuré. Elle prenait des poses étudiées face aux chandelles qui brasillaient, lâchant des aphorismes creux en roulant des airs mystérieux.

Nono attendait patiemment la suite. Il savait que, bientôt, elle glisserait vers l'épilogue mélancolique. La note tenue sur laquelle elle se demanderait pourquoi et comment elle en était arrivée à cette course contre la montre : quelques minutes pour séduire un inconnu. Ce qui frappait le plus Chaplain, c'était la ressemblance profonde entre ces femmes. Même profil social. Même parcours professionnel. Même situation affective. Même allure ou presque…

Il ne se posait qu'une seule question : que venait chercher ici Nono, quelques mois auparavant ? Quel lien pouvait-il exister entre ce club de rencontres très ordinaire et son enquête sur un tueur extraordinaire, s'inspirant des légendes mythologiques ?

— Et vous ?

— Pardon ?

Il avait perdu le fil de la conversation.

— Vous êtes pour la fantaisie ?

— La fantaisie ? Où ça ?

— Dans la vie, en général.

Il se revit dans les douches de l'UHU alors qu'on traînait devant lui un clochard gangrené. En train de danser sur le char des fous ou de passer ses propres autoportraits aux rayons X, en tenant en joue une radiologue.

— Oui. Je dirais que je suis pour une certaine fantaisie.

— Ça tombe bien, fit la femme. Moi aussi ! Quand je rentre dans un délire, attention les yeux !

Chaplain sourit pour la forme. Les efforts de Vahiné pour paraître drôle et originale le rendaient triste. En

688

vérité, une seule lui plaisait ce soir. Sasha en personne, métisse athlétique à la poitrine généreuse et aux curieux iris verts. Il ne cessait de lui lancer de brefs coups d'œil. Il n'était pas payé de retour.

La cloche sonna.

Chaplain se leva. Vahiné parut prise de court – on lui avait escamoté le chapitre des confidences. Ces candidates aimaient parler d'elles, ce qui l'arrangeait bien : il n'avait pas besoin d'improviser sur le thème Nono.

Il s'installa sur le siège suivant et saisit aussitôt qu'il avait déjà rencontré la femme face à lui. Il ne la reconnaissait pas mais son regard, à elle, venait de s'allumer. Ce fut très bref, juste un déclic, puis la lueur disparut. Une bougie qu'on aurait soufflée.

Chaplain n'y alla pas par quatre chemins :

— Bonsoir. On se connaît, non ?

La femme baissa les yeux sur son verre. Il était vide. D'un geste, elle fit signe au garçon qui apporta directement un nouveau cocktail. La manœuvre prit quelques secondes.

— On se connaît ou non ? répéta-t-il.

— C'est chiant qu'on puisse pas fumer ici, marmonna-t-elle.

Il se pencha au-dessus de la table éclairée par les chandelles. Tout baignait dans une demi-pénombre, chatoyante et mouvante comme le roulis d'un navire. Il attendait sa réponse. Finalement, elle le fusilla du regard.

— Je crois pas, non.

Son hostilité soufflait une autre vérité mais il n'insista pas. Il devait jouer le jeu comme avec les autres. Subir et mener à la fois l'entretien d'embauche sentimentale.

— Comment vous vous appelez ?

— Lulu 78, fit-elle après avoir bu une gorgée.

Il eut envie de rire. Elle confirma :

— C'est comique, non ?

— Qu'est-ce que ça veut dire ?

— 78 : c'est ma date de naissance. (Elle but encore. Elle reprenait des couleurs.) On peut dire que je joue cartes sur table, non ?

— Et Lulu ?

— Lulu, c'est mon secret. En tout cas, je m'appelle pas Lucienne.

Elle rit nerveusement en plaçant sa main devant la bouche, à la japonaise. C'était une femme minuscule, aux épaules d'enfant. Sa chevelure rousse lui tombait le long des tempes comme le cadre mordoré d'une icône. Son visage était étroit, éclairé par des iris qui semblaient roux eux aussi. Ces yeux, associés aux lignes des sourcils, étaient gracieux mais ne cadraient pas avec le reste. Le nez trop long, la bouche trop fine imposaient une sévérité, une sécheresse sans beauté. Elle ne portait aucun bijou. Ses vêtements ne trahissaient aucun soin, aucun apprêt. Chaque détail révélait qu'elle était ici à contrecœur.

— C'est mon pseudo sur Internet, ajouta-t-elle comme une excuse. Je l'ai tellement utilisé… C'est presque devenu mon vrai nom.

Elle parlait comme un chasseur usé par des années de jungle et d'affût. Il nota qu'elle ne lui demandait pas son pseudo en retour. *Parce qu'elle le connaissait.*

Il attaqua large :

— Qu'est-ce que vous attendez de ce genre de rendez-vous ?

La femme miniature le fixa un bref instant, par en dessous, l'air de dire « comme si tu ne le savais pas », puis déclara, sentencieuse :

— Une chance. Une occasion. Une opportunité que la vie refuse de me donner…

Comme pour balayer son trouble, elle se lança dans un discours général. Sa vision de l'amour, du partage, de la vie à deux. Chaplain lui donnait docilement la réplique. Ils en vinrent à évoquer ce sujet comme un thème abstrait, extérieur, oubliant qu'ils étaient en train de parler d'eux-mêmes.

Lulu 78 se détendait. Elle faisait tourner l'alcool au fond de son verre en suivant des yeux le mouvement circulaire. La première impression avait disparu – l'idée qu'ils se connaissaient. Pourtant, par à coups, un regard, une inflexion de voix rallumait ce sentiment de *déjà-vu*. Il voyait alors passer dans ses yeux de la colère et aussi, curieusement, de la peur.

Il ne restait que quelques minutes mais Chaplain ne s'intéressait plus à l'entretien. Son projet : suivre cette femme dehors et l'interroger *sur leur passé commun*.

— De nos jours, conclut-elle, être célibataire, c'est une maladie.

— Ça l'a toujours été, non ?

— C'est pas ici qu'on guérira, en tout cas.

— Merci pour l'encouragement.

— Arrête de déconner, tu… (Elle regretta aussitôt le tutoiement.) Vous n'y croyez pas. Personne n'y croit.

— On peut se tutoyer si vous voulez.

Elle faisait toujours tourner le verre entre ses doigts et le fixait comme un oracle.

— Je préfère pas, non… C'est chiant qu'on puisse pas fumer…

— Vous fumez beaucoup ?

— Qu'est-ce que ça peut te foutre ?

La réplique avait la violence d'une gifle. Elle ouvrit la bouche. Elle était mûre pour tout déballer. À cet instant, la cloche retentit. Il y eut des raclements de chaises, des rires, des froissements de tissu. C'était foutu. L'étroit visage devint aussi impassible que celui d'une madone.

Chaplain lança un regard sur sa gauche.

Un homme attendait son tour.

Lulu 78 remonta la rue Saint-Paul.

Il y avait dans l'air une poussière de neige impalpable. Les angles des trottoirs étaient bleuis par le gel. Chaque pas claquait comme un fouet d'orchestre. Chaplain marchait à cent mètres de distance. À moins que la femme ne se retourne et observe la rue avec insistance, elle ne pouvait pas le voir. Il aimait cette filature. L'absolue netteté de chaque détail. Le vernis du froid sous les lampes à arc. Il avait l'impression de vivre le négatif de son rêve, le mur blanc, son ombre noire. Il arpentait maintenant des murs noirs et son ombre était blanche : la buée qui s'échappait de ses lèvres, filtrée par la lumière laiteuse des réverbères.

Elle tourna à gauche, dans la rue Saint-Antoine. Chaplain accéléra le pas. Quand il parvint sur l'artère, elle avait déjà rejoint le trottoir d'en face et tournait sur la droite : rue de Sévigné. Chaplain traversa à son tour. Il avait quitté le bar sans demander le moindre numéro de téléphone. Sa seule priorité était Lulu 78.

— Merde, jura-t-il à voix basse.

Elle avait disparu. La rue rectiligne, encadrée d'hôtels particuliers du XVIIe siècle, était déserte. Il se mit à courir. Soit elle habitait dans un de ces immeubles soit elle était montée dans sa voiture.

— Qu'est-ce que tu veux ?

Chaplain sursauta : elle s'était planquée sous un porche. Il discernait tout juste sa silhouette, coiffée de son bonnet assorti à son écharpe, couleur de brûlures d'automne. Elle ressemblait à une collégienne qui a perdu son chemin.

— N'ayez pas peur, dit-il en levant les mains.

— Je n'ai pas peur.

Il repéra dans sa main droite un objet menaçant. Un de ces machins d'autodéfense qui envoient des décharges d'électricité. En guise de confirmation, l'engin décocha un éclair éblouissant. Un simple avertissement.

— Qu'est-ce que tu veux ?

Il s'efforça de rire :

— C'est absurde. Notre rencontre s'est mal engagée et…

— J'ai rien à te dire.

— Je pense au contraire qu'on pourrait reprendre les choses là où…

— Connard. On est sortis ensemble. Quand tu t'es assis tout à l'heure, tu m'as même pas reconnue.

Il n'avait donc pas rêvé.

— Vous pouvez baisser ça, s'il vous plaît ?

Elle n'esquissa pas le moindre geste, rencognée sous la porte cochère. Autour d'elle, la voûte était capitonnée de glace, auréole bleue et dure. Un panache de vapeur nimbait son visage.

— Écoutez-moi, reprit-il d'un ton apaisant. J'ai eu un accident… J'ai perdu une partie de ma mémoire…

Il pouvait sentir sa nervosité. Sa méfiance, son incrédulité.

— Je vous jure que c'est vrai. C'est pour ça que je ne suis pas venu pendant plusieurs mois aux rendez-vous de Sasha.

Aucune réaction. Lulu 78 était toujours verrouillée dans sa posture d'autodéfense. Son attitude n'exprimait pas seulement du ressentiment. Il y avait autre chose. Quelque chose de plus profond. Une peur qui dépassait largement l'instant présent.

Il laissa passer quelques secondes, dans l'espoir qu'elle reprenne la parole.

Il allait renoncer quand elle murmura :

— À l'époque, tu étais différent.

— Je le sais bien ! renchérit-il. Mon accident m'a complètement changé.

— Nono le rigolo. Nono le charmeur. Le tombeur de ces dames…

Elle avait jeté cela avec amertume. La rancœur s'égouttait de ses lèvres gercées.

— Mais tout ça, c'était du flan…

— Du flan ?

— J'ai parlé avec les autres.

— Les autres ?

— Les autres nanas. Chez Sasha, on vient chercher un mec. On repart avec des copines.

Chaplain fourra les mains dans ses poches :

— Pourquoi du flan ?

— Derrière la façade, il n'y avait rien. Tu ne nous as jamais touchées.

— Je ne comprends pas.

— Nous non plus. Tout ce que tu voulais, c'était poser des questions. Toujours des questions.

— Ces questions, risqua-t-il, sur quoi elles portaient ?

— T'avais l'air de chercher quelqu'un. Je sais pas.

— Une femme ?

Lulu ne répondit pas. Chaplain s'approcha. Elle recula dans l'angle du portail et brandit son taser. La buée s'échappait toujours de ses lèvres. Le fantôme de sa peur.

— Ça ne fait pas de moi un monstre.

— Il y a des rumeurs, fit-elle d'une voix sourde.

— Des rumeurs à quel sujet ?

— Au sein du club, des femmes disparaissent.

Il accusa le coup. Il ne s'attendait pas à ça. Le froid commençait à l'engourdir.

— Quelles femmes ?

— Je sais pas. En fait, il n'y a aucune preuve.

— Qu'est-ce que tu sais au juste ?

Il était passé au tutoiement pour signifier qu'il prenait le commandement. Le jeu des forces s'inversait. Lulu haussa les épaules. Elle paraissait mesurer elle-même l'absurdité de son discours.

— Après Sasha, quand on rentre bredouilles, on va boire un verre entre filles. Je me souviens plus qui a parlé de cette histoire la première mais ça s'est amplifié.

— Tu as interrogé Sasha ?

— Bien sûr. Elle a crié au délire.

— Tu penses qu'elle cache quelque chose ?

— Je sais pas. Peut-être qu'elle a prévenu la police. En fait, il est impossible de savoir si quelqu'un disparaît ou non du réseau. Je veux dire : une femme peut simplement arrêter de venir au club. Ça ne fait pas d'elle la victime d'un tueur en série.

— Dans tous les cas, tu as continué à venir…

Elle rit, pour la première fois, mais c'était un rire lugubre :

— L'espoir fait vivre.

— Qu'est-ce que je viens faire là-dedans, moi ?

— On t'a toujours trouvé bizarre… hésita-t-elle.

— Parce que je ne touche pas les filles ?

— On s'est monté la tête. On en a même parlé à Sasha…

Chaplain commençait à saisir la froideur de la métisse. Même si elle ne croyait pas à cette histoire, Nono de retour au Pitcairn, ce n'était pas de la bonne publicité.

— Je ne sais pas comment te convaincre. Toute cette histoire me paraît aberrante…

— À moi aussi.

Comme pour appuyer ses paroles, elle rangea son arme dans son sac.

— Tu as toujours peur ?

— Je n'ai pas peur, je te l'ai dit.

— Alors, qu'est-ce qui ne va pas ?

Elle sortit de la flaque d'ombre du porche. Elle était en larmes.

— Je cherche un mec, tu comprends ? Ni un tueur en série, ni un amnésique, ni aucune de toutes ces conneries ! Un simple mec, pigé ?

Elle avait craché sa dernière réplique dans un bouillon de vapeur. Ce n'était plus un fantôme, une apparition de cristal mais un poisson jeté hors de l'eau, cherchant désespérément à retrouver son souffle.

Il la regarda s'enfuir sur le bitume brillant de givre. Il aurait aimé la retenir mais il n'avait que son propre vide à lui proposer.

Elle était une gréviste de la faim, sanglée à une table d'examens. Un écarteur d'acier lui maintenait la bouche ouverte. On lui enfonçait un tube dans la gorge pour la nourrir. Quand elle baissait les yeux, elle s'apercevait que le tuyau était un serpent luisant d'écailles. Elle voulait crier mais la tête du reptile appuyait déjà sur sa langue, l'asphyxiait…

Elle se réveilla trempée d'angoisse. Les muscles de sa gorge étaient si tendus qu'elle avait du mal à reprendre son souffle. Elle se massa le cou lentement, en état de choc. Combien de fois ce cauchemar cette nuit ? Anaïs s'endormait par à-coups. Aussitôt, le rêve agrippait son cerveau comme une serre de rapace.

Il y avait des variantes. Parfois, elle n'était plus en prison mais dans un asile psychiatrique. Des médecins masqués pratiquaient une expérience sur sa salive – ils vrillaient une vis dans sa joue. Elle tremblait de sueur et de froid. Cramponnée à son lit gigogne, elle grelottait sous sa couverture, paniquée à l'idée de se rendormir.

Pourtant, les occasions de rester éveillée ne manquaient pas. Le traitement DPS avait commencé. L'œilleton de sa cellule ne cessait de claquer. À deux heures du matin, les matonnes étaient arrivées, allumant la lumière, fouillant la pièce, repartant sans un mot. Anaïs les observait avec reconnaissance. Sans le savoir, elles lui avaient accordé un répit face au serpent.

Maintenant, elle restait blottie à observer sa cellule. Elle la sentait plus qu'elle ne la voyait. Les murs et le plafond trop proches. Les odeurs mêlées de sueur, d'urine, de détergent. Le lavabo incrusté dans le mur. Était-il là, tapi dans l'ombre ? *El Cojo… El Serpiente…*

Elle se tourna face au mur et lut, pour la millième fois de la nuit, les graffitis gravés dans le ciment. *Claudia y Sandra para siempre. Sylvie, je repeindrai les murs avec ton sang. Je compte les jours mais les jours ne comptent plus sur moi…* Elle passait ses doigts sur les inscriptions. Grattait les écailles de peinture. Des murs qui avaient déjà trop servi…

Solinas ne l'avait pas rappelée. Sans doute avait-il trouvé une nouvelle voie de recherche. Ou bien il avait arrêté Janusz. Cela expliquerait son silence. Quel est l'intérêt de contacter une taularde névrosée quand on détient le suspect numéro un dans une affaire criminelle de premier plan ?

Elle ruminait ce genre d'idées depuis des heures, entre froid et chaud, entre veille et sommeil. Parfois, tout était fini. Janusz sous les verrous. Janusz avouant ses crimes… Puis, peu à peu, la confiance revenait. Janusz était libre. Janusz démontrait son innocence… Elle ressentait alors un picotement d'espoir au fond du ventre. Elle n'osait plus bouger de peur qu'il s'évanouisse.

Dans l'obscurité, l'œilleton claqua encore une fois. Anaïs ne l'entendit pas : elle s'était rendormie.

Le serpent s'approchait de ses lèvres :

— *Te gusta ?* demandait son père.

Chaplain était revenu sur ses pas et avait traversé le boulevard Beaumarchais. Puis il avait rejoint la rue du Chemin-Vert, le boulevard Voltaire, la place Léon-Blum. Le froid avait vidé les rues. Il restait le bitume, les réverbères, quelques fenêtres allumées, dont l'intimité et la chaleur lui faisaient froid au cœur.

Il se répétait les révélations du soir. Des femmes disparues chez Sasha. Nono comme suspect potentiel. Nono posant des questions et cherchant quelque chose auprès des postulantes du club – quoi ? Il ressassait aussi les nouvelles énigmes. S'il n'était pas le tueur de clochards, était-il un meurtrier de femmes célibataires ? Ou bien s'agissait-il du même assassin, lui ? Invariablement, il balayait toutes ces pistes d'un mouvement de tête rageur. Il avait décidé de retrouver une stricte neutralité d'enquêteur et de s'accorder à lui-même ce qu'on accordait à tous les malfrats : la présomption d'innocence.

Rue de la Roquette. Le village de lofts dormait. Le contact des pavés sous ses semelles le rassura. Il avait définitivement adopté cet atelier. Il glissa sa main parmi les bambous puis à travers la vitre brisée – il n'avait pas trouvé de clés dans son repaire. Il tourna le verrou de l'intérieur et ouvrit la porte. Il cherchait le commutateur quand il reçut un violent coup sur le crâne. Il s'écrasa sur le béton peint mais comprit tout de suite, dans un tourbillon de douleur et d'étincelles, qu'il était toujours conscient. La tentative pour l'assommer avait échoué.

Profitant de ce faible avantage, il se releva et s'élança vers l'escalier. Ses jambes se dérobèrent. Sa vision s'assombrit. Il eut l'impression qu'on lui secouait le sang à l'intérieur du crâne. À plat ventre, il se retourna et aperçut confusément son ennemi – un homme dans le prolongement de son corps, serrant ses jambes à la manière d'un rugbyman. Il libéra un pied et lui balança un coup de talon dans le visage. Le choc parut galvaniser l'adversaire. D'un seul mouvement, il se releva et bondit sur Chaplain. Un éclair traversa la verrière. Il tenait un couteau. Arnaud se jeta dans l'escalier, rata une marche, se redressa, montant les suivantes à quatre pattes.

L'homme était sur lui. Chaplain balança son coude vers l'arrière et repoussa l'agresseur qui rebondit contre les câbles d'acier de la rampe. Il n'en espérait pas tant. Les filières de voilier vibrèrent comme les cordes d'une harpe. Le bruit lui donna une idée. Il revint sur ses pas et attrapa le salopard étourdi par le col. Il lui enfonça la tête entre les filins et resserra deux câbles sur sa gorge, comme font les catcheurs à la télévision avec les cordes du ring. L'homme émit un râle déchirant. Chaplain ne lâcha pas prise. Une conviction battait les vaisseaux de son crâne : tuer ou être tué.

Il appuya encore puis lâcha tout.

L'adversaire venait de lui envoyer un coup de genou dans le bas-ventre. Ce n'était pas une sensation de souffrance. Pas seulement. Un trou noir au plus profond de son être. Plus de souffle. Plus de battements cardiaques. Plus de vision. Il serra les mains sur ses organes génitaux comme s'il pouvait en arracher la douleur et tomba à la renverse dans l'escalier.

Il se cogna la tête quelque part. Roula sur le sol. Des tubes et des pinceaux lui tombèrent sur la nuque. Le comptoir. Tendant un bras, il parvint à se relever, faisant trembler objets et produits. Il se retourna. L'ennemi chargeait déjà. Il encaissa le choc par le flanc droit sans tomber. Ils se fracassèrent tous les deux contre le bloc de briques. Les bidons, les flacons, les bouteilles se renversèrent, éclatèrent, d'autres roulèrent dans l'obscurité.

Chaplain parvint à repousser son agresseur. Dans le mouvement, il glissa sur une flaque. Il reconnut l'odeur. De l'huile de lin. Souvenir subliminal. Ce produit polymérise au contact de l'air. Assis par terre, il attrapa la bouteille qui s'était ouverte. Trouva un chiffon, l'imbiba, en frotta deux parties avec l'énergie du désespoir.

L'ombre revenait à la charge.

Chaplain ne cessait de frotter les fragments de tissu, sentant la chaleur monter entre ses doigts.

À l'instant où l'homme l'empoignait, le tissu s'embrasa, provoquant une lumière blanche assez brillante pour éclairer tout l'espace. Chaplain lui écrasa le chiffon sur le visage ou la gorge – ébloui, il ne voyait rien. La veste du gars prit feu. Il recula, chuta dans une flaque qui s'embrasa aussitôt. Il battait furieusement des membres. Une araignée ruisselante de flammes.

Chaplain se releva et attrapa un long pinceau pour lui crever les yeux ou les tempes. Il se ruait sur l'ennemi quand une main le saisit par les cheveux.

La sensation suivante fut le contact glacé d'un canon sur sa nuque.

Un peu de fraîcheur, ça ne faisait pas de mal.

— La fête est finie, Nono.

La lumière électrique éclaboussa l'atelier dévasté. Les traces de la bagarre, mais aussi d'une fouille sauvage. On avait retourné le moindre espace du loft. Chaplain s'immobilisa et vit son premier agresseur à terre. Il ne brûlait plus mais dégageait une fumée noire qui montait jusqu'aux structures du plafond. L'atmosphère était suffocante.

La main l'empoigna par le col et le poussa vers un tabouret de bar – un des rares encore debout. Chaplain tourna enfin la tête et découvrit le numéro deux. Un homme assez jeune, aussi mince qu'un cintre, noyé sous un flight-jacket de cuir brun. Il tenait un calibre automatique dans sa main droite.

Sous une mèche huileuse, son visage était fin, régulier, presque angélique, mais sa peau ravagée par des cicatrices d'acné. Les commissures de ses lèvres s'étiraient anormalement, lui donnant l'air de sourire perpétuellement. Ses yeux, profondément enfoncés sous les sourcils, cillaient à une vitesse inhabituelle. Comme ceux d'un serpent ou d'un lézard.

— Content de te revoir.

Il avait un accent slave. Chaplain comprit que ces mecs comptaient parmi les clients qu'il avait appelés dans la journée. Il ne parvenait pas à répondre. À peine à respirer. Il tremblait par convulsions.

L'homme aux yeux de reptile dit quelque chose à l'autre qui s'agitait toujours. Il semblait lui ordonner de ne plus fumer, de ne plus brûler. Le gars retira sa veste, la piétina avec rage, se dirigea vers les éviers de la cuisine. Il se mit la tête sous le robinet d'eau froide puis alla ouvrir la porte vitrée de l'atelier.

Aucun doute sur l'identité du chef.

— Vraiment content de te revoir.

La phrase était chargée d'ironie. Chaplain se demanda s'il n'allait pas l'abattre, là, tout de suite. Pour rire. L'arme qu'il tenait lui rappelait son Glock. Même canon court, même pontet carré, même matériau spécial qui n'était plus du métal. Il remarqua que l'arme était dotée d'un rail sous le canon, sans doute pour fixer dessus une lampe ou un désignateur laser. Dans quel monde évoluait-il ?

Chaplain hasarda, pour gagner du temps :

— Comment vous m'avez retrouvé ?

— Petite erreur toi. Appelé Amar numéro fixe. Numéro protégé mais pour nous, facile d'identifier ton adresse.

Son français était approximatif et sa voix aiguë, légère. Ses syllabes s'articulaient comme une mécanique en mal d'huile. Arnaud n'avait passé qu'un seul coup de fil de son fixe. Chez les Slaves, où il était question d'un certain Yussef. Il était certain qu'il l'avait devant lui. Quant à l'autre, son agresseur, c'était Amar, celui à qui il avait parlé au téléphone.

Des prénoms musulmans.

Peut-être des Bosniaques…

Il joua encore la montre :

— Vous ne connaissiez pas mon adresse ?

— Nono, quelqu'un de très prudent. T'as changé, visiblement. (Sa voix douce se durcit d'un coup.) Où t'étais, mon salaud ?

Les réjouissances commençaient. Autant jouer la provocation :

— J'ai voyagé.

Aucune réaction. Son visage paraissait taillé dans la pierre. Ses morsures d'acné évoquaient les trous d'une pluie acide.

— Où ?

— Je sais pas. J'ai perdu la mémoire.

Yussef eut un rire qui ressemblait à un roucoulement. Ses paupières battaient toujours. Clic-clic-clic… La trotteuse d'un compte à rebours. Chaplain enchaîna. Il espérait tenir en respect l'homme avec son baratin.

— J'ai eu un accident, je te jure.

— Avec la volaille ?

— Si c'était le cas, je serais pas là pour te parler.

— Sauf si tu nous as donnés.

— Dans ce cas, tu serais plus là pour m'écouter.

Yussef rit encore. Sous sa mèche graisseuse, il avait un maintien étrange. Trop droit. Trop raide. Comme s'il avait des barres de fer à la place des tendons et des vertèbres. Son compagnon l'avait rejoint. Il portait des cloques de brûlures sur le visage. La moitié de sa chevelure noire avait cramé. Pourtant, il paraissait ne rien ressentir. C'était un athlète de plus de 1,80 mètre. Chaplain était sidéré de lui avoir résisté aussi longtemps. L'homme semblait n'attendre qu'une chose : finir ce qu'il avait commencé dans l'escalier.

— Nono, t'es beau parleur. Mais maintenant, faut rendre ce que tu dois à nous.

Plus de doute possible. Nono avait dû escamoter un stock de drogue, ou l'argent correspondant à ce stock, ou les deux. Peut-être tout ça était-il planqué dans le loft. Peut-être avait-il été frappé par sa crise au moment de la livraison. Le miracle était qu'il soit encore vivant.

Chaplain s'accrocha à son sang-froid. Obtenir le maximum de renseignements sur lui-même avant que l'entrevue ne tourne à la séance de torture.

— Y a pas d'arnaque, Yussef.

— Tant mieux. *Bolje ikad nego nikad*. File marchandise. Les pénalités, on verra plus tard.

Il avait risqué le prénom : l'homme-déclic était bien Yussef. Autre information. *La marchandise*. De la drogue. Chaplain renonça à toute précaution.

— Comment on s'est connus ?

Il lança un regard au gorille qui sourit en retour :

— T'es devenu complètement *glupo*, mon Nono. J't'ai sauvé du ruisseau, mon gars.

— C'est-à-dire ?

— Quand j't'ai trouvé, t'étais rien qu'un chien galeux. (Il cracha par terre.) Un clodo, une merde. T'avais plus d'papiers, plus d'origine, plus de métier. J'ai tout appris à toi.

— Appris quoi ?

Yussef se leva. Son visage s'était figé. La plaisanterie avait assez duré. Ses pommettes hautes creusaient ses joues et ombraient ses commissures retroussées. Ce sourire perpétuel lui donnait l'air d'un masque japonais.

— Je rigole plus, Nono. File-nous ce que tu nous dois et on se casse.

— Mais qu'est-ce que je vous dois ? hurla-t-il.

Le colosse bondit mais Yussef le bloqua d'un geste. Il prit le relais et empoigna Chaplain d'une main. Le canon du semi-automatique à quelques millimètres de son nez brisé.

— Arrête déconner. C'est chaud pour toi, mon frère.

Il voyait maintenant de près les yeux du Bosniaque. Ses pupilles, entre deux déclics, étaient étrécies. Une pâleur froide et verte y scintillait. Yussef était encore jeune mais quelque chose de moribond l'habitait. Une maladie. Une froideur. Une malédiction.

— Je pourrai pas tout te rendre tout de suite, bluffa-t-il.

Yussef releva la tête, comme pour rejeter sa mèche en arrière.

— Commence par passeports. On verra après.

Le mot agit comme un révélateur. *Faussaire*. Il était faussaire. Tout à coup, ses impressions mitigées dans cet atelier trouvèrent leur signification. Le fait que la planche à dessin et les esquisses publicitaires avaient l'air d'un décor. Le fait que les couleurs, les toiles vierges, les produits chimiques sonnaient faux. Il n'était ni roughman, ni artiste. Il n'avait aucune existence légale : il était un artisan du faux.

Voilà pourquoi il avait au cul toute la communauté étrangère de Paris. Des clans, des groupes, des réseaux qui l'avaient payé pour obtenir des passeports, des cartes d'identité, des permis de séjour, des cartes de crédit et qui n'avaient rien vu venir.

— Tu les auras demain, fit-il sans savoir où il allait.

Yussef relâcha la prise et lui donna une tape amicale sur l'épaule. Son visage se réchauffa légèrement. La pierre devenait résine.

— Super. Mais pas conneries. Amar reste dans le coin. (Il lui fit un clin d'œil.) Lui donne pas l'occasion de faire payer toi petites blagues de tout à l'heure.

Il tourna les talons. Chaplain le rattrapa par le bras :

— Comment je te contacte ?

— Comme d'habitude. Portable.

— J'ai pas ton numéro.

— T'as tout zappé ou quoi ?

— Je t'ai dit que j'avais des problèmes de mémoire.

Yussef le considéra durant une seconde. La méfiance planait dans l'air comme un gaz toxique, dangereux. Le Bosniaque hochait légèrement la tête, par saccades. Enfin, il dicta les chiffres en français et ajouta mystérieusement « *glupo* ». Chaplain devina que c'était une insulte mais l'autre l'avait prononcée avec affection.

Les deux visiteurs disparurent, l'abandonnant dans son atelier ravagé. Il n'entendit même pas la porte claquer. Les yeux fixes, il se pénétrait de sa situation immédiate comme on s'envoie une rasade d'alcool brûlant.

Il avait la nuit pour retrouver son atelier.

Et son savoir-faire.

Il commença par l'hypothèse la plus simple.

Un atelier en sous-sol.

Il souleva les tapis en quête d'une trappe. Il ne trouva rien. Pas l'ombre d'une poignée, d'une rainure qui laisserait deviner un passage. Il attrapa un balai qui traînait avec les ustensiles de cuisine épars sur le sol. Il frappa partout en quête d'un bruit creux. Il n'obtint rien d'autre que le son plein, compact et grave de la dalle sous ses pieds.

Il balança son manche à travers la pièce. La peur montait en lui en poussées de fièvre. Passé le soulagement de voir partir les duettistes, le dilemme des prochaines heures se précisait. Une nuit pour localiser son atelier. Retrouver le coup de main. Fabriquer des faux passeports… Le projet même était absurde.

Fuir à nouveau ?

Amar ne devait pas être loin…

Alors qu'il cherchait dans les tiroirs des clés, une adresse, un indice, une autre part de son cerveau envisageait son nouveau profil. *Faussaire*. Où avait-il appris ce métier ? Où avait-il trouvé le fric pour démarrer son business ? Yussef lui avait dit qu'il l'avait récupéré sur le pavé. Il sortait donc d'une crise.

Sans nom, sans passé, sans avenir. Le Slave lui avait mis le pied à l'étrier – l'avait-il formé ?

Faussaire. Il répétait le mot à voix basse tout en poursuivant sa fouille. Par miracle, les Bosniaques n'avaient pas trouvé son argent dans la coque du Pen Duick. Son arrivée les avait interrompus. Ils n'avaient pas pu finir le boulot sur la mezzanine.

Faussaire. Quel meilleur job pour un imposteur chronique ? N'était-il pas le faussaire de sa propre existence ? Il s'arrêta, conscient de la vanité de ses efforts. Il n'y avait rien ici pour lui. Il s'assit, épuisé, et sentit ses points douloureux se réveiller. Visage. Ventre. Entrejambe. Il palpa ses côtes et pria pour qu'elles soient entières. Il passa dans la salle de bains et humecta une serviette éponge, comme il l'avait fait l'avant-veille. Il appliqua la compresse sur son visage et en éprouva un vague soulagement.

Abandonnant l'idée d'un sous-sol, il évalua l'idée d'une pièce secrète – tout aussi absurde. Les murs porteurs avaient ici plusieurs mètres d'épaisseur. Et il n'y avait ni angle ni recoin pour ménager un espace en retrait. Il redescendit pourtant au rez-de-chaussée. Déplaça le réfrigérateur. Sonda les fonds de placards. S'enfouit dans les penderies. Ouvrit les grilles d'aération…

Soudain, il eut envie de s'effondrer sur son lit et de s'endormir, pour ne plus se réveiller. Mais il devait tenir bon. Il s'orienta vers la cuisine, enjamba les débris et se fit un café. Il songeait maintenant à une annexe, située dans le village de lofts. Non. Il y aurait eu des factures, des quittances de loyer et il les aurait trouvées.

Pourtant, tasse en main, il rejoignit la porte et considéra la ruelle pavée. Tout était calme. Les habitants de ces ruelles étaient à mille lieues de se douter de ce qu'il se passait. Son regard s'arrêta sur une plaque de métal à double battant qui perçait le sol à cinq mètres de son seuil. Il retourna vers le comptoir de Nono le peintre, fouilla, trouva un marteau ainsi qu'un tournevis – des instruments qui devaient lui servir pour fixer les toiles sur les châssis – ou donner l'illusion qu'il le faisait.

Il rejoignit la trappe et enfonça le tournevis dans la rainure centrale. Un coup de marteau suffit pour faire levier. Un des battants sauta. Chaplain découvrit un escalier de ciment. Il plongea dans le sous-sol et referma la paroi sur sa tête, cherchant à tâtons un commutateur. La lumière jaillit. En bas des marches, s'ouvrait un couloir ponctué de portes en bois, plein de relents de moisi et de poussière. Les caves des lofts. Il s'avança encore, se demandant où était la sienne.

Au bout de quelques pas, il n'eut aucun doute : une seule porte était en fer. Pas un cadenas mais une serrure. Ce qu'il cherchait était derrière. Il tenait toujours son marteau et son tournevis. Au mépris de toute discrétion, il enfonça sa pointe entre la paroi et le chambranle et frappa de toutes ses forces. Enfin, le métal se tordit, se souleva. Il planta son arme plus profondément et fit, une nouvelle fois, levier.

La serrure céda. Ce qu'il découvrit lui arracha un cri de triomphe. Il y avait là plusieurs imprimantes. Un plan de travail supportant un microscope, des mines, des pinceaux, des cutters. Sur des étagères, des produits chimiques, des encres, des tampons. Sous des

bâches, plusieurs scanners, une machine de plastifica-
tion, un appareil d'analyse biométrique…

Il alluma le plafonnier, éteignit la lumière du couloir, referma la porte. Le lieu était aménagé en atelier
d'imprimerie. Le long des murs, des rames de papier.
Des feuilles de plastique. Des toners. Des encreurs.
Une lampe ultraviolette…

Un autre miracle était en marche : il se souvenait de
tout. Ses connaissances de faussaire revenaient à la
surface de sa mémoire, aussi facilement que les gestes
d'un nageur plongeant dans la mer après trente années
de terre ferme. Comment expliquer ce miracle ? Ce
savoir d'artisan était-il à ranger du côté de sa mémoire
culturelle ? Autre explication : il s'était débarrassé du
mystérieux implant. Sa mémoire s'en trouvait peut-
être libérée…

Pas le temps de se poser la question. Il mit en
marche les imprimantes, alluma les autres machines.
Les souvenirs affluaient. Comment scanner un passeport ou toute autre pièce d'identité. Comment blanchir
les inscriptions en filigrane ou les fils fluorescents permettant d'identifier précisément le document pour
ensuite en créer d'autres – vierges de tout signalement.
Il se souvenait d'avoir personnellement boosté ses
engins afin de copier des détails micrographiques
conçus justement pour échapper à toute tentative de
contrefaçon. D'avoir anéanti les dispositifs intégrés
par les fabricants de scanners et d'imprimantes afin
d'éviter tout risque de production de faux. D'avoir
occulté le numéro de série que chaque copieur
imprime en microcaractères, invisibles à l'œil nu, pour
permettre de détecter l'origine du document reproduit.

Il comprenait pourquoi Yussef ne l'avait pas abattu. Il était un virtuose du faux. Un as de la fraude de documents. Sa main n'avait pas de prix. Il tomba sur un nouveau trésor. Une boîte en bois comparti- mentée, d'un mètre sur un mètre, rappelant les fichiers à l'ancienne des bibliothèques. À l'intérieur, rangés, triés, ventilés, des documents d'identité vierges. Parmi eux, les passeports français promis à Yussef. Glissée dans chaque exemplaire, une feuille pliée en quatre indiquait le nom et les coordonnées du futur candidat à la nationalité française, agrémen- tés d'une photo d'identité. Tous les noms avaient des consonances slaves. Quant aux gueules, c'était le défilé des yétis.

Il ôta sa veste, mit en route le système de ventila- tion, s'assit derrière le plan de travail. Il avait la nuit pour fabriquer trente documents. Il espérait qu'à côté des connaissances, les gestes, l'habileté, la sûreté allaient revenir dans le même élan.

Déjà, d'autres fragments se précisaient. Son credo de faussaire. Les règles qu'il s'était toujours imposées. Jamais d'usurpation d'identité. Jamais d'escroquerie. Jamais d'arnaque aux crédits ou aux banques.

Nono menait une autre croisade.

Il donnait naissance à de nouveaux Français.

Il enfila des gants de latex et attrapa les documents vierges – des e-passeports qui tous affichaient le sym- bole révélant la présence d'une puce électronique. Du dernier cri.

Il allait attaquer quand une autre idée le traversa. Une mauvaise idée sans doute, mais il était déjà trop tard pour y renoncer. Il balaya sa tignasse des deux mains : il verrait plus tard.

Pour l'heure, il devait se mettre au boulot.

Sauver la peau de Nono.

Fleury-Mérogis, tripale des femmes.

Une rumeur l'arracha à son sommeil torturé.

Ça bruissait, ça parlait, ça marchait dans le couloir. Coup d'œil à sa montre : 10 heures du matin. Elle se leva et plaqua son oreille contre la porte. Le brouhaha montait en régime. Les détenues paraissaient excitées. Le vendredi devait être le jour des parloirs famille.

Elle retournait s'allonger quand un cliquetis la fit sursauter. Une gardienne sur le seuil. On la transférait de cellule. On la foutait au mitard. On l'emmenait d'urgence chez le juge au pénal. En quelques secondes, elle imagina tout.

— Chatelet. Parloir.

— J'ai de la visite ?

— Quelqu'un de ta famille, ouais.

Quelque chose se brisa dans sa poitrine. Elle ne se connaissait qu'une seule famille.

— Tu viens ou quoi ?

Elle enfila sa veste à capuche et suivit la matonne. Dans le couloir, elle accorda son pas sur les autres. Fantômes en joggings, tchadors ou boubous. Rires. Baskets à la traîne. Le chemin jusqu'au parloir lui paraissait interminable. Seuls ses battements cardiaques la faisaient avancer. Une nausée violente la tenait à l'estomac.

Sans savoir comment, elle se retrouva dans le couloir de la veille. Bureaux vitrés. Barreaux aux fenêtres. Portes de verre feuilleté. Mais l'atmosphère n'avait plus rien à voir. Des enfants riaient dans les boxes. Un ballon frappait un mur. Un bébé pleurait. Plutôt l'ambiance d'une crèche que celle d'un parloir de prison.

La matonne s'arrêta et ouvrit une porte.

L'homme qui l'attendait, assis derrière la table, tourna la tête.

Ce n'était pas son père.

C'était Mathias Freire.

Par un tour de magie incompréhensible, il était parvenu jusqu'ici, franchissant les contrôles, les vérifications d'identité, les sas de détection…

— Vous n'allez jamais ressortir, fit-elle en s'asseyant de l'autre côté de la table.

— Faites-moi confiance, fit-il posément.

Elle rentra la tête dans les épaules, serra les poings entre ses genoux, prit une profonde inspiration. Sa façon à elle de puiser, au fond d'elle-même, l'énergie nécessaire pour encaisser cette surprise. Elle pensa à son allure. Traits tirés. Décoiffée. Crasseuse. Vêtue comme une convalescente dans un hosto.

Elle releva les yeux et se dit que ça ne comptait pas. Il était bien là, devant elle. Amaigri. Blessé. Fébrile. Il portait des vêtements de prix mais sa gueule avait l'air d'être passée sous un métro. Elle avait tant attendu cet instant… Sans jamais y croire.

— On a pas mal de choses à se dire, fit-il de la même voix calme.

En flashes subliminaux, elle le revit s'enfuir dans le hall du TGI de Marseille. Se faufiler entre les tramways de Nice. Lever son calibre vers les tueurs, rue Montalembert.

— Le problème est qu'on n'a qu'une demi-heure, poursuivit-il en désignant l'horloge fixée au mur, derrière lui.

— Vous êtes qui aujourd'hui ?

— Votre frère.

L'idée la fit rire. Toujours la tête dans sa capuche, elle frottait ses paumes l'une contre l'autre, comme quelqu'un qui a froid, ou qui est en manque.

— Pour les papiers, comment vous avez fait ?

— C'est une longue histoire.

— Je t'écoute, fit Anaïs, passant au tutoiement.

Mathias Freire – celui qu'elle appelait ainsi – parla des trois meurtres. Le Minotaure. Icare. Ouranos. Il expliqua qu'il souffrait du syndrome du voyageur sans bagage. Il évoqua les trois personnalités qu'il avait traversées. Freire, le psychiatre, à partir de janvier 2010. Janusz, le clochard, de novembre à décembre 2009. Narcisse, le peintre fou, de septembre à octobre…

Aucune surprise de ce côté-là. Elle avait tout deviné, ou presque. Mais elle découvrait d'autres faits. Freire avait été le premier présent auprès du cadavre d'Icare – Fer-Blanc l'avait vu sur la plage. D'autre part, le mot russe « Matriochka » jouait un rôle clé dans l'affaire mais il ignorait lequel.

— Aujourd'hui, demanda-t-elle, vous en êtes à quel personnage ?

— Celui qui a précédé Narcisse. Un dénommé Nono.

Elle éclata d'un rire nerveux. Il sourit en retour.

— Arnaud Chaplain. J'ai été ce type au moins cinq mois.

— Qu'est-ce que vous faisiez dans la vie ?

— Laissez tomber.

Il énuméra les tentatives de meurtres auxquelles il avait échappé depuis sa fuite de Bordeaux. Cinq en tout. Il semblait doué d'invincibilité – ou bénéficier d'une chance hors norme. Partout où il allait, quelle que soit son identité, les hommes en noir le retrouvaient. Ces types étaient meilleurs enquêteurs que les flics eux-mêmes. En tout cas plus rapides.

Freire lâcha ensuite une information primordiale. À l'Hôtel-Dieu, après son arrestation, les radiographies de son visage avaient révélé sous sa cloison nasale un implant. En se brisant le nez, il avait réussi à l'extraire.

Disant cela, il ouvrit sa main : une minuscule capsule chromée brillait dans sa paume.

— Qu'est-ce que c'est ?

— Selon le toubib de l'Hôtel-Dieu, ça pourrait être un diffuseur de produits ou une micropompe comme on en utilise parfois pour soigner l'épilepsie ou le diabète. Un dispositif implanté sous la chair, qui permet de mesurer en temps réel des critères physiologiques et de délivrer au juste moment le principe actif. Tout le problème est de savoir lequel et quel est son effet.

Tout cela était rocambolesque mais Anaïs se souvenait d'un détail : les meurtriers de Patrick Bonfils avaient suivi son cadavre jusqu'à la morgue de Rangueil – seulement pour lui ouvrir le nez. Pas besoin d'être grand clerc pour conclure. Ils étaient venus récupérer l'implant que le pêcheur abritait sous sa cloison nasale. Freire et Bonfils subissaient le même traitement.

Freire/Janusz parlait de plus en plus vite. Dans cet imbroglio, une obsession surpassait tout : il voulait prouver son innocence. Démontrer, malgré les évidences, qu'il n'était pas l'assassin de l'Olympe.

— Mon idée est que je traque moi-même l'assassin. Je ne suis pas le tueur. Je *cherche* le tueur.

— Tu l'as trouvé ?

— Je ne sais pas. On dirait que chaque fois que je m'approche trop près de lui, je perds la mémoire. Comme si... ce que je découvrais court-circuitait mes réseaux neuronaux. Je suis condamné à reprendre alors mon enquête. À zéro.

Anaïs l'imaginait face à un juge en train de déblatérer ses explications : c'était la taule assurée. Ou l'HP. Elle le regardait et n'en revenait toujours pas de l'avoir là, sous les yeux, hors de son crâne. Elle l'avait tant rêvé, il l'avait tant hantée...

En deux semaines, il avait vieilli de plusieurs années. Ses iris brûlaient au fond de ses cernes. Son nez, cabossé, déchiré, portait plusieurs pansements. L'idée lui vint qu'à mesure qu'il traversait ses identités, des marques lui en restaient. Il ressemblait encore au psychiatre qu'elle avait connu mais un fond de clochard s'agitait encore en lui. Une étincelle de folie palpitait dans ses pupilles – beaucoup plus Vincent van Gogh que Sigmund Freud.

Il était encore trop tôt pour savoir ce qu'Arnaud Chaplain lui léguerait en héritage. Peut-être l'élégance : ses vêtements trahissaient un soin, une attention qui n'avaient rien à voir avec les trois autres personnages.

Sur une impulsion, elle lui prit la main.

Le contact fut si doux qu'elle la retira aussitôt, comme si elle s'était brûlée.

Surpris, Freire se tut. Elle leva les yeux vers l'horloge. Il ne restait que quelques minutes. Elle prit la parole à toute vitesse. Elle raconta Mêtis, son passé militaire, son développement chimique puis pharmaceutique. Le groupe était devenu un des plus importants producteurs de psychotropes en Europe.

Elle évoqua ensuite les liens souterrains existant entre ce groupe et les forces de défense nationale. Enfin, elle résuma sa conviction, qui s'était verrouillée à l'instant : un laboratoire de la constellation Mêtis testait sur lui, ainsi que sur Patrick Bonfils et sans doute d'autres cobayes, une nouvelle molécule. Un produit qui fissurait leur personnalité et provoquait une sorte de réaction en chaîne. Des fugues psychiques en série.

Freire encaissait chaque fait comme un coup de poing dans la gueule. Histoire de l'achever, elle décrivit la puissance de Mêtis, qui ne pouvait être inquiété ni par les lois, ni par l'autorité de l'État puisque sa puissance même découlait de ces lois et de cette autorité.

Et maintenant, sa conclusion. Pour une raison qu'elle ignorait, le groupe avait décidé de faire le ménage et d'éliminer les cobayes du protocole. Mêtis avait missionné des combattants professionnels pour les abattre. Lui, Patrick Bonfils, et sans doute plusieurs autres. Ils appartenaient à une liste noire.

Freire encaissait toujours, les dents serrées. Elle s'arrêta, éprouvant le sentiment de tirer sur une ambulance. Il ne leur restait plus que deux minutes. Elle réalisa soudain leur inconscience. Ils se moquaient des caméras de sécurité. Des micros qui pouvaient enregistrer leur conversation. Des gardiens qui pouvaient le reconnaître ou être alertés par une source extérieure.

— Je suis désolé, finit-il par conclure.

Anaïs ne comprit pas ces mots – elle venait de lui annoncer son arrêt de mort. Avec un temps de retard, elle saisit qu'il parlait des murs de la maison d'arrêt, des conséquences de toute l'affaire sur sa carrière, du chaos dans lequel elle s'était volontairement jetée.

— J'ai choisi mon camp, murmura-t-elle.

— Alors, prouve-le.

Freire lui prit la main et glissa entre ses doigts un papier plié.

— C'est quoi ?

— L'heure et la date d'un appel que Chaplain a reçu sur sa ligne fixe, à la fin du mois d'août. Un appel au secours. Il faut que j'identifie la fille qui m'a contacté.

Anaïs se cabra.

— L'appel est protégé, continua-t-il. C'est le dernier coup de fil que j'ai reçu dans la peau de Chaplain. Le lendemain, je suis devenu un autre. Je dois retrouver cette femme !

Anaïs baissa les yeux sur son poing serré. Son cœur avait des ratés. La déception la suffoquait.

— Je t'ai écrit un autre numéro, continua-t-il à voix basse. Mon nouveau portable. Je peux compter sur toi ?

Elle fourra discrètement le papier dans sa poche de pantalon et éluda la question :

— Chaplain, il cherchait aussi le tueur ?

— Oui, mais d'une autre façon. Il utilisait des sites de rencontres. Notamment un club de speed-dating, Sasha.com. Ça te dit quelque chose ?

— Non.

— Le numéro, Anaïs. Il faut l'identifier. Je dois parler à cette femme. S'il n'est pas trop tard.

Anaïs fixa ses yeux rougis. Un bref instant, elle souhaita la mort de cette rivale. Aussitôt après, elle arracha ce cancer de son ventre.

Elle parvint à demander :

— C'est pour ça que t'es venu ?

La sonnerie retentit. Fin des visites. Il eut un sourire épuisé et se leva. Malgré ses kilos en moins, ses années en plus, ses yeux brillants de fièvre et son nez en miettes, il avait toujours un charme irrésistible.

— Ne dis pas de conneries.

Aussitôt sortie du parloir, Anaïs demanda l'autorisation de téléphoner. Cela signifiait simplement effectuer un détour par l'aile nord du tripale, où les postes s'alignaient, vissés dans le mur. La surveillante fut conciliante. Elle n'était pas encore une vraie DPS.

L'heure de la promenade avait commencé. Résultat, pas une gazelle devant les appareils téléphoniques. Anaïs composa de mémoire un numéro. Il fallait qu'elle s'agite pour ne pas sombrer dans l'abattement. Elle aurait tout le temps de pleurer dans sa cellule. Elle avait revu Mathias Freire et que s'était-il passé ? Du boulot de flic. Un échange professionnel. Et basta.

— Allô ?

— Le Coz, Chatelet.

— Anaïs ? Mais qu'est-ce qui se passe ?

La nouvelle de la fusillade et de son arrestation était parvenue jusqu'au Sud-Ouest.

— Trop long à t'expliquer.

— Qu'est-ce qu'on peut faire ?

Elle balança un regard vers la matonne qui faisait les cent pas, de dos, face à une baie grillagée. Anaïs sortit sa feuille de papier et le déplia.

— Je te donne l'heure et la date d'un appel protégé, ainsi que le numéro contacté. Tu identifies l'abonné qui a passé le coup de fil. Tout de suite.

— T'as pas changé, dit-il en riant. Balance.

Elle dicta le numéro, le jour, l'heure. Elle l'entendit décrocher une autre ligne. Il livra en relais les informations dans l'autre combiné puis revint vers elle.

— J'ai reçu un appel d'Abdellatif Dimoun.

Elle mit quelques secondes à replacer le nom. Le coordinateur de la police scientifique de Toulouse. Le guerrier du désert.

— Qu'est-ce qu'il voulait ?

— Tu lui as fait envoyer un tas de merdes, paraît-il, venues d'une plage de Marseille.

Elle avait carrément oublié cette piste. Les débris retrouvés autour du corps d'Icare.

— Il les a analysés ?

— Oui. Juste des détritus charriés par le ressac. Il n'y a qu'un truc qui tranche sur le lot. Un fragment de miroir. Selon lui, ça pourrait provenir d'ailleurs. Peut-être même de la poche du tueur.

— Pourquoi ?

— Parce que le fragment ne porte aucune trace de sel. Il ne vient pas de la mer.

Un morceau de miroir : on était bien avancés.

— C'est pas tout, continua Le Coz. Ils l'ont analysé : il porte des traces d'iodure d'argent.

— Qu'est-ce que ça signifie ?

— On a traité ce miroir. On l'a volontairement plongé dans ce produit pour le rendre sensible à la lumière. C'est une méthode très ancienne, paraît-il, qui date de cent cinquante ans. La technique du daguerréotype.

— Du quoi ?

— L'ancêtre de la photographie. Je me suis documenté. Le miroir poli et argenté conserve l'empreinte projetée par un objectif. Après, on l'expose à des vapeurs d'iode et on obtient une image. Quand l'argentique est apparu, on a abandonné cette technique, non reproductible. Le daguerréotype imprime directement un positif, sans passer par un négatif.

— Dimoun pense que ce miroir est un support de daguerréotype ?

— Oui. Et ça nous fait un sacré indice. Plus personne ne pratique cette méthode à part quelques passionnés.

— Tu t'es rancardé ?

— J'y vais de ce pas.

— Trouve-moi la fondation qui réunit ces mecs. La liste des types qui utilisent encore cette technique.

Tout en parlant, elle eut soudain une vision très précise de la démarche du tueur. Il tuait. Il mettait en scène un mythe grec. Puis il l'imprimait, une fois et une seule, sur un miroir d'argent. Elle frissonna. Il devait exister, quelque part, une salle abritant ces tableaux terrifiants. Elle les voyait, sur les parois de son esprit, miroitant dans un clair-obscur. Le Minotaure égorgé. Icare brûlé. Ouranos émasculé. *Combien d'autres ?*

— J'ai ton numéro protégé. T'as de quoi noter ?

— Ouais. Dans ma tête.

Le flic lui donna le nom et les coordonnées de la mystérieuse interlocutrice d'Arnaud Chaplain. Ces infos ne lui disaient rien. Mais sur ce coup, elle n'était qu'un fusible. Elle remercia Le Coz, émue par cette source de chaleur, à plus de cinq cents kilomètres.

— Comment je peux te contacter ?

— Tu peux pas. Moi, je me démerderai.

Il y eut un silence. Le Coz était à court d'inspiration. Anaïs raccrocha pour ne pas fondre en larmes. Elle rejoignit la gardienne et lui demanda une nouvelle faveur : profiter des dernières minutes de la promenade. La matonne soupira, la toisa des pieds à la tête puis, se souvenant peut-être qu'elle était flic, prit la direction de la cour.

Anaïs brûlait de l'intérieur. Le nouvel indice des daguerréotypes lui redonnait de l'énergie. Elle enrageait d'être bloquée ici alors qu'un nouvel élément jaillissait dans son enquête. Peut-être rien. Peut-être quelque chose… Une certitude : elle garderait cette piste pour elle-même. Pas un mot à Solinas.

La rumeur du dehors la secoua. La gardienne venait d'ouvrir la dernière porte : les femmes marchaient et discutaient dans la cour, encadrées par des rectangles de terre pelée, des paniers de basket et une table de ping-pong en béton. Le décor ne faisait pas illusion. Les murs, les barbelés, les câbles ceinturaient le champ de vision. Les prisonnières avaient toujours l'air enfermé. Les corps étaient flétris, avachis. Les visages usés ressemblaient à ces manches de cuillères qui, à force d'être limés, poncés, affûtés, deviennent meurtriers. Même le vent glacé paraissait chargé de l'air vicié des cellules, de l'odeur de bouffe, des intimités mal lavées.

Elle fourra ses mains dans ses poches et se glissa dans sa peau de flic. Elle observa les groupes, les tandems, les isolées, et chercha la meilleure cible. Les détenues se partageaient en deux groupes dont l'appartenance se lisait sur leurs visages, leurs postures, leur démarche. Les bêtes fauves et les vaincues. Elle se dirigea vers un quatuor de Maghrébines qui n'avaient pas des têtes d'erreurs judiciaires. Des terreurs dont la machine carcérale n'avait pas sucé la sève. Ces femmes-là avaient plusieurs années de taule à leur actif. Et sans doute pas mal devant. Mais rien ne pourrait éteindre leur colère.

— Salut.

Lourd silence en réponse. Pas le moindre signe de tête. Seulement l'éclat noir des yeux, aussi dur que le bitume sous les pieds.

— Je cherche un portable.

Regard entre les nanas, puis gros éclat de rire.

— Tu veux nous demander nos papiers aussi ?

Les nouvelles allaient vite. En tant que flic, elle était déjà repérée, détestée, écartée.

— Je dois passer un SMS. Je suis prête à payer pour ça.

— Combien, bâtarde ?

Une des filles avait pris les commandes. Elle portait un caban ouvert sur un simple tee-shirt qui laissait voir des tatouages de dragons fiévreux sur son torse et des signes maoris dans son cou.

Elle ne tenta même pas de bluffer :

— Rien maintenant. J'ai pas une thune.

— Alors, casse-toi.

— Je peux vous aider dehors. Je vais pas moisir ici.

— On dit toutes ça.

— Oui, mais je suis la seule flic dans cette cour. Un flic ne reste jamais longtemps en taule.

Silence plombé. Brefs regards en loucedé entre les filles. L'idée mûrissait dans les têtes.

— Et alors ? finit par demander la femme-dragon.

— Trouvez-moi un portable. Une fois dehors, je ferai quelque chose pour vous.

— Je te pisse à la raie, cracha l'autre.

— Tu pisses où tu veux ma grande mais c'est une occasion qui passe. Pour toi. Tes frères. Ton keum. N'importe qui. Quand je serai dehors, je te jure que j'irai voir les juges, le proc, les flics à charge.

Le silence retomba, plus lourd encore. Elle pouvait presque entendre les rouages des cerveaux qui tournaient. Il n'y avait aucune raison de la croire. Mais en prison, qu'on le veuille ou non, la vie se nourrit d'espoir. Les quatre femmes, mains dans les poches, étaient emmitouflées dans des pelures et des survêtements infâmes. Dessous, on devinait les corps tendus par le froid.

Anaïs poussa son avantage :

— Un SMS. Ça prendra quelques secondes. Je vous jure de bouger pour vous.

Elles se regardèrent encore. Il y eut des gestes, des coups d'œil. Trois des filles se serrèrent autour d'Anaïs. Elle crut qu'elle était bonne pour une dérouillée. En réalité, les guerrières occultaient son champ de vision.

D'un coup, la femme-dragon réapparut au centre du rang. Le reptile incandescent s'agrippait à sa peau bronzée. Anaïs baissa les yeux : la taularde tenait un portable scotché, rafistolé au creux de sa paume.

Anaïs attrapa l'appareil. Rédigea son SMS debout devant le clan. Après avoir frappé le numéro de téléphone identifié, elle écrivait : « Medina Malaoui. 64, rue

de Naples. 75009 Paris. » Elle hésita puis ajouta :
« Bonne chance. »

Elle composa le numéro de Freire et appuya sur la
touche « envoi ».

Elle était vraiment la reine des connes.

Chaplain reçut le SMS d'Anaïs porte d'Orléans. Elle n'avait pas traîné. Cette information scellait leur association. À moins qu'une légion de flics ne l'attendent au 64, rue de Naples… Aussitôt, il indiqua au chauffeur l'adresse de Medina Malaoui puis composa le numéro qu'il venait de recevoir. Il tomba sur une boîte vocale. La voix sévère du 29 août dernier. Il ne laissa aucun message. Il préférait la surprendre dans son appartement. Ou mieux encore : fouiller les lieux en son absence.

La voiture filait sur le boulevard Raspail. Encore une fois, Chaplain passa en revue les révélations de la matinée. C'était Anaïs, du haut de ses 30 ans, entaulée à Fleury-Mérogis, qui avait découvert la clé de son destin : il était le sujet d'une expérience. D'un côté, cette idée était terrifiante. De l'autre, elle lui donnait de l'espoir. Il n'était pas un « chronique ». On l'avait empoisonné. Or, qui dit poison, dit antidote. Si on avait provoqué son syndrome, on pouvait le stopper. Peut-être même était-il déjà en voie de guérison, s'étant débarrassé de la mystérieuse capsule ? Il la regarda encore dans le creux de sa main. Il aurait aimé l'ouvrir, la scanner, la faire analyser…

Le chauffeur parvint rue Saint-Lazare, contourna la place d'Estienne-d'Orves, à l'ombre de l'église de la Trinité, emprunta la rue de Londres. Une impression confuse lui revint. Il détestait le IXe arrondissement. Un coin de Paris où les rues portent des noms de villes européennes mais où les immeubles sont sinistres, froids et verrouillés. Au-dessus des portes cochères, des atlantes et des cariatides vous fixent comme des sentinelles au garde-à-vous. Les rues sont désertées par les passants : seuls des compagnies d'assurances, des charges de notaire, des bureaux d'avocats règnent en maîtres...

L'image d'Anaïs lui revint. Il avait aimé la revoir. Son teint de lait. La brûlure sombre de son regard. L'étrange intensité de sa présence qui semblait ne pas subir le monde mais au contraire lui envoyer sa propre force, son empreinte incandescente. L'aimait-il ? Pas de place pour ce genre de questions dans sa tête ni dans son cœur. Il était un être vide. Ou plutôt : saturé d'inconnu. Mais cette alliée lui réchauffait le sang.

Le chauffeur stoppa au 64, rue de Naples. Il régla et sortit. Il découvrit un immeuble typique du quartier, forteresse de pierre striée de refends, surmontée aux troisième et quatrième étages de bow-windows. Il n'avait pas le code. La rue était déserte. Il se mit à faire les cent pas devant le seuil.

Enfin, au bout de dix minutes, deux hommes en costume jaillirent de la porte cochère. Chaplain se glissa à l'intérieur, frigorifié par l'attente. Une voûte s'ouvrait sur deux escaliers à droite et à gauche. Au fond, une cour révélait un fouillis d'arbres et une fontaine. Le cœur intime de l'immeuble. Il repéra les boîtes aux lettres.

Medina Malaoui vivait au troisième étage, escalier de gauche. Pas d'interphone. Il monta à pied. Deux portes se partageaient le palier. Une fenêtre décorée de vitraux occupait le centre. L'appartement de Medina Malaoui était celui de droite – une carte était fixée sur le chambranle. Il sonna. Une fois. Deux fois. Sans résultat. Medina n'était pas chez elle. À moins qu'il ne lui soit arrivé quelque chose... Cette idée, qu'il avait repoussée jusqu'à maintenant, revenait en force sur son seuil.

Il se retourna et observa la porte d'en face. Il imaginait un voisin curieux en train de l'observer à travers le judas. Il s'approcha du seuil, écouta. Aucun bruit non plus à l'intérieur.

Personne à droite, personne à gauche.

La solution était au centre.

Il ouvrit la fenêtre. Un rebord courait le long de l'étage, idéal pour se déplacer latéralement. Il avait déjà pratiqué cette gymnastique l'avant-veille, à l'Hôtel-Dieu. Il se recula et attendit plusieurs minutes, à couvert, en observant les deux façades qui fermaient la cour. Pas un mouvement aux fenêtres. Pas un bruit à travers les murs. À 11 h 30 du matin, le 64, rue de Naples était un sanctuaire.

Il enjamba le châssis et se posa sur la coursive. Évitant de regarder le jardin, trois étages plus bas, il tourna le dos au vide, s'accrochant aux refends de la paroi. Il atteignit en quelques secondes la première fenêtre de l'appartement de Medina. Toujours en équilibre, il frappa avec le coude la vitre d'un coup sec. Le verre se fendit en deux mais resta en place, grâce au mastic. Chaplain redoutait toujours qu'un témoin inopiné se mette à gueuler dans la cour : « Au voleur ! Au voleur ! »

Il passa son bras par la fêlure et actionna la poignée intérieure. Il se glissa entre les voilages, referma la fenêtre, observa les façades. Rien n'avait bougé. D'un geste, il ferma les doubles rideaux. Fin du spectacle.

Tout de suite, il sentit l'odeur de poussière. Pas bon signe. Il fit quelques pas et découvrit un appartement de riche célibataire. Grand salon. Cuisine high-tech. Couloir sur la droite qui devait s'ouvrir sur une chambre ou deux. La distribution des espaces était ample, aérée, agréable.

Il contourna le canapé en L face à un écran plat fixé au mur. Il ne s'attarda pas sur la déco. Du chic. Du cher. Du raffiné. Le tout recouvert par une couche de poussière trop épaisse pour ne pas être inquiétante. *Ça commence à craindre. Je flippe.* Le 29 août avait-il été fatal à Medina ?

Un portrait de femme était posé sur un meuble. Comme d'habitude, ce visage ne lui disait rien. La trentaine. Cheveux blonds et évanescents. Visage ovale, rehaussé de pommettes mongoles, à la russe. Deux yeux immenses, noirs, langoureux. Des lèvres rouges, épaisses, charnues. Chaplain songea à la pomme empoisonnée de Blanche-Neige. L'ensemble ruisselait littéralement de sensualité, comme si Medina sortait tout juste d'une pure source de désir.

Il s'attendait à autre chose. La voix évoquait une élégance froide, une beauté autoritaire. Quant au nom, il laissait imaginer une créature sombre, plantureuse, d'origine maghrébine. Il avait sous les yeux une fleur des champs, tendance kolkhoze. Medina était peut-être d'origine kabyle... La photo avait été prise à bord d'un bateau. Chaplain se demanda soudain s'il n'avait pas pris lui-même le cliché sur un voilier qu'il aurait loué...

Il fit sauter l'image de son cadre, la fourra dans sa poche, commença le tour du propriétaire. Aucune surprise. On était ici chez une Parisienne branchée, aisée, intellectuelle. En revanche, nulle trace d'un métier, d'un poste professionnel. Les signes désignaient plutôt une existence d'étudiante. Le salon, le couloir, la chambre étaient tapissés de bouquins classés par ordre alphabétique. Philosophie. Critique littéraire. Ethnologie. Philologie... Pas vraiment l'école du rire.

Fouillant les tiroirs, il dénicha enfin une carte d'étudiante. Medina Malaoui, 28 ans, inscrite à la Sorbonne en DEA de philosophie. Il chercha encore et trouva un dossier complet retraçant son cursus. Elle venait du nord de la France. Bac à Saint-Omer. Licence et maîtrise de philosophie à Lille. La jeune femme préparait à Paris un doctorat portant sur les œuvres de Maurice Merleau-Ponty – le titre du travail à venir prenait trois lignes. Incompréhensible.

Chaplain réfléchit. Où Medina gagnait-elle son fric ? Une fille à papa ? Un boulot en parallèle ? Aucune réponse mais la garde-robe, dans la penderie, surlignait la question. Prada, Chanel, Gucci, Barbara Bui... Sur l'étagère du haut, des sacs en pagaille. Sur celle du bas, des chaussures en série. Avec quoi Medina s'achetait-elle tout ça ? Depuis quand la philosophie assurait-elle de tels moyens ? Était-elle la complice de ses trafics ? *Ça commence à craindre. Je flippe.*

Il continua sa recherche et ne trouva rien de personnel. Pas de téléphone mobile. Pas d'agenda. Pas d'ordinateur portable. Pas de factures d'abonnement. Pas de documents administratifs. Devant la porte d'entrée, du courrier s'entassait. Il regarda les dates : les lettres les plus anciennes dataient de la fin du mois d'août. Comme chez lui, la plupart des envois étaient publicitaires. Mais ici, pas même de factures, ni de relevés de banque. Tout devait passer par le Net. Où Medina était-elle partie ? Était-elle morte ? D'autres questions, en désordre. Où l'avait-il connue, sur un site de rencontres, chez Sasha.com ? Il imagina la fille du portrait dans une des soirées à cloche tibétaine. Elle aurait fait sensation.

Il fit un dernier tour pour trouver les indices d'un départ précipité. Ou quelque chose de plus irrévocable… De la nourriture pourrie dans le frigo. Une salle de bains en désordre. Des penderies pleines qui démontraient que Medina n'avait pas pris le temps de faire ses valises.

Chaplain sortit par où il était venu. Son butin tenait dans la poche intérieure de sa veste : la photo d'une jolie poupée slave au nom arabe. Le reste était dans sa tête. Ou plutôt dans sa gorge. L'impression funeste que Medina n'était plus de ce monde.

Il traversait la voûte du rez-de-chaussée quand une sexagénaire en tenue de combat jaillit devant lui : blouse bleue, balai-brosse, seau d'eau de Javel.

— Vous cherchez qui ?

Chaplain allait mentir mais se ravisa. La gardienne pouvait lui fournir des informations :

— Je venais voir Medina Malaoui.

— Elle est pas là.

— Elle s'est absentée ?

— Depuis un moment, oui.

— Combien de temps ?

La femme lui lança un regard suspicieux. Le passage n'était pas allumé. Ils se tenaient dans un clair-obscur chargé des odeurs du jardin.

— Vous êtes un ami ? demanda-t-elle enfin.

— Je suis un de ses professeurs, improvisa-t-il. Depuis quand est-elle partie ?

— Plusieurs mois. Mais le loyer est payé. Pas de problème.

— Elle ne vous a rien dit ?

— Elle dit jamais rien, la petite chérie.

Le ton se chargeait de mépris :

— Très discrète. Très… indépendante. Elle fait son ménage toute seule. Ses courses toute seule. Toujours toute seule !

Chaplain simula l'inquiétude :

— Cette disparition n'est pas normale… Elle n'a prévenu personne à la faculté.

— Faut pas vous en faire. Ces filles-là, il peut rien leur arriver.

— Qu'est-ce que vous voulez dire ?

La gardienne s'accouda à son balai. Position repos.

— Si vous êtes prof, je vais vous donner un conseil.

Chaplain s'efforça de sourire.

— Faut toujours regarder les sacs des étudiantes. Si la fille porte une gibecière, un sac à dos ou une bourse en jean, pas de problème. Mais si elle se radine à vos cours avec du Chanel, du Gucci ou du Balenciaga, alors là, croyez-moi, elle a un autre job… Un job de nuit, si vous voyez ce que je veux dire.

La bonne femme paraissait bien informée des marques de luxe et des nouvelles habitudes du monde estudiantin. Mais elle avait raison. Tout l'appartement de Medina respirait le fric facile. L'élégance bling-bling des nuits parisiennes. Medina était-elle une escort-girl ? Avait-il été un de ses clients ?

Il joua l'indignation :

— Medina était très sérieuse et…

— C'est pas incompatible. C'est pas les mêmes horaires, c'est tout.

— Vous avez des preuves de ce que vous avancez ?

— Elle partait tous les soirs puis revenait à l'aube. Qu'est-ce que vous croyez, qu'elle avait un job de gardien de nuit ?

Chaplain revit la photo – celle qu'il tenait dans la poche de sa veste. Pas de commentaire. Il contourna la concierge. Elle lui barra le passage avec son balai.

— Si je la vois, je lui dis que vous êtes passé ?

Il acquiesça distraitement.

— C'est quoi votre nom ?

— Laissez tomber.

La seconde suivante, il appuyait sur le bouton d'ouverture de la porte cochère. Il jaillit dehors et eut juste le temps de bifurquer sur la gauche. Une voiture banalisée venait de piler en double file. Deux hommes en sortirent. Aucun doute : des flics.

Il accéléra le pas, entendant le portail s'ouvrir derrière lui. Les condés devaient posséder une clé universelle. Son cerveau devint un shaker. Pensées secouées, fébriles, paniquées. Anaïs l'avait-elle balancé ? Impossible. Les flics s'inquiétaient-ils tout à coup du sort de Medina Malaoui ? Pas possible non plus. Une seule explication. Anaïs était surveillée à la maison d'arrêt. Quand elle s'était renseignée sur le numéro protégé, sa communication avait été enregistrée. On avait voulu savoir pourquoi la fliquette s'intéressait à ce numéro.

Il descendait au pas de course le boulevard Malesherbes en quête d'une station de métro ou d'un taxi. Il revoyait le joli minois aux pommettes hautes. Son oraison funèbre ne faisait plus de doute. Que s'était-il passé le 29 août ? Était-il arrivé trop tard ? L'avait-il tuée lui-même ?

Un seul moyen de le savoir.

Retrouver les collègues de Medina.

Plonger dans le monde des filles VIP.

Pour cela, il avait un guide tout désigné.

Les passeports bien neufs, bien craquants, claquèrent sur le tableau de bord.

— En voilà vingt. T'auras les dix autres demain matin.

Toute la nuit, il avait bossé sur ces documents, retrouvant les gestes, les automatismes, les exigences du vrai faussaire. Il était redevenu Nono l'expert, Nono les doigts d'or. Yussef, au volant de sa Mercedes Classe S, saisit les documents avec précaution. Il les feuilleta, les étudia, les tritura. Chaplain était assis à ses côtés. Amar occupait la banquette arrière, à la fois au repos et aux aguets.

Yussef hocha la tête puis donna les passeports à son comparse qui les fit passer dans une machine – sans doute un détecteur. Les secondes ressemblaient à des gouttes d'acier en fusion. Chaplain essaya de se concentrer sur le design majestueux de l'habitacle : inserts en érable madré, sièges en cuir noir, tableau de bord surmonté par un écran GPS en scope...

Au-delà, à travers le pare-brise fumé, il apercevait le foyer Saint-Maurice, boulevard de la Chapelle, à l'ombre du métro aérien. Contraste frappant entre cette cabine de yacht et les sans-papiers qui se bousculaient devant la porte, suintant la peur, la misère et l'oubli.

Il avait appelé Yussef à 13 heures, le Bosniaque lui avait donné rendez-vous devant ce foyer où s'agglutinaient hommes, femmes et familles entières en mal de toit et de papiers. La clientèle du Bosniaque.

Amar tendit le bras entre les deux sièges et rendit les passeports à Yussef :

— Nickel, admit-il.

Les commissures des lèvres de Yussef, tracées au cutter, s'étirèrent en un sourire :

— T'as pas perdu la main.

— Demain matin, la suite.

— On parle plus d'argent sur ce coup ? T'es d'accord ?

— C'est déjà beau de ne pas avoir perdu quelques doigts dans la bataille.

Yussef comptait ses passeports comme s'il s'agissait d'un jeu de cartes.

— Nono, toujours plus malin que les autres.

Chaplain était fasciné par ce jeune homme qui ne pesait rien et dégageait une autorité de général. Il flottait dans un pull commando de l'armée britannique, vert olive, avec des renforts de tissu aux coudes et aux épaules. La Mercedes était son blindé.

— J'ai tout de même une faveur à te demander.

— Bien sûr, fit l'autre en fixant les fantômes du dehors.

— J'ai besoin d'un calibre.

— Ça va te coûter cher.

— Des cartes de séjour pour tout un cargo, si tu veux.

— Pourquoi un calibre ?

— Raisons personnelles.

Yussef conserva le silence. Il observait toujours les illégaux qui s'enfonçaient dans leur propre ombre, le long de la façade lépreuse. Enfin, il fit un signe à Amar qui sortit de la voiture. Son impression se confirma : le Bosniaque l'avait à la bonne – et cela avait toujours été le cas.

Le coffre s'ouvrit. La scène avait un caractère surréaliste. Ce bunker de carbone et de bois verni, les sans-papiers qui battaient le pavé dehors, les ressources de la Merco qui faisait à la fois office de bureau administratif, d'arsenal, de banque et de coffre-fort.

— Je t'ai dit que j'avais des problèmes de mémoire ?

— Complètement à la masse, ouais.

— Je me souviens pas de la manière dont on s'est rencontrés.

Yussef hocha la tête, à coups de petits déclics. Le trouble de Nono l'amusait.

— Croisé toi à Stalingrad, en mars dernier. Tu dessinais sur le sol avec craie. Tu vivais avec les trois kopecks que les passants filaient à toi. T'avais la tête vide. Impossible de savoir nom à toi, origine.

— Pourquoi tu m'as aidé ?

— À cause de tes dessins. Ça m'a rappelé les *stećci*, des tombes anciennes qu'on trouve au pays.

Amar était de retour. Un pistolet se matérialisa dans sa paume, qu'il braqua au-dessus du levier de vitesse, crosse la première.

— Un CZ 75, fit Yussef. Ces enfoirés de Tchèques, ils font du bon boulot.

Le calibre était différent du Glock. Il ne s'attarda pas dessus et le fourra dans sa poche. Sans enthousiasme, Amar lui donna trois chargeurs.

Il allait dire merci quand Yussef poursuivit, les pupilles toujours fixées sur les sans-papiers :

— On t'a recueilli, mon pote. On t'a lavé, on t'a nourri, on t'a logé. T'avais toujours la tête vide mais tu savais dessiner. J'ai foutu toi dans les pattes de mes faussaires.

— Tu en as d'autres ?

— Qu'est-ce que tu crois ? Que j'ai attendu toi pour enrichir l'état civil français ?

— J'ai accepté ?

— Tu t'es mis au boulot, *glupo*. En deux semaines, t'enterrais tout le monde. Le don, l'instinct. Encres, techniques d'impression, tampons… (Il énumérait avec ses doigts.) Pigé tout. Un mois plus tard, t'as encaissé premiers paiements. Créé ton labo en solo. Un autre que toi, j'aurais arraché les couilles. Toi, j'ai fait confiance. Toujours le boulot à l'heure.

Nono avait donc duré plus longtemps que les autres. De mars à septembre 2009. Il avait eu le temps de s'installer, de gagner sa légitimité, d'obtenir un statut officiel – il avait pu louer l'atelier, obtenir un compte en banque, payer ses abonnements. Tout était basé sur des faux papiers.

— Et je ne t'ai jamais dit mon nom ?

— Au bout d'un certain temps, t'as commencé à dire que tu t'appelais Nono. Tu venais du Havre, t'avais été imprimeur. Des conneries. L'important, tes livraisons. Pour ça, jamais de problèmes. Jusqu'au jour où t'as disparu.

Il eut un rire bref et empoigna la nuque de Chaplain :

— Mon salaud !

Chaplain saisissait mieux la nature du miracle Mathias Freire. Il avait dû se fabriquer des papiers à ce nom... Cela signifiait qu'il s'était toujours baladé avec ces documents, du temps de Narcisse ? de Victor Janusz ? Non. Il pensait plutôt que son don lui était revenu au bout des doigts quand il s'était retrouvé de nouveau au fond du néant. Il avait inventé Mathias Freire. Il s'était fabriqué des papiers et avait trouvé le poste à Pierre-Janet.

Yussef claqua des doigts. Deux verres se matérialisèrent sur l'accoudoir qui les séparait. Ils paraissaient aussi petits que des balles de fusil.

Amar se pencha entre les deux sièges, une bouteille à la main. Yussef brandit son « shot ».

— *Zxivjeli !*

Chaplain but sa vodka cul sec. Le breuvage était aussi épais que du vernis. Il toussa violemment. L'alcool lui brûla la gorge, chauffa ses pectoraux, puis engourdit ses membres.

Yussef éclata de son rire trop court, aussitôt mangé par ses lèvres de Joker.

— *Polako*, Nono. Ces trucs-là, ça se déguste...

D'un geste, il ordonna à Amar de le resservir. Chaplain avait les larmes aux yeux. À travers cette brume, il voyait la faune du dehors. Un nuage de vapeur émanait de leurs épaules basses, leurs dos voûtés. Il y avait des Noirs, des Beurs, des Bridés, des Indiens, des

Slaves... Ils se serraient les coudes, battaient le bitume, attendaient on ne savait quoi.

— Comment font-ils ? demanda-t-il.

— Pour survivre ?

— Pour se payer tes passeports.

Yussef rit :

— T'as vu leur gueule ? Ceux-là, ils m'achètent plutôt des cartes de séjour.

— Ça ne répond pas à ma question : comment font-ils ?

— Ils se cotisent. Ils s'endettent. Ils se démerdent.

Une nausée vague étreignit sa gorge. Il avait participé à ce trafic. Il avait contribué à cet esclavage. Comment avait-il pu descendre aussi bas ? Ses identités ressemblaient à des marches qui ne le menaient jamais vers le haut.

— Je ne t'ai jamais rien dit d'autre ? insista-t-il. Sur mon passé ? Ma manière de vivre ?

— Rien. Tu prenais la commande, tu disparaissais. Quand tu revenais, les papiers étaient faits. Toujours *dakako*.

— C'est tout ?

— Ce que je peux dire, c'est que toi as changé.

— Dans quel sens ?

Il passa un index sous le revers de sa veste en velours Paul Smith :

— De mieux en mieux sapé. Coiffé. Parfumé. À mon avis, sacré baiseur.

L'occasion était trop belle. Il but sa vodka et joua sa carte.

— Je cherche des filles.

— Des filles ?

746

— Des pros.

Yussef éclata franchement de rire :

— Et tes réseaux, mon frère ?

— Je ne me rappelle même pas de leurs numéros.

— J'peux présenter toi. Filles du pays. Les meilleures.

— Non. Je veux des filles… du Sud. Du Maghreb.

Yussef parut vexé. Un éclair passa dans ses yeux de reptile. Une lueur qui rappelait la lumière dense et dangereuse de l'alcool entre leurs doigts. Chaplain craignit le pire mais ses commissures se relevèrent et ses yeux cillèrent.

— Va voir Sophie Barak.

— Qui c'est ?

— Y a pas une beurette qui passe pas par elle.

— Où je peux la trouver ?

— Hôtel Theodor. Son QG là-bas, à l'année. Une impasse rue d'Artois. Dis-lui que tu viens de ma part. Je lui vends des papiers pour ses filles.

— Accueillante ?

Yussef lui pinça la joue :

— Avec toi, pas de problème. Elle aime les petits trous-du-cul dans ton genre. Mais faut lui parler fort. Elle est libanaise. Elle est à moitié sourde à cause des bombes de son enfance.

— Et sinon ? Si je veux chasser moi-même ?

Yussef regarda Amar. Pour la première fois, le géant esquissa un sourire.

— Quand on cherche les gazelles, faut aller au point d'eau. Va au Johnny's, rue Clément-Marot. Tu pourras faire ton marché. On se voit demain. Toi intérêt venir avec la suite. On verra après pour le reste.

— Le reste ?

— Le cargo, *glupo*. C'est toi qui l'as dit. *Odjebaus*.

Il lui glissa deux billets de 500 dans sa pochette de veste :

— Fourres-en une à ma santé !

— Qu'est-ce que c'est que ces conneries ?

De nouveau, le parloir. De nouveau, Solinas, bloc de rage faisant défiler des images sur son ordinateur portable. Son entrevue avec Janusz, filmée par une caméra de sécurité.

— J'y suis pour rien, fit Anaïs. Je…

— Ta gueule. T'as bien conscience que tu vas plonger ?

— Je te répète que…

Solinas releva ses lunettes sur son crâne. Des muscles jouaient nerveusement sous ses tempes.

— Quand on m'a montré ça, fit-il d'une voix accablée, j'ai cru halluciner. Ce mec est un malade.

— Il est en panique.

— En panique ? (Le flic ricana dans les graves.) Je dirais plutôt que c'est le fils de pute le plus gonflé que j'aie jamais connu. Qu'est-ce qu'il voulait ?

— Identifier un numéro de téléphone.

— C'est tout ?

— Presque. Si je te dis qu'il est innocent et qu'il continue à mener sa propre enquête, je sais ce que tu vas me répondre.

— S'il a rien à se reprocher, il se livre et nous, on fait notre boulot.

Le déjeuner venait de s'achever dans le tripale. Des remugles de bouffe flottaient partout, graissant la peau, saturant les narines. Depuis qu'elle était incarcérée, Anaïs n'avait pas touché à la nourriture. Elle balança un coup d'œil à l'écran d'ordinateur. Janusz lui prenait les mains – il était en train de lui glisser le papier entre les doigts. Manœuvre invisible à l'image.

— Il n'a pas confiance, murmura-t-elle.

— Non ? (Il rabattit l'écran d'un geste.) Moi non plus, j'ai pas confiance. En tout cas, on sait de quel côté tu es.

— Vraiment ?

— On m'avait dit que vous couchiez ensemble. J'y croyais pas. J'avais tort.

— T'es con ou quoi ? Ce type a pris des risques insensés pour…

— C'est bien ce que je dis. Dans mon monde, on ne prend ce genre de risques que pour deux raisons. Soit pour le fric, soit pour la nique.

Anaïs rougit et sourit à la fois. Dans le langage ordurier de Solinas, c'était un compliment.

— Qu'est-ce qu'il t'a dit sur cette fille ?

— Rien.

— Il ne savait pas que c'était une pute ?

— Medina Malaoui ?

— Fichée dans nos services depuis 2008. Volatilisée depuis septembre 2009.

— Vous vous êtes rancardés sur elle ?

— Qu'est-ce que tu crois ? Les communications sont surveillées ici. Mes gars sont allés à son appart.

On y était déjà passé. Pas plus tard que ce matin, d'après la concierge. Le signalement correspond à ton tocard. On cherche donc la même chose, lui et nous.

— Quoi ?

— Peut-être ça.

Solinas plaça sur la table une chemise qu'Anaïs identifia au premier coup d'œil. Un rapport d'enquête classé sans suite. Elle ouvrit la première page et tomba sur des photos atroces. Une noyée, corps nu, visage fracassé, mâchoires arrachées, phalanges coupées.

— Ce cadavre pourrait correspondre à notre fille. Tu remarques les mutilations ? Je te fais pas un dessin.

— Pourquoi ça serait Medina ?

— Parce qu'on l'a repêchée dans la Seine le 7 septembre. La taille, la couleur des cheveux et des yeux correspondent. C'est peu, mais d'après mes hommes, son appart est celui d'une morte. Et d'après nos sources, elle a disparu à la fin du mois d'août. On a vérifié le fichier des corps non identifiés depuis cette date. Voilà ce qui est sorti. Pour moi, c'est elle.

Anaïs se força à détailler la dépouille. Les mutilations et les corruptions de l'eau s'étaient associées pour la défigurer. L'énorme tuméfaction qui lui tenait lieu de visage, imbibée comme une éponge, portait des traces de morsures de poissons, ainsi que des perforations creusées par des vers. Les orbites oculaires, enflées, ressemblaient à deux bubons. La bouche n'était qu'une plaie béante.

Le ventre et les membres étaient également gonflés par l'immersion. Taches cadavériques, plaies et hématomes se partageaient le terrain pour donner l'impression d'une peau de léopard, hésitant entre le jaune et le bleu violacé. Le cadavre semblait prêt à exploser, ou au contraire à s'affaisser comme un soufflé.

— Quelle est la cause du décès ?

— Pas la flotte en tout cas. On l'a balancée alors qu'elle était déjà morte. Selon le légiste, elle est restée environ une semaine dans l'eau. Le corps a été traîné par le courant et s'est pris pas mal de chocs. Impossible de dire ce qui lui a été infligé avant ou après la mort. Une chose est sûre : l'ablation des mâchoires et des phalanges visait à ralentir son identification.

— Aucun lien avec nos meurtres ? Je parle du modus operandi.

— A priori, non. Pas la moindre trace de rituel. Pas d'héroïne dans le sang. Mais on l'a découverte très tard.

— Elle n'avait pas de blessure au nez ?

Solinas parut surpris. Il n'était pas au courant de la mutilation post mortem de Patrick Bonfils. Autant ne pas insister.

— Selon le toubib, le visage a été détruit à coups de masse.

— Vous êtes remontés à ses clients ?

— L'enquête ne fait que commencer. Et franchement, six mois plus tard, on a peu de chances de pécho quoi que ce soit.

— Dans son appartement ?

— Ratissé, je te le répète. Notamment par ton connard. Et peut-être par d'autres. À mon avis, il n'y avait rien à trouver. La fille protégeait ses arrières.

Anaïs referma le dossier.

— Ton idée, c'est quoi ?

— Un client cinglé qui savait vraiment ce qu'il faisait. Ou des pros qui ont agi sur ordre.

— Sur ordre de qui ? Pour quelle raison ?

Solinas eut un geste vague. Il tripotait toujours son alliance.

— La pute qui en savait trop, c'est un classique. Les RG ont toujours utilisé les call-girls comme sources de renseignements.

Une piste possible. Mais Anaïs était certaine que les auteurs du crime appartenaient à Mêtis, ou à ses partenaires militaires. Les mêmes qui avaient éliminé Bonfils et sa femme. Qui avaient prélevé l'implant à l'IML de Rangueil. Qui avaient torturé Jean-Pierre Corto. Medina Malaoui était-elle au courant des expériences du groupe ? Si oui, pourquoi ? Quel pouvait être le lien entre une escort et les essais cliniques d'une molécule ?

— Il y a une autre hypothèse, continua le flic.

D'un regard, elle l'interrogea.

— C'est ton chéri qu'a fait le coup.

— Impossible.

— On le soupçonne d'avoir refroidi des clodos. Pourquoi pas une bimbo ?

Elle frappa la table du plat de la main :

— Tout ça est un tissu de mensonges !

Solinas sourit. Le sourire sadique du tortionnaire qui appuie sur une plaie. Anaïs sentit son menton trembler. Elle serra les poings. Pas question de pleurer. Surtout pas devant ce salopard. L'adrénaline de la colère était son dernier carburant.

— Il t'a dit ce qu'il cherche au juste ?

— Non.

— Où il se planque ?

— À ton avis ?

Le flic joua des épaules dans sa veste mal coupée :

— Il t'a donné un numéro ? Un contact ?

— Bien sûr que non.

— Comment t'as pu lui filer les renseignements sur Malaoui ?

Elle se mordit la lèvre inférieure.

— Laisse tomber. Je dirai rien.

La défense était faible. Elle se rendit compte qu'elle n'avait pas plus d'imagination que les voyous qui se succédaient dans son bureau, rue François-de-Sourdis, à Bordeaux. Solinas se massait la nuque comme s'il se contrefoutait de sa réponse.

— Ça me concerne plus de toute façon, confirma-t-il. La Brigade des fugitifs a été saisie.

Il stoppa son massage et agrippa le rebord de la table des deux mains :

— Moi, ce qui m'intéresse, c'est d'arrêter le tueur cinglé, qu'il soit Janusz ou un autre. Tu as avancé sur ce qu'on s'est dit ?

— Sur quoi ?

Il sortit une nouvelle photo de son cartable : le cadavre d'Hugues Fernet, le géant du pont d'Iéna.

— De quel mythe s'inspire ce meurtre ?

Anaïs n'était pas en position de jouer à la plus maligne :

— Du mythe d'Ouranos, un des dieux primordiaux. Son fils, Cronos, l'a émasculé pour prendre le pouvoir.

Le flic se pencha en avant. Sous ses montures relevées, son front se fissurait de rides. Anaïs repassa une couche – la seule façon pour elle de sortir de cette taule :

— Un tueur en série, Solinas. En août 2009, il a tué Hugues Fernet à Paris en s'inspirant d'Ouranos. En décembre 2009, il a tué Tzevan Sokow à Marseille en le transformant en Icare. En février 2010, il a assassiné Philippe Duruy, l'assimilant au Minotaure. C'est un tueur mythologique. Un cas unique dans toute l'histoire de la criminologie. Mais pour le choper, tu as besoin de moi.

Solinas ne bougeait plus. Même son alliance restait en place. Il fixait Anaïs comme si elle était l'oracle de Delphes et qu'elle venait de dérouler devant lui son destin de héros de légende.

— Après le mythe d'Icare et celui du Minotaure, reprit-elle, l'histoire d'Ouranos met encore en scène un fils en conflit avec son père. C'est mince mais c'est de ce côté-là qu'on doit chercher. Soit le tueur est un père déçu, soit un fils en colère. Sors-moi de là, nom de Dieu ! Il n'y a que moi qui peux t'aider à coincer ce cinglé !

Le flic ne la voyait plus mais elle voyait dans ses yeux : une affaire en forme de vitrine de Noël, une promotion spectaculaire, un ascenseur direct pour le sommet de l'administration française.

Solinas se leva et frappa à la porte vitrée :

— Je te laisse le dossier. Fais tes devoirs en attendant de mes nouvelles.

L'instant suivant, il était dehors. Anaïs se passa les mains sur le visage, comme pour lisser ses traits. Elle ne savait pas trop quel combat elle menait. Mais elle avait gagné un round.

Chaplain s'attendait à un palace taillé dans la pierre et le marbre. Le Theodor était un petit bâtiment en retrait, aux lignes Art déco, dans une impasse perpendiculaire à la rue d'Artois. En s'approchant, il devina que les dimensions réduites de l'édifice, sa situation, son apparente modestie étaient les marques d'un plus grand luxe encore que celui offert par les titans célèbres, type George V ou Plaza Athénée.

Il traversa une cour de gravier jusqu'à atteindre un seuil abrité par une marquise. Pas de portier, pas d'enseigne, pas de drapeau : de la discrétion, encore de la discrétion. À l'intérieur, un hall lambrissé de bois brun. Au fond, un salon chauffait ses fauteuils auprès d'un feu de cheminée crépitant. Le comptoir d'accueil ressemblait à une sculpture de bois minimaliste. Des orchidées blanches s'étiraient dans de longues fioles aux formes alanguies.

— Je peux vous aider, monsieur ?

— J'ai rendez-vous avec Mme Sophie Barak.

L'homme – il portait une espèce de costume chinois à col mao, en soie indigo – décrocha un téléphone et murmura dans le combiné. Chaplain se pencha au-dessus du comptoir :

— Dites-lui que c'est Nono. Nono de la part de Yussef.

Le réceptionniste haussa un sourcil circonspect. Il répéta les mots avec dégoût puis écouta attentivement la réponse, tout en observant du coin de l'œil Chaplain.

Il raccrocha et annonça à contrecœur :

— Mme Barak vous attend. Deuxième étage. La suite 212.

Chaplain prit l'ascenseur, traversant toujours la même atmosphère zen, à base de lumières brisées, de murs sombres, d'orchidées blanches. Une telle décoration pouvait apaiser les nerfs ou donner envie de hurler, au choix. Chaplain repoussait toute sensation. Il conservait ses forces pour la mystérieuse Libanaise.

Il sortit de l'ascenseur et prit la direction de la suite. Au bout du couloir, trois femmes à l'embonpoint généreux piaillaient comme des perruches trop nourries. Elles s'embrassaient, se caressaient les épaules, riaient très fort. Âgées de la cinquantaine, elles arboraient des tailleurs de couleur vive, des coiffures laquées, des bijoux scintillants qui crépitaient comme des feux d'artifice. Des épouses libanaises ou égyptiennes en goguette à Paris – ou bien en exil, en attendant que leurs maris reprennent le pouvoir au pays.

Il s'approcha doucement et s'inclina, en manière de salut. La plus petite, celle qui restait sur le seuil de la pièce, lui fit un large sourire. L'éclat de ses dents dans son visage sombre rappelait les touches d'ivoire incrustées dans les sculptures de marbre noir de la Babylone antique.

— Entre, mon petit. J'arrive tout de suite.

Chaplain sourit pour dissimuler son étonnement. La familiarité du ton, le tutoiement laissaient entendre qu'ils se connaissaient. Encore un fragment oublié ? Il se glissa par la porte, saluant d'un signe de tête les deux visiteuses aux cheveux de miel.

Il s'avança dans la première pièce et découvrit une ambiance plus en accord avec le décorum classique d'un hôtel de prestige. Murs blancs, canapés beiges, abat-jour mordorés. Des sacs et des malles Vuitton, portant le monogramme LV, ponctuaient l'espace, dans un désordre apparent. Une d'entre elles, ouverte à la verticale, aussi grande qu'une armoire, égrenait des robes du soir. Les bagages d'une exploratrice, qui n'aurait accosté que des terres princières.

Il entendit des rires dans son dos puis le claquement de la porte. Quand il se retourna, Sophie Barak le fusillait du regard.

— Qu'est-ce que tu fous là ? C'est Yussef qui t'envoie ?

Chaplain digéra le changement de ton. Il voulait d'abord avoir une certitude.

— Excusez-moi, mais… on se connaît ?

— Je te préviens : je ne traite jamais en direct. Si tu veux doubler Yussef…

— Je cherche des renseignements.

— Des renseignements ? (Elle eut un rire glacé.) De mieux en mieux.

— Je suis inquiet pour une amie.

Sophie hésita. Quelque chose dans l'apparence de Chaplain parut la déstabiliser. Sa sincérité peut-être. En tout cas, il n'avait pas l'air d'un flic. Elle traversa le salon, ouvrit une penderie, prit une brassée de robes puis les fourra, sans précaution, dans un grand sac. Les cintres de bois s'entrechoquèrent. La Libanaise était sur le départ.

Chaplain l'observait. Elle avait la peau brune, une tignasse noire et brillante, coiffée en cloche, façon sixties. Elle était petite, boulotte, et sacrément sensuelle. Sous sa veste de tailleur, elle portait un chemisier blanc largement échancré sur ses seins. Le pli sombre qu'il révélait était plus violent encore que son rire. Un vrai pôle magnétique.

Maintenant, elle se tenait devant lui, les poings sur les hanches. Elle lui avait laissé quelques secondes pour se rincer l'œil. La politesse des reines.

— Ton amie, là, comment elle s'appelle ?

— Medina Malaoui.

Sans répondre, elle ouvrit une porte et disparut dans la pièce voisine. Sans doute la chambre. Chaplain n'osait plus bouger.

— Tu viens, oui ?

Il franchit le seuil et découvrit un lit immense, jonché de coussins brodés à l'orientale. Sophie Barak avait disparu. Il lança un coup d'œil circulaire et la repéra sur sa droite, assise devant une coiffeuse. Il allait répéter sa question quand elle arracha sa chevelure d'un mouvement sec. Sophie Barak était totalement chauve.

— Ne fais pas l'imbécile, lui dit-elle en le regardant dans le miroir. Cancer du sein. Chimio. Rayons. Rien d'exceptionnel.

Elle ôta sa veste puis déboutonna son chemisier, sans la moindre gêne.

— Depuis ma maladie, j'en ai plus rien à foutre de rien. Les soirées, le fric, les clients. Rien à foutre. Je me casse. Mes filles feront ce qu'elles veulent. Et celles qui n'ont pas de papiers, eh bien, elles retourneront au pays faire des mômes et garder les chèvres ! *Inch'Allah !*

Chaplain sourit. Elle balança son chemisier sur une chaise et s'enduisit les épaules d'une crème. Son soutien-gorge noir peinait à contenir sa poitrine. Sa peau brune laissait voir les tracés de fuchsine, colorant rougeâtre qu'on utilise pour marquer les champs d'irradiation de la radiothérapie.

— Medina, qu'est-ce que tu lui veux au juste ?

— Elle a disparu depuis le 29 août. On n'est pas vraiment proches mais… Ça fait maintenant six mois. Je n'ai plus jamais eu de nouvelles.

Sophie le fixa avec ses yeux noirs, brûlés au khôl, directement sortis des *Mille et Une Nuits*. Il contemplait en retour les dessins sur sa peau et fit un étrange amalgame, entre ces marques ocre et des dessins au henné. L'Orient. Le désert. La mort.

Elle finit par se lever et attrapa un peignoir blanc. Elle le boucla avec une ceinture de tissu éponge :

— J'en sais pas plus que toi.

— Vous n'avez eu aucune nouvelle ?

— Non.

Elle disparut dans la salle de bains, fit couler de l'eau dans la baignoire. À cet instant, Chaplain remarqua qu'il y avait quelqu'un d'autre dans la pièce. Une petite femme effacée, vêtue sans la moindre élégance. Elle jouait de l'ordinateur derrière un bureau. Elle avait l'humilité, la discrétion héritées d'une longue lignée d'esclaves. Il devina. La comptable de l'entreprise Barak. On bouclait les valises, on scellait les comptes.

Sophie revint dans la chambre et choisit une robe de soie noire qu'elle disposa avec précaution sur le lit. Elle balança un ordre en arabe à l'esclave puis s'agenouilla face à une autre malle verticale qui contenait des séries de chaussures.

— Quoi qu'il lui soit arrivé, fit-elle en choisissant une paire d'escarpins tigrés, elle l'a bien cherché. Si tu la connais, tu le sais comme moi. Medina est une sacrée bourrique.

— Sasha.com : ça vous dit quelque chose ?

— D'où tu connais ce nom, toi ?

— Elle m'en avait parlé.

Sophie haussa les épaules et sélectionna, dans une autre malle, une ceinture surmontée d'un sigle en argent.

— Une mode absurde, murmura-t-elle.

— Une mode ?

— Des filles se sont inscrites dans ce club merdique au printemps dernier. Incompréhensible. Un réseau qui permet tout juste de rencontrer des losers sans un rond. De la merde.

— Elles cherchaient peut-être un mari ? Un compagnon ?

Sophie sourit avec indulgence :

— On me l'avait jamais faite celle-là.

— Vous avez une autre hypothèse ?

Elle disposa l'ensemble de sa tenue – robe, chaussures, ceinture – sur le lit et parut satisfaite. L'eau du bain coulait toujours.

— Pas une hypothèse, rétorqua-t-elle en se retournant vers lui. Une certitude. Tu crois quoi ? Que je vais laisser mes filles raser gratis ? J'ai mené mon enquête.

— Qu'avez-vous trouvé ?

— Elles se font payer.

— Par qui ?

Elle eut un geste vague :

— Tout ce que je sais, c'est que plusieurs d'entre elles ne sont jamais réapparues. Trois petits tours chez Sasha et on disparaît. C'est comme ça.

Chaplain songea aux rumeurs dont lui avait parlé Lulu 78. Un tueur en série au sein d'un site de rencontres ? S'attaquant uniquement à des escorts qui n'avaient rien à faire là ? Un trafic d'êtres humains ? Pourquoi passer par un club comme Sasha.com ?

— Je ne vous vois pas vous résigner aussi facilement, insista-t-il.

Elle s'approcha de lui, rajusta les revers de sa veste avec affection :

— Je t'aime bien, mon petit. Alors écoute mon conseil : passe ta route. Il y a un moyen très simple d'éviter les emmerdes. C'est de ne pas les provoquer.

Elle le raccompagna à la porte. L'entrevue était terminée, la Pythie avait parlé.

Sur le seuil, Chaplain risqua une dernière question :

— Et Mêtis, ça vous dit quelque chose ?

Nouveau sourire. De l'indulgence, elle était passée à la tendresse. Il devinait comment Sophie Barak tenait son petit monde. Par une sorte de chaleur maternelle, qui soudait les équipes plus sûrement que toute menace. La violence, le froid, la brutalité provenaient du dehors. Elle était là pour défendre ses petites.

— Si j'ai pu faire mon business aussi longtemps, c'est qu'on m'a protégée.

— Qui ?

— Ceux qui peuvent protéger.

— Je ne comprends pas.

— Tant mieux. Mais le système fonctionne dans les deux sens. Ils me protègent. Je les protège. Tu comprends ?

Il songea à une Madame Claude version loukoums.

— Vous voulez dire que Mêtis a quelque chose à voir avec le pouvoir ?

Elle embrassa son index et le posa sur les lèvres de Chaplain. Elle fermait la porte quand il la retint un instant.

— Medina n'était pas la seule à fréquenter Sasha.com. Vous avez un autre nom à me donner ?

Elle parut réfléchir puis murmura :

— Leïla. Une Marocaine. Je crois qu'elle fraye encore avec ces conneries. *Barak allahu fik !*

Elle avait dû attendre 17 heures pour se rendre à la bibliothèque. Comme les autres, elle devait se plier aux heures et aux priorités de la taule. Or, les horaires changeaient chaque jour pour éviter toute stratégie d'évasion.

Une fois dans la place, elle avait trouvé des livres sur l'histoire de la photographie. Depuis que Le Coz lui avait parlé de daguerréotypes, elle plaçait tous ses espoirs dans cette piste. En admettant que l'assassin de l'Olympe utilisât cette méthode pour immortaliser ses meurtres, elle devait tout connaître sur le sujet.

Son idée était simple. Jusqu'ici, le tueur avait été plus que prudent. Jamais on n'avait pu remonter la filière de l'héroïne, de la cire, des plumes ou des ailes de deltaplane. On n'avait pas non plus réussi à tracer sa piste à travers les produits anesthésiants qui avaient endormi le taureau sacrifié. Aucun lien n'avait pu être établi entre lui et les instruments de ses crimes. Peut-être avait-il été moins attentif avec ses daguerréotypes ? Peut-être les matériaux nécessaires à cette technique spécifique le trahiraient-ils ?

Selon ses bouquins, l'invention de Louis Jacques Mandé Daguerre, peintre parisien, date du milieu du

XIXe siècle. Techniquement, le procédé est fondé sur le polissage d'une plaque de cuivre, recouverte d'une couche d'argent. Le support est ensuite exposé à des vapeurs d'iode pour le sensibiliser à la lumière. Dans un deuxième temps, on projette une image sur cette plaque grâce à un objectif puis on la révèle en l'exposant à des vapeurs de mercure. Une fois imprimée, le miroir poli est baigné dans de l'hyposulfite de soude puis protégé de l'oxygène de l'air par une couche de chlorure d'or.

Les livres étaient agrémentés d'illustrations : le grain d'imprimerie n'était pas terrible mais les images semblaient pourtant briller comme du mercure. Elle pensa à des songes. Ces clichés présentaient la même contradiction que les rêves, à la fois sombres et lumineux, vagues et précis. La sensation visuelle était qu'un nuage noir se déchirait pour révéler des motifs d'argent, dont le chatoiement avait quelque chose d'irréel.

Elle se plongea dans un ouvrage professionnel. Elle n'y comprit pas grand-chose mais suffisamment pour saisir que la technique était longue et complexe, notamment au moment de la prise de vue. Se pouvait-il que sur les scènes d'infraction, l'assassin ait pris le temps d'immortaliser son œuvre en suivant une telle méthode ? Difficile à croire. Pourtant, il y avait ce fragment de miroir trouvé auprès d'Icare. Le meurtrier avait brisé sur place une première plaque sensible avant de renouveler l'opération avec une autre... Il avait ramassé tous les morceaux mais un débris avait échappé à sa vigilance. C'était la seule façon d'expliquer la présence de ce vestige.

À cet instant, elle se demanda si on avait donné à Solinas une transcription détaillée de sa conversation téléphonique avec Le Coz. Elle ne le pensait pas. Il ne lui avait pas parlé des daguerréotypes. Elle était donc seule sur ce coup.

Elle abandonna sa lecture et ferma les yeux, tentant d'imaginer ce que pourraient être des daguerréotypes tirés des scènes de crime. Le Minotaure. Icare. Ouranos…

Soudain, Anaïs ouvrit les yeux. Les plaques, dans sa tête, n'étaient pas argentées mais dorées. Ou plutôt rougeoyantes. Inconsciemment, elle avait associé les étapes chimiques de cette technique ancienne et une énigme non résolue à propos du corps de Philippe Duruy. Le sang qu'on lui avait volé. Sa conviction, inexplicable : le tueur intégrait l'hémoglobine de sa victime dans le processus du développement. D'une manière ou d'une autre, il utilisait ce liquide vital pour *révéler* la lumière de l'image.

Anaïs s'était toujours passionnée pour l'art. Des souvenirs lui revenaient. Des légendes selon lesquelles Titien lui-même avait intégré du sang dans ses toiles. Rubens aussi aurait utilisé cette matière organique pour renforcer la chaleur de ses lumières, la vibration de ses chairs. Un autre mythe courait : au XVIIe siècle, on avait recours au sang humain pour fabriquer de la « mummie », une mixture qui, mélangée avec l'huile et les couleurs, constituait un glacis d'excellente qualité pour le fond des toiles.

Que ces histoires soient vraies ou fausses, peu importait : elles nourrissaient maintenant le scénario d'Anaïs. Elle n'était pas assez calée en chimie pour deviner à quel moment l'hémoglobine et son oxyde de fer pouvaient intervenir mais elle était certaine que l'Olympe de l'assassin ressemblait à ça : une galerie d'art abritant des plaques de sang séché et de chlorure d'or.

— Chatelet, c'est fini.

La gardienne se tenait devant elle. Elle demanda si elle pouvait photocopier quelques pages. On lui répondit que non. Elle n'insista pas. Au fil des couloirs et des portes verrouillées, son excitation ne retombait pas. Les daguerréotypes. L'alchimie. Le sang. Elle était certaine de tenir quelque chose mais comment vérifier ?

En guise de réponse, la porte de sa cellule se referma sur elle. Elle s'allongea sur son lit et perçut, de l'autre côté du mur, la radio d'une prisonnière. Le « 6-9 » de la station NRJ. Lily Allen, de passage à Paris, était interviewée par un animateur. La chanteuse anglaise expliquait qu'elle connaissait la première dame de France, Carla Bruni.

— Vous seriez prête à chanter en duo avec elle ? demanda l'animateur.

— Je sais pas… Carla est grande et moi, je suis toute petite. Ça ferait bizarre. Il vaudrait mieux que je fasse un duo avec Sarkozy !

Anaïs trouva la force de sourire. Elle adorait Lily Allen. Surtout la chanson « 22 » qui retrace, en quelques mots, le destin ordinaire et désespérant d'une trentenaire qui n'a pas vu passer sa jeunesse. Chaque fois qu'elle voyait le clip de la chanson, des filles dans les toilettes d'une boîte de nuit qui, en se refaisant une beauté devant le miroir, espèrent se refaire une vie, elle se voyait elle-même :

It's sad but it's true how society says her life is already over
There's nothing to do and there's nothing to say.
Elle ferma les yeux et revint aux images mythiques.
Des daguerréotypes laqués de sang.
Il fallait qu'elle sorte d'ici.
Qu'elle retrouve la trace du salopard.
Qu'elle stoppe le prédateur aux techniques de vampire.

Le nouveau speed-dating prenait place dans un bar design du IXe arrondissement, le Vega, qui n'avait rien à voir avec l'atmosphère tropicale du Pitcairn. La décoration était cette fois fondée sur les chromes et les lampes LED. À gauche, le bar rétroéclairé diffusait une lumière bleutée d'aquarium. À droite, les canapés répartis dans l'espace arboraient des formes de protozoaires. Des cubes argentés jouaient le rôle de tables basses.

Sur le comptoir du bar s'alignaient des Blue Lagoon, cocktails à base de curaçao, qui paraissaient phosphorescents dans la pénombre. La musique, de l'électro soft, trépidait en sourdine.

Dans le vestibule, des illustrations encadrées d'inox représentaient un personnage d'un dessin animé japonais de la fin des années 1970 : *Goldorak*. Il s'appelait Vega et le bar sacrifiait à la mode du retour aux années les plus laides du XXe siècle : les eighties.

Le rendez-vous était prévu à 21 heures. Chaplain arriva à 20 h 30. Il voulait surprendre Sasha. Dans la salle déserte, elle disposait, encore vêtue de son manteau, des cartons numérotés sur chaque table. Elle ne l'avait pas entendu. Il en profita pour l'observer.

Sans doute originaire des Antilles néerlandaises, elle portait les cheveux courts et mesurait près de 1,80 mètre. Une carrure d'athlète et des bras démesurés. Malgré sa beauté, sa silhouette était lourde et massive. Sous certains angles, on aurait pu la prendre pour un travesti.

— Salut Sasha, fit-il dans l'ombre.

Elle sursauta et frissonna. Il faisait un froid glacial dans la salle. Aussitôt, elle se composa un sourire de commande et retrouva son rôle préféré : la démiurge bienveillante, régnant sur une légion de cœurs perdus.

Quand Chaplain apparut, elle passa directement à l'hostilité pure et dure. Il s'approcha pour la saluer, sans savoir s'il devait lui serrer la main ou l'embrasser. Sasha recula d'un pas. Sous son manteau sombre, elle portait une robe noire stricte et des chaussures à talons de marque, noires aussi. Rien dans ces vêtements ne rappelait ses origines antillaises, mais tout son être respirait les îles. Sous les leds, sa peau caramel était passée au mordoré. L'émeraude de ses yeux avait viré au vert d'eau.

Elle le toisa en retour et parut consternée par ses vêtements. Chemise violette, manteau de flanelle « trois poches », pantalon droit en serge de laine et somptueuses chaussures pointues, à effet vernis. Il avait pris ce qu'il avait trouvé dans la garde-robe flashy de Nono.

— Je devrais interdire mon club aux baiseurs à la petite semaine.

— Pourquoi j'ai droit à ce traitement de faveur ?

— Il me semblait avoir été claire.

Sasha lui avait sans doute interdit jadis de fréquenter ses soirées.

— De l'eau a coulé sous les ponts, hasarda-t-il.

— La rumeur, c'est une peinture qui tient bien.

Elle avait un léger accent créole. Une intonation qu'elle parvenait à éliminer quand elle s'adressait à ses ouailles, mais qui revenait maintenant, dans ce duel intime. Il joua la provocation, s'exprimant comme un amant passé ou potentiel.

— Il n'y a que ton club qui compte, c'est ça ?

— Quoi d'autre ? Les hommes ? Laisse-moi rire.

— L'amour, c'est ton fonds de commerce.

— Pas l'amour, l'espoir.

— On est d'accord.

Sasha fit un pas vers lui :

— Qu'est-ce que tu veux, Nono ? Tu reviens ici, avec ta gueule enfarinée, après tout ce qui s'est passé ?

— Qu'est-ce qui s'est passé au juste ?

L'Antillaise secoua la tête, d'un air accablé :

— Tu fais peur aux femmes. Tu fais de l'ombre aux hommes. Et moi, tu me tapes sur les nerfs.

Il désigna le bar aux reflets de mercure :

— Tu me permets de me servir autre chose que ton bleu de méthylène ?

— Fais comme chez toi, capitula-t-elle en retournant à ses cartons.

Chaplain passa derrière le bar. Le sac de Sasha était posé sur le comptoir. Il l'avait repéré dès son arrivée. Un Birkin couleur taupe, signé Hermès. Le trophée classique de la Parisienne qui a gagné des galons.

Il fit mine de choisir une bouteille. Les premiers postulants apparurent, écartant le lourd rideau de la porte d'entrée. Dans un mouvement réflexe, Sasha saisit deux cocktails, et se dirigea vers les arrivants.

Chaplain attrapa le Birkin et l'ouvrit. Il trouva le portefeuille. La carte d'identité. Sasha s'appelait Véronique Artois. Elle habitait 15, rue de Pontoise dans le Ve arrondissement. Il mémorisa l'adresse et replaça l'ensemble au fond du sac. Maintenant, ses clés.

— Qu'est-ce que tu fous ?

Sasha se tenait de l'autre côté du comptoir. Ses yeux vert clair étaient passés au jade. Il posa une bouteille sur le zinc.

— Un cocktail de mon cru. T'en veux un ?

Sans répondre, elle lança un regard aux membres qui s'étaient assis à deux canapés de distance, verre en main, mal à l'aise. Le devoir l'appelait mais elle n'en avait pas fini avec lui.

— Qu'est-ce que tu fous là, Nono ? Qu'est-ce que tu cherches ?

— Rien de plus qu'auparavant.

— Justement. Ça n'a jamais été clair.

Il ouvrit la bouteille et versa deux mesures. Il avait eu le temps de glisser les clés dans sa poche mais le Birkin n'était plus sur le comptoir : il l'avait lâché à ses pieds. Sasha ne s'en était pas aperçue. Ses yeux le sondaient dans la lumière pâle. Il aurait aimé y saisir une nostalgie, une tristesse voilée – quelque chose qui évoquait le bon vieux temps – mais il ne discernait qu'une inquiétude mêlée de colère.

— T'es sûre que t'en veux pas un ?

Elle fit « non » de la tête et lança un regard vers le seuil : d'autres candidats apparaissaient.

— Je me demandais…, risqua-t-il. Leïla va venir ce soir ?

Sasha le foudroya du regard. Son visage serein et chaud d'Antillaise s'était transformé en pierre volcanique aux arêtes froides et dures.

— Casse-toi de chez moi.

Chaplain leva les mains en signe d'apaisement. Sasha partit à la rencontre des nouveaux postulants, verres en main. Il posa le sac sur le comptoir, se glissa vers le seuil, croisant Sasha qui accompagnait ses invités.

Quand il souleva le rideau, il découvrit d'autres célibataires. Il aurait voulu leur souhaiter bonne chance, mais il murmura :

— Bon courage.

Il dut attendre près de dix minutes devant le 15, rue de Pontoise, avant que la porte cochère ne s'ouvre sur un locataire qui s'en allait. Chaplain se glissa dans l'embrasure, tremblant de froid, pour buter contre une grille équipée d'un autre code. Pas moyen d'atteindre les immeubles.

— Merde, murmura-t-il, à court d'imagination.

Attendre encore. À travers les barreaux, il observa la cour pavée, agrémentée de massifs de plantes qui tenaient tête à l'hiver. Les façades des bâtiments étaient sobres. Des corniches rectilignes, sans ornement. Des balcons de fer forgé. Il remontait le temps. Ces constructions devaient dater du XVIIe ou du XVIIIe siècle. Malgré son irritation, il notait l'intense beauté du lieu. Les pavés, les façades, les feuillages, tout était d'un gris brillant, lunaire, qui évoquait un tableau rehaussé de touches de mercure.

Le portail de la rue s'ouvrit. Un visiteur. L'homme, col relevé, lui lança un coup d'œil soupçonneux puis sonna à l'interphone. La grille se déverrouilla. Chaplain se précipita dans son sillage, ignorant son regard hostile. Selon les boîtes aux lettres, Véronique Artois habitait bâtiment B, troisième étage.

Une cage d'escalier étroite, des tomettes au sol, une porte de guingois. Chaplain avait l'impression de visiter Voltaire en personne. Il sonna par mesure de prudence, attendit puis tourna la clé sans bruit.

Une fois à l'intérieur, il regarda sa montre. Depuis son départ du Vega, il avait grillé quarante minutes. Les soirées de Sasha se déroulaient toujours selon le même rituel : sept fois sept minutes, soient quarante-neuf minutes, plus le préambule et le ramassage des copies en fin de session, où chacun avait noté les numéros des candidats qui l'intéressaient. À quoi s'ajoutait le temps du trajet de retour de l'Antillaise. En tout, deux bonnes heures.

Il lui restait donc à peu près une heure pour fouiller ici.

À vue de nez, un petit deux ou trois pièces superficiellement rénové. Des tomettes encore. Des murs bosselés peints en blanc. Des poutres au plafond. Le lieu ressemblait à la Sasha qu'il imaginait. Une célibataire d'une quarantaine d'années qui surfait sur la mode du speed-dating depuis les années 2000 et gagnait à peu près sa vie grâce à son club, sans plus.

Il était certain qu'elle n'avait pas de bureaux extérieurs. Elle organisait ses soirées depuis son domicile, via Internet, limitant les frais. Après un vestibule étroit, il découvrit un salon décoré à la marocaine. Des lanternes de cuivre. Des murs rose et mandarine. Près d'une fenêtre, une méridienne couverte de coussins lui colla le cafard. Le refuge d'une femme seule, qui se blottit là pour lire en solitaire, le cœur gros et l'âme lourde. Il n'aurait pas été étonné de surprendre dans cette bonbonnière un chat, ou un bichon miniature – mais pas de bestiole à l'horizon.

Il passa dans la chambre. Des moucharabiehs de bois et de nacre jouaient les paravents. Un lit au centre, couleur grenadine, semblait attendre une pluie de pétales de roses. Mais le lieu réservait une surprise : sur le mur du fond, Sasha avait placardé tous les portraits des membres de son club, dressant ainsi une sorte de trombinoscope géant.

Regardant mieux, Narcisse s'aperçut qu'elle avait tracé au marqueur des lignes, des flèches, des pointillés entre toutes ces têtes. Sasha surveillait les relations suscitées par ses rendez-vous comme un amiral dirige ses flottilles sur une maquette. Fixant ces visages au sourire de commande, il lui parut qu'un seul mot hurlait de ces bouches muettes : solitude. Plus encore, ces figures de célibataires dessinaient les traits de Sasha elle-même. Sa grande bouche hurlait plus fort encore : SOLITUDE !

Il imagina. Sasha vivant par procuration à travers les rencontres qu'elle organisait. Sasha guettant, épiant, manipulant chaque membre. Sasha se masturbant dans son lit face à son mur constellé de visages, de liens sexuels implicites, prisonnière de ses fantasmes, de son existence vide, de cette galaxie qu'elle initiait mais dont elle ne goûtait jamais la chaleur.

Plus précisément, Sasha devait consigner quelque part, avec précision, les chassés-croisés des membres de son club. Un Macintosh portable était posé sur un petit bureau, coincé contre le mur. Il s'installa et l'alluma. Il n'était pas sécurisé. Sasha était ici chez elle, dans son royaume. Elle ne se méfiait pas.

D'un clic, il ouvrit le dossier Sasha.com. Les icônes défilèrent. Il ouvrit le document consacré aux membres. Deux ordres alphabétiques étaient proposés – par pseudos, par noms de famille. Chaplain choisit les pseudos. Deux sections suivaient : féminine et masculine. Il plongea chez les femmes et fit défiler les portraits numérisés, auxquels était associée chaque fois une fiche de renseignements personnels – origines, situation familiale, profession, revenus, goûts musicaux, espérances, etc. Sasha organisait ses soirées par affinités.

Parmi ces visages, quelques-uns tranchaient violemment. La régularité de leurs traits, l'intensité de leur regard appartenaient à un autre registre – des bombes. Il se demanda si ces filles existaient vraiment. Sur les sites de rencontres, il est fréquent d'ajouter des appâts pour attirer la clientèle…

Ou bien il s'agissait des escorts dont avait parlé Sophie Barak. Des pros qui n'avaient rien à foutre dans ce club, et qui n'étaient certainement pas payées par Sasha. Qui les rémunérait ? Et pour quoi ? Les filles s'étaient composé un look naturel, sans maquillage ni signe ostentatoire, mais leur beauté perdurait, souveraine, palpitante.

Il nota leurs pseudos. Chloë. Judith. Aqua-84... Puis il trouva Medina. Elle s'était tiré les cheveux en arrière. Elle avait effacé sa moue sensuelle. Medina la jouait *low profile* mais sa force de séduction éclatait encore. Aucune chance de passer inaperçue dans les soirées de Sasha.

Il découvrit aussi Leïla. Jeune Marocaine aux cheveux ondulés, lèvres sombres, regard noir. Elle aussi s'était composé une tête modeste. Pas de maquillage. Aucun bijou. Un chemisier beige, aux lignes banales.

Mais ses cernes sous les yeux, véritables éclairs d'encre, conféraient à ces pupilles une luminescence de quartz. À l'évidence, ces filles surnaturelles voulaient se fondre dans la masse. Que cherchaient-elles ?

Soudain, quelque chose se passa. Chaplain revint en arrière et reprit son défilement plus lentement. Il avait reconnu un autre visage. Ovale, très pâle, encadré par des cheveux sombres, lisses au point de ressembler à deux pans de soie noire. Les yeux clairs scintillaient comme des cierges, évoquant une cérémonie religieuse, des parfums d'encens. Un visage angélique, aussi doux qu'une prière, aussi violent qu'une révélation.

Chaplain lut le pseudo de l'ange et tout se mit à trembler devant ses yeux.

Feliz.

C'était le mot qu'il avait entendu dans son rêve – celui de l'ombre et du mur blanc. Il n'était jamais revenu sur le terme qui signifie en espagnol : « heureux, heureuse ». Feliz. Il connaissait ce visage. Il entendait encore la voix du songe, murmurante, dotée d'une chaleur, d'un espoir votif. Il savait maintenant que cette voix était *sa voix.*

En cliquant sur le portrait, on accédait directement à la fiche de renseignements de la candidate. Quand il vit son véritable nom s'inscrire sur l'écran, Chaplain commença par nier de la tête – c'était trop fou, trop incroyable – puis il retint un gémissement. La machine de la vérité était enclenchée, sans espoir de retour.

Feliz s'appelait Anne-Marie Straub.

Maintenant, il la reconnaissait. Dans son souvenir, les traits de la femme étaient toujours tirés d'un côté, altérés par la corde qui avait brisé ses vertèbres. Mais c'était bien elle. La morte. La pendue. Le fantôme de ses rêves. *Anne-Marie Straub*. La seule femme qu'il pensait avoir aimée n'était pas la patiente d'un HP. Plutôt une escort-girl qu'il avait sans doute rencontrée durant les soirées de Sasha. Une prédatrice qui avait été payée pour participer à ces rencontres. Ses souvenirs – les nuits d'amour dans la cellule d'Anne-Marie, la folie de sa maîtresse, sa silhouette pendue avec sa ceinture au-dessus de lui –, tout cela constituait des distorsions, des hallucinations. Jusqu'à aujourd'hui, il ne possédait pas grand-chose. Et ce pas grand-chose venait de voler en éclats.

Chaplain ferma les yeux et chercha au fond de lui-même quelques traces de sang-froid. Quand il se sentit plus maître de lui, il rouvrit les paupières et lut la fiche. Feliz s'était inscrite en mars 2008. Elle habitait dans le Xe arrondissement de Paris, rue de Lancry. Elle avait 27 ans. Elle ne s'était pas donné la peine de répondre aux autres questions. Pas de profession, pas de revenus, pas de hobby, pas de loisirs... Sasha n'avait pas dû insister. Face à une telle candidate, pas le moment de faire la difficile.

Il remarqua qu'Anne-Marie Straub ne s'était pas réinscrite l'année suivante. Chaplain tenta une chronologie. Un fait ne cadrait pas. Elle avait fréquenté le club de mars 2008 jusqu'à février 2009. Or, à cette époque, *Nono n'existait pas encore*. Selon Yussef, il était apparu en mars 2009. Où avait-il donc rencontré Anne-Marie Straub ? Dans quelle vie ?

Une hypothèse. Il l'avait connue en 2008, alors qu'il était lui-même un autre personnage, déjà inscrit chez Sasha sous un nom différent. Un autre clic et il accéda à l'historique des rencontres de Feliz. Les soirées auxquelles elle avait participé, les noms des postulants dont elle avait demandé le numéro de téléphone. S'il avait raison, il se trouvait dans cette liste.

Elle avait participé à près de quarante datings jusqu'en décembre 2008. Elle n'avait demandé, en tout et pour tout, que douze coordonnées. Nouveau clic. Les pseudos défilèrent. Aucun n'éveillait en lui la moindre lueur. Il ouvrit la fiche de chaque pseudo, agrémentée de sa photo. Son visage n'y était pas.

Faute de mieux, il détailla les coups de cœur de Feliz. Le 21 mars 2008, elle avait demandé le numéro de Rodrigo. Dans la vraie vie, Philippe Desprès, 43 ans, divorcé sans enfant. Le 15 avril, elle s'était intéressée à Sandokan, alias Sylvain Durieu, 51 ans, veuf. Le 23 mai 2008, elle avait remarqué Gentil-Michel, alias Christian Miossens, 39 ans, célibataire. Le 5 juin 2008, Alex-244, qui se prénommait Patrick Serena, 41 ans, célibataire…

La liste continuait ainsi, déroulant des noms et des profils sans originalité. Qu'est-ce qui avait attiré Feliz chez ces hommes ? Elle était une pro. Une femme à la beauté surnaturelle habituée à monnayer ses charmes. Un être cynique dont l'apparence était devenue une arme à sens unique. Que cherchait-elle chez ces pékins moyens ?

22 h 45. Sasha n'allait pas tarder. Il nota les coordonnées des proies sur le bloc qu'il conservait dans sa poche puis sortit la clé USB qu'il avait achetée dans l'après-midi. Il copia les dossiers et remit tout en place.

En franchissant le seuil, il se dit que sa quête du côté des fichiers n'était pas terminée. Il n'avait pas lu sa propre fiche – Arnaud Chaplain, alias Nono, période 2009. Il n'avait rien collecté non plus sur Medina. L'avait-il connue chez Sasha ? Avait-il vécu deux fois la même histoire, avec deux escorts différentes ? La voix de Medina : *Ça commence à craindre. Je flippe.* Medina était-elle morte ? Et Feliz ? Avait-elle réellement fini pendue ?

Le premier numéro, Philippe Desprès, alias Rodrigo, n'existait plus.

Le deuxième, Sylvain Durieu, alias Sandokan, répondit au bout de quatre sonneries.

— Monsieur Durieu ?

— C'est moi.

— Je vous appelle au sujet d'Anne-Marie Straub.

— Qui ?

— Feliz.

Un bref silence, puis :

— Qui êtes-vous ?

Pris de court, il improvisa :

— Je suis officier de police judiciaire.

L'homme prit son souffle et parla d'une voix ferme :

— Je ne veux pas d'ennuis. Je ne veux pas savoir ce qu'elle a fait. Je ne veux plus jamais entendre parler d'elle.

— Vous saviez qu'elle avait disparu ?

— Je ne l'ai pas vue depuis un an et demi ! Après trois rendez-vous, elle m'a planté sans explication. Je n'ai plus jamais eu de nouvelles.

— Quand l'avez-vous vue la première fois ?

— Si vous voulez m'interroger, convoquez-moi à votre commissariat.

Durieu raccrocha. Chaplain but une gorgée de café. Il s'était réfugié dans une brasserie du boulevard Saint-Germain. Banquettes de moleskine. Suspensions jaunâtres. Rumeurs lointaines – le café était pratiquement désert.

Numéro suivant.

Deux sonneries puis une voix de femme.

— Allô ?

Chaplain ne s'était pas préparé à cette éventualité. Il baissa les yeux sur son bloc et lut le nom de l'élu numéro 3.

— Christian Miossens est là, s'il vous plaît ?

— C'est une plaisanterie ?

Il venait de commettre une erreur mais il ne voyait pas laquelle. Gagner du temps. Il répéta le numéro à haute voix qu'il avait composé.

— C'est bien le numéro de Christian, fit la voix, moins agressive.

Chaplain réchauffa son timbre :

— Je me suis mal exprimé. Je vous appelle à propos de monsieur Miossens et…

— Qui êtes-vous ?

Il se présenta encore une fois comme un OPJ, évitant de se nommer lui-même.

— Il y a du nouveau ?

L'inflexion avait changé. Après l'irritation, l'espoir.

— Peut-être, fit-il au hasard.

— Quoi ?

Chaplain prit une inspiration. Il avançait à l'aveugle mais il commençait à avoir l'habitude.

— Excusez-moi mais pouvez-vous d'abord me dire qui vous êtes ?

— Je suis Nathalie Forestier, sa sœur.

Il réfléchit à 1 000 tours-seconde. Si la sœur de Miossens répondait sur son portable, cela signifiait qu'il était mort, malade ou disparu. La question « il y a du nouveau ? » à un flic excluait la maladie.

Il s'éclaircit la gorge et prit son ton spécial enquêteur :

— Je voudrais revenir avec vous sur certains faits.

— Seigneur... (La voix paraissait maintenant épuisée.) J'ai déjà raconté tout ça tant de fois...

— Madame, fit-il en descendant de quelques notes pour se donner plus d'autorité, on m'a saisi sur cette affaire afin d'approfondir plusieurs points. Je dois interroger chaque témoin important.

Ça ne tenait pas debout : il venait de composer le numéro d'un mort ou d'un disparu – mais la femme ne releva pas.

— Vous avez de nouveaux éléments oui ou non ? demanda-t-elle.

— Répondez d'abord à mes questions.

— Vous... vous allez encore me convoquer ?

— Malheureusement, oui. Mais pour l'instant, je voudrais seulement revenir avec vous sur certaines circonstances, par téléphone.

— Je vous écoute, capitula-t-elle d'une voix éteinte.

Chaplain hésitait. Il attaqua de la manière la plus large possible.

— Comment avez-vous appris pour votre frère ?

— La première ou la deuxième fois ?

On ne pouvait pas mourir deux fois. Christian Miossens avait donc disparu. *À deux reprises.*

— Parlons d'abord de la première fois.

— La police m'a appelée. Les employeurs de Christian l'avaient contactée. Ils n'avaient aucune nouvelle de lui depuis deux semaines. Mon frère ne les avait pas prévenus. Ni envoyé le moindre certificat médical. Ce n'était pas son genre.

— Quand vous a-t-on appelée, précisément ?

— Le 10 juillet 2008. Je m'en souviens très bien.

Chaplain notait, tout en comparant ses notes. Miossens avait rencontré pour la première fois Anne-Marie Straub le 23 mai 2008. Moins de deux mois plus tard, il disparaissait. Un rapport de cause à effet ?

— Vous ne vous étiez pas rendu compte de sa disparition ?

— Vous n'avez pas lu ma déposition ?

— Non. Je préfère rester libre de tout préjugé avant d'interroger les témoins.

— C'est bizarre comme méthode.

— C'est la mienne. *Pourquoi* ne vous êtes-vous pas aperçue de la disparition de votre frère ?

— Parce que nous sommes fâchés depuis douze ans.

— Pour quelle raison ?

— Une histoire stupide d'héritage. Un studio à Paris. Vraiment une connerie...

— Ses proches ne se sont pas rendu compte de sa disparition ?

— Christian n'avait pas de proches.

Sa voix se déchira :

— Il était complètement seul, vous comprenez ? Il passait sa vie sur Internet, sur des sites de rencontres.

On l'a su plus tard. Il rencontrait des femmes, des…
professionnelles, n'importe qui…

Chaplain devait enregistrer chaque information et
tenter aussitôt de l'intégrer dans le puzzle. Nathalie
Forestier avait évoqué deux disparitions.

— Quand l'a-t-on retrouvé ?

— En septembre. En réalité, la police l'a récupéré à
la fin du mois d'août mais on ne m'a appelée qu'à la
mi-septembre.

— Pourquoi vous a-t-on contactée si tard ?

Nathalie marqua un temps. Elle paraissait de plus en
plus étonnée par les lacunes de son interlocuteur.

— Parce que Christian prétendait s'appeler David
Longuet. Il ne se souvenait plus du tout de son identité.

Un coup qu'il n'avait pas prévu. Christian
Miossens, l'élu de Feliz, avait fait une fugue psychique. Il était un voyageur sans bagage.

— Où l'a-t-on découvert ?

— Il a été ramassé avec d'autres SDF à la fin du
mois d'août, le long de Paris-Plage. Amnésique. Il a
d'abord été envoyé à l'infirmerie psychiatrique de la
préfecture de Paris, ce que vous appelez l'I3P.

— C'est la procédure.

— Puis on l'a transféré à Sainte-Anne.

— Vous vous souvenez du nom du psychiatre qui
l'a soigné ?

— Vous plaisantez ou quoi ? Christian est resté hospitalisé là-bas près d'un mois. Je suis allée le voir tous
les jours. Le médecin s'appelle François Kubiela.

Il nota le nom. À interroger en priorité.

— Il travaille dans quel service ?

— Le CMME, la Clinique des maladies mentales et de l'encéphale. Un homme charmant, compréhensif. Il paraissait bien connaître ce type de troubles.

— Kubiela vous a-t-il expliqué ce dont souffrait Christian ?

— Il m'a parlé de fugues psychiques, de fuite de la réalité par l'amnésie, ce genre de phénomènes. Il m'a expliqué qu'il travaillait sur un autre cas, un patient de Lorient qu'il avait fait venir à Paris, dans son service.

Chaplain souligna trois fois le nom de Kubiela. Un expert. Il devait absolument lui parler. L'homme serait tenu au secret médical mais...

— Kubiela paraissait... décontenancé, poursuivit Nathalie. Selon lui, ce syndrome est très rare. En fait, jusqu'à maintenant, il n'y avait jamais eu de cas en France. Il disait en plaisantant : « C'est une spécialité américaine. »

— Comment a-t-il soigné votre frère ?

— Je ne sais pas au juste. Mais je suis sûre qu'il a tout essayé pour réveiller sa mémoire. Sans résultat.

Chaplain changea de cap :

— Comment avait-on identifié Christian ? Comment est-on remonté jusqu'à vous ?

— Vous ne savez donc rien...

Il remercia mentalement cette femme de ne pas lui raccrocher au nez. Son ignorance était comme une insulte.

— Christian a été identifié, grâce à ses empreintes digitales reprit-elle. Il avait été placé l'année précédente en garde à vue pour une histoire de conduite en état d'ivresse. Les services de police détenaient donc ses empreintes. Je ne sais pas pourquoi, la comparaison a pris plus de quinze jours.

— Que s'est-il passé ensuite ?

— Christian m'a été confié. Le professeur Kubiela était plutôt pessimiste sur ses chances de guérison.

— Après ?

— Christian s'est installé chez nous. Nous vivons avec mon mari et mes enfants dans un pavillon à Sèvres. Ce n'était pas très pratique.

— À ce moment, il pensait toujours s'appeler David Longuet ?

— Toujours, oui. C'était… affreux.

— Il n'avait aucun souvenir de vous ?

Nathalie Forestier ne répondit pas. Chaplain reconnut son silence. Elle pleurait.

— Il a vécu ainsi, dans votre famille ? relança-t-il après quelques secondes.

— Il a pris la fuite au bout d'un mois. Après ça…

Nouveau silence. Nouveaux sanglots.

— On a retrouvé son corps, au pied d'un site de fabrication de matériaux de chantier, sur le quai Marcel-Boyer, à Ivry-sur-Seine. Il avait été atrocement mutilé.

Chaplain écrivait. Sa main tremblait et, en même temps, elle était ferme. Il pénétrait enfin en terrain de connaissance.

— Pardonnez-moi de vous poser la question mais quelles étaient ces mutilations ?

— Vous pouvez consulter le rapport d'autopsie, non ?

Il insista, mais d'une voix plus douce que douce.

— S'il vous plaît, répondez à ma question.

— Je ne me souviens plus exactement. Je n'ai pas voulu savoir. Il avait… Je crois qu'il avait le visage fendu en deux, verticalement.

Christian Miossens, alias Gentil-Michel, alias David Longuet, appartenait donc aux greffés. Comme Patrick Bonfils. *Comme lui-même*. Anaïs Chatelet avait raison. L'implant instillait bien la molécule du « voyageur sans bagage ». Un appareil spécifique que les tueurs devaient absolument récupérer chaque fois.

— Écoutez, fit soudain Nathalie, j'en ai assez de vos questions. Si vous voulez m'interroger, convoquez-moi dans vos bureaux. Mais surtout, si vous avez du nouveau, dites-le-moi !

Il bredouilla une réponse qui laissait entendre que des éléments inédits permettaient de reprendre l'enquête. En même temps, il ne voulait pas donner de faux espoirs à cette femme. Le résultat de ce compromis fut un magma inintelligible.

— Nous avons votre adresse, conclut-il sur un ton de PV. Nous vous enverrons dès demain une convocation. Je vous en dirai plus dans nos locaux.

Il paya et sortit dans la nuit, en quête d'un taxi. Il se dirigea vers la Seine et remonta le quai de la Tournelle. Le trottoir était désert. Seules filaient sur la chaussée des voitures dont les conducteurs avaient l'air pressés de rentrer chez eux. Il faisait froid. Il faisait noir. La silhouette de la cathédrale Notre-Dame pesait sur cette nuit glacée sans issue. Lui aussi aurait aimé rentrer chez lui. Mais il devait mettre à profit cette nouvelle nuit de recherches.

Christian Miossens, alias David Longuet.
Patrick Bonfils, alias Pascal Mischell.

Mathias Freire, alias…

Trois sujets d'expérience.

Trois voyageurs sans bagage.

Trois hommes à abattre.

Quel rôle avaient pu jouer Anne-Marie Straub ou Medina dans la combine ? Rabatteuses ? Chasseuses de proies solitaires ?

L'hypothèse pouvait coller pour Christian Miossens mais pas pour Patrick Bonfils, pêcheur désargenté de la Côte basque. Et pour lui ? Celui qu'il était avant Arnaud Chaplain fréquentait-il le club de Sasha ? Avait-il été piégé par Feliz ? Il n'avait trouvé aucune trace de son visage parmi les « victimes » de l'amazone…

Un taxi s'arrêta et déposa son passager à vingt mètres devant lui, au coin de la rue des Grands-Augustins. Il courut et grimpa à l'intérieur, frigorifié.

— Où on va ?

Il regarda sa montre. Minuit passé. L'heure idéale pour la chasse aux filles.

— Au Johnny's, rue Clément-Marot.

— Y a du nouveau, ma belle.

Ensommeillée, Anaïs écoutait Solinas au téléphone sans y croire. On l'avait tirée du lit. On l'avait emmenée jusqu'ici, au poste de surveillance. On lui avait tendu un combiné. Du jamais vu.

— T'as le bras plus long que je pensais.

— Le bras long, moi ? Qu'est-ce que ça veut dire ?

— Que tu sors demain. Ordre du juge.

Elle ne put répondre. À l'idée d'échapper à ce monde claquemuré, il lui semblait que sa cage thoracique s'écartait au pied-de-biche.

— On… on t'a dit pourquoi ?

— Pas de commentaire. Décision en haut lieu, c'est tout. Après ça, on dira que la justice est la même pour tous.

Anaïs changea de ton :

— Si tu sais quelque chose, dis-le-moi. Qui est intervenu ?

Solinas rit. Son rire ressemblait à un grincement :

— Fais l'innocente, ça te va bien au teint. Dans tous les cas, je te veux à ma main. On continue l'enquête. Appelons ça notre cellule de crise.

— Il y a du neuf de ce côté ?

— Que dalle. On n'a pas trouvé l'ombre d'un miche-ton de Medina. Rien sur ses activités, ses contacts. Janusz est toujours introuvable. Aucune trace, aucun indice, rien. La BRF se casse les dents.

Confusément, elle comprenait que Solinas et ses cerbères n'étaient pas armés pour mener une enquête criminelle. Quant aux spécialistes des fugitifs, ils n'étaient pas non plus habitués à une proie du calibre de Janusz.

— Tu m'envoies une voiture ?

— Pas la peine. Tu seras attendue.

— Je ne connais personne à Paris.

Solinas lâcha un nouveau rire. Le grincement devenait couinement.

— T'en fais pas. Ton daron a fait le voyage !

— Le premier soir, j'ai rien fait. J'ai des principes.

— T'as quand même couché avec.

— Ouais. Enfin, bon. Tu vois ce que je veux dire…

Les trois filles éclatèrent de rire. Chaplain s'était installé à la table voisine, au fond du Johnny's. Un bar à l'américaine, boiseries vernies et fauteuils de cuir. Des éclairages parcimonieux caressaient les meubles et les jambes des filles, distillant un halo mordoré à la Vermeer. Il leur tournait le dos mais ne perdait pas une miette de leur conversation. Le trio correspondait au profil qu'il cherchait. Pas vraiment des pros, mais de joyeuses occasionnelles qui parlaient pêle-mêle chiffons et michetons.

— Tu mets plus de lunettes ?

— Non. J'ai des lentilles. Les lunettes, ça fait trop porno.

Chaque réplique le prenait par surprise. Il n'avait pas l'expérience de Nono. En même temps, cette façon de secouer sexe, fric et espoirs de midinettes dans un grand shaker avait quelque chose de touchant.

— J'vais me repoudrer le nez.

Chaplain lança un regard par-dessus son épaule et aperçut une fine silhouette, de dos, serrée dans un bustier de satin sombre qui s'évaporait en une corolle de tulle noire. Même de là où il était, il pouvait entendre la créature renifler. La poudre dont elle parlait n'avait rien à voir avec du fond de teint.

— T'es pas venue à la soirée du prince ?

— Quel prince ?

Les deux bimbos avaient repris leurs conciliabules.

— J'sais pas son nom. Y vient des Émirats.

— J'étais pas invitée, fit l'autre d'une voix boudeuse.

— Y avait une Russe, j'te dis pas, jamais vu une pro pareille. Elle s'est battue pour passer en premier.

— En premier ?

— Ouais. On était sciées mais c'est elle qu'avait raison. Elle t'a fini le mec en cinq minutes. Emballé pesé, 3 000 euros. Nous, on a ramé toute la nuit pour le faire rebander.

Nouveaux rires. Il commanda une deuxième coupe de champagne. Il aurait dû offrir une tournée aux filles mais il n'osait pas. Le temps de Nono était vraiment loin.

Miss Coco revint d'un pas sautillant. Le côté face valait largement le côté pile. Sous un casque noir à la Cléopâtre, elle avait des traits émaciés qui hurlaient une espèce de grâce animale. En regardant mieux, on voyait que la défonce la rongeait déjà, creusant ses joues, ses orbites, mais pour l'instant, la beauté des traits gagnait la partie, soulignée par un maquillage à la fois sombre et miroitant.

Parvenue à sa hauteur, elle s'arrêta et lui sourit :

— Ça t'intéresse c'qu'on raconte ?

— Pardon ?

— Arrête, c'est bon, t'es là à te tordre le cou pour nous écouter.

Il grimaça un sourire :

— Je… je vous offre une coupe ?

— Pourquoi ? T'es flic ?

La question le désarçonna. Il ne faisait pas illusion. Il jeta le masque.

— Je cherche Leïla.

— Leïla comment ?

— Leïla tout court.

— Tu la connais ?

— Non. Mais on m'en a parlé.

Cléopâtre esquissa un sourire de velours satiné :

— La voilà.

Chaplain tourna la tête et vit apparaître, dans l'encadrement de la porte, le portrait qu'il avait contemplé sur les fiches de Sasha. La version de ce soir n'avait rien à voir avec la jolie fille du trombinoscope. Un énorme sac Chanel dans le pli du coude, elle portait sous un caban à col de fourrure une robe de mousseline blanche printanière. Cette blouse de jeune fille contrastait violemment avec les ondes de sexe pur qu'envoyait son corps musclé.

— Leïla, t'es une vraie star, fit Cléopâtre. Y a ce mec qui te cherche.

L'arrivante éclata de rire :

— C'est ça la classe, ma grosse.

Elle sourit et se pencha vers Chaplain en une révérence provocante. Son décolleté lui fit l'effet d'un coup de poing dans la gueule.

— Qu'est-ce que tu veux, mon bébé ?

Elle esquissa un va-et-vient des épaules qui fit doucement ballotter ses doudounes :

— Quand on m'cherche, lui murmura-t-elle en lui léchant l'oreille, on m'trouve.

Chaplain essaya de déglutir. Impossible. Une brûlure lui prenait l'entrejambe. Ses couilles lui rentraient littéralement dans le bas-ventre. Il avait du mal à imaginer une telle créature dans un speed-dating signé Sasha. Ces soirs-là, les hommes devaient simplement attendre leur tour pour se faire manger tout crus.

— Je veux te parler de Medina, fit Chaplain en raffermissant sa voix.

Le sourire disparut. Leïla se redressa. Chaplain se leva et noua son regard dans les yeux de l'escort. De près, ses cernes d'ombre étaient plus impressionnants encore. Deux traits mauves soulignant la fièvre des iris.

— Où est Medina ? Qu'est-ce qui lui est arrivé ?

— Va t'faire foutre. J'ai rien à voir avec Medina.

— On va se trouver un coin tranquille pour parler.

— Tu rêves, ma gueule.

— Je suis armé.

Elle baissa les yeux sur sa braguette et sourit :

— J'vois ça, ouais.

— Je ne déconne pas.

La beurette lui lança un coup d'œil hésitant. Son air de provocation avait disparu. Les copines se regardaient en ouvrant des yeux comme des soucoupes.

— T'es venue comment ? reprit-il d'un ton de flic.

— Avec ma caisse.

— Où t'es garée ?

— Parking François Ier.

La voix était rauque et sèche. Plus la moindre once de séduction. Comme si on lui avait brutalement démaquillé l'âme. Chaplain balança un billet de 100 euros sur la table des filles sans quitter des yeux Leïla.

— C'est ma tournée.

Il désigna la porte d'entrée :

— On y va.

— J'peux fumer ?

— C'est ta voiture.

— Par où je commence ?

— Par le début, ça ira très bien.

Derrière son volant, Leïla alluma une Marlboro et cracha une longue bouffée. Les vitres étaient fermées. Instantanément, l'habitacle de l'Austin se brouilla.

— On est une bande de copines.

— Vous faites le même boulot ?

Leïla voulut sourire mais ce fut une grimace qui sortit :

— On est comédiennes.

— Comédiennes, d'accord.

— On est toujours à l'affût d'un plan pour gagner des thunes. Ou pour faire avancer notre carrière. Ce qu'on vise en priorité, c'est de l'artistique. Mais à Paris, laisse tomber pour percer.

Elle tira une nouvelle taffe. Ses lèvres claquèrent sur le filtre. De son autre main, elle n'arrêtait pas de lisser ses collants satinés. Chaplain évitait de baisser les yeux pour ne pas être attiré par la puissance magnétique de ses cuisses fuselées de noir.

— Vous avez Sophie Barak.

— La truie. C'est comme ça qu'on l'appelle. Elle nous a mises sur des coups mais c'était trop glauque.

Leïla retrouvait l'accent des cités. Comme si sa propre langue retrouvait une vieille connaissance, qui ne s'était jamais trop éloignée.

— Alors on vous a parlé de Sasha.com.

Leïla ne répondit pas. Elle se contenta d'exhaler un nuage de fumée. Un bref instant, elle redevint la fière-à-bras du Johnny's. Une expression farouche semblait acérer son visage. Ses yeux cernés d'ombre ressemblaient à deux cratères prêts à cracher le feu.

— T'es qui au juste ?

— Une victime de cette histoire. Comme Medina. Comme toi.

— On est pas des victimes.

— Tu es ce que tu veux mais donne-moi les infos dont j'ai besoin.

— Pourquoi je parlerais ?

— Pour Medina.

— Elle a disparu depuis des mois.

— Si tu réponds à mes questions, je te dirai ce qui lui est arrivé.

Nouveau coup d'œil où la colère et la peur se livraient un combat. Elle grelottait dans son caban à col de fourrure. Elle écrasa sa cigarette dans le cendrier, en alluma une autre. Son briquet était en laque de Chine saupoudrée d'or. Chaplain sentait qu'il s'agissait d'un trophée, de même type que le sac Birkin de Sasha. À Paris, les femmes sont des guerrières. Elles arborent leur butin comme les Cheyennes suspendaient les scalps à leur ceinture.

Soudain, elle tourna la clé de contact puis régla le chauffage à fond.

— Ça caille, dans cette caisse. Où on en était ?

— À Sasha.com. Qui vous en a parlé ?

— Un client de Medina. Un mec chic, qui logeait dans un hôtel du VIIIe.

— Le Theodor ?

— Non, un autre. J'me souviens plus.

— Quand était-ce ?

— Y a un an environ.

— Que proposait-il ?

— De pécho des gogos.

— En français, s'il te plaît.

— On devait participer à des speed-datings et repérer les mecs qui collaient au briefing.

Quand on a éliminé l'improbable, que reste-t-il ? L'impossible.

Un casting pour recruter des cobayes.

— Le briefing, c'était quoi ?

— Le mec devait être un paumé, absolument seul, sans attache à Paris. Y devait aussi être fragile, pas sûr de lui. Et si possible pas clair dans sa tête. (Elle ricana entre deux taffes.) La loose totale, quoi.

Tout concordait. Comment débusquer des hommes seuls, sans repère, névrosés et vulnérables à Paris ? En chassant chez les êtres solitaires, en quête d'âme sœur. Le speed-dating était parfait. Il permettait à la fois de repérer les proies, de mieux les connaître, de les attirer dans un piège avec des créatures telles que Leïla, Medina ou Feliz. Le procédé était vieux comme le monde.

Malgré le chauffage, Leïla tremblait toujours. La conquérante cuirassée du Johnny's était loin. Ses épaules, sa poitrine, sa silhouette semblaient s'être réduites de moitié. La jeune femme ressemblait maintenant à ce qu'elle était *vraiment*. Une banlieusarde gorgée de télé-réalité, dopée aux magazines people, dont les rêves n'excédaient pas les dimensions d'un carré VIP dans une boîte à la mode. Une beurette qui avait compris qu'elle n'avait qu'une arme pour approcher ce but mais qu'il fallait faire vite.

— Tu as rencontré les hommes du projet ?

— Ouais, bien sûr.

— Comment étaient-ils ?

Ses narines se dilatèrent : de la fumée en jaillit.

— Des fois, ils avaient l'air de gardes du corps. D'autres fois, de profs. Globalement, ils avaient surtout l'air de keufs.

— Ils vous ont dit à quoi sert ce… casting ?

— Ils cherchent des gars pour tester des médicaments. Des trucs pour la tête. Ils nous ont expliqué que les tests humains, ça a toujours existé. Que c'est l'étape juste après les expériences sur des animaux. (Elle éclata d'un rire lugubre.) Y disaient que nous, on se situait entre les animaux et les humains. J'sais pas si c'était un compliment.

— Ils ont précisé que c'était dangereux ?

Chaplain monta d'un ton :

— Ils vous ont dit que leurs produits foutaient en l'air le cerveau ? Que les cobayes n'étaient pas informés de l'expérience qu'ils subissaient ?

Leïla le regarda avec des yeux horrifiés. Chaplain se racla la gorge et s'efforça au calme. D'un geste sec, il ouvrit sa vitre : l'air était irrespirable.

— Vous n'avez pas eu peur de vous lancer là-dedans ? Que ça soit illégal ou dangereux ?

— J'te dis que les mecs avaient l'air de flics.

— Ça pouvait être encore plus dangereux.

Leïla ne répondit pas. Quelque chose coinçait. Aucune raison pour que ces escorts en herbe n'aient pas été effrayées par cette proposition aux allures de conspiration.

La beurette laissa aller sa nuque contre l'appuie-tête et souffla un nouveau filet rectiligne :

— C'est à cause de Medina. Elle nous a convaincues. Elle nous a dit qu'on allait s'faire un max de thunes et qu'on aurait même pas besoin de coucher. Qu'il fallait prendre le fric là où il était. Être plus fortes que le système. Des conneries.

— À faire ce boulot, vous êtes combien ?

— J'sais pas au juste. Quatre ou cinq... Que je connais.

— Concrètement, comment ça se passe ?

— On va aux speed-datings de Sasha et on ratisse.

— Pourquoi ce club en particulier ?

— Aucune idée.

— Tu penses qu'il y a d'autres filles qui tapent dans d'autres clubs ?

— J'sais pas.

— Continue.

— Quand on trouve un lascar qui a du « potentiel », on lui demande son numéro. On le revoit une fois ou deux. Et basta.

— C'est vous qui choisissez les... lascars ?

— Non. Ce sont eux.

— Eux qui ?

— Les mecs qui nous payent. Les flics.

— Comment peuvent-ils les choisir, en temps réel ?

Elle eut un sourire ambigu. Malgré sa frousse, le souvenir de ces rancarts l'amusait. La fumée s'échappait toujours de ses lèvres sombres. On n'y voyait plus rien dans la voiture.

— On porte un micro sur nous. Un micro et une oreillette, comme à la télé. On pose nos questions. Celles qu'on nous a données et ce sont eux, via l'oreillette, qui font la sélection.

Chaplain imaginait les acteurs de l'ombre. Des psychologues, des neurologues, des militaires. Sept minutes pour juger un profil. C'était peu mais c'était un début. Suffisant pour donner le feu vert aux filles.

Soudain, une idée le fit bondir. Il empoigna Leïla, lui souleva ses cheveux et écarta son décolleté. Il observa sa peau bronzée : pas de micro, aucun système d'écoute numérique.

— Ça va pas, non ?

Chaplain la relâcha. Elle sortit une nouvelle clope et grogna :

— Je suis clean, putain.

Vaguement soulagé, il réembraya :

— Raconte-moi comment ça se passe quand vous avez repéré le mec.

— J't'ai déjà dit. On le revoit une ou deux fois. Dans des lieux décidés d'avance. On est surveillées. Photographiées. Filmées. (Elle gloussa.) Des stars, quoi.

— Ensuite ?

— C'est tout. Après ces rendez-vous, on revoit plus le tocard. On empoche notre pognon et au suivant.

— Combien ?

— 3 000 euros pour s'inscrire chez Sasha. 3 000 euros par mec pécho.

— Vous ne vous êtes jamais demandé ce qui se passait pour ces pauvres types ?

— Cousin, depuis que je suis née, c'est chacun ses miches. Alors je vais pas faire du social avec des bourrins que j'ai vus trois fois dans ma vie et qui pensent qu'à me sauter.

— Vous en êtes où aujourd'hui ?

— Nulle part. Toutes ces conneries se sont arrêtées.

— Depuis combien de temps ?

— Un mois ou deux, p't'être. D'toute façon, j'voulais plus le faire.

— Pourquoi ?

— Trop dangereux.

— Dangereux comment ?

— Des filles ont disparu.

— Comme Medina ?

Leïla ne répondit pas. La fumée saturait le silence. Une tension menaçait de tout faire craquer.

Enfin, elle demanda sans le regarder – ses lèvres tremblaient :

— Qu'est-ce qui lui est arrivé ?

Chaplain ne lâcha pas un mot. Leïla retrouva sa hargne :

— Tu m'avais promis, enculé ! C'était notre deal !

— Elle est morte, bluffa-t-il.

La jeune femme se ratatina encore sur son siège. Le cuir couina. Elle ne manifestait aucune surprise mais les mots de Chaplain matérialisaient ce qu'elle refusait sans doute d'imaginer depuis des semaines. Nouvelle cigarette.

— Co... comment ?

— Je n'ai pas les détails. Elle a été assassinée par vos commanditaires.

Elle expira un soupir bleuté. Elle n'était plus que tremblements apeurés.

— Pour... pourquoi ?

— Tu le sais aussi bien que moi. Elle a trop parlé.

— Comme moi en ce moment ?

— Tu ne crains rien : on est dans la même galère.

— C'est aussi c'que t'as dit à Medina. On voit le résultat.

— Qu'est-ce que tu racontes ?

— Tu crois que j't'ai pas reconnu ? Nono de mes deux ? Medina m'avait montré des photos. J'te préviens : tu m'embrouilleras pas comme elle !

— Raconte-moi.

— Quoi : « raconte-moi » ? C'est à toi de jacter.

— J'ai perdu la mémoire.

Nouveau coup d'œil, indécis cette fois. Leïla cherchait à percer la vérité dans le regard de Chaplain. Quand elle reprit la parole, ce fut à voix basse. Le tranchant de son timbre s'était émoussé.

— Medina t'a rencontré chez Sasha, elle a tout de suite craqué. On se demande pourquoi.

— Je te plais pas ? sourit Chaplain.

— Avec toi, ça doit être la position du missionnaire, une prière et dodo.

Son sourire s'élargit. Son costume de kakou ne faisait pas illusion. Depuis combien de temps n'avait-il pas fait l'amour ? Aucun souvenir non plus sur ce terrain-là.

— Les mecs dans l'oreillette ? Ils ne m'ont pas retenu ?

Elle murmura d'une voix presque inaudible :

— S'ils l'avaient fait, tu serais pas là à jouer les Jack Bauer.

Il mit de l'ordre dans ses pensées. Arnaud Chaplain n'avait donc pas été sélectionné. Mais il l'avait déjà été une fois, quand il avait passé l'audition avec Feliz. Comment s'appelait-il alors ?

— Continue.

— Tu l'as embrouillée. Tu l'as convaincue de témoigner contre je ne sais qui, au nom de je ne sais quoi.

— Témoigner ?

— Tu menais une enquête. Tu voulais dénoncer la combine. Le genre « redresseur de torts ». J'ai dit à Medina : t'as déjà un pied dans la merde, mets pas le deuxième. Mais laisse tomber pour la convaincre. Ces histoires de lutte, de combat, ça la faisait kiffer.

— C'était à quelle époque ?

— Juin dernier.

En août, Medina lâchait son message paniqué : « Ça commence à craindre. Je flippe. » Nono était arrivé trop tard. Ils avaient joué avec le feu et la jeune femme avait payé leur témérité au prix fort.

Sa conviction se renforça : il avait vécu exactement la même aventure avec Anne-Marie Straub, alias Feliz. Une autre femme qu'il avait séduite et convaincue de témoigner. Anne-Marie avait été tuée – sans doute pendue. Comment était morte Medina ?

— Feliz, ça te dit quelque chose ?

— Non. C'est qui ?

— Une fille qu'a pas eu de veine.

— Elle a croisé ta route ?

Chaplain ne répondit pas.

— Tu te souviens des hommes que tu as retenus ?

— Pas vraiment.

Leïla mentait mais il n'insista pas. Il songea aux proies de Medina. Il n'avait pas eu le temps de lire sa fiche mais la clé USB était dans sa poche.

— Combien y en avait-il ?

— Cinq ou six, je pense.

Aujourd'hui, pour une raison inconnue, Mêtis avait arrêté son programme. C'était l'heure du grand ménage. Les cobayes étaient éliminés. Les filles qui avaient trop parlé aussi. Restaient les meurtres mythiques. Comment s'inséraient-ils dans cette réaction en chaîne ?

— Tu m'as dit tout à l'heure que le programme était stoppé. Comment le sais-tu ?

— Ils n'appellent plus. Il n'y a plus aucun contact.

— Tu sais où les joindre, toi ?

Elle maugréa d'une voix râpée par le tabac :

— Non. Et même si je le savais, je ne le ferais pas. Cette histoire pue et je veux pas finir comme Medina. Et maintenant, on fait quoi ?

La question l'étonna. Chaplain comprit que Leïla, du haut de ses talons et de son bagout, avait besoin d'aide, de conseils. Mais il était le dernier à pouvoir l'aider.

Il avait porté la poisse à Feliz.

Il avait porté la poisse à Medina.

Il ne la porterait pas à Leïla.

Il attrapa la poignée de la portière et ordonna :

— Oublie-moi. Oublie Medina. Oublie Sasha. D'où tu viens ?

— De Nanterre.

— Retournes-y.

— Pour qu'ils brûlent ma caisse ?

Chaplain sourit. Il éprouvait un sentiment d'impuissance. Le destin de Leïla était à sens unique.

— Prends soin de toi.

Elle tendit sa cigarette comme une arme potentielle :

— Prends soin de toi, toi. Medina, elle disait que quoi qu'il t'arrive avec ces mecs, ça pourrait pas être pire que c'que t'avais déjà vécu.

— Qu'est-ce que j'ai vécu ?

Elle murmura, d'une voix presque inaudible :

— J'sais pas au juste. Elle disait que la mort était en toi. Que t'étais un zombie.

Dès qu'il ouvrit la porte du loft, il comprit que les choses se répétaient. *L'éternel retour.* Le temps d'un battement de cœur, il fit un pas de côté et évita l'assaillant qui bondissait sur lui. Il avait déjà son CZ dans la main. Il se tourna vers l'homme qui pivotait, releva la sécurité, actionna la glissière de l'arme et tira à hauteur de visage. Dans l'éclair, il vit apparaître un des deux énarques dont la gorge partait en giclées rougeâtres. La détonation claqua dans le loft enténébré. La vision fulgurante s'imprima sur les murs éblouis.

La nuit se referma. Puis la riposte éclata. Plusieurs coups de feu éventrèrent la verrière, déchirèrent les rideaux, firent voler des débris de verre. Chaplain était à terre, s'ouvrant les mains sur les tessons. Entre les zébrures de feu, il vit passer un faisceau – sans doute une lampe tactique fixée au canon de l'automatique. Sous sa terreur, une question palpitait : comment l'avaient-ils encore retrouvé ?

Il tira deux fois à l'aveugle, vers le fond du loft, se releva et bondit à couvert, derrière le bloc de la cuisine. Détonations en retour. Sous la structure d'acier, les bruits secs n'avaient rien à voir avec les belles déflagrations qu'on entend dans les films. Ici, chaque coup perçait la nuit avec brièveté, révélant ce qu'il était : un message de pure destruction.

Le rayon de la torche balayait l'espace, parcourant la verrière brisée, courant sur les comptoirs, le cherchant dans chaque recoin. L'escalier se trouvait à droite, à égale distance de l'ennemi et de lui-même. Il décida qu'il devait monter sur la mezzanine pour s'en sortir. En fait, c'était son seul choix. S'il courait jusqu'à la porte, il se prendrait deux ou trois balles dans le dos avant d'avoir atteint le seuil.

L'odeur de poudre emplissait les ténèbres. Dans la cour, derrière les rideaux déchirés, des lumières s'allumaient, des voix s'élevaient. Les coups de feu avaient produit leur effet. Attendre simplement dans sa planque l'arrivée des secours ? Son adversaire n'allait pas laisser courir ainsi les secondes. Il n'allait pas fuir non plus. À Marseille, ils avaient joué la prudence mais cette fois, Chaplain avait tué son complice. Le combat avait changé de nature.

À cet instant, il vit le premier croque-mort, celui qu'il avait abattu, se relever sur un coude. Il baignait dans une mare de sang. Le faisceau le frappa en plein visage. La flaque rouge devint une flaque blanche.

— Michel ? appela l'autre.

L'utilisation du prénom conféra une certaine humanité aux deux tueurs, c'est-à-dire une faiblesse. Ces gars-là avaient des prénoms. Peut-être même des femmes et des enfants. Ébloui par la lampe, le blessé leva un bras pour indiquer où se trouvait Chaplain. Reculant comme pour s'enfoncer dans le bloc, il tira trois coups dans la direction du moribond. Sous le feu des deux dernières balles, il vit le crâne exploser, la cervelle gicler, fumer au-dessus du front.

Sans laisser à l'autre le temps de réagir, il courut vers l'escalier de fer. Le rayon électrique le trouva. Nouveaux coups de feu. Chaplain appuyait sur la détente comme si ses propres balles pouvaient le protéger. Quand il attrapa la filière qui servait de rampe, une étincelle jaillit le long du câble. Il ressentit une brûlure. Il retira vivement sa main et grimpa, trébucha, tirant entre les marches, entre les filins, provoquant un tas de flammèches autour de lui. Les balles ricochaient contre les angles. Il allait finir par s'en prendre une par rebond.

Il s'étala sur la mezzanine. En bas, la lampe virevoltait en direction de l'escalier. Il tira encore, sans viser, se demandant combien de balles il lui restait. Deux autres chargeurs dans sa poche : cette idée le rassura alors qu'il avait un goût de sang sur les lèvres. *Un goût de sang dans la tête.*

Il chercha une planque. L'ennemi grimpait l'escalier. Chaplain percevait dans ses veines la vibration des marches suspendues ainsi que le déclic d'un nouveau chargeur dans une crosse. Il aurait dû faire la même chose mais il devait d'abord se cacher. Il fut un instant tenté par le rideau de verre de la salle de bains mais le tueur aurait exactement la même idée. Cette réflexion en appela une autre. Il fonça à l'opposé, à gauche, à l'extrémité du futon, et se recroquevilla entre le lit et le mur.

Arc-bouté, retenant son souffle, il misa tout sur cette hypothèse : l'ennemi allait surgir, éclairer l'étage avec sa lampe, se précipiter vers la salle de bains. Chaplain tirerait alors à travers la vitre et l'atteindrait dans le dos. Pas très glorieux mais ce n'était qu'un début. La balle ne toucherait que le gilet pare-balles. L'adversaire serait projeté contre le mur du fond. Alors Chaplain bondirait et viderait son chargeur dans la face de l'homme. Il priait seulement pour avoir assez de balles. Plus question de recharger et de se faire repérer.

Il se pétrifia. Le croque-mort était là, à quelques mètres, soufflant, grognant, rugissant comme un prédateur cinglé. Chaplain sentait son sang artériel battre avec violence dans son cou. Il entendait tout. Les pas hésitants du tueur. Son essoufflement. Sa peur… Il y avait quelque chose de jouissif à sentir cet animal à sang froid au bord de la panique.

L'adversaire éclaira lentement la mezzanine puis se dirigea vers la salle de bains. Chaplain sortit de sa cachette et tira plusieurs fois jusqu'à ce que la culasse se coince en arrière et que son doigt ne déclenche plus rien. La paroi feuilletée s'était effondrée. La verrière, à droite, au-dessus du bureau, s'était abattue. Des lambeaux de voilage flottaient dans la pénombre. Mais le salopard était toujours debout, plus à droite encore – il avait plongé dans l'escalier pour se protéger.

Sans réfléchir, Chaplain balança son calibre et plongea dans la salle de bains. Le temps qu'il cherche une ouverture, un Velux, une lucarne, l'assassin remontait déjà les marches en tirant.

Le silence s'imposa. La puanteur de la poudre saturait l'atmosphère. Chaplain aperçut le pinceau de la torche qui fouillait encore l'espace. Le tueur ne le voyait pas. Et pour cause : il était dans la baignoire. Il serrait une lame de verre en guise de dernière chance. Les crissements des pas se rapprochèrent. Il ne devait absolument pas bouger : sa planque était remplie de tessons qui ne demandaient qu'à craquer…

À combien de distance se trouvait le prédateur ?

Cinq mètres ?

Trois mètres ?

Un mètre ?

Le bruit suivant fut si proche que Chaplain eut l'impression que le verre crissait sous ses dents. Il saisit le rebord de la baignoire et se hissa sur ses pieds, balayant les ténèbres avec sa lame. Il ne toucha rien, glissa, retomba lourdement, se fracassant la nuque contre le mitigeur.

Quand il rouvrit les yeux, le mercenaire braquait son arme à quelques centimètres de son front, écrasant la détente avec rage. Chaplain se protégea stupidement le visage de ses mains et n'entendit qu'un clic. L'arme s'était enrayée. Ébloui par la lampe tactique, il déroula son bras armé d'un seul geste et toucha le tueur quelque part au visage. Le salopard essayait toujours d'éjecter la balle mal engagée dans la culasse. Chaplain réussit à se placer sur un genou. Il agrippa la nuque de son adversaire et enfonça à nouveau le tesson. Il voyait maintenant. Le pieu s'était planté dans la joue droite du type et ressortait par l'orbite gauche. L'énarque n'avait pas lâché son calibre. Il tressautait, saisi de convulsions. La torche fixée à son canon virevoltait et éclairait le fond de la baignoire qui réfléchissait à son tour la lumière sur toute la scène.

Chaplain aperçut dans le miroir le visage empalé de l'homme et sa propre gueule hallucinée. Les deux adversaires hurlaient en silence, de tous leurs yeux. Le temps qu'il se ressaisisse, le mercenaire tentait encore de braquer son arme. Mais ses doigts ne tenaient plus rien. Il s'écroula. Chaplain enjamba le rebord de la baignoire. L'agonisant eut un dernier sursaut et s'agrippa à sa jambe. Arnaud lui écrasa la tête avec le pied, enfonçant le verre jusqu'à ce que le pieu se casse sous son talon. Un dernier jet de sang jaillit.

— Qu'est-ce qui se passe ? Ça va là-dedans ?

Chaplain lança un regard désespéré par-dessus la mezzanine. Les voisins étaient là, dans la cour, tentant d'apercevoir quelque chose à travers les rideaux déchiquetés. Il ramassa son CZ et aussi, par prudence, le calibre du mercenaire, la lampe irradiait au fond de sa poche.

Sur la mezzanine, il ouvrit les placards, attrapa un manteau, arracha celui qu'il portait toujours – trempé de sang – et enfila le nouveau.

— Y a quelqu'un ?

Il renversa la maquette du *Pen Duick I* et brisa sa coque d'un coup de talon, faisant voler les billets de 500 dans l'espace. Il les attrapa à pleines poignées et les fourra dans ses poches. Il prit aussi les papiers – passeports, cartes d'identité, carte Vitale… Puis il grimpa sur le bureau et tendit le cou par la verrière. Des toits de zinc, des gouttières, des corniches…

Il enjamba le châssis et sauta sur la première toiture.

L'entrée des artistes.

C'était ainsi que le chauffeur avait appelé la porte dérobée de l'hôpital Sainte-Anne, située au 7, rue Cabanis. Une percée discrète dans le grand mur aveugle de la forteresse des fous. Parfait pour lui. Chaplain ne tenait pas à faire une entrée en fanfare par le portail principal du CHU. Il paya le taxi et sortit dans l'air glacé.

8 h 30 du matin.

Après sa fuite, il avait erré dans les rues, enveloppé dans son manteau, dissimulant les marques de sang et l'odeur de poudre de ses vêtements, sentant le liquide vital se plaquer contre sa peau, à travers sa chemise trempée et déjà froide. Il avait marché à l'aveugle, hagard, abasourdi, avant de se rendre à l'évidence. Il n'avait plus d'avenir. Se rendre aux urgences de l'hôpital Sainte-Anne. S'effondrer définitivement. Capituler. C'était l'unique solution.

Un seul nom résonnait dans sa tête.

François Kubiela, le spécialiste dont lui avait parlé Nathalie Forestier.

Lui seul saurait le soigner, le comprendre, le protéger…

Voilà pourquoi il avait attendu le matin.

Il voulait voir le professeur en personne…

Maintenant, il marchait parmi les jardins du campus de Sainte-Anne. Au-dessus des bâtiments, la lumière se situait entre chien et loup. Chaplain pensait à un combat. Du sang sur le ciel, des marques de crocs, des déchirures… Il entendait presque, au-dessus des toitures, les rugissements des bêtes…

Les jardins étaient déserts. Les haies de charmille suivaient une ligne parfaite. Les branches dénudées étaient coupées net. Les bâtiments offraient des façades lisses et noirâtres, des angles bruts – et aucun ornement. Tout était fait ici pour cadrer les esprits tordus.

Chaplain suivit les allées au hasard. Il avait la bouche sèche, le ventre vide. Une sorte de vertige irradiait dans ses membres et ses organes. Il sentait dans ses poches le poids de ses armes – un CZ et un Sig Sauer, il avait lu la marque sur l'extrémité du canon. Face à un tel spécimen, seul Kubiela n'appellerait pas les flics. Il lui donnerait le temps de s'expliquer. Après tout, il connaissait un versant de l'affaire…

Les rues portaient des noms de malades célèbres : Guy de Maupassant, Paul Verlaine, Vincent Van Gogh… Il scrutait les panneaux, les frontispices des bâtiments, mais ne trouvait pas ce qu'il cherchait. Nathalie Forestier lui avait parlé de la CMME, la « Clinique des maladies mentales et de l'encéphale ». Il suffisait de trouver un infirmier et de lui demander son chemin.

Quelques pas encore et il aperçut un homme qui balayait, en bleu de chauffe. Le type était jeune. Il arborait une barbe blond pâle, une tignasse bouclée et des sourcils assortis. Il ne l'avait pas vu, absorbé dans son mouvement de va-et-vient. Sur une intuition, Chaplain se dit qu'il s'agissait d'un aliéné à qui on avait confié cette mission de confiance. Il n'était plus qu'à quelques pas de lui. Il allait demander l'orientation du service quand le balayeur leva les yeux.

D'un coup, son visage s'éclaira :

— Bonjour, professeur Kubiela. Ça fait longtemps qu'on vous a pas vu !

V

FRANÇOIS KUBIELA

« C'est à la fois le monde de la psychiatrie et l'univers de la peinture qui est aujourd'hui en deuil. François Kubiela est mort jeudi 29 janvier 2009 sur l'autoroute A31, non loin de la frontière luxembourgeoise, aux environs de 23 heures. On ignore comment il a perdu le contrôle de sa voiture. Le psychiatre est entré en collision avec la glissière de sécurité peu avant la sortie de Thionville-Metz nord, à une vitesse estimée à 140 kilomètres-heure. Le véhicule a aussitôt pris feu. Le temps que les premiers secours interviennent, le corps de François Kubiela était gravement brûlé... »

Chair de poule. Encore sous le choc de la découverte de sa nouvelle identité – sans doute la seule véritable –, Kubiela devait maintenant encaisser l'annonce de sa propre mort.

Il avait couru, affolé, parmi les rues du XIIIe arrondissement, puis trouvé un cybercafé ouvert près de la station de métro Glacière. À peine assis, il avait frappé son nouveau patronyme sur le clavier de l'ordinateur.

La première occurrence de Google était une notice nécrologique du *Monde* daté du 31 janvier. C'était bien de lui qu'il s'agissait. La page 25 du journal proposait une photo en noir et blanc du psychiatre décédé : lui-même, en blouse blanche, quelques rides en moins, sourire ravageur en plus.

Avant d'essayer de comprendre ce tour de magie – il était à la fois mort et vivant –, il se plongea dans l'histoire de feu François Kubiela, psychiatre et peintre reconnu, commençant par l'encadré qui résumait sa biographie en quelques dates.

18 novembre 1971. Naissance à Pantin, Seine-Saint-Denis (93)

1988. Commence ses études de médecine.

1992. Premières expositions personnelles.

1997. Publie sa thèse de doctorat en psychiatrie sur l'évolution de l'identité chez les jumeaux.

1999. Intègre l'EPS Paul-Guiraud de Villejuif.

2003. Rétrospective de ses œuvres à la galerie MEMO, à New York.

2004. Devient chef de service (le plus jeune de France) au Centre hospitalier Sainte-Anne.

2007. Publie *Le jeu des moi* sur le syndrome des personnalités multiples.

29 janvier 2010. Mort sur l'autoroute A31.

Ses suppositions se confirmaient. Il avait à peu près l'âge de ses faux papiers. Il avait mené deux chemins parallèles, psychiatrie et peinture. Côté personnel, pas d'épouse, pas d'enfant, pas même de compagne officielle. Mais il était certain, rien qu'en contemplant son propre sourire, qu'il n'était pas souvent resté célibataire.

Les bribes de souvenirs qui l'avaient traversé dans les jardins de Corto lui revenaient. Vacances hivernales au ski. Soirées intimes dans un appartement bourgeois à Paris. Crépuscules dans le sud de la France. Kubiela avait mené une existence aisée et brillante, sans jamais s'attacher ni s'engager. Chercheur solitaire ou prédateur égocentrique ? La réponse devait se situer quelque part entre les deux. Un homme sûr de ses aptitudes scientifiques et artistiques. Qui donnait à tous mais à personne en particulier.

1997.

Sa thèse de doctorat l'avait fait connaître. Disciple du psychologue de l'enfance René Zazzo, auteur de travaux sur la gémellité, il avait étudié durant plusieurs années des paires de jumeaux homozygotes. Comme Zazzo, il avait observé leur identité respective à travers leur évolution. Il avait analysé les liens invisibles qui les unissaient, les rendant perméables l'un à l'autre. Les ressemblances de caractère, les similitudes dans les réactions, et même les connexions télépathiques qui fascinent depuis des siècles chez ces frères et sœurs nés du même œuf. Tout cela, c'était le domaine de Kubiela.

À travers la gémellité, c'était déjà la problématique de l'identité qui l'intéressait. Qu'est-ce qui forge le moi ? Comment se fonde une personnalité ? Quels sont les rapports entre l'héritage de l'ADN et l'expérience du vécu ?

Les conclusions de Kubiela avaient surpris la communauté scientifique. Il rejetait dos à dos le principe fondateur de la psychanalyse (« on est ce qu'on a vécu durant l'enfance ») et le credo des nouvelles sciences neurobiologiques (« notre psyché se résume à une série de phénomènes physiques »). Sans nier la légitimité de ces tendances, Kubiela se référait, pour décrire et expliquer la personnalité de chaque être humain, à un petit quelque chose d'inné, de mystérieux qui provenait d'une machine supérieure – peut-être un mécanisme divin. Une théorie qui sortait délibérément des voies rationnelles et scientifiques.

Des voix nombreuses s'étaient élevées contre ce « spiritualisme de bazar ». Mais personne ne mettait en doute la qualité de ses études. D'ailleurs, parallèlement à ses écrits, il menait une carrière hospitalière sans faille, d'abord à Villejuif puis au CHU de Sainte-Anne, à Paris.

Dix ans après la publication de sa thèse, Kubiela avait écrit un nouveau livre, synthèse de ses travaux sur les personnalités multiples. Une fois encore, le livre avait provoqué des remous. D'abord parce que ce syndrome n'est pas officiellement reconnu en Europe. Ensuite, parce que Kubiela traitait chacune des personnalités de ces patients comme une cellule autonome, qui existerait en soi, et non comme les éclats d'une seule et même psychose. On retrouvait l'idée que ces identités avaient été déposées dans un seul esprit par une sorte de main céleste…

Il comprenait au moins une vérité : rien d'étonnant à ce que le chercheur ait été fasciné par le cas de Christian Miossens et par sa fugue psychique. Il avait trouvé là une nouvelle voie d'investigation. Après les jumeaux et les schizophrènes, le psychiatre avait jeté son dévolu sur les « voyageurs sans bagage ».

Il devinait la suite. Kubiela avait cherché d'autres cas en France. Il était tombé sur le fugueur dont lui avait parlé Nathalie Forestier, venu de Lorient. Il avait établi un lien entre ces deux patients. Il avait creusé, enquêté, remonté la piste de Sasha.com. Il s'était inscrit au club puis avait rencontré Feliz. Plus tard, dans des circonstances qu'il ne pouvait imaginer, il avait été lui-même sélectionné comme cobaye pour le protocole d'essais cliniques de Mêtis.

Bien sûr, pas un mot sur ces dernières recherches dans l'article – on se demandait seulement ce que le psychiatre faisait en pleine nuit sur l'autoroute A31. Qu'y faisait-il en effet ? Il n'existait aucune réponse puisque ce n'était pas lui qui était mort...

Kubiela s'attarda sur cette mise en scène. Qui était le corps calciné dans la voiture ? Un autre cobaye de Mêtis ? Un homme qu'on avait dû tuer d'une injection mortelle – les traces de brûlures avaient suffi à effacer la véritable cause de sa mort. À l'évidence, l'enquête avait été sommaire. Aucune raison de douter de l'identité du conducteur du véhicule – l'immatriculation, le signalement, les vêtements, la montre, les vestiges des documents retrouvés, tout correspondait à François Kubiela. Pourquoi Mêtis s'était-il donné tout ce mal ? Les responsables de l'expérience craignaient-ils que la disparition d'un psychiatre en vue pose plus de problèmes que les habituels « paumés » du protocole ?

Il passa au versant artiste de son existence. Autodidacte – voilà pourquoi il n'avait rien trouvé lors de son étude croisée –, Kubiela avait commencé à peindre parallèlement à ses études de médecine, présentant ses premières toiles dans des expositions collectives. Tout de suite, ses tableaux avaient été remarqués. On était à la fin des années 90.

En quelques clics, Kubiela trouva des illustrations. Les tableaux rappelaient les autoportraits de Narcisse mais le contexte était différent. Il était toujours présent sur la toile, mais perdu cette fois dans des environnements plus larges, plus surréalistes. Des places vides à la Chirico, des sites antiques, des architectures étranges, hors du temps et de l'espace. De dos, Kubiela errait dans ces décors. Sur chaque toile, il tenait un miroir et s'observait du coin de l'œil. Ainsi, on voyait deux fois son visage, trois quarts avant, trois quarts arrière. Qu'avait-il voulu exprimer avec cette mise en abyme ?

Le prix de ses toiles n'avait cessé de monter – pour exploser après sa mort. Où était passé cet argent ? Qui avait hérité ? Ce détail lui rappela Narcisse. Curieux que personne n'ait fait le rapprochement entre les œuvres du peintre fou et celles de Kubiela, offrant le même personnage central : lui-même. Les réseaux étaient sans doute différents…

Il passa aux origines. François Kubiela était né dans une famille d'immigrés polonais à Pantin. Père ouvrier, mère au foyer – assurant sans doute des boulots domestiques pour arrondir les fins de mois. Le couple s'était saigné pour financer les études de leur fils unique. Le père, Andrzej, était mort en 1999. L'article ne disait rien sur la mère, Francyzska – elle était donc encore vivante. François n'avait conservé aucun lien avec ses racines polonaises mais, selon l'article, il avait gardé une nostalgie de son enfance en banlieue et des valeurs simples défendues par ses parents. D'ailleurs, il n'avait jamais caché ses opinions marquées à gauche, bien qu'exécrant tout ce qui pouvait ressembler de près ou de loin au communisme – Kubiela n'avait pas oublié ses origines.

Il stoppa sa lecture. Prit soudain conscience de son état, de sa position. Pas rasé, hirsute, enroulé dans son manteau, afin de cacher les déchirures de sa chemise violette raidie de sang. Réellement coupable cette fois de deux meurtres. Il partit se chercher un café. Il était sonné. À la fois groggy et fébrile. La violence de la nuit. La nouvelle de sa mort. La découverte de sa véritable identité. Il y avait de quoi perdre les pédales.

Il but une gorgée de café dont il ne sentit que la brûlure. La sensation lui rappela les breuvages infects de la machine de l'unité Henri-Ey. Combien de temps depuis Bordeaux ? Deux semaines ? Trois ? Combien de vies, de morts ? Il retourna s'asseoir devant son écran. La photo de François Kubiela, blouse blanche et tignasse noire, l'attendait. Il leva son gobelet à sa santé.

Maintenant, il devait avancer. Il n'avait plus le choix. Il avait voulu confier son destin à Kubiela et n'avait trouvé que lui-même. Il devait donc repartir en chasse… Pour commencer, dénicher une planque. Il avait de l'argent mais ne pouvait plus retourner dans un hôtel. Il détenait des faux papiers mais pour quel usage ? Après le double assassinat du loft, sa tête allait revenir au premier plan dans les médias.

Une idée lui vint. La plus simple qui soit.

Retourner chez sa mère.

Qui irait le chercher chez Francyzska Kubiela, mère d'un psychiatre décédé ? Il effaça l'historique de ses recherches puis se connecta à l'annuaire de l'Ile-de-France.

Il existait une Francyzska Kubiela à Pantin.

Elle habitait au 37, impasse Jean-Jaurès.

Ces noms, ces chiffres ne lui disaient rien. Sa mémoire personnelle était toujours cadenassée. Il vivait avec un cerveau de plâtre, il y était habitué. Mais sa mère ? Comment allait-elle réagir ? Quand elle ouvrirait la porte à son fils mort depuis un an, elle allait sans doute avoir une attaque cardiaque.

S'agissait-il d'une vieille femme encore vive ?

Ou au contraire d'une momie claquemurée dans son pavillon ?

Un seul moyen de le savoir.

Il plia ses affaires et prit le chemin de la sortie.

Anaïs Chatelet sortit de la maison d'arrêt pour femmes de Fleury-Mérogis à 10 heures du matin. Les procédures administratives avaient duré plus de quarante minutes. Elle avait répondu aux questions, signé des documents. On lui avait rendu ses bottes, son blouson, ses papiers d'identité, son portable. En résumé, elle était libre. Avec une convocation ferme chez le juge le lundi suivant et une obligation de rester à Paris. Son contrôle judiciaire démarrait ce jour. Elle devait pointer une fois par semaine au commissariat où elle avait été arrêtée la première fois, place des Invalides.

Sur le seuil de la prison, elle ferma les paupières et inhala l'air frais à pleins poumons. La bouffée lui parut d'un coup purifier tout son système respiratoire.

Une voiture était stationnée à cent mètres, se découpant très net sur fond d'abribus et de ciel de zinc. Elle reconnaissait le véhicule. En tout cas son style. Une Mercedes noire aux allures de corbillard. Son père. Mi-grand patron, mi-général de dictature.

Elle se dirigea vers la bagnole. Après tout, elle lui devait sa libération. Elle n'était pas parvenue à cinq mètres que Nicolas jaillit de la voiture :

— Mademoiselle Anaïs...

Le petit trapu avait encore la larme à l'œil. Elle se demandait comment un tortionnaire du calibre de son père avait pu se trouver un aide de camp aussi sensible. Elle lui fit une bise sur la joue et plongea à l'arrière.

Jean-Claude Chatelet l'attendait, confortablement installé, toujours bronzé, toujours magnifique. Sous l'éclairage du plafonnier, il évoquait une arme dangereuse et scintillante, à l'abri dans son écrin de cuir sombre.

— Je suppose que je dois te remercier ?

— Je ne t'en demande pas tant.

La portière claqua. Nicolas s'installa au volant. Quelques secondes plus tard, ils étaient en route pour la N104, direction Paris. Anaïs observait son père du coin de l'œil. Chemise de lin turquoise et pull en V bleu marine. Il paraissait avoir directement été téléporté du pont de son yacht jusqu'aux méandres gris des échangeurs de l'Essonne.

Obscurément, Anaïs était contente de le retrouver. Le revoir, c'était renouer avec sa haine. C'est-à-dire sa colonne vertébrale.

— Tu es encore venu me porter un message ?

— Cette fois, il s'agit d'un ordre.

— Elle est bonne.

Il ouvrit l'accoudoir en bois de ronce qui les séparait. Une cavité aux parois isolantes abritait des boissons gazeuses mais aussi des Thermos brillantes comme des torpilles.

— Tu veux boire quelque chose ? Café ? Coca ?

— Café, très bien.

Chatelet la servit dans un verre gansé d'un treillis de rotin. Anaïs but une gorgée. Elle ferma les yeux malgré elle. *Le meilleur café du monde.* Elle se ressaisit. Pas question de se laisser gagner par ce poison familier : la chaleur, la douceur, le raffinement apportés par ces mains meurtrières.

— Tu vas rester quelques jours à Paris, fit le bourreau avec son accent modulé. Je t'ai réservé un hôtel. Tu iras voir ton contrôleur judiciaire puis le juge. Pendant ce temps, nous ferons transférer ton dossier à Bordeaux et je te ramènerai en Gironde.

— Dans ton fief ?

— Mon fief est partout. Ta présence dans cette voiture le prouve.

— Je suis impressionnée, fit-elle sur un ton ironique.

Chatelet se tourna vers elle et lui planta son regard dans les yeux. Il avait des iris clairs, enjôleurs, corrupteurs. Par chance, elle avait hérité des yeux de sa mère. Des yeux de Chilienne gris anthracite, un minerai qu'on trouve à des milliers de mètres sous terre, au pied de la cordillère des Andes.

— Je ne déconne pas, Anaïs. La fête est finie.

Après l'avertissement du dimanche précédent, on passait à la sanction. Retour au bercail et basta. Elle n'avait quitté Fleury que pour cette liberté surveillée. La poigne de fer de la prison pour le gant de velours de son père.

— Je te l'ai dit une fois, reprit-il. Ces gars-là ne plaisantent pas. Ils sont *missionnés.* Ils représentent un système.

— Parle-moi de ce système.

Chatelet soupira et s'enfonça dans son siège. Il paraissait comprendre que lui non plus, il n'avait pas le choix. S'il voulait convaincre sa fille, il lui fallait se mettre à table.

La pluie martela le pare-brise avec une violence soudaine, fouettant les vitres en de longues traînées bruissantes. D'un geste sec, l'œnologue ouvrit une canette de Coca Light.

— Il n'y a pas de complot, fit-il à voix basse. Ni machination ni plan caché comme tu le crois.

— Je ne crois rien. Je t'écoute.

— Mêtis a été fondée par des mercenaires français et belges, dans les années 1960. Depuis, l'eau a coulé sous les ponts. Il y a longtemps que la société n'a plus rien à voir avec ce genre d'activités.

» Mêtis fait partie des compagnies majeures en matière de psychotropes. Ses scientifiques mènent des recherches sur le contrôle du cerveau.

» Mêtis est un groupe chimique et pharmaceutique, au même titre que Hoechst ou Sanofi-Aventis. Ça ne fait pas d'eux des conspirateurs de la manipulation mentale.

— Et ses boîtes de sécurité ?

— Elles protègent les unités de production. Pur usage interne.

Anaïs avait parcouru la liste des clients de l'ACSP. Son père mentait – ou se trompait. La boîte louait ses services à d'autres entreprises en Gironde, toutes activités confondues. Mais peut-être que ses clients principaux appartenaient à la nébuleuse Mêtis. *Passons.*

— Je connais deux hommes qui ont une étrange conception des métiers de la sécurité.

— Mêtis n'est pas en cause. Les responsables de ce bordel sont ceux qui ont utilisé l'ACSP pour couvrir leurs... intervenants.

Il était donc au courant des détails de l'opération. Un coup de tonnerre retentit, comme l'onde de choc d'un séisme. Le ciel paraissait en granit, ou un quelconque minerai qui craquait de l'intérieur.

— Qui ? demanda-t-elle d'une voix nerveuse.

— Mêtis développe de nouveaux produits. Des anxiolytiques, des antidépresseurs, des somnifères, des neuroleptiques... En amont des sites de production, des laboratoires isolent des molécules, synthétisent, mettent au point des pharmacopées. C'est le fonctionnement normal d'un groupe pharmaceutique.

— Quel rapport avec les mercenaires de l'ACSP ?

Le Boiteux buvait lentement son Coca. Il observait à travers l'averse les lignes grises, parfois tachées de couleurs, derrière la vitre. Des usines, des entrepôts, des centres commerciaux.

— L'armée garde un œil sur ces recherches. Le cerveau humain est et restera toujours la cible fondamentale. Mais aussi, si tu préfères, l'arme primordiale. Nous avons passé la dernière moitié du siècle dernier à développer l'arme nucléaire. Tout ça pour surtout ne pas l'utiliser. Contrôler l'esprit, c'est une autre manière d'éviter le combat. Comme dit Lao-tseu : « Le plus grand conquérant est celui qui sait vaincre sans bataille. »

Anaïs détestait les gens qui utilisent des citations. Une façon sournoise de se hisser au niveau du penseur. Elle n'avait pas l'intention de se faire enfumer une fois encore.

— Mêtis a découvert une molécule.

— Pas Mêtis. Un de ses laboratoires satellites. Une unité de recherche dont le groupe est actionnaire.

— Quel est le nom du laboratoire ?

— Je ne sais pas.

— Tu me prends pour une conne ?

— Je n'insulterais pas ma famille. Je participe à des réunions où ce genre de détails n'est pas mentionné. C'est un labo en Vendée. Un centre d'essais cliniques qui mène des recherches à blanc. En général inutilisables.

— Une molécule qui provoque des fissions mentales ? Inutilisable ?

— C'est ce qu'on nous a vendu. En réalité, la molécule n'est pas stabilisée. Ses effets sont ingérables.

— Tu ne peux pas nier que des cobayes ont fait des fugues psychiques, provoquées par un médicament inédit.

Chatelet hocha lentement la tête. Un mouvement qui pouvait tout signifier. La pluie cernait la Mercedes, comme les brosses frémissantes d'une station de lavage.

— Ce qui nous intéresse, c'est le contrôle du cerveau. Pas de provoquer des feux d'artifice.

— « Nous », c'est qui ?

— Les forces de défense du pays.

— Tu es devenu un militaire français ?

— Je ne suis qu'un consultant. Un go-between entre Mêtis et le gouvernement. Je suis actionnaire minoritaire du groupe. Et je connais aussi les dinosaures qui ont encore droit de cité dans l'armée française. À ce titre, j'ai participé à l'élaboration du protocole. C'est tout.

— Comment s'appelle ce protocole ?

— Matriochka. Poupée russe. À cause de la fission en série que provoque la molécule. Mais le programme est définitivement arrêté. Tu enquêtes sur quelque chose qui n'existe plus. Le scandale a déjà eu lieu, chez nous, et c'était un pétard mouillé.

— Et les éliminations ? Les rapts ? Les tortures mentales ? Vous vous croyez au-dessus des lois ?

Chatelet but encore une gorgée de Coca. Anaïs se sentait brûlante. Par contraste, elle percevait chaque pétillement glacé sur les lèvres de son père.

— Qui est mort exactement ? demanda-t-il en jouant de son accent du Sud-Ouest. Quelques paumés solitaires ? Une ou deux putes qui n'ont pas su tenir leur langue ? Allons ma fille, tu es déjà trop âgée pour jouer les idéalistes. Au Chili, on dit : « Ne pèle pas le fruit s'il est pourri. »

— Il faut l'avaler tel quel ?

— Exactement. Nous sommes en guerre, ma chérie. Et quelques expérimentations humaines ne sont rien comparées aux résultats escomptés. Chaque année, les attentats terroristes provoquent des milliers de morts, déstabilisent les nations, menacent l'économie mondiale.

— Parce que l'ennemi, c'est le terrorisme ?

— En attendant d'autres tendances.

Anaïs secoua la tête. Elle ne pouvait admettre que de telles manœuvres se déroulent impunément sur le sol français.

— Comment pouvez-vous enlever des civils ? leur injecter des produits aux effets inconnus ? les abattre ensuite comme si de rien n'était ?

— Les cobayes humains, c'est vieux comme la guerre. Les nazis étudiaient les limites de la résistance humaine sur les Juifs. Les Japonais injectaient des maladies aux Chinois. Les Coréens et les Russes inoculaient leurs poisons aux prisonniers américains.

— Tu parles de dictatures, de régimes totalitaires qui ont nié l'intégrité humaine. La France est une démocratie, régie par des lois et des valeurs morales.

— Dans les années 90, un général tchèque, Jan Sejna, a raconté publiquement aux États-Unis ce qu'il avait vu de l'autre côté du Mur. Les expériences humaines sur des GI, les manipulations mentales, l'utilisation de drogues ou de poisons sur les détenus… Pas une seule voix ne s'est élevée pour dénoncer cette horreur. Pour une raison simple : la CIA avait fait exactement la même chose.

Anaïs tenta de déglutir. Sa gorge brûlait :

— Ton cynisme te donne une réalité… effroyable.

— Je suis un homme d'action. Je ne peux pas être choqué. C'est bon pour les politiques de l'opposition ou les journalistes braillards. Il n'y a pas de périodes de paix. La guerre continue toujours, en mode mineur. Et quand il est question de substances psychoactives, il est impossible de travailler sur des animaux.

Jean-Claude Chatelet avait prononcé son discours sur un ton posé et presque enjoué. Elle avait envie de lui écraser son sourire contre la vitre mais se dit encore une fois que c'était cette haine qui l'empêchait de sombrer totalement dans la dépression. *Merci papa.*

— Qui sont les chefs du programme ? Ses instigateurs ?

— Si tu veux des noms, tu seras déçue. Tout ça se perd dans les méandres du pouvoir. Dans les romans et les livres d'histoire, les complots et les opérations secrètes sont rationnels, organisés, cohérents. Dans la réalité, ils n'échappent pas au bordel routinier. Ils avancent à la va-comme-je-te-pousse. Oublie la liste des coupables. Quant à la situation actuelle, ce que tu appelles un « massacre » n'est au contraire qu'une façon de limiter les dégâts. De couper le membre gangrené.

Un silence. Le bruissement rageur de la pluie. Ils roulaient maintenant sur le boulevard périphérique. À travers les dislocations de l'averse, la ville ne paraissait pas plus accueillante ni plus humaine que les structures de béton et d'acier qui les avaient accompagnés jusqu'ici. La maladie de la banlieue avait contaminé la capitale.

Il lui restait un dernier point à éclaircir :

— Dans le sillage de ces expériences, des meurtres différents ont été commis. Des meurtres à connotation mythologique.

— C'est un problème majeur du programme.

— Tu es au courant ?

— Matriochka a accouché d'un monstre.

Anaïs ne s'attendait pas à cette interprétation.

— Chez un des patients, continua-t-il, la molécule a libéré une pulsion meurtrière d'une grande complexité. Le gars a mis en place un rituel dément, à base de mythologie. Mais tu es au courant.

— Vous avez identifié ce… patient ?

— Ne fais pas l'imbécile. Nous le connaissons tous. Nous devons l'arrêter et le faire disparaître avant que la situation ne nous explose à la gueule.

C'était donc ça. Freire était le coupable désigné. Il n'était pas un nom parmi d'autres sur la liste noire. Il était l'homme à abattre en priorité. Anaïs ouvrit la fenêtre et se prit en pleine face une giclée de pluie. Ils longeaient maintenant la Seine. Un panneau indiquait : PARIS-CENTRE.

— Arrête-moi là.

— Nous ne sommes pas arrivés dans le quartier de ton hôtel.

— Nicolas, hurla-t-elle, arrête la bagnole ou je descends en marche !

L'aide de camp lança un coup d'œil au rétroviseur en direction de son chef, qui acquiesça d'un signe de tête. Nicolas se rabattit sur la droite et stoppa. Elle sortit de la voiture et atterrit sur un trottoir minuscule, alors que les voitures filaient sur la rive express dans un long chuintement continu.

En guise d'adieu, elle se pencha vers l'habitacle et hurla à travers les cordes :

— Ce n'est pas lui le tueur.

— J'ai l'impression que cette affaire est devenue une histoire personnelle.

Elle éclata de rire :

— C'est toi qui dis ça ?

Le quartier lui faisait penser à un pôle magnétique. Un point sur la carte qui aurait eu le pouvoir d'attirer les orages, la misère, le désespoir. Le taxi le déposa à l'entrée de l'impasse, au 54, rue Jean-Jaurès. La pluie frappait le bitume aussi fort que des impacts de balles. Le macadam éclatait sous ses pas. Chaplain voyait à peine le décor qui l'entourait. Le tonnerre gronda et un éclair révéla un quartier de pavillons en meulière qui grimpaient sur une colline de faible pente.

Kubiela attaqua l'ascension. L'atmosphère se déglinguait un peu plus à chaque pas. Des murs ruisselants ou des palissades pourries protégeaient des pavillons à demi enterrés. Les numéros étaient peints à la main sur des pancartes. Derrière les enclos, des chiens se jetaient gueule la première sur les grillages et aboyaient à se fendre la gorge. Les poteaux électriques plantés dans les flaques évoquaient des potences.

En lisant sa notice nécrologique, il avait bien compris qu'il possédait des origines modestes. Mais ce qu'il découvrait abaissait encore la barre. Il provenait d'une misère crasse, qu'il croyait révolue depuis longtemps – celle des bidonvilles, des terrains vagues, des ghettos sans électricité ni eau courante. Il était né d'une chute de carriole, d'un obscur exode slave.

À mi-montée, le sol n'était plus bitumé. Des morceaux de ferraille, des cuisinières, des pièces détachées de voitures baignaient dans la boue. Kubiela sentait monter en lui une appréhension de bourgeois craintif. Il s'attendait presque à trouver, en lieu et place de son domicile familial, une roulotte avec dedans quelques Roms crasseux et édentés.

En réalité, le 37 était un pavillon en briques, sali par des décennies d'oubli. Il se découpait au sommet de la colline, entouré de chiendent et de clapiers à lapins. La pluie battait le bois, la terre, les murs, au point de pétrir le tout en un seul bloc de glaise grise. Seule la toiture rouge brillait comme une plaie fraîche.

Les volets clos, le délabrement général attestaient qu'on ne vivait plus ici depuis longtemps. Sa mère avait décampé. Il ne pouvait imaginer, compte tenu du décor, une retraite dorée sur la Côte d'Azur. À moins qu'elle ait touché le produit de ses œuvres.

Il fit sauter le fil de fer qui fermait l'enclos et toucha au passage la cloche suspendue qui grelotta dans le fracas de la pluie. Le jardin de quelques mètres carrés, où ne poussaient plus que des pneus et des parpaings, ajoutait encore à l'atmosphère de désolation. Chaplain pataugea jusqu'au porche, surmonté d'une marquise à moitié brisée. La pluie, avec ses milliers de têtes d'épingle, le poursuivait jusque sous son abri.

Il appuya sur le bouton de sonnette par réflexe. Aucun résultat. Il frappa, toujours pour la forme, sur les motifs de fer forgé qui protégeaient la lucarne de la porte. Rien ne bougeait à l'intérieur. Il ramassa une barre de fer et força les volets de la fenêtre la plus proche, sur sa gauche. Utilisant toujours son levier, il frappa la vitre qui se brisa dans un claquement sec. Il commençait à avoir l'habitude.

Il agrippa le châssis et jeta un dernier regard sur le paysage. Pas un pékin à l'horizon. Il plongea à l'intérieur. Le pavillon avait été complètement vidé. L'idée que sa mère était décédée après sa propre disparition l'effleura. Après tout, sa seule source d'informations était l'article du *Monde* et il datait d'une année.

Vestibule. Cuisine. Salon. Pas un meuble, pas une lampe, pas un rideau. Des murs beiges ou marron, tendance putride. Un parquet crevassé, dont on apercevait les solives. À chaque pas, il écrasait quelque chose sous ses pieds. Des cafards larges comme des dattes. Il était certain qu'il arpentait là le théâtre de son enfance. Il imaginait sa rage de se sortir de ce bourbier, à coups de diplômes et de connaissances.

Une victoire sociale et matérielle, mais pas seulement. En suivant ses études de psychiatrie, il avait voulu changer la *qualité* de son esprit, de ses ambitions, de son quotidien. Autre certitude : il n'avait jamais méprisé ses parents et leurs boulots manuels. Au contraire, l'un des ressorts de sa volonté avait été la gratitude – et l'esprit de revanche. Il sortirait ses parents de cette merde. Il les vengerait de leur destin à la marge. Leur avait-il offert une autre maison ? Aucun souvenir.

Un escalier. Le bois n'était plus qu'une boue de moisissure. À chaque marche, un jus verdâtre en jaillissait alors que d'autres insectes, dans la pénombre, se carapataient. Il s'accrocha à la rampe, s'attendant à ce qu'elle s'effrite sous sa main. Mais non. L'idée absurde lui vint que la maison l'acceptait – elle *voulait* qu'il achève sa visite.

Couloir. Une première chambre, volets fermés. Noire. Vide. Il passa à la suivante. Même tableau. Une autre encore. Idem. Enfin, il tomba sur une porte fermée à clé. On avait même installé un verrou tout neuf. Cette attention lui donna un vague espoir. D'un coup d'épaule, il essaya de l'enfoncer, s'attendant à ce qu'elle lui tombe sur le crâne. L'assaut s'avéra plus difficile. Il dut même redescendre chercher sa barre de fer. Finalement, au bout de dix minutes de travail des gonds et du bois, il parvint à pénétrer dans l'espace protégé.

Encore une pièce vide. Seuls, deux cartons couverts par des sacs-poubelle occupaient un angle. Il avança dans la pénombre. Il souleva l'un des plastiques avec prudence, s'attendant à voir jaillir des rats ou des vers. Il découvrit des cahiers Clairefontaine d'apparence récente, couvertures bleues plastifiées. Il en feuilleta un et sentit son cœur bondir dans sa gorge. C'étaient les notes personnelles de François Kubiela sur les cas de fugues psychiques.

Il n'aurait pu tomber sur trésor plus précieux.

Il arracha le sac-poubelle du deuxième carton. Des enveloppes, des photographies, des papiers administratifs… Toute la vie des Kubiela en chiffres, attestations, clichés et formulaires… Celui qui avait entreposé tous ces documents avait pris soin de les protéger de l'humidité – l'intérieur des cartons était doublé par un autre sac-poubelle.

Qui avait placé ces archives ici ? Lui-même. Au fil de son investigation, il avait senti le danger et installé son QG dans le pavillon de ses parents, remisant dans cette chambre les pièces à conviction de son enquête et de son propre passé.

. Il ouvrit la fenêtre et poussa les volets. Des bourrasques de pluie s'engouffrèrent avant qu'il ne referme le châssis. Il se tourna vers l'espace. Une cheminée close par une plaque d'acier occupait le mur de droite. Le papier des murs portait les traces des meubles de jadis. Un lit. Une armoire. Une commode. Des rectangles aussi qui devaient correspondre à des posters. Kubiela devina qu'il s'agissait de sa chambre. Celle qu'il avait occupée quand il était môme, puis adolescent. Il se tourna vers les cartons. L'étude de tous ces documents allait lui prendre des heures.

Il se frotta les mains, comme devant un bon feu, et se mit à genoux face à son butin. Un sourire animait ses lèvres.

Il y avait une logique amère dans son destin.

Son enquête avait commencé avec des cartons vides – ceux de Bordeaux.

Elle s'achevait avec des cartons pleins – ceux de Pantin.

La tête de Solinas valait le détour. Le commandant savait qu'Anaïs sortait de Fleury ce matin mais il ne s'attendait pas à ce qu'elle déboule directement dans son bureau. Il supposait sans doute qu'elle profiterait de sa libération pour reprendre son enquête en solitaire.

— Remets-toi, Solinas. Ce n'est que moi.

L'homme releva ses lunettes sur son front :

— Je suis assez surpris.

— On a un deal, non ?

Il balaya l'air d'un geste vague :

— Les deals, de nos jours…

Elle empoigna une chaise et s'assit face à son bureau. L'atmosphère était toujours impeccable et un rien glacée. Elle planta ses coudes sur le plateau et attaqua :

— Je suis sous contrôle judiciaire. Lundi, je vois le juge qui va peut-être me refoutre en taule. S'il ne le fait pas, je serai réexpédiée à Bordeaux, grâce à la bienveillance de mon père. Ce qui fait que je dispose d'aujourd'hui et du week-end pour avancer sur l'enquête.

Solinas sourit. Il commençait à comprendre.

— Ce que j'appelle « avoir la paille au fion ».

— Et je dois faire fissa si je ne veux pas qu'on me l'enfonce jusqu'à la garde.

Le sourire s'élargit.

— Où en es-tu ? enchaîna-t-elle.

Solinas esquissa une moue d'indécision. Il avait repris son manège avec son alliance :

— Nulle part, sauf que le cadavre est bien celui de Medina Malaoui. On a fait des prélèvements ADN dans son appartement.

— Vous allez l'exhumer ?

— Pour gagner quoi ? Vaut mieux oublier ce mac-chab'. Quant à Medina de son vivant, pas moyen de suivre sa trace.

— Vous avez remonté ses derniers contacts ?

— On n'est même pas sûrs de la date de sa dispari-tion. Par ailleurs, aucun agenda ni ordinateur portable chez elle. Soit Janusz les a embarqués, soit d'autres avant lui.

— Ses appels détaillés ?

— C'est en route. Mais mon petit doigt me dit qu'elle utilisait un autre mobile pour ses contacts-clients.

— Ses comptes en banque ?

— Pas grand-chose non plus. Michetonner, c'est vivre au black.

— Le porte-à-porte ?

— Dans son quartier, ça n'a rien donné. Personne ne la voyait. Elle vivait la nuit.

— Elle était aussi étudiante.

— Ses clients ont dû plus souvent voir son cul que ses profs ses boucles blondes.

La vulgarité du chauve l'irritait, mais, chez les flics, c'était comme dans la vie : on ne choisit pas sa famille.

— Pas de maquereau, de réseau ?

— On cherche.

— Vous avez contacté la BRP, l'OCRTEH ?

La Brigade de répression du proxénétisme et l'Office central pour la répression de la traite des êtres humains constituaient les organes majeurs pour secouer les draps sales de la République – les successeurs de la légendaire Brigade des mœurs.

— Non, fit Solinas, catégorique. Je veux aucune aide sur le coup.

— Personne ne sait que le cadavre a été identifié ?

— Non.

Anaïs sourit. Malgré sa position, ou plutôt à cause de sa position, le flic était plus seul qu'un ours réintroduit dans un parc national. Voulant élucider cette affaire en solo, il ne pouvait rien demander à personne. Plus que jamais, il avait besoin d'elle.

— Sol' (c'était la première fois qu'elle l'appelait ainsi et cela lui allait bien), je veux un bureau, un ordinateur en ligne, une voiture banalisée et deux hommes en parfait état de marche. Je veux que tu appelles le commissariat des Invalides et que tu te démerdes pour devenir mon contrôleur judiciaire.

— Et pis quoi encore ?

— Avec moi aux commandes, fit-elle comme si elle n'avait pas entendu, tu obtiendras des résultats avant 24 heures.

Solinas conserva le silence. Il ne cessait de faire coulisser son alliance sur son annulaire. Le geste évoquait une sorte de masturbation.

Elle insista :

— Je suis ta seule chance d'obtenir ce que tu veux. Tes gars ne sont pas formés pour un travail d'enquête criminelle. Tu ne peux appeler personne, et lundi, le Parquet nommera un juge qui saisira la Crim.

Toujours pas de réponse.

— Tu le sais depuis le départ. C'est pour ça que tu es venu me chercher au fond de ma cage, à Fleury.

Le flic avait les traits crispés. Sa calvitie permettait d'observer les plis de réflexion de son front. On lisait ses pensées à livre ouvert.

— C'est oui ou c'est non ?

Le visage de Solinas se détendit. Il éclata de rire.

— Qu'est-ce qu'il y a de drôle ? se raidit Anaïs.

— Je pense à ton daron.

— Quoi, mon daron ?

— Tu ne devais pas être une fille facile.

— Il était un père impossible. Tu me donnes ce dont j'ai besoin ou non ?

— Va te chercher un café. Je dois m'organiser.

Elle sortit sans un mot. Les couloirs moquettés, l'air conditionné, les plafonniers blafards n'étaient pas loin de lui rappeler l'atmosphère de la maison d'arrêt, dans une version high-tech. C'était le même emprisonnement. Pas de couleur, pas de contact avec le dehors, pas de liberté.

Devant la machine à café, elle chercha sa monnaie. Ses mains tremblaient, mais c'était une fébrilité positive. Elle avait déjà pris sa décision. Scinder l'enquête en deux. Pour les gars de l'Office, le versant Medina. Pour elle, une piste que personne ne connaissait : les daguerréotypes. Et pas un mot à Solinas. Elle voulait

847

conserver une longueur d'avance sur cette bande de machos.

Le café coula dans son gobelet. La première gorgée la brûla. La deuxième passa mieux, mais sans le moindre arôme. Son ventre racla, couina, gargouilla. Elle n'avait pas mangé depuis… depuis combien de temps déjà ?

Quand elle revint dans le bureau, Solinas n'était plus seul. Deux armoires à glace, aux allures de voyous, se tenaient près de lui.

— Je te présente Fiton, le gothique, et Cernois, le classique. Deux de mes meilleurs gars. Ils vont t'aider jusqu'à lundi.

Anaïs cadra les lascars. L'un, grand et sec, pas rasé, portait un jean crasseux, des baskets sombres et une veste noire. Dessous, son tee-shirt affichait la gueule d'hyène d'Iggy Pop. Coiffé en queue-de-canard, il avait les yeux cernés de khôl et semblait complètement défoncé. L'autre, tout aussi grand mais pesant le double, arborait un costume de marque chiffonné, une cravate tachée et une barbe de trois jours qui contrastait avec sa coupe en brosse. Tous deux portaient leur calibre bien en évidence à la ceinture.

Tout de suite, ils lui plurent. Ces bouffeurs d'asphalte lui rappelaient son équipe de Bordeaux. Tout de suite aussi, elle devina qu'ils étaient faits pour une enquête criminelle comme elle pour le tricot. Des champions du « saute-dessus », pas du travail de fourmi qui caractérise toute investigation criminelle.

— Mon bureau ?

— Celui d'à côté. Je te garde à l'œil. Tu feras pas un geste sans que je sois au courant.

848

Elle songea aux daguerréotypes et chercha une esquive. Elle n'en trouva pas.

— C'est à prendre ou à laisser, conclut Solinas. Je crois même que c'est à prendre tout court.

Deux heures de lecture pour obtenir la confirmation, dans les grandes lignes, de ses hypothèses les plus récentes. Le journal de bord de François Kubiela tenait en cinq cahiers Clairefontaine, petit format à grands carreaux, que le psychiatre avait noircis d'une écriture serrée, penchée et régulière, au stylo-bille. Il l'avait joué à l'ancienne : pas d'ordinateur, pas de clé USB, pas de connexion Internet. Rien d'autre que ces cahiers d'écolier, planqués au fond d'un pavillon décrépit.

Il avait commencé son journal le 4 septembre 2008, quand il avait accueilli dans son service du Centre hospitalier Sainte-Anne un quadragénaire amnésique. Kubiela avait décidé de consigner chaque étape de son évolution. Très vite, le patient, qui refusait de passer le moindre scanner ou radiographie, avait retrouvé ses souvenirs. Il s'appelait David Gilbert. Il était ingénieur. Il vivait en banlieue parisienne, au sud de la capitale.

Kubiela avait vérifié : tout était faux.

Dans le même temps, l'enquête de police menée au sujet de la disparition de Christian Miossens avait convergé vers Sainte-Anne : David Gilbert était

Miossens. Lentement, comme à regret, le patient avait réintégré son identité. Après un mois de soins, il était retourné auprès de sa sœur, Nathalie Forestier. Kubiela avait confirmé son diagnostic : Miossens avait fait une fugue psychique. Un syndrome quasiment inconnu en France.

Le psychiatre s'était plongé dans la documentation anglo-saxonne sur le sujet. Il avait aussi interrogé ses confrères. Il avait entendu parler d'un autre cas, Patrick Serena, soigné à l'Hôpital spécialisé des Châtaigniers, dans la région de Lorient. L'homme avait été découvert en septembre 2008, errant le long d'une nationale près de Saint-Nazaire, prétendant s'appeler Alexandre. C'était en réalité un cadre commercial dans l'édition numérique, célibataire, habitant Puteaux dans le 92, disparu en avril 2008 en pleine tournée de vente. Comment s'était-il retrouvé en Bretagne ? Qu'est-ce qui avait provoqué sa fugue ? Qu'avait-il fait entre avril et septembre 2008 ? L'homme avait signé une demande d'hospitalisation libre et était resté interné aux Châtaigniers.

Kubiela avait noté les similitudes entre les deux cas, notamment les dates rapprochées des fugues. Il avait fait le voyage jusqu'à Lorient. Il avait interrogé Serena. Il l'avait convaincu de venir à Sainte-Anne, toujours en hospitalisation libre. Le patient s'était montré motivé pour répondre aux questions du psychiatre, mais il avait toujours refusé, comme Miossens, de subir le moindre examen d'imagerie médicale.

Le praticien avait sondé la mémoire des deux hommes. Médicaments, hypnose, conversations…

Peu à peu, il avait relevé d'autres similitudes dans leurs souvenirs elliptiques. D'abord, l'usage répété d'un pseudo. Christian Miossens s'appelait parfois « Gentil-Michel », Serena « Alex-244 ». Le psy ne parvenait pas à expliquer ces surnoms. Les patients évoquaient aussi des lieux, d'une manière confuse, qui se ressemblaient. Un bar de pêcheurs dont les box étaient cernés de voilages. Un sous-sol argenté dont les canapés revêtaient des formes de proto-zoaires.

Kubiela avait écumé les bars de Paris et avait découvert le Pitcairn, dans le IVe arrondissement, puis le Vega, le bar rétro-futuriste du IXe arrondissement. Sasha.com, un club de speed-dating, y organisait ses rendez-vous. Kubiela s'était souvenu des pseudos et en avait conclu que Miossens et Serena, tous deux célibataires, s'étaient inscrits sur le site pour trouver l'âme sœur.

Décembre 2008. L'enquêteur en était à son troisième cahier de notes quand un collègue de Sainte-Anne lui avait parlé d'un autre cas de fugue psychique, évoqué dans un séminaire de psychiatrie à Blois. Kubiela avait retrouvé le patient au Centre de la Ferté, dans la banlieue de Tours. Les similitudes avec les deux autres sujets étaient frappantes.

Encore une fois, un amnésique qui croyait avoir retrouvé la mémoire. Encore une fois un homme qui avait refusé tout scanner et avait été rattrapé par sa véritable origine. L'homme s'appelait Marc Kazarakian. D'origine arménienne, il était passé par de nombreux métiers avant de sombrer dans une dépression qui l'avait réduit à l'inactivité. Habitant Sartrouville, il avait disparu en juillet 2008 pour réapparaître en Indre-et-Loire, sans le moindre souvenir.

Kubiela l'avait accueilli dans son service. L'homme utilisait aussi un pseudo : Andromak. Il connaissait le Pitcairn et le Vega. Le doute n'était plus permis. Les trois hommes, solitaires, vulnérables, paumés, en quête d'une relation sentimentale durable, avaient utilisé les services de Sasha.com.

Plutôt que d'interroger les dirigeants du site ou de prévenir la police, Kubiela avait décidé de s'inscrire dans le club. Les premières semaines n'avaient rien donné. Le psy doutait même de ses soupçons – enlèvements, manipulations mentales, essais cliniques – quand il avait rencontré Feliz, alias Anne-Marie Straub.

Son enquête avait brutalement pris un nouveau virage. Kubiela était un enquêteur inexpérimenté mais un grand séducteur. Feliz, brune ravissante, froide et énigmatique, avait craqué. Elle s'était livrée à des confidences. Elle était escort-girl. Elle était payée pour repérer parmi les candidats de Sasha.com des hommes solitaires, sans famille ni attaches, psychiquement fragiles. Elle n'en savait pas plus : elle ignorait l'identité de ses commanditaires ainsi que leurs intentions.

Stupéfait, l'enquêteur amateur avait envisagé le système : des professionnelles infiltrées dans un réseau de rencontres. Des rabatteuses chargées de repérer des proies vulnérables. Quand un bon profil était identifié, il était enlevé et traité psychiquement. Par qui ? De quelle façon ? Dans quel but ?

François Kubiela s'interrogeait au début du cinquième et dernier cahier. Comment poursuivre l'enquête ? Dépassé par la situation, il s'était résolu à prévenir les flics – d'autant plus qu'il venait d'apprendre par Nathalie Forestier, la sœur de Miossens, que ce dernier avait été retrouvé mort, défiguré, après avoir de nouveau disparu. Il avait réussi à convaincre Feliz de témoigner à ses côtés...

Les notes du psychiatre s'arrêtaient là. Kubiela devinait la suite. Les hommes de l'ACSP avaient agi. À la fin du mois de janvier 2009, ils avaient éliminé Feliz par pendaison puis enlevé le psychiatre afin de lui faire subir le traitement Matriochka. Kubiela ne comprenait pas ce point de l'histoire. Pourquoi ne pas l'avoir tué lui aussi ? Pourquoi avoir pris le risque d'intégrer dans le programme un spécialiste qui n'avait pas le profil psychologique des cobayes ? Mais peut-être avait-il tort... Il vivait seul, n'avait jamais fondé de foyer. Quant à son équilibre psychique, il n'avait aucun élément pour en juger. Finalement, il correspondait peut-être parfaitement au casting.

François Kubiela, 38 ans, était devenu un cobaye de Mêtis. Il avait fait sa première fugue psychique en mars 2009 et s'était retrouvé sur les quais du canal de l'Ourcq, persuadé de s'appeler Arnaud Chaplain. La suite, il la connaissait plus ou moins. Il avait enchaîné les fugues, alors même que les tueurs de Mêtis cherchaient à l'éliminer et que les meurtres mythologiques se multipliaient. À chaque identité, Kubiela s'était interrogé et avait repris son enquête, suivant les mêmes pistes, dévoilant peu à peu la machine Matriochka et se rapprochant du tueur de l'Olympe... Jusqu'où avait-il été ? Avait-il découvert l'identité du tueur ? Éternelles questions. Et aucune réponse dans ces cahiers.

Il passa au deuxième carton – celui qui concernait la famille Kubiela. Les documents ne lui apprirent que deux éléments d'importance. Le premier, c'était que sa mère, Francyzska, ne l'avait pas élevé. Elle avait été internée dans un institut spécialisé en 1973, deux ans après sa naissance. Elle n'avait plus jamais quitté les asiles. Elle appartenait au triste club des chroniques. D'après les documents, elle était toujours vivante, au Centre hospitalier Philippe-Pinel à Amiens. À cette idée, Kubiela n'éprouvait aucune émotion. Avec la mémoire, on lui avait aussi arraché les réseaux de sa sensibilité.

Il passa aux données techniques. Les dossiers médicaux de Francyzska évoquaient à la fois une « schizophrénie aiguë », une « bipolarité récurrente », des « troubles de l'angoisse ». Les diagnostics étaient variés et même contradictoires. Il parcourut en diagonale les bilans, les prescriptions, les HDT, les Hospitalisations à la demande d'un tiers. Chaque fois, c'était son père, Andrzej, qui avait signé la demande. Jusqu'en 2000. Après cette date, c'était lui-même, François Kubiela, qui avait rempli la paperasse.

Ce dernier fait s'expliquait par la deuxième information majeure du dossier : son père était mort en mars 1999, à 62 ans. Le certificat de décès évoquait un accident chez des amis – Kubiela Senior était tombé d'une toiture alors qu'il installait une gouttière. Entre les lignes : le Polonais était sans doute mort sur un chantier au noir mais ses commanditaires avaient prétendu être des amis pour faire jouer les assurances et éviter les emmerdes avec les flics. *Requiescat in pace, papa…*

Kubiela trouva une photo. Ses parents à leur arrivée en France, en 1967, sur l'esplanade du Trocadéro. Deux hippies, cheveux longs et pattes d'eph, avec quelque chose de paysan, de mal dégrossi, en droite provenance de leur Silésie natale. Francyzska était une frêle jeune femme, blonde et diaphane. Elle ressemblait aux créatures de David Hamilton. Andrzej répondait à un autre cliché : le bûcheron polonais. Tignasse jusqu'aux épaules, barbe de Raspoutine, sourcils à l'avenant. Sa carrure de colosse était serrée dans une veste en velours élimé. Les deux exilés se tenaient amoureusement par les épaules, fin prêts pour leur destin français.

Les autres documents ne disaient pas grand-chose sur leur vie quotidienne, excepté qu'Andrzej Kubiela était le roi des cumulards. Venu en France en qualité de réfugié politique, il avait été embauché dans une entreprise de travaux publics. En 1969, il avait eu un premier accident professionnel qui lui avait permis de toucher une pension d'invalidité. Quelques années plus tard, il avait commencé à encaisser une allocation au nom de sa femme handicapée mentale. Il avait également obtenu plusieurs aides de l'État et d'autres subventions – Andrzej vivait sous perfusion sociale, alors même qu'il n'avait sans doute jamais cessé de travailler sur des chantiers.

Le psychiatre passa aux documents qui le concernaient directement. Scolarité primaire et secondaire dans des établissements publics de Pantin. Faculté de médecine et internat à Paris. Pas de petits boulots à côté de ses études. François avait grandi comme un fils à papa. Andrzej la magouille avait tout misé sur son fils et François le lui rendait bien. Du primaire à sa thèse de doctorat, il avait toujours obtenu les meilleures notes.

Au fond du carton, il tomba sur une boîte plate de grande dimension qui avait dû contenir, des années auparavant, une tarte ou une galette des rois. Des photographies et des coupures de presse y étaient répertoriées dans un ordre antéchronologique. Les premières enveloppes concernaient les années 2000. Articles scientifiques, comptes rendus sur ses travaux, ménageant parfois un espace pour une photo. Kubiela s'observa sur papier imprimé : toujours cet air de savant à la coule, tignasse noire et sourire enjôleur...

Dans les enveloppes suivantes, il trouva seulement des photos. 1999 offrait les images d'un Kubiela visiblement éméché, entouré d'autres gaillards dans le même état. Une fête quelconque, organisée en l'honneur de son internat réussi. 1992 proposait un Kubiela plus jeune encore, souriant, solitaire. Son cartable sous le bras, il se tenait devant l'université de médecine de la Pitié-Salpêtrière. Il portait un maillot Lacoste, un jean 501, des mocassins de bateau. Un jeune étudiant, bien propre sur lui, qui avait rompu les amarres avec ses origines ouvrières.

1988. 17 ans, cette fois avec son père. L'homme dépassait d'une tête son fils et portait maintenant une coiffure et une barbe disciplinées. Les deux personnages souriaient à l'objectif, visiblement complices et heureux.

Kubiela essuya ses larmes et jura. Ce n'était pas l'effet de la mélancolie. Il pleurait de rage. De déception. Même devant ces photos intimes, il ne se souvenait de rien. Depuis sa fuite, deux semaines auparavant, il avait affronté des tueurs, traversé des identités, traqué un assassin, se demandant toujours s'il ne s'agissait pas de lui-même. Tout cela, il l'avait fait en s'accrochant à un espoir : quand il découvrirait sa véritable identité, tout lui reviendrait.

Il se trompait. Il s'était toujours trompé. Il était un passager éternel. Il n'y avait pas de destination finale. Il avait atteint son identité première mais ce but n'était encore qu'une étape. Bientôt, il perdrait de nouveau la mémoire. Il se bricolerait une nouvelle personnalité puis comprendrait qu'il n'était pas celui qu'il prétendait être. Alors l'enquête reprendrait, toujours avec cet espoir de retrouver son véritable « moi ».

Mais ce moi n'existait plus.

Il l'avait perdu pour toujours.

Il passa aux photos d'enfance. François, 13 ans, en kimono de judo, souriant à la caméra, sans parvenir à se débarrasser de cet air de solitude et de détresse vague déjà présent sur les autres photos. Maintenant, cette tristesse remplissait tout le visage. Détail : ses cheveux n'étaient pas encore bruns mais blonds. Le petit Kubiela avait changé de couleur de cheveux avec la puberté.

1979. François, âgé de 8 ans, à la foire du Trône. Chemise aux épaules larges, pantalon serré aux chevilles, chaussettes blanches : un pur uniforme eighties. Sur fond de manèges et d'attractions, le petit garçon souriait encore, mains dans les poches. Toujours ce sourire discret, un peu triste, qui ne voulait pas déranger.

1973. Cette fois, il se tenait entre les bras de sa mère – sans doute l'une des dernières photos avant que la femme ne soit internée. On ne voyait pas le visage de Francyzska qui baissait la tête, mais le regard fixe de l'enfant, âgé de 2 ans, irradiait l'image. Au fond de ses iris, on percevait déjà la même tristesse éblouie, solaire.

Kubiela leva les yeux. La pluie avait cessé. À travers les fenêtres encore liquides, le terrain vague s'égouttait. Des filets d'eau, le long des pneus, des clapiers, des débris, s'étoilaient et décochaient des étincelles. Quelque part, invisible, le soleil lançait ses rayons. Cette vision aurait dû lui remonter le moral mais elle l'enfonçait plutôt dans sa mélancolie. Pourquoi cet air de chien battu sur les photos ? D'où venait sa détresse ? L'ombre de la folie de sa mère ?

Il restait une enveloppe de grande dimension, frappée d'un tampon d'hôpital. Peut-être l'explication. Une pathologie, une anémie quelconque dans son enfance. Il ouvrit l'enveloppe Kraft et ne réussit pas à sortir tout à fait les documents, collés par l'humidité.

Des clichés médicaux.

Il tira encore. Des échographies. Celles du ventre de sa mère, captées en mai 1971 – il pouvait voir la date dans le coin du premier tirage. On était au tout début de cet usage en obstétrique.

Il parvint, enfin, à extraire les images.

Il fut terrassé par ce qu'il voyait.

Dans le liquide amniotique, il n'y avait pas un, mais deux fœtus.

Deux embryons face à face, poings serrés. Deux jumeaux en chien de fusil, qui s'observaient dans le silence des eaux prénatales.

Les jumeaux à naître de Francyzska et Andrzej Kubiela.

Une terreur brûlante coula en lui comme d'un robinet ouvert. Il saisit les autres échographies. Trois mois. Quatre mois puis cinq… Au fil des images, une anomalie apparaissait. Les fœtus n'évoluaient pas de la même façon. Un des deux était plus imposant que l'autre.

Aussitôt, Kubiela s'identifia au plus petit qui lui paraissait reculer avec crainte, face à son jumeau plus fort.

Une vérité éclata sous son crâne. Le dominant était son frère caché. Un enfant qui avait été écarté de la famille Kubiela pour une raison qu'il ne pouvait encore imaginer. L'idée monta, s'amplifia, se dilata dans sa tête au point de tout occulter.

Théorie.

Il avait été le jumeau dominé au fond du ventre de sa mère.

Mais il avait été choisi par ses parents pour jouer le rôle de fils unique.

L'autre avait été rejeté, oublié, renié.

Et il revenait aujourd'hui des limbes pour se venger.

Pour lui faire endosser la responsabilité des meurtres qu'il commettait.

Le musée de la photographie contemporaine de Marne-la-Vallée prenait place dans un solide bâtiment en briques du XIXᵉ siècle, sans doute une ancienne manufacture. Un de ces lieux où des ouvriers avaient sué sang et eau et qui étaient aujourd'hui recyclés en ateliers branchés où des hommes « faisaient de l'art ». Des musées d'art contemporain, des salles de concert, des espaces d'expression corporelle…

Anaïs méprisait ce genre d'endroits mais cette bâtisse avait de la gueule. Sur la façade, des frontons, des ornements, des châssis plus clairs donnaient à l'ensemble une noblesse artisanale. Des décorations en faïence lui conféraient même un petit air de station maritime comme celle qu'on voit sur le Bosphore à Istanbul.

Elle n'avait eu aucun mal à fausser compagnie aux sbires de Solinas. À 15 heures, après leur avoir donné des consignes concernant l'enquête sur Medina Malaoui, elle avait fait mine d'aller chercher un autre café puis avait pris l'ascenseur. Tout simplement. Elle avait un badge, les clés d'une voiture. Il lui avait suffi d'actionner la télécommande pour trouver le véhicule. L'adrénaline suppléait à son épuisement.

Elle n'avait pas d'illusions sur le boulot mené par les cerbères. Pas grave. Dans sa petite tête obstinée, elle misait tout sur sa piste des daguerréotypes.

À l'intérieur, une grande pièce d'un seul tenant de plus de trois cents mètres carrés, au plancher de bois et aux piliers vernis, sentait bon la sciure, la colle et la peinture fraîche. Une exposition se mettait en place. C'était précisément cette exposition qui l'intéressait : celle d'un artiste photographe, Marc Simonis, qui occupait le poste de président de la fondation de daguerréotypie. L'ouverture était pour le lendemain. Elle espérait tomber sur l'artiste en plein accrochage de ses œuvres.

Quand elle aperçut un gros homme engueulant des ouvriers indifférents, à genoux dans la sciure ou debout sur des escabeaux, elle sut qu'elle avait trouvé sa cible. Elle marcha vers lui à pas lents afin de lui laisser le temps d'achever sa tirade. Du coin de l'œil, elle repéra les cadres déjà fixés. Elle s'arrêta pour mieux les voir. Les daguerréotypes avaient une particularité qu'elle n'avait pu capter dans les livres de reproductions : c'étaient des miroirs. Des surfaces polies, argentées ou dorées, réfléchissantes. Cette singularité devait plaire au tueur. En admirant son œuvre – son crime –, il se contemplait lui-même.

Elle retrouvait aussi les singularités des illustrations, mais renforcées ici par la clarté naturelle. Ombre et lumière s'y mélangeaient en un clair-obscur tamisé. L'image était rectangulaire mais la partie éclairée plutôt ovale, comme rongée par une brume grisâtre. On y retrouvait le charme des images des films muets, vacillantes, tremblantes. Le centre éclatant, d'une précision aiguë, faisait presque mal aux yeux. Il avait la violence d'une coupure.

Simonis prenait des portraits contemporains. Des musiciens, des acrobates, mais aussi des traders, des secrétaires, des agents immobiliers – sanglés dans leur costume moderne, saisis dans une lumière qui paraissait jaillir du XIXe siècle. L'effet était contradictoire : on avait tout à coup l'impression d'être projeté dans un futur non défini où le temps présent serait déjà une époque révolue, vieille de plus d'un siècle.

— Qu'est-ce que vous cherchez, vous ?

Le gros photographe se tenait devant elle, l'air furieux. Elle réalisa qu'elle n'avait pas de carte de flic. Il y eut un moment d'incertitude, durant lequel elle détailla le bonhomme. Il mesurait plus de 1,90 mètre et dépassait largement le cap des 110 kilos. Un géant qui s'était laissé vivre et qui, à la cinquantaine, évoquait plus une montagne de graisse qu'une stèle de marbre. Il portait un pull à col roulé noir et un jean énorme qui ressemblait plus à un sac à patates. Elle devinait la raison du col roulé : cacher son goitre de crapaud.

Simonis carra ses poings sur ses hanches :

— Vous ne voulez pas répondre ?

In extremis, elle trouva la force de sourire :

— Excusez-moi. Je m'appelle Anaïs Chatelet. Je suis capitaine de police.

Effet d'annonce garanti. L'homme se raidit et déglutit. Elle put voir son double menton se gonfler puis s'aplatir comme un monstrueux boa avalant une gazelle.

— Ne vous inquiétez pas, fit-elle. Je cherche seulement quelques informations sur la technique du daguerréotype.

Simonis se détendit. Ses épaules retombèrent. Son goitre se mit au repos. Haussant la voix pour couvrir le bruit des ponceuses et des marteaux, il se lança dans un discours technique qu'elle n'écouta pas. Mentalement, elle lui accorda environ cinq minutes de déblatérations avant d'entrer dans le vif du sujet.

Pendant qu'il parlait, elle pesait le pour et le contre. Pouvait-il être l'assassin ? Il avait la puissance mais certainement pas la rapidité. Elle le voyait bien scier la tête d'un taureau ou émasculer un clochard mais... Les cinq minutes étaient passées.

— Excusez-moi, le coupa-t-elle. À votre avis, combien y a-t-il de daguerréotypistes en France ?

— Nous ne sommes que quelques dizaines.

— Combien exactement ?

— Une quarantaine.

— Et en Ile-de-France ?

— Une vingtaine, je pense.

— Je pourrais avoir la liste ?

L'obèse se pencha vers elle. Il la dépassait de vingt bons centimètres :

— Pour quoi faire ?

— Vous avez vu assez de films pour savoir que les flics posent les questions. Ils n'y répondent jamais.

Il agita sa main grasse :

— Excusez-moi mais... vous avez un mandat, quelque chose ?

— Les mandats, c'est bon pour la poste. Si vous voulez parler d'une commission rogatoire signée par un juge, je ne l'ai pas sur moi. Je peux revenir avec mais ça me fera perdre un temps précieux et je vous jure que je vous ferai payer chaque minute gaspillée.

L'homme déglutit à nouveau. Le boa digérait encore une fois. Il fit un geste vague vers le fond de la salle.

— Il faudrait que je retourne dans mon bureau pour imprimer cette liste.

— Allons-y.

Simonis eut un regard circulaire : les ouvriers travaillaient sans lui prêter la moindre attention. Des ponceuses ponçaient, des perceuses perçaient. Une odeur de métal chauffé à blanc tournait dans l'air. Il paraissait désolé d'abandonner son chantier mais se dirigea vers un bureau vitré au bout de la pièce. Anaïs lui emboîta le pas.

— Je vous préviens : tous les daguerréotypistes ne sont pas inscrits dans ma fondation.

— Je m'en doute, mais nous avons d'autres moyens de les tracer. Nous allons contacter les fournisseurs des produits qu'ils utilisent.

— Nous ?

Elle lui fit un clin d'œil :

— Ça ne vous plaît pas de jouer aux détectives ?

Le boa s'agita encore une fois. Anaïs prit ça pour un assentiment.

Une heure plus tard, les deux associés avaient dressé une liste exhaustive des daguerréotypistes de Paris, de la région parisienne et de toute la France. En croisant les réponses des fournisseurs et les membres de la fondation, ils avaient noté dix-huit artistes en Ile-de-France et plus d'une vingtaine dans le reste de l'Hexagone. Anaïs estimait qu'elle pourrait visiter les Franciliens avant le lendemain soir. Pour les autres, on verrait plus tard.

— Vous les connaissez tous ?

— Pratiquement oui, répondit le photographe, du bout des lèvres.

— Parmi ces noms, quelqu'un vous paraît-il suspect ?

— Suspect de quoi ?

— De meurtre.

Ses sourcils se haussèrent, puis il agita ses bajoues :

— Non. Jamais de la vie.

— Parmi ces types, y en a-t-il un qui fasse des photos violentes ?

— Non.

— Des photos malsaines, des photos mythologiques ?

— Non. Vos questions sont absurdes : vous parlez de daguerréotypes ?

— Exactement.

— Avec cette technique, le sujet doit rester parfaitement immobile durant plusieurs secondes. Impossible de fixer une scène en mouvement.

— Je pensais à des natures mortes. Des cadavres.

Simonis se frotta le front. Anaïs avança d'un pas et le força à reculer contre la vitre :

— Un de vos membres a-t-il eu des ennuis avec la justice ?

— Mais non ! Enfin, je ne sais pas.

— Jamais de réflexions bizarres ?

— Non.

— Des troubles psychiques ?

Le colosse fixa Anaïs de ses yeux lourds, sans répondre. Il paraissait prisonnier de son bureau vitré comme un cétacé de son aquarium.

Elle passa au chapitre crucial :

— D'après ce que j'ai compris, la chimie joue un rôle important dans votre technique.

— Bien sûr. Il y a d'abord l'étape des vapeurs d'iode, puis celle des vapeurs de mercure. Ensuite, on…

— Parmi ces étapes, pourrait-on intégrer du sang ? Du sang humain ?

— Je ne comprends pas la question.

— Le sang contient de l'oxyde de fer, entre autres. Un tel composant pourrait-il se glisser dans l'une des transmutations chimiques ? Par exemple lors de la dernière étape : quand on passe du chlorure d'or sur l'image ?

Marc Simonis paraissait effaré. Il comprenait qu'Anaïs en savait plus qu'elle n'avait voulu le dire.

— Peut-être… Je sais pas.

— Parmi ces noms, reprit Anaïs en brandissant sa liste, quelqu'un a-t-il déjà évoqué ce genre de recherches ?

— Bien sûr que non.

— Y a-t-il des chimistes plus doués que d'autres ? Des daguerréotypistes qui pourraient se lancer dans des directions… organiques ?

— Je n'ai jamais entendu parler de ça.

— Merci, monsieur Simonis.

Elle tournait les talons. L'homme la retint par le bras :

— Vous soupçonnez un de nous d'avoir commis un meurtre ?

Elle hésita, puis quitta d'un coup son ton autoritaire :

— Franchement, je n'en sais rien. C'est une piste qui se fonde sur des présomptions… (Elle regarda autour d'elle : des pots de mercure, des boîtes d'iode et de brome sur les étagères.) Plus légères que n'importe laquelle de vos vapeurs.

Cinq minutes plus tard, elle consultait un plan de la banlieue parisienne sur le parking du musée. Elle essayait, d'après sa liste de noms et d'adresses, d'organiser son itinéraire.

Son portable sonna. Solinas. Elle soupesa son mobile dans sa paume et se demanda si elle était tracée. Elle aurait dû le balancer à sa sortie de Fleury.

À la cinquième sonnerie, elle décrocha, fermant les yeux comme quand on s'attend à une détonation :

— T'es vraiment la pire salope que j'aie jamais rencontrée.

— J'étais obligée. Je dois avancer sur une autre piste.

— Laquelle ?

— Je ne peux pas en parler.

— Dommage pour toi.

— Les menaces ne peuvent plus m'atteindre.

— Et deux cadavres à peine froids ?

— Qui ?

— Pas encore identifiés. Deux mecs en costard noir, de grande marque. Un gars tué par deux balles de .45. L'autre a un tesson de verre planté dans la gueule. Ils ont été retrouvés dans un loft, au 188, rue de la Roquette. Le locataire répond au nom d'Arnaud Chaplain. Ça te dit quelque chose ?

— Non, mentit-elle.

Il lui semblait que le sang avait quitté son cerveau.

— On a retrouvé leur bagnole à deux blocs de là, rue Bréguet. Un Q7 noir. Immatriculé 360 643 AP 33. Ça te dit toujours rien ?

Anaïs conservait le silence, cherchant à connecter de nouveau ses neurones. Janusz s'en était donc sorti une nouvelle fois. Les seules bonnes nouvelles qu'elle pouvait espérer désormais de sa part, c'étaient des cadavres.

— D'après les premières constatations, le locataire du loft répond au signalement de Janusz.

— Comment es-tu au courant ? demanda-t-elle en tournant sa clé de contact.

— Une indiscrétion de couloir. Y a rien de plus spongieux que les murs de la Boîte.

— Qui est sur le coup ?

— La Crim. Mais je vais appeler le proc. Cette affaire est liée à la fusillade de la rue Montalembert. Elle me revient.

— Tu peux le prouver ?

— Je le prouverai si on me file l'affaire.

— Où sont les corps ?

— À ton avis ? À l'IML.

Elle ne savait pas où c'était mais elle trouverait.

— On se retrouve là-bas ?

— Je sais pas ce que tu m'as fait, ricana-t-il. Tu me la mets profond et j'en redemande. Peut-être qu'on s'engage dans une relation SM ?

— Dans une demi-heure ?

— Je suis en route. Je t'attends là-bas.

Les deux fœtus flottent dans le liquide amniotique comme des petits astronautes. Entre sang et eau, air et esprit. Ils sont légers, imbriqués l'un dans l'autre. Le premier est le plus imposant. Pourtant, c'est lui qui plane en hauteur. Le deuxième est blotti sur la paroi inférieure de l'utérus. Un vaincu. Au-dessus d'eux, un réseau de vaisseaux dessine des arabesques, des sillons à la manière de racines volantes, comme celles des plantes qu'on cultive en apesanteur dans les stations spatiales.

— Nous avons un problème.

Un cabinet médical. Le médecin fixe l'homme et la femme enceinte qui se tiennent de l'autre côté de son bureau. Une jeune blonde, aux cheveux presque blancs, un barbu imposant. La pièce possède les couleurs de l'automne. Du rouge, de l'ocre, du mordoré. Rien que du bois verni et des tentures pourpres.

— Quel problème ?

La femme, mains serrées sur son ventre rebondi, a posé la question sur un ton agressif qui dissimule mal sa peur. Elle a le type slave. Des pommettes hautes. Des yeux de chat. Des cheveux si fins qu'ils s'irisent dans les rayons du soleil. Sur son torse, entre ses seins tendus de femme enceinte, une croix étincelle.

L'homme est la version masculine du type slave. Chemise de bûcheron, épaules larges, barbe fournie. Mâchoire en soc de charrue.

Le médecin paraît mal à l'aise. Une figure d'imprécateur. Jeune mais déjà presque plus de cheveux. Son front lustré prolonge une figure osseuse, comme le développement d'une idée entêtante, obsessionnelle. Ses lèvres fines produisent des mots secs, sans chair ni fioriture.

— Je vous rassure, sourit-il, c'est assez fréquent.

— Quel problème ?

— Comme vous le savez, vous faites une grossesse monochoriale.

L'homme et la femme se regardent.

— On parle pas très bien le français, murmure la femme avec un fort accent, où se mêle une sorte de rancœur froide.

— Excusez-moi. Personne ne parle ce français-là. Je veux dire que vos jumeaux sont monozygotes. Ils sont issus du même œuf fécondé. On a déjà dû vous expliquer ça plusieurs fois. Ils évoluent dans la même poche et possèdent le même placenta. C'est-à-dire qu'ils se nourrissent à la même source.

— Et alors ?

— Normalement, chaque fœtus est relié au placenta par son propre réseau de vaisseaux sanguins. Il arrive que ces vascularisations soient intriquées et que les deux enfants partagent le même réseau. C'est ce qu'on appelle une anastomose. Dans ce cas, il y a un risque de déséquilibre. L'alimentation de l'un peut défavoriser l'autre.

— C'est ce qui se passe dans mon ventre ?

Le spécialiste acquiesce.

— C'est un problème qui survient dans 5 à 15 % des cas. Je vais vous montrer.

Il se lève et attrape une série d'échographies sur un comptoir derrière lui. Il les dispose sur son bureau afin que le couple puisse profiter des images.

— Cet embryon est plus développé que l'autre. Il se nourrit au détriment de son frère. Mais la situation peut évoluer...

La mère a les yeux rivés sur les échographies :

— Il le fait exprès. (Les mots sifflent entre ses dents.) Il veut tuer son frère.

Le médecin agite les mains et sourit de nouveau.

— Non, non, non. Rassurez-vous. Votre enfant n'y est pour rien. C'est simplement le jeu des vaisseaux sanguins qui le favorise. On voit bien ici que la vascularisation se...

Le père l'interrompt :

— Il y a un traitement ?

— Malheureusement, non. Nous n'avons qu'une solution : attendre. La vascularisation peut évoluer naturellement et...

— Il le fait exprès, répète la mère à voix basse, en triturant son crucifix. Il veut tuer son frère. Il est maléfique !

Maintenant, les parents roulent en voiture. Le père conduit, serrant son volant comme s'il voulait l'arracher. La femme, pupilles dilatées, un chat dans la nuit, fixe la route.

Retour au bureau de l'obstétricien.

— Je suis désolé. La situation devient critique.

Il n'a plus la force de sourire. La femme, désincarnée, garde ses mains crispées sur son ventre. La peau de son visage est aussi fine que du vélin. On aperçoit les veines bleues sous ses tempes.

Sur le bureau, de nouvelles échographies. Les deux fœtus, en chien de fusil. L'un occupe les deux tiers de l'utérus. Il paraît narguer son frère. *Le dominé.*

— Il continue à mieux s'alimenter. Pour être précis, il reçoit la quasi-totalité du débit sanguin placentaire. À cette cadence, l'autre ne survivra pas plus de quelques semaines et...

— Qu'est-ce qu'on peut faire ?

Le médecin se lève, observe un instant le paysage à travers la fenêtre. La pièce paraît plus que jamais rouge et dorée.

— Vous avez le choix. Laisser faire la nature ou...

Il hésite puis revient vers le couple. Il ne parle plus qu'à la femme.

— Privilégier l'autre enfant, celui qui ne parvient pas à se nourrir. Pour le sauver, il n'y a qu'une seule solution. Je veux dire...

— Ça va. J'ai compris.

Plus tard, dans la nuit, la douleur réveille la mère. Avec difficulté, elle titube jusqu'à la salle de bains. Elle s'affaisse dans un gémissement. Le père, à son tour, se lève. Il se précipite dans la salle d'eau, allume la lumière. Il découvre son épouse accroupie par terre : son ventre proéminent a déchiré la chemise de nuit. La surface de la peau se tend par à-coups. Un des fœtus la frappe. Il est en colère. Il veut sortir. Il veut être seul...

— Il faut le tuer ! hurle la mère, le visage noyé de larmes. C'est... c'est l'esprit du Mal ! *To jest duch zlego !*

Kubiela se réveilla en sursaut. Il était recroquevillé sur le parquet moisi, en chien de fusil. Première sensation. Le goût salé de ses larmes. Deuxième : l'humidité du plancher. Enfin, l'obscurité.

Quelle heure pouvait-il être ? À peine 16 heures. La nuit était déjà tombée. La pluie sur les vitres. Les cafards sur le parquet. Comment avait-il pu s'endormir ici ? Peut-être le refus d'envisager la vérité, telle qu'il la devinait au fil des bilans médicaux et des résultats d'analyse.

Il chancela jusqu'à la fenêtre. Il ne vit rien, excepté le rideau flou de l'averse. Pas un réverbère, pas une lumière. Son esprit était plongé dans une confusion extrême. Pas moyen d'attraper une pensée et de s'y fixer. En même temps, il avait l'impression d'être plus lucide que jamais. Dans son cauchemar, il avait réécrit l'histoire des jumeaux Kubiela. C'était un rêve mais il savait que ça s'était passé ainsi. À ses pieds, les rapports médicaux, les bilans, les chiffres qu'il avait trouvés avec les échographies... Il savait, dans ses tripes, ce que sa mère avait décidé. Il savait qu'il était né d'un meurtre. Le fœtus dominé, sauvé in extremis par la volonté de ses parents...

Que pouvait-il faire maintenant ? À court d'idées. Prisonnier du pavillon des origines. Prisonnier des ténèbres. Il leva les yeux vers le plafond : une ampoule nue était suspendue. Il actionna le commutateur et n'obtint aucun résultat. Sans se décourager, il redescendit et chercha le transformateur. Il appuya sur le bouton rouge et obtint un claquement sec, qui lui parut de bon augure.

Quand il remonta dans sa chambre, l'ampoule était allumée.

Il tomba à genoux et ramassa toutes ses feuilles.

Une minute plus tard, il était de nouveau plongé dans le détail de ses origines.

— Où est le commandant Solinas ?

18 heures. Institut médico-légal de Paris. Anaïs s'était perdue plusieurs fois sur la route de Paris. Elle avait enfin trouvé le quai de Bercy, gyrophare et sirène en marche.

Elle se tenait face à la secrétaire derrière son bureau d'accueil :

— Où est Solinas ?

— Ils sont à l'intérieur mais vous n'avez pas le droit de…

Elle traversa le hall alors que les bustes de marbre de l'entrée la suivaient du regard. Elle avait déjà repéré les portes blanches.

La secrétaire hurla dans son dos :

— VOUS N'AVEZ PAS LE DROIT !

Sans se retourner, elle brandit sa carte tricolore et l'agita sous les plafonniers. Une seconde plus tard, elle était dans un couloir fortement éclairé, ponctué de portes fermées. Tout était impeccable. Pas un brancard ne traînait. Encore moins un macchabée. Seule l'odeur violente des désinfectants et l'air glacé avertissaient qu'on ne traitait plus ici des corps en activité.

Une porte.

Deux portes.

Trois portes.

À la quatrième, elle trouva ce qu'elle cherchait alors qu'un homme en blouse blanche accourait dans son dos. Elle était déjà à l'intérieur, en arrêt face à un spectacle stupéfiant.

Dans la pièce éclairée par des scialytiques, trois hommes en noir, des vrais quartiers de bœuf, se tenaient debout parmi les cadavres couverts par des draps. Solinas était un des trois. Le contraste entre leur costard noir et l'éclat de la salle blanche était presque insoutenable.

Elle se concentra sur leurs paroles – l'infirmier sur ses traces était resté en arrêt lui aussi, choqué par ces corbeaux modèle XXL qui s'engueulaient au-dessus des corps.

— Je vois pas c'que tu fous là, fit un des mecs.

— Ces deux cadavres sont en rapport direct avec la fusillade de la rue Montalembert.

— Sans déc ? D'où tu sors ça ?

Solinas n'avait pas été assez rapide. Les officiers de la Crim étaient déjà sur place, saisis par le procureur de la République. Le chauve n'avait rien à faire là mais il disputait tout de même âprement sa part du gâteau.

— Le proc a été clair.

— Le proc, je l'emmerde. Je vais contacter le juge de mon affaire.

— Viens pas foutre ta merde dans ce dossier.

— Quel dossier ? On sait pas de quoi il s'agit. Un type fumé au calibre, c'est ma came.

Le ton montait à chaque réplique. Les gars étaient à deux doigts – deux poings – de passer à l'acte. Anaïs

877

les regardait. Ils étaient maintenant entourés de plusieurs sbires en blouse blanche qui n'osaient pas intervenir.

Le tableau lui plaisait. Dans l'odeur d'éther et les lumières froides, elle savourait le spectacle saturé de testostérone. Trois mâles prêts pour l'affrontement. Solinas sortait la tête des épaules, décidé à en jouer comme d'une massue. Son premier interlocuteur, très brun, mal rasé, anneau à l'oreille, avait l'air de penser avec ses couilles. Son acolyte avait déjà la main sur son arme.

Soudain, elle reçut dans la hanche un brancard lancé à pleine vitesse. Elle glissa et tomba à terre. Les hommes étaient passés aux choses sérieuses. Des cris. Des insultes. Des bousculades. Solinas empoigna le gars de la Crim alors que le troisième dégainait son feu, impuissant à séparer les deux adversaires. Les infirmiers se précipitèrent mais ils n'étaient pas de taille pour arrêter les fauves.

Anaïs craignait une nouvelle fusillade quand deux autres hommes apparurent dans la salle. Deux gars taillés sur le même format, coiffés en brosse, serrés dans des costards gris qui ressemblaient à des uniformes. Ils braquaient sur les flics des semi-automatiques 9 mm munis de prolongateurs.

— La fête est finie, mes canards.

Solinas et son adversaire stoppèrent leur manège. Le flic de l'OCLCO se passa la main sur le visage : il saignait du nez. L'autre se tenait l'oreille – une giclure rouge lui barrait la face. Sa boucle avait été arrachée dans la bataille.

— C'est quoi ? grogna Solinas.

— C'est l'armée, ducon, fit le premier soldat. Vous vous tirez d'ici fissa et on oublie que vous bandez pour la viande froide.

Solinas hésita. Les officiers de la Crim reculèrent pour mieux cadrer leurs nouveaux ennemis. Les infirmiers sortirent du périmètre de danger. Anaïs restait pétrifiée. Elle regardait la scène à hauteur d'enfant. Ce qu'elle était redevenue. Une petite fille qui contemple le monde des adultes sans le comprendre. Pas n'importe quels adultes. *Le monde de son père.*

— Affaire réservée, dit l'autre en brandissant un document officiel.

Personne ne regarda la feuille : tout le monde avait compris.

— Allez vous faire soigner et tirez-vous. Cette affaire ne vous concerne plus.

Le flic de la Crim, toujours la main sur l'oreille, répéta d'un ton rauque :

— Vous êtes qui au juste ?

— Vous lirez la paperasse du proc. Ils ont sans doute trouvé des initiales pour nous désigner. Mais les initiales, ils en chient tous les matins et ça veut rien dire.

— Ça veut rien dire, tu l'as dit ma gueule, fit Solinas en avançant d'un pas. Alors quoi ?

Le deuxième tondu s'approcha d'un des corps, recouvert d'un drap. Il attrapa son avant-bras gauche, remonta sa manche et le brandit vers les flics – le cadavre portait une aiguille de perfusion plantée dans sa chair.

— Tu sais ce que ça signifie, non ?

Pas de réponse. Les combattants d'élite portent parfois une aiguille dans une veine à titre préventif, afin qu'on puisse les infuser plus rapidement en cas de blessures graves. Ça n'avait pas servi à grand-chose pour ces deux-là.

— Ils sont des nôtres, conclut le soldat, en relevant sa propre manche et révélant le même système. C'est à nous de trouver le salopard qui les a refroidis. Vous, vous rentrez à la niche.

— Et la procédure ?

Les deux paras éclatèrent de rire. Anaïs sourit à son tour. Au fond d'elle-même, elle était heureuse de les voir. Les soldats. Les mercenaires. Les tueurs. Ceux qui avaient envahi son existence depuis deux semaines. Infiltré son enquête. Dormi avec elle. Respiré avec elle...

Ils avaient tiré les ficelles et maintenant, tout simplement, ils les coupaient.

L'affaire Matriochka s'arrêtait sur le seuil de cette chambre des morts.

— On se fera toujours enculer. C'est dans l'ordre des choses. La vie nous prend par-derrière.

Solinas, coton dans les narines, avait trouvé le mot de la fin, fidèle à sa philosophie anale. En sortant de l'IML, Anaïs avait forcé le flic à monter dans sa voiture. Elle n'avait roulé que quelques centaines de mètres, traversé un pont et stoppé devant le portail d'un grand parc qu'elle devinait être le Jardin des Plantes.

Elle avait balancé à Solinas ses dernières infos. Le programme Matriochka. La molécule. Les hommes-cobayes. Le ménage opéré par l'armée, sous la couverture de Mêtis. Elle avait conclu sa tirade en répétant sa conclusion personnelle : « fin du coup ».

Solinas secoua lentement la tête. Il paraissait abattu, mais pas étonné. En revanche, il coinçait sur un détail.

— Je suis plutôt surpris que toi, tu lâches ton os aussi facilement.

— Je ne lâche rien. Les magouilles de Mêtis et de l'armée ne nous mèneront à rien. On ne lutte pas contre son propre camp et ce n'est pas l'objet de mon enquête.

— Qu'est-ce que tu cherches exactement ? J'ai perdu le fil.

— Je veux sauver Janusz.

Solinas éclata d'un rire lugubre :

— C'est pas avec ça que je vais devenir préfet.

— Derrière Janusz, il y a l'assassin. Et celui-là, on peut se le faire.

Le chauve haussa un sourcil. Un sillon sec sur une montagne pelée.

— On suit chacun sa voie. Aussi bizarre que ça puisse paraître, je suis sûre que Medina Malaoui a un lien avec Matriochka.

— Tu viens de me dire qu'il fallait lâcher ces histoires de complot.

— Sauf que l'assassin, le tueur mythologique, appartient d'une façon ou d'une autre à ce dossier. Les gens de Mêtis sont convaincus que leur molécule a réveillé un monstre parmi leurs cobayes. En l'occurrence Janusz. Je suis certaine qu'ils se trompent, mais à demi seulement. Le meurtrier est un des cobayes, c'est certain.

— Que vient foutre Medina là-dedans ? C'était une pute.

Elle soupira. À travers l'insulte, c'était toutes les femmes qui étaient souillées.

— Elle est liée au réseau des cobayes. C'est pour ça que Janusz est retourné chez elle.

— Pendant que tu étais partie on ne sait où, mes gars ont remonté ses connexions Internet par son serveur, et ses communications téléphoniques par son opérateur.

— Et alors ?

— Rien. Elle ne contactait aucun micheton de cette façon-là. Le seul truc bizarre, c'est qu'elle était inscrite sur un site de rencontres. Un club de speed-dating.

— Quel genre ?

— Tout ce qu'il y a de plus banal. Sasha.com. Un site moyen pour cadres moyens.

Un tel réseau ne cadrait pas avec le profil de l'escort écumant le VIIIe arrondissement et ses rupins.

— Qui dirige le site ?

— Une dénommée Sasha. En réalité Véronique Artois. Plusieurs faillites commerciales avant de se lancer dans l'arrangement de rancards. Au moment où on parle, Fiton et Cernois l'interrogent.

Elle changea de cap :

— Parle-moi d'Arnaud Chaplain.

— J'ai cru que t'allais jamais me le demander.

Il plongea sa main dans son manteau. Ce seul geste fit sursauter Anaïs. L'homme suintait une violence, une brutalité animales, même s'il avait l'air d'un con avec ses mèches dans les narines. Il extirpa un dossier plié en deux et le posa sur ses genoux, le lissant de l'avant-bras. Anaïs découvrit, sans surprise, le portrait agrafé sur la couverture.

— Arnaud Chaplain, commenta Solinas. Gueule connue, air différent. Soi-disant dessinateur publicitaire et peintre abstrait à ses heures.

— Pourquoi soi-disant ?

— On a pris de vitesse les mecs de la Crim. On a le dossier que Chaplain a fourni à l'agence immobilière du loft en mai 2009. Tout est faux.

— Où trouvait-il son fric ?

— J'ai mis des gars sur le coup. Dépôts de cash à la banque. Jamais un chèque, ni dans un sens ni dans un autre. Ça pue la combine à plein nez.

Anaïs ouvrit le dossier et découvrit d'autres photos. Des documents administratifs. Mais aussi des plans volés aux vidéos de sécurité du quartier de la rue de la Roquette. Janusz ne ressemblait plus à un psychiatre négligé, ni à un clochard, ni à un peintre fou. Ni même à celui qui l'avait visitée à Fleury.

Sur une des images, la boucle de sa ceinture scintillait comme une étoile de shérif.

— Il est innocent, répéta-t-elle. Il faut le protéger.

— Les cerbères de tout à l'heure auront sa peau.

— Pas si nous l'arrêtons avant. Notre monnaie d'échange, c'est notre dossier. Une fois Janusz à l'abri, on les menacera de tout révéler aux médias.

— Tu viens de me dire qu'on pouvait rien faire contre ces mecs.

— Personne n'aime ce genre de menaces. Et si on parvient à retrouver le vrai meurtrier, alors la balance penchera du bon côté.

— A priori, Janusz a tout de même buté deux des leurs.

— Pour sauver sa peau. Dommage collatéral. C'est une logique que des officiers peuvent comprendre.

Solinas ne répondit pas. Peut-être voyait-il l'opportunité lointaine, en arrêtant le meurtrier, de gagner tout de même du galon.

— Ça ne me dit toujours pas pourquoi tu nous as faussé compagnie cet après-midi.

Il n'était plus temps de jouer aux cachottières. En quelques mots, elle expliqua la piste des daguerréotypes. Le fragment de miroir vaporisé d'iode aux pieds d'Icare. L'hypothèse d'un tueur photographe. La méthode spécifique, vieille de cent cinquante ans, et les quarante artisans pratiquant encore cette technique dans toute la France.

— C'est : « Anaïs et les quarante branleurs ».

— Je dois finir ce que j'ai commencé. Je visiterai les vingt daguerréotypistes d'Ile-de-France. Je vérifierai leurs alibis pour les périodes supposées des meurtres. Après, on verra.

Solinas se racla la gorge et rajusta sa veste, plus calme. L'énergie de sa petite collègue le rassérénait.

— Tu me déposes à la boîte ?

— Non, désolée. Pas le temps. Appelle une bagnole de service. Ou un taxi. Si je mouline toute la nuit, j'aurai fini d'exploiter ma liste demain en milieu de journée.

Le commissaire sourit et considéra son paysage immédiat : les grilles du Jardin des Plantes, le boulevard de l'Hôpital et son trafic saturé, la gare d'Austerlitz, toute rénovée, qui ressemblait à un décor de stuc.

Il finit par ouvrir la portière et lui fit un clin d'œil :

— Ton tocard, tu l'as dans la peau, hein ?

Maintenant, Kubiela avait les idées claires.

À la lueur de l'ampoule de sa chambre (il avait fermé les volets), il analysait les documents médicaux de l'enveloppe Kraft. Les noms. Les chiffres. Les dates. Il pouvait reconstituer ce qui s'était *réellement* passé durant la grossesse de Francyzska. Il le pouvait d'autant mieux qu'il maîtrisait parfaitement le sujet de la gémellité.

Jumeaux monozygotes. Deux fœtus, un seul placenta. Nés de la même cellule, leur patrimoine génétique est rigoureusement identique. Dans le ventre de la mère, ils sont seulement séparés par une fine membrane. Leur contact est permanent. Ils se touchent, se poussent, se regardent. Chacun devient un champ d'exploration pour l'autre. Peu à peu, une connexion cérébrale particulière se met en place. Ils sont deux et en même temps, ils sont « un ». À partir du quatrième mois, les cinq sens fonctionnent. Les sensations, les émotions naissent. Les jumeaux les partagent. Chaque fœtus devient la source et la *résonance* de l'autre.

Habituellement, le principe fondateur de ce lien est l'amour.

Pour les Kubiela, la haine.

Dès le troisième mois, les fœtus avaient manifesté une différence de comportement. L'un se tenait prostré. L'autre s'étirait, s'agitait, gagnait de l'espace. Au quatrième mois, le premier se cachait le visage entre les mains. Le second frappait des poings et des pieds la paroi qui le séparait de son double. Au cinquième mois, ces disparités avaient été relayées, et comme incarnées, par le problème alimentaire.

Comme dans le cauchemar de Kubiela, les gynécologues avaient averti les parents. Il fallait choisir. Laisser faire la nature ou au contraire éliminer le dominant pour sauver le dominé. Le ventre de Francyzska Kubiela était devenu le lieu d'une lutte à mort.

Les parents n'avaient pas hésité. Un premier compte rendu évoquait l'hypothèse d'une réduction embryonnaire en juillet 1971. Selon une lettre manuscrite du gynécologue traitant, Francyzska, Polonaise très pieuse, envisageait son enfant dominant comme un être diabolique doté de pouvoirs paranormaux. Son hyperactivité n'avait qu'un but : tuer son frère. C'était un être hostile, méchant, vicieux qui ne voulait pas partager son refuge.

Kubiela lisait entre les lignes. La santé mentale de Francyzska se dégradait chaque jour davantage. La perspective de l'intervention n'avait pas dû arranger les choses, même s'il s'agissait pour elle d'éliminer le mal incarné. Comme toujours, les termes médicaux jetaient un voile pudique sur la réalité des choses. Ce qu'on appelle une réduction embryonnaire consiste, ni plus ni moins, à tuer un fœtus pour en sauver un ou plusieurs autres (dans le cas de triplés par exemple).

Après la première lettre envisageant cette solution, le dossier s'arrêtait net. Plus un seul bilan, une seule échographie ni le moindre rapport. Les Polonais avaient-ils effacé toute trace de l'acte ? Kubiela avait une autre explication. La réduction n'avait jamais eu lieu. La situation intra-utérine avait évolué. L'alimentation des fœtus s'était rééquilibrée *naturellement*.

La double grossesse avait été conduite à son terme.

Deux enfants étaient nés le 18 novembre 1971.

Mais pour Francyzska, le jumeau dominant demeurait le « fils du diable ». Elle n'avait pas voulu l'élever ni le garder auprès d'elle. Andrzej s'était chargé de le placer, de l'écarter, de le faire disparaître.

Ainsi s'était développée la famille Kubiela.

Sur un secret. Un abandon. Un mensonge.

Le jumeau noir avait survécu. Il avait grandi, mûri, pressenti la vérité. Au fil des foyers, des familles d'accueil, il s'était interrogé sur sa véritable origine. Adulte, il avait mené une enquête. Il avait découvert son histoire et décidé de reprendre les choses là où elles en étaient restées, en 1971, au fond du ventre de leur mère.

Jamais vengeance n'avait connu source plus profonde.

Kubiela observait encore les échographies. Elles lui paraissaient rouges. Baignées de sang et de haine. Brûlantes comme un cratère. Il voyait les deux frères ennemis, Abel et Caïn, flottant en apesanteur, prêts pour le duel.

Kubiela était le jumeau faible, l'être prostré des images, celui qui se cachait les yeux avec les mains. À la naissance, tout s'était inversé. Il était devenu l'élu, le préféré, le vainqueur. Il avait grandi dans la chaleur d'une famille alors que son frère croupissait quelque part, dans un foyer anonyme ou une famille rémunérée par l'État.

Maintenant, il payait ses dettes. On n'échappe pas à son destin. Tout se passait comme dans la mythologie grecque. La grossesse de Francyzska faisait figure d'oracle. On y lisait l'avenir, en transparence.

Kubiela n'avait aucune preuve qui confirmait son hypothèse, mais il sentait, dans ses tripes, qu'il voyait juste. Au fond, il l'avait toujours su. Voilà pourquoi, à chaque fugue psychique, il s'était fait appeler « Janusz », « Freire », « Narcisse », « Nono »… Des noms exprimant, d'une façon ou d'une autre, la dualité.

Il aurait dû y penser plus tôt. Freire pouvait s'écrire « frère ». Janus était le dieu aux deux visages. Narcisse était tombé amoureux de son reflet. Quant à Nono, avec ses deux syllabes identiques, il reproduisait, graphiquement, le face-à-face des fœtus in utero…

Ces noms étaient autant de signaux. Ils invitaient l'autre à surgir, à se matérialiser. L'appel avait été entendu. Le jumeau noir était revenu, à travers des crimes en série. Le fils du diable, renié, rejeté, éloigné, avait commis ces meurtres en s'inspirant de mythes immémoriaux parce qu'il se considérait le juste héros d'une histoire universelle. Le retour du fils exilé. La vengeance du héros malmené. Œdipe. Jason. Ulysse.

Il avait tout organisé pour que Kubiela endosse la culpabilité des meurtres.

Pour qu'il finisse sous les verrous ou abattu par les flics.

Amiens, 11 heures du matin.

Le Centre hospitalier Philippe-Pinel est une forteresse de briques entièrement dédiée à la folie. Une citadelle construite au XIXᵉ siècle, une époque où les asiles étaient des villes en soi, où les aliénés cultivaient leurs potagers, élevaient leur bétail, fondaient des familles entre eux. Une époque où la démence, ne pouvant être soignée, représentait seulement une anomalie à bannir, éloigner, cacher.

Le site Philippe-Pinel couvre plus de trente hectares de terrain.

Le premier portail franchi, Kubiela remonta une longue allée encadrée d'arbres, en direction de la seconde enceinte, qui se présente comme une cité fortifiée, rouge et brune.

Il s'était endormi au milieu de la nuit parmi ses paperasses et ses échographies. Il n'avait même pas eu la force d'éteindre son ampoule. Il avait rêvé encore de fœtus s'affrontant dans une forêt de vaisseaux sanguins. Quand il s'était réveillé, trempé de sueur, il faisait encore nuit. Seule la lumière électrique l'enveloppait comme un beurre rance et écœurant. Malgré ses courbatures et ses pensées poisseuses, il avait eu une révélation : son enquête ne pouvait plus avancer sans un retour aux sources – sa mère. Il avait pris le train, gare du Nord, jusqu'à Amiens, puis s'était rendu en taxi au CHU, situé à Dury, dans la périphérie de la préfecture de la Picardie.

Deuxième enceinte. Le psychiatre était habitué aux HP mais il fut impressionné par l'épaisseur des murs. Les moellons paraissaient si profonds qu'on aurait pu y creuser des tunnels. Construit selon un plan rectangulaire autour d'une chapelle, le site présentait des édifices de différentes tailles, évoquant une vraie ville : gare, mairie, boutiques… Kubiela ignora le pavillon d'accueil et essaya de se repérer grâce aux panneaux. En vain. Les blocs portaient seulement des numéros, sans la moindre précision sur les spécialités ou l'origine géographique des usagers.

Il marcha au hasard. Pas un rat dans les allées, sous les galeries ouvertes. En plus d'un siècle, les bâtiments avaient subi des aménagements mais l'esprit restait le même. Des façades sans fioriture, des frontispices gravés en lettres romaines, des voûtes arc-boutées sur des zones d'ombre. Comme à Sainte-Anne : du solide.

Le soleil était apparu à travers les nuages. Un soleil d'hiver, terne et tiède. Cette pâle chaleur répondait à sa propre fièvre. Il marchait et grelottait en même temps. Il ne pouvait croire à cette perspective : il allait retrouver sa propre mère. Cette idée l'angoissait. Et en même temps, il se sentait blindé. Sa mémoire aussi fermée que les remparts de briques qui l'entouraient.

Il croisa enfin deux infirmières. Il expliqua qu'il venait voir sa mère, internée ici depuis des années. Elles se regardèrent : avec ses vêtements froissés, sa barbe de deux jours, Kubiela ressemblait plutôt à un hospitalisé d'office. Sans compter l'autre question : comment un fils pouvait-il ignorer où se trouvait sa propre mère, hospitalisée depuis des lustres ? Les femmes ne connaissaient pas le nom : il y avait ici plus de cinq cents usagers. Elles lui expliquèrent que le pavillon 7, celui des chroniques, se situait à l'ouest, trois blocs plus loin.

Kubiela se remit en route, sentant leurs regards appuyés dans son dos. Cela aurait pu être pire. Il craignait surtout d'être reconnu. Sans doute, du temps de son existence officielle, venait-il régulièrement voir sa mère et le personnel du pavillon était-il au courant de sa propre mort. Ou peut-être un infirmier avait-il vu sa tête à la télévision ?

Pavillon 7. Il reconnut l'enclos grillagé et les portes à doubles serrures spécifiques des espaces réservés aux patients dangereux. Il sonna et vit arriver une femme aux épaules de culturiste, l'air pas commode. Aucune lueur dans son regard : elle ne le reconnaissait pas. Il donna le nom de sa mère. Francyzska Kubiela séjournait bien dans ce pavillon. L'infirmière était nouvelle.

À travers le grillage, Kubiela s'expliqua, inventant des missions médicales à l'étranger et d'autres prétextes à son absence, redoutant que la marâtre lui demande des papiers d'identité. Pour créer un écran de fumée, il lâcha quelques termes psychiatriques qui firent mouche. L'infirmière déverrouilla le portail.

— Je vous accompagne, fit-elle d'un ton sans appel.

Ils marchèrent à travers les allées bordées de pelouses et d'arbres centenaires. Les branches nues ressemblaient à des câbles électriques arrachés. Ils croisèrent plusieurs usagers. Bouches baveuses ou commissures asséchées. Regards apathiques. Bras ballants. La routine.

— Elle est là-bas, fit l'infirmière en ralentissant.

Kubiela aperçut une silhouette emmitouflée dans une doudoune bleu éclatant, assise sur un banc. Il ne distinguait pas son visage, dissimulé sous des cheveux raides et gris. Elle portait d'énormes baskets blanches de rappeur, dont les semelles semblaient montées sur ressorts.

Il se dirigea vers l'étrange personnage. L'infirmière lui emboîta le pas.

— C'est bon. Vous pouvez me laisser maintenant.

— Non. Je dois vous accompagner. Il y a des consignes. (Elle sourit pour atténuer sa conclusion :) Elle est dangereuse.

— Je suis de taille à me défendre.

— Dangereuse pour elle-même. On sait jamais comment elle va réagir.

— Alors, restez là. En cas de problème, vous pourrez intervenir.

L'infirmière croisa les bras, position sentinelle. Kubiela poursuivit sa route. Il s'attendait à un spectre livide, aux traits émaciés, la peau sur les os. Sa mère était bouffie. Joues, bajoues, paupières : tout paraissait gonflé de mauvaise graisse. Un effet secondaire des cachets et des injections. Il nota aussi des signes de syndrome extrapyramidal, spécifiques aux prises de neuroleptiques : membres en tuyaux de plomb, doigts tremblants…

Francyzska fumait une cigarette, la main près de la bouche, le visage crispé par une espèce de colère amorphe. La peau était brouillée par des taches sombres. Ses cheveux raides mangeaient son visage porcin. Elle tenait son paquet et son briquet dans sa main libre.

— Maman ?

Aucune réaction. Un pas encore. Il répéta son appel. Ce mot lui donnait l'impression de cracher une lame de rasoir. Enfin, Francyzska tourna les yeux dans sa direction. Sans bouger la tête. À la manière d'une possédée.

Kubiela s'assit à son côté sur le banc :

— Maman, c'est moi : François.

Elle l'observa. Son visage se contracta un peu plus, puis elle hocha la tête avec lenteur. Peu à peu, autre chose se dessina. L'effroi sur ses traits. Avec difficulté, elle croisa les bras et les serra sur son ventre. Ses lèvres frémirent. Kubiela sentit des picotements sur sa peau. Il espérait des confidences. Il allait avoir droit aux électrochocs.

— *Co chcesz ?*

— S'il te plaît, parle français.

— Qu'est-ce que tu veux ?

La voix était hostile. Raclant dans les graves comme un moteur qui n'aurait pas tourné depuis longtemps. Ses lèvres minces coupaient ses chairs boursouflées à la manière de pointes de ciseaux.

— Je veux te parler de mon frère.

Elle serra plus fortement son ventre. Il imagina : l'utérus qui les avait portés, lui et son jumeau noir. Un lieu de haine et de menace. Un ventre qui n'était plus aujourd'hui qu'un gargouillis torturé par les médocs.

— Quel frère ? fit-elle en allumant une clope avec le mégot de la précédente.

— Celui qui est né avec moi.

— T'as pas de frère. J'l'ai tué à temps.

Kubiela se pencha – malgré le vent et le grand air, il pouvait sentir la puanteur de la femme. Sueur sèche, relents d'urine, de liniment.

— J'ai lu ton dossier médical.

— Te tuer. Il voulait te tuer. Je t'ai sauvé.

— Non, maman, dit-il doucement. L'opération n'a jamais eu lieu. La réduction embryonnaire n'était plus utile, mais je ne sais pas pourquoi. Je n'ai trouvé aucun document à ce sujet.

Pas de réponse.

— Je suis allé dans ta maison, insista-t-il. Impasse Jean-Jaurès, à Pantin, tu te souviens ? J'ai trouvé les échographies, les bilans, les rapports. Mais rien sur l'accouchement. Il n'y avait même pas d'actes de naissance. Qu'est-ce qui s'est passé au juste ?

Pas un mot. Pas un geste.

— Réponds-moi ! fit-il plus fort. Pourquoi mon frère a survécu ?

Francyzska Kubiela ne bougeait toujours pas, pétrifiée dans son anorak gonflé comme un pneu. De temps à autre, ses doigts se portaient à ses lèvres et elle tirait une taffe rapide, furtive.

— Raconte-moi, maman. Je t'en prie…

La Polonaise restait de marbre, les yeux fixes, regardant droit devant elle. Avec un temps de retard, il se rendit compte qu'il manquait à tous ses devoirs. Il ne lui parlait pas en psychiatre raisonné mais en fils indigné. Il tentait d'entrer dans son cerveau par effraction, sans même frapper ni s'annoncer. Il n'avait pas dit un mot sur son absence d'une année. Pas un mot non plus sur les raisons qui lui faisaient ressortir le passé avec cette brutalité.

— Raconte-moi, maman, répéta-t-il plus calmement. Le 18 novembre 1971, je suis né dans une clinique de Pantin. Je n'étais pas seul. Mais tu as refusé d'élever mon frère. Il a grandi de son côté, loin de nous, souffrant sans doute de cet abandon, de cette solitude… Où est-il aujourd'hui ? Je dois lui parler.

Un coup de vent, et la puanteur de la femme le gifla en pleine face. Le froid et le soleil s'associaient pour accroître ce fumet abject. Francyzska rôtissait au soleil.

— Mon frère est de retour, chuchota-t-il, à quelques centimètres de ses cheveux gras. Il se venge de moi. Il se venge de nous. Il tue des clochards et tente de me faire accuser. Il…

Kubiela stoppa son discours. La schizophrène ne l'écoutait pas. Ou ne le comprenait pas. Toujours le même regard fixe. Les taffes à la dérobée. Ce n'était pas ici qu'il obtiendrait des réponses.

Il se leva, mais s'arrêta net. Une main s'enfonçait dans son bras. Il baissa les yeux. Francyzska avait lâché son briquet. Ses doigts étaient devenus des serres de glace, agrippées à sa manche. Kubiela attrapa la main crochue. Il parvint à la décoller du tissu, comme il aurait fait avec le membre pétrifié d'une morte.

La femme riait maintenant. Elle était prise d'un fou rire flûté mais irrésistible, qui sifflait entre ses joues flasques.

— Qu'est-ce qu'il y a de si drôle ?

Elle rit encore, puis s'arrêta brusquement pour tirer sur sa cigarette par brèves bouffées, comme s'il s'agissait d'un masque à oxygène.

— Bon sang mais explique-toi !

— Frère jumeau est né, dit-elle enfin. En même temps que toi. Mais il était mort ! On l'avait tué trois mois avant. Avec longue, longue, longue aiguille… *Psia krew !* (Elle empoigna de nouveau son abdomen dans une attitude outrancière.) J'ai gardé diable mort dans mon ventre… Il pourrissait, il empoisonnait mes eaux… Il t'empoisonnait, toi…

Kubiela s'effondra sur le banc.

— Qu'est-ce… qu'est-ce que tu racontes ?

Il tremblait sur place. Il avait l'impression que des vaisseaux sanguins lui pétaient à la surface des tempes.

— Vérité, murmura Francyzska entre deux taffes.

Elle essuya posément ses yeux. Ses larmes de rire.

— On l'a tué, *kotek*. Mais on n'a pas pu le sortir avant accouchement. Trop risqué pour toi. Alors, son esprit est resté là. (Elle serra son ventre.) Il t'a contaminé, *moj syn*…

Elle alluma encore une cigarette avec la précédente, puis fit un signe de croix.

— Il t'a contaminé, répéta-t-elle. M'a contaminée aussi…

Elle observait l'extrémité incandescente de sa cigarette. Souffla dessus comme un artificier attise sa mèche de dynamite.

— Aujourd'hui toujours dans mon ventre… Je dois le purifier…

Elle ouvrit sa doudoune. Elle portait dessous une chemise de nuit douteuse. D'un geste, elle releva le tissu. Sa peau était constellée de brûlures et de scarifications en forme de croix chrétienne.

Le temps que Kubiela comprenne, l'infirmière se précipitait. Trop tard. La femme avait écrasé sa cigarette sur sa chair grise, en murmurant une prière en polonais.

— Chaque daguerréotype est une œuvre d'art unique. Il est non reproductible, vous comprenez ? Quand vous glissez la plaque dans la chambre, il n'y a pas de deuxième chance !

11 heures du matin.

La veille, Anaïs n'avait réussi qu'à rencontrer quatre daguerréotypistes. Des artisans sympathiques, 100 % innocents. Grâce à un GPS qui marchait une fois sur cinq, elle s'était perdue des heures dans la banlieue parisienne et avait finalement échoué, épuisée, dans un hôtel Ibis de la porte de Champerret sur le coup des 2 heures du matin.

Maintenant, elle se trouvait chez Jean-Michel Broca, au Plessis-Robinson. Le troisième de la matinée. Un artiste branché qui prétendait réinventer le langage photographique : « Le vrai ! Celui des contrastes vibrants, du noir et blanc scintillant, des détails à vous couper le souffle ! » Elle n'avait rien appris auprès de lui. Seulement acquis la conviction qu'il n'était pas le tueur – il revenait d'un voyage de quatre mois en Nouvelle-Calédonie.

En guise de conclusion, Anaïs glissa sa question qui tuait :

— À votre avis, pourrait-on intégrer du sang humain dans le processus chimique du daguerréotype ?

— Du… du sang humain ?

Elle expliqua de nouveau son idée. L'hémoglobine. L'oxyde de fer. La chaîne de révélation de l'image. Broca était choqué mais elle sentit aussi qu'il appréciait l'idée. Les déjections organiques étaient très tendance dans l'art contemporain. Cadavres d'animaux découpés en lamelles pour Damien Hirst. Crucifix plongés dans l'urine pour Andres Serrano. Pourquoi pas des images incrustées de sang ?

— Il faudrait que j'étudie la question… bafouilla-t-il. Faire des essais…

Anaïs roula encore et finit par trouver, aux alentours de midi, Yves Peyrot au fond d'un pavillon discret de Neuilly-Plaisance, au-delà de la Marne. C'était le huitième de sa liste. Si on excluait deux autres photographes absents de France depuis plusieurs mois, il lui resterait après celui-là huit gus à visiter.

Après l'artiste visionnaire, elle découvrit l'artisan consciencieux. Peyrot lui montra chaque objet nécessaire au procédé, précisant qu'il les avait fabriqués lui-même. Anaïs regardait sa montre. Peyrot n'était pas le tueur. 70 ans et 60 kilos tout mouillé…

— Je cherche à renouer avec la perfection des maîtres de 1850, fit-il en sortant sa collection de plaques. Eux seuls réussissaient à exprimer une échelle tonale aussi large, partant des lumières les plus aiguës jusqu'aux détails les plus denses dans les ombres…

Anaïs le félicita et s'orienta vers la sortie.

13 heures.

Elle reprit la direction de Paris. Sa prochaine cible : un photographe qu'elle avait manqué la veille. Remy Barille, dans le XIe arrondissement. Un historien. Il l'assomma de dates, de noms, d'anecdotes. Il était plus de 15 heures. Elle posa pour la forme sa question sur le sang humain et n'obtint en réponse qu'un coup de sourcils offusqué. Il était vraiment temps de se tirer.

Elle partit à reculons. L'historien agitait les bras :

— Mais on n'a pas fini ! Je dois vous expliquer les techniques de l'anté-daguerréotype, de l'héliochrome et du diorama !

Anaïs dévalait déjà la cage d'escalier.

Il avait identifié l'obstétricien qui avait accouché Francyzska.

Mort.

Il avait cherché la sage-femme présente lors de l'intervention.

Disparue dans la nature.

Il avait foncé à la mairie de Pantin pour consulter les archives de l'état civil.

Fermée – on était samedi.

Il était retourné dans son pavillon et avait étudié chaque document au point que les papiers s'effritaient sous ses doigts. Il avait remarqué un détail : sur les derniers bilans, en haut à droite, étaient portés les noms des personnes qui en recevaient une copie. Parmi elles, un psychiatre, ancien externe des hôpitaux de Paris : Jean-Pierre Toinin, directeur du dispensaire Esquirol. Kubiela devinait. À partir du cinquième mois de grossesse, Francyzska avait commencé à vraiment dérailler. On avait appelé du renfort. Un spécialiste.

Kubiela s'était mis en quête de Jean-Pierre Toinin et l'avait localisé : l'homme était toujours domicilié à Pantin, rue Benjamin-Delessert. L'adresse n'était située qu'à quelques rues de son propre repaire. Il vit dans cette coïncidence un signe. Le psychiatre se souviendrait peut-être de quelque chose.

Il partit à pied, longeant les murs, col relevé, mains enfoncées dans les poches. Une caricature de détective. Il se répétait à mi-voix sa version de l'histoire. Sa mère délirait. Son frère jumeau avait bel et bien survécu, en 1971. On l'avait déclaré sous X. On l'avait renié. On l'avait écarté. Après le psy, il lui faudrait retrouver, d'une façon ou d'une autre, la trace de son jumeau et remonter son parcours. Il irait à sa rencontre, de la même façon que ce dernier l'avait retrouvé et cerné à coups de cadavres.

Au terme d'un dédale de ruelles et de pavillons sinistres, il découvrit enfin un portail de fer. Il se hissa sur la pointe des pieds. Un vieil homme se tenait à genoux dans son potager, en pleine opération de jardinage. Il paraissait absorbé par ses coups de sécateur. Se souviendrait-il de quelque chose ? Il était sans doute le dernier homme sur terre à savoir ce qui s'était passé le jour de sa naissance.

Il retomba sur ses talons et appuya sur la sonnette. Une minute passa. Il se rehaussa encore et aperçut le vieux, toujours en plein boulot. Il sonna à nouveau, avec insistance. Enfin, le jardinier se redressa, regarda vers la porte, puis ôta ses écouteurs – il travaillait en musique. Au-dessus de la grille, Kubiela lui fit signe. L'homme planta son sécateur dans la terre et se mit debout. Grand, costaud, il se tenait légèrement voûté. Il portait un bleu de chauffe croûté de terre sous un anorak informe, des bottes de caoutchouc, des gants matelassés et un panama d'été hors d'âge sur le crâne. Enfin, il vint ouvrir le portail.

— Excusez-moi, fit-il en souriant, je vous avais pas entendu.

Il avait dépassé 70 ans mais le regard était vif. Il avait un visage superbe, à la Paul Newman. Des rides innombrables, comme si chaque année avait porté une entaille sur cette gueule d'écorce. Des mèches d'argent dépassaient de son chapeau et cet éclat, ajouté à celui des yeux, lui donnait l'air de scintiller dans le morne après-midi. Il sentait la terre retournée et l'insecticide.

— Vous êtes bien Jean-Pierre Toinin ?

— C'est moi.

— Je m'appelle François Kubiela.

Le vieil homme retira un gant et lui serra la main.

— Excusez-moi. On s'connaît ?

— Vous avez soigné ma mère, Francyzska Kubiela, en 1971. Elle était enceinte de deux jumeaux dont un seul pouvait survivre à sa grossesse.

Toinin passa deux doigts sous son galure pour se gratter la tête :

— Kubiela, bien sûr... Ça date pas d'hier, hein ?

— J'ai 39 ans. Je pourrais... Enfin, on pourrait en parler ?

— Oui, évidemment, dit-il en se reculant. Entrez. Je vous en prie...

Kubiela suivit son hôte et découvrit un jardin au fouillis calculé. Des arbres veillaient sur des bosquets fraîchement taillés. Des trous de terre côtoyaient des buissons trapus, comme en hibernation. Tout cela semblait négligé, hasardeux, et en même temps très étudié. Une sorte de dandysme végétal.

— Février, fit-il en déployant son bras vers le décor, c'est le mois où faut tailler les plantes. Attention :

celles qui fleurissent en été. Faut pas toucher à celles du printemps !

Il s'orienta vers un trou plus vaste près duquel un monticule de terre se dressait. Il laissa tomber son cul sur le tertre et attrapa une gibecière de toile. Une bouteille Thermos et deux gobelets en plastique apparurent entre ses doigts. Les odeurs d'humus retourné et d'herbes coupées emplissaient les narines.

— Café ?

Kubiela acquiesça et trouva un coin pour s'asseoir. Deux fossoyeurs en train de faire une pause devant une tombe.

— Vous avez du bol de me trouver là, dit Toinin en remplissant avec précaution les tasses en plastique. Je ne viens que le week-end.

— Vous ne vivez pas à Pantin ?

Il tendit un café à Kubiela. Il avait les ongles noirs, les mains tannées.

— Non, mon grand, sourit-il. Malgré les apparences, j'exerce encore.

— Dans un dispensaire ?

— Non. Je dirige un petit service dans une clinique psychiatrique près de La Rochelle. (Il haussa une épaule.) On m'a donné de quoi m'occuper pour mes vieux jours ! Des incurables, comme moi !

Kubiela approcha le gobelet de ses lèvres, tout en contemplant le visage de Toinin. Il avait l'impression de contempler une carte satellite. Reliefs, fleuves, sillons d'érosion : tout était là, écrit à fleur de peau, racontant la genèse d'une vie, ses mouvements tectoniques, ses éruptions volcaniques, ses refroidissements.

— Qu'est-ce que je peux faire pour toi ?

Le passage au tutoiement le surprit, puis, avec un temps de retard, lui plut. Après tout, cet homme l'avait vu naître, ou presque.

— J'enquête sur mes origines. Sur les circonstances exactes de l'accouchement.

— C'est bien naturel. Tes parents t'ont jamais rien dit ?

Il opta pour un raccourci :

— Mon père est mort. Quant à ma mère…

Toinin hocha la tête, scrutant l'intérieur de son café, puis prit la parole :

— Après ta naissance, j'ai suivi son dossier. À l'époque, je dirigeais un dispensaire, ici, à Pantin. Ce qu'on appellerait aujourd'hui un Centre d'accueil thérapeutique. Ta mère souffrait de troubles très graves. Tu le sais comme moi. En accord avec ton père, après l'accouchement, on a signé une HDT. Tu sais ce que c'est, non ?

— Je suis psychiatre.

L'homme sourit et leva son gobelet, façon de dire : « À la nôtre. » Son visage exprimait un certain cynisme, presque une cruauté désabusée, mais la pigmentation de ses iris, très claire, lui donnait aussi un air de sérénité limpide. Un petit lac parmi les plis d'une montagne austère.

— Ta mère : elle est toujours de ce monde ?

— Toujours. Mais sa santé mentale ne s'est pas améliorée. Elle est persuadée que la réduction embryonnaire a eu lieu. Que mon frère jumeau a été éliminé au sein de son utérus durant la grossesse.

Le retraité leva un sourcil :

— T'es pas d'accord ?

— Non.

— Pourquoi ?

— J'ai la preuve que mon frère jumeau est en vie.

— Quelle preuve ?

— Je ne peux pas vous donner plus de détails.

Toinin poussa son chapeau de l'index, à la manière d'un cow-boy, et expira un profond soupir :

— Je suis désolé, mon grand, mais tu te trompes. J'étais présent lors de la réduction embryonnaire.

— Vous voulez dire…

— Je me souviens plus de la date exacte. Ta mère en était à six mois de grossesse environ. Un seul fœtus pouvait vivre. Il fallait faire un choix. Ta mère l'a fait, dans un état d'esprit disons… plutôt confus. Mais ton père a confirmé.

Kubiela ferma les yeux. Ses doigts s'enfonçaient dans son gobelet. Du café coula sur sa main. Il ne sentit pas la brûlure. Il avait un pied dans le vide, au-dessus de la falaise.

— Vous vous trompez.

— J'étais *là*, répéta Toinin en frappant la terre du talon. J'ai assisté à l'opération. C'était mon rôle d'accompagner ta mère dans cette épreuve. Bien qu'à mon avis, elle eût préféré la présence d'un prêtre.

Kubiela laissa tomber son gobelet et se prit la tête entre les mains. Il sombrait dans le gouffre tant redouté. Trois meurtres pour un seul coupable. *Lui-même.*

Il releva les yeux et fit une dernière tentative :

— Je n'ai pas retrouvé la moindre trace de l'intervention parmi les papiers de mes parents. Pas un bilan, pas une prescription, rien. Il n'existe aucun document qui prouve que la réduction ait eu lieu.

— Ils ont sans doute tout détruit. C'est pas le genre de trucs dont tu gardes des souvenirs.

— Il n'y avait aucune trace non plus de l'accouchement, continua-t-il d'un ton buté. Du séjour à l'hôpital. Aucun acte de naissance !

Le vieil homme se leva et se posta à genoux face à Kubiela. Comme pour consoler un enfant.

— Il faut que tu piges une chose… chuchota-t-il en posant ses mains sur ses épaules. Ta mère n'a pas accouché seulement de toi, mais aussi de ton frère jumeau décédé. Au moment de la réduction, il était impossible de provoquer une fausse-couche. Sinon, t'y serais passé toi aussi. On a donc attendu. Elle a donné naissance, en une seule fois, aux deux enfants. Un vivant, un mort…

Kubiela retint un gémissement. Il n'y avait pas de frère diabolique. Pas de double vengeur. Il ne restait plus que lui. Les deux jumeaux survivaient au sein de son seul esprit. Il était hanté, possédé par l'autre. Il était à la fois le dominant et le dominé.

Il se mit debout, avec difficulté. Il lui semblait que la terre s'enfonçait sous ses pieds. Il salua le vieil homme et retrouva le portail. Il marcha, longtemps, dans un brouillard. Quand il se réveilla de sa transe, il était dans une rue inconnue. Il voyait son ombre se détacher sur les murets, les façades de briques, le trottoir. Il se souvenait du rêve blanc de Patrick Bonfils. Celui qu'il avait fait lui-même. Le rêve du personnage qui perd son ombre… Il vivait maintenant le contraire. Le destin de l'homme qui retrouve son ombre. Son versant maudit. Son double négatif. C'était sa mère qui avait raison. Au fond des eaux prénatales, le jumeau noir l'avait imprégné, infiltré, contaminé…

Toute sa vie, il avait maintenu cette menace à distance. Toute sa vie, il avait réussi à contenir le mal en lui. Ainsi s'expliquait son expression de détresse sur les photos. Le petit François avait peut-être peur des autres. Il avait surtout peur de lui-même. Ainsi s'expliquaient ses choix. La psychiatrie. Sa thèse de doctorat sur les jumeaux. Ses thèmes de recherche : les personnalités multiples, la schizophrénie…

À force d'étudier la folie des autres, il avait réussi à endiguer sa propre démence. L'ironie de l'histoire, c'était que cette passion l'avait ramené à la source du mal. Il avait suivi les cas de Christian Miossens, de Patrick Serena, de Marc Karazakian. Il avait mené son enquête. Il s'était infiltré dans le réseau Matriochka. Puis il était devenu un cobaye parmi d'autres. Un voyageur sans bagage.

Mais pas seulement.

La molécule de Mêtis avait réveillé le jumeau noir. La délivrance du produit avait ruiné ses efforts pour endiguer cette force négative. Le double maléfique avait repris ses droits sur l'âme de Kubiela.

Il était le meurtrier de l'Olympe. D'une façon ou d'une autre, son frère fantôme menait une vie réelle au sein de sa propre existence. Mais comment Kubiela pouvait-il devenir un autre sans jamais s'en souvenir ? Était-il une sorte de Docteur Jekyll et Mister Hyde ?

Il releva la tête et se rendit compte qu'il pleurait sous un porche, assis par terre, les genoux contre son torse. À travers ses larmes se glissait un rire.

Il venait de saisir l'évidence de sa situation.

S'il voulait éliminer le tueur mythologique, il devait se tuer lui-même.

— Sasha s'est mise à table.

Elle eut un temps d'hésitation.

— Sasha ?

— La patronne du site de rencontres.

— OK. Ça donne quoi ?

— Pas grand-chose. La fille ne sait plus où elle en est. Elle nous a parlé de mystérieuses disparitions au sein de son club.

— Des femmes ?

— Des femmes. Des hommes. N'importe quoi. Elle ne comprend rien et refuse de regarder ses problèmes en face. Sa boîte est pratiquement en faillite. Son bateau coule mais elle reste à la barre.

18 heures.

Elle en était au douzième nom. À cette cadence, elle aurait peut-être achevé sa liste avant minuit. Elle roulait sur le boulevard périphérique quand Solinas l'avait appelée. Elle se dirigeait vers les portes du nord de la capitale.

— Que dit-elle à propos de Medina ?

— La fille a fréquenté son club au début de l'année 2009. Elle a disparu aux environs du mois d'août. Elle ne sait rien de plus.

— Elle n'avait pas remarqué que Medina n'avait pas le genre de la maison ?

— Si. Mais elle ne crachait pas sur un canon pour attirer le chaland.

— Elle sait ce que Medina cherchait ?

— Non. Elle m'a parlé d'une autre inscrite du même genre. Anne-Marie Straub, alias Feliz. Une escort aussi, selon elle.

— Elle n'a vraiment aucune idée de ce qu'elles foutaient là ?

— Aucune. Une chose est sûre. Le réseau Sasha s'adresse à des cadres modestes. Aucun intérêt pour des professionnelles de ce calibre.

— Feliz : on peut l'interroger ?

— Non. Elle s'est suicidée au mois de janvier 2009.

Deux escort-girls décédées en l'espace de quelques mois, inscrites sur le même site de rencontres. La coïncidence devenait une connexion.

— On sait pourquoi ?

— On sait rien du tout. Elle s'est pendue. Mais selon Sasha, elle avait pas le look dépressif.

— Il y a eu enquête ?

— Bien sûr. C'est comme ça que Sasha a été mise au courant. On est en train de remonter le fil.

— Sasha, tu lui as parlé de Janusz ?

— Je lui ai montré sa photo.

— Elle l'a reconnu ?

— Ouais. Mais sous un autre nom. Deux, en réalité. Il s'est inscrit une première fois, en janvier 2009, sous le nom de François Kubiela. Puis il a disparu. Il s'est réinscrit en mai. Cette fois sous le nom d'Arnaud Chaplain. L'homme du loft.

— Sasha n'a pas trouvé ça bizarre ?

— Elle a pris ça pour de la discrétion. Par ailleurs, elle n'est pas claire sur ses rapports avec lui. J'ai l'impression qu'ils ont été plus proches qu'elle ne veut bien l'avouer.

Anaïs éprouva un frisson de jalousie et le chassa aussi sec. Pourquoi s'inscrire deux fois dans le même club ? L'enquête de Janusz le poussait chaque fois vers ce site. Aucun doute : il existait un lien entre Sasha.com et Matriochka.

— Sur François Kubiela, vous vous êtes rancardé ?

— C'est en cours. Pour l'instant, on sait que c'était un psychiatre renommé.

— C'était ?

— Mort dans un accident de voiture, le 29 janvier 2009, sur l'autoroute A31.

Les rouages de son cerveau fonctionnaient à mille à l'heure :

— Tu veux dire que Janusz a pris son identité ?

— Non. Janusz est réellement mort ce jour-là. J'ai la photo de Kubiela sous les yeux : c'est notre lascar. Je ne sais par quel miracle il est revenu à la vie.

L'accident maquillé ne ressemblait pas aux méthodes de Janusz. Le passage de Kubiela à Chaplain était-il une imposture consciente et préméditée ?

Elle garda cette fausse note dans un coin de sa tête et demanda :

— Vous creusez son passé ?

— À ton avis ?

— Kubiela a peut-être travaillé pour Mêtis. Ou pour les gars autour de Matriochka.

914

— C'est en cours, je te dis. La cerise sur le gâteau, c'est qu'il est réapparu dans le club il y a quelques jours.

Anaïs attendait cette nouvelle depuis un moment. Janusz poursuivait son enquête. Ou plutôt, il la reprenait chaque fois à zéro. Matriochka. Medina. Sasha. Tout était lié.

— Quel nom a-t-il utilisé cette fois ?

— Nono. C'est-à-dire Arnaud Chaplain.

— Il cherchait quelqu'un en particulier ? Medina ?

— Non. Il était cette fois sur les traces d'une dénommée Leïla. Une fille dans le genre des deux autres.

— Une pro ?

— Sasha n'en est pas certaine. La fille est canon en tout cas. D'origine maghrébine. Compte tenu du contexte, on ne peut écarter l'hypothèse que ton tocard ait refroidi les deux premières. Peut-être n'est-il pas le tueur mythologique mais un banal zigouilleur de radasses. Ou bien les deux, soyons fous.

Elle réprima un renvoi de bile brûlante. Pourquoi Janusz chassait-il ces filles ? Elle aperçut, in extremis, la sortie du boulevard périphérique qu'elle cherchait. Elle se rabattit d'un coup de volant, provoquant une série de coups de Klaxon rageurs.

Il lui fallut quelques secondes pour retrouver le fil de la discussion :

— Et Sasha ?

— On la garde au frais. On remonte les autres disparitions dont elle nous a parlé.

— Les hommes ?

— Ouais. Elle nous a donné des noms. On vérifie. Ce réseau cache quelque chose. Mais à mon avis, tout se passe à son insu. Aussi absurde que ça puisse paraître, quelque chose là-bas est lié au programme Matriochka et Sasha n'est au courant de rien.

Ils étaient sur la même longueur d'onde.

— Et toi ? tes photographes ? relança Solinas.

Elle baissa les yeux sur sa liste de noms et son plan de la banlieue, ouvert sur ses genoux :

— J'avance. Mais ça irait mieux si ton GPS marchait.

— Spécialement agréé par la préfecture de Paris. Tes mecs ont l'air casher ?

— Pour l'instant, oui. Mais il m'en reste six. J'aurai fini dans la nuit.

— Bon courage. On se retrouve à la brigade.

Elle raccrocha en se demandant, pour la millième fois depuis ce matin, si elle ne perdait pas son temps. Elle balaya ses doutes en se disant que les tueurs en série étaient *toujours* arrêtés parce qu'ils avaient commis une erreur. Malgré tout ce qu'on racontait, il n'y avait pas d'autre moyen pour les choper. L'assassin de l'Olympe avait brisé une plaque argentée en photographiant Icare. Il avait ramassé les débris mais un fragment lui avait échappé – c'était ce fragment qui allait le faire tomber.

Elle se concentra sur sa route. Il faisait nuit mais la circulation était fluide. Elle suivait les panneaux à travers la ville. Deux virages et elle trouva la rue qu'elle recherchait, sans difficulté. Une fois n'est pas coutume. Face aux résultats de Solinas, sa piste lui paraissait maintenant nulle et sans intérêt. Le coup brûlant, c'était ces escorts disparues…

Une place devant le portail de la maison. La chance continuait. Anaïs sortit de sa voiture en se promettant d'accélérer encore le mouvement. Elle sonna à la grille du pavillon, frappant dans ses mains pour se réchauffer. Les panaches de buée qu'elle crachait accrochaient la lumière des lampes à arc. Le portail de fer pivota. Quand elle découvrit le vieil homme coiffé d'un panama défraîchi, elle sut qu'elle n'avait même pas besoin de poser ses questions. Impossible que ce septuagénaire soit le tueur.

Elle eut envie de bondir dans sa voiture, mais le bonhomme lui souriait avec chaleur :

— Que puis-je pour vous, mademoiselle ?

Deux questions, se dit-elle, *et cassos.*

— Vous êtes bien Jean-Pierre Toinin ?

Une perceuse-visseuse sans fil DS 14 DL.

12 planches de chêne brut de 160 mm et 2 mètres de longueur.

200 vis autoperceuses TF Philips 4.2 × 38.

Un caméscope Handycam numérique.

Un pied photo/vidéo 143 cm/3 500 g.

6 cartes-mémoire SD de 32 gigas.

Une lampe-projecteur.

Un tapis de sol fitness en mousse.

Une couette 220 × 240 en duvet d'oie...

Un « eye-pillow » de mousse.

Kubiela posa son matériel sur le plancher de sa chambre. Il avait tout acheté dans la zone commerciale de Bercy 2, proche de son refuge. Les armes de sa contre-attaque. Il avait gambergé. Si l'autre existait à l'intérieur de lui-même, il n'y avait qu'un moment où il pouvait agir : durant ses heures de sommeil.

Quand le jumeau blanc s'endormait, le jumeau noir se réveillait.

Il commença le boulot, condamnant la porte à coups de vis et de planches. La perceuse vrillait la chair du bois en sifflant, gémissant, couinant. La poussière et les copeaux lui volaient à la face. Son plan était simple. S'endormir dans une pièce totalement close, sous le regard d'une caméra en marche. La bête serait prisonnière. Il ne se passerait rien de dangereux. À son réveil, Kubiela verrait, pour la première fois, le visage de l'autre sur l'écran du caméscope. Le jumeau vicieux qui l'habitait depuis la vie intra-utérine. L'abcès qui le rongeait comme un cancer.

Il passa aux fenêtres. Des vis. Des planches. De la sciure. La chambre se transformait en cellule d'isolement. Boîte de Pandore qui ne pouvait plus s'ouvrir… Il n'avait plus de doute sur sa culpabilité. Les faits avaient maintenant la clarté des preuves directes. Ses empreintes digitales dans la fosse du Minotaure. Sa présence sur les scènes de crime d'Icare et d'Ouranos. Il s'était donné tant de mal pour refuser l'évidence… Il avait biaisé les indices, tordu les signes pour nier sa culpabilité. Maintenant, il jetait le masque. Il était le tueur. L'assassin de l'Olympe.

Deuxième fenêtre. Jamais il ne s'était senti aussi fort. L'autre profitait de son sommeil pour agir et tuer. Il allait le prendre à son propre piège. Au passage, un souvenir. Dans la mythologie grecque, Thanatos, le dieu de la Violence, de la Destruction et de la Mort, avait un frère jumeau : Hypnos, le dieu du Sommeil. Une nouvelle référence antique qui lui collait parfaitement à la peau.

Il stoppa la visseuse-perceuse et contempla le travail à la lueur de l'ampoule. La pièce n'avait plus d'issue. Il était emmuré. Totalement prisonnier. *Avec l'autre*. Sous le faisceau, la chambre maculée de sciure et de plâtre était blanche à éblouir. Il savait qu'il avait le visage dans le même état. Couleur cocaïne. Chacun de ses pas laissait une empreinte sur ce sol enneigé.

Il balança ses outils et se tourna vers le matériel vidéo. Il brancha la caméra sur le secteur électrique, installa le trépied, attendant que l'engin fasse le plein d'énergie. Il alluma le projecteur et l'orienta vers le sol, entre les deux fenêtres, à la manière d'une poursuite de théâtre. Il posa au centre du rayon le tapis de sol et sortit la couette de sa housse plastique.

Quand son lit fut prêt, il attrapa le caméscope chargé et le fixa sur le trépied. Selon le mode d'emploi, la carte-mémoire permettait d'enregistrer près de dix heures en continu dans une qualité normale. Il commença à filmer la pièce en plan large. Au centre de l'objectif, le lit.

Il sortit de son étui l'« eye-pillow » – un de ces masques de Nylon comme on en donne dans les avions. Il l'enfila sur son front et se blottit sous la couette. Il abaissa le masque sur ses yeux et se concentra sur son sommeil. Il avait coupé son téléphone. Personne ne savait qu'il se trouvait ici. Personne ne pouvait le déranger d'aucune façon. Personne ne pourrait le retenir pour le grand saut.

Bientôt, il saurait…

— *Nous t'exorcisons, esprit immonde, qui que tu sois, puissance satanique, invasion de l'esprit infernal, légion, réunion ou secte diabolique, au nom et par la vertu de Jésus-Christ, Notre Seigneur...*

Sur la table d'opération, Francyzska Kubiela murmure sa prière, le ventre nu. Autour d'elle, deux médecins et plusieurs infirmières, tous masqués de vert, paraissent mal à l'aise. Un troisième est en retrait, portant lui aussi un masque chirurgical. Un des gynécologues passe le gel sur le ventre de la femme puis saisit la sonde échographique.

Il s'adresse à son confrère, de l'autre côté de la table :

— Qu'est-ce qu'elle raconte ?

L'autre hausse les épaules en signe d'ignorance – il tient une seringue dotée d'une longue aiguille.

— Une prière d'exorcisme, murmure l'homme à l'arrière. Elle l'a apprise par cœur. En français.

— *Il te commande, le Dieu Très-Haut, auquel, dans ton orgueil, tu prétends encore être semblable...*

L'obstétricien grogne sous son voile de papier :

— Il fallait l'anesthésier complètement... C'est bon pour toi ?

Le toubib à l'aiguille acquiesce. Le premier passe la sonde. Dans l'utérus, les ondes ricochent contre les petits corps, à la manière d'un sonar. On perçoit le battement précipité des deux cœurs...

Les jumeaux apparaissent à l'écran. Francyzska en est à son septième mois de grossesse. Un des fœtus mesure plus de 40 centimètres, l'autre n'en excède pas 20. Une forêt de vaisseaux sanguins les surplombe.

— *Il te commande, le Christ, Verbe éternel de Dieu fait chair...*

— Calmez-vous, Francyzska... murmure le médecin. Vous n'allez rien sentir.

La Polonaise, coiffée d'une charlotte en papier verdâtre, ne paraît pas entendre. Le gynécologue relève les yeux et se concentre sur le moniteur. Les fœtus flottent dans le liquide amniotique. Le dominant s'agite légèrement. Le dominé se blottit au fond de la cavité. Avec leur grosse tête et leurs yeux transparents, ils sont comme deux sculptures de verre, différentes seulement par leur taille...

— Elle a pris ses antispasmodiques ?

— Oui, docteur, répond une infirmière.

Contraste des voix feutrées avec la violence des scialytiques qui n'accordent pas le moindre recoin d'ombre. Le chef des opérations, les yeux rivés sur l'écran, enfonce lentement son aiguille dans le ventre.

Francyzska monte la voix :

— *Ils te commandent le signe sacré de la Croix et la vertu de tous les mystères de la foi chrétienne !*

— Du calme... Quelques secondes encore et tout sera terminé.

— *Elle te commande la puissante Mère de Dieu, la Vierge Marie, qui a écrasé ta tête trop orgueilleuse !*

— Tenez-la ! Il ne faut plus qu'elle bouge d'un millimètre !

À l'écran, l'aiguille s'avance vers le fœtus de gauche – le plus développé. Les battements cardiaques des jumeaux s'accélèrent : tom-tom-tom-tom…

— Tenez-la, nom de Dieu !

Les infirmières saisissent les bras de la patiente, appuient fermement ses épaules, aidées par le troisième homme. Le toubib, front brillant de sueur, poursuit la ponction – il est près maintenant d'atteindre le thorax du fœtus.

C'est une question de millimètres…

— *Elle te commande, la foi des Saints Apôtres Pierre et Paul…*

La pointe va toucher le corps. À cet instant précis, le fœtus tourne la tête et fixe les médecins de ses yeux énormes. Ses poings partent en tout sens, cognant la paroi de l'utérus.

— IL TE COMMANDE LE SANG DES MARTYRS ! *ZMILUJ SIE ZA NAMI !*

Francyzska se cambre d'un coup, surprenant l'obstétricien. L'aiguille déchire la paroi intra-utérine qui sépare les jumeaux et atteint le deuxième fœtus, blotti, immobile, cible parfaite pour le poison.

— MERDE !

Il arrache sa seringue mais il est trop tard. L'injection a touché le cœur du jumeau. La femme prie toujours, salivant, crachant, sanglotant. Elle a joint ses mains au-dessus de son ventre.

À l'écran, le jumeau survivant paraît sourire.

Le mal a gagné…

Kubiela se réveilla en sursaut. Durant quelques secondes, il eut la sensation d'être totalement perdu. En chute libre dans un lieu sans contour, sans définition. Puis l'adrénaline lui rendit sa lucidité. Sensation contradictoire. Clairvoyance et confusion mêlées.

— Ça ne s'est pas passé comme ça, murmura-t-il.

Il arracha l'eye-pillow qui lui masquait les yeux. L'éclat du projecteur lui tira un cri douloureux. Par réflexe, il serra les poings sur ses orbites. Impossible d'ouvrir les yeux. Lumière trop blanche…

Ça ne s'est pas passé comme ça. Il le savait. Il était médecin. Tout d'abord, une patiente aussi nerveuse aurait subi d'office une anesthésie générale. Ensuite, les antispasmodiques prescrits avant l'opération auraient plongé l'utérus dans une léthargie complète. Enfin, on anesthésiait toujours le fœtus avant la réduction. Impossible d'imaginer qu'il s'agite comme dans le rêve.

Encore moins qu'il tourne la tête vers l'écran.

Lentement, il baissa les mains et affronta la lumière. En plissant les paupières, il distingua les contours de la chambre, le halo agressif du projecteur. Au fond de cette violence, il vit le caméscope sur son pied.

Alors, tout lui revint.

Le cauchemar n'était rien. Ce qui comptait, c'était ce qu'il avait pu faire pendant son sommeil. Le soupçon d'une double vie. Sa volonté de s'enfermer dans cette chambre. La caméra mise en route avant de s'endormir, afin de surprendre l'autre. *Un pur délire.*

À cet instant, il remarqua que la pluie pénétrait dans la chambre. Les rapports médicaux, les échographies et autres enveloppes étaient dispersés sur le sol, voletant à chaque bourrasque, maculés de sciure et de plâtre. *Impossible.*

Il avait barricadé les ouvertures avec des planches.

Il avait scellé la boîte de Pandore.

Il tourna la tête. La première fenêtre sur sa gauche était ouverte, ses battants claquaient au vent. Par terre, les planches étaient brisées, arrachées, éparses. Comme si une bête sauvage – un loup-garou – avait tout arraché à mains nues.

Kubiela n'y croyait pas. Il se leva pour vérifier la caméra. Il se pétrifia à mi-mouvement. Il était couvert de sang. Un sang à peine sec, qui poissait les plis de sa chemise. Il releva les pans de tissu. Se palpa. Pas de blessure. Aucune trace de plaie.

C'était le sang d'un autre.

Il arracha la caméra de son support et, s'y reprenant à plusieurs fois, la mit en position « lecture », notant au passage que ses mains n'étaient pas tachées de sang. Ce détail le rassura vaguement. Il cherchait au fond de son cerveau une lueur, un indice, un souvenir. Rien.

Lecture rapide. Le début était comique. Il se couchait sur le plancher, avec des gestes mécaniques et accélérés, puis s'endormait, disparaissant sous la couette blanche. Ensuite, l'immobilité de la scène donnait l'impression d'un arrêt sur image. Mais non. De temps à autre, Kubiela sursautait, se tournait, changeait de position.

Mais il ne se réveillait pas.

Il vérifia le compteur numérique. Il en était à 94 minutes et rien ne se passait. À la 102e minute, des feuilles, des clichés médicaux entrent dans le champ de la caméra. *Le vent*. Quelqu'un était dans la pièce. Kubiela stoppa la lecture rapide et remonta de quelques secondes. On ne voyait rien mais on percevait, côté son, les coups portés à la fenêtre – bris de verre – puis aux planches – bruits du bois rompu, arraché, propulsé à l'intérieur de la pièce.

Tout se passait *hors champ*. Par réflexe, il bougea la caméra comme si ce mouvement avait pu modifier le cadre de vision.

À cet instant, une main gantée apparut.

Puis plus rien.

Image noire.

L'intrus avait stoppé le film à la 105e minute. Kubiela appuya de nouveau sur l'avance rapide au cas où la main mystérieuse aurait remis en marche l'enregistrement. Non. Il leva les yeux et fut presque surpris de ne pas découvrir son propre corps devant lui, à l'endroit où il avait dormi.

Qui était entré dans la chambre ?

Qui connaissait cette planque ?

Il éteignit le projecteur et alluma l'ampoule, moins forte. Il ferma la fenêtre. Ses membres lui obéissaient avec difficulté. Il était brisé de courbatures. Tout ça était terrifiant, et en même temps rassurant. S'il y avait un autre homme, peut-être n'était-il pas le tueur. Peut-être existait-il encore une autre explication…

Kubiela était tellement plongé dans ses réflexions qu'il réalisa avec un temps de retard qu'une sonnerie résonnait dans la pièce. Il avait coupé son portable et cette mélodie lui était inconnue.

Il lâcha la caméra et se mit en quête du téléphone, piétinant les comptes rendus, les photos et les images plastifiées dans la sciure humide.

Enfin, il aperçut un mobile posé par terre, près du tapis de sol.

— Allô ?

— Écoute-moi attentivement.

— Qui êtes-vous ?

— Écoute-moi, je te dis. Regarde par la fenêtre.

Kubiela se pencha vers le châssis brisé. Le vent de la nuit était puissant. La pluie le cingla au visage. Détail anormal : la chaleur. L'air du dehors était tiède. Rien à voir avec la température de la journée.

— Il y a une A5, stationnée devant ton portail.

Kubiela distingua la carrosserie noire. Un bloc de laque sous la pluie. Il renonça à se poser la moindre question. Peut-être rêvait-il encore ?

— Les clés sont sur le contact. Tu démarres et tu me rejoins.

— Où ?

— À La Rochelle.

Kubiela ne pouvait plus répondre. Les muscles de sa gorge étaient bloqués. Ses neurones formaient un kaléidoscope luminescent. Des formes, des arabesques de verre coloré, mais rien de cohérent. Pas une seule pensée intelligible.

Enfin, il parvint à articuler :

— Pourquoi je ferais ça ?

— Pour elle.

Soudain, des gémissements. Des cris étouffés. Une bouche bâillonnée. *Le sang sur sa chemise.*

— C'est qui ?

— Je l'appelle Euridyce. Mais tu la connais sous le nom d'Anaïs. Anaïs Chatelet.

Des crissements de freins furieux hurlèrent sous son crâne. Des bruits d'hélicoptère, de fusils d'assaut, des crépitements de mort.

— Tu bluffes, fit-il en passant au tutoiement. Anaïs est en prison.

— Tu as quelques métros de retard, mon grand.

Mon grand. Il connaissait cette voix, lente et grave. Pas moyen de se souvenir où il l'avait entendue.

— Qu'est-ce que tu lui as fait ?

— Rien. Pour l'instant.

— Passe-la-moi. Je veux lui parler.

Un rire sourd. Le ronronnement d'un chat.

— Elle ne peut pas te parler. Ses lèvres brûlent.

— Salopard ! Qu'est-ce que…

— Prends la route de La Rochelle. Je te rappellerai.

— Qui es-tu, nom de Dieu ?

De nouveau, le rire doucereux :

— Je suis celui qui t'a créé.

Sur l'A10, il ne lui fallut pas longtemps pour saisir que quelque chose dans l'atmosphère déconnait. Des bourrasques soulevaient l'A5 avec violence. Au bord des voies, les arbres se tordaient comme sous l'emprise de crampes furieuses. Une chaleur inexplicable montait dans l'habitacle. Que se passait-il ? Il était totalement seul sur la route.

Il alluma la radio.

Les premiers mots qu'il entendit furent :

— En raison de l'arrivée de la tempête Xynthia, les départements de la Charente-Maritime, de la Vendée, des Deux-Sèvres et de la Vienne sont placés en alerte rouge. Les risques sont réels. Des inondations, des coupures d'électricité, des dégâts matériels sont à prévoir. On a déjà mesuré ce soir des vents de plus de 150 kilomètres-heure et...

Kubiela serra les mains sur son volant. Il ne manquait plus que ça. Les forces célestes s'en mêlaient. Rien d'étonnant, au fond. Depuis le début, cette histoire s'écrivait sous le signe des dieux. *Je suis celui qui t'a créé.*

Kubiela tendit le bras et changea de station.

— On l'attendait et la voilà. Depuis le 23 février, Météo France nous parle d'une dépression située au cœur de l'Atlantique susceptible de se transformer en tempête. Le 25, le satellite Eumetsat a photographié l'évolution de cette dépression, qui se creusait de plus en plus au large de l'archipel portugais de Madère...

En guise de commentaire, sa voiture ne cessait de se cabrer, de sauter littéralement d'une voie à l'autre, soulevée par des convulsions puis aussitôt rabattue par une main invisible. Kubiela roulait à plus de 200 kilomètres-heure. Il contempla les lumières de son tableau de bord. Sa voiture était un prodige de technologie et d'ingénierie mais elle ne pesait rien face aux assauts de la nature.

— La dépression est remontée des régions subsahariennes jusqu'à devenir un cyclone extratropical déferlant le 26 février sur les îles Canaries, causant les premiers dégâts. Maintenant, Xynthia est sur le continent. La chaleur est le signal. Vingt-cinq degrés en plein hiver sur la Côte basque : ce n'est pas le redoux, c'est la fin du monde !

Les commentateurs lui paraissaient s'exprimer comme des évangélistes annonçant l'Apocalypse. À moins qu'il leur prête des mots et des imprécations qu'ils ne prononçaient pas. Il était dans un tel état de nervosité que son cerveau tordait les phrases comme des métaux chauffés à blanc.

Deux cents kilomètres à parcourir encore et il éprouvait la sensation de filer droit dans la gueule du monstre. Devait-il s'arrêter ? Se planquer au fond d'une chambre d'hôtel en attendant une accalmie ? *Impossible.* Le ton de la Voix se passait de commentaire. En écho, les questions revinrent lui fouetter l'esprit. Qui était le tueur ? Comment avait-il pris

Anaïs en otage ? Quand était-elle sortie de prison ? Avait-elle continué son enquête et mis les pieds où il ne fallait pas ? Quel marché allait lui proposer l'assassin ? Et surtout : où avait-il déjà entendu cette Voix ?

Il dépassa Tours et s'orienta vers une station-service. L'auvent du site tremblait sur ses piliers. Les panneaux avaient été arrachés. Le long du parking, les conifères bouillonnaient à l'horizontale, frange d'écume noire et furieuse. Seules les pompes semblaient solidement plantées dans le bitume. Il avait assez d'essence pour parvenir à La Rochelle mais il voulait reprendre contact avec le monde humain.

Il s'était trompé d'adresse. Pas une voiture stationnée. Pas une silhouette dans le supermarché encore éclairé. Pilant devant les vitres qui tremblaient, il aperçut enfin quelques personnes en tenue rouge, tablier pour les femmes, combinaison pour les hommes. Ils pliaient bagage avec précipitation.

— Vous êtes malade de rouler encore ? lui demanda une femme quand il entra.

— La tempête m'a surpris sur la route.

Elle fermait sa caisse derrière le comptoir.

— Vous avez pas entendu les avertissements à la radio ? C'est l'alerte rouge.

— Je dois continuer. Je vais à La Rochelle.

— La Rochelle ? Vous voyez comment ça souffle ici ? Vous imaginez sur la côte ? À l'heure qu'il est, tout doit être submergé…

Kubiela n'entendit pas la fin de la phrase. Pas besoin d'une Cassandre pour se motiver. Il reprit la route dans la peau du héros mythologique qui ne peut échapper à son destin.

932

À trois heures du matin, il gagna la N11. Il avait mis six heures pour couvrir les 450 kilomètres qui séparent Paris de La Rochelle. Pas mal. Le temps qu'il se réjouisse, la pluie survint. D'un coup, l'averse ratura le paysage, comme pour l'effacer, l'annuler. Les giclées d'eau fouettaient ses vitres, cinglaient son capot, jaillissant de partout à la fois, d'en haut mais aussi d'en bas.

Il ne voyait pas les panneaux. Il songea au GPS mais n'imaginait pas s'arrêter, chercher le mode d'emploi, programmer l'engin… Autour de lui, tout paraissait dissous, disloqué, liquéfié. Il pensait être seul au monde quand il croisa d'autres phares. Cette vision le rassura mais le sentiment ne dura pas. Les voitures chassaient par l'arrière, dérivaient sur les bas-côtés, partaient en tête-à-queue. Les hommes avaient perdu le contrôle du réel.

Soudain, un panneau LA ROCHELLE 20 KM s'envola comme une aile de fer et vint percuter son capot. Kubiela s'en tira avec une fissure dans le verre feuilleté de son pare-brise. Des branches, des pierres frappaient son toit et son capot. Il avançait toujours. La nuit s'était transformée en maelström de fragments et de déchets.

Enfin, par miracle, la ville apparut. Des lumières flottaient à intervalles réguliers. Les maisons tremblaient sur leurs fondations. Les toitures claquaient. Parfois, des humains affolés jaillissaient. Des familles tentaient de consolider une antenne satellite, de protéger les vitres d'une voiture, de fermer des volets… Courageux mais inutile : la nature reprenait tout.

Sur le siège passager, le portable sonna. Dans le raffut, c'est à peine s'il l'entendit. Il dut s'y reprendre à plusieurs fois pour décrocher.

— Allô ?

— Où es-tu ?

— À La Rochelle.

— Je t'attends à la base sous-marine de La Pallice.

La Voix résonnait maintenant comme dans une église. On percevait derrière elle un fracas sourd, sur un rythme lancinant. La respiration de la mer furieuse.

— C'est quoi ?

— Un bunker, près de l'entrée du port de commerce. Tu peux pas le rater.

— Je ne connais pas La Rochelle !

— Démerde-toi. Longe le bâtiment, côté est. La dernière porte sera ouverte, au nord. Je t'attends.

Il continua tout droit et atteignit le Vieux Port. La première chose qu'il vit distinctement fut un panneau d'affichage électronique qui scintillait : « AVIS DE TEMPÊTE À 22 HEURES. RENTREZ CHEZ VOUS. » Il suivit un boulevard puis longea un bassin qui devait être un port de plaisance. Les coques des bateaux s'entrechoquaient. Les mâts croisaient le fer. Plus loin, des vagues de plusieurs mètres se fracassaient sur les quais.

Kubiela n'avait jamais vu ça. Le vent, la mer et la nuit se disputaient la ville à grands coups de gifles et de morsures. Les flots avalaient les berges, la chaussée, les trottoirs. Il roulait toujours. Comment trouver la base sous-marine ? Par déduction, il se dit qu'il devait longer les bassins. Il trouverait peut-être un panneau, une indication. À cet instant, dans une respiration d'essuie-glaces, il aperçut l'inconcevable : trois silhouettes qui marchaient contre le vent, de l'eau jusqu'aux genoux.

La vision disparut. Peut-être délirait-il… Au même moment, sa voiture chassa et vint buter contre un trottoir. Le choc lui donna l'impulsion. D'un coup d'épaule, il ouvrit sa portière et fut aussitôt aspiré par

935

un tourbillon brûlant. Il avait oublié la chaleur et c'était le plus terrifiant. Le monde était en surchauffe. Le noyau central de la planète allait exploser.

Il n'avait pas rêvé. Trois pékins s'éloignaient, mains dans les poches, arc-boutés contre les rafales. Il marcha vers eux, avançant presque à l'horizontale. Les réverbères oscillaient aussi fort que les mâts des navires. Les câbles électriques sautaient comme des cordes de guitare. Sous ses pas, la terre glissait, fondait, se dissolvait : elle était rendue à la mer.

— Ho ! S'il vous plaît !

Ils n'étaient qu'à une vingtaine de mètres mais semblaient hors de portée. Il accéléra son pas d'équilibriste. Deux hommes les mains dans les poches. Une femme qui luttait pour conserver son sac. Engloutis par des capuches.

— S'il vous plaît !

Kubiela parvint à saisir l'épaule d'un des hommes. Le gars ne parut pas surpris – il s'attendait plutôt à recevoir un réverbère ou une bôme sur la tête.

— Je cherche la base sous-marine de La Pallice.

— Vous êtes cinglé. C'est au port de commerce. Tout doit être sous l'eau là-bas.

— C'est loin ?

— Vous lui tournez le dos. Au moins trois bornes.

— Je suis en voiture.

— En voiture ?

— Donnez-moi la direction.

— Prenez l'avenue Jean-Guitton. Toujours tout droit. À un moment, y aura un panneau « Port de commerce ». Suivez-le. Vous tomberez sur La Pallice. Mais franchement, ça m'étonnerait que vous arriviez jusque-là.

L'homme continua à parler mais Kubiela avait déjà tourné les talons, retournant péniblement à sa voiture. Elle n'était plus là. Les mains en visière, il l'aperçut à une cinquantaine de mètres, parmi d'autres, dans une compression digne de César. De l'eau à mi-jambe, il rejoignit la portière passager – l'autre était inaccessible –, l'ouvrit et se glissa à l'intérieur. Contact. Le moteur n'était pas noyé. À force de manœuvres, il se sortit de l'imbroglio de tôles.

Il roula plusieurs minutes dans une artère serrée d'arbres et de pavillons qui l'abritaient du vent. Le panneau apparut enfin : PORT DE COMMERCE. Il braqua à droite. D'un coup, le paysage changea. Des citernes, des sites industriels, des voies ferrées, et la tempête de retour en force. Il dérapait par l'arrière, par l'avant, glissait dans les flaques crépitantes. Au moment où il pensait ne plus avancer, deux remparts de terre s'élevèrent de part et d'autre de la route. Un gigantesque chantier de terrassement le protégea sur plus d'un kilomètre.

Enfin, il tomba sur le port autonome. Le bâtiment d'accueil était éteint. On ne voyait rien, à l'exception d'une barrière rouge et blanc et d'un panneau prévenant : INTERDIT AUX PIÉTONS ET VÉHICULES ÉTRANGERS AU TRAFIC PORTUAIRE. Dans le chaos de la nuit, l'avertissement paraissait dérisoire. Mais la Voix avait raison : il ne pouvait manquer le bunker. À gauche, une forteresse s'élevait, dressant ses remparts de béton armé dans les ténèbres.

La barrière de sortie était arrachée. Il recula et passa à contresens. Des grues. Des réservoirs. Des immenses pales d'éoliennes, arrimées au sol. Il contourna les obstacles. Le vent se déchaînait ici mais le port paraissait de taille à se défendre. Un sentiment de sécurité émanait de ces constructions industrielles.

Il se retrouva au pied du bunker, près d'une voie ferrée. Devant s'ouvrait un vaste bassin. Des cargos de 100 mètres de long, pesant plusieurs milliers de tonnes, tanguaient comme des coques de noix. La fureur de l'océan était contagieuse. Ces eaux coupées de la mer se soulevaient en lames de plusieurs mètres de hauteur.

Il leva les yeux et considéra le blockhaus. Les murailles s'élevaient à plus de vingt mètres de hauteur et déployaient vers le bassin dix ouvertures d'égale largeur.

La Voix avait dit : « Longe le bâtiment côté est. La dernière porte sera ouverte, au nord. » Il mit en marche, enfin, son GPS qui lui indiqua, en guise de bienvenue, les quatre points cardinaux. Il se trouvait sur le côté sud du bunker, le bassin se situait à l'ouest. En résumé, il avait tout faux. Il fit marche arrière, contourna l'édifice et rattrapa la façade est, direction plein nord.

Le mur aveugle se prolongeait sur deux cents mètres. Au bout du rempart, un portail de fer noir. *La dernière porte sera ouverte.* Kubiela attrapa les deux calibres, les glissa dans le creux de son dos, puis abandonna sa voiture. Il marcha vers la paroi. Le quai était totalement désert. Kubiela tournoyait dans le vent et la pluie mais il se sentait fort. L'heure de l'affrontement était venue.

Une phrase de la Voix lui revint :

— Je l'appelle Euridyce. Mais tu la connais sous le nom d'Anaïs.

Euridyce. Qui serait Orphée ? Lui ou le tueur ? Qu'avait prévu le cinglé ? Il considéra encore le bâtiment qui pouvait abriter une armée et ses vaisseaux amphibies. Une idée lui vint : s'il était Orphée, alors cette forteresse abritait les Enfers. Il cherchait presque, dans le déluge, Cerbère, le chien monstrueux qui gardait la porte du royaume des ténèbres.

Hypnotisé, obsédé, ruisselant, il poussa avec l'épaule la paroi de fer noir.

Elle était ouverte.

Pas si difficile de pénétrer en enfer.

La première chose qu'il vit, ce fut un long tunnel sombre, ouvert au loin sur la tourmente. Des vagues y pénétraient avec force puis s'amenuisaient pour se réduire à des flaques mousseuses. Kubiela s'avança. Le lieu évoquait une caverne immense et rectiligne. Une sorte de sédimentation géométrique. Il éprouvait ici le vide, la résonance intérieure qu'on ressent quand on pénètre dans une cathédrale. L'eau était partout. Dans la texture du béton. Dans les clapotis qui résonnaient au-dessus de lui. Dans les mares qui luisaient sur le sol. Régulièrement, le grondement montait au bout du boyau, roulait jusqu'à lui puis repartait, comme à regret. Il avait l'impression de se trouver dans la gorge d'un monstre, dont la salive était la mer.

Pas une lumière, pas un signe. Ses yeux encore brouillés de pluie ne distinguaient rien. Il réalisa qu'il avait laissé dans la bagnole le téléphone portable. Une connerie. Le tueur allait sans doute l'appeler pour le retrouver quelque part dans ces entrailles...

En guise de réponse, une source de lumière jaillit sur sa droite, à cinquante mètres ou plus – difficile d'évaluer le néant. Un feulement se fit entendre. Il plissa les yeux et aperçut une flamme concentrée, d'un orange cru, bleutée sur les côtés. La flamme d'un arc à souder, qui lançait des éclairs sporadiques sur un ciré trempé.

Un homme avançait vers lui.

Un marin pêcheur.

Le personnage se précisa. Un homme de grande taille, portant ciré de pluie, salopette à bretelles, gilet auto-gonflant et cuissardes. Son visage était masqué par une capuche serrée à visière. Kubiela n'avait jamais tenté d'imaginer l'assassin de l'Olympe et après tout, ce fantôme de plastique et de feu pouvait faire l'affaire.

Le tueur n'était plus qu'à quelques mètres. Dans une main, il tenait le chalumeau. De l'autre, il tirait une bouteille de métal montée sur roulettes – elle contenait l'oxygène qui alimentait le rayon incandescent.

Kubiela tentait d'apercevoir son visage. Quelque chose dans l'allure générale du meurtrier, son maintien voûté, lui paraissait familier.

— Content de te revoir, fit l'hôte en abaissant sa capuche.

Jean-Pierre Toinin. Le psychiatre qui avait veillé sur sa naissance tragique et sur la folie de sa mère. L'homme qui avait assisté au sacrifice de son frère. Le vieillard qui connaissait toute son histoire. Et qui l'avait sans doute écrite. *Je suis celui qui t'a créé.*

— Excuse-moi mais je dois fermer cette bon Dieu de porte.

Kubiela s'écarta et laissa passer le croque-mitaine. Il sentit passer le souffle brûlant de l'arc. Il évalua la carrure de l'homme, sa force. Malgré son âge, il pouvait avoir porté sur ses épaules le Minotaure ou Icare. Il pouvait avoir transporté une tête de taureau ou affronté un géant comme Ouranos.

D'un mouvement brusque, il tira la porte puis régla sa flamme qui prit une couleur orange fruité. Le rugissement monta dans les aigus. Toinin visa la jointure de métal, à hauteur de la serrure. Kubiela ne respirait plus. Toute chance d'évasion était en train de fondre, littéralement, sous ses yeux. D'un côté, une porte soudée. De l'autre, la rage de l'océan.

— Qu'est-ce… qu'est-ce que vous faites ?

Il parlait au tueur. Il croyait halluciner.

— Je condamne cette issue.

— Pour l'eau ?

— Pour nous. Nous ne pourrons plus sortir par là.

Le faisceau avait pris une blancheur de gel mais c'était un gel porté à plusieurs centaines de degrés. Kubiela voyait le métal se disloquer en un ruban rougeoyant qui noircissait aussitôt. D'un coup, il sortit de son apathie.

Il marcha vers le vieux débris qui œuvrait à genoux et le souleva du sol :

— Où est-elle ?

Toinin tourna son chalumeau et s'écria, d'un air faussement paniqué :

— Tu vas te brûler, malheureux !

Kubiela le lâcha mais répéta plus fort :

— Où est Anaïs ?

— Là-bas.

Le septuagénaire tendit sa flamme vers une porte latérale, sur la gauche. Un accès aux hangars. Kubiela vit ou crut voir une silhouette trempée des pieds à la tête, recroquevillée à terre. La prisonnière avait l'allure d'Anaïs mais elle portait une cagoule sur la tête.

Kubiela s'élança. Toinin lui barra le chemin de son faisceau mortel. La brûlure lui passa à hauteur des yeux.

— Ne l'approche pas, chuchota-t-il. Pas encore…

— Tu vas m'en empêcher ? hurla Kubiela en passant sa main dans son dos.

— Si tu l'approches, elle mourra. Tu peux me faire confiance.

Il s'immobilisa. Aucun doute à ce sujet. En matière de stratégies tordues, il pouvait faire confiance à Toinin. Il relâcha la crosse du CZ.

— Je veux la preuve que c'est Anaïs.

— Suis-moi.

Tirant son chariot à roulettes, le colosse s'orienta vers l'ombre. Kubiela lui emboîta le pas avec méfiance. Les reflets de la flamme virevoltaient dans les flaques. Le bruit râpeux du chalumeau se mêlait au grondement des vagues.

L'assassin s'arrêta à quelques pas de la captive. Il lâcha son chariot et tendit le bras vers elle. Kubiela crut qu'il allait arracher la cagoule. Au lieu de ça, il lui remonta les manches. Les marques d'automutilations barraient sa chair ruisselante.

Dans un flash, Kubiela revit leur brève soirée à Bordeaux :

— *Vous êtes sûr que vous ne voulez pas qu'on ouvre ma bouteille ?*

Anaïs avait les poignets entravés par un collier Colson. Elle parut se réveiller. Elle s'agita mollement.

Chacun de ses gestes trahissait l'épuisement, la faiblesse – ou la came.

— Tu l'as droguée ?

— Un simple sédatif.

— Elle est blessée ?

— Non.

Kubiela ouvrit sa veste, révélant sa chemise tachée d'hémoglobine :

— Et ça ?

— Ce n'est pas son sang.

— À qui est-il ?

— Qu'importe ? Le sang, ce n'est pas ça qui manque.

— Sous la cagoule, elle est bâillonnée ?

— Elle a les lèvres collées. Une glu chimique très efficace.

— Salopard !

Il bondit. L'homme braqua sa flamme :

— Ce n'est rien. Elle pourra se faire soigner quand vous sortirez d'ici.

— Parce que nous allons sortir ?

— Tout dépend de toi.

Kubiela se passa la main sur le front : les embruns et la sueur se mélangeaient sur sa peau en une boue salée.

— Qu'est-ce que tu veux ? capitula-t-il.

— Que tu m'écoutes. Pour commencer.

— J'ai connu ta mère dans un dispensaire, en 1970. Je dirigeais un service d'accueil, à mi-chemin entre l'assistance sociale et la psychiatrie. Avec son mari, Francyzska s'était enfuie de Silésie. Ils n'avaient pas un sou. Andrzej bossait sur des chantiers. Francyzska gérait ses troubles mentaux. On a dit plus tard que c'était sa grossesse qui l'avait rendue folle, mais c'est faux. Je peux te dire qu'elle était déjà malade avant toute l'histoire…

— De quoi souffrait-elle ?

— Elle était à la fois bipolaire, schizophrène, dépressive… Tout ça à la sauce catho.

— Tu l'as soignée ?

— C'était mon boulot. Mais surtout, elle m'a servi pour mes expériences.

Son sang se glaça :

— Quelles expériences ?

— Je suis un pur produit des années 1970. La génération des psychotropes, de l'antipsychiatrie, de l'ouverture des asiles… À l'époque, on pensait que la chimie était le seul avenir pour notre discipline. On allait tout guérir par les drogues ! Parallèlement à mes activités de psychiatre, j'ai monté un labo de recherche. Pas

945

grand-chose. Je n'avais aucun moyen. J'ai pourtant découvert une molécule, presque par hasard. L'ancêtre de la DCR 97, que j'ai réussi à synthétiser.

— La quoi ?

— La molécule du protocole Matriochka.

— À l'époque, que soignait-elle ?

— Rien. Elle favorisait seulement l'alternance des humeurs, des pulsions… Une espèce de bipolarité renforcée.

— Tu… tu l'as injectée à Francyzska ?

— Pas à elle. À ses fœtus.

La logique souterraine de toute l'histoire. Les jumeaux dont les tempéraments étaient si distincts étaient *déjà* des cobayes. Ils représentaient des esquisses des expériences à venir.

— Les résultats étaient extraordinaires. Encore aujourd'hui, je ne peux expliquer ces effets. La molécule n'avait pas modifié le patrimoine génétique des embryons mais leur comportement, dès la vie intra-utérine. Les pulsions négatives surtout étaient localisées chez un seul enfant. Un être hostile, agité, agressif, qui cherchait à tuer son frère.

Kubiela était abasourdi.

— J'aurais voulu faire naître les deux enfants mais c'était physiquement impossible. Les gynécologues ont donné le choix aux parents : sauver le dominant ou le dominé. Francyzska a bien sûr choisi le maillon faible. Toi. Elle pensait que tu étais un ange, un innocent. Pures conneries. Tu n'étais qu'un des éléments de mon expérience.

Obscur soulagement : il était donc bien le jumeau blanc.

— À partir de là, ton développement ne m'intéressait plus. J'ai stoppé les injections. J'ai interné Francyzska dans un institut où j'avais une consultation. Les années ont passé. J'ai revu Andrzej qui m'a expliqué que tu souffrais de cauchemars, de pulsions agressives incompréhensibles. Je t'ai interrogé. J'ai découvert que le jumeau noir continuait à vivre en toi. Ce que ma molécule avait séparé, ta psyché l'avait synthétisé. Dans un seul esprit !

— Tu m'as soigné ?

— Pourquoi ? Tu n'étais pas malade. Tu étais le prolongement de mes recherches. Malheureusement, ta force de caractère était en train de te sauver. Tu réussissais à maintenir le fantôme de ton frère au fond de ton inconscient.

Kubiela se plaça du point de vue délirant de Toinin :

— Pourquoi tu ne m'as pas injecté de nouveau ta molécule ?

— Parce que je n'ai pas pu, tout simplement. Andrzej se méfiait de moi. Malgré mon aide – c'est moi qui ai payé le pavillon à Pantin –, il me tenait à distance. Il a même tenu à me rembourser la maison ! Puis il a réussi à faire transférer Francyzska à Ville-Évrard, hors de ma portée.

— Il avait compris tes trafics ?

— Non. Mais il sentait que quelque chose ne cadrait pas. L'instinct du paysan. Entre-temps, il avait aussi obtenu la nationalité française. Il se sentait plus fort. Je n'ai rien pu faire. Sans compter qu'Andrzej était un colosse. La force physique : on en revient toujours là.

— Qu'est-ce qui m'est arrivé ensuite ?

— Aucune idée. J'ai abandonné ton cas et je me suis concentré sur d'autres travaux. M'inspirant de ton évolution, j'ai cherché un produit qui pourrait provoquer une fission dans un cerveau adulte, compartimentant plusieurs personnalités.

— La molécule de Mêtis.

— Tu vas trop vite. J'ai passé plus d'une dizaine d'années à travailler en solitaire, sans moyens, sans équipe. Je n'avançais pas. Il a fallu attendre les années 90 pour que Mêtis s'intéresse enfin à mes travaux.

— Pourquoi ?

— Simple effet de mode. Mêtis explosait sur le marché des anxiolytiques, des antidépresseurs. Le groupe s'intéressait à toute molécule ayant un effet inédit sur le cerveau humain. Je leur ai parlé de la DCR 97. Elle ne s'appelait pas encore comme ça. Elle n'existait même pas dans sa version… définitive.

— Ils t'ont donné des moyens ?

— Raisonnables. Mais j'ai pu affiner mes expérimentations. Synthétiser un produit qui provoquait une réaction en chaîne dans l'esprit humain.

— Ce produit, comment ça marche exactement ?

— Je n'en ai pas la moindre idée. Je ne peux expliquer son principe actif. En revanche, j'ai longuement observé ses effets. Tout se passe comme une fission nucléaire. La mémoire éclate à la manière d'un noyau atomique. Mais le cerveau humain a sa propre logique. Une sorte de loi de la gravité qui fait que les désirs, les pulsions, les fragments de mémoire ont naturellement tendance à se regrouper entre eux pour reconstituer un nouveau moi.

Kubiela comprit qu'à travers ses propres recherches sur les jumeaux ou les personnalités multiples, c'était cette loi de la gravité qu'il recherchait.

— Tu as fait des essais cliniques ?

— C'était le problème. Mes travaux exigeaient du matériel humain. Impossible d'expérimenter une telle molécule sur des rats ou des singes. Or, Mêtis est un groupe puissant mais pas au point de tester n'importe quoi sur n'importe qui.

— Donc ?

— Ils m'ont permis d'ouvrir une clinique spécialisée. J'ai commencé à travailler sur des aliénés. Des êtres dont la personnalité souffrait déjà d'instabilité. Entre mes murs, je pouvais travailler plus librement. Les protocoles étaient secrets, entièrement financés par Mêtis.

— Quel intérêt de tester un tel produit sur des malades ? accentuer leur pathologie ?

— Le pouvoir d'aggraver une maladie contient déjà son contraire : celui de la guérir. Mais nous n'en étions pas là. Nous semions puis nous récoltions seulement des notes, des constatations.

De vieux fantômes ressurgissaient. Les expérimentations humaines des camps de concentration. Les manipulations mentales des asiles soviétiques. Tous ces travaux interdits dont les résultats vaudront toujours de l'or sur le marché du renseignement militaire.

— Nos résultats étaient chaotiques. Certains patients sombraient dans le délire. D'autres végétaient. D'autres au contraire retrouvaient une personnalité apparemment solide, mais qui s'effondrait au bout de quelque temps.

— Comme Patrick Bonfils ?

— Tu commences à comprendre. Bonfils est un de mes plus anciens sujets.

— Comment est venue l'idée de travailler sur des personnes saines d'esprit ?

— L'armée a voulu approfondir mes recherches. On m'a proposé de monter un vrai programme. Matriochka. Avec un véritable panel humain. Des êtres sains d'esprit qu'on allait pouvoir traiter. On m'a aussi donné les moyens financiers et technologiques de créer un microsystème qui permettrait de délivrer la DCR 97 sans intervention extérieure. Grâce à l'implant que nous avons mis au point, il devenait possible de lâcher dans la nature des sujets traités et voir comment ils se comportaient. Le programme était risqué. Même chez les militaires, il ne faisait pas l'unanimité mais certains responsables voulaient voir où ça pouvait mener.

— Tu parles de Mêtis, de l'armée : qui sont, concrètement, les responsables de ce protocole ?

— Je n'en sais rien. Personne ne le sait. Même pas eux. Tout se passe à coups de conseils, de comités, de missions. Les décisions s'étiolent, se diluent. Tu ne pourras jamais mettre un nom sur un coupable.

Kubiela se fit l'avocat du pire :

— Pourquoi ne pas avoir testé ta molécule sur des prisonniers, des coupables avérés, des terroristes ?

— Parce que ce sont les mieux protégés. Les avocats, les médias, les complices : tout le monde s'occupe des tueurs déclarés. Il est bien plus facile d'enlever et de faire disparaître des paumés anonymes. Mêtis et l'armée ont mis en place un système de sélection mais je ne me suis pas occupé de cet aspect des choses.

Sasha.com. Feliz, Medina, Leïla : Kubiela en savait beaucoup plus sur ce versant du programme que Toinin lui-même.

— Je recevais les « volontaires ». Je les traitais. Je les conditionnais aussi. Quoi qu'il arrive, ils devaient toujours refuser de se soumettre à un scanner ou une radiographie – l'implant serait tout de suite apparu. À partir de là, on les relâchait et on observait ce qui se passait.

Il connaissait la suite, ou presque. Autour d'eux, les murs tremblaient sur leurs fondations. D'après les grondements, on devinait que certaines vagues du dehors s'élevaient jusque sur le toit du bunker, à vingt mètres de hauteur.

— Aujourd'hui, où en est l'expérience ?

— Elle est close. Matriochka n'existe plus.

— Pourquoi ?

Le vieil homme secoua la tête, d'un air réprobateur :

— Mes résultats n'ont pas convaincu. Les sujets subissent des crises sporadiques. Ils changent de personnalité mais sans cohérence. Plusieurs d'entre eux ont même échappé à notre contrôle. L'armée et Mêtis ont conclu que mes travaux n'auraient jamais d'applications concrètes. Ni militaires ni commerciales.

— Je suppose que tu n'es pas d'accord.

Il agita les doigts dans la pénombre éclairée par le chalumeau :

— Je me moque de leurs décisions. Je suis un démiurge. Je joue avec les destins des hommes.

Kubiela observa son interlocuteur. Traits magnifiques, rides innombrables, nuque altière. Un visage que les années avaient creusé jusqu'à ne laisser que le strict nécessaire – os et muscles dénués de chair. Un pur psychopathe, qui se situait au-dessus des lois, au-dessus des hommes.

— Vous avez éliminé tous les sujets ?

— Pas tous. Tu es là.

— Pourquoi ?

— Parce que je te protège.

— Comment ?

— En tuant des gens.

Kubiela ne comprenait plus. La clameur de la mer cernait toujours les flancs du refuge. Le fracas résonnait dans la salle jusqu'à se répercuter dans chaque hangar.

— Explique-toi.

— Fin 2008, on m'a parlé d'un psychiatre qui fourrait son nez partout. Je n'ai pas été étonné. Certains patients avaient échappé à notre surveillance. Qu'ils se retrouvent en HP était dans l'ordre des choses.

— Tu m'as reconnu ?

— On m'a donné un dossier d'enquête. On voulait savoir si j'avais entendu parler de toi en tant que psychiatre. Tu parles ! Le jumeau Kubiela ! J'étais sidéré de te retrouver, près de trente ans plus tard. J'ai compris alors que nos destins étaient liés. Le fatum grec.

— Ils voulaient déjà m'éliminer ?

— Je ne sais pas. J'ai proposé que tu sois un nouveau sujet d'expérience. Ils ont refusé : trop risqué. J'ai argumenté : je possédais ton dossier médical de jadis. J'ai décrit la genèse de ta naissance, la dualité de tes origines, la complexité de ta psyché. J'ai démontré que tu avais le profil idéal. Tu étais déjà deux, au plus profond de toi !

Kubiela hocha lentement la tête et prit le relais :

— J'ai finalement subi le traitement et j'ai multiplié les identités. Nono. Narcisse. Janusz... Le problème, c'est que chaque fois, j'ai repris l'enquête de Kubiela, cherchant à savoir d'où venait ce syndrome et quelle était ma véritable identité.

— Tu es devenu encore plus dangereux ! De plus, entre-temps, le comité avait décidé de stopper le programme. Dès le printemps 2009, ils ont commencé à effacer toute trace de Matriochka. Alors j'ai eu une idée pour te sauver du massacre.

— Un meurtre ?

— Un acte criminel, oui, dans lequel tu serais impliqué et qui provoquerait ton arrestation. Ainsi tu serais intouchable. En secouant un peu les médias, en te trouvant un avocat et un expert psychiatrique, je t'aurais placé à l'abri de leur liste noire.

Kubiela commençait à saisir la logique délirante du psy :

— C'est pour ça que tu as tué Ouranos ?

— Il fallait que le meurtre soit fou. Je me suis inspiré de la mythologie grecque. Ça a toujours été ma passion. Les êtres humains ne cessent de traverser les mythes comme des grandes salles qui les protégeraient et cadreraient leur destin. Un peu comme ces hangars pour sous-marins : des espaces qui nous limitent sans qu'on puisse même en voir les murs.

Le terrain de l'enquête criminelle pure. Il voulait des précisions :

— J'ai vu le meurtre. Je l'ai peint et repeint sur mes toiles. Comment ai-je pu être le témoin de cette boucherie ?

— Je t'avais donné rendez-vous. Je ne t'avais jamais perdu de vue. Je t'ai injecté un anesthésiant. J'ai tué le clochard et j'ai appelé la police. Rien ne s'est passé comme prévu. Tu t'es endormi trop tard, tu as vu toute la scène et ces abrutis ne se sont même pas déplacés.

— J'ai pu m'en sortir mais le choc du meurtre a provoqué une nouvelle fugue psychique. Je me suis retrouvé à Cannes, puis à Nice, me souvenant seulement du meurtre.

— Chez Corto. Le psychiatre des artistes. (Il agita la tête d'un air consterné.) Soigner la folie par la peinture… (Puis il changea d'expression.) Pourquoi pas, après tout ? Lui aussi était un pur produit des seventies…

Kubiela poursuivit le récit sur un ton neutre :

— Je ne sais pas si j'ai subi un nouveau traumatisme mais j'ai perdu à nouveau la mémoire. Je me suis retrouvé clochard à Marseille et je suis devenu Victor Janusz. En novembre 2009.

Toinin s'enflamma d'un coup :

— Tu étais notre meilleur sujet ! Une fugue tous les deux mois ! Je n'arrêtais pas de leur répéter. La molécule avait sur toi un effet sidérant. (Il brandit un index.) Tu étais le patient parfait pour étudier le cheminement de la fission. (Sa voix s'éteignit.) Mais il était trop tard. Plus question de recherches, de programme…

— Les tueurs à mes trousses ont cette fois payé des zonards pour m'abattre.

— Je ne connais pas les détails mais je devais de nouveau agir pour te sauver.

— Alors tu as tué Icare.

— Pour rester dans la note mythologique. J'ai tout fait pour que tu te fasses arrêter.

— Tu m'as encore donné rendez-vous ?

— Je t'ai retrouvé à Marseille. Je t'ai fixé rendez-vous à la calanque de Sortiou, te promettant des informations capitales sur tes origines. J'ai à nouveau appelé les flics. Sans le moindre résultat. C'est à désespérer de payer ses impôts.

— J'ai perdu la mémoire à nouveau. Quelque temps plus tard, je suis devenu Mathias Freire.

— Tu as acquis une sorte d'expérience dans la fugue psychique. Ton nouveau personnage était parfait. Tu as réussi à te faire embaucher dans cet hôpital de Bordeaux, avec de faux papiers. Les hommes chargés de t'éliminer ont mis plus d'un mois à te retrouver. On m'a informé de ta nouvelle identité. On voulait savoir si tu avais repris ton enquête, interrogé d'autres psychiatres, ce genre de choses. J'ai passé des coups de fil. On était à la fin du mois de janvier. Tu étais complètement investi dans ton nouveau personnage. Le plus proche, finalement, de l'homme que tu es vraiment. J'ai expliqué que tu ne présentais aucun danger mais les comptes devaient être soldés.

— Tu as décidé de tuer encore à Bordeaux.

— J'ai voulu frapper un grand coup. Le Minotaure ! Cette fois, j'ai laissé tes empreintes dans la fosse de maintenance. J'étais certain que les flics finiraient par faire le lien avec Victor Janusz. Tu avais été arrêté à Marseille. Là-bas, ils se souviendraient de l'assassinat d'Icare. Tu serais arrêté pour la série des meurtres mythologiques. Tu subirais un examen psychiatrique.

Avec ta mémoire en miettes, tu serais déclaré irresponsable.

— Il n'y avait pas plus simple pour me mettre à l'abri ? M'accuser d'une faute mineure ? M'interner pour maladie mentale ?

— Non. Tu devais être incarcéré dans une Unité pour malades difficiles. Hors de portée des tueurs. Je me serais débrouillé pour t'approcher et t'étudier encore. Personne n'aurait jamais cru à tes délires. Peu à peu, l'affaire aurait été oubliée. Et j'aurais pu continuer mes expériences sur ton esprit.

La folie de Toinin avait sa propre logique. Mais quelle en était la conclusion ? Peut-être cet instant même. Hors du temps, hors de l'espace, au fond d'un bunker. Peu importait l'issue, il voulait une réponse pour chaque énigme :

— Tu as tué tes victimes d'une overdose d'héroïne. Où as-tu trouvé cette drogue ?

— Je l'ai fabriquée. L'héroïne est un dérivé de la morphine, qui coule à flots dans ma clinique. Cela fait trente ans que je synthétise des molécules. Raffiner de l'héroïne était un jeu d'enfant.

— Parle-moi de Patrick Bonfils. Que faisait-il à la gare de Bordeaux ?

— Un problème collatéral. Bonfils appartenait à la première génération des patients. Il s'était stabilisé dans son personnage de pêcheur et plus personne ne pensait à lui. Mais il s'interrogeait sur ses origines. Il voulait comprendre. Ses pas l'ont guidé jusqu'à ma clinique en Vendée, où il avait déjà fait plusieurs séjours. J'ai programmé une intervention pour lui retirer l'implant après lui avoir injecté une dose massive de la molécule. De cette façon, je lui sauvais la vie.

— Mais il perdait tout. Ses souvenirs. Sa compagne. Son métier.

— Et alors ? Quelques heures avant l'intervention, il a paniqué. Il a pris la fuite en blessant plusieurs infirmiers.

— Avec un annuaire et une clé à molette.

— La suite est presque comique. Bonfils s'est caché dans une camionnette – précisément celle que j'utilise pour mes sacrifices. C'est ainsi que je l'ai emmené, sans le savoir, jusqu'à Bordeaux. Il m'a suivi sur les voies ferrées. Nous nous sommes battus dans la fosse. J'ai réussi à le piquer. Je l'ai abandonné dans une baraque le long des rails.

L'édifice tenait à peu près debout mais il manquait la pièce principale :

— Pourquoi t'acharner à me sauver la vie ? Simplement parce que je suis ton meilleur cobaye ?

— Si tu poses la question, c'est que tu n'as pas compris l'essentiel. Pourquoi à ton avis j'ai choisi les mythes d'Ouranos, d'Icare ou du Minotaure ?

— Aucune idée.

— Chaque fois, l'histoire d'un fils monstrueux, maladroit ou destructeur.

L'océan lui parut gronder plus profondément. Les vagues s'élever plus haut, plus fort. Le bunker allait finir par être arraché de ses bases. De ce tourbillon, jaillit soudain une vérité stupéfiante :

— Tu veux dire…

— Tu es mon fils, François. À l'époque de mon dispensaire, j'étais un sacré sauteur, crois-moi. Toutes mes patientes y sont passées ! Parfois, je les avortais. D'autres fois, je pratiquais des expériences sur les fœtus. J'injectais mes molécules et je voyais ce que ça donnait. On n'est jamais mieux servi que par soi-même !

Kubiela n'entendait plus. La dernière poupée russe se brisait entre ses doigts. Il fit une dernière tentative pour échapper au cauchemar ultime.

— Pourquoi je ne serais pas le fils d'Andrzej Kubiela ?

— Regarde-toi dans une glace et tu auras la réponse. C'est pour ça qu'Andrzej a coupé les ponts avec moi quand tu avais huit ans. À cause de cette ressemblance. Je pense qu'il avait compris mais il t'a élevé comme son véritable fils.

Maintenant, toute l'histoire prenait un autre sens. Jean-Pierre Toinin se prenait pour un dieu. Il voyait son fils comme un demi-dieu, à la manière d'Héraclès ou de Minos. Un fils qui lui avait constamment échappé, qui avait cherché à détruire son œuvre. Un fils maladroit et destructeur. Il était le Minotaure de Toinin, sa progéniture cachée et monstrueuse. Il était son Icare, qui voulait voler trop près du soleil. Son Cronos qui cherchait à le tuer en détruisant sa puissance...

Le vieil homme s'approcha et attrapa la nuque de Kubiela :

— Ces meurtres sont des hommages, mon fils. D'ailleurs, je possède des images uniques de...

Il s'arrêta : Kubiela avait dégainé et enfonçait son CZ dans les plis du ciré.

Toinin sourit d'un air indulgent :

— Si tu fais ça, elle mourra.

— Nous mourrons tous de toute façon.

— Non.

— Non ?

Kubiela relâcha son doigt sur la détente.

— Je n'ai pas l'intention de vous tuer. Vous pouvez survivre.

— À quelle condition ?

— Jouer le jeu dans les règles.

— Pour sortir d'ici, il n'y a plus qu'une issue. À l'autre bout de la base, sur la façade sud. Pour l'atteindre, il faut traverser les dix alvéoles que les Allemands ont construites à l'époque.

— Qu'est-ce que c'est ?

— Les hangars destinés à leurs sous-marins. Les fameux U-boots.

Toinin tira à lui la porte découpée dans le haut portail de fer. Aussitôt, une flamme d'écume lui cingla le visage. Indifférent aux embruns, il l'ouvrit plus grande encore. Kubiela découvrit un long bassin bordé de quais, surmonté par une passerelle de béton peint en blanc, à dix mètres de hauteur. Juste au-dessus, les structures de métal croisaient leurs axes pour soutenir le toit.

— Vous allez prendre cette coursive et vous allez la suivre tout droit. Elle passe au-dessus de chaque hangar : avec un peu de chance, vous pourrez atteindre l'autre bout du bunker.

— Vous ?

— Toi et Anaïs. La seule difficulté est la mer. Cette nuit, les vagues remplissent presque entièrement les alvéoles mais, comme tu vois, il y a un parapet qui vous protégera.

— Tu nous laisses partir ?

— À une seule condition. Tu marcheras devant. Anaïs te suivra. Si tu te retournes, ne serait-ce qu'une seule fois pour vérifier si elle est là, elle mourra.

Je l'appelle Eurydice. C'était bien le rôle d'Orphée qui lui était dévolu. En quelques secondes, il se remémora l'histoire du joueur de lyre et de sa femme morte d'une piqûre de vipère. Orphée, armé des seuls pouvoirs de son instrument, traverse le Styx, charme Cerbère et parvient à convaincre Hadès, souverain des ténèbres, de libérer Eurydice. Le dieu accepte mais émet une condition : durant leur retour à la surface, Orphée marchera devant Eurydice et ne devra jamais se retourner.

La suite est connue. Au moment de sortir du royaume des morts, Orphée craque et lance un regard derrière lui. Eurydice est bien là mais il est trop tard. Le héros a trahi son serment. Sa bien-aimée disparaît à jamais dans les Enfers.

— Et toi ? demanda-t-il.

— Si tu tiens ta parole, je disparaîtrai.

— L'affaire s'arrête donc ici ?

— Pour moi, oui. Tu régleras tes problèmes avec le monde des mortels.

Toinin se pencha et attrapa sur le sol un dossier épais, enveloppé hermétiquement de plastique.

— Ton assurance pour l'avenir. Des extraits du programme Matriochka. Les dates. Les victimes. Les produits. Les responsables.

— La police étouffera l'affaire.

— Bien sûr. Mais pas les médias. Attention. Ne les diffuse pas. Fais simplement savoir à Mêtis que tu les possèdes. Qu'ils sont en sécurité quelque part.

— Et tes meurtres ?

— Le dossier contient aussi mes aveux.

— Personne n'y croira.

— J'ai précisé certains détails que seuls la police et l'assassin connaissent. Ainsi que des documents attestant où et comment je me suis procuré les matériaux pour chaque mise en scène. J'ai également indiqué le lieu secret où sont cachés mes daguerréotypes.

— Tes quoi ?

— Anaïs t'expliquera. Si elle survit, c'est-à-dire si tu suis les règles.

Kubiela nia de la tête :

— Depuis le début de cette histoire, deux hommes me poursuivent pour me tuer. C'est finalement moi qui ai eu le dessus. Mais il en viendra d'autres.

— Les choses vont se calmer, crois-moi.

— Tu ne veux plus me protéger ? Me foutre en taule ou m'interner ?

— Tu as survécu jusqu'ici. Tu es fait pour survivre, avec ou sans moi.

Kubiela soupesa le dossier : il y avait peut-être là en effet de quoi reprendre une vie normale. À un détail près. Fondamental.

— Et ma maladie ?

— Tu as extrait l'implant. Tu ne subis plus les effets de la molécule. Il n'y a aucune raison pour que tu fasses une nouvelle fugue psychique. Mais on ne peut jurer de rien. Tu es une expérience en marche. Sauve ta peau, François. Et celle d'Eurydice. C'est ton seul devoir pour l'instant.

Toinin se dirigea vers Anaïs. Kubiela comprit qu'il ne bluffait pas. Il les libérait pour de bon. Un dieu de l'Olympe qui accorde un sursis à deux mortels.

— On aurait pu commencer par ce dossier, non ? cria-t-il à travers le tumulte des vagues. Des innocents auraient eu la vie sauve !

— Ne néglige jamais le goût des dieux pour le jeu. Et pour le sang.

Toinin arracha la cagoule d'Anaïs. Ses lèvres étaient comme brûlées au fer rouge. La colle avait gonflé les chairs et irrité le pourtour des commissures. Anaïs ressemblait à un clown défiguré. Son corps était affaissé – elle n'était pas évanouie mais somnolente.

— Jamais elle ne pourra traverser la base dans cet état-là.

L'homme sortit une seringue sous plastique. D'un coup de dents, il déchira l'enveloppe et planta l'aiguille dans un flacon minuscule. La seconde suivante, il propulsait quelques gouttes vers le plafond.

— Je vais la réveiller.

— Et les liens ?

— Elle les garde. C'est à prendre ou à laisser.

— Qui me dit qu'elle sera derrière moi ?

Toinin attrapa le bras d'Anaïs et planta l'aiguille.

— La seule chose que je te demande : ta confiance. C'est la clé pour sortir d'ici.

Kubiela se dit que le dément avait sa propre cohérence. Comme pour ses meurtres, il suivrait le mythe à la lettre. Il agirait comme Hadès, qui avait libéré Eurydice. Lui, en revanche, devait éviter l'erreur d'Orphée.

Surtout ne pas se retourner.

Le vieil homme appuya lentement sur le piston puis ôta l'aiguille. Il marcha vers Kubiela et désigna la porte entrouverte qui crachait toujours ses salves d'écume :

— Monte les escaliers. Retiens ton souffle à chaque vague. Au bout des alvéoles, c'est la liberté.

Il observa une dernière fois le vieux fou. Ses traits tannés, ridés, laminés. Il eut l'impression de se contempler lui-même dans un miroir taché et ancestral. Derrière lui, Anaïs paraissait se réveiller.

— Commence à marcher, murmura Toinin. Dans quelques secondes, elle te suivra.

— Vraiment ?

Le tueur lui fit un clin d'œil :

— La réponse t'attend à la sortie du bunker.

Depuis longtemps, les alvéoles étaient des lieux morts qui n'accueillaient plus de sous-marins. Mais cette nuit, les vagues furieuses ranimaient ces cavernes oubliées. Immobile sur la coursive, planqué derrière un mur, Kubiela observait en contrebas les parties en lutte. Chaque lame pénétrait le hangar, saturant d'eaux noires le moindre millimètre de béton, puis se retirait avec rage, claquant contre les murs, moussant le long des quais... L'océan accordait alors un répit de quelques secondes à l'espace avant de revenir avec une colère redoublée.

Il fallait profiter de cette respiration pour traverser les vingt mètres qui surplombaient l'alvéole. Sans traîner : les vagues étaient d'une telle violence qu'elles pouvaient parfaitement l'arracher à son perchoir et le faire basculer par-dessus le parapet.

Il attendit un nouveau retrait pour courir en direction du mur suivant. Mauvais calcul. Au milieu de la passerelle, un bloc d'écume le surprit. Il se retrouva plaqué au sol. La déferlante le réduisit à quelques réflexes. Fermer les yeux. Retenir sa respiration. S'arc-bouter sur son propre poids pour être plus fort que le courant.

Il attendit que l'eau s'évanouisse autour de lui et se releva. Il se précipita en trébuchant vers le mur suivant. Il était trempé de la tête aux pieds. Il avait glissé le dossier dans son froc. Il ne savait même plus si ses calibres étaient encore dans son dos. Peu importait. Il parvint à l'abri et se plaqua derrière le bloc de deux mètres d'épaisseur qui le séparait du hangar suivant. Le grondement du bassin faisait vibrer les parois. Il avait l'impression d'être poursuivi par l'océan lui-même. Anaïs était-elle derrière lui ? Pas question d'entendre ses pas dans ce tumulte. Pas question de se retourner…

Une vague s'engouffra devant lui, dans le site suivant. Dès que la voie fut libre, il courut vers le mur d'après. Une nouvelle fois, ses prévisions furent déjouées. À peine à découvert, les flots le soulevèrent. Il s'agrippa à la balustrade. Le seul contact tangible était le muret.

La vague reflua. L'air revint. Il était passé par-dessus bord. Suspendu dans le vide, il n'avait pas lâché prise. Dans un effort désespéré, il balança sa jambe ruisselante vers la crête du parapet et coinça son pied. Première victoire. D'une traction, il fit passer sa jambe de l'autre côté puis ses hanches et son buste. Il retomba lourdement sur la passerelle, sonné, rincé, grelottant. Ses mains lui paraissaient paralysées. Le sel brouillait sa vue. Il avait de l'eau jusqu'aux genoux. De l'eau dans les oreilles. De l'eau dans la bouche.

Plus question du moindre calcul. Avec des gestes de robot, il s'achemina vers l'alvéole suivante. Ses vêtements trempés pesaient des tonnes. Anaïs ? Il fut tenté de lancer un regard par-dessus son épaule mais se retint. Aucun doute : Toinin avait les moyens de l'observer – de savoir s'il respectait le marché.

Quatrième hangar. Il passa. Sa nuque brûlait. Ses yeux pleuraient. Et le reste du corps tremblait de froid. Avait-il toujours le dossier dans son pantalon ? Il ne savait pas à quoi il tenait le plus : ce document ou la vie. En réalité, c'était la même chose.

Cinquième hangar. Le doute revint le saisir. Anaïs suivait-elle ? La panique monta en lui. Toinin avait pris la fuite, la gardant en otage – et il jouait son jeu en s'éloignant sans se retourner. Il allait vérifier mais s'immobilisa. Non. Il ne ferait pas l'erreur d'Orphée…

Il parvenait au sixième hangar quand le grondement roula sous le toit. L'eau était déjà là, à quelques mètres, se ruant dans l'espace. Il s'accroupit dos au mur. La vague le chercha, s'insinua dans le moindre recoin mais il tint bon, accroché au béton. Dès que l'onde reflua, il plongea dans son sillage et poursuivit sa route. À peine eut-il franchi les vingt mètres supplémentaires qu'un nouveau rouleau s'abattit dans son dos. Anaïs devait être de l'autre côté. *Ou dessous*. Tenait-elle le choc ? Réussissait-elle à se cramponner à la rambarde avec ses poignets attachés ? Un regard… Juste un regard…

La vague l'empêcha de se retourner. Les flots moussèrent, montèrent, virevoltèrent autour de lui, le submergeant encore. Il sentit le dossier qui lui échappait, arraché par la puissance du courant. Il tendit un bras mais se ravisa aussitôt. Il avait besoin de ses deux mains pour se cramponner. Quand l'eau se retira, il comprit qu'il ne lui restait plus que son souffle, et c'était déjà beaucoup.

Il s'élança vers le hangar suivant. Il avait perdu le fil. Septième ? Neuvième ? Était-il parvenu au bout de la base ? Anaïs. Il n'avait qu'une chance sur trois de gagner. Soit elle était sur ses pas, il ne se retournait pas et ils s'en sortaient tous les deux. Soit elle n'était pas derrière lui et il avait déjà perdu. Soit elle était là et il commettait l'erreur de lui lancer un coup d'œil. Un bref et simple coup d'œil...

Soudain, il réalisa ce qu'il voyait devant lui : un mur fermé. Il n'y avait plus d'autre hangar... Il était parvenu à destination. Il baissa les yeux vers les quais et aperçut la porte entrouverte, au bas de l'escalier. Toinin n'avait pas menti. L'issue était là, à quelques mètres sous ses pieds. Il ne restait plus qu'à descendre et à s'enfuir.

Mais cette plongée allait être dantesque. Impossible de ne pas aider Anaïs... De ne pas franchir à deux les derniers mètres... Il se retourna et découvrit la jeune femme, à l'autre bout de la passerelle. Il vit ses yeux sombres, sa peau blanche – il se souvint de la première fois qu'il l'avait vue. Le cri. Le lait. Alice au pays des cauchemars...

Kubiela comprit qu'il avait échoué. Exactement comme dans la légende. À cet instant, le tueur jaillit derrière Anaïs. Il portait son masque. Le visage tiré d'un seul côté, la bouche comme une scie circulaire. Il était enfoui dans un manteau à poil long, rappelant les paletots des bergers d'Anatolie. Il brandissait une arme barbare, bronze frappé ou silex taillé.

Il se précipita mais il était trop tard. Toinin abattit sa hache. Avant que le tranchant n'atteigne le crâne d'Eurydice, une masse aveugle se rua sur la passerelle.

L'océan emporta le bourreau et sa victime en un seul mouvement.

Kubiela n'eut qu'un millième de seconde pour se dire ceci : la vague avait la taille d'une maison. Aucun homme, aucun dieu n'aurait pu résister à ces milliers de mètres cubes d'eaux furieuses… Il fut balayé à son tour. Bascula par-dessus le parapet et sombra, tête à l'envers, dans le néant.

Au fond du bouillonnement, Anaïs perdit ses bras et ses jambes, sans la moindre douleur. Elle flottait, s'agitait, se tordait mais n'obtenait aucun résultat. Elle se dissolvait dans la vague. Se fondait en elle. Devenait fluide, longue, lisse…

Soudain, elle vit les daguerréotypes. Ceux que Toinin lui avait montrés avant de l'endormir. Ils étaient à la fois clairs et sombres. À travers ce contraste, les victimes la regardaient. Le Minotaure. Icare. Ouranos… Leurs visages figés scintillaient dans l'eau comme des algues luminescentes. Les héros d'un monde de dieux et de légendes. Elle pensa, ou crut penser : « Je suis morte. » Puis l'instant d'après : « Je rêve. »

La vague balaya les images. Anaïs se sentit soulevée, retournée, jetée à terre. Puis traînée sur des angles de béton dans un fracas d'écume. Elle essaya de comprendre. La mer l'avait aspirée, attirée hors du bunker, puis l'avait propulsée quelques mètres plus haut, sur une surface plane et dure. *Le toit de la base.* Elle était sortie du piège, par la manière forte.

Sa première pensée fut pour Freire. Où était-il ? Elle l'avait suivi sur la coursive, à travers la violence des vagues. Elle s'était accrochée tant bien que mal. Freire ne s'était pas retourné. Il avait tenu parole. Elle l'en remerciait mentalement. Toinin était sur ses pas, épiant son Orphée, mauvais génie assoiffé de sang, prêt à apporter le dénouement attendu au mythe. À la dernière seconde, Freire avait craqué. Il l'avait regardée. Elle avait encore dans les yeux sa stupeur, sa détresse alors qu'il comprenait son échec…

La vague éclata en fin de course contre une paroi de béton. Les bulles se transformèrent en mille étoiles sous son crâne. Sans savoir comment, elle fut debout. Elle avait retrouvé son corps, sa force, ses membres. L'eau, qui était encore il y a un instant aussi dense que la pierre, s'était transformée en une mare à ses pieds, reculant en s'amenuisant, dans un bruissement d'écume.

Elle tenta de se repérer. Elle était bien au sommet de la base sous-marine, encadrée par de hauts murs de béton, comme si la terrasse était divisée en compartiments. Sans doute un système d'amortissement pour éviter le contact direct des bombes, à l'époque des attaques alliées. Bizarrement, des arbres poussaient entre ces blocs minéraux – le lieu ressemblait à une prison abandonnée dans la jungle.

Elle se mit à longer le mur, écartant les branches, recevant des fragments d'écorce arrachés. Où était le tueur ? Quelque part dans ce labyrinthe. Elle avait toujours les mains entravées par le collier de Nylon. Elle titubait, cherchant son équilibre. Autour de ses chevilles, la prise de l'eau était aussi coupante que le lacet autour de ses poignets. Elle devait agir vite. Trouver la sortie. Trouver une échelle. Descendre sur le quai.

Déjà, au loin, la mer reprenait son élan pour mieux s'abattre.

À la faveur d'un angle, elle découvrit une issue. Une autre partie du toit s'ouvrait, plat comme un parvis, fissuré comme une terre de séisme. Elle tendit le regard à gauche et aperçut les bassins, les cargos chahutés, les remorqueurs aux lumières clignotantes. Sans réfléchir, elle prit la direction opposée. S'éloigner de l'eau. Retrouver les parkings et les entrepôts.

Elle tomba dans une flaque. Se releva. Elle n'était qu'à une trentaine de mètres du bord du toit quand la vague s'abattit, la propulsant en avant. Elle crut qu'elle allait passer par-dessus bord mais à quelques mètres du vide, la même force la tira en arrière, la ramenant à son point de départ.

Anaïs en resta suffoquée. C'était une violence pleine, grave, qui jouait avec elle. En se recroquevillant, elle parvint à ralentir sa course contre le sol, au point de sortir la tête de l'eau. L'air libre. Ses lèvres collées l'empêchaient de respirer par la bouche. Elle souffla de toutes ses forces par les narines. Des ruisseaux salés lui brûlaient les sinus. Ses oreilles bruissaient comme des coquillages. Il fallait qu'elle rejoigne la bordure et qu'elle repère une échelle avant que la vague ne revienne et ne la propulse dans les airs. Le jeu était à double tranchant. L'extrémité du toit pouvait à la fois lui offrir son salut et une mort certaine.

Elle essaya d'accélérer le pas, sans y parvenir. Derrière elle, la clameur s'amplifiait, se levait comme un rideau de théâtre. Vingt mètres. Elle cherchait du regard des degrés, une échelle, un système pour descendre. Dix mètres. Le grondement sur ses pas. La déferlante arrivait, s'accélérait, allait la toucher... Il serait trop tard pour éviter la chute.

Ce fut une autre attaque qui survint.

Le tueur jaillit sur sa droite. Son visage n'était qu'un rictus déchiré. Il brandissait une hache de silex. Deux morts s'offraient à elle. D'un côté, la vague et le vide. De l'autre, le tueur et son arme. Elle fonça, tête la première sur Toinin. Frappé au ventre, il se plia en deux. Ils roulèrent au sol. Anaïs, plus rapide, se releva et cadra les deux menaces. La lame qui arrivait, l'assassin de l'Olympe qui se relevait...

Ce fut comme un signe. Un appel inconscient. Quelque chose lui murmura de tourner la tête vers la gauche. Les points d'ancrage d'une échelle d'acier étaient là, rivés dans la plateforme. Les deux anses lui tendaient les bras. Elle courut. Le tueur était sur elle, hache brandie.

Ce fut la dernière chose qu'elle vit. La vague les engloutit tous les deux. Anaïs ferma les yeux. Des milliers de doigts d'écume l'enserrèrent en une seule prise. À la taille, au torse, à la tête. Monde assourdi de l'eau. Raclement de la pierre. Ne pas mourir sous les coups du meurtrier était déjà une victoire. Mais elle n'était plus assez forte pour remporter la seconde : survivre pour de bon.

Sa dernière pensée fut le sillon d'un moniteur surveillant les signes vitaux d'un malade. La ligne était verte, fluorescente, désespérément plate. Tout au fond de son tympan, le sifflement d'alerte de la machine résonnait. Mais il s'éloignait déjà, couvert par le bruit noir de l'océan...

Le choc dans son dos la réveilla. En un éclair de lucidité, elle comprit que l'échelle s'arrêtait. Sans savoir comment, elle se contorsionna, agita les bras, attrapa à l'aveugle un des barreaux. L'instant d'après, elle était suspendue dans le vide, gesticulant, ruisselante. La mer ne voulait pas d'elle. Elle cala ses pieds. Elle était groggy mais se sentait aussi étrangement neuve, lavée, régénérée.

Malgré ses doigts gourds, ses jambes flageolantes, elle parvint à descendre, respirant à pleines narines, brûlée de l'intérieur par le feu de la mer. Elle descendit, et descendit encore. Cette course n'avait pas de fin.

Elle allait se laisser tomber quand le sol se substitua aux barreaux. Elle vacilla sans y croire. Elle était sur la terre ferme. Elle voyait les voies ferrées. Les citernes. Les bâtiments sombres. Sa vision se troubla. Elle perdit l'équilibre. Quand ses genoux touchèrent le ciment, elle l'aperçut : le monstre avait eu moins de chance qu'elle. Son corps désarticulé épousait le bitume comme une sangsue recrachant son sang. Le crâne sous la cagoule avait éclaté. La toile évoquait un immonde sac de cervelle.

— Ça va mademoiselle ?

Des hommes en cirés de pluie. Des torches électriques. Des voix couvertes par le claquement des capuches. Un des gars aperçut le collier Colson qui lui liait les mains. Le montra à son collègue. Elle voulut dire quelque chose mais ses lèvres étaient désespérément closes.

Elle pensa à son héros. Où était-il ? S'en était-il sorti ? Avait-il fait le grand saut ? Les hommes l'aidèrent à se relever. Elle devait les prévenir. Il fallait chercher Mathias Freire. Victor Janusz. Narcisse. Arnaud Chaplain. François Kubiela...

En fait, elle pensait à lui sous un autre nom. Elle voulut l'appeler. Revenir sur ses pas. Le sauver.

Elle ne cessait de répéter :

— Orphée... Orphée... Orphée...

Mais aucun son ne sortait de sa bouche scellée.

Les ravages de la tempête se reflétaient dans les flaques, dans les verres brisés, dans les bassins à peine calmés. Le soleil était là et c'était pire. La lumière dévoilait chaque détail du carnage. L'eau étincelait partout mais avec un éclat triste, maussade, funèbre. Ce soleil tiède était comme une fièvre, suintant la maladie, la convalescence, la mort.

Il sortit à mi-corps des troncs d'arbres disséminés et préféra ne pas s'interroger sur sa présence dans cette planque. Sans doute un abri de fortune. D'une traction, il se hissa sur le dos d'un fût et observa le paysage. Des pales d'éoliennes, immenses, étaient couchées sur le flanc. Des grues étaient terrassées, à l'horizontale. Des voitures surnageaient et se cognaient sur le parking immergé. Des débris d'arbres flottaient comme des cadavres. Vision consternante.

Il attrapa un câble qui pendait et l'utilisa à la manière d'une corde de rappel, se laissant glisser le long du tronc. Il s'écrasa sur le goudron. Ses jambes ne le soutenaient plus. Son corps était devenu spongieux. Il se releva avec difficulté et découvrit de nouveaux détails. Des cailloux, des drisses, des fragments de mâts jonchaient le sol. La route était fissurée. Des plaques de bitume étaient retournées. Côté bassin, des cargos avaient ébréché les angles des berges. Un navire des douanes piquait du nez, un autre penchait de côté…

Il tituba le long du quai, évitant les dalles arrachées, les débris de voiles, de bois, de fer. Assis sur des bites d'amarrage, des marins se prenaient la tête. Des gendarmes et des pompiers évaluaient les dégâts, en état de choc. Il régnait ici un silence mêlé d'effroi. La nature avait parlé. Il n'y avait plus rien à répondre.

Pris de vertige, il s'arrêta, se pencha en avant, mains sur les genoux. Il n'était qu'un dégât parmi les autres.

— Ça va, monsieur ?

Il releva la tête et chercha d'où venait la voix. Deux pompiers — anorak noir et bandes fluorescentes — se tenaient devant lui.

— Vous vous sentez bien ?

Il ne répondit pas, n'étant pas sûr de son état.

— D'où vous venez ? Où vous habitez ?

Il ouvrit la bouche, puis sentit une main lui saisir le bras. Il s'était évanoui une fraction de seconde, frappé par le soleil.

— Comment vous vous appelez ?

Il les regarda sans répondre. Il cherchait ce qui n'allait pas chez lui. Le problème qui faisait de lui un véritable naufragé. Bien au-delà de la tempête.

— Monsieur, quel est votre nom ?

Il comprit enfin. Il murmura en esquissant un sourire désolé :

— Aucune idée.

Jean-Christophe Grangé
dans Le Livre de Poche

Le Concile de pierre   n° 17216

Un enfant venu du bout du monde dont le passé mystérieux
resurgit peu à peu. Des tueurs lancés à sa poursuite. Une
femme prête à tout pour le sauver. Un voyage jusqu'au
cœur de la taïga mongole. Là où règne la loi du Concile de
pierre…

L'Empire des loups   n° 37099

Anne Heymes souffre d'hallucinations et de crises d'amnésie. Grâce à l'aide d'une psychologue, elle découvre d'in-
croyables vérités concernant son passé… Vérités qui ne
sont pas étrangères à l'enquête du capitaine Nerteaux sur la
mort de trois femmes d'origine turque à Paris.

La Forêt des Mânes   n° 32207

Jeanne Korowa, juge d'instruction à la vie affective désas-
treuse, enquête sur une série de meurtres particulièrement
sauvages. Elle fait installer des micros dans le cabinet
d'Antoine Féraud, un psychanalyste…

La Ligne noire n° 37149

Jacques Reverdi, professeur de plongée, est arrêté en Malaisie après avoir tué plusieurs jeunes filles. À Paris, Marc Dupeyrat, journaliste, sait qu'il tient là la matière d'un article sensationnel. En livrant petit à petit ses secrets, le tueur entraîne Marc en Asie du Sud-Est, sur les traces de ses meurtres et de sa folie...

Miserere n° 31808

Décembre 2006. Un chef de chorale est retrouvé assassiné dans une église arménienne de Paris. Lionel Kasdan, un policier à la retraite, se lance sur la piste du tueur. Cédric Volokine, flic de la Brigade de protection des mineurs en pleine cure de désintoxication, s'intéresse également à cette affaire qui semble impliquer des enfants.

Les Rivières pourpres n° 17167

Un cadavre suspendu dans les montagnes de la région grenobloise. La tombe d'un petit garçon « visitée », cependant que les dossiers le concernant disparaissent. Deux énigmes, que vont s'attacher à résoudre Pierre Niémans, policier génial et peu orthodoxe, et Karim Abdouf, délinquant devenu flic, dont la couleur de peau et les *dreadlocks* suscitent plutôt la défiance...

Le Serment des limbes n° 31292

Mathieu Durey, flic à la Brigade criminelle de Paris, apprend que son meilleur ami a tenté de se suicider et découvre que Luc travaillait en secret sur une série de meurtres sataniques aux quatre coins de l'Europe.

Un ornithologue suisse est retrouvé mort d'une crise cardiaque... dans un nid de cigognes. Louis, qu'il venait d'engager, décide d'assumer seul la mission prévue : suivre la migration des cigognes jusqu'en Afrique, afin de découvrir pourquoi certaines ont disparu durant la saison précédente...